AF427396

LEÓN TOLSTÓI

RESURRECCIÓN

astria

RESURRECCIÓN
LEÓN TOLSTÓI
©Colección Erandique
Supervisión Editorial: Obed García
Diseño de portada: Andrea Rodríguez
Administración: Tesla Rodas—Jessica Cordero
Director Ejecutivo: José Azcona Bocock
Primera Edición

Tegucigalpa, Honduras—Febrero de 2026

PRIMERA PARTE

CAPÍTULO PRIMERO

En vano se esforzaban cientos de miles de hombres, hacinados en un pequeño espacio, en esterilizar la tierra que los sustentaba, cubriéndola de piedras, para que nada pudiera germinar, y arrancando las hierbecillas que pugnaban por salir; en vano impregnaban el aire con humo de carbón y petróleo; en vano talaban los árboles y exterminaban a los animales y los pájaros, porque, incluso en la ciudad, la primavera era siempre primavera. El sol resplandecía, la hierba —resucitando— crecía y verdeaba por todas partes donde no la habían quitado, no sólo en los céspedes de los bulevares, sino incluso entre los adoquines del empedrado. En los álamos, abedules y cerezos silvestres despuntaban hojas pegajosas y perfumadas; los brotes de los tilos estaban a punto de reventar; las cornejas, gorriones y palomas construían sus nidos con alegría primaveral, y las moscas —al calor del sol— zumbaban junto a los muros. Estaban alegres las plantas, los pájaros, los insectos y los niños. Pero los hombres —los hombres mayores, hechos y derechos— no cesaban de engañarse y atormentarse. Consideraban que lo sagrado e importante no era aquella mañana de primavera ni la belleza del mundo creada por Dios y concedida para dicha de todos los seres vivientes —belleza que predisponía a la paz, a la armonía y al amor—, sino lo que ellos mismos habían inventado para dominarse unos a otros.

Del mismo modo, en la oficina de la prisión provincial no se consideraba sagrado ni importante que hubiese concedido a los hombres y animales la alegría y esplendor de la primavera; lo sagrado e importante era que la víspera se había recibido la orden de que a las nueve de la mañana del día 28 de abril fueran llevados al Palacio de Justicia tres de los encarcelados: dos mujeres y un hombre. Una de las mujeres, por ser el criminal más importante, debía ser trasladada aparte. Por tanto, obedeciendo esa orden, el 28 de abril, a las ocho de la mañana, el jefe de los carceleros entró en el oscuro y maloliente corredor del departamento de mujeres. Detrás de él iba una mujer de cara extenuada y cabellos grises rizados. Vestía blusa de manga larga, llevaba galones y cinturón de ribete azul. Era la carcelera.

—¿Viene por la Máslova? —preguntó, acercándose con el guardián de turno a una de las puertas que daban al corredor.

El carcelero hizo chirriar los hierros, quitó el candado y, abriendo la puerta —por la que salió una masa de aire todavía más hediondo que el del corredor—, gritó:

—¡Máslova, al Tribunal! —y otra vez entornó la puerta, esperando a que saliera.

Incluso en el patio de la cárcel se respiraba el aire puro y vivificante de los campos, traído por el viento a la ciudad. Pero el aire del corredor, pesado, hediondo, impregnado de olor a brea y podredumbre, llenaba de tristeza inmediatamente a todo el que llegaba. Pese a estar acostumbrada al aire viciado, la carcelera que llegó del patio experimentó la misma sensación. De pronto, al entrar en el corredor, se sintió cansada y le entraron ganas de dormir.

En la sala se oía alboroto, voces femeninas y pisadas de pies descalzos.

—¡Muévete más deprisa, Máslova! —gritó el jefe de los carceleros a través de la puerta.

Al cabo de un par de minutos salió por la puerta, con paso vigoroso, se dio una vuelta rápida y se colocó al lado del carcelero una mujer joven, de mediana estatura y senos voluminosos. Encima de la blusa y falda blancas llevaba un guardapolvo gris, medias de algodón y zapatos de presidiaria, y cubría su cabeza con un pañuelo blanco del que asomaban —sin duda intencionadamente— varios rizos negros. Su cara tenía la palidez característica de las personas que han permanecido mucho tiempo en un lugar cerrado, y que recuerda los brotes de las patatas guardadas en un sótano. Así eran también sus pequeñas y anchas manos y su cuello blanco y lleno, que dejaba ver el amplio escote del guardapolvo. En aquel rostro de palidez mate resaltaban unos ojos negros muy brillantes, algo hinchados, pero muy vivos, uno de los cuales bizqueaba ligeramente. Se mantenía muy erguida, sacando el voluminoso busto. Al salir al corredor inclinó un poco la cabeza, miró fijamente a los ojos del guardián y se detuvo dispuesta a cumplir lo que se le exigiera. El guardián iba a cerrar la puerta cuando se asomó el rostro pálido de una vieja, grave, surcado de arrugas y con el pelo canoso. Empezó a decir algo a Máslova. Pero el guardián empujó la puerta sobre la cabeza de la vieja y ésta desapareció. En la sala se oyó una risa femenina. Máslova también sonrió, y se volvió a la pequeña mirilla enrejada de la puerta. Del otro lado, la vieja, que se había acercado, dijo con voz ronca:

—Pero sobre todo, no hables más de la cuenta. Mantente en una cosa, y se acabó.

—A decir verdad, es lo mismo. Sea una cosa u otra, ya no podrá ser peor —dijo Máslova sacudiendo la cabeza.

—Ya se sabe que será una cosa y no dos —comentó el jefe de los carceleros, convencido de su ingenio—. ¡Sígueme! ¡En marcha! El ojo de la vieja desapareció de la mirilla; Máslova salió al centro del corredor y, con pasos rápidos y menudos, siguió detrás del jefe de los carceleros. Bajaron la escalera de piedra y pasaron ante las salas de los hombres, todavía más ruidosas y malolientes que las de las mujeres, desde las cuales, por todas partes, les acompañaban los ojos a través de las mirillas. Entraron en la oficina, donde ya esperaban dos soldados de escolta con fusiles. El escribiente, que estaba sentado, entregó a uno de los soldados un papel impregnado de humo de tabaco y, señalando a la detenida, le dijo: «Hazte cargo de ella». El soldado —un campesino de Nizhni Nóvgorod, de cara colorada y picada de viruelas— guardó el papel en la bocamanga del capote, sonrió e hizo un guiño a su compañero —un hombre de pómulos anchos—, aludiendo a la detenida. Los soldados y Máslova bajaron la escalera, dirigiéndose

hacia la salida principal.

En la puerta principal se abrió el rastrillo y, atravesando el umbral hacia el patio, los soldados con la detenida salieron del recinto y se encaminaron por las empedradas calles de la ciudad.

Cocheros, dependientes, cocineras, obreros y empleados se paraban y miraban con curiosidad a la detenida; algunos movían la cabeza y pensaban: «He aquí a lo que conduce una mala conducta, distinta a la nuestra». Los niños miraban con terror a la criminal; sólo les tranquilizaba que la seguían dos soldados, y que ahora ya no podría hacer daño. Un campesino, que acababa de vender carbón en una taberna y de beber té, se acercó a ella, se santiguó y le entregó un cópec. La detenida se ruborizó, inclinó la cabeza y murmuró algo.

Sintiendo las miradas que le dirigían, y sin volver la cabeza, Máslova miraba de reojo. Le agradaba que se fijasen en ella. También le alegraba el aire limpio y primaveral, muy distinto del de la cárcel. Pero se hacía daño al pisar las piedras, había perdido la costumbre de andar y el calzado de presidiaria era basto e incómodo. Miraba el suelo y procuraba pisar lo mejor posible. Al pasar junto a una tienda de harinas, ante la cual se contorneaban, sin ser molestadas por nadie, unas palomas, estuvo a punto de enganchar una. La paloma echó a volar y, agitando las alas, pasó junto a la oreja de la detenida, llenándola de aire. Sonrió y, después, suspiró profundamente, recordando su situación.

II

La historia de la detenida era muy corriente. Máslova era hija de una mujer soltera que vivía en compañía de su madre en un pueblo. Ambas mujeres guardaban el ganado en la finca de dos propietarias solteronas. La soltera daba a luz cada año; según costumbre generalizada en los pueblos, se bautizaba a la criatura y, como no era deseada ni necesaria y constituía un estorbo para el trabajo, la madre no la alimentaba y pronto moría de hambre.

De esta forma murieron cinco niños. A todos se les bautizaba y dejaba morir de hambre. La sexta criatura —engendrada por un gitano que había pasado por el pueblo— era una niña. Hubiese sufrido el mismo destino si no hubiese entrado una de las ancianas señoritas en el establo a regañar a las vaqueras porque la crema de la leche olía a vaca. Allí estaba la parturienta con una criatura sana y encantadora. La anciana señorita les amonestó no sólo por la crema, sino por haber dejado entrar en el establo a la parturienta. Se marchaba ya cuando se fijó en la criatura, se enterneció al verla y se ofreció a ser su madrina. Bautizó a la niña y después, compadeciéndose de su ahijada, le daba leche y dinero a la madre, y así la niña pudo sobrevivir. Las ancianas señoritas la llamaban «la salvada». Cuando la criatura tenía tres años, su madre murió. Para la abuela, la pequeña constituía una carga excesiva, y entonces las solteronas llevaron la niña a su casa. La pequeña, de ojos negros, resultó extraordinariamente vivaracha y bonita, y las ancianas solteronas se deleitaban con ella.

Sofía Ivánovna, la madrina de la niña, era la hermana menor y la más bondadosa; María Ivánovna, la mayor, se mostraba más severa. Sofía Ivánovna vestía a la niña con elegancia, le enseñaba a leer y hasta quería prohijarla. En cambio, María Ivánovna opinaba que debían convertirla en una buena doncella. Se mostraba muy exigente, le castigaba e incluso le pegaba, cuando estaba de mal humor. La niña creció bajo esas dos influencias. Al convertirse, en mujer, resultó medio doncella, medio señorita. Incluso la llamaban con un nombre intermedio: ni Katka ni Kátienka, sino Katiusha, Cosía, arreglaba las habitaciones, limpiaba los marcos, guisaba, hacía la molienda, servía el café, hacía pequeños lavoteos y, a veces, se sentaba con las señoritas y leía.

Varias veces la habían pedido en matrimonio, pero no quería casarse con nadie. Presentía que la vida con cualquiera de aquellos hombres humildes que la pretendían resultaría difícil para ella, acostumbrada a la agradable vida de los señores.

Así vivió hasta los dieciséis años. Cuando cumplió los diecisiete, llegó a casa de sus señoritas un sobrino, príncipe, joven estudiante y muy rico. Katiusha, sin atreverse a confesarlo ni a él ni a sí misma, se enamoró del estudiante. Después, al cabo de dos años, el sobrino se detuvo cuatro días en casa de sus tías, de camino para incorporarse a la guerra. La víspera de su marcha sedujo a Katiusha y, deslizándole un billete de cien rublos, se marchó. Cinco meses después de su partida supo con certeza que estaba embarazada.

Desde entonces todo se le volvió aborrecible y sólo pensaba en la forma de librarse de aquella vergüenza que le esperaba.

Empezó a servir a las señoritas no sólo con desgana y mal, sino que —sin saber cómo— un día se violentó con ellas.

Dijo una serie de groserías, de las que más tarde se arrepintió, y pidió la cuenta.

Las señoritas, que estaban muy descontentas con ella, la dejaron marchar. Fue a colocarse de doncella en casa de un jefe de policía rural. Pero sólo pudo vivir allí tres meses, porque éste — un viejo cincuentón— empezó a acosarla con sus galanteos. Una vez, cuando se mostró muy apremiante, Katiusha, fuera de sí, le llamó tonto, viejo endemoniado, y le dio tal empujón en el pecho que le tiró al suelo. La despidieron por grosera. Se instaló en casa de una viuda comadrona, que tenía una taberna. El parto fue fácil. Pero la comadrona, que acababa de asistir en el pueblo a una mujer enferma, contagió a Katiusha de fiebres puerperales. Al niño lo llevaron a la inclusa, donde —según contó la vieja que lo había llevado— murió nada más llegar.

Todo el dinero que tenía Katiusha cuando llegó a casa de la matrona eran ciento veintisiete rublos: veintisiete que había ganado y cien que le había dado su seductor. Cuando salió de aquella casa, sólo le quedaban seis rublos. No sabía ahorrar, gastaba para sí y para todos los que le pedían. La comadrona le había cobrado por dos meses de pensión —la comida y el té— cuarenta rublos y otros veinticinco rublos por llevar al niño a la inclusa. Además, le había sacado cuarenta rublos prestados para comprar una vaca. Katiusha gastó veinte rublos en vestidos y regalos, de forma que cuando se restableció no tenía dinero, y necesitaba buscar un empleo. Encontró trabajo de criada en casa de un inspector forestal. Era casado, pero lo mismo que el jefe de policía, empezó a acosar a Katiusha desde el primer día. Le resultaba repugnante, y la muchacha trataba de evitarlo. Pero era más astuto, con más experiencia que ella y, sobre todo, era el amo. Podía mandarla donde quisiera, y, en un momento propicio, aprovechó para poseerla. La mujer del inspector encontró una vez al marido en la habitación de Katiusha, y se abalanzó sobre ella para pegarla. Katiusha trató de defenderse y se organizó una pelea, a consecuencia de la cual la echaron de la casa sin pagarle. Entonces se marchó a la ciudad y se instaló en casa de una tía suya. El marido era encuadernador y había vivido bien, pero al perder a todos sus clientes se dio a la bebida. Vendía cuanto le caía en las manos para beber.

La tía de Katiusha tenía un pequeño establecimiento de lavado y planchado, con lo que sacaba adelante la casa y mantenía al inútil marido. La tía ofreció a Máslova un puesto de lavandera. Pero viendo la penosa vida que llevaban las mujeres lavanderas, Máslova no se decidió y empezó a buscar colocación de criada por medio de agencias. Encontró trabajo en casa de una señora que vivía con sus dos hijos, estudiantes de instituto. Una semana después de entrar en la casa, el mayor —un muchacho al que apenas le apuntaba el bigote y cursaba sexto de bachillerato— abandonó los estudios y no dejaba en paz a Máslova, cortejándola con insistencia. La madre culpó de todo a la muchacha, y la despidió. No encontró un nuevo trabajo. Pero ocurrió que al llegar a la agencia de colocación de criadas, Máslova se encontró allí a una señora que llevaba muchas sortijas y pulseras sobre los brazos rollizos y desnudos. La señora, enterada de su situación y de que buscaba empleo, la invitó a su casa. Máslova fue. La señora la recibió cariñosamente, la invitó a pastelillos y vino dulce, y mandó a la doncella con una notita a casa de alguien. Por la noche entró en la habitación un hombre alto, de largos cabellos entrecanos y barba gris. El viejo se sentó inmediatamente junto a Máslova y, con los ojos brillantes y una sonrisa en los labios, empezó a mirarla y a gastarle bromas. La dueña de la casa le llamó a otra habitación, y Máslova oyó que le decía: «Es una muchacha lozana, una auténtica campesina». Luego, la dueña llamó a Máslova, le dijo que era un escritor, que tenía mucho dinero y no escatimaría nada si ella le agradaba. La chica le gustó. El escritor le dio veinticinco rublos y le prometió visitarla con frecuencia. El dinero se gastó rápidamente: pagó a su tía por el tiempo que había vivido en su casa, se compró un vestido nuevo, un sombrerito y cintas. Al cabo de unos días, el escritor la mandó buscar. Katiusha fue. Le dio otros veinticinco rublos y le ofreció instalarla en un piso.

Viviendo en el piso alquilado por el escritor, Máslova se enamoró de un simpático dependiente que vivía en la misma casa. Ella misma se lo contó al escritor, y se mudó a un piso más pequeño. El dependiente, que había prometido casarse con ella, la abandonó y se marchó un día a Nizhni Nóvgorod sin darle ninguna explicación, y Máslova quedó sola. Pensaba seguir viviendo en aquel piso, pero no se lo autorizaron. Un policía le advirtió que para llevar esa vida tenía que obtener una tarjeta amarilla y someterse a reconocimiento médico. Entonces volvió otra vez a casa de su tía. Ésta, al ver que llevaba un vestido moderno, una capa y un sombrero, la recibió con respeto y ya no se atrevió a ofrecerle el puesto de lavandera, al pensar que se había colocado en un nivel más alto de vida. Máslova tampoco dudaba ya si debía o no convertirse en lavandera. Miraba compasivamente el duro trabajo que realizaban las lavanderas. Eran mujeres, pálidas, de brazos delgados; algunas de ellas estaban tuberculosas, porque lavaban y planchaban en una atmósfera de treinta grados de calor, llena de vaho, en habitaciones interiores cuyas ventanas permanecían abiertas en verano e invierno, y le aterraba la idea de verse metida en un trabajo tan horrible.

Y precisamente en esa época, la más desastrosa para Máslova ya que no encontraba ningún protector, vino a buscarla una celestina, que proporcionaba muchachas a un prostíbulo.

Hacía mucho que Máslova se había acostumbrado a fumar, pero en los últimos tiempos de sus relaciones con el dependiente, y desde que éste la abandonara, también empezó a beber. El vino le gustaba no sólo por su sabor, sino porque le ofrecía la posibilidad de olvidar lo que había sufrido y le daba soltura y seguridad en sí misma, lo cual sólo conseguía con la bebida. Sin beber, experimentaba siempre una sensación de aburrimiento y vergüenza.

La celestina obsequió a la tía; y después de emborrachar a Máslova, le propuso ingresar en el mejor de la ciudad, exponiéndole todas las ventajas y privilegios de esa situación. Ante Máslova se planteaba la elección: la situación humillante de criada —en la que con seguridad sería perseguida por los hombres y caería en una prostitución clandestina y precaria— o una situación de prostituta, asegurada, tranquila, bien remunerada y protegida por la ley. Y eligió lo último. Además, de esta forma, pensaba vengarse de su seductor, del dependiente y de cuantas personas le habían hecho daño. Por otro lado —y éste fue uno de los principales motivos para su decisión definitiva—, la celestina le dijo que podría encargarse todos los vestidos que quisiera: de terciopelo, de falla, de seda, trajes de baile con los hombros y los brazos descubiertos. Cuando Máslova se imaginó llevando un vestido de seda amarillo, escotado y adornado de terciopelo negro, no pudo resistir a la tentación y firmó el contrato. Aquella misma noche, la celestina alquiló un coche y la llevó a la famosa casa de la Kitáieva.

Desde aquel momento empezó para Máslova una vida de incesante violación de las leyes divinas y humanas, que llevaban cientos de miles de mujeres —no sólo con la autorización, sino hasta con la protección del Gobierno, preocupado por la felicidad de sus súbditos—, y que termina, para nueve de cada diez mujeres, con enfermedades atroces, decrepitud física y muerte prematura.

Durante la mañana y parte de la tarde dormía con un sueño pesado, después de la orgía nocturna. A las tres o las cuatro de la tarde, se levantaba del sucio lecho, cansada, bebía agua de seltz para la resaca, tomaba café, deambulaba perezosamente por las habitaciones con bata, chaqueta o blusa, miraba a la calle a través de los visillos y discutía ligeramente con sus compañeras. Luego venía el baño, las cremas, el perfume para el cuerpo y el pelo, la prueba de los vestidos, las discusiones con la patrona a causa de la forma de vestir, el mirarse en el espejo, el pintarse las mejillas y las cejas, y comer manjares dulces y grasientos. Más tarde, se ponía un vestido de seda de color vivo, muy ajustado al cuerpo, y entraba en la sala, fuertemente iluminada, a la espera de los clientes. Allí, entre música, bailes, bombones, vino y tabaco, se entregaba al libertinaje con hombres jóvenes, maduros, adolescentes y viejos decrépitos, solteros, casados, comerciantes, dependientes, armenios, judíos, tártaros, ricos, pobres, sanos, enfermos, borrachos, abstemios, groseros, educados, militares, paisanos, estudiantes, universitarios, de todas las clases sociales imaginables, edades y caracteres. Gritos y bromas, peleas y música, tabaco y vino, vino y tabaco, y música desde el atardecer hasta que amanecía. Y sólo por la mañana llegaba la liberación y un sueño pesado. Así todos los días de la semana. Al final de cada semana iba a la comisaría, donde los médicos —funcionarios del Estado—, unas veces serios y severos y otras con juguetona alegría, quebrantando el pudor —ese don que la naturaleza ha otorgado no sólo a los seres humanos, sino también a los animales para salvaguardarse del crimen—, la reconocían y le daban autorización para seguir cometiendo aquellos delitos con sus semejantes a lo largo de otros siete días, Y siempre lo mismo, en verano e invierno, en días laborables y festivos.

De esta forma vivió Máslova por espacio de siete años. Durante este tiempo cambió dos veces de casa y estuvo una vez en el hospital. Al séptimo año de encontrarse en el prostíbulo y al octavo de su primer desliz, cuando cumplió los veintiséis años, ocurrió el hecho por el que la conducían ahora al Tribunal, después de haber estado seis meses en la cárcel entre criminales y ladronas.

III

Mientras Máslova, agotada por la larga caminata, se acercaba al edificio del Palacio de Justicia, escoltada por los soldados, el sobrino de sus antiguas señoras, el príncipe Dimitri Ivánovich Nejliúdov, que la había seducido, permanecía todavía acostado sobre el colchón de plumas de su alta cama de muelles. Tenía desabrochado el cuello del camisón limpio, de hilo de Holanda, con plieguecitos bien planchados, y fumaba un cigarrillo. Con los ojos fijos en un punto, pensaba en lo que tenía que hacer aquel día, y en lo que había hecho la víspera.

Al recordar la velada de la noche anterior en casa de los Korchaguin —una familia rica y famosa, con cuya hija esperaban que se casase—, suspiró, tiró la punta del cigarrillo y quiso sacar otro de la pitillera de plata. Pero, cambiando de idea, bajó de la cama los pies blancos y finos, buscó con ellos las zapatillas, se echó sobre los anchos hombros una bata de seda y dirigió con paso rápido y pesado al tocador, contiguo al dormitorio, donde olía a elixir, agua de colonia, fijador y perfume. Allí, con unos polvos especiales se limpió los dientes —tenía varios empastados— y se enjuagó la boca con elixir aromático.

Después de lavarse las manos con jabón perfumado y limpiarse cuidadosamente las uñas con un cepillo, se lavó la cara y el ancho cuello, en un gran lavabo de mármol. Fue a una tercera habitación, donde estaba instalada la ducha. Se duchó con agua fría el cuerpo blanco, musculoso, que presentaba cierta obesidad, y se secó en una enorme toalla de felpa. Una vez vestido con ropa limpia y planchada, se puso los zapatos relucientes como un espejo, y se sentó ante el tocador para cepillarse la pequeña y rizada barba y los cabellos ensortijados, algo ralos en la parte delantera, con dos cepillos.

Todas las cosas de su uso personal —ropa, trajes, calzado, alfileres, gemelos— eran de los más caros y de la mejor calidad, aunque prácticos y sencillos.

Cogió entre innumerables corbatas y alfileres los primeros que le cayeron a mano —en otros tiempos la elección de una corbata era algo nuevo y divertido, pero ahora le tenía sin cuidado—. Nejliúdov se puso el traje que estaba en la silla, cepillado y preparado. Salió de la habitación no completamente fresco, pero al menos limpio y perfumado.

En el gran comedor, cuyo parqué habían encerado la víspera tres hombres, había un gran aparador de roble y una mesa colosal de la misma madera, cuyas anchas patas esculpidas, imitando garras de león, tenían algo de solemne. Sobre la mesa, cubierta con un fino mantel almidonado y grandes iniciales bordadas, había una cafetera de plata con aromático café, un azucarero, una jarra con crema de leche caliente y una cesta con bollos tiernos, pan tostado y bizcochos. Al lado del servicio se encontraba el correo, los periódicos y una revista nueva: «Revue des Deux Mondes». Nejliúdov se disponía a abrir la correspondencia, cuando por la puerta que daba al pasillo apareció una mujer gruesa, madura, vestida de luto con una mantilla de encaje en la cabeza, que ocultaba la raya un poco ancha de su pelo. Era Agrafena Petrovna, doncella de la madre de Nejliúdov, fallecida hacía poco en aquella misma casa, que se había quedado con él en calidad de ama de llaves.

Agrafena Petrovna había pasado diez años en el extranjero, en distintas épocas, acompañando a la madre de Nejliúdov, y tenía el aspecto y los modales de una señora. Vivía en casa de los Nejliúdov desde la infancia, y había conocido a Dimitri Ivánovich cuando todavía le llamaban Mítienka.

—Buenos días, Dimitri Ivánovich.

—Muy buenos, Agrafena Petrovna. ¿Qué hay de nuevo? —preguntó Nejliúdov, en tono de broma.

—Una carta de la princesa o de su hija. Hace un rato que la ha traído una doncella, y espera en mi habitación —contestó Agrafena Petrovna, entregándole la carta con una sonrisa significativa.

—Está bien, ahora contestaré —dijo Nejliúdov cogiendo la carta, y frunciendo el ceño al notar la sonrisa de Agrafena Petrovna.

Aquella sonrisa significaba que había escrito la princesa Korcháguina, con la cual —según Agrafena Petrovna— iba a casarse Nejliúdov. Esta suposición, expresada por la sonrisa del ama de llaves, le resultó desagradable.

—Entonces voy a decirle que espere —dijo Agrafena Petrovna, cogiendo un cepillito para barrer las migas de la mesa que no estaba en su sitio; lo colocó en otro lugar y salió del comedor.

Nejliúdov abrió la carta perfumada —que acababa de entregarle Agrafena Petrovna— y se puso a leerla.

Cumpliendo la obligación que me he impuesto de ser su memoria —venía escrito en una hoja gruesa de papel gris, con letra picuda y ampulosa—, le recuerdo que hoy, 28 de abril, tiene que formar parte del

jurado en el Tribunal y que, por tanto, no puede venir con nosotros y Kolosov a la exposición de cuadros, como nos prometió con su habitual ligereza. *A moins que vous ne soyez disposé à payer à la Cour d'assises les 300 roubles d'amande, que vous vous refusez pour votre cheval.*[3] Me acordé de esto ayer, nada más marcharse Vd. Así pues, no lo olvide.
Princesa M. Korcháguina

Al otro lado había escrito:

Maman vous fait dire que votre couvert vous attendra jusqu'à la nuit. Venez absolument à n'importe quelle heure.[1]
M. K.

Nejliúdov frunció el ceño. Aquella nota era la continuación de esa artística labor que, desde hacía dos meses, llevaba a cabo la princesa Korcháguina, y que consistía en unirlo a ella cada vez más con unos lazos invisibles. Además de la indecisión habitual que experimentan ante el casamiento los hombres ya no muy jóvenes ni apasionadamente enamorados, Nejliúdov tenía otro importante motivo por el que —aun cuando se hubiera decidido— no podía declararse. No consistía, ni mucho menos, en que diez años antes sedujera a Katiusha, abandonándola. Eso lo había olvidado por completo, aunque tampoco lo hubiese considerado un impedimento para su matrimonio. El hecho era que sostenía relaciones con una mujer casada, y si bien habían sido rotas por su parte, la mujer no lo consideraba así.

Nejliúdov era muy tímido con las mujeres, y precisamente esa timidez le inspiró a aquella mujer casada el deseo de conquistarlo. Era la esposa del mariscal de la nobleza de una comarca donde Nejliúdov tenía fincas y en cuyas elecciones tomó parte. Esas relaciones le absorbían más cada día, aunque al mismo tiempo se le hacían penosas. Al principio, no pudo resistirse y se dejó llevar. Pero más tarde, sintiéndose culpable ante ella, no se decidía a romper sin su consentimiento. Éste era el motivo por el que Nejliúdov se consideraba sin derecho a pedir la mano de la princesa Korcháguina, aunque hubiese querido hacerlo.

---

[1] "Mamá le manda decir que su puesto en la mesa lo estará esperando hasta la noche. Venga absolutamente a cualquier hora." Francés.

Precisamente en la mesa había una carta del marido de esa mujer. Al ver la letra y el sello, Nejliúdov enrojeció y experimentó enseguida aquel ímpetu de energía que le embargaba ante el peligro. Pero su alteración fue inútil: el marido, que ostentaba la representación de los nobles del mismo lugar donde Nejliúdov tenía sus principales fincas, le participaba que a fines de mayo se celebraría una reunión extraordinaria del zemstvo y le rogaba que no dejara de venir a donner un coup d'époaule en los asuntos importantes que se discutirían acerca de las escuelas y los caminos vecinales, ya que esperaba una violenta oposición del partido reaccionario.

El mariscal de la nobleza era un hombre liberal, luchaba junto con otros hombres de las mismas ideas contra la reacción que se había producido durante el reinado de Alejandro III y estaba tan absorbido por esa lucha que ignoraba por completo lo que acontecía en su desgraciada vida familiar.

Nejliúdov recordó todos los dolorosos momentos que había pasado a causa de aquel hombre. Una vez, creyendo que se había enterado de sus relaciones con su mujer, estaba dispuesto a batirse en duelo con la intención de disparar al aire. También recordó la horrible escena con su amante, cuando corrió desesperada al jardín para arrojarse al estanque y él fue a buscarla. «No soy capaz de ir ni tampoco de emprender nada nuevo mientras no me conteste», pensó Nejliúdov. Una semana antes le había escrito una carta en términos categóricos, en la que se reconocía culpable y dispuesto a cualquier sacrificio, pero así y todo consideraba que para el bien de ella las relaciones estaban terminadas para siempre. Esperaba, intranquilo, una contestación, pero no la recibía. Y esto era, en parte, un buen síntoma. De no haber accedido a la ruptura le habría escrito rápidamente o, incluso, hubiera venido, como hizo en otras ocasiones. Nejliúdov oyó decir que la cortejaba cierto oficial y, aunque esto provocaba sus celos, se alegraba al mismo tiempo con la esperanza de verse libre de esta situación que tanto le hacía sufrir.

También había una carta del administrador de sus bienes. Le decía que era imprescindible su presencia para legalizar los derechos de heredero y decidir cómo debían administrarse las fincas. Necesitaba saber si la administración debía continuar como en tiempos de la difunta princesa o si, como ya había propuesto ella, era preciso aumentar la maquinaria y cultivar las tierras en manos de los campesinos. El administrador aseguraba que de este modo la explotación resultaría mucho más ventajosa. Al mismo tiempo se disculpaba por haber retrasado el envío de los tres mil rublos que tenía que haberle mandado a primeros de mes. Se los enviaría en el próximo correo. Se debía este retraso a tal despreocupación de los campesinos que había sido necesario recurrir a la fuerza para cobrar. A Nejliúdov esta carta le resultó a la vez agradable y desagradable. Le agradaba ser dueño de una gran fortuna, y le desagradaba porque en su juventud había sido partidario entusiasta de Herbert Spencer y le habían impresionado sus teorías, expuestas en Social Statics, acerca de que la justicia no admite la propiedad individual sobre las tierras. Con la rectitud y la decisión propias de la juventud, no sólo había propagado que la tierra no puede ser propiedad individual y no sólo escribía en la universidad artículos sobre esto, sino que en realidad cedió a los campesinos una pequeña parte —que no eran de su madre sino que había heredado directamente de su padre—, no queriendo vivir en contra de sus principios como propietario de tierras. Ahora que por herencia se había convertido en un gran propietario, tenía que elegir entre dos cosas: renunciar a sus dominios, como había hecho diez años antes con las doscientas desiátinas de tierra de su padre, o reconocer tácitamente como erróneas y falsas todas sus antiguas ideas.

No podía hacer lo primero porque no tenía otro medio de subsistencia salvo las tierras. No quería volver al ejército y, por otra parte, se había acostumbrado a llevar una vida de lujo y consideraba que no podía abandonarla. Además, no tenía por qué hacerlo, ya que carecía de aquella fuerte convicción, aquella decisión, aquella ambición y deseo de asombrar a los demás que tuvo en su juventud. Pero tampoco podía renegar de los principios incontrovertibles acerca de la ilegalidad de la propiedad individual sobre la tierra, expuestos en Social Statics, de Spencer, ni de las brillantes confirmaciones que encontró después, mucho más tarde, en las obras de Henry George.

Por eso la carta del administrador le produjo una desagradable impresión.

IV

Después de tomar café, Nejliúdov fue al despacho para comprobar a qué hora tenía que estar en el Juzgado, y contestar a la princesa. Para ir al despacho era preciso pasar por el estudio. En el estudio había un caballete con un cuadro sin terminar, colocado al revés, y muchos bocetos por las paredes. Al ver el cuadro —en el que había trabajado durante dos años—, los bocetos y todo el estudio, recordó la sensación de incapacidad que tenía para progresar en pintura. Esta sensación la explicaba por un sentido de estética, demasiado desarrollado, pero así y todo le resultaba desagradable.

Siete años antes abandonó la carrera militar, creyendo que tenía vocación para la pintura. A partir de entonces, consideraba las demás actividades con cierto desprecio. Ahora resultaba que no tenía ningún derecho. Por ello, cualquier recuerdo sobre ésta le resultaba desagradable. Contempló con una sensación penosa el confortable estudio, y entró en el despacho con una triste disposición de ánimo. Era una habitación grande, de techos altos, con toda clase de adornos, muebles y comodidades.

Enseguida buscó en un gran cajón de la mesa, donde estaban los papeles urgentes, la citación del Juzgado. En ella se le comunicaba que tenía que estar en el Juzgado a las once. Nejliúdov se sentó a escribir una nota a la princesa, en la que le agradecía la invitación y le prometía hacer lo posible para asistir a la comida. Pero una vez escrita, la rompió porque le resultaba demasiado íntima. Redactó otra, que le pareció fría y casi ofensiva. La rompió también, y tocó el timbre. En la puerta apareció un lacayo de edad, rostro afeitado, grandes patillas, aspecto severo, con un delantal gris.

—Por favor, mande a buscar un cochero.

—Está bien, señor.

—Diga también a la doncella de los Korchaguin, que está esperando, que les agradezco la invitación y que haré lo posible por ir.

—Está bien, señor.

«Es una descortesía, pero no puedo escribirle. Es igual, la veré luego», pensó Nejliúdov, y fue a vestirse.

Cuando salió a la escalinata, ya le esperaba un cochero conocido. El carruaje tenía llantas de goma.

—Ayer, cuando fui a buscarle a casa del príncipe Korchaguin, acababa usted de marcharse —dijo el cochero, volviendo a medias su robusto cuello curtido que asomaba de la camisa blanca—. El portero me dijo: «Acaba de marcharse».

«Hasta los cocheros están enterados de mis relaciones con los Korchaguin», pensó Nejliúdov. Y surgió la interrogante que le preocupaba continuamente en los últimos tiempos: ¿debía o no casarse con la princesa Korcháguina? Como en la mayoría de los problemas que se planteaba en aquella época, no era capaz de resolverlo en un sentido o en otro.

En favor del matrimonio había en general dos consideraciones. Aparte del placer de poseer un hogar, podía abandonar su irregular vida sexual y tener hijos; confiaba en que la familia, los hijos, darían un sentido a su actual existencia vacía. Esto, en favor del matrimonio. En contra, estaba ese miedo que tienen los hombres de cierta edad a perder su libertad y, además, el temor inconsciente ante el misterio que encierra toda mujer.

En pro del casamiento, precisamente con Missy —Korcháguina se llamaba María, pero como hacen todas las familias de nivel social importante, le habían puesto un apodo—, estaba su distinción; desde la forma de vestirse hasta la de hablar, andar, reírse y destacarse de la gente corriente no con algo exclusivo, sino con «probidad». Nejliúdov no conocía otra expresión para determinar esa cualidad, que apreciaba altamente. Además, ella le consideraba por encima de todos los hombres y, según él, le comprendía. Esa comprensión, el que reconociera sus cualidades, era para él una prueba de su inteligencia y de la exactitud de sus opiniones. Pero también en contra del matrimonio con Missy estaba, en primer lugar, la posibilidad de encontrar una muchacha que poseyera todavía mayor número de cualidades que ella y, por tanto, más digna de él. Por otro lado, que tenía veintisiete años, y seguramente ya había tenido otros amores, y esta idea le hacía sufrir a Nejliúdov. Su orgullo no admitía que en el pasado hubiese podido amar a otro. Naturalmente, la muchacha ignoraba que le iba a encontrar; pero la sola idea de que hubiese podido amar a cualquier otro antes le ofendía.

Así que había tantos motivos en favor como en contra o, por lo menos, estaban equilibrados. Y Nejliúdov, riéndose de sí mismo, se consideraba como el asno de Buridan y no acertaba a decidirse por ninguno de los dos haces.

«Por otra parte, hasta que no reciba contestación de María Vasílievna —la esposa del mariscal de la nobleza— y no rompa definitivamente con ella, no puedo realizar nada», se dijo. Le resultaba agradable encontrar un motivo por el que podía y debía aplazar esta decisión.

«Reflexionaré después sobre todo esto», se dijo, cuando su coche, completamente silencioso, se acercaba ya a la entrada de asfalto del Palacio de Justicia.

«Ahora debo cumplir concienzudamente, como lo hago siempre y considero un deber, mi obligación para con la sociedad. Además, a menudo esto suele ser interesante», se dijo mientras pasaba ante el portero para entrar en el vestíbulo del Palacio de Justicia.

V

Cuando Nejliúdov entró, había gran movimiento por los pasillos del Tribunal.

Los ordenanzas iban deprisa, sin levantar los pies del suelo, arrastrándolos, sofocados, corriendo de un lado para otro, con recados y papeles. Ujieres, abogados, jueces, pasaban a uno y otro lado; litigantes y acusados —sin vigilancia— deambulaban con desaliento o permanecían sentados, esperando.

—¿Dónde está el juzgado del distrito? —preguntó Nejliúdov a un ordenanza.

—¿Cuál le interesa? ¿El civil o el criminal?

—Soy jurado.

—Entonces es la sección criminal. Haber empezado por ahí. Vaya por aquí a la derecha, después a la izquierda, y la segunda puerta.

Nejliúdov siguió según le habían indicado.

Dos hombres esperaban delante de la puerta: uno, un comerciante alto y gordo, de aspecto bondadoso, que se encontraba en alegre disposición de ánimo porque —por lo visto— acababa de echar un trago y comer algo. El otro era un dependiente de origen hebreo. Estaban hablando de los precios de la lana cuando se les acercó Nejliúdov, y les preguntó si era ahí la sala de los jurados.

—Aquí es; sí, señor. ¿También usted es jurado? —preguntó el comerciante de aspecto bondadoso, guiñando alegremente un ojo—. Bueno, pues trabajaremos juntos —continuó al oír la afirmativa respuesta de Nejliúdov—; soy comerciante de segunda, me llamó Bakláshov —añadió, mientras tendía su mano, blanda y ancha, que no se podía abarcar—. ¿Con quién tengo el gusto de hablar?

Nejliúdov se presentó, y pasó a la sala de los jurados.

En una pequeña estancia había diez personas de diversas categorías sociales. Todos acababan de llegar: algunos permanecían sentados, otros andaban examinándose mutuamente y presentándose. Había un militar retirado con uniforme, los demás llevaban levitas o chaquetas y sólo uno vestía podiovka.

Todos daban la sensación de estar contentos, a pesar de que muchos de ellos habían tenido que dejar sus ocupaciones y aquello les molestaba, pero expresaban cierta satisfacción por la idea de que iban a cumplir un importante deber social.

Algunos de los jurados se conocían y otros tan sólo se figuraban quiénes eran sus compañeros. Hablaban del tiempo, de que la primavera se había adelantado, y del proceso en el que iban a intervenir. Los que no conocían a Nejliúdov se apresuraron a trabar conocimiento con él, considerando, sin duda, que esto era un honor especial. Nejliúdov, como siempre que se encontraba entre gente desconocida, lo tomaba como un deber. Si le hubieran preguntado por qué se consideraba por encima de la mayoría de la gente, no hubiera podido contestar, ya que en su vida no había méritos especiales.

El hecho de que supiese bien inglés, francés y alemán, como el que sus trajes, corbatas y gemelos fueran de los mejores proveedores, no era razón en ningún modo —él mismo lo comprendía— para considerarse superior. Y, sin embargo, tenía conciencia de serlo y aceptaba las muestras de respeto como algo que se le debía, sintiéndose ofendido siempre que no era así. Precisamente en la sala de los jurados tuvo que experimentar esta desagradable sensación. Entre los jurados se encontraba un conocido de Nejliúdov. Era Piotr Guerasímovich —Nejliúdov ignoraba su apellido y hasta se jactaba un poco de ello—, antiguo profesor de los hijos de su hermana. Había terminado los estudios y ahora estaba de profesor en un instituto. A Nejliúdov siempre le había resultado insoportable por su familiaridad, su risa de satisfacción y, en general, por su «vulgaridad», como decía la hermana de Nejliúdov.

—¡Vaya! ¿Usted también ha venido a parar aquí? —se dirigió a Nejliúdov Piotr Guerasímovich con una risa estentórea—. ¿No se ha podido escabullir?

—No he pretendido hacerlo —dijo Nejliúdov, con expresión grave y sombría.

—Bueno, eso es tener valor cívico. Espere un poco, cuando tenga hambre y sueño ¡ya cambiará de parecer! —aseguró con una risa todavía más fuerte Piotr Guerasímovich.

«Es hijo de arcipreste —pensó Nejliúdov—, no tardará en hablarme de tú.» Y adoptando una expresión de pena, que sólo hubiera sido propia en caso de enterarse de la muerte de todos sus familiares, se apartó de él. Se acercó a un grupo que se había formado en torno a un señor muy alto, de rostro afeitado y aspecto distinguido, que hablaba animadamente. Comentaba un proceso que se estaba celebrando en aquel momento en el Tribunal civil, como un asunto que conocía perfectamente, y nombraba a los jueces y a los abogados célebres por sus nombres y patronímicos. Contaba el extraordinario giro que un abogado había sabido dar a la causa, una de cuyas partes —una señora anciana—, a pesar de que tenía toda la razón, tendría que pagar una cantidad de dinero a la parte contraria.

—¡Es un abogado genial! —exclamó.

Le escuchaban con respeto, y a los que intentaban hacer alguna observación, les interrumpió como si sólo él pudiera conocer a la perfección aquel asunto.

A pesar de que Nejliúdov había llegado tarde, tuvo que esperar mucho. La vista se retrasaba, porque aún no había llegado uno de los miembros del Tribunal.

VI

El presidente llegó temprano. Era un hombre alto, grueso y con grandes patillas entrecanas. Estaba casado, pero llevaba una vida licenciosa y su mujer hacía lo mismo. No se molestaban mutuamente. Aquella mañana había recibido una nota de una institutriz suiza, que había vivido con ellos el verano pasado y que ahora estaba en San Petersburgo de paso para el Sur, en la cual le explicaba que permanecería en la ciudad entre las tres y las seis, y le esperaba en el hotel «Italia». Por eso el presidente quería empezar cuanto antes la sesión de aquel día con el fin de que le diera tiempo antes de las seis de visitar a aquella muchacha pelirroja, llamada Clara Vasílievna, con la que el verano pasado, en la finca, había iniciado una aventura.

Al entrar en su despacho cerró la puerta con pestillo y sacó del estante inferior de la librería dos pesas de gimnasia. Realizó veinte movimientos hacia arriba, adelante, a un lado, abajo, y luego, por tres veces, hizo una ligera genuflexión, sosteniendo las pesas por encima de la cabeza. «Nada fortifica tanto como la ducha fría y la gimnasia», pensó palpándose con la mano izquierda, en cuyo anular llevaba un anillo de oro, el bíceps del brazo derecho. Todavía le faltaba hacer el molinete —siempre hacía estos dos ejercicios antes de una larga sesión—, cuando se percató de que la puerta se movía. Alguien quería abrirla. Puso rápidamente las pesas en su sitio, y abrió la puerta.

—Perdone —dijo.

Entró en el despacho un miembro del Tribunal, de mediana estatura, hombros altos, rostro taciturno y con lentes de oro.

—Otra vez se retrasa Matvei Niktich —dijo, descontento.

—Siempre llega tarde —dijo el presidente, poniéndose la toga.

—No me explico cómo no le da vergüenza —continuó el recién venido con enfado, mientras se sentaba y sacaba los cigarrillos.

El miembro del Tribunal era un hombre muy ordenado. Aquella mañana había tenido una discusión desagradable con su mujer porque ésta se había gastado el dinero antes de finalizar el mes. Le había pedido dinero adelantado, pero él dijo que no pensaba ceder. Y se organizó un escándalo. Su mujer le dijo que en tal caso no habría comida y que no pensara en comer en su casa. Así había salido, y temía que la mujer mantuviese su amenaza, ya que podía esperarse todo de ella. «Toma, ¿qué te parece? Vive para eso de una forma honrada y moral. Él está contento y alegre; en cambio, yo, siempre sufro», pensó, mirando al presidente, rebosante, sano y alegre, el cual, separando ampliamente los codos, se arreglaba con sus blancas manos las patillas entrecanas, a ambos lados del cuello bordado.

Entró el secretario con un expediente.

—Muchas gracias —dijo el presidente, y encendió un cigarrillo

—. ¿Con cuál de los procesos empezamos?

—Me parece que por el del envenenamiento —respondió el secretario con indiferencia.

—Muy bien: el del envenenamiento; empezaremos por él — asintió el presidente, considerando que un asunto así podría terminarse antes de las cuatro y luego se podría marchar—. ¿Y Matvei Nikítich, no ha venido aún?

—No.

—Y Brevé, ¿está aquí?

—Sí —contestó el secretario.

—Si lo ve, dígale que empezaremos por el del envenenamiento.

Brevé era el sustituto del fiscal que debía sostener la acusación.

Al salir al pasillo, el secretario se encontró con Brevé. Con los hombros muy levantados, la toga abierta, una cartera bajo el brazo, casi corriendo, pisaba ruidosamente con los tacones y movía el brazo libre de tal modo que la palma de la mano quedaba casi perpendicular a la dirección que seguía.

—Mijaíl Petróvich quiere informarse si está usted dispuesto — le preguntó el secretario.

—Naturalmente, siempre estoy dispuesto —contestó el sustituto del fiscal—. ¿Qué causa va primero?

—La del envenenamiento.

—Magnífico —exclamó el sustituto del fiscal, pero no encontraba aquello tan magnífico, porque no había dormido en toda la noche. Se habían reunido para acompañar a un amigo, bebieron mucho y jugaron a las cartas hasta las dos de la madrugada. Luego, habían ido a buscar unas chicas, precisamente en la misma casa de tolerancia donde seis meses antes había estado Máslova. Así que no le había dado tiempo de leer la causa del envenenamiento, y ahora quería darle un vistazo. El secretario sabía que Brevé no había leído el asunto y por eso, adrede, aconsejó al presidente que empezaran con eso. Era hombre de ideas liberales, casi radicales. Brevé, por el contrario, era conservador y, como todos los alemanes que trabajaban en Rusia, incluso se mostraba en extremo ortodoxo. El secretario no le quería, y envidiaba su puesto.

—¿Cómo va el asunto de los skoptsy? —preguntó el secretario.

—Ya he dicho que no puedo —respondió el sustituto del fiscal

—. Faltan testigos, así lo haré saber al Tribunal.

—Pero si es lo mismo…

—No puedo —repitió y, moviendo el brazo como antes, pasó a su despacho.

Demoraba la vista de aquella causa, esperando a un testigo cuyas pruebas no eran necesarias y carecían de importancia, sólo porque iba a tener lugar en un juzgado cuyo jurado se componía de personas cultas que podían absolver a los skoptsy. De acuerdo con el presidente, quería trasladar la causa a una ciudad de provincias, donde habría más campesinos en el jurado y, por tanto, mayor posibilidad de condena.

La animación del pasillo iba en aumento. La mayoría de la gente se concentraba junto a la sala civil, donde se resolvía el proceso del que habló el señor de aspecto distinguido, aficionado a los asuntos jurídicos. Durante un descanso salió de allí la anciana a quien el genial abogado supo arrebatar sus bienes en favor del hombre de negocios que no tenía derecho sobre ellos. Esto lo sabían los jueces y, sobre todo, el querellante y su abogado, pero la trama urdida era tal que resultaba imposible no despojar a la anciana de sus bienes y no entregarlos al querellante. La viejecita llevaba un elegante vestido y un sombrero con flores enormes. Salió de la sala, se detuvo en el pasillo y, gesticulando con sus brazos cortos y gruesos, dirigiéndose a su abogado, repetía: «¿Qué va a ser esto? Compadézcase de mí, pero ¿qué es esto?». El abogado pensaba en algo, miraba las flores del sombrero y no la escuchaba.

Pisando los talones de la viejecita, salió el célebre abogado —llevaba el plastrón de una blancura deslumbrante y su rostro resplandecía de satisfacción—, que había logrado que la anciana de las flores se quedara sin nada y el querellante —que le había dado diez mil rublos— recibiera más de cien mil. Todos los ojos se volvieron hacia el abogado, éste lo notó y parecía expresar con todo su ser: «No es preciso hacer testimonio de admiración», y pasó rápidamente ante ellos.

VII

Por fin llegó Matvei Nikítich. El ujier —un hombre delgado, de cuello largo, que arrastraba una pierna y tenía el labio inferior torcido— entró en la sala de los jurados.

Se trataba de un hombre honrado, con estudios universitarios, pero no podía permanecer en ninguna colocación por ser un borracho empedernido. Hacía tres meses que una condesa, protectora de su mujer, le había conseguido esta colocación, y estaba muy satisfecho de continuar en ella.

—Señores, ¿están ya todos? —dijo, poniéndose los lentes y mirando a través de ellos.

—Parece que estamos todos —respondió el alegre comerciante.

—Vamos a comprobarlo —repuso el ujier, y, sacando un papel del bolsillo, empezó a pasar lista mirando a los jurados tan pronto por encima de los lentes como a través de ellos.

—I. M. Nikiforov, consejero de Estado.

—Soy yo —respondió un señor de aspecto distinguido, que estaba al corriente de todos los procedimientos judiciales.

—Iván Semiónovich, coronel retirado.

—Presente —contestó un señor delgado de uniforme.

—Piotr Baklárshov, comerciante de segunda.

—Está —exclamó el comerciante de aspecto bondadoso, sonriendo ampliamente—. ¡Dispuesto!

—Príncipe Dimitri Nejliúdov, teniente de la Guardia.

—Soy yo —contestó Nejliúdov.

El ujier hizo una reverencia muy cortés, mientras miraba a Nejliúdov por encima de las lentes, como si con esto lo distinguiera de los demás.

—Capitán Yuri Dimítrievich Danchenko, comerciante Grigori Yefímovich Kuleshov, etc., etc.

Todos estaban presentes, menos dos.

—Ahora, señores, tengan la bondad de pasar a la sala de audiencia —dijo el ujier con un gesto cortés.

Todos se pusieron en movimiento, cediéndose el paso en la puerta, salieron al pasillo y entraron en la sala.

Era una habitación grande y alargada. En uno de los extremos se alzaba un estrado al que conducían tres peldaños. En el centro del estrado se encontraba una mesa cubierta con un paño verde de flecos más oscuros. Detrás de la mesa había tres sillones con respaldos muy altos de roble esculpido, y detrás de los sillones — en la pared— colgaba un retrato de cuerpo entero de un general de uniforme con banda, una pierna hacia adelante y la mano en la empuñadura del sable. En el rincón de la derecha se hallaba una imagen de Cristo con la corona de espinas, y un atril. En ese mismo lado se alzaba el pequeño estrado del fiscal. Al lado izquierdo, frente a éste, en el fondo, estaba la mesa del secretario. Más cerca del público, una barandilla de roble y al otro lado, sin ocupar todavía, el banquillo de los acusados. En la parte derecha del estrado figuraban dos filas de sillas de alto respaldo, destinadas a los miembros del jurado; abajo, las mesas de los abogados. Todo esto ocupaba el fondo de la sala, dividida en dos por una barandilla. En la otra parte había una serie de gradas que llegaban hasta la pared del extremo. En la parte trasera de la sala, en una de las primeras filas, estaban sentadas cuatro mujeres, que debían ser obreras o criadas, y dos hombres, también trabajadores. Impresionados, al parecer, por el aspecto solemne de la sala, hablaban entre sí tímidamente y en voz baja.

Después de haber hecho entrar a los jurados, el ujier avanzó hacia el centro del estrado y, elevando mucho la voz, como si quisiera asustar a los presentes, gritó: —Audiencia pública: ¡el Tribunal!

Todos se pusieron en pie, y en el estrado aparecieron los magistrados: el presidente, de músculos desarrollados y grandes patillas; el juez, con lentes de oro, que ahora estaba más taciturno todavía porque justo antes de reunirse se encontró con su cuñado, candidato a funcionario del Tribunal, quien le dijo que había estado con su hermana y ésta le hizo saber que no había comida.

—¡Qué le vamos a hacer! Tendremos que ir a una taberna — dijo el cuñado, riéndose.

—No tiene ninguna gracia —replicó el juez, volviéndose aún más taciturno.

Finalmente, el tercer juez, Matvei Nikítich, que siempre llegaba tarde. Era un hombre barbudo, de grandes ojos de expresión bondadosa y párpados caídos. Padecía un catarro intestinal. Aquella mañana, por indicación del médico, había empezado un nuevo régimen y por este motivo se había entretenido en su casa más de lo habitual. Subía al estrado con aire absorto, porque tenía la costumbre de adivinar por medio de toda clase de procedimientos las preguntas que él mismo se hacía. En aquel momento se había dicho que si el número de pasos desde la puerta del despacho hasta el sillón resultaba divisible por tres — sin dejar resto—, el nuevo régimen le curaría el catarro, y que en caso contrario no le curaría. El total de pasos resultaba veintiséis, pero dio un pasito más y se detuvo junto al sillón justo al dar el vigésimo séptimo.

El presidente y los jueces, con sus togas de cuellos bordados en oro, resultaban imponentes. Se daban cuenta de ello, y los tres, sin duda confusos por su propia grandeza, bajando humildemente los ojos, se apresuraron a sentarse en los sillones de respaldos esculpidos, ante la mesa. En ésta se veía un objeto triangular, coronado por un águila imperial; unos jarrones de cristal, como los que suelen colocarse con bombones en los aparadores; un tintero, varias plumas, algunas hojas de magnífico papel blanco y lapiceros de distintos tamaños, recién afilados. Junto con los jueces entró también el sustituto del fiscal. Con las mismas prisas, la cartera bajo un brazo, moviendo el otro, pasó a su sitio junto a la ventana, y acto seguido se enfrascó en la lectura y el examen de papeles, aprovechando cada minuto para ponerse al tanto del asunto. Acababa de actuar por cuarta vez como fiscal. Era muy ambicioso y estaba firmemente decidido a hacer una gran carrera, y por eso consideraba indispensable conseguir la condena en todas sus acusaciones. En términos generales, conocía el asunto del envenenamiento y ya había trazado un plan general para su discurso; pero le faltaban algunos datos, y los estaba sacando a toda prisa del sumario.

El secretario, sentado en el extremo opuesto del estrado, había preparado convenientemente los documentos que podían necesitarse durante la vista, y leía un artículo prohibido que había conseguido la víspera. Deseaba comentarlo con el juez de la barba grande, que compartía sus mismas ideas, pero antes necesitaba enterarse bien.

VIII

El presidente, después de haber consultado los papeles y haber hecho algunas preguntas al ujier y al secretario, que respondieron afirmativamente, dio orden de traer a los acusados. Acto seguido se abrió la puerta que estaba detrás de la barandilla. Entraron dos guardias, con las gorras en la mano y los sables desenvainados, y detrás de ellos, un hombre de pelo rojizo, cubierto de pecas, y dos mujeres. El hombre vestía un guardapolvo de presidiario, demasiado ancho y largo. Sostenía los brazos muy rígidos a lo largo del cuerpo, y sus grandes manos —con los dedos separados — sujetaban las mangas excesivamente largas. No miraba a los jueces ni al público, había fijado los ojos en el banco junto al que pasaba. Cuando lo hubo rodeado, se sentó con cuidado en un extremo, dejando sitio a los demás, elevó su mirada al presidente y, como si murmurase algo, comenzó a mover los músculos de la cara. Detrás entró una mujer de cierta edad, también con un guardapolvo de presidiaria. Tenía la cabeza cubierta por un pañuelo hecho en la cárcel; la cara de una palidez grisácea, sin cejas ni pestañas, y con los ojos encarnados. La mujer parecía completamente tranquila. Al pasar para ocupar su sitio se le enganchó el guardapolvo en el extremo del banco; con cuidado, sin apresurarse, lo desenganchó y tomó asiento.

La tercera acusada era Máslova.

Nada más entrar en la sala, todos los hombres volvieron los ojos hacia ella y contemplaron durante largo rato su blanco rostro, de ojos negros y brillantes, así como su busto, que se destacaba bajo el guardapolvo. Incluso el guardia ante el que pasaba no quitó de ella los ojos, como horrorizado, y, cuando se hubo sentado, como si se reconociera culpable, se apresuró a volver la cabeza y fijó la vista en la ventana de enfrente.

El presidente esperó a que los acusados ocuparan sus sitios, y tan pronto como se hubo sentado Máslova, se dirigió al secretario. Dio comienzo el procedimiento habitual: pasaron lista a los jurados, tomaron nota de los que no se habían presentado — imponiéndoles una multa— y nombraron a los suplentes. Después, el presidente enrolló las papeletas, las echó dentro de uno de los jarrones de cristal y, tras recoger ligeramente las mangas de la toga —con lo que dejó al descubierto el brazo velludo— empezó a sacarlas una a una con gesto de prestidigitador, desdoblándolas y leyéndolas a continuación.

Luego se bajó las mangas y pidió al sacerdote que tomara juramento a los miembros del jurado.

El anciano pope, de rostro abotagado, pálido y amarillento, llevaba una sotana de color pardo, con una cruz de oro en el pecho y una pequeña condecoración prendida en un lado de la sotana. Lentamente, arrastrando sus pies hinchados bajo la sotana, se acercó al atril que se encontraba bajo la imagen.

Los jurados se levantaron y, en grupo, se dirigieron al atril.

—Tengan la bondad —dijo el sacerdote, mientras con su mano regordeta jugueteaba con la cruz que llevaba sobre el pecho, y esperaba a que se acercasen todos los jurados.

El pope llevaba ejerciendo su ministerio desde hacía cuarenta y seis años y se preparaba para dentro de tres celebrar su jubileo, como lo había celebrado recientemente el arcipreste de la capital. Estaba agregado al Palacio de Justicia desde su fundación y se enorgullecía de haber hecho prestar juramento a unas cuantas decenas de miles de personas, así como de seguir trabajando en su vejez por el bien de la Iglesia, la patria y su familia, a la que dejaría —además de una casa— un capital no inferior a treinta mil rublos en papel del Estado. Nunca se le ocurrió pensar que sus funciones en el Tribunal —hacer jurar sobre los Evangelios, que precisamente prohíben esto— fuese motivo de censura. Y no sólo no se sentía molesto, sino que le gustaba aquella ocupación que era ya una costumbre, y que con frecuencia le permitía conocer a personas de elevada categoría. Ahora le había producido alegría el haber trabado conocimiento con el célebre abogado, que le infundió gran respeto porque sólo por el asunto de la viejecita del sombrero de grandes flores recibió diez mil rublos.

Cuando todos los jurados subieron por los peldaños al estrado,

el sacerdote, inclinando a un lado su cabeza canosa de incipiente calva, se puso la estola, se arregló los escasos cabellos y se dirigió a los jurados.

—Levanten la mano derecha y pongan así los dedos —dijo lentamente, con voz senil, levantando la mano regordeta con un hoyuelo junto a cada dedo y uniendo éstos—. Ahora repitan conmigo —dijo, y empezó—: Prometo y juro en nombre de Dios Todopoderoso, ante sus Santos Evangelios y ante la vivificadora cruz de Nuestro Señor, que en el asunto que... —hacía una pausa entre cada palabra—. No baje la mano, manténgala así —le dijo a un joven que había bajado el brazo— ... que en el asunto que...

El señor distinguido de las patillas, el coronel retirado, el comerciante y otros, mantenían el brazo en alto y los dedos unidos tal y como lo había exigido el sacerdote, como con un placer especial, de forma precisa; los demás parecían hacerlo con desgana e indecisión. Unos repetían demasiado alto las palabras, como con ímpetu y con una expresión que quería decir: «A pesar de todo, las diré»; otros sólo las murmuraban, se quedaban a la zaga y, después, como si se asustaran, alcanzaban al sacerdote a destiempo; unos, con fuerza, como temiendo dejar escapar algo, apretaban los dedos con gestos provocativos, mientras otros los separaban y volvían a unirlos. Todos estaban violentos, sólo el sacerdote viejecito estaba plenamente convencido de realizar un acto útil e importante. Al terminar el juramento, el presidente del Tribunal invitó a los jurados a que eligieran su presidente. Los jurados se levantaron, pasaron en apretado grupo a la sala de deliberaciones, donde casi todos inmediatamente sacaron cigarrillos y se pusieron a fumar. Alguien propuso que se nombrara presidente al señor distinguido, y todos inmediatamente dieron su conformidad. Después de apagar y tirar las colillas, volvieron a la sala. El señor distinguido comunicó al presidente que había sido elegido él, y los jurados, marchando uno junto a otro, se sentaron en dos filas en las sillas de altos respaldos.

Todo marchaba sin interrupciones, deprisa y no sin cierta

solemnidad. Esta rectitud, continuidad y solemnidad, agradaban sin duda a los que participaban en ellas, confirmando su sensación de que estaban realizando un serio e importante deber social. También Nejliúdov experimentó esa sensación.

Tan pronto como los jurados tomaron asiento, el presidente del Tribunal les dirigió una alocución acerca de sus derechos, obligaciones y responsabilidades. Mientras pronunciaba su discurso, el presidente cambiaba continuamente de postura: apoyándose en la mano izquierda, en la derecha, en el respaldo o en los brazos del sillón, igualaba las hojas de papel o acariciaba la plegadera o jugueteaba con el lapicero.

Los derechos de los miembros del jurado, según sus palabras, consistían en hacer preguntas a los acusados por medio del presidente del Tribunal, disponer de lápiz y papel y examinar las pruebas de convicción. Su obligación, en no juzgar de un modo falso, sino con justicia. Su responsabilidad en guardar el secreto de las deliberaciones; en caso contrario se exponían a ser castigados.

Todos escucharon con respetuosa atención. El comerciante, que esparcía en torno suyo olor a vino y trataba de contener el hipo, aprobaba cada frase con un movimiento de cabeza.

IX

Al terminar su discurso, el presidente se dirigió a los acusados.

—Simón Kartinkin, levántese.

Éste se levantó de un salto. Los músculos de sus mejillas se movieron con más rapidez.

—¿Su nombre?

—Simón Petrov Kartinkin —pronunció rápidamente con voz trémula; sin duda se había preparado para responder.

—¿Su condición?

—Campesino.

—¿De qué provincia y distrito?

—De la provincia de Tula, distrito de Krapivo, concejo de Kupiánskoie, aldea de Borki.

—¿Cuántos años tiene?

—Treinta y cuatro. Nací en mil ochocientos…

—¿Qué religión?

—Rusa, ortodoxa.

—¿Casado?

—No.

—¿Cuál es su oficio?

—Trabajaba de camarero en el hotel «Mauritania».

—¿Ha sido procesado alguna vez?

—¡Dios me libre! Nunca.

—¿Ha recibido una copia del acta de acusación?

—La he recibido.

—Siéntese. Efimia Ivánovna Bochkova —llamó el presidente, dirigiéndose a la siguiente acusada.

Pero Simón seguía en pie, y no dejaba ver a Bochkova.

—¡Kartinkin, siéntese!

Pero Kartinkin continuaba en pie, y tan sólo tomó asiento cuando se le acercó corriendo el ujier y, abriendo desmesuradamente los ojos, le susurró en tono trágico: «Siéntese, siéntese».

Kartinkin se sentó con la misma rapidez con que se había levantado y, cruzándose el guardapolvo, volvió a mover los músculos de la cara.

—¿Su nombre? —preguntó el presidente, con un suspiro de cansancio, dirigiéndose a la segunda acusada, sin mirarla, mientras consultaba un papel que tenía delante. Esta labor le era tan familiar al presidente que, para acelerar el trabajo, podía hacer dos cosas al mismo tiempo.

Bochkova tenía cuarenta y tres años, era de la provincia de Kolomna y trabajaba de camarera en el mismo hotel «Mauritania». Nunca había sido procesada y había recibido el acta de acusación. Contestaba con gran desenvoltura y con tal entonación como si a cada respuesta añadiera: «Sí, me llamo Efimia Bochkova, y me enorgullezco de ello; recibí la copia, y no permitiré que nadie se ría de mí». Sin esperar a que se lo mandaran, se sentó en cuanto terminaron las preguntas.

—¿Su nombre? —preguntó el donjuanesco presidente, de un modo especialmente amable, dirigiéndose a la tercera acusada—. Tiene que ponerse en pie —añadió, tierno y cariñoso, al percatarse de que Máslova estaba sentada.

Máslova se levantó con un movimiento rápido, irguiendo su pronunciado busto, y miró con fijeza a la cara del presidente, con sus ojos negros sonrientes y un poco bizcos.

—¿Cómo se llama?

—Liubov —pronunció rápidamente.

Entre tanto, Nejliúdov se había puesto los lentes y observaba a los detenidos según los iban interrogando. «Pero no puede ser — pensó sin quitar los ojos de la acusada—. ¿Cómo Liubov?», se preguntó al oír la respuesta.

El presidente quería seguir las preguntas, pero el juez de los lentes susurró algo con enfado, y le detuvo. El presidente hizo un signo afirmativo con la cabeza, y se volvió a la acusada.

—¿Cómo Liubov? Está usted inscrita con otro nombre. La acusada callaba.

—Le pregunto cuál es su verdadero nombre.

—Su nombre de pila —preguntó el juez taciturno.

—Antes, me llamaban Katerina.

«Pero no puede ser», continuaba diciéndose Nejliúdov, y, sin embargo, ya no cabía ninguna duda de que era ella. Aquella misma muchachita de la que en un tiempo estuviera enamorado —precisamente enamorado— y que más tarde sedujo en un momento de locura y había abandonado, y que después no había recordado nunca. Porque ese recuerdo era demasiado penoso, y le acusaba claramente y demostraba que él, tan orgulloso de su rectitud, se había portado con esa mujer no sólo mal, sino como un canalla.

Sí, era ella. Ahora veía claramente esa particularidad misteriosa y exclusiva que existe en cada rostro y lo diferencia de otro, lo hace peculiar, único, sin repetición. A pesar de su palidez inverosímil, esa peculiaridad se notaba en sus facciones: en los labios, en los ojos ligeramente bizcos y, sobre todo, en la mirada ingenua y risueña y en la expresión sumisa que emanaba no sólo de su rostro, sino de toda su persona.

—Eso es lo que tenía usted que haber dicho —otra vez con mucha amabilidad dijo el presidente—. ¿Su patronímico?

—Soy... hija natural —dijo Máslova.

—Diga el nombre de su padrino.

—Mijailov.

—«¿Qué ha podido hacer?», seguía pensando entre tanto Nejliúdov y respirando con dificultad.

—¿Cuál es su apellido? —continuó el presidente.

—Me inscribieron con el de mi madre, Máslova.

—¿Su condición?

—Campesina.

—¿De religión ortodoxa?

—Sí, ortodoxa.

—Su oficio. ¿A qué se dedicaba usted? Máslova guardaba silencio.

—¿A qué se dedicaba usted? —repitió el presidente.

—Estaba en un establecimiento.

—¿En qué establecimiento? —preguntó con severidad el juez de los lentes.

—Ya sabe usted en qué establecimiento… —contestó Máslova sonriendo e, inmediatamente, miró al público con rapidez, y volvió otra vez los ojos al presidente.

Había algo extraordinario en la expresión de su rostro, algo tan terrible y doloroso en sus palabras, su sonrisa, y en la rápida mirada que había echado a su alrededor, que el presidente bajó la cabeza, y en la sala, durante un momento, reinó un silencio absoluto. El silencio fue roto por una risa procedente del público. Alguien chistó. El presidente levantó la cabeza y continuó el interrogatorio.

—¿Ha sido procesada alguna vez?

—Nunca —replicó Máslova en voz baja, suspirando.

—¿Ha recibido usted una copia del acta de acusación?

—Sí.

—Siéntese.

Levantando la falda, con ese gesto con que se arreglan las damas la cola del vestido, la procesada se sentó cruzando sus blancas y pequeñas manos sobre las mangas del guardapolvo, sin quitar los ojos del presidente.

Nombraron a los testigos, les mandaron abandonar la sala e hicieron llamar al médico forense. Después, el secretario se puso en pie y empezó a leer el acta de acusación. Leía con distinción y tono alto, pero tan rápidamente que su voz pronunciaba incorrectamente la l y la r, fundiéndose en un rumor ininterrumpido y adormecedor. Los jueces se apoyaban tan pronto en un brazo del sillón como en el otro o en el respaldo, tan pronto cerraban los ojos como los abrían, y cambiaban palabras en voz baja. Uno de los guardias había hecho varias veces esfuerzos por contener los bostezos.

Kartinkin no cesaba de mover los músculos de la cara. Bochkova permanecía sentada, completamente tranquila y erguida, de vez en cuando metía un dedo debajo del pañuelo para rascarse la cabeza.

Máslova permanecía a veces inmóvil, escuchando y mirando al secretario; otras veces se estremecía, como si quisiera replicar, enrojecía y luego suspiraba profundamente. Cambiaba la postura de las manos, volvía la cabeza y de nuevo se fijaba en el secretario. Nejliúdov, sentado en el segundo sillón de alto respaldo, de la primera fila, miraba a Máslova, mientras en su alma se ponía en marcha una tarea complicada y atormentadora.

X

El acta de acusación era como sigue:

El 17 de enero del año 188…, en el hotel «Mauritania» — donde se encontraba de paso— murió de repente el comerciante de la segunda corporación de la ciudad de Kurgán, Feropont Emiliánovich Smelkov.

El médico forense de la Comisaría número 4 certificó que la muerte sobrevino por un ataque al corazón, a consecuencia de una intoxicación etílica. El cadáver de Smelkov fue enterrado.

Al cabo de unos días volvió a San Petersburgo el comerciante Timojin, paisano y compañero del difunto, y, al conocer las circunstancias en que tuvo lugar la muerte de Smelkov, manifestó la sospecha de que hubiese sido envenenado, con el fin de robarle el dinero que llevaba encima.

Esta sospecha fue confirmada al realizarse una investigación, que aportó los siguientes datos: 1) Smelkov, poco antes de fallecer, había cobrado en un banco tres mil ochocientos rublos de plata. Al ser registrado el cadáver fueron hallados solamente trescientos doce rublos y dieciséis cópecs. 2) Todo el día de la víspera y la noche antes de producirse la muerte, Smelkov la pasó con la prostituta Liubov — Katerina Máslova— en una casa de tolerancia y en el hotel «Mauritania», donde había ido ésta por encargo del comerciante, y en su ausencia, a buscar una cantidad de dinero, que sacó de la maleta de Smelkov, con la llave que él le había dado, en presencia de Efimia Bochkova y Simón Kartinkin, camareros del hotel «Mauritania». En la maleta de Smelkov, al abrirla Máslova, los testigos presentes,

Bochkova y Kartinkin, vieron fajos de billetes de cien rublos. 3) Smelkov regresó de la casa de tolerancia al hotel «Mauritania» acompañado de la prostituta Liubov, quien, por consejo del camarero Kartinkin, dio a beber a Smelkov en una copa de coñac unos polvos blancos, que le había entregado Kartinkin. 4) A la mañana siguiente, la prostituta Liubov vendió a su patrona —la dueña de la casa de tolerancia— Kitáieva, testigo del proceso, un anillo de brillantes perteneciente a Smelkov, como si éste se lo hubiera regalado. 5) La camarera del hotel «Mauritania», Efimia Bochkova, al día siguiente de la muerte de Smelkov, depositó en el Banco de Comercio mil ochocientos rublos de plata.

La autopsia realizada por el forense, así como los análisis químicos de las vísceras de Smelkov, revelaron la presencia de un tóxico en el organismo del cadáver, lo cual permitió llegar a la conclusión de que la muerte se había producido por envenenamiento.

Reunidos en calidad de acusados, Máslova, Bochkova y Kartinkin, no se reconocieron culpables. Máslova manifestó que, efectivamente, había sido mandada por Smelkov desde la casa de tolerancia, donde —según sus palabras— trabaja, al hotel «Mauritania», para llevarle dinero al comerciante, que, al abrir allí la maleta con la llave que le había entregado éste, tomó de ella cuarenta rublos de plata, conforme le ordenó, pero que no había cogido más dinero. Podían atestiguarlo Bochkova y Kartinkin, en cuya presencia había abierto y cerrado la maleta, y tomado el dinero. Añadió, después, que al volver por segunda vez a la habitación del comerciante Smelkov, efectivamente, le había dado de beber, aconsejada por Kartinkin, coñac con ciertos polvos, que consideraba somníferos, con el fin de que el comerciante se durmiera pronto y la dejara marcharse. El anillo se lo había regalado el propio Sniélkov, después de haberla golpeado, cuando ella se echó a llorar, queriendo marcharse.

Efimia Bochkova declaró que nada sabía de la desaparición del dinero. Ella no había entrado en la habitación del comerciante, y solamente Liubov entraba y salía de allí a su antojo. Si robaron algo al comerciante lo hizo Liubov, cuando vino con la llave por el dinero —en este momento de la lectura, Máslova se estremeció y, abriendo la boca, se volvió hacia Bochkova—. Cuando se presentó a Efimia Bochkova el resguardo del banco por valor de mil ochocientos rublos de plata —prosiguió leyendo el secretario— y se le preguntó de dónde procedía tanto dinero, declaró que era el producto de doce años de trabajo suyo y de Simón Kartinkin, con quien iba a contraer matrimonio.

En su primera declaración, Simón Kartinkin confesó que, en complicidad con Bochkova, y por instigación de Máslova —que había llegado de la casa de tolerancia con la llave— robó el dinero y lo repartió con Máslova y Bochkova —al oír esto, Máslova volvió a estremecerse, se sobresaltó, poniéndose roja como la púrpura, e intentó levantarse y decir algo; el ujier se apresuró a contenerla—. Finalmente —continuó la lectura el secretario—, Kartinkin confesó haber entregado los polvos a Máslova para hacer dormir al comerciante; pero en su segunda declaración negó haber tomado parte en el robo del dinero, así como haber entregado los polvos a Máslova, culpándola de todo sólo a ella. En cuanto al dinero que Bochkova había ingresado en el banco, estuvo de acuerdo con ella, manifestando que era el producto de doce años de trabajo en el hotel y de las muchas propinas que había recibido de los señores.

A continuación siguió la lectura del resultado de careos, las declaraciones de los testigos, la opinión de los peritos, etc.

Considerando lo arriba expuesto, se acusa al campesino Simón Petrov Kartinkin, de la aldea de Borki, de treinta y tres años de edad; a Efimia Ivánovna Bochkova, de cuarenta y tres años, y a Katerina Máslova, de veintisiete años, de haberse puesto de acuerdo, el 17 de enero de 188..., para robar al comerciante Smelkov la cantidad de dos mil quinientos rublos de plata y una sortija de brillantes y, con intención de matarlo, lo emborracharon administrándole un veneno a resultas del cual murió.

Este delito está previsto en los párrafos 4 y 5 del artículo 1.453 del Código penal. Los procesados Simón Kartinkin, Efimia Bochkova y Katerina Máslova serán juzgados por el Juzgado del distrito, con la participación de un jurado.

Tan pronto como terminó la lectura de aquella extensa acta de acusación, y después de poner en orden los papeles, el secretario volvió a ocupar su asiento, mientras se alisaba con ambas manos los largos cabellos. Todos suspiraron con alivio, tenían la agradable sensación de que había empezado el juicio, todo se esclarecería y se haría justicia. Nejliúdov era el único que no experimentaba esa sensación: estaba aterrado al pensar en lo que podía haber realizado aquella Máslova que él había conocido —inocente y encantadora— hacía diez años.

XI

Finalizada la lectura del acta de acusación, el presidente consultó con los jueces, y se volvió hacia Kartinkin, con una expresión de que ahora se enteraría de todo, detalladamente.

—Campesino Simón Kartinkin —empezó diciendo, inclinándose a la izquierda.

Simón Kartinkin se levantó, colocó los brazos en posición de firme y sacó el cuerpo hacia delante, sin dejar de mover silenciosamente las mejillas.

—Se le acusa de haber robado el 17 de enero de 188..., en complicidad con Efimia Bochkova y Katerina Máslova, una cantidad de dinero de la maleta del comerciante Smelkov y haber entregado después arsénico a Katerina Máslova, aconsejándole que lo echara en el coñac, lo cual le produjo la muerte. ¿Se reconoce culpable? —terminó, inclinando la cabeza a la derecha.

—Eso es imposible, porque mi deber era servir a los huéspedes…

—Ya lo dirá después. ¿Se reconoce usted culpable?

—De ningún modo, no. Sólo he…

—Podrá decirlo más tarde. ¿Se reconoce usted culpable? — repitió el presidente, tranquilamente, pero con firmeza.

—Yo no he podido hacer eso, porque…

El ujier se acercó, corriendo de nuevo, a Kartinkin y le hizo callar con un susurro trágico.

El presidente, con una expresión que daba a entender que aquel asunto estaba concluido, cambió de postura la mano que retenía el papel, y se dirigió a la segunda acusada.

—Efimia Bochkova, se le acusa de que el 17 de enero de 188..., en el hotel «Mauritania», en unión de Simón Kartinkin y de Katerina Máslova, robó al comerciante Smelkov el dinero de su maleta y una sortija y, repartiéndose lo robado, le emborracharon administrándole un veneno para ocultar su delito, lo cual le produjo la muerte. ¿Se reconoce usted culpable?

—No soy culpable de nada —replicó con energía y firmeza la acusada—. Ni siquiera entré en su habitación… Fue esa pingo quien entró y lo hizo todo.

—Eso lo dirán ustedes después —volvió a decir el presidente, con la misma entonación suave, aunque firme—. Entonces, ¿no se reconoce usted culpable?

—No cogí el dinero ni le emborraché, y ni siquiera entré en la habitación. Si hubiera entrado...

—¿No se reconoce usted culpable?

—Nunca.

—Muy bien.

—Katerina Máslova —empezó el presidente dirigiéndose a la tercera acusada—, se le acusa de haber ido de una casa pública a la habitación del hotel «Mauritania», con la llave de la maleta del comerciante Smelkov, haber robado dinero y un anillo —continuó el presidente como si se tratara de una lección aprendida de memoria, mientras inclinaba el oído hacia el juez de la izquierda, quien le hacía saber que faltaba una de las piezas de convicción: el frasquito— y haberse repartido lo robado. Más tarde, haber vuelto con el comerciante Smelkov al hotel «Mauritania» y haberle dado a beber coñac con veneno, lo cual le ocasionó la muerte. ¿Se reconoce usted culpable?

—No soy culpable de nada —habló rápidamente Máslova—, lo que dije al principio lo digo ahora: no he robado, no he robado y no he robado. En cuanto al anillo, me lo regaló.

—¿No se reconoce usted culpable de haber robado dos mil quinientos rublos? —interrogó el presidente.

—Le digo que no he cogido nada, excepto los cuarenta rublos.

—Pero ¿se reconoce culpable de haber dado al comerciante Smelkov polvos en el coñac?

—Eso lo reconozco. Sólo que yo creí, como me dijeron, que era para dormir y que no le pasaría nada. No pensaba hacerle ningún mal. Lo juro ante Dios, no quería —dijo.

—De modo que no se reconoce usted culpable de haber robado el dinero y el anillo del comerciante Smelkov —dijo el presidente—. ¿Pero reconoce que le dio los polvos?

—Sí, lo reconozco, pero creía que eran unos polvos para dormir. Se los di para que durmiera, no deseaba...

—Muy bien —dijo el presidente, aparentemente satisfecho de los resultados conseguidos—, cuéntenos entonces cómo sucedieron los hechos —continuó mientras se recostaba en el respaldo y ponía ambas manos sobre la mesa—. Cuéntenos todo, tal como sucedió. Con una confesión sincera, puede atenuar su culpabilidad.

Máslova, mirando fijamente al presidente, guardaba silencio.

—Díganos cómo sucedieron los hechos.

—¿Cómo pasó todo? —empezó Máslova con rapidez—. Llegué al hotel y me acompañaron a la habitación donde estaba él, que ya se encontraba muy borracho —pronunció la palabra él con una expresión particular de horror, y abriendo mucho los ojos.

De pronto, guardó silencio como si hubiera perdido el hilo de la conversación o hubiera recordado otra cosa.

—Bueno, ¿y después?

—¿Después? Estuve allí un rato, y me marché a casa.

En este punto, el sustituto del fiscal se incorporó a medias, apoyándose en un codo con ademán afectado.

—¿Desea formular alguna pregunta? —preguntó el presidente, y al contestarle afirmativamente, con un gesto indicó al sustituto del procurador que le cedía el derecho a interrogar.

—Desearía formular una pregunta: ¿La acusada conocía a Simón Kartinkin con anterioridad? —dijo el sustituto del fiscal, sin mirar a Máslova.

El presidente repitió la pregunta. Máslova, asustada, miraba al fiscal.

—¿A Simón? Sí, le conocía —respondió.

—Ahora quisiera saber cuáles eran las relaciones entre la acusada y Simón Kartinkin. ¿Se veían a menudo?

—¿Qué relaciones? Me llamaba para los clientes, no teníamos amistad —contestaba Máslova, pasando su mirada inquieta del presidente al sustituto del fiscal y de nuevo al presidente.

—Desearía saber por qué Kartinkin llamaba precisamente a la acusada y no a otras muchachas —dijo el sustituto del fiscal ceñudo, pero con una sonrisa ligera, astuta y mefistofélica.

—No lo sé. ¡Qué sé yo! —contestaba Máslova, mirando asustada en torno suyo, y por un segundo detuvo su mirada en Nejliúdov—. Llamaba a quien quería llamar.

«¿Acaso me ha reconocido?», pensó con horror Nejliúdov, sintiendo cómo la sangre se le agolpaba en el rostro; pero Máslova, sin distinguirlo de los demás, se volvió enseguida y, otra vez con expresión asustada, miró al fiscal.

—La acusada, por tanto, niega haber tenido cualquier tipo de relación íntima con Kartinkin. Muy bien. No tengo nada más que preguntar.

El sustituto del fiscal quitó el codo de la mesa y se puso anotar algo. En realidad no apuntaba nada, sólo pasaba la pluma por las letras escritas en sus notas, imitando a los procuradores y abogados, quienes después de un hábil interrogatorio anotan en su discurso alguna observación que les puede servir para derrotar al adversario.

El presidente no se dirigió enseguida a la acusada, porque en ese momento estaba preguntando al juez de los lentes si estaba conforme con las preguntas que se habían formulado y anotado de antemano.

—¿Qué sucedió después? —continuó preguntando el presidente.

—Regresé a casa —prosiguió Máslova, mirando ya con valor únicamente al presidente—, le entregué el dinero a la dueña y me fui a dormir. Apenas empecé a dormirme, cuando me despertó nuestra criada, Berta. «Levántate, ha venido otra vez tu comerciante.» Yo no quería salir, pero madame me lo ordenó. Entonces él —volvió a pronunciar con visible terror la palabra él— hizo beber a todas las muchachas y ordenó que trajeran más vino, pero se había gastado todo el dinero. La patrona no quiso fiarle. Entonces, me mandó a su habitación. Y me dijo de dónde tenía que coger el dinero. Y yo fui.

—Fue usted, y ¿qué pasó? —preguntó.

—Al llegar, hice todo como me lo había mandado: entré en la habitación. Pero no entré sola, llamé a Simón Kartinkin y a ésta — dijo, señalando a Bochkova.

—Miente, yo no he entrado… —empezó a protestar Bochkova, pero la hicieron callar.

—Delante de ellos cogí cuatro billetes de diez rublos —siguió Máslova frunciendo el ceño, sin mirar a Bochkova.

—Está bien. Al coger la acusada los cuarenta rublos, ¿cuánto dinero había? —preguntó de nuevo el sustituto del fiscal.

—No lo conté: vi que había muchos billetes de cien rublos.

—La acusada vio los billetes de cien rublos. No necesito preguntar nada más.

—Bien, llevó usted el dinero —continuó el presidente mirando el reloj.

—Lo llevé.

—¿Y después? —interrogó el presidente.

—Después, él me llevó otra vez consigo —dijo Máslova.

—Bueno, ¿y cómo le dio usted los polvos en la bebida?

—¿Cómo? Se los eché en el coñac, y se los di.

—¿Para qué se los dio?

Máslova, sin responder, suspiró profundamente.

—No quería dejarme marchar —dijo, tras un corto silencio—. Estaba harta. Salí al pasillo y le dije a Simón Mijáilovich: «Si por lo menos me dejara marchar, estoy cansada». Simón Mijáilovich me respondió: «También a nosotros nos tiene hartos; podemos darle unos polvos somníferos: se dormirá, y entonces podrás marcharte». Le repliqué: «Está bien». Creí que no eran perjudiciales. Simón me dio un papelito con los polvos. Entré, él estaba tumbado en la cama y enseguida me dijo que le sirviera coñac. Cogí de la mesa una botella de Fine—Champagne, escancié en dos vasos —para mí y para él— y en su vaso eché los polvos, y se lo di. ¿Acaso se lo hubiese dado de haber sabido lo que era?

—Pero ¿cómo resultó que la sortija estaba en su poder?

—La sortija me la regaló.

—¿Cuándo se la dio?

—Cuando llegué con él a la habitación, quería marcharme; él me golpeó la cabeza y me rompió la peineta. Me enfade, y quise irme. Se quitó la sortija del dedo y me la regaló, para que no me fuera —dijo.

En aquel momento, el sustituto del fiscal volvió a incorporarse y, con el mismo aire de fingida ingenuidad, pidió permiso para formular algunas preguntas más. Al otorgarle el permiso, inclinó la cabeza sobre el cuello bordado de la toga, y añadió:

—Desearía saber cuánto tiempo permaneció la acusada en la habitación del comerciante Smelkov.

Otra vez el pánico se había apoderado de Máslova, y con mirada inquieta, pasando del sustituto del fiscal al presidente, contestó apresurada:

—No recuerdo el tiempo que estuve.

—Bueno, ¿y no recuerda la acusada si entró en alguna otra habitación al salir de la del comerciante Smelkov?

Máslova pensó un instante.

—Entré en la habitación de al lado, que estaba vacía.

—¿Para qué entró usted? —preguntó el sustituto del fiscal, que, distraído, se dirigió directamente a ella.

—Para arreglarme, y esperar el coche.

—¿Kartinkin estuvo en esa habitación con la acusada?

—Él también entró.

—¿Para qué?

—Había sobrado Fine—Champagne, y lo bebimos juntos.

—¡Ah! Lo bebieron juntos. Muy bien. ¿De qué habló la acusada con Simón?

De pronto, Máslova frunció el ceño, enrojeció como la púrpura y dijo rápidamente:

—¿Qué hablé? No dije nada. Lo que ocurrió ya lo he contado, y no sé nada más. Hagan conmigo lo que quieran. No soy culpable, y eso es todo.

—No tengo nada más que preguntar —dijo el sustituto del fiscal al presidente. Y alzando los hombros con afectación se puso a anotar rápidamente en el extracto de su discurso la declaración de la acusada, que había estado en una habitación con Simón.

Sobrevino un silencio.

—¿Tiene algo que alegar?

—Lo he dicho todo —replicó Máslova, suspiró y tomó asiento.

Después de esta declaración, el presidente apuntó algo en el papel y, tras escuchar lo que le susurró el juez de la izquierda, advirtió que se suspendía la vista durante diez minutos. Se levantó apresuradamente y abandonó la sala. El que había hablado con el presidente era el juez alto, barbudo, de grandes y bondadosos ojos. Le dijo al presidente que tenía una ligera descomposición de estómago, que deseaba darse masaje y tomar unas gotas. A petición suya, se había suspendido la vista.

Después de los jueces, también se levantaron los miembros del jurado, los abogados, los testigos y, con la agradable sensación de haber cumplido parte de un deber importante, empezaron a deambular de un lado a otro.

Nejliúdov fue a la sala de los jurados y se sentó allí junto a la ventana.

XII

Sí, ésa era Katiusha.

Las relaciones de Nejliúdov con Katiusha fueron las siguientes: Nejliúdov vio por primera vez a Katiusha cuando estaba en el tercer curso de la Universidad, preparando su tesis sobre la propiedad de la tierra, durante un verano en casa de sus tías. Habitualmente solía veranear con su madre y su hermana en una gran finca —propiedad de la madre— cerca de Moscú. Pero aquel año la hermana se había casado y su madre se había ido a un balneario al extranjero. Como Nejliúdov tenía que escribir su tesis, decidió pasar el verano en casa de sus tías. En la retirada finca encontraría silencio y ninguna distracción; las tías querían mucho a su sobrino y heredero. Él las correspondía, y le gustaba la vida antigua y sencilla que llevaban.

Aquel verano, Nejliúdov experimentaba en casa de sus tías esa sensación entusiasta del adolescente que —sin ayuda de otros, por sí mismo— percibe por primera vez toda la belleza e importancia de la vida y el importante papel que está llamado a desempeñar el hombre. Veía la posibilidad de una perfección ilimitada, tanto para él como para todo el mundo, y se entregaba a ello no sólo con esperanza, sino con la seguridad de conseguir lo que imaginaba. Aquel año había leído en la Universidad Social Statics, de Spencer, y su teoría acerca de la propiedad de la tierra le produjo una enorme impresión, sobre todo porque él era hijo de una gran latifundista. Su padre no había sido rico; en cambio, la madre había recibido como dote cerca de diez mil desiátinas de tierra. Entonces comprendió por primera vez la crueldad e injusticia de la propiedad privada y, siendo uno de esos hombres para quienes el sacrificio en aras de las exigencias morales constituye un gran placer espiritual, decidió no permitirse el derecho de poseer tierras en propiedad, e inmediatamente entregó a los campesinos la heredada de su padre. Precisamente sobre este tema escribía su tesis.

Durante aquel año, su vida en la finca de sus tías discurría de la siguiente manera: se levantaba muy temprano, a veces a las tres de la madrugada y, antes de que saliera el sol, iba a bañarse al río que estaba junto al monte; a veces regresaba a casa con el crepúsculo matutino, cuando el rocío permanecía aún sobre la hierba y las flores. Otras veces, por la mañana, después de desayunar, comenzaba a trabajar en su tesis o a leer, para sacar datos con destino a su trabajo; pero a menudo, en vez de leer y escribir, se marchaba de la casa y deambulaba por los campos y bosques. Antes de comer solía dormirse en algún rincón del jardín; luego, durante la comida, divertía y hacía reír a sus tías con su buen humor. Más tarde montaba a caballo o paseaba en barca. Por la noche leía otra vez o se sentaba con sus tías a hacer solitarios. Con frecuencia, sobre todo en las noches de luna, no podía conciliar el sueño porque experimentaba una alegría de vivir demasiado grande y turbadora. Y en lugar de dormir paseaba por el jardín con sus sueños e ideas, a veces hasta el amanecer.

Así, feliz y tranquilo, pasó el primer mes en casa de sus tías, sin hacer ningún caso de aquella muchacha, medio criada medio señorita, de ojos negros, la Katiusha de los pies alados.

En aquella época, Nejliúdov, educado junto a las faldas de su madre, era un muchacho de diecinueve años completamente inocente. Soñaba con la mujer sólo para esposa. Todas las mujeres que, según su opinión, no podían convertirse en su esposa, no eran mujeres, sino gentes. Pero durante ese verano, el día de la Ascensión, visitó a las tías una vecina con sus hijos: dos señoritas, un colegial y un joven pintor de origen campesino, que pasaba una temporada con ellos.

Después del té los jóvenes fueron a jugar a las cuatro esquinas, en un prado delante de la casa. Se llevaron también a Katiusha. Después de unos cuantos cambios, a Nejliúdov le correspondió correr con Katiusha, pero nunca se le había ocurrido que entre ellos pudiesen existir relaciones extraordinarias.

—A ésos no hay quien los alcance —exclamaba el alegre pintor, que corría veloz sobre sus cortas, torcidas, pero fuertes piernas de campesino—, como no tropiecen.

—¡No nos pillará!

—¡Uno! ¡Dos! ¡Tres!

Dieron tres palmadas. Apenas conteniendo la risa, Katiusha se cambió rápidamente de sitio con Nejliúdov y, apretando con su pequeña, fuerte y áspera mano la manaza de Nejliúdov, echó a correr hacia la izquierda haciendo crujir su falda almidonada.

Nejliúdov corría deprisa y, no queriendo dejarse coger por el pintor, se lanzó a toda velocidad. Al volverse vio que el pintor perseguía a Katiusha, pero la muchacha, con rapidez, moviendo sus elásticas y jóvenes piernas, no se dejaba atrapar y se alejaba a la izquierda. Había delante un arbusto de lilas, detrás del cual nadie corría, pero Katiusha, volviéndose, hizo una señal con la cabeza a Nejliúdov para encontrarse en ese lugar. La comprendió y corrió tras el arbusto. Pero allí había un foso cubierto de ortigas, cuya existencia ignoraba. Tropezó y cayó, pinchándose las manos y mojándose con el rocío del atardecer. Inmediatamente logró incorporarse y, riéndose de sí mismo, se puso en un sitio seco.

Katiusha, con una sonrisa resplandeciente y un brillo particular en sus ojos negros como el azabache, corrió a su encuentro. Al encontrarse, se estrecharon la mano.

—Sin duda, se ha pinchado —dijo, arreglándose con la mano libre la trenza, respirando fatigosamente y sonriendo, mientras le miraba de arriba abajo.

—No sabía que hubiera aquí un foso —comentó él, sonriendo también, y sin soltarle la mano.

Katiusha se acercó, y él, sin saber cómo, le acercó la cara; ella no se separó, él le apretó la mano con más fuerza y la besó en los labios.

—¡Vaya! ¡Vaya! —dijo la muchacha, y con un movimiento rápido retiró su mano, y se apartó corriendo.

Se acercó al arbusto de lilas, arrancó dos ramas blancas ya cubiertas de rocío, y después de golpearse con ellas las mejillas arreboladas y de mirar a Nejliúdov, moviendo ante sí con vivacidad los brazos, se fue hacia donde estaban los jugadores.

A partir de entonces las relaciones entre Nejliúdov y Katiusha cambiaron y se convirtieron en aquellas extraordinarias que se establecen entre un joven y una muchacha inocente, que sienten una atracción recíproca.

En cuanto Katiusha entraba en la habitación o incluso Nejliúdov veía desde lejos su delantal blanco, todo parecía iluminarse por el sol, y se convertía en más interesante, alegre, significativo. La vida misma parecía más alegre. Ella experimentaba la misma sensación. Pero no sólo la presencia y la cercanía de Katiusha producían esa impresión a Nejliúdov, sino la sola idea de que existía esa Katiusha, y para la muchacha el que existiera Nejliúdov. Si Nejliúdov recibía una carta desagradable de su madre, o se atascaba en la tesis o sentía la tristeza injustificada de los jóvenes, sólo con recordar que existía Katiusha y que la iba a ver, las penas se desvanecían.

Katiusha tenía mucho trabajo en la casa, pero le daba tiempo a hacerlo todo, y en los momentos libres se dedicaba a leer. Nejliúdov le dejó obras de Dostoievski y Turguéniev, que él mismo acababa de leer. La preferida de Katiusha fue Remanso de paz, de Turguéniev. La conversación entre ellos se sucedía de forma intermitente: en los encuentros del pasillo, el balcón, el patio y, a veces, en la habitación de la vieja doncella Matriona Pávlovna, con quien vivía Katiusha, y a donde iba con frecuencia Nejliúdov a beber té. Estas conversaciones, en presencia de María Pávlovna, eran las más agradables. Hablar cuando se encontraban a solas les resultaba más violento. Enseguida, los ojos expresaban algo totalmente distinto, mucho más importante de lo que decían las palabras, se les fruncían los labios, estableciéndose una sensación molesta y se apresuraban a separarse.

Las relaciones entre Nejliúdov y Katiusha se prolongaron durante el tiempo que permaneció en casa de sus tías. Éstas se dieron cuenta de lo que sucedía, se asustaron e incluso escribieron sobre el particular a la princesa Elena Ivánovna, madre de Nejliúdov. María Ivánovna tenía miedo de que Dimitri se relacionara íntimamente con Katiusha. Pero su temor era inútil: Nejliúdov —ignorando aquello— amaba a Katiusha como aman los hombres inocentes y su amor era la mejor defensa contra una caída, tanto para él como para ella. No sólo no sentía ningún deseo físico de poseerla, sino que le horrorizaba la idea de tener con ella tales relaciones. El temor poético de Sofía Ivánovna de que Dimitri, con su carácter entero y decidido, enamorado de la muchacha quisiera casarse con ella, sin hacer caso de su procedencia y condición, tenía mucho más fundamento.

Si Nejliúdov se hubiera dado cuenta claramente de su amor hacia Katiusha y, sobre todo, si entonces hubiesen tratado de convencerle de que no podía ni debía unir su destino a tal muchacha, podía haber sucedido —dado su recto proceder en todo— que decidiese que no existían motivos para no hacerlo, si la amaba. Pero las tías no le hablaron de sus temores y se marchó sin darse cuenta del amor que sentía por la muchacha.

Estaba seguro de que sus sentimientos hacia Katiusha eran sólo una manifestación de alegría de la vida que lo llenaba por aquel entonces y que compartía esa muchacha alegre y bonita. Cuando se marchaba y Katiusha, que permanecía en la escalinata con las tías, le acompañaba con sus ojos negros, llenos de lágrimas y un poco bizcos, Nejliúdov sintió que abandonaba algo maravilloso y querido que nunca volvería. Y se puso muy triste.

—Adiós, Katiusha, gracias por todo —dijo mirando por encima de la cofia de Sofía Ivánovna, instalándose en el coche.

—Adiós, Dimitri Ivánovich —contestó con su voz agradable y acariciadora y, conteniendo las lágrimas que llenaban sus ojos, corrió al zaguán donde pudo llorar a sus anchas.

XIII

Desde entonces y durante tres años, Nejliúdov no había visto a Katiusha. Volvió a verla cuando, promovido a oficial, iba camino de incorporarse al ejército y pasó por la finca de sus tías, convertido ya en un hombre completamente distinto del que pasara el verano allí tres años antes.

Entonces era un joven honrado, abnegado, dispuesto a sacrificarse por cualquier obra buena. Ahora se había convertido en un libertino, un egoísta refinado, que sólo se preocupaba de su propio placer. En aquella época, el mundo se le presentaba como un enigma que trataba de descifrar con alegría y entusiasmo; ahora, todo en el mundo le parecía sencillo y claro y se definía por las condiciones de vida en que uno se encontraba. Entonces, le resultaba necesario e importante el contacto con la naturaleza y con los hombres que habían vivido, pensado y sentido antes — filósofos y poetas—; ahora consideraba necesario e importante frecuentar instituciones creadas por los hombres y tener contacto con los compañeros. Entonces, la mujer se le aparecía como una criatura misteriosa y encantadora que precisamente por ese misterio resultaba un ser encantador; ahora, el significado de la mujer, de cualquier mujer — salvo las de su familia y las esposas de sus amigos—, estaba muy definido: la mujer era uno de los mejores instrumentos de placer, que ya había experimentado muy bien. Entonces no le hacía falta dinero, y podía arreglarse con la tercera parte de lo que le daba su madre, podía renunciar a la finca heredada del padre y repartirla entre los campesinos; ahora, no alcanzándole los mil quinientos rublos mensuales que le asignaba su madre, había tenido conversaciones desagradables con ella a causa del dinero. Entonces consideraba que su verdadero yo era la parte espiritual de su ser; ahora, que su yo lo constituía su parte sana, fuerte y animal.

Esta horrible transformación se había producido sólo porque había dejado de creer en sí mismo para creer en los demás, aquella forma de vivir era demasiado difícil: para creer en sí era preciso resolver cualquier problema no en favor de su yo animal—que buscaba placeres fáciles—, sino casi siempre en contra. Creyendo en los demás, no había nada que resolver, todo estaba resuelto ya y para siempre en contra del yo espiritual y en favor del yo animal. Por si era poco, al creer en sí se exponía a que la gente le censurara; al creer en los demás, contaba con la aprobación de quienes le rodeaban.

Así, cuando Nejliúdov pensaba, leía o hablaba de Dios, de la verdad, la riqueza o la pobreza, quienes le rodeaban consideraban esto un despropósito y en parte ridículo, y su madre y sus tías le llamaban con bondadosa ironía notre cher philosophe; en cambio, cuando leía novelas, contaba anécdotas escabrosas, asistía al teatro francés a frívolos vodeviles que relataba jovialmente, todos le alababan animándole a seguir así. Cuando consideraba necesario restringir los gastos y llevaba un viejo abrigo y no bebía vino, todos veían en esto una excentricidad y cierto alarde de originalidad; si gastaba mucho dinero en cacerías o en amueblar con extraordinario lujo su despacho, todos alababan su buen gusto y le hacían valiosos obsequios. Cuando pretendía ser casto hasta el matrimonio, su familia temía por su salud; y su madre ni siquiera se afligió, sino más bien se alegró al saber que se había convertido en hombre y le había quitado cierta dama francesa a un amigo. En cuanto al asunto de Katiusha —con la que podía haber querido casarse— la madre no pensaba en ello sin horrorizarse.

Todo sucedía de la misma forma que cuando Nejliúdov alcanzó la mayoría de edad, y entregó a los campesinos la pequeña finca que había heredado de su padre —porque consideraba injusta la propiedad sobre las tierras—, horrorizando a su madre y parientes, y constituyendo un continuo motivo de reproche y burlas por parte de éstos. No se cansaban de contarle que los campesinos —a quienes regaló las tierras— no sólo no se enriquecieron, sino que se habían empobrecido, porque dejaron de trabajar para abrir tres tabernas en el pueblo. Cuando Nejliúdov ingresó en el regimiento de la Guardia, gastó y se jugó con sus compañeros tanto dinero, que Elena Ivánovna tuvo que coger parte del capital; pero apenas se disgustó considerando natural y hasta necesario que el bautismo del juego prendiera en la juventud y en la buena sociedad.

Al principio, Nejliúdov había luchado y la lucha resultaba demasiado difícil. Todo lo que apreciaba como bueno creyendo en sí mismo, se consideraba malo por los demás, y, por el contrario, todo lo que veía malo entonces, era aceptado como bueno por cuantos le rodeaban. Por último, Nejliúdov cedió, dejó de creer en sí mismo y creyó en los demás. Al principio, aquella renuncia le resultaba desagradable, pero duró poco; pronto Nejliúdov empezó a fumar y a beber vino, dejó de experimentar esa sensación desagradable y llegó a experimentar un gran alivio.

Nejliúdov, con su naturaleza apasionada, se entregó por completo a esta nueva vida, aprobada por todos, y ahogó por completo dentro de sí aquella voz que pedía otra cosa. El cambio se había iniciado después de su llegada a San Petersburgo, y se desarrolló por completo con el ingreso en el ejército.

Generalmente, el servicio militar corrompe a los hombres porque los sitúa en condiciones de absoluto ocio, en las que, careciendo de un trabajo útil y sensato, los libra de todo deber social. Por el contrario, destaca sólo el deber convencional del regimiento, el uniforme, la bandera, el poder ilimitado sobre otros hombres, por una parte, y por otra, una obediencia serval a los de más alta graduación.

Pero cuando a esa corrupción general del servicio militar, con el honor del uniforme, la bandera, la violación y el asesinato autorizados, se unen la riqueza y las relaciones íntimas con la familia imperial como sucede en los regimientos de la Guardia — donde sólo sirven oficiales ricos y célebres—, entonces la corrupción de los hombres que se encuentran en este caso llega a un grado de locura. En ese estado se encontraba Nejliúdov desde que ingresó en el ejército y empezó a vivir con sus compañeros.

No tenía ningún trabajo, excepto salir con el uniforme, magníficamente confeccionado y limpiado no por él, sino por otros hombres, con el casco y las armas que también habían hecho, limpiado y servido otros hombres; montar sobre un magnífico caballo —criado, domado y alimentado por otros— para practicar o pasar revista, galopar, desenvainar el sable, disparar y enseñar a hacer esto a otros hombres. No tenía otra obligación. Y las personas de más alta categoría —jóvenes, viejos, el zar y sus cortesanos— no sólo aprobaban estas ocupaciones, sino que las elogiaban y agradecían que se realizasen. Después de estas obligaciones se consideraba bueno e importante despilfarrar el dinero que llegaba no se sabía de dónde, reunirse para comer y, sobre todo, beber en los clubes de los oficiales o en los restaurantes más caros; teatro, baile, mujeres, y luego otra vez montar a caballo, desenvainar los sables, galopar y de nuevo tirar dinero, beber vino, jugar a las cartas, frecuentar mujeres. Este género de vida corrompe de modo especial a los militares. Si un civil llevase esa vida, en el fondo de su alma no podría dejar de avergonzarse. Los militares consideraban que esto debe ser así, se felicitan y enorgullecen de tal existencia, sobre todo en tiempo de guerra, como sucedió con Nejliúdov, ingresado en el ejército después de declararse la guerra con Turquía. «Estamos dispuestos a sacrificar nuestra vida en la guerra, por eso nuestra existencia despreocupada y alegre no sólo es perdonable, sino imprescindible para nosotros. Por eso la hacemos.»

De esta confusa manera razonaba Nejliúdov en aquel período de su vida. Sentía en todo este tiempo el entusiasmo de haberse liberado de todas las barreras que se imponía antes, y no cesaba de hallarse en un estado crónico de egoísmo desenfrenado.

En estas condiciones se encontraba cuando, después de tres años, llegó otra vez a casa de sus tías.

XIV

Nejliúdov se detuvo en casa de sus tías, porque la finca estaba cerca de donde tenía que pasar para incorporarse a su regimiento; también porque le habían invitado con insistencia, pero sobre todo, había venido para ver a Katiusha. Tal vez, en el fondo de su alma, acumulaba ya malos deseos respecto a Katiusha que le susurraba el hombre desenfrenado, el animal que ahora llevaba dentro, aunque no reconociese estas intenciones. Quería, aparentemente, estar en los mismos lugares donde le había ido tan bien, y ver a las tías, un poco ridículas, pero amables y buenas, que siempre le rodeaban de una atmósfera de cariño y admiración, y ver a la linda Katiusha, de quien tenía tan buen recuerdo.

Llego a fines de marzo, el Viernes Santo, en pleno deshielo y bajo una lluvia torrencial; calado hasta los huesos y aterido, pero lleno de vitalidad y excitado, como se sentía siempre en aquella época. «¿Estará con ellas todavía?», pensaba al entrar en el conocido patio de sus tías —lleno de la nieve caída del tejado de la antigua casa señorial—, rodeado de una tapia de ladrillos. Esperaba que le saliera ella al encuentro al oír los cascabeles, pero en la puerta de servicio aparecieron dos mujeres descalzas con unos cubos —por lo visto estaban fregando los suelos—. Tampoco estaba en la puerta principal, únicamente salió Tijón, el lacayo, con un delantal, probablemente ocupado también de la limpieza.

En el vestíbulo apareció Sofía Ivánovna, con un vestido de seda y un gorrito.

—¡Qué bien has hecho en venir! —exclamó Sofía Ivánovna, besándole—. Máshenka se encuentra indispuesta. Se cansó en la iglesia. Hemos ido a confesarnos.

—La felicito, tía —decía Nejliúdov, mientras besaba la mano de Sofía Ivánovna—. Perdone, la he mojado.

—Vete a tu habitación. Estás calado. ¡Pero si ya tienes bigote!

¡Katiusha! ¡Katiusha! Pronto, sirve café.

—¡Enseguida! —respondió una voz conocida y agradable, desde el pasillo.

El corazón de Nejliúdov latió de alegría. «¡Está aquí!» Era como si el sol surgiera entre las nubes. Nejliúdov, acompañado de Tijón, fue alegremente a su habitación de siempre para cambiarse de ropa.

Nejliúdov tenía ganas de preguntar a Tijón acerca de Katiusha: ¿qué era de ella?, ¿qué vida hacía?, ¿no se casaba? Pero Tijón era tan respetuoso y al mismo tiempo tan severo, insistía tanto en echar el agua en las manos de Nejliúdov, que no se atrevió a preguntar sobre Katiusha. Se limitó a preguntar por sus nietos, por el viejo caballo y el perro Polkán. Todos estaban vivos y bien, menos Polkán, que había rabiado el año anterior.

Nada más quitarse la ropa mojada y empezar a vestirse, Nejliúdov oyó unos pasos rápidos y llamaron a la puerta. Reconoció los pasos y la manera de llamar. Sólo ella andaba y llamaba así.

Se echó sobre los hombros la capa mojada, y se acercó a la puerta.

—¡Entre!

Era ella, Katiusha. Seguía siendo la misma, todavía más bonita que antes. Sus ojos risueños, ingenuos, negros y ligeramente bizcos, miraban de arriba abajo, lo mismo que antes. Como entonces, también ahora llevaba un delantal blanco, muy limpio. Traía de parte de las tías jabón de tocador —recién desenvuelto— y dos toallas: una de confección rusa y otra de felpa. La pastilla de jabón intacta, con la huella de las letras, las toallas y la propia Katiusha, todo estaba igual de fresco, limpio, agradable. Sus bonitos labios, rojos y duros, se plegaban como entonces en su presencia, por una alegría incontenible.

—¡Bienvenido, Dimitri Ivánovich! —pronunció con dificultad; y su rostro se llenó de rubor.

—Hola…, hola… —no sabía si hablarle de tú o de usted, y enrojeció lo mismo que ella—. ¿Qué tal? ¿Está bien de salud?

—A Dios gracias… Su tía le manda este jabón de rosas, su preferido —dijo colocando la pastilla sobre la mesa, y las toallas en los brazos del sillón.

—Él ha traído su jabón —observó Tijón, defendiendo la independencia del huésped, señalando con orgullo un gran neceser de Nejliúdov, con guarniciones de plata, abierto, con una enorme cantidad de frasquitos, cepillos, perfumes, fijador y otros objetos de tocador.

—Dele las gracias a mi tía. ¡Cómo me alegro de haber venido!

—exclamó Nejliúdov, sintiendo que en su alma todo se volvía claro y enternecedor, como antes.

Como respuesta a estas palabras, Katiusha se limitó a sonreír y salió de la habitación.

Sus tías —que siempre habían querido a Nejliúdov— le recibieron esta vez con más alegría aún que de costumbre. Dimitri iba a la guerra, donde podía ser herido o muerto. Esto las conmovía.

Nejliúdov había arreglado el viaje para pasar en la finca de sus tías un día y una noche, pero al ver a Katiusha accedió a quedarse para Pascua, que iba a celebrarse dentro de dos días. Telefoneó a su amigo y compañero Shembok —con quien debía reunirse en Odesa— para que viniera a casa de sus tías.

Desde el primer momento que vio a Katiusha tuvo hacia ella el mismo sentimiento que antes. Lo mismo que entonces, no podía contemplar su delantal blanco sin emocionarse, ni escuchar sin alegría sus pasos, su voz, su risa; no podía mirar, sin latirle el corazón, sus ojos negros como el azabache, sobre todo cuando le sonreía, y era incapaz de ver, sin llenarse de emoción, cómo enrojecía la muchacha en su presencia. Se daba cuenta de que estaba enamorado, pero no como antes, cuando este amor constituía para él un misterio y no se atrevía a confesarse que la amaba, y cuando estaba convencido de que sólo se puede amar una vez; ahora, estaba enamorado, se alegraba de ello y sabía vagamente —aunque trataba de ocultárselo— en qué consistía el amor, y qué resultados podía tener.

En Nejliúdov, como en todos los individuos, había dos hombres. Uno, espiritual, que buscaba la felicidad de todos los hombres; otro animal, que sólo buscaba la propia, y para lograrla estaba dispuesto a sacrificar la de todo el mundo.

En este período de su egoísmo desenfrenado, despertado durante su vida en San Petersburgo y el ejército, el hombre animal se había adueñado de él ahogando por completo al espiritual. Pero al ver a Katiusha y sentir de nuevo lo de antes, el hombre espiritual había alzado la cabeza y reclamaba sus derechos. Durante los dos días que faltaban para la Pascua, en su interior se libraba una lucha constante.

En lo más recóndito de su alma sabía que era preciso marcharse y que no podía prolongar la estancia en casa de sus tías, pues no resultaría nada bueno, pero era tan atrayente y agradable que, sin hacer caso de esto, se quedó.

El sábado por la noche, víspera del Domingo de Resurrección, llegó para celebrar los maitines el pope, acompañado por el diácono y el sacristán. Según contaron, a duras penas pudieron atravesar en trineo, sorteando los charcos, aquellas tres verstas que separaban la iglesia de la finca de las tías.

Nejliúdov asistió a la ceremonia en unión de sus tías y criados, lanzando sin cesar miradas a Katiusha, que estaba en la puerta y sostenía el incensario. Cambió los tres besos tradicionales con el pope y sus tías, y ya quería irse a dormir cuando oyó en el pasillo la charla de Matriona Pávlovna, la vieja doncella, María Ivánovna y Katiusha, que se preparaban para ir a la iglesia a bendecir los bizcochos y el pastel de Pascua. «Yo también iré», pensó.

El camino hasta la iglesia no estaba en condiciones para ir en coche ni en trineo. Por eso Nejliúdov, disponiendo como si estuviera en su propia casa, mandó que le ensillaran el caballo y, en vez de irse a dormir, se puso un vistoso uniforme, con pantalón de montar ceñido, se echó encima la capa y cabalgó sobre el viejo animal, algo pesado y demasiado gordo, que relinchaba al pisar la nieve en la oscuridad, camino de la iglesia.

XV

Durante toda su vida, aquella misa de la aurora quedó en la memoria de Nejliúdov como uno de los recuerdos más radiantes e intensos.

Cuando en la más completa oscuridad —sólo en algunos lugares iluminada por la blanquísima nieve—, chapoteando en el agua, entró en el patio de la iglesia, el caballo con las orejas erguidas al ver las luces de los farolillos de la entrada, el oficio ya había comenzado.

Los campesinos, al reconocer al sobrino de María Ivánovna, lo condujeron a un lugar seco para que descabalgara, cogieron el caballo para atarlo y le acompañaron a la iglesia, repleta de gente endomingada.

A la derecha estaban los campesinos viejos, con caftanes de confección casera, lapti y peales blancos; los jóvenes, con caftanes nuevos de paño, ceñidos con cinturones de colores vivos y calzando botas. A la izquierda, las mujeres, con pañuelos rojos de seda, podiovkas con mangas negras brillantes y zapatos claveteados. Detrás de ellas se encontraban viejecitas humildes, con pañuelos blancos y caftanes grises, con faldas anticuadas y con zapatos o laptis. Entre unos y otros se hallaban los niños, muy arreglados y con los cabellos untados de pomada. Los hombres se santiguaban y se postraban sacudiendo sus cabelleras; las mujeres, sobre todo las viejecitas, con los ojos fijos en el icono rodeado de cirios, apoyaban fuertemente los dedos unidos en la frente, en el hombro y en el vientre, murmuraban algo, se inclinaban en pie o se hincaban de rodillas. Los niños imitaban a los mayores y rezaban aplicadamente cuando les miraban. El dorado iconostasio estaba iluminado por grandes cirios envueltos en papel de oro, que lo rodeaban por todas partes. Los candelabros, llenos de velas. Y desde el coro llegaban los alegres cánticos de los cantores voluntarios, con las voces graves de los bajos y las agudas de los niños.

Nejliúdov pasó a la parte delantera. En el centro se hallaba la aristocracia: un propietario con su mujer y su hijo, éste con una chaqueta de marinero; el comisario de la policía rural, el telegrafista, un comerciante que llevaba botas altas y el decano de la parroquia, que ostentaba una medalla. A la derecha del púlpito, detrás de la esposa del propietario, estaba Matriona Pávlovna, con un vestido lila tornasolado y un chal blanco con cenefa, y Katiusha con un vestido blanco con jaretitas en el corpiño, cinturón azul y un lazo rojo en el pelo negro.

55

Todo era festivo, solemne, alegre y hermoso: los sacerdotes con sus casullas de plata con cruces de oro, el diácono y los sacristanes, con albas de fiesta bordadas de plata y oro; los cantores voluntarios, elegantes y con el cabello reluciente; los alegres estribillos de las canciones de fiesta, y las constantes bendiciones de los sacerdotes, alzando los cirios adornados de tres colores, mientras proclamaban: «¡Cristo ha resucitado! ¡Cristo ha resucitado!». Todo era hermoso, pero lo mejor era Katiusha con el vestido blanco, el cinturón azul, el lacito rojo en el pelo negro y los ojos resplandecientes de entusiasmo.

Nejliúdov se daba cuenta de que ella le veía sin tener necesidad de volver la cabeza. Se percató de su presencia cuando pasó cerca de ella hacia el altar. No tenía nada que decirle, y se le ocurrió susurrar:

—Ha dicho mi tía que se desayunará después de la segunda misa.

Como siempre que le miraba, la sangre joven de la muchacha enrojeció su bonita cara, y sus ojos negros —risueños y felices—, mirando con ingenuidad desde abajo, se detuvieron en Nejliúdov.

—Lo sé —dijo, con una sonrisa.

En aquel momento, el sacristán —que se abría paso entre la gente con un cepillo de cobre en la mano— pasó al lado de Katiusha y, sin fijarse en ella, la enganchó con los faldones de su alba. Sin duda por respeto hacia Nejliúdov, se alejó y tropezó con Katiusha. A Nejliúdov le resultaba extraño que el sacristán no comprendiera que cuanto existía aquí y en todas las partes del mundo, existía sólo para Katiusha, y que se podía despreciar todo, salvo a ella, que era el centro absoluto. Para ella resplandecía el dorado iconostasio y ardían todos los cirios en los candelabros y las palmatorias, para ella eran esos alegres cánticos: «Aleluya, es la Pascua del Señor, alegraos». Todo cuanto existía de bueno en la Tierra, era para ella. Así le parecía a Nejliúdov cuando miraba su esbelta figura, con el vestido blanco y su alegre rostro reconcentrado, por cuya expresión se daba cuenta de que lo que sonaba en su alma también sonaba en la de ella.

Durante el intervalo entre la primera y la segunda misa, Nejliúdov salió de la iglesia. La gente se apartaba dejándole paso y saludándole. Unos le reconocían, otros preguntaban: «¿De qué familia es?». Se detuvo en el atrio. Le rodearon los mendigos, entre los que repartió las monedas que llevaba en el portamonedas, y bajó las escalinatas de la iglesia.

Había clareado tanto que ya se veía, aunque el sol aún no había salido. La gente se sentó en las tumbas, alrededor de la iglesia. Katiusha se quedó dentro, y Nejliúdov se detuvo a esperarla.

La gente continuaba saliendo y pisando, con las botas claveteadas, por las losas y, bajando la escalinata, se dispersaban por el patio de la iglesia y por el cementerio.

Un viejo, el confitero de María Ivánovna, con la cabeza temblorosa, detuvo a Nejliúdov, cambió con él tres besos tradicionales, y su mujer —una viejecita cuyo cuello arrugado se veía bajo la mantilla de seda— desenvolvió de un pañuelo un huevo, amarillo como el azafrán, y se lo dio. Inmediatamente se acercó un joven campesino musculoso, sonriente, que vestía una podiovka nueva y un cinturón verde.

—¡Cristo ha resucitado! —dijo, con los ojos risueños y acercándose a Nejliúdov, despidiendo ese olor peculiar y agradable del campesino, haciéndole cosquillas con su barba rizada le besó justo en la boca tres veces, con sus labios fuertes y frescos.

Mientras Nejliúdov se besaba con el campesino y aceptaba el huevo pintado de castaño oscuro, apareció el vestido de Matriona Pávlovna, y la bonita cabeza negra con el lacito rojo.

Ella le vio inmediatamente a través de los que iban delante, y Nejliúdov pudo darse cuenta de que su rostro se había iluminado.

Se detuvo con Matriona Pávlovna en el atrio y repartieron limosnas a los pobres. Un mendigo, que tenía una cicatriz roja en lugar de nariz, se acercó a Katiusha. Sacó algo del pañuelo, se lo entregó y, acercándose después sin expresar la menor repugnancia, al contrario, con los ojos risueños, le besó tres veces. En el momento en que se besaba con el mendigo, sus ojos se encontraron con los de Nejliúdov. Parecía preguntar: «¿Está bien lo que hago, está bien así?».

«Sí, sí, querida, todo está bien, todo es encantador, te quiero.» Descendieron la escalinata, y Nejliúdov se acercó. No quería cambiar los tres besos tradicionales, sólo quería estar más cerca de ella.

—¡Cristo ha resucitado! —dijo Matriona Pávlovna, inclinando la cabeza y sonriendo, con una entonación que daba a entender que aquel día todos eran iguales, y limpiándose la boca con un pañuelo arrugado, estiró hacia él sus labios.

—¡En verdad, ha resucitado! —contestaba Nejliúdov, besándola. Miró a Katiusha, ésta se ruborizó y enseguida se acercó a él.

—¡Cristo ha resucitado, Dimitri Ivánovich!

—¡En verdad, ha resucitado! —contestó. Se besaron dos veces y, como si se hubieran quedado pensando si había que besarse más y decidieran que sí, volvieron a besarse por tercera vez, y ambos sonrieron.

—¿No van a casa del pope? —preguntó Nejliúdov.

—No, esperaremos aquí, Dimitri Ivánovich; nos sentaremos un poco —dijo Katiusha respirando trabajosamente, como después de un agradable esfuerzo, mirándole fijamente con sus ojos dóciles, puros y un poco bizcos.

En el amor entre un hombre y una mujer existe siempre un momento, cuando éste llega a su cenit, en que no hay nada consciente, razonado ni sensual. Este momento fue para Nejliúdov aquella noche, víspera del Domingo de Resurrección. Cuando ahora pensaba en Katiusha con todas las circunstancias en que la había visto, aquel momento eclipsaba todas las demás. Recordaba aquella cabeza de cabellos negros, brillantes y lisos, aquel vestido blanco de jaretitas, que le ceñía el talle esbelto y el busto apenas formado, y los colores de sus mejillas, y los ojos dulces —un poco bizcos aquella noche a causa del insomnio—, brillantes, y en todo su ser dos rasgos esenciales: la pureza virginal y el amor, no sólo hacia él —esto lo sabía—, sino hacia todos los seres y hacia todo. No sólo hacia lo bueno que existe en el mundo, sino también hacia aquel mendigo que había besado.

Sabía que en ella existía ese amor, porque en aquella noche y en aquella mañana también sentía dentro de sí ese amor y comprendía que en ese sentimiento se fundían los dos en uno.

¡Ay, si todo se hubiera detenido en el sentimiento de aquella noche! «¡Sí, todo ese horroroso asunto sucedió después de esa noche, víspera de Pascua!», pensaba ahora, sentado junto a la ventana en la habitación de los jurados.

XVI

Al volver de la iglesia, Nejliúdov se despidió de sus tías y, para reanimarse, bebió vodka y vino —según costumbre adquirida en el ejército—, y se fue a su habitación. Sin quitarse la ropa, se quedó dormido. Le despertaron unos golpes en la puerta. Por los golpes reconoció que era ella, se incorporó restregándose los ojos y estirándose.

—¿Eres tú, Katiusha? Entra —dijo, mientras se levantaba. Ella entreabrió la puerta.

—Le llaman para comer —dijo.

Llevaba el mismo vestido blanco, pero sin el lacito en el pelo. Al mirarle a los ojos, resplandeció como si le anunciara algo extraordinario.

—Ahora voy —respondió, cogiendo un peine para desenredar sus cabellos.

Permaneció allí un momento más. Él se dio cuenta y, tirando el peine, se acercó a ella. Pero en aquel instante ella se volvió con rapidez y se fue con sus habituales pasos ligeros y rápidos por la esterilla del pasillo.

«¡Qué tonto soy! —se dijo Nejliúdov—. ¿Por qué no la habré retenido?»

A toda prisa la alcanzó en el pasillo.

Él mismo no sabía lo que deseaba de ella. Pero tenía la impresión de que cuando entró en su cuarto, él debió hacer algo, igual que todos en este caso, pero no lo hizo.

—Katiusha, espera —dijo.

—¿Qué desea? —preguntó, deteniéndose.

—Nada, sólo…

Haciendo un esfuerzo sobre sí mismo y recordando cómo obran los hombres en un caso así, abrazó a Katiusha por el talle.

Ella se detuvo, y le miró a los ojos.

—No está bien, Dimitri Ivánovich, no —dijo enrojeciendo hasta saltársele las lágrimas, y con su mano áspera y fuerte apartó el brazo que la oprimía.

Nejliúdov la soltó, y por un segundo no sólo se sintió incómodo y avergonzado, sino asqueado de sí mismo. No comprendió que aquella incomodidad y vergüenza eran el mejor sentimiento de su alma, que pugnaba por exteriorizarse. Por el contrario, le pareció que aquello le señalaba su estupidez y que era preciso obrar como lo hacían todos.

La alcanzó otra vez, la abrazó de nuevo y la besó en la mejilla. Este beso era ya completamente distinto a aquellos dos besos: el inconsciente, que le dio detrás del seto de las lilas, y el de aquella mañana en la iglesia. Éste había sido horrible, y la muchacha se dio cuenta.

—Pero ¿qué está haciendo? —gritó con una voz como si Nejliúdov acabara de destrozar irremediablemente algo de infinito valor. Y echó a correr a toda prisa.

Entró en el comedor. Sus tías, elegantemente vestidas, el médico y una vecina, tomaban el aperitivo. Todo como de costumbre, pero en el alma de Nejliúdov se desencadenaba una tempestad. No entendía nada de lo que le decían, contestaba sin ton ni son y sólo pensaba en Katiusha, recordando la sensación del último beso en el pasillo. No podía pensar en otra cosa. Cuando entraba en el comedor, sin verla, sentía su presencia con todo su ser, y tenía que realizar un esfuerzo para no mirarla.

Inmediatamente después de comer se retiró a su habitación y presa de una enorme agitación se puso a pasear, escuchando los ruidos de la casa, esperando oír sus pasos. El hombre animal que vivía en su interior no sólo alzó ahora la cabeza, sino que pisoteó al espiritual que estaba en él durante su primera estancia en la finca e incluso aquella mañana en la iglesia, y ese terrible hombre animal dominaba ahora solo su alma. A pesar de que no cesaba de acecharla, aquel día no consiguió encontrarse con ella a solas ni una vez. Sin duda, ella le rehuía. Pero por la noche, tuvo que ir a la habitación contigua a la que ocupaba. El médico se quedaba a pernoctar y Katiusha tenía que preparar la cama del huésped. Al oír sus pasos, Nejliúdov, andando silenciosamente y conteniendo la respiración, como si se preparase para cometer un crimen, entró tras ella.

Con ambas manos metidas en una funda de almohada limpia y sosteniéndola por los picos, se volvió hacia él y sonrió, pero no con la sonrisa alegre y feliz —como antes—, sino asustada y lastimera. Esta sonrisa parecía decirle a Nejliúdov que estaba haciendo algo mal. Se detuvo un momento. Quedaba todavía la posibilidad de luchar. Aunque débil, aún oía la voz del verdadero amor hacia ella, que le hablaba de ella, de sus sentimientos y de su vida. La otra voz le decía: «Mira, vas a dejar escapar tu placer y tu felicidad». Y un terrible e irresistible sentimiento animal se apoderó de él.

Sin dejar de abrazarla, Nejliúdov la sentó en la cama y, dándose cuenta de que tenía que hacer algo más, se sentó a su lado.

—Dimitri Ivánovich, querido, por favor, déjeme —dijo con voz lastimera—. ¡Que viene Matriona Pávlovna! —gritó desasiéndose, y, en efecto, alguien se acercaba a la puerta.

—Entonces, iré a verte esta noche —prorrumpió Nejliúdov—. ¿Estás sola, verdad?

—¡Qué dice usted! ¡Por nada del mundo! Eso no —decía sólo con los labios, pero turbada, con su agitación daba a entender otra cosa.

La persona que se acercaba a la puerta era, en efecto, Matriona Pávlovna. Entró en la habitación con una manta sobre el brazo y mirando con reproche a Nejliúdov reprimió suavemente a Katiusha, porque no había cogido la manta que debía.

Nejliúdov salió en silencio. Ni siquiera se sentía avergonzado. Había visto por la expresión de la cara de Matriona Pávlovna que le censuraba, y tenía razón. Lo que hacía estaba mal hecho, pero el instinto animal había vencido su primitivo amor puro, se había apoderado de él y mandaba, sin admitir ninguna otra cosa. Ahora sabía lo que tenía que hacer para satisfacer sus deseos, y buscaba la forma de hacerlo.

Durante toda la tarde estuvo fuera de sí: tan pronto entraba en la habitación de las tías como salía de allí y se marchaba a su cuarto o se quedaba en la escalinata. Y pensaba en cómo verla a solas, pero Katiusha le rehuía, y Matriona Pávlovna procuraba no perderle de vista.

XVII

Así transcurrió la tarde, y llegó la noche. El doctor se fue a dormir. Las tías se acostaron. Nejliúdov sabía que Matriona Pávlovna estaba ahora con ellas y, por tanto, Katiusha estaría sola en la habitación de las criadas. Salió de nuevo a la escalinata. Fuera estaba oscuro. El tiempo era cálido y húmedo, y el aire estaba impregnado de esa neblina blanca que suelen producir las últimas nieves en primavera o que se forma a causa del deshielo, invadiendo el aire. Desde el río, que estaba a cien pasos de la casa, al pie de la colina, se escuchaban extraños ruidos: se resquebrajaba el hielo.

Nejliúdov descendió la escalinata y, evitando los charcos, pisando la nieve congelada, se dirigió hacia la ventana de las criadas. El corazón le latía de tal forma que lo escuchaba perfectamente; a veces se le cortaba la respiración, otras, respiraba profundamente. Una lamparita ardía en la habitación. Katiusha permanecía sentada ante la mesa, pensativa y con la mirada en el vacío. Nejliúdov permaneció mucho tiempo sin moverse. La observaba, deseando saber qué iba a hacer, suponiendo que nadie la veía. Durante dos minutos permaneció sentada inmóvil, luego levantó los ojos, sonrió, movió la cabeza como haciéndose un reproche y, cambiando de postura, colocó ambas manos con ímpetu sobre la mesa y concentró su mirada ante sí.

Nejliúdov permanecía allí, la miraba a la vez que oía involuntariamente los latidos de su propio corazón y los extraños sonidos que llegaban desde el río, entre la niebla, con incansable y lento trabajo, y que se oían como un ronquido, o como un chasquido, o sonaban como cristal las finas capas de hielo.

Permanecía allí contemplando la cara pensativa y atormentada de Katiusha, y sintió lástima de ella; pero, cosa extraña, esa lástima sólo aumentaba el deseo de poseerla.

El deseo le dominaba por completo. Golpeó la ventana. Se le estremeció todo el cuerpo como una sacudida eléctrica, y el temor se dibujó en su rostro. Después dio un salto, se acercó a la ventana y pegó la cara al cristal. La expresión de horror no abandonó su rostro cuando, colocando ambas palmas en las sienes —para ver mejor— le reconoció. Su cara estaba extraordinariamente seria, él no la había visto nunca así. Sólo sonrió cuando le vio sonreír a él, pero era únicamente como sometimiento; en su alma no había una sola sonrisa, sino pánico. Nejliúdov le hizo una señal con la mano, llamándola para que se reuniera con él en el patio. Pero ella movió la cabeza negativamente, y continuó junto a la ventana. Él acercó de nuevo la cara al cristal y quiso gritarle que saliera, pero en aquel momento se volvió hacia la puerta; por lo visto la había llamado alguien. Nejliúdov se apartó de la ventana. La niebla era tan densa que, retirándose a cuatro pasos de la casa, no se veía las ventanas, solamente se divisaba una masa negra en la cual se destacaba la luz roja de la lámpara, que parecía enorme. En el río continuaba aquel extraño rumor, crujido, resquebrajamiento y sonido producidos por el hielo. A lo lejos, en el fondo de la niebla, en el patio, cantó un gallo, respondieron de cerca otros, y desde lejos, desde la aldea, se oyeron otros interrumpiéndose hasta fundirse en un solo grito. Todo alrededor, salvo el río, estaba completamente silencioso. Ya los gallos cantaban por segunda vez. Pasó un par de veces abajo y arriba hasta la esquina de la casa, y pisó algunos charcos. De nuevo Nejliúdov se acercó a la ventana de las criadas. La lámpara continuaba todavía encendida y Katiusha estaba otra vez sola, sentada junto a la mesa, como indecisa. Tan pronto como se acercó a la ventana, se volvió para mirarle. Golpeó el cristal. Sin mirar quién había llamado, salió corriendo inmediatamente de la habitación y Nejliúdov oyó cómo se despegaba y crujía la puerta de salida. Ya la esperaba en el porche y —sin pronunciar palabra— la abrazó. Se apretó contra él, levantó la cabeza y con los labios recibió su beso. Permanecían al lado del porche, en un lugar llano y seco, y Nejliúdov se encontraba repleto de un deseo torturante e insatisfecho. De pronto, la puerta volvió a despegarse de la misma forma y se oyó un chirrido, mientras se oía la voz enfadada de Matriona Pávlovna:

—¡Katiusha!

Se desasió, y volvió a la habitación de las criadas. Oyó el portazo y el cerrojo. Después, todo quedó en silencio. Desapareció el ojo encarnado de la ventana, sólo quedaba la niebla y el rumor sobre el río.

Nejliúdov se acercó a la ventana, no se veía a nadie. Dio unos golpecitos, pero nadie le respondió. Volvió a la casa por la puerta principal, pero no pudo dormirse. Se quitó las botas y, descalzo, fue por el pasillo hacia la puerta de Katiusha, que estaba junto a la habitación de Matriona Pávlovna. Primero oyó cómo roncaba tranquilamente Matriona Pávlovna, y cuando estaba dispuesto a entrar, la mujer tosió, se dio la vuelta e hizo crujir la cama. Se quedó petrificado, y permaneció así unos cinco minutos. Cuando todo volvió a quedar en silencio y se escuchó otra vez el roncar tranquilo —tratando de pisar las tablas que no crujían—, fue más lejos, y se acercó hasta la puerta de la muchacha. No se oía nada. Ella por lo visto no dormía, porque no se oía su respiración. Pero tan pronto como él susurró: «Katiusha», de un brinco se acercó a la puerta y, enfadada, según le pareció, se puso a rogarle que se marchara.

—Pero ¿qué es eso? ¿Se puede, acaso…? Nos van a oír las tías

—decía con los labios, pero todo su ser exclamaba: «Soy toda tuya». Y sólo esto era lo que entendía Nejliúdov.

—Bueno, abre un momentito. Te lo ruego —decía palabras sin sentido.

Ella guardó silencio, luego Nejliúdov oyó el roce de la mano buscando el pestillo, y entró por la puerta abierta.

La cogió en brazos, tal como estaba con un camisón de tela basta sin mangas, la levantó y la llevó.

—¡Ay! ¿Qué hace usted? —susurraba.

Pero sin hacer caso a sus palabras, la llevó a su habitación.

—¡Ay! ¡No! ¡Déjeme! ¡Déjeme! —decía, pero al mismo tiempo se apretaba contra él.

Cuando Katiusha, trémula y silenciosa, sin contestar nada a sus palabras, se marchó de la habitación, Nejliúdov salió a la escalinata y se detuvo, tratando de comprender el significado de lo que acababa de ocurrir.

Empezaba a clarear. Abajo, en el río, los chasquidos, el sonido y el rumor del hielo se habían reforzado con el ruido del agua. La niebla empezó a descender y a través de la cortina que había formado surgió la luna en cuarto menguante, iluminando de un modo lóbrego algo negro y espantoso.

«¿Qué ha sido esto? ¿Ha sido mi gran felicidad o mi gran desgracia?», se preguntó. «Siempre es así, todo es así», se dijo, y se marchó a dormir.

XVIII

Al otro día, el brillante y alegre Shembok vino a buscar a Nejliúdov a casa de sus tías. Fascinó a éstas con su elegancia, galantería, esplendidez, alegría y cariño hacia Dimitri. Aunque su generosidad gustó mucho a las tías, sin embargo les produjo cierta confusión por lo exagerada. A un pobre ciego que había venido a pedir le dio un rublo; repartió quince rublos de propina a los criados, y cuando Suzetka, la perrita de lanas de Sofía Ivánovna, se había lastimado delante de él una pata hasta sangrar, sin pensarlo ni un minuto rompió su pañuelo de batista bordada —Sofía Ivánovna sabía que esos pañuelos costaban no menos de quince rublos la docena—, para convertirlo en vendas para Suzetka. Las tías nunca habían visto ni conocido gente así, y no sabían que Shembok tenía una deuda de doscientos mil rublos. Deuda —él lo sabía— que no se pagaría nunca, y por eso veinticinco rublos más o menos no tenían la menor importancia.

Shembok pasó sólo un día en la finca, y a la noche siguiente se marchó con Nejliúdov. No podían quedarse más, porque había llegado el momento límite para presentarse en el regimiento.

En el alma de Nejliúdov, aquel último día pasado en casa de sus tías, cuando todavía estaba reciente el suceso de la noche anterior, se debatían dos sentimientos: el recuerdo ardiente del amor carnal que, aunque no le había proporcionado lo que esperaba, le satisfacía por haber conseguido su propósito, y el tener conciencia de que había obrado muy mal y que era preciso repararlo, no por ella, sino por sí mismo.

En el estado de total egoísmo en que se encontraba, Nejliúdov sólo pensaba en sí mismo. Pensaba hasta qué punto le censurarían, si llegaban a enterarse de cómo había procedido con Katiusha, pero no en lo que pudiera sentir la muchacha ni en lo que iba a ser de ella.

Creía que Shembok había adivinado sus relaciones con Katiusha, y esto halagaba su amor propio.

—Ya, ya, comprendo por qué de pronto has empezado a querer tanto a tus tías —le dijo Shembok, al ver a Katiusha— y que lleves viviendo aquí una semana. En tu lugar, yo tampoco me hubiera marchado. ¡Es una maravilla!

También pensaba que era una lástima marcharse ahora, sin haber gozado plenamente del amor con ella, pero la irremisible necesidad de marcharse tenía la ventaja de romper inmediatamente las relaciones, que hubiera resultado difícil mantener. Creía también que debía darle dinero, no para ella, no porque ese dinero pudiera hacerle falta, sino porque siempre se hacía así en tales circunstancias. Le considerarían un hombre sin honor si después de haberse aprovechado de ella no le hubiese pagado. Y le dio ese dinero, la cantidad que consideraba conveniente con relación a sus respectivas posiciones.

El día de la marcha, después de comer, la esperó en el zaguán. Se arrebató al verle y quiso pasar de largo, indicándole con los ojos la puerta abierta de la habitación de las criadas, pero él la retuvo.

—Quería despedirme —dijo, arrugando en la mano un sobre con un billete de cien rublos—. Yo he…

Comprendió lo que era, frunció el ceño, sacudió la cabeza y rechazó su mano.

—No, cógelo —farfulló y le metió el sobre por el escote y, como si se hubiese quemado, haciendo una mueca y lanzando un gemido, corrió a su habitación.

Después de esto, durante mucho tiempo, estuvo paseando por la habitación y cada vez que recordaba esa escena se encogía y hasta daba saltos y gemía, como si experimentase un dolor físico.

«Bueno ¿y qué hacer? Siempre es así. Eso le pasó a Shembok con la institutriz, según contaba él mismo; así ocurrió con el tío Grisha; así pasó con mi padre, cuando vivía en la aldea y tuvo con aquella campesina un hijo natural, Mítienka, que vivía aún. Si todos proceden de ese modo, debe hacerse así.» De esta manera trataba de tranquilizarse, pero sin conseguirlo. Este recuerdo le abrasaba la conciencia. En lo más hondo de su alma sabía que actuó de un modo tan vil, tan bajo y cruel que, reconociendo esta conducta, no sólo no podía juzgar a nadie, sino ni siquiera mirarle a la cara. Sin hablar ya de considerarse un joven encantador, noble y magnánimo, por el que siempre se había tenido. Sin embargo, debía considerarse como tal, para continuar viviendo alegre y animado. Para eso no había más que un recurso: no pensar en lo ocurrido. Y así lo hizo.

La nueva vida que le esperaba —nuevos lugares, los camaradas, la guerra— le ayudaron en esto. Y cuanto más vivía tanto más iba olvidando y, en efecto, finalmente, olvidó por completo.

Sólo una vez, después de la guerra, con la esperanza de verla, fue a casa de sus tías, y al enterarse de que Katiusha ya no estaba, que enseguida después de su marcha se fue de la casa, que dio a luz en algún sitio —según habían oído sus tías— y que se había envilecido por completo, a Nejliúdov se le oprimió el corazón. Por el tiempo transcurrido, el niño que había dado a luz podía ser suyo, pero también podía no ser de él. Las tías aseguraban que se había envilecido y que era una naturaleza corrompida, lo mismo que su madre. Y este juicio de sus tías le resultaba agradable, porque era como si le justificase. Al principio, a pesar de todo, quiso buscarla a ella y al niño, pero precisamente porque en el fondo de su alma sentía demasiado dolor y vergüenza, no hizo los esfuerzos necesarios para encontrarla, se olvidó de su pecado y dejó de pensar en él.

Pero ahora, esta extraordinaria casualidad le recordaba todo y le exigía que reconociese su falta de corazón, su crueldad y su infamia, que le había permitido vivir tranquilamente estos diez años con ese pecado sobre la conciencia. Pero estaba todavía lejos de reconocerlo, y ahora sólo pensaba en la forma de que todo aquello no se conociera y ella o sus defensores no lo contaran y no le avergonzaran en público.

<h3 align="center">XIX</h3>

En esta disposición de ánimo se encontraba Nejliúdov, viniendo de la sala al entrar en la habitación de los jurados. Permanecía sentado junto a la ventana, oyendo las conversaciones de su alrededor, y sin dejar de fumar.

El comerciante jovial, por lo visto, aprobaba con toda su alma la forma de divertirse del comerciante Smelkov.

—¡Bueno! ¡Cómo se divertía el amigo! ¡Al estilo siberiano! No tenía ni pizca de tonto y ¡menuda muchacha eligió!

El presidente del jurado exponía las consideraciones de que todo dependía de las pruebas de los peritos. Piotr Guerasímovich bromeaba con el dependiente judío, y ambos se echaron a reír. Nejliúdov contestaba con movimientos de cabeza a las preguntas que le hacían, y sólo deseaba que le dejasen en paz.

Cuando el ujier, con su ladeada forma de andar, entró en la habitación de los jurados para invitarles de nuevo a pasar a la sala, Nejliúdov sintió terror, como si no fuera él quien iba a juzgar, sino que lo llevaran a juicio. En el fondo de su alma se sentía ya un miserable a quien debería dar vergüenza mirar a los ojos a la gente; sin embargo, por la fuerza de la costumbre, con aire de autosuficiencia y seguridad entró en la sala, subió al estrado y se sentó en su sitio —el segundo después del presidente—, cruzó las piernas y se puso a juguetear con las lentes.

A los acusados también les condujeron a alguna parte, y en aquel momento acababan de traerlos.

En la sala había caras nuevas, eran los testigos. Nejliúdov se dio cuenta de que Máslova miraba repetidas veces, como si no pudiera apartar los ojos, a una mujer gruesa, muy elegante, vestida de seda y terciopelo, un sombrero alto con un gran lazo y un elegante bolso colgado del brazo desnudo hasta el codo, que estaba sentada en la primera fila detrás de la barandilla. Según supo después, era la dueña del establecimiento donde había vivido Máslova.

Comenzó el interrogatorio de los testigos: nombre, religión, etc., y, por último, si querían declarar bajo juramento o no. Otra vez arrastrando con dificultad las piernas, apareció el viejo sacerdote y de nuevo, arreglándose la cruz de oro sobre la seda del hábito, con la misma tranquilidad y seguridad de quien cumple un deber totalmente útil e importante, llevó a los testigos y al perito al atril. Terminada la ceremonia, se llevaron a todos los testigos, dejando sólo uno, precisamente a Kitáieva, la dueña de la casa de tolerancia. Le preguntaron acerca de lo que sabía sobre este asunto. Con una sonrisa afectada, moviendo su ensombrerada cabeza ante cada frase, con acento alemán, expuso los hechos de forma coherente y ordenada.

El comienzo fue la llegada a su establecimiento del camarero Simón, al que conocía, en busca de una muchacha para un rico comerciante siberiano.

—El comerciante estaba ya en éxtasis —decía Kitáieva, sonriendo ligeramente— y en mi casa continuó bebiendo y convidando a las chicas. Pero como le faltó dinero, mandó a su habitación a Liubov, por la cual sentía predilección —dijo, mirando a la acusada.

A Nejliúdov le pareció que Máslova había sonreído al oír esto, y esa sonrisa le desagradó. Le invadió un sentimiento indeterminado, una mezcla de asco y de compasión.

—¿Qué opinión tenía usted de Máslova? —preguntó el defensor de Máslova designado por el Tribunal, ruborizándose y encogiéndose.

—Inmejorable —contestó Kitáieva—, es una muchacha culta y distinguida. Ha sido educada en una buena familia, y podía leer en francés. Bebía un poco más de la cuenta, pero no discutía nunca. Una muchacha completamente buena.

Katiusha miraba a la patrona, pero luego, de pronto, desvió la mirada hacia los jurados y la detuvo en Nejliúdov; su rostro se puso serio y hasta severo. Uno de sus ojos bizqueaba. Durante bastante tiempo, esos ojos de extraño mirar se fijaron en Nejliúdov. Y a pesar del pánico que le había invadido, Nejliúdov no pudo apartar su mirada de esas pupilas bizcas, con el blanco del ojo muy brillante. Recordó aquella terrible noche, con el chasquido del hielo, la niebla y, sobre todo, aquella luna menguante, colocada al revés, que se había empezado a ocultar en la madrugada e iluminaba algo negro y horrible. Esos ojos negros que le miraban y miraban por encima de él le recordaban ese algo negro y horrible.

«¡Me ha reconocido!», pensó. Y Nejliúdov se encogió, como esperando un golpe. Pero no fue así. Suspiró tranquila y volvió a mirar al presidente. Nejliúdov suspiró también. «¡Ay, ojalá termine esto pronto!», pensó. Experimentaba ahora la misma sensación que cuando iba de caza, y era preciso rematar el ave herida: le resultaba desagradable, le daba pena y le producía despecho. El ave herida se debatía en el morral: le daba asco y lástima, y quería rematarla enseguida y olvidar.

Nejliúdov ahora experimentaba esta mezcla de sentimientos, mientras escuchaba las declaraciones de los testigos.

<h2 style="text-align:center">XX</h2>

Pero como si se hiciese adrede para él, la vista se prolongaba mucho: después de haber interrogado a los testigos y al perito, uno a uno, y después de todas las preguntas, hechas como de costumbre, con notable apariencia de innecesarias, por parte del fiscal y de los abogados defensores, el presidente invitó a los jurados a examinar las piezas de convicción, consistentes en una enorme sortija con un rosetón de brillantes, y el filtro, en el cual había sido analizado el veneno. Estos objetos estaban precintados y llevaban unas etiquetas.

Los jurados ya se disponían a examinar las piezas, cuando el fiscal volvió a incorporarse un poco y exigió que antes del examen de las piezas de convicción se diera lectura al informe del forense que había realizado la autopsia.

El presidente, que aceleraba el asunto cuanto podía, para llegar a tiempo a la cita con la suiza, aunque sabía muy bien que la lectura de este documento no podía tener otra consecuencia que el aburrimiento y retrasar la hora de la comida y que el procurador exigía esta lectura sólo porque conocía el derecho de exigirla, así y todo no pudo negarla y anunció su aprobación. El secretario alcanzó el papel y otra vez con pronunciación incorrecta de las letras l y r, empezó a leer con voz tristona:

Del examen exterior del cadáver, resulta que:

1) La estatura de Ferapont Smelkov era de 2 arshines y 12 vershkí.

—¡Caramba! Era un hombre fortachón —susurró con precaución el comerciante al oído de Nejliúdov.

2) La edad, por su aspecto exterior, se calcula en unos cuarenta años.

3) El cadáver estaba hinchado.

4) El color de los tegumentos aparecía verdoso, en algunas partes con machas oscuras.

5) El cuerpo estaba cubierto de ampollas de diferentes tamaños, algunas reventadas, con la piel colgando en grandes tiras.

6) El cabello, rubio oscuro y espeso, al menor contacto con el cuero cabelludo se desprendía.

7) Los ojos estaban fuera de las órbitas, y las córneas empañadas.

8) De la nariz, de los oídos y de la cavidad bucal manaba un líquido espumoso y sanguinolento. La boca estaba medio abierta.

9) El cuello casi no existía, debido a la hinchazón de la cara y del pecho, etc., etc.

Continuaba de esta manera, en cuatro hojas y veintisiete párrafos, una detallada descripción del examen exterior del enorme cadáver en descomposición, horroroso, gordo e hinchado, del comerciante que había ido a la ciudad para divertirse. La imprecisa sensación de asco que experimentaba Nejliúdov se reforzó con la lectura de la descripción del cadáver.

La vida de Katiusha, el liquido sanguinolento que manaba de la nariz del cadáver, los ojos fuera de las órbitas y su proceder con ella, todo esto le parecían cosas del mismo orden, y por todas partes estaba rodeado y envuelto en ellas. Cuando por fin terminó la lectura del examen externo del cadáver, el presidente suspiró y levantó la cabeza con la esperanza de que había terminado. Pero el secretario empezó a leer inmediatamente el examen del reconocimiento interior.

El presidente inclinó de nuevo la cabeza y, apoyándose en un brazo, cerró los ojos. El comerciante sentado junto a Nejliúdov, a duras penas contenía el sueño y de cuando en cuando se balanceaba; los acusados, igual que los guardias que estaban detrás de ellos, permanecían sentados inmóviles.

«Según el reconocimiento interior, resulta que:

»1) Las membranas del cráneo estaban exageradamente desprendidas de los huesos, pero no había señales de hemorragia.

»2) Los huesos del cráneo, de mediano grosor, aparecían intactos.

»3) En la corteza cerebral aparecen dos pequeñas manchas pigmentadas, aproximadamente de cuatro pulgadas, la corteza presenta un color blanco mate», etc., y seguían otros trece párrafos.

A continuación venían los nombres de los testigos, las firmas y la conclusión del forense. De ésta resultaba que lo descubierto en la autopsia y anotado en el protocolo, las alteraciones en el estómago, en parte de los intestinos y riñones, permitían deducir con el máximo de probabilidades que la muerte de Smelkov era consecuencia del envenenamiento, que había llegado a su estómago mezclado con vino.

—Se ve que bebía mucho —susurró otra vez el comerciante, espabilándose.

La lectura de este informe, que había durado cerca de una hora, no satisfizo, sin embargo, al sustituto del fiscal. Cuando se terminó la lectura del informe, el presidente se volvió hacia él.

—Considero innecesaria la lectura del análisis de las vísceras.

—Yo rogaría que se le diese lectura —dijo severamente el sustituto del fiscal, sin mirar al presidente, incorporándose un poco de medio lado y dando a entender por el tono de la voz que la petición de la lectura constituía su derecho al que no renunciaría y que una negativa podía dar lugar a la casación del proceso.

El juez de la gran barba y de los ojos bondadosos de párpados caídos, que padecía catarro estomacal, sintiéndose muy débil, se dirigió al presidente:

—¿Qué necesidad hay de leer eso? Sólo prolongará la vista.

Esas escobas nuevas no barren mejor, sino más despacio.

El juez de los lentes de oro no dijo nada y miraba con aire sombrío y decisivo ante sí, no esperando ni de su mujer ni de la vida nada bueno.

Dio comienzo la lectura del informe.

El día 15 de febrero de 188…, yo, el abajo firmante, en cumplimiento de una orden de la sección médica, con el número 638 —empezó a leer otra vez el secretario con decisión y elevando el tono de voz, como queriendo alejar el sueño, que invadía a todos los presentes—, y en presencia del ayudante del inspector médico, habiendo practicado el análisis de las siguientes vísceras:

1) Del pulmón derecho y del corazón (conservado en un frasco de cristal de seis libras).

2) Del contenido del estómago (en un frasco de cristal de seis libras).

3) Del estómago (en un frasco de cristal de seis libras).

4) Del hígado, del bazo y de los riñones (en un frasco de cristal de tres libras).

5) De los intestinos (en una vasija de barro de seis libras).

El presidente del Tribunal se inclinó hacia uno de los jueces y le susurró algo, después se inclinó hacia el otro y, recibiendo una contestación afirmativa, interrumpió la lectura.

—El Tribunal considera inútil la lectura de este informe —dijo.

El secretario enmudeció y empezó a recoger los papeles. El sustituto del fiscal, con aire de enfado, se puso a anotar algo.

—Los señores jurados pueden examinar las piezas de convicción —proclamó el presidente del Tribunal.

El presidente y algunos de los jurados se pusieron en pie y, molestos por los movimientos o la situación en que habrían de colocar sus manos, se acercaron a la mesa y por turno examinaron la sortija, el frasco y el filtro. El comerciante incluso se probó el anillo.

—¡Vaya dedo que tenía! —dijo al volver a su sitio—. Como un buen pepino —añadió divertido, sin duda, por la imagen que se había formado del comerciante envenenado, que se le presentaba como un Hércules.

XXI

Cuando terminó el examen de las piezas de convicción, el presidente declaró terminada la instrucción judicial, y deseando verse libre pronto, concedió la palabra al sustituto del fiscal, sin hacer el menor intervalo. Como éste también era un hombre, confiaba que tendría ganas de fumar, de comer, y que se compadecería de los demás. Pero no se apiadó de sí mismo ni de los demás. El sustituto del fiscal era tonto por naturaleza, pero además tuvo la desgracia de acabar el bachillerato con medalla de oro y de haber obtenido un premio en la Universidad por su tesis sobre la esclavitud en el Derecho romano. Por esto tenía esa seguridad y estaba contento de sí mismo —a lo que también contribuía su éxito con las mujeres—, y como consecuencia de todo, su tontería había aumentado. Cuando le fue concedida la palabra, se levantó con lentitud, irguiendo su graciosa figura envuelta en la toga bordada, y apoyando ambas manos en la mesa, con la cabeza ligeramente inclinada, paseó la vista por la sala, sin mirar a los acusados, y empezó:

—El asunto que se somete al juicio de ustedes, señores jurados —comenzó su discurso, preparado durante la lectura de las actas—, es un crimen característico, si me permiten la expresión.

El discurso del sustituto del fiscal —según su propia opinión— debería tener un alcance social, como aquellos célebres discursos que hicieron famosos a algunos abogados. Cierto que entre el auditorio sólo había tres mujeres: una costurera, una cocinera y la hermana de Simón, y un cochero, pero eso no quería decir nada. Los famosos habían empezado así. La norma del sustituto del fiscal era —para estar siempre a la altura de su situación— penetrar en el fondo de la significación psicológica de cada delito y descubrir las lacras de la sociedad.

—Señores del jurado, tienen ustedes delante un crimen característico, si puedo expresarme de esta forma, de final de siglo, que lleva sobre sus espaldas, por decirlo así, los rasgos específicos de la penosa aparición de la descomposición en que se encuentran en nuestros días aquellos elementos de nuestra sociedad, que se hallan, por decirlo así, bajo los rayos abrasadores de este proceso...

El sustituto del fiscal habló durante mucho tiempo; por una parte, tratando de recordar todas aquellas cosas inteligentes que se le habían ocurrido, y, por otra, y esto era lo más importante, procurando no interrumpirse ni un minuto y conseguir que su discurso fluyese sin cesar a lo largo de una hora y cuarto. Sólo se interrumpió una vez y durante bastante tiempo estuvo tragando saliva, pero se recuperó enseguida y compensó la interrupción reforzando la belleza de su discurso, ya hablando con voz tierna e insinuante, dejando caer el peso de su cuerpo en un pie o en otro, con la mirada puesta en los jurados; ya con un tono reposado y natural, mientras consultaba sus notas; ya en voz alta y enérgica, dirigiéndose tan pronto al auditorio como a los jurados. Pero no miró ni una sola vez a los acusados, y los tres tenían clavados en él los ojos. En su discurso estaban todas las fórmulas nuevas de moda en su círculo y lo que se consideraba entonces —y aún hoy día— la última palabra de la ciencia. Habló de la herencia, de la criminalidad innata, de Lombroso, de Tardé, de la evolución, de la lucha por la existencia, de hipnotismo, de la sugestión, de Charcot y de la decadencia.

El comerciante Smelkov, a juicio del sustituto del fiscal, era el prototipo de hombre ruso: fuerte, intacto, con su naturaleza magnánima, el cual, como consecuencia de su buena fe y generosidad, cayó víctima de unas personas perversas, en cuyo dominio se había introducido.

Simón Kartinkin era un producto atávico de la antigua esclavitud, un hombre cerrado, sin instrucción, sin principios e incluso sin religión. Efimia era su amante, y una víctima de la herencia. Se apreciaban en ella todos los síntomas de un ser degenerado. El elemento fundamental del crimen era Máslova, que representaba el tipo de la decadencia social en su forma más baja.

—Esa mujer —decía el sustituto del fiscal, sin mirarla— ha recibido instrucción, según acaba de declarar la dueña del establecimiento en que estaba. No sólo sabe leer y escribir, también sabe francés; es huérfana, probablemente lleva en sí el germen de la delincuencia, ha sido educada en una familia noble e inteligente y hubiera podido vivir de un trabajo honrado. Pero abandona a sus protectores, se entrega a sus pasiones y para satisfacerlas ingresa en una casa de tolerancia, donde se destaca de sus compañeras por su educación y, sobre todo, como han oído ustedes aquí, señores del jurado, declarado por su patrona, por saber influir sobre los visitantes con esa misteriosa forma estudiada en los últimos tiempos por la ciencia, en particular por la escuela de Charcot, conocida con el nombre de sugestión. Con estos mismos medios domina al ingenuo y confiado héroe ruso, a ese Sadkó, invitado rico, y utiliza esa confianza para robarle primero y luego, despiadadamente, quitarle la vida.

—Vaya, parece que se ha puesto a divagar —dijo el presidente del Tribunal, sonriendo e inclinándose hacia el juez.

—Es un tonto de remate —convino el severo juez.

—Señores del jurado —mientras tanto el sustituto del fiscal continuaba moviendo graciosamente su delgado talle—, en vuestras manos está la suerte de estas personas, pero también está en vuestras manos, en parte, la suerte de la sociedad, sobre la que ejerceréis influencia con vuestro veredicto. Penetrad en la importancia de este crimen, en el peligro que representa para la sociedad la existencia de tales individuos patológicos, digámoslo así, como Máslova, y preservad de su contagio a los inocentes y sanos elementos de la sociedad, preservadlos del contagio y la frecuente ruina.

Y como si se sintiera aplastado por la importancia del futuro veredicto, el sustituto del fiscal, sin duda muy entusiasmado por su propia elocuencia, se dejó caer en el sillón.

El sentido de su discurso, a excepción de la belleza de su elocuencia, consistía en que Máslova había hipnotizado al comerciante con objeto de adueñarse de su confianza y, una vez en su habitación, había querido apoderarse del dinero, pero al ser sorprendida por Simón y Efimia, tuvo que compartirlo con ellos. Después, para borrar las huellas del robo, volvió de nuevo con el comerciante al hotel, y allí lo envenenó.

Después del discurso del sustituto del fiscal, del banco de los abogados se levantó un hombre de mediana edad, vestido de frac y con una amplia pechera blanca semirredonda y almidonada, y pronunció con destreza el discurso en defensa de Kartinkin y Bochkova. Simón y Efimia le habían contratado por trescientos rublos. Justificaba plenamente su inocencia y echaba toda la culpa sobre Máslova.

Refutaba la declaración de Máslova acerca de que estuvieran presentes Bochkova y Kartinkin cuando cogió el dinero, insistiendo en que la declaración no tenía valor porque se trataba de una persona convicta de envenenamiento. El dinero, los dos mil quinientos rublos —dijo el abogado— podían haber sido ganados por los dos criados trabajadores, que recibían a veces al día de tres a cinco rublos de los huéspedes. El dinero del comerciante había sido, pues, robado por Máslova y entregado a alguien o incluso perdido, ya que se encontraba en estado de embriaguez. Ella sola era quien había envenenado a la víctima.

Como consecuencia de todo ello, pedía a los jurados que reconociesen inocentes a Kartinkin y Bochkova en el robo del dinero; si los reconocían culpables en el robo, entonces sin participación en el envenenamiento y sin premeditación.

Al final, el abogado, para contrariar al sustituto del fiscal, dijo que la brillante disertación de sus consideraciones sobre la herencia era improcedente en este caso, ya que Bochkova era hija de padres desconocidos.

El sustituto del fiscal, con enfado, como enseñando los dientes, apuntó algo en un papel, y con despectiva extrañeza se encogió de hombros.

A continuación se levantó el defensor de Máslova y, tímidamente, trabándosele la lengua, pronunció el discurso de defensa. Sin negar que Máslova hubiera participado en el robo del dinero, insistía solamente en que no tuvo intención de envenenar a Smelkov y le había dado los polvos sólo con la intención de que durmiera. Quiso mostrarse elocuente, describiendo cómo Máslova fue empujada al vicio por un hombre que la había seducido, quedando impune, mientras que ella tuvo que cargar con todo el peso de su caída. Pero fracasó en su incursión en el terreno de la psicología, y todos se sintieron molestos. Cuando empezó a hablar acerca de la crueldad de los hombres y de lo indefensas que estaban las mujeres, el presidente, queriendo ayudarle, le invitó a que se ciñera a los hechos.

Después de este defensor, volvió a levantarse el sustituto del fiscal y defendió su posición acerca de la herencia en contra de lo que había dicho el primer defensor. Si Bochkova era hija de padres desconocidos, entonces la verdad de la ciencia del atavismo no se invalidaba en modo alguno, ya que la ley de la herencia estaba tan sólidamente establecida por la ciencia que no sólo podemos deducir el crimen de la herencia, sino también la herencia del crimen. En cuanto a la hipótesis emitida por la defensa de que Máslova había sido pervertida por un seductor imaginario — pronunciando esta última palabra con especial veneno—, todas las pruebas coincidían en mostrar que era ella la seductora de innumerables víctimas, que habían pasado por sus manos. Dicho esto, se sentó con aire victorioso.

Después se ofreció a los condenados la posibilidad de alegar.

Efimia Bochkova repitió lo de antes: que no sabía nada y que no había participado en nada, e insistió tenazmente en que la culpable de todo era Máslova.

Simón sólo repitió varias veces:

—Pueden hacer lo que quieran, no soy culpable.

Máslova no alegó nada. Cuando el presidente la invitó a que dijese cuanto tuviera en su defensa, sólo levantó hacia él los ojos, miró a todos, como una fiera acorralada, enseguida los bajó y se echó a llorar, con grandes sollozos.

—¿Qué le pasa? —preguntó el comerciante que estaba sentado al lado de Nejliúdov, al oír un sonido extraño emitido por el pecho de Nejliúdov. El sonido era un sollozo ahogado.

Nejliúdov no entendía aún todo el significado de su situación actual y atribuyó a la tensión nerviosa el apenas contenido sollozo y las lágrimas que habían llenado sus ojos. Se colocó las lentes para ocultarlas, luego sacó el pañuelo y se puso a sonarse.

El pánico ante el oprobio en el que se vería envuelto si todos los presentes de la sala se enterasen de su proceder ahogaba el trabajo que se realizaba en su fuero interno. Este pánico era más fuerte que todos los demás sentimientos.

XXII

Después de las últimas palabras de los acusados y de los debates de las partes acerca de cómo iban a formularse las preguntas, que duraron bastante tiempo, éstas se formularon y el presidente dio comienzo al resumen.

Antes de exponer el asunto, el presidente explicó durante mucho tiempo a los jurados, con una agradable entonación familiar, qué era el saqueo, el robo y el hurto realizado en lugar abierto o cerrado. Mientras explicaba esto miraba con cierta frecuencia a Nejliúdov, deseando de un modo especial sugerirle esta importante circunstancia, con la esperanza de que al comprenderla la explicaría a sus compañeros. Luego, cuando juzgó que los jurados estaban suficientemente impregnados de estas verdades, se puso a desarrollar otra verdad: que el asesinato es un acto que produce la muerte y que, por tanto, el envenenamiento también es un asesinato. Cuando esta verdad, según su criterio, quedó también interpretada por los jurados, les explicó que si el robo y el asesinato se llevaban a cabo conjuntamente, entonces el crimen queda constituido por el robo y el asesinato.

A pesar de que quería desembarazarse de esto cuanto antes, porque le esperaba la institutriz suiza, estaba tan acostumbrado a su oficio, que cuando empezaba a hablar ya no podía detenerse. Por eso persuadía detalladamente a los jurados a que si encontraban culpables a los acusados, tenían derecho a reconocerlos culpables; si los encontraban culpables de una cosa, pero inocentes de otra, podían reconocerlos culpables en una cosa, pero inocentes en otra. También les explicó que si bien se les otorgaba ese derecho, debían emplearlo de una forma razonable. Quería también explicarles que si a una pregunta contestaban afirmativamente, ésta se aplicaría a su conjunto, y que si deseaban que su afirmación se refiriese a una parte determinada debían expresarlo así, y mencionar lo que no reconocían. Pero miró su reloj y, viendo que ya eran las tres menos cinco, decidió inmediatamente abordar el asunto.

—Las circunstancias de este proceso son las siguientes — empezó a decir, y repitió varias veces lo mencionado por los abogados, el sustituto del fiscal y los testigos.

El presidente hablaba y a su lado los jueces escuchaban con expresión ensimismada, y de vez en cuando consultaban sus relojes, encontrando que su discurso, aunque muy bueno, es decir, tal como debía ser, resultaba un poco largo. De la misma opinión era el sustituto del fiscal y todos los presentes en la sala. El presidente terminó el resumen.

Parecía que todo estaba dicho. Pero el presidente no podía de ningún modo apartarse de su derecho de hablar —tanto le agradaba escuchar las inflexiones persuasivas de su propia voz— y consideró necesario añadir algunas palabras sobre la importancia del derecho que se concedía a los jurados, y de que debían utilizar este derecho con atención y cuidado y no extralimitarse. Les recordó que habían prestado juramento, que representaban la conciencia de la sociedad y que el secreto de las deliberaciones debe ser sagrado, etc.

Desde el momento en que el presidente empezó a hablar, Máslova le miraba sin apartar de él los ojos, como si temiera perder una sola palabra. Por eso Nejliúdov, no temiendo encontrarse con los ojos de Máslova, no dejaba de observarla.

Y en su imaginación acontecía lo que sucede generalmente cuando se vuelve a ver el rostro de una persona querida que no se ha visto en muchos años. Al principio, extrañan los cambios exteriores producidos durante la ausencia, pero, poco a poco, se van haciendo exactamente iguales a como eran tiempo atrás, desaparece el pasado y ante los ojos del alma surgen únicamente la expresión exclusiva y sin par de la individualidad espiritual.

Esto era lo que le sucedía a Nejliúdov. Sí, a pesar del guardapolvo de presidiaria, de su ensanchado cuerpo y desarrollado busto; a pesar de tener abultada la parte inferior de su cara, de las arrugas en la frente y sienes y de las bolsas de sus ojos era, indudablemente, la misma Katiusha que una noche de Pascua de Resurrección le había mirado con tanta inocencia a él, al hombre amado, con ojos enamorados, risueños de alegría y rebosantes de vida.

«¡Y qué extraña casualidad! Cómo es posible que esta causa haya de juzgarse precisamente en la sesión donde soy jurado, y que yo, que no la he encontrado en ninguna parte durante diez años, la haya encontrado aquí ¡en el banquillo de los acusados!

¿En qué acabará todo esto? ¡Que sea pronto, Dios mío, que sea pronto!»

Seguía sin rendirse al arrepentimiento que, poco a poco, iba apoderándose de él. Se imaginaba que era una simple casualidad, que pasaría sin quebrantar su vida. Se sentía como un cachorro que ha ensuciado en una habitación y al que su amo coge por el cuello y le mete el hocico en la porquería. El cachorro chilla, se arrastra hacia atrás, para retirarse lo más lejos posible de lo que ha hecho y olvidarlo, pero el amo es inflexible y no lo suelta. Así Nejliúdov sentía toda la vileza cometida, la poderosa mano del amo que le agarraba, pero sin llegar a comprender todo su significado y sin reconocer al amo. Le costaba trabajo creer que lo que tenía delante de él era obra suya. Pero una implacable e invisible mano le sujetaba y presentía que no podría escabullirse—aun envalentonándose, según costumbre—; cruzó las piernas, jugueteó con las gafas negligentemente, y con una postura de aplomo permaneció sentado en el segundo sillón de la primera fila. No obstante, en lo más profundo de su alma reconocía toda su crueldad, su vileza y la bajeza de aquel acto, así como su vida ociosa. Aquella horrible cortina que, como por milagro, ocultó durante doce años su crimen y toda su vida posterior, empezaba a moverse y, de forma intermitente, le permitía ver lo que había al otro lado.

XXIII

Por fin el presidente terminó su discurso y, con un gracioso movimiento, levantó la hoja que contenía las preguntas y se las entregó al presidente del jurado. Los jurados se levantaron, contentos de poder marcharse, no sabiendo qué hacer con sus manos, como avergonzándose de algo, y uno tras otro entraron en la sala de deliberaciones. Tan pronto como se cerró la puerta detrás de ellos, un guardia se acercó a la puerta, desenvainó el sable, se lo colocó en el hombro y se puso de guardia junto a la sala. Los jueces se levantaron y abandonaron la sala. También salieron los acusados.

Al entrar en la sala, lo primero que hicieron los jurados —igual que antes— fue sacar cigarrillos y ponerse a fumar. La sensación de una situación antinatural y falsa, que en mayor o menor grado experimentaban sentados en sus sillones en la sala, se les pasó tan pronto como entraron en la habitación de las deliberaciones, y empezaron a fumar. Aliviados, tomaron asiento e inmediatamente se inició una conversación muy animada.

—La muchacha no tiene la culpa, se ha visto metida en un lío —dijo el comerciante bondadoso—. Es preciso ser condescendientes.

—Eso es lo que vamos a examinar —dijo el presidente—. No debemos dejarnos llevar por nuestras impresiones personales.

—El presidente hizo un buen resumen —opinó el coronel.

—Sí..., bueno. Por poco me duermo.

—Lo principal del caso, es que los criados no podían conocer la existencia del dinero si Máslova no estuviera de acuerdo con ellos —dijo el dependiente de tipo hebreo.

—Entonces, según usted, ¿es ella la que robó? —preguntó uno de los jurados.

—¡No lo creo por nada del mundo! —chilló el comerciante bondadoso—. Todo lo ha hecho esa bruja de ojos pitarrosos.

—Buenos son todos —intervino el coronel.

—Pero ¡si dice que no ha entrado en la habitación!

—Y usted lo cree. Yo a esa bruja no le creería en la vida.

—Y eso, ¿qué?, no basta con que usted no lo crea —dijo el dependiente.

—La Máslova tenía la llave.

—¿Y qué significa que la tuviera? —intervino el comerciante.

—¿Y el anillo?

—Ya lo dijo —volvió a gritar el comerciante—: el comerciante era violento y encima estaba borracho, y la pegó. Bueno, luego ya se sabe, le dio lástima. Toma hija, no llores. Era un hombre así, lo he oído yo: ¡doce vershkí y unos ocho pud!

—La cuestión no es ésa —interrumpió Piotr Guerasímovich—. Se trata de saber si ha sido ella la que planeó y llevó todo eso a cabo, o fue la criada.

—La criada sola no pudo hacerlo. La llave la tenía Máslova. Este debate sin ilación se prolongó durante bastante tiempo.

—Por favor, señores —dijo el presidente—, vamos a sentarnos a la mesa y a deliberar. Tengan la bondad —añadió, sentándose en el lugar de la presidencia.

—También son unas miserables esas muchachas —dijo el dependiente, y para confirmar la opinión de que Máslova era la culpable principal, contó cómo una mujer así le había robado el reloj en la calle a un compañero suyo.

Con este motivo, el coronel relató el caso extraordinario del robo de un samovar de plata.

—Señores, por favor, aténganse a las preguntas —dijo el presidente, golpeando la mesa con un lapicero.

Todos guardaron silencio. Las preguntas estaban formuladas de la siguiente manera:

1) ¿Es culpable el campesino de la aldea de Borki, del distrito de Krapivo, Simón Petrov Kartinkin, de treinta y tres años de edad, de haber atentado el día 17 de enero de 188... en la ciudad de N., contra la vida del campesino Smelkov, con la intención de robarle, y de haberle administrado en compañía de otras personas veneno en una copa de coñac, lo que le ocasionó la muerte, y robarle dinero, alrededor de dos mil quinientos rublos y un anillo de brillantes?

2) ¿Es culpable del crimen descrito en la primera pregunta Efimia Ivánovna Bochkova, de cuarenta y tres años?

3) ¿Es culpable del crimen descrito en la primera pregunta Katerina Mijáilovna Máslova, de veintisiete años de edad?

4) Si la acusada Efimia Bochkova no es culpable del primer delito consignado en la primera pregunta ¿no es acaso culpable de que el 17 de enero de 188... en la ciudad trabajando como criada en el hotel «Mauritania», sustrajo en secreto de la maleta cerrada del huésped de aquel hotel, Smelkov, que se encontraba en su habitación, dos mil

quinientos rublos, para lo cual abrió la maleta con una llave traída y buscada a propósito?

El presidente leyó la primera pregunta.

—Bueno, ¿qué dicen, señores?

A esta pregunta respondieron muy pronto. Todos estaban de acuerdo en contestar: «Sí, culpable», reconociéndole cómplice tanto en el envenenamiento como en el robo. Tan sólo un viejo artesano, que propendía a absolver a los acusados, no reconoció culpable a Kartinkin.

El presidente creyó que no comprendía y le explicó que, sin lugar a dudas, Kartinkin y Bochkova eran culpables. El artesano respondió que lo comprendía, pero que de todos modos era mejor apiadarse. «Nosotros mismos, tampoco somos santos», dijo y se mantuvo firme en su opinión.

A la segunda pregunta, acerca de Bochkova, después de largos debates y aclaraciones, respondieron: «No es culpable», ya que no existían pruebas claras de su participación en el envenenamiento, extremo sobre el cual insistió especialmente su abogado.

El comerciante, que desea absolver a Máslova, insistió en que Bochkova era la instigadora principal de todo aquello. Varios jurados se mostraron de acuerdo con él, pero el presidente, deseando   sea estrictamente legal, declaró   que   no   había   fundamento   para reconocerla partícipe   del   envenenamiento.   Después   de   largas discusiones, prevaleció la opinión el presidente. A la cuarta pregunta, sobre Bochkova, contestaron: «Sí, es culpable», y por la insistencia del artesano, añadieron: «Pero con circunstancias atenuantes».

La tercera pregunta, referente a Máslova, suscitó una discusión muy acalorada. El presidente sostenía que era culpable del envenenamiento y del robo, el comerciante no estaba de acuerdo y junto con él, el coronel, el dependiente y el artesano. Los demás, titubeaban. Pero empezaba a predominar la opinión del presidente, más que nada porque todos los jurados estaban cansados y preferían inclinarse hacia la opinión que ofrecía más probabilidades para ponerse de acuerdo, y así marcharse antes.

Por la forma en que se había desarrollado la causa y por cuanto Nejliúdov conocía a Máslova, estaba convencido de que no era culpable en el robo ni en el envenenamiento, y al principio estaba seguro de que todos reconocerían eso. Pero cuando vio que después de la poco hábil defensa del comerciante —sin duda basada en que Máslova le gustaba físicamente, cosa que él no negaba— y de rechazarla el presidente, fundamentalmente basado en el cansancio de todos, decidieron inclinarse hacia la culpabilidad, Nejliúdov quiso oponerse, pero le daba miedo hablar en favor de Máslova, porque le parecía que todos inmediatamente se iban a enterar de sus relaciones con ella. Sin embargo, se daba cuenta de que no podía dejar así las cosas. Palidecía y enrojecía alternativamente, y en el momento en que iba a empezar a hablar, Piotr Guerasímovich —callado hasta ese momento—, irritado sin duda por el tono autoritario del presidente, de pronto empezó a objetarle y a decir lo mismo que quería decir Nejliúdov.

—Permítame —dijo—; dice usted que ella robó porque tenía la
llave. ¿Acaso los criados no podían haber abierto la maleta después de ella con una llave buscada a propósito?

—Eso, eso —apoyaba el comerciante.

—Ella no podía coger el dinero, porque en su situación no tenía en qué emplearlo.

—Eso digo yo también —apoyó de nuevo el comerciante.

—Más bien su llegada sugirió la idea a los criados, se aprovecharon de la ocasión y luego le echaron las culpas.

Piotr Guerasímovich hablaba irritado. Su irritación se contagió al presidente, quien, como consecuencia de ello, se aferró en mantener la opinión contraria. Pero Piotr Guerasímovich hablaba con tanta persuasión que la mayoría se puso de acuerdo con él, reconociendo que Máslova no había participado en el robo del dinero ni del anillo, y que éste le fue regalado por el comerciante. Cuando se empezó a hablar de su participación en el envenenamiento, su ardiente defensor, el comerciante, dijo que era preciso reconocerla inocente, ya que no tenía por qué envenenarle.

El presidente consideró que no se la podía declarar inocente, porque ella misma había confesado que le dio los polvos.

—Se los dio, pero creyó que era opio —dijo el comerciante.

—También el opio podía haberle envenenado —comentó el coronel, a quien gustaba meterse en digresiones. Y a propósito de esto empezó a contar que la mujer de su cuñado se había intoxicado con opio, y que hubiera muerto de no encontrarse cerca el médico y haber tomado medidas a tiempo. El coronel hablaba con tono tan seguro de sí mismo y tan digno, que nadie tuvo valor para interrumpirle. Sólo el dependiente, contagiado por el ejemplo, se atrevió a interrumpirle para contar su historia.

—Algunos se acostumbran de tal manera —empezó— que pueden tomar hasta cuarenta gotas; tengo un pariente…

Pero el coronel no se dejó interrumpir y prosiguió el relato de la influencia que había tenido el opio en la mujer de su cuñado.

—Pero si ya son las cinco, señores —dijo uno de los jurados.

—Entonces ¿qué, señores? —intervino el presidente—. La reconocemos culpable, sin intención de pillaje y sin haber robado el dinero. ¿No es así?

Piotr Guerasímovich, satisfecho de su victoria, accedió.

—Pero con circunstancias atenuantes —agregó el comerciante.

Todos se mostraron conformes. Sólo el artesano insistía en que no era culpable en absoluto.

—Pero si resulta lo mismo —aclaró el presidente—. No tenía intención de robar y por lo tanto no es culpable.

Estaban tan cansados, tan enredados en las discusiones, que a nadie se le ocurrió añadir a la contestación: sin intención de matar.

Nejliúdov estaba tan excitado, que tampoco se dio cuenta de esto. De esta forma fueron apuntadas las respuestas y llevadas a la sala de la audiencia.

Cuenta Rabelais que un jurista que debía fallar un proceso, después de haber enumerado todas las leyes posibles y de haber leído veinte páginas de literatura jurídica en latín, propuso a las partes que echaran a suertes: si resultaba par, tenía razón el demandante; si resultaba impar, el acusado.

Lo mismo ocurrió aquí. Tal decisión no fue adoptada por el jurado porque estuvieran todos de acuerdo, sino, primero, porque el presidente del Tribunal, habiéndose dejado llevar por un discurso demasiado largo, olvidó hacer constar —cosa que hacía siempre— que al responder a la pregunta podían decir: «Sí, es culpable, pero sin intención de matar»; en segundo lugar, porque el coronel, de una forma larga y aburrida, había contado la historia de la mujer de su cuñado; en tercer lugar, porque Nejliúdov estaba tan excitado que no se dio cuenta de que había olvidado la expresión «sin intención de matar» y creyó que la expresión «sin intención de robar» suprimía la acusación; y en cuarto lugar, porque Piotr Guerasímovich no estaba en la habitación, había salido en el momento en que el presidente había vuelto a leer las preguntas y las respuestas; pero sobre todo, por el cansancio general y el deseo de terminar cuanto antes.

Los jurados hicieron sonar la campanilla. El guardia que estaba custodiando la puerta envainó el sable, y se alejó. Los jueces ocuparon sus sitios y uno tras otro salieron los jurados.

El presidente, con aire solemne, llevaba la hoja. Se acercó al presidente del Tribunal y se la entregó. El presidente la leyó, por lo visto asombrado, hizo un amplio gesto con los brazos y se dirigió a sus compañeros para deliberar. Le asombró que los jurados hubiesen contestado a la primera pregunta «sin intención de robar» y no pusieran en la segunda «sin intención de matar». Resultaba, según la decisión de los jurados, que Máslova no había robado, y, sin embargo, había envenenado a un hombre sin ninguna razón aparente.

—Fíjese que conclusión tan absurda han sacado —dijo el juez de la izquierda—. La condenarán a trabajos forzados, sin ser culpable.

—¡Cómo no va a ser culpable! —dijo el juez severo.

—Sencillamente, no es culpable. A mi juicio, hay que aplicar el artículo 818.

El artículo 818 proclamaba que en caso de que el Tribunal considerase injusta la condena, podía modificar las conclusiones del jurado.

—¿Qué piensa usted? —se dirigió el presidente al juez bondadoso.

El juez bondadoso no contestó enseguida, se fijó en el número que llevaba el papel que tenía delante y sumó las cifras; no eran divisibles por tres. Había pensado que si resultaba divisible daría su conformidad, pero aunque no lo era, accedió por su naturaleza bondadosa.

—A mí también me parece que debemos aplicarlo.

—¿Y a usted? —interrogó el presidente al juez severo.

—De ninguna forma —respondió con decisión—. Ya sin eso, la prensa no hace más que decir que los jurados absuelven a los criminales; qué dirán si los absuelve el Tribunal. No estoy de acuerdo en ningún caso.

El presidente miró el reloj.

—Es una lástima, pero ¡qué le vamos a hacer! —y entregó el papel con las preguntas al presidente del jurado, para su lectura.

Todos se levantaron. El presidente, apoyándose tan pronto en un pie como en otro, carraspeó, y leyó las preguntas y las respuestas. Todos los magistrados: el secretario, los abogados e incluso el fiscal expresaron su extrañeza.

Los acusados permanecían impasibles, por lo visto sin comprender el significado de aquellas respuestas. Todos volvieron a sentarse, y el presidente del Tribunal preguntó al sustituto del fiscal qué castigo consideraba que iban a imponer a los acusados.

El sustituto del fiscal, satisfecho del éxito inesperado con lo referente a Máslova, atribuyéndolo a su elocuencia, consultó unos papeles.

—Creo que a Simón Kartinkin le condenarán conforme al artículo 1452 y el párrafo 4 del artículo 1453; a Efimia Bochkova, con arreglo al artículo 1659, y a Katerina Máslova, con arreglo al artículo 1454.

Todas estas condenas eran las más severas que podían aplicarse.

—El Tribunal se retira para deliberar —dijo el presidente, levantándose.

Todos se levantaron después de él y con cierto alivio y la agradable sensación de haber cumplido una buena obra, empezaron a salir o deambular por la sala.

—Pero nosotros, padrecito, hemos mentido vergonzosamente

—dijo Piotr Guerasímovich acercándose a Nejliúdov, a quien el presidente estaba contando algo—. La hemos encaminado a trabajos forzados.

—¿Qué dice usted? —gritó Nejliúdov, sin percatarse de la desagradable familiaridad del profesor.

—Claro que sí —contestó—. Hemos omitido poner en la respuesta «culpable, pero sin intención de causar la muerte». Acaba de decirme el secretario que el sustituto del fiscal pide quince años de trabajos forzados.

—Sí, ése ha sido nuestro fallo —dijo el presidente.

Piotr Guerasímovich se puso a discutir que caía de su peso que si no había cogido dinero no podía tener intención de matar.

—Pero si he leído las respuestas antes de salir de aquí —se justificaba el presidente—. Nadie ha objetado.

—Yo no estaba en la habitación en aquel momento —dijo Piotr Guerasímovich—. Y usted ¿estaba bostezando?

—No podía imaginarlo —dijo Nejliúdov.

—Ya ve, no podía imaginarlo.

—Pero eso puede arreglarse —dijo Nejliúdov.

—No, no, ahora ya no hay nada que hacer.

Nejliúdov miró a los acusados. Eran los mismos cuyo destino se había decidido, permanecían inmóviles detrás de la barandilla, ante la vigilancia de los soldados. Por algún motivo, Máslova sonreía. En el alma de Nejliúdov surgió un sentimiento desagradable. Poco antes, previendo que la iban a absolver y que quedaría en la ciudad, estaba indeciso respecto a cómo debía tratar con ella, y esto le resultaba difícil. Los trabajos forzados y Siberia eliminaron automáticamente la posibilidad de cualquier relación con esa mujer; el pájaro herido dejaría de debatirse en el morral y de recordarle que existía.

<h3 style="text-align:center">XXIV</h3>

Las suposiciones de Piotr Guerasímovich eran exactas.

Al volver de la sala de deliberaciones, el presidente cogió el papel y leyó:

El 28 de abril de 188... la sección criminal del Juzgado del distrito, por orden de su Majestad Imperial, en virtud de la decisión del jurado, basada en el párrafo 3 del artículo 771, párrafo 3 del artículo 776 y artículo 777 de la ley de Enjuiciamiento Criminal ha sentenciado: al campesino Simón Kartinkin, de treinta y tres años de edad, y a Katerina Máslova, de veintisiete años, a la privación de todos sus derechos civiles y a la deportación a trabajos forzados. Kartinkin sufrirá una condena de ocho años y Máslova de cuatro, ambos de conformidad con el artículo 28 del Código Penal. Efimia Bochkova, de cuarenta y tres años de edad, es privada de todos sus derechos civiles y privilegios y condenada a tres años de prisión, de conformidad con el artículo 49 del Código Penal. Los tres procesados deberán pagar conjunta y solidariamente las costas del proceso y, en caso de que resultaran insolventes, los gastos correrán a cargo del Tesoro. Se despacharán las pruebas de convicción de este asunto, se devolverá el anillo y se destruirán los frascos.

Kartinkin permanecía en pie, muy estirado, las manos con los dedos separados, sobre las costuras del pantalón, y moviendo las mejillas. Bochkova parecía completamente tranquila. Al oír la sentencia, Máslova enrojeció como la púrpura.

—¡No soy culpable, no soy culpable! —gritó de pronto hasta hacerse oír en la sala—. Esto es un pecado. Yo no soy culpable. No he querido, ni siquiera pensado, envenenarlo. Digo la verdad. La verdad —y, dejándose caer en el banco, estalló en sollozos.

Cuando Kartinkin y Bochkova salieron, ella continuaba sentada en su sitio y lloraba, y el guardia tuvo que darle un tirón de la manga del guardapolvo.

«No; es imposible dejar esto así», se dijo Nejliúdov olvidando por completo el mal sentimiento que había tenido y —sin saber por qué— se apresuró a salir al pasillo, para verla otra vez. En la puerta se apiñaban, en inquietos corrillos, los miembros del jurado y abogados que acababan de abandonar la sala, contentos con el final del proceso. Taponaban la puerta, y Nejliúdov se vio detenido unos minutos. Cuando pudo salir al pasillo, ella ya estaba lejos. Con pasos rápidos, sin pensar en que atraería la atención de todos, la alcanzó, la adelantó y se detuvo. Había dejado ya de llorar y sólo de cuando en cuando se estremecía por un sollozo, limpiándose la cara enrojecida con la punta del pañuelo, y pasó ante él sin volverse. Dejándola pasar se apresuró a volver atrás para ver al presidente, pero éste ya se había marchado.

Sólo en la portería logró alcanzarle.

—Señor presidente —dijo Nejliúdov, acercándose a él cuando se ponía su abrigo claro y cogía el bastón con empuñadura de plata, que le entregaba el portero—. ¿Puedo hablar con usted del asunto que acaba de fallarse? Soy jurado.

—Si no me equivoco ¿es usted el príncipe Nejliúdov? Mucho gusto, ya nos hemos encontrado otra vez —dijo el presidente estrechándole la mano, y recordando con placer lo bien y alegremente que bailaba, mejor que todos los jóvenes, aquella noche en que se encontró con él—. ¿En qué le puedo servir?

—Se ha cometido un error en la respuesta referente a Máslova. Es inocente en lo del envenenamiento, y, sin embargo, la han condenado a trabajos forzados —dijo Nejliúdov, con reconcentrado y sombrío aspecto.

—El Tribunal ha dictado sentencia de acuerdo con las respuestas que han dado ustedes, precisamente —dijo el presidente avanzando hacia la puerta de salida—, aunque las respuestas le han parecido incoherentes al Tribunal.

Recordó que tenía que haber aclarado a los jurados que su contestación «sí, es culpable», sin negar la intención de matar, confirmaba el asesinato y la intención, pero que apresurándose por terminar, no lo había hecho.

—Sí, pero ¿no puede repararse la equivocación?

—Siempre se puede encontrar un motivo para la casación. Es preciso dirigirse a los abogados —dijo el presidente poniéndose el sombrero un poco ladeado, y siguiendo su camino hacia la puerta.

—Pero eso es terrible.

—Verá usted, la situación de Máslova sólo tenía dos salidas — dijo queriendo ser, por lo visto, lo más simpático y cortés con Nejliúdov, mientras se arreglaba las patillas por encima del cuello del abrigo; cogiéndole ligeramente por el codo y llevándole hacia la salida, continuó—: ¿Sale usted también?

—Sí —dijo Nejliúdov, poniéndose rápidamente el abrigo y saliendo con él.

Brillaba un sol cálido y alegre; enseguida tuvieron que hablar más alto a causa del ruido de los carruajes que rodaban por la calzada.

—La situación, haga usted el favor de darse cuenta, es bastante rara —continuó el presidente, elevando la voz—. Máslova no tenía más que dos soluciones: la absolución, imponiéndole unos meses de cárcel, de los que se descontaría el tiempo que había estado en prisión preventiva, o trabajos forzados; no había término medio. Si ustedes hubieran añadido las palabras: «Sin intención de causar la muerte», hubiera sido absuelta.

—Imperdonablemente no me he dado cuenta de eso — exclamó Nejliúdov.

—Ahí está la cosa —dijo sonriendo el presidente, y miró el reloj.

Quedaban solamente tres cuartos de hora para la cita que le había fijado Clara.

—Ahora, si quiere, diríjase a un abogado. Hay que encontrar un motivo de casación y, como es natural, siempre puede encontrarse. A la Dvoriánskaya —dijo al cochero—, treinta cópecs, no pago nunca más.

—Como guste, excelencia. Suba.

—Encantado. Si puedo servirle en algo, en la casa de Dvórnikov, en la Dvoriánskaya; es fácil recordarlo.

Se inclinó amablemente, y el coche partió.

XXV

La conversación con el presidente y el aire puro tranquilizaron un poco a Nejliúdov. Ahora pensó que había exagerado la sensación experimentada en el transcurso de la mañana, pasada en condiciones tan desagradables.

«¡Indudablemente es una coincidencia sorprendente y asombrosa! Y es imprescindible hacer todo lo posible para aliviar la situación, y hacerlo cuanto antes. Inmediatamente. Sí, tengo que enterarme aquí en el Juzgado dónde vive Fanarin o Mikiskin.» Recordó a los dos famosos abogados.

Nejliúdov volvió al Palacio de Justicia, se quitó el abrigo y subió las escaleras. En el primer pasillo se encontró con Fanarin. Le detuvo para decirle que tenía un asunto para él. Fanarin le conocía de vista y sabía su nombre, y le dijo que estaba encantado de poder servirle.

—Aunque estoy cansado…, pero si no es muy largo, explíqueme su asunto. Vamos a entrar aquí.

Fanarin condujo a Nejliúdov a una habitación, probablemente el despacho de un juez. Se sentaron junto a la mesa.

—Bueno ¿de qué se trata?

—Ante todo, voy a rogarle —dijo Nejliúdov— que nadie se entere de que tomo parte en este asunto.

—Eso se da por descontado. Así que…

—He sido jurado hoy y hemos condenado a una mujer inocente a trabajos forzados. Eso me atormenta.

Nejliúdov, inesperadamente para sí mismo, se puso encarnado y se turbó.

Fanarin le lanzó una mirada, bajó los ojos y siguió escuchando.

—Entonces… —dijo solamente.

—Hemos condenado a una inocente, y yo desearía casar la sentencia y trasladar el asunto a la jurisdicción superior.

—Al Tribunal Supremo —le corrigió Fanarin.

—Y he venido a pedirle que se encargue usted de eso.

Nejliúdov quería acabar cuanto antes con lo más difícil, y por eso añadió enseguida: —Sus honorarios y todos los gastos que ocasione este asunto corren de mi cuenta, por elevados que sean

—concluyó enrojeciendo.

—Bueno, ya nos pondremos de acuerdo —dijo el abogado, con una sonrisa condescendiente ante su inexperiencia.

—¿De qué se trata?

Nejliúdov le puso al corriente.

—Está bien. Mañana estudiaré el asunto. Y pasado mañana, no, el jueves, venga a verme a las seis de la tarde, y le daré la contestación. ¿Le parece? Ahora, vayámonos; todavía tengo que pedir aquí unos informes.

Nejliúdov se despidió y salió.

La conversación con el abogado y el hecho de que ya había tomado sus medidas a favor de Máslova le tranquilizaron. Salió a la calle. El tiempo era espléndido, y aspiró alegremente el aire primaveral. Los cocheros le ofrecían sus servicios, pero se marchó a pie. Inmediatamente le invadió un enjambre de ideas y recuerdos sobre Katiusha, y la forma en que había obrado con ella empezó a darle vueltas en la cabeza. Se puso triste y todo le pareció sombrío. «No, después pensaré sobre esto —se dijo—. Ahora, por el contrario, debo distraerme de estas penosas impresiones.»

Se acordó de la comida de los Korchaguin, y consultó el reloj. Todavía no era tarde, y podía llegar a la comida. A su lado sonaron los cascabeles de un tranvía de mulas. Echó a correr y subió en marcha. Bajó en la plaza, tomó el mejor coche, y al cabo de diez minutos, estaba en la puerta de la gran casa de los Korchaguin.

XXVI

—Tenga la bondad de pasar, excelencia, le están esperando —dijo el amable y grueso portero de la gran casa de los Korchaguin, abriendo la silenciosa puerta de roble, movida por unos goznes de fabricación inglesa—. Ya están comiendo, y me han ordenado que le acompañe a usted.

El portero se acercó a la escalera y tocó la campanilla.

—¿Hay algún invitado? —preguntó Nejliúdov, mientras se quitaba el abrigo.

—El señor Kolosov y Mijaíl Serguéievich; los demás son de casa —contestó el portero.

Por la escalera asomó un apuesto lacayo, con frac y guantes blancos.

—Tenga la bondad, excelencia, suba —dijo—. Los señores le están esperando.

Nejliúdov subió la escalera, atravesó la enorme y suntuosa sala, que le era tan conocida, y entró en el comedor. En torno a la mesa se encontraba toda la familia, a excepción de la madre, la princesa Sofía Vasílievna, que no salía nunca de su gabinete. El extremo de la mesa lo ocupaba el viejo Korchaguin; a su lado, a la izquierda, se encontraba el doctor; a la derecha, su invitado Iván Ivánovich Kolosov, antiguo gobernador de la provincia. A continuación, a la izquierda, miss Reder, la institutriz de la hermana pequeña de Missy, y la misma niña de cuatro años; a la derecha, enfrente, el hermano de Missy, único varón de los Korchaguin, que estudiaba sexto de bachillerato, Pietia —por quien toda la familia se quedó en la ciudad en espera de sus exámenes—, y un estudiante, que era su preceptor. Luego, a la izquierda, la eslavófila Katerina Alexéieva, una solterona de cuarenta años, y, enfrente, Mijaíl Serguéievich o Misha Teleguin, primo de Missy. Al otro extremo de la mesa la propia Missy y a su lado un cubierto dispuesto.

—¡Ah! Muy bien. Siéntese, todavía estamos con el pescado —dijo el viejo Korchaguin con dificultad mientras masticaba cuidadosamente con la dentadura postiza, levantando hacia Nejliúdov los ojos inyectados de sangre, de párpados invisibles—.

¡Stepán! —se dirigió con la boca llena al mayordomo gordo de aire majestuoso, y le indicó con la vista el cubierto preparado.

Aunque Nejliúdov conocía bien al viejo Korchaguin y le había visto muchas veces en la mesa, ahora le desagradaba de un modo especial su rostro colorado de labios sensuales sobre la servilleta remetida en el chaleco, su cuello grueso y, sobre todo, en general, aquella figura bien alimentada. Nejliúdov recordó, sin querer, lo que sabía acerca de la crueldad de aquel hombre, el cual —Dios sabe por qué— ya era rico y célebre y no necesitaba adquirir méritos; había azotado e incluso colgado a la gente cuando era gobernador de la provincia.

—En un minuto servimos a su excelencia —dijo Stepán sacando del aparador, que estaba lleno de jarrones de plata, un gran cucharón y haciendo una seña con la cabeza al apuesto lacayo con patillas, quien se precipitó a arreglar los platos que estaban junto a Missy y sobre los cuales había una servilleta almidonada, artísticamente doblada y con iniciales.

Nejliúdov rodeó la mesa, estrechando las manos. Todos, salvo el viejo Korchaguin y las damas, se levantaron cuando se acercaba a saludar. Aquel rodeo a la mesa y el estrechar la mano a los presentes —con la mayoría de los cuales no había hablado nunca— le pareció ahora especialmente desagradable y ridículo. Se disculpó por haber llegado tarde, y cuando iba a sentarse en el sitio que había desocupado en el extremo de la mesa, entre Missy y Katerina Alexéieva, el viejo Korchaguin le rogó que, ya que no bebía vodka, tomase al menos unos aperitivos en la mesa donde había langosta, caviar, quesos y almendras.

Nejliúdov no se imaginaba que pudiera tener tanta hambre, pero al empezar a comer pan con queso no pudo detenerse y comió con avidez.

—Bueno ¿y que? ¿Han socavado los cimientos? —preguntó Kolosov, empleando irónicamente la expresión de un periódico retrógrado, que se había mostrado en contra de los jurados—. Han absuelto a los culpables y han condenado a los inocentes ¿no?

—Han socavado los cimientos… han socavado los cimientos…

—repetía, riéndose, el príncipe, que tenía una confianza ilimitada en la inteligencia y el saber de su liberal compañero y amigo.

Nejliúdov, a riesgo de ser descortés, no contestó nada a Kolosov, y sentándose ante la sopa humeante, continuó masticando.

—Déjenle que pueda comer un poco —dijo Missy sonriendo; con el pronombre le quería subrayar su familiaridad con Nejliúdov. Kolosov, mientras tanto, contaba en voz alta y enérgica el contenido de un artículo contra los jurados, que le había indignado. Mijaíl Serguéievich, el sobrino, se mostró de acuerdo con él y a su vez contó la síntesis de otro publicado en el mismo periódico.

Missy, como siempre, tenía un aspecto muy distinguée y estaba imperceptiblemente bien vestida.

—Debe estar terriblemente cansado y hambriento —dijo a Nejliúdov, cuando dejó de masticar.

—No, no mucho. ¿Y ustedes? ¿Han ido a ver los cuadros? —preguntó.

—No, lo hemos aplazado. Pero fuimos a lawn tennis a casa de los Salamatov. Y la verdad es que mister Crooks juega admirablemente.

Nejliúdov había ido a casa de los Korchaguin para distraerse. Siempre aquella casa le resultaba simpática; no sólo por aquel tono amplio de lujo que influía agradablemente sobre sus sentidos, sino también por aquella atmósfera de adulación que le envolvía imperceptiblemente. Pero ahora, cosa rara, le resultaba desagradable. Todo, empezando por el portero, la ancha escalera, las flores, los lacayos, los adornos de la mesa e incluso Missy, que le parecía sin atractivo y poco natural. Le resultaba antipático el tono liberal de suficiencia y vulgaridad de Kolosov; le desagradaba el cuerpo bovino, lleno de seguridad y sensualidad del viejo Korchaguin; las frases en francés de la eslavófila Katerina Alexéieva, los rostros intimidados de la institutriz y del preceptor. Sobre todo, le desagradaba el pronombre con que le hizo referencia. Nejliúdov había dudado siempre entre dos opiniones sobre Missy. Unas veces, como si la mirase con ojos entornados, la veía como bañada por la luz de la luna y todo resultaba encantador en ella: le parecía lozana, bonita, inteligente y natural; otras, la miraba como bajo una luz solar muy viva, y no podía dejar de ver sus muchas imperfecciones. Ahora se encontraba en esa última disposición de ánimo. Veía todas las arrugas de su rostro, el pelo rizado artificialmente, sus codos puntiagudos y, sobre todo, la ancha uña del pulgar, que le recordaba la de su padre.

—Es un juego aburridísimo —dijo Kolosov, refiriéndose al tenis—. Era mucho más divertido el juego de pelota de nuestra infancia.

—No, usted no conoce el tenis. Es terriblemente entretenido

—replicó Missy, pronunciando la palabra «terriblemente» con afectación, según le pareció a Nejliúdov.

Empezó una discusión en la que participaron incluso Mijaíl Serguéievich y Katerina Alexéiva. Sólo la institutriz, el preceptor y los niños callaban y, al parecer, estaban aburridos.

—¡Siempre están discutiendo! —dijo el viejo Korchaguin, riéndose a carcajadas, sacando la servilleta del chaleco y haciendo ruido con la silla, que enseguida retiró el lacayo. Tras él se levantaron todos los demás y se acercaron a una mesita en la que había vasos con agua tibia y perfumada y, enjuagándose la boca, continuaron aquella conversación que no interesaba a nadie.

—¿No es cierto? —preguntó Missy a Nejliúdov, pidiendo que confirmara su punto de vista de que en nada se revela tanto el carácter de la gente como en el juego.

Había notado en su cara una expresión reconcentrada y, según le pareció, de censura, y quiso saber a qué se debía.

—Verdaderamente, no lo sé; no he pensado nunca en ello —respondió Nejliúdov.

—¿Quiere ver a mamá? —preguntó Missy.

—De acuerdo —dijo sacando un cigarrillo y con un tono que decía claramente que no le gustaría ir.

Ella le miró en silencio, interrogativamente, y Nejliúdov sintió vergüenza.

«En realidad he venido a visitar a esta familia para aburrirla», pensó y, tratando de ser amable, dijo que iría con mucho gusto.

—Sí, sí, mamá se alegrará. Allí también puede usted fumar.

Iván Ivánovich también está.

La dueña de la casa, la princesa Sofía Vasílievna, estaba siempre acostada. Hacía ocho años que recibía a sus invitados acostada entre encajes y cintas, terciopelo dorado, marfil, lacas y flores. No salía a ningún sitio y recibía, según su propia expresión, sólo a «sus amigos», es decir, todos aquellos que —a su juicio— se destacaban en algo de la multitud. Nejliúdov era recibido entre estos amigos, porque estaba considerado un joven inteligente, porque su madre era íntima amiga de la familia y, además, porque estaría bien que Missy se casara con él.

La habitación de la princesa estaba al otro lado de un salón grande y uno pequeño. En el grande, Missy, que iba delante de Nejliúdov, se detuvo bruscamente y, apoyándose en el respaldo dorado de una silla, le miró.

Missy tenía muchos deseos de casarse, y Nejliúdov era un buen partido. Además, le gustaba y se había hecho a la idea de que sería suyo —no ella suya, sino él de ella—, y con una astucia inconsciente, pero tenaz como suelen tener los enfermos mentales, perseguía su objetivo. Inició con él la charla con objeto de hacer que se declarara.

—Veo que le ha ocurrido algo —dijo—. ¿Qué le pasa?

Recordó el encuentro que había tenido en el Juzgado, frunció el ceño y enrojeció.

—Sí, me ha ocurrido algo —dijo, queriendo ser sincero—, algo extraño, poco corriente y muy importante.

—¿Qué ha sido? ¿No me lo puede decir?

—Ahora no puedo. Permítame que no lo diga. Me ha pasado algo que todavía no he tenido tiempo de meditar —dijo, y enrojeció más todavía.

—¿Y no me lo va a decir? —le tembló un músculo de la cara, y apartó la silla en que se había apoyado.

—No, no puedo —contestó, dándose cuenta de que se contestaba también a sí mismo y reconociendo que, efectivamente, le había sucedido algo muy importante.

—Bueno, como quiera.

Sacudió la cabeza como para apartar unos pensamientos molestos y siguió adelante, con paso más rápido que de costumbre.

A Nejliúdov le pareció que había apretado los labios de un modo antinatural, para contener las lágrimas. Sintió vergüenza y tristeza por haberle causado pena, pero sabía que la menor debilidad le perdería, es decir, le ligaría a ella. Y ahora tenía más miedo a esto que a nada, y fue tras ella en silencio hasta la habitación de la princesa.

XXVII

La princesa Sofía Vasílievna había terminado su comida, muy refinada y alimenticia, que siempre hacía sola para que nadie la viera en esta actividad tan poco poética. Junto al diván en que estaba echada se encontraba una mesita con el servicio de café. La princesa Sofía Vasílievna era delgada, larguirucha, morena, de largos dientes y grandes ojos negros.

Se murmuraba que sostenía relaciones con su médico. Nejliúdov olvidaba estas habladurías, pero ahora no sólo las recordó cuando vio al doctor —con su barba untada y reluciente, dividida en dos—, sino que le produjo una sensación desagradable.

Junto a Sofía Vasílievna, en un sillón bajo y tapizado, permanecía sentado Kolosov junto a la mesita y movía el café. En la mesita había una copa de licor.

Missy entró con Nejliúdov en la habitación de la madre, pero no se quedó allí.

—Cuando mamá se canse de ustedes y los eche, vengan a verme —dijo dirigiéndose a Kolosov y Nejliúdov, con un tono tan natural como si nada hubiera pasado entre ellos, y sonriendo alegremente y pisando en silencio la gruesa alfombra salió de la habitación.

—Vaya, buenas tardes, amigo, siéntese y cuénteme —dijo la princesa Sofía Vasílievna con una sonrisa artística, falsa, dejando al descubierto unos magníficos dientes postizos, hechos con gran perfección, completamente iguales a los auténticos—. Me dicen que ha venido usted del Juzgado con un humor sombrío. Me imagino que eso es muy penoso para las personas de corazón — dijo en francés.

—Sí, es cierto —dijo Nejliúdov—. A menudo siente uno que… siente que no tiene derecho a juzgar…

—¡Comme c'est vrai! —exclamó asombrada de la verdad de su observación, adulando, como siempre, con buen estilo, a su interlocutor—. Bueno ¿y cómo va su cuadro? Me interesa mucho —añadió—. De no haber sido por mi debilidad, hace mucho que hubiese ido a verlo.

—Lo abandoné por completo —respondió lacónicamente Nejliúdov, a quien ahora resultaba tan evidente su falsa adulación como la vejez que trataba de ocultar. Era incapaz de obligarse a ser amable.

—¡Es una lástima! ¿Sabe que el propio Repin me ha dicho que tiene auténtico talento? —dijo la princesa, dirigiéndose a Kolosov.

«¿Cómo no le dará vergüenza mentir de esa forma?», pensó Nejliúdov, frunciendo el ceño.

Al darse cuenta de que Nejliúdov estaba de mal humor y que no era posible interesarle con una conversación agradable y culta, Sofía Vasílievna se encaró con Kolosov pidiendo su opinión sobre un drama nuevo, con un tono que daba a entender que la opinión de Kolosov acabaría con todas sus dudas y que cada una de sus palabras sería inmortal. Kolosov criticaba el drama y con este motivo exponía sus juicios sobre el arte. La princesa Sofía Vasílievna se asombró de la exactitud de su juicio, defendió al autor de la obra, pero enseguida se daba por vencida o buscaba un término medio. Nejliúdov miraba y escuchaba, pero veía y oía algo totalmente distinto a lo que sucedía ante él. Veía, en primer lugar, que ni a Sofía Vasílievna ni a Kolosov les importaba en absoluto el drama ni se interesaban el uno por el otro y que si hablaban era sólo con objeto de satisfacer una necesidad fisiológica —después de comer— de mover los músculos de la lengua y la garganta; en segundo lugar, que Kolosov había bebido vodka, vino y licores y estaba un poco ebrio, pero no como suelen estarlo los campesinos que beben raras veces, sino como lo están los hombres que han convertido el vino en una costumbre. No se tambaleaba, ni decía tonterías, pero se encontraba en un estado de excitación anormal, y satisfecho de sí mismo. En tercer lugar, Nejliúdov se percató de que la princesa Sofía Vasílievna, en medio de la conversación, lanzaba miradas inquietas a la ventana a través de cuyos visillos empezaba a llegar hasta ella un rayo de sol oblicuo, que podía iluminar con demasiada fuerza sus arrugas.

—Qué cierto es eso —dijo acerca de alguna conversación de

Kolosov, mientras tocaba el timbre que había junto al diván.

En aquel momento, el doctor se levantó. Y como una persona de la familia, sin decir nada, salió de la habitación. Sofía Vasílievna le acompañó con la mirada, continuando la conversación.

—Por favor, Filip, baje esa cortina —dijo, indicando con los ojos la ventana, cuando acudió a la llamada el apuesto lacayo—. No, usted dirá lo que quiera, pero tiene algo de místico, y sin mística no hay poesía —decía, mientras con uno de sus ojos negros vigilaba con expresión de enojo los movimientos del lacayo—. Filip, no me refiero a esa cortina, sino a la de la ventana grande—pronunció Sofía Vasílievna con expresión de sufrimiento, compadeciéndose sin duda por los esfuerzos que tenía que realizar para decir estas palabras, y enseguida, para tranquilizarse, se llevó a los labios un cigarrillo perfumado y humeante con sus dedos cubiertos de sortijas.

El apuesto Filip, musculoso y de hombros anchos, se inclinó ligeramente como para excusarse, y pisando suavemente sobre la alfombra con sus piernas fuertes de marcadas pantorrillas, con resignación y en silencio, pasó a la otra ventana. Mientras miraba a la princesa, se esforzaba en correr la cortina de tal forma que ni un solo rayo osase caer sobre ella. Pero tampoco acertó esta vez, y de nuevo la desdichada Sofía Vasílievna tuvo que interrumpir sus palabras acerca de la música y repetir al torpe y despiadado Filip que la estaba importunando. Los ojos de Filip fulguraron por una fracción de segundo.

«¡Que el diablo entienda qué es lo que quieres!», imaginó Nejliúdov que había pensado interiormente el lacayo, al observar todo este juego. Pero el apuesto y forzudo Filip ocultó inmediatamente su movimiento de impaciencia y se puso tranquilamente a realizar lo que le había ordenado la agotada, falsa y débil princesa Sofía Vasílievna.

—Está claro que hay una gran dosis de verdad en la teoría de Darwin —decía Kolosov, repantigado en el butacón bajito, mirando a la princesa Sofía Vasílievna con ojos somnolientos—, pero se pasa de la raya. Sí.

—Y usted ¿cree en la herencia? —preguntó la princesa Sofía Vasílievna a Nejliúdov, molesta por su silencio.

—¿En la herencia? —preguntó a su vez—. No, no creo —respondió embebido por unas extrañas imágenes que, sin saber por qué, se le presentaron a la imaginación en aquel momento. Al lado del apuesto Filip, que se veía como un modelo— se representó a Kosolov desnudo, con su vientre parecido a una sandía, la cabeza calva y los brazos sin músculos, como unos zorros. Igual se le aparecían los hombros de Sofía Vasílievna, cubiertos de seda y terciopelo, tal como debían ser en realidad. Pero esta visión le resultó demasiado desagradable, y trató de apartarla.

Sofía Vasílievna le midió con la vista.

—Bueno, Missy le está esperando —dijo—. Vaya a verla, quiere tocar para usted una nueva pieza de Schumann… una maravilla.

«No quiere tocar nada. Toda esta mentira la dice por algo», pensó Nejliúdov, se levantó y estrechó la mano, huesuda y transparente, cubierta de sortijas, de Sofía Vasílievna.

En el salón estaba Katerina Alexéieva, y se puso a hablarle enseguida.

—Veo que sus deberes de jurado le resultan deprimentes —le dijo, como siempre en francés.

—Sí, perdóneme, estoy de mal humor y no tengo derecho a aburrir a los demás.

—¿Por qué está de mal humor?

—Permítame que no le diga por qué —le dijo, y se puso a buscar su sombrero.

—Pero ¿recuerda usted cómo aseguraba que es necesario decir siempre la verdad y cómo entonces nos dijo a todos nosotros verdades crueles? ¿Por qué no quiere decirlas ahora? ¿Te acuerdas, Missy? —le preguntó Katerina Alexéieva a Missy, que acababa de entrar.

—Porque aquello era un juego —respondió serio Nejliúdov—.

En el juego puede decirse. Pero en realidad somos tan malos, es decir, soy tan malo, que yo por lo menos no puedo exteriorizar la verdad.

—No rectifique, más bien diga en qué es usted tan malo —dijo Katerina Alexéieva, jugando con las palabras y como sin darse cuenta de la seriedad de Nejliúdov.

—No hay nada peor que reconocer que uno se encuentra de mal humor —dijo Missy—. Yo nunca me lo confieso ni siquiera a mí misma, y por eso siempre estoy de buen humor. Bueno ¿quiere venir conmigo? Trataremos de disipar su mauvaise humeur.

Nejliúdov experimentaba la misma sensación que debe sentir un caballo al que están acariciando mientras le ponen las bridas para llevarlo a enganchar. Y aquel día le resultaba más desagradable que nunca tirar del carro. Se disculpó diciendo que tenía que ir a su casa, y empezó a despedirse. Missy le retuvo la mano más tiempo que de costumbre.

—Recuerde que lo importante para usted también es importante para sus amigos —añadió—. ¿Vendrá mañana?

—No es probable —contestó Nejliúdov, y sintiéndose avergonzado, no sabía si por sí mismo o por ella, enrojeció y salió precipitadamente.

—¿Qué ocurre? Comme cela m'intrigue —exclamó Katerina Alexéieva, cuando Nejliúdov salió—. Tengo que enterarme sin falta. Tal vez sea un affaire d'amour—propre, il est très susceptible notre cher Mitia.

«Plutôt une affaire d'amour sâle» quiso decir Missy, pero no lo hizo. Se quedó mirando ante sí con una expresión apagada, completamente distinta a como le miraba a él, pero no le dijo ni siquiera nada a Katerina Alexéieva de este juego de palabras de mal gusto, y se limitó a decir:

—Todos tenemos días buenos y malos.

«Acaso también éste me engaña —pensó—. Después de lo que ha habido entre nosotros, estaría muy mal por su parte.»

Si tuviese que explicar lo que entendía por «después de lo que ha habido entre nosotros», no hubiera podido decir nada determinado. Sin embargo, sabía sin lugar a dudas que no sólo le había hecho concebir esperanzas, sino que casi se había declarado. No habían sido palabras concretas, pero sí miradas, sonrisas, insinuaciones, silencios. De todas formas, lo consideraba como suyo, y perderlo le resultaba muy penoso.

XXVIII

«Esto es vergonzoso y ruin, ruin y vergonzoso», pensaba entretanto Nejliúdov volviendo a pie a su casa, por calles conocidas. No le abandonaba la desagradable sensación que había experimentado al hablar con Missy. Se daba cuenta de que había sido —si era posible expresarlo así— correcto con ella: no le mencionó nada que le comprometiera, ni se declaró, pero en su fuero interno notaba que se había unido a ella, le había hecho promesas y, sin embargo, ahora, se dio cuenta claramente de que no podía casarse con ella. «Esto es vergonzoso y ruin, ruin y vergonzoso», volvía a repetir, no sólo por sus relaciones con Missy, sino por todo. «Todo es vergonzoso y ruin», añadía mientras entraba en el portal de su casa.

—No voy a cenar —dijo a Korniéi, que le siguió al comedor, donde estaba preparado su cubierto y el servicio de té—. Puede retirarse.

—Está bien —dijo Korniéi, pero no se retiró y empezó a quitar la mesa. Nejliúdov miraba a Korniéi al tiempo que experimentaba hacia él un sentimiento malévolo. Tenía deseos de que le dejaran en paz, y parecía que todos, adrede, le importunaban. Cuando Korniéi se marchó llevándose el cubierto, Nejliúdov se acercó al samovar para hacer té, pero al oír los pasos de Agrafena Petrovna, para no verla, entró apresuradamente en el salón, y cerró tras de sí la puerta. En aquel salón, tres meses atrás, había muerto su madre. Ahora, al entrar en esa habitación iluminada por dos lámparas con reflectores, colocados uno en el retrato de su padre y otro en el de su madre, pensó en las últimas relaciones con su madre y le parecieron faltas de naturalidad y desagradables. Y eso era vergonzoso y ruin. Recordó cómo en los últimos tiempos de su enfermedad había deseado su muerte. Se decía a sí mismo que lo deseaba para librarla del sufrimiento, y en realidad era para librarse él mismo de verla sufrir.

Con el deseo de recordar algo agradable, miró su retrato que había realizado un célebre pintor por cinco mil rublos. Aparecía con un vestido de terciopelo muy escotado. El artista se había esmerado sin duda en pintar el pecho —el espacio entre los dos senos—, los hombros y el cuello, de una belleza deslumbrante. Sí, aquello era totalmente vergonzoso y ruin. Había algo de blasfemo en aquel retrato de su madre, representada como una beldad semidesnuda, que en ese mismo salón, tres meses atrás, yacía delgada como una momia, con un olor denso y desagradable que llenaba no sólo la habitación, sino toda su casa. Aún le parecía percibir ese olor. Recordó cómo la víspera de su muerte le había cogido su fuerte y blanca mano con la suya descarnada y negruzca, le había mirado a los ojos diciéndole: «No me juzgues, Mitia, si he hecho lo que no debía», y sus ojos, descoloridos por el sufrimiento, se llenaron de lágrimas. «¡Qué asco!», se dijo otra vez, echando una mirada a aquella mujer medio desnuda, con magníficos hombros, brazos marmóreos y una sonrisa triunfante. El pecho desnudo del retrato le recordó a otra mujer que había visto hacía días escotada de la misma forma. Era Missy, que buscó un pretexto para llamarle a su casa por la noche y mostrarse con un traje de baile muy escotado. Recordó con repugnancia sus hombros y sus brazos magníficos. También al tosco y sensual del padre, con su pasado cruel, y a su madre con aquella dudosa reputación de su *bel esprit*. Todo aquello era repugnante y al mismo tiempo vergonzoso. Vergonzoso y ruin, ruin y vergonzoso.

«No, no —pensaba—, es preciso liberarse de todas esas falsas relaciones con los Korchaguin, con María Vasílievna, acabar con el asunto de la herencia y todo lo demás... Sí, poder respirar tranquilo. Marcharme al extranjero: a Roma, y ocuparme de mi cuadro... —recordó las dudas que tenía acerca de su talento pictórico—. Bueno, es lo mismo, el caso es respirar libremente. Primero iré a Constantinopla, después a Roma; lo importante es librarme de mis deberes de jurado. Y arreglar este asunto con los abogados.»

De pronto, se le representó, con extraordinaria claridad, la detenida de ojos negros y ligeramente bizcos. ¡Cómo había llorado al oír la sentencia de los jurados! Rápidamente apagó el cigarrillo y lo aplastó contra el cenicero, encendió otro y se puso a andar de un extremo a otro de la habitación. Surgieron, uno tras otro en su imaginación, los momentos que había vivido con ella. Le vino a la memoria su último encuentro, la pasión animal que le dominaba en aquel tiempo, y el desencanto que experimentó al poseerla. Recordó el vestido blanco y la cinta azul, y aquella misa de la aurora. «Pero si yo la amaba, la amaba con un amor puro y verdadero aquella noche. La amaba ya antes, cuando viví por primera vez en casa de mis tías y escribí la tesis.» Y se la imaginó tal como era entonces. Sintió aquel hálito de lozanía, de juventud, de plenitud de vida, y le embargó una dolorosa tristeza.

La diferencia entre lo que fue entonces y lo que era ahora resultaba enorme, tanta o mayor que la diferencia entre la Katiusha de la iglesia y aquella prostituta que se había emborrachado con el comerciante y que juzgaron aquella mañana. En aquel tiempo era un hombre vigoroso, libre, ante quien se ofrecían infinidad de posibilidades; ahora, se sentía acusado por todas partes, envuelto en las redes de una vida absurda, vacía, sin objetivo, mezquina, a la que no veía ninguna salida y la mayoría de las veces ni siquiera deseaba. Recordó cómo se enorgullecía en otro tiempo de su franqueza, cómo estableció la norma de decir siempre la verdad y, en efecto, era veraz, y cómo ahora estaba metido en la mentira, la terrible mentira, que todos cuantos le rodeaban reconocían como verdad. Y ya no había forma de salir, al menos no la encontraba.

Se había sumergido por completo en aquella mentira. Estaba tan acostumbrado a ella que hasta le resultaba agradable.

¿Cómo romper las relaciones con María Vasílievna sin tener que avergonzarse al mirar a los ojos de su marido y de sus hijos? ¿Cómo desligarse de las relaciones con Missy sin emplear mentiras? ¿Cómo librarse de la contradicción que surgía al reconocer la injusticia de la propiedad de la tierra y ser dueño de la herencia materna? ¿Cómo redimir su pecado ante Katiusha? Las cosas no se podían dejar así. «No puedo abandonar a la mujer que he querido y contentarme con pagar al abogado y librarla de los trabajos forzados, que no merece, ni borrar la culpa con dinero, como hice entonces, creyendo que cumplía con mi obligación al entregarle aquella cantidad.»

Recordó vivamente el momento en que la alcanzó en el pasillo, le deslizó el billete y echó a correr. «¡Ay, ese dinero! —recordaba ese instante con el mismo horror y repulsión que entonces—. ¡Ay, ay! ¡Qué vileza!, lo mismo que entonces —se decía en voz baja—.

¡Sólo un canalla, un miserable, podía hacer eso! ¡Y yo soy ese canalla y ese miserable! —exclamó en voz alta—. Pero ¿es posible que realmente sea yo —dejó de pasear—, es posible que sea realmente un perfecto miserable? Y si no ¿quién soy? —se preguntó—. Pero ¿acaso eso es todo? —continuaba dándose pruebas de su culpabilidad—. ¿Acaso no es un horror, una bajeza mi relación con María Vasílievna y su marido? ¿Y mi actitud respecto a la herencia? Con el pretexto de que el dinero era de mi madre, disfruto de la riqueza que considero ilegal. Toda mi vida está vacía, es despreciable. Y la coronación de todo ha sido mi proceder con Katiusha. ¡Soy un canalla y un miserable! Que piensen y me juzguen como quieran los hombres; a ellos les puedo engañar, pero no me engañaré a mí mismo.»

De pronto comprendió que la repulsión que sentía en la última temporada, y sobre todo aquel día, hacia el príncipe, Sofía Vasílievna, Missy y Korniéi no era más que la repulsión hacia sí mismo. Y, cosa extraña, en ese sentimiento de reconocer su infamia había algo doloroso y al mismo tiempo alegre y tranquilizador.

A Nejliúdov ya le había acontecido más de una vez lo que él llamaba «depuración del alma». Daba este nombre a un estado de ánimo en el que de pronto —a veces después de un largo período de tiempo, consciente de la lentitud y del estancamiento de su vida interior— se ponía a limpiar toda la basura que había acumulado en su alma.

Siempre después de estas crisis Nejliúdov se imponía unas reglas que tenía intención de seguir: escribía un diario y empezaba una vida nueva, con la esperanza de no cambiar ya nunca, turning a new leaf, como solía decirse. Pero cada vez las tentaciones mundanas le arrastraban y, sin darse cuenta, volvía a caer más bajo que antes.

Así, depuraba su alma y volvía a caer de nuevo. Esto mismo le ocurrió la primera vez que fue a casa de sus tías. Había sido la más viva, la más exaltada crisis. Y sus consecuencias se prolongaron durante bastante tiempo. Volvió a tener otra igual cuando abandonó su empleo civil y, deseando sacrificar su vida, ingresó en el ejército durante la guerra. Pero aquí el estancamiento se produjo muy pronto. Su última crisis fue cuando abandonó el ejército y se marchó al extranjero para dedicarse a la pintura.

Desde entonces hasta el presente había transcurrido un largo período sin depuración. Nunca había llegado a un estancamiento tan grande, a una diferencia tan enorme entre lo que exigía su conciencia y la vida que llevaba, y se horrorizó viendo esa distancia.

La distancia era tan enorme, el estancamiento tan grande, que en el primer momento desesperó de la posibilidad de una depuración. «Pero si ya has intentado perfeccionarte y ser mejor, y no resultó nada —decía en su fuero interno una voz tentadora—, ¿para qué probar otra vez? No eres el único, todos son iguales. Así es la vida», le decía la voz. Pero aquel ser libre, espiritual, que es el único verdadero, poderoso, eterno, ya se había despertado en Nejliúdov. Y no pudo dejar de creerle. Aunque resultaba enorme la distancia entre el hombre que era y el hombre en el que quería convertirse, para el ser espiritual que acababa de despertarse todo era posible.

«A toda costa destruiré la mentira que me aprisiona, lo confesaré todo, diré la verdad siempre y actuaré con ella —se dijo decididamente en voz alta—. Diré la verdad a Missy, le explicaré que soy un libertino y no puedo casarme y que la he molestado en vano; confesaré la verdad a María Vasílievna —la mujer del mariscal de la nobleza—. Además, no tengo por qué decirle nada a ella, se lo diré a su marido, que soy un miserable y que le he engañado. Con la herencia procederé de tal forma que quede patente la verdad. Le diré a Katiusha que soy un miserable, que me considero culpable ante ella, y que haré todo lo que pueda por aliviar su destino. Sí, la veré y le pediré que me perdone. Sí, le pediré perdón, como hacen los niños —se detuvo—. Y si es preciso, me casaré con ella.»

Se detuvo otra vez, juntó las manos en actitud orante ante el pecho, como lo hacía cuando era pequeño, alzó los ojos hacia el techo y exclamó:

—¡Señor, ayúdame, enséñame, ven a mí y purifícame de todas las canalladas!

Rezaba, pedía a Dios que le ayudara, que viniese con él y lo purificara y, sin embargo, lo que pedía ya se había realizado. Dios, que habitaba en él, se había despertado en su conciencia. Notó que estaba dentro de él y por ello experimentó no sólo una sensación de libertad, coraje y alegría de vivir, sino toda la fuerza del bien. Lo mejor que pudiese hacer el hombre, se sentía ahora capaz de hacerlo.

Cuando se decía esto, tenía los ojos llenos de lágrimas buenas y malas; buenas porque las había producido la alegría de haber despertado en él aquel ser espiritual que durante todos estos años estuvo dormido dentro; malas, porque eran de emoción ante sí mismo y ante su propia virtud.

Sintió calor. Se acercó a la ventana y la abrió. Daba sobre el jardín. Hacía una noche de luna silenciosa y fresca; por la calle se oyó el estrépito de unas ruedas, y todo quedó en silencio. Justo debajo de la ventana, sobre la arena de un arriate se proyectaba la sombra de las ramas desnudas de un alto abedul. A la izquierda, el tejado de la cochera —bañado por los rayos de luna— parecía blanco. Delante se entrelazaban las ramas de los árboles, a través de los cuales se veía la sombra negra de la valla. Nejliúdov miraba el jardín iluminado por la luna, el tejado y la sombra del abedul, y aspiraba el aire fresco y vivificador.

«¡Qué bien! ¡Qué bien, Dios mío, qué bien!», decía, sintiendo lo que acontecía en su alma.

XXIX

Máslova no volvió a la prisión hasta las seis de la tarde. Estaba cansada, con los pies doloridos, por no tener costumbre de andar, después de haber hecho quince verstas por calles empedradas. Hambrienta y moralmente destrozada por aquella inesperada sentencia.

Durante uno de los descansos del proceso, cuando los guardianes en presencia suya comían pan y huevos duros, se le llenó la boca de agua y sintió hambre, pero consideraba humillante pedirles. Después de transcurrir tres horas ya no tenía hambre y sólo se sentía débil. En este estado de ánimo escuchó su inesperada sentencia. En el primer momento creyó que había oído mal, no podía creer lo que estaba oyendo, ni concebir la idea de los trabajos forzados. Pero viendo la tranquilidad que reflejaban los rostros diligentes de los jueces y jurados, que habían escuchado esta sentencia como algo totalmente natural, se sublevó y gritó con todas las fuerzas que no era culpable. Pero al comprobar que su grito fue escuchado también como algo natural y esperado y nada podía cambiar su situación, debiendo someterse a aquella cruel injusticia cometida con ella y que la sorprendió, rompió en sollozos. Lo que más le extrañaba era que la hubieran condenado los hombres — jóvenes, y no viejos—, aquellos mismos que siempre la miraban tan afectuosos. El único que le había parecido distinto era el fiscal. Mientras esperaba en la sala de los detenidos a que se celebrara el juicio y durante los descansos, se había dado cuenta de cómo esos hombres — fingiendo que iban a otra cosa— pasaban al lado de la puerta o entraban en la habitación sólo para mirarla de arriba abajo. Y de pronto, esos mismos, sin saber por qué, la habían condenado a trabajos forzados, a pesar de que era inocente de lo que la acusaban. Al principio había llorado, pero luego se calló y en un estado de completo atolondramiento permanecía sentada en la sala de los detenidos, esperando que se la llevaran. Ahora, sólo deseaba una cosa: fumar. En ese estado de ánimo la encontraron Bochkova y Kartinkin, a quienes después de la condena llevaron a la misma habitación. Bochkova inmediatamente empezó a insultar a Máslova y a llamarla presidiaria.

—¿Qué? ¿Te has dado cuenta? No has podido librarte, maldita zorra. Te lo merecías. Seguramente en presidio dejarás de presumir.

Máslova permanecía sentada, metidas las manos en las mangas del guardapolvo y, con la cabeza muy inclinada, miraba inmóvil el suelo pisoteado.

—No me meto con vosotros, así que dejadme en paz —repitió unas cuantas veces, y después guardó silencio. Sólo se animó un poco cuando se llevaron a Kartinkin y Bochkova, y el guardián le trajo tres rublos.

—¿Eres tú Máslova? —preguntó—. Toma, te lo ha traído una señora —añadió entregándole el dinero.

—¿Una señora?

—Cógelo, anda. ¡Como si uno tuviese tiempo de hablar con vosotros!

El dinero lo había mandado Kitáieva, la dueña de la casa de tolerancia. Al marcharse del Juzgado había preguntado al ujier si podía entregar a Máslova algo de dinero. El ujier le contestó que era posible. Entonces, al obtener el permiso, se quitó el guante de gamuza con tres botones de su mano regordeta y blanca, sacó de los pliegues interiores de su falda dé seda un billetero de moda, extrajo de un fajo de billetes bastante considerable —ganados en su casa— dos rublos y cincuenta cópecs, añadió otros cincuenta cópecs y se los entregó al ujier. Éste llamó al guardia y se los dio en presencia de la donante.

—Por favor, le ruego que se lo entregue como va —dijo Karolina Albértovna al guardia.

Ofendido por esa desconfianza, el guardia trató con enfado a Máslova.

Máslova se alegró al recibir el dinero, le daba la posibilidad de satisfacer el único deseo que tenía en aquel momento.

«Con tal de que pueda conseguir cigarrillos y fumar», pensó, y todas sus ideas se concentraron en el deseo de fumar. Tenía tantas ganas de hacerlo que aspiraba ávidamente el aire que salía de los despachos al pasillo, cuando en éste se notaba el olor del humo del tabaco. Pero tuvo que esperar todavía mucho tiempo, porque el secretario que tenía que dejarla marchar se olvidó de los procesados. Se puso a hablar e incluso a discutir acerca de un artículo prohibido con uno de los abogados. Varios hombres, jóvenes y maduros, entraban después del juicio a verla, y cuchicheaban algo entre ellos. Por fin, a las cinco, los soldados que la habían escoltado por la mañana se la llevaron del Palacio de Justicia, por la puerta trasera del edificio. Todavía en el zaguán, les entregó veinte cópecs pidiéndoles que le compraran dos panecillos y tabaco. Uno de ellos se echó a reír, cogió el dinero y dijo: «Está bien, te lo compraremos». Efectivamente, compró el tabaco y el pan y le devolvió honradamente las vueltas. Por el camino no se podía fumar, así que Máslova llegó a la prisión con el deseo insatisfecho. Cuando llegaban a las puertas, traían desde el ferrocarril unos cien hombres detenidos. En el vestíbulo se cruzó con ellos.

Entre los detenidos había barbudos, afeitados, viejos, jóvenes, rusos, extranjeros; algunos con media cabeza afeitada, haciendo chirriar los grilletes de los pies, llenaban el vestíbulo de polvo, voces y un olor acre a sudor. Al pasar junto a Máslova todos la miraban con avidez y algunos —con la cara desfigurada por el deseo— se acercaban y se metían con ella.

—¡Ay, qué buena moza! —dijo uno.

—Jovencita ¡qué encanto! —dijo otro, guiñando un ojo.

Un presidiario moreno, con la nuca de color azulado, la cara y el bigote afeitados, enredándose en los grilletes y haciéndolos chirriar, se acercó a ella de un salto y la abrazó.

—¡Ay! ¿No recuerdas a tu amigo? ¿A qué vienen esos melindres? —gritó enseñando los dientes y echando chispas por los ojos, cuando Máslova le dio un empujón.

—¿Qué haces, canalla? —gritó, acercándose por detrás el ayudante del jefe de los carceleros.

El presidiario se encogió, apartándose rápidamente. El ayudante se encaró con Máslova.

—¿Por qué estás tú aquí?

Máslova quería decirle que la habían traído del Tribunal, pero estaba tan cansada que le daba pereza hablar.

—Viene del Tribunal, señor —dijo el mayor de los soldados de la escolta saliendo de entre los detenidos, y llevándose la mano a la visera.

—Entrégala al jefe de los carceleros. Pero ¡qué desorden es éste!

—Sí, señor; enseguida.

—¡Sokolov! Hágase cargo de ella —gritó el ayudante.

El jefe de los carceleros se acercó enfadado y empujó a Máslova en un hombro, le hizo una seña con la cabeza y la condujo al corredor de mujeres. En el corredor del departamento femenino la cachearon, buscaron y no encontraron nada —la cajetilla de cigarrillos la había introducido en el pan—, y la internaron en la misma sala de la que había salido por la mañana.

<h2 style="text-align:center">XXX</h2>

La sala donde estaba Máslova era una habitación de nueve metros de largo por siete de ancho con dos ventanas, una gran estufa y una serie de catres de tablas rajadas que ocupaban las dos terceras partes de la sala.

En la pared del centro, frente a la puerta, había un icono oscuro, una vela de cera y, colgando debajo de aquél, un ramo de siemprevivas cubierto de polvo. Detrás de la puerta, a la izquierda, se veía un cubo maloliente en el suelo ennegrecido. Acababan de pasar lista y las mujeres ya estaban encerradas para la noche.

En total habría quince personas: doce mujeres y tres niños.

Aún era de día, y sólo dos mujeres permanecían acostadas en los catres: una de ellas, con la cabeza tapada con el guardapolvo —una idiota, detenida por indocumentada—, casi siempre estaba durmiendo; la otra, tuberculosa, condenada por robo, permanecía acostada con el guardapolvo debajo de la cabeza, los ojos muy abiertos, haciendo un esfuerzo para no toser y reteniendo los esputos que le hacían cosquillas en la garganta. De las demás mujeres —que iban a pelo y llevaban una camisa basta de lienzo por toda ropa—, algunas permanecían sentadas en los catres y cosían, otras, junto a las ventanas miraban a los presos que pasaban por el patio. De las tres mujeres que cosían, una era la vieja que había acompañado a Máslova hasta la puerta, Korabliova. Mujer fuerte y alta, de aspecto taciturno, ceño fruncido, surcada de arrugas, con una bolsa de piel colgando bajo el mentón, una corta trenza rubia, pelos blancos en las sienes y una verruga peluda en la mejilla. Estaba condenada a trabajos forzados por haber matado a su marido con un hacha. Le había matado porque acosaba a una hija suya. Era la jefa de la sala, y comerciaba con vino. Tenía puestos los lentes para coser y sujetaba la aguja con sus grandes manos al estilo campesino, es decir, con tres dedos y la punta vuelta hacia sí. A su lado permanecía sentada y cosía sacos de lona una mujer morena, de pequeña estatura, chata, con ojillos negros, bondadosa y muy charlatana. Era una guardabarrera condenada a tres años de cárcel por no haber hecho la señal con la bandera al paso del tren, provocando un accidente. La tercera mujer que estaba cosiendo, Fedosia —Fénichka, como la llamaban sus compañeras—, era de piel blanca, de buenos colores, ojos azules claros de expresión infantil, con dos largas trenzas de color castaño claro, enrolladas en su mediana cabeza, muy joven y graciosa. Se encontraba en la cárcel por haber intentado envenenar a su marido. Intentó hacerlo inmediatamente después de la boda. La habían casado a los dieciséis años. Durante los ocho meses que permaneció en libertad provisional esperando el juicio, no sólo se reconcilió con su marido, sino que se enamoró de él de tal forma, que cuando llegó el juicio vivían como dos tórtolos. A pesar de que su marido, su suegro y de modo especial su suegra, que le había tomado cariño, intentaron por todos los medios justificarla durante el juicio, fue condenada a trabajos forzados y deportada a Siberia.

Bondadosa, alegre, siempre risueña, Fedosia era vecina de catre de Máslova y no sólo le había tomado cariño, también se impuso la obligación de preocuparse por ella y servirla. Otras dos mujeres se encontraban sentadas en los catres sin hacer nada; una, de unos cuarenta años, probablemente había sido muy bonita, ahora de cara enjuta, pálida y arrugada, sostenía en brazos una criatura a la que daba de mamar de un pecho blanco y lacio. Su delito consistía en que cuando en su aldea se llevaban a uno joven —reclutado ilegalmente, según el criterio de los campesinos—, las gentes pararon al comisario y le arrebataron al muchacho. La mujer, tía del muchacho, fue la primera en coger por la brida al caballo en el cual se lo llevaban. También permanecía sentada, sin hacer nada, una viejecita de aspecto bondadoso, de pequeña estatura, cubierta de arrugas, con el pelo blanco y jorobada. La viejecita, sentada en el catre junto a la estufa, fingía que agarraba a un niño de cuatro años, de pelo muy corto, con gran barriga, que corría alrededor muerto de risa. El niño, que no llevaba más que una camisita, pasaba corriendo delante de ella y no hacía más que repetir: «¿A que no me pillas?». Esta mujer, declarada cómplice de su hijo en una tentativa de incendio, sobrellevaba su condena con la mayor resignación, afligiéndose sólo por su hijo —que cumplía condena al mismo tiempo— y más que nada por su marido, que temía que se llenara de piojos. La nuera se había marchado, y nadie se ocupaba de él.

Otras cuatro permanecían junto a las ventanas abiertas y, agarrándose a la reja de hierro, por señas y gritos hablaban con los presidiarios que pasaban por el patio, los mismos con quienes se había tropezado Máslova a la entrada. Una de ellas, condenada por robo, alta, gruesa, de cuerpo fofo, pelirroja y pálida, amarilla y cubierta de pecas, de gruesos brazos y cuello que se destacaba por el escote desabrochado, gritaba a través de la ventana, con voz ronca, palabras indecentes. Junto a ella permanecía una mujer — con la estatura de una niña de diez años— negruzca, contrahecha, con el talle bajo y las piernas muy cortas. Tenía la cara roja con manchas, los ojos negros y muy distanciados, labios gruesos y cortos, que dejaban al descubierto sus dientes blancos y salientes. Con un sonido chillón y entrecortado se reía de lo que estaba ocurriendo en el patio. Esta detenida —a quien llamaban Joroshavka, a causa de su presunción— estaba condenada por robo e incendio. Detrás de ella, una mujer con una camisa gris muy sucia, de aspecto lastimoso, delgada, con un enorme vientre de embarazada, que cumplía condena por encubrimiento de robo, permanecía en silencio, pero no dejaba de reír con aprobación y ternura a cuanto sucedía en el patio. La cuarta mujer que permanecía junto a la ventana estaba cumpliendo castigo por venta clandestina de aguardiente. Era de baja estatura, rechoncha, pueblerina, con los ojos saltones y rostro apacible. Era la madre del niño que jugaba con la vieja, y de una niña de siete años que también estaba con ella en la cárcel, porque no tenía a nadie con quien dejarlos. Lo mismo que las demás, miraba por la ventana mientras hacía calceta, fruncía el ceño con gesto de desaprobación y cerraba los ojos al oír lo que decían desde el patio los presos que pasaban. Su hija, la niña de siete años, con el pelo suelto casi blanco, vestida con una camisita, sujetaba con la manita delgada la falda de la mujer pecosa y escuchaba muy atenta con los ojos abiertos las palabras obscenas que se cruzaban entre las mujeres y los detenidos, repitiéndolas en un susurro, como para aprendérselas. La presidiaria que hacía el número doce era la hija de un diácono, que había ahogado en un pozo a su hijo recién nacido. Muchacha alta, bien proporcionada, los cabellos revueltos, que se desprendían de su trenza color castaño, y los ojos salientes e inmóviles. No hacía el menor caso a cuanto ocurría alrededor suyo. Sólo con una camisa gris sucia, paseaba descalza de un lado a otro por el espacio libre de la sala, volviéndose bruscamente cuando llegaba a la pared.

XXXI

Cuando sonó el ruido del candado e hicieron entrar a Máslova en la sala, todas se volvieron hacia ella. Incluso la hija del diácono se detuvo un momento, miró a la recién llegada, arqueó las cejas, pero no dijo nada e inmediatamente continuó andando con pasos grandes y resueltos. Korabliova clavó la aguja en la dura arpillera y miró a Máslova, por encima de los lentes, con expresión interrogante.

—¡Vaya! Has vuelto. Pues yo pensaba que te iban a absolver — dijo con su voz ronca de bajo, casi masculina—. Por lo visto te han empapelado.

Se quitó los lentes y los puso en el catre, junto a la labor.

—La abuela y yo, querida, hablábamos de que te soltarían enseguida. También dicen que a veces ocurre así. Incluso te dan dinero, eso depende —empezó a decir la guardabarrera con voz cantarina—. ¡Ah! ¡Mira que haber vuelto! Se ve que no estamos de suerte. Por lo visto está de Dios, guapa —prosiguió una retahíla cariñosa con agradable voz.

Sin contestar, en silencio, Máslova pasó a su sitio —el segundo del extremo, junto a Korabliova— y se sentó en las tablas del catre.

—Me parece que no has comido —dijo Fedosia, levantándose y acercándose a ella.

Sin contestar, Máslova puso el pan en la cabecera y empezó a desnudarse: se quitó el guardapolvo polvoriento y el pañuelo que cubría sus cabellos negros rizados, y se sentó.

La vieja, que jugaba en el otro extremo de los catres con el niño, se acercó también, y se quedó parada frente a Máslova.

—Psss… —siseó con la lengua, moviendo la cabeza con lástima. El chico se acercó detrás de la vieja, abrió mucho los ojos y adelantando el labio superior en forma de ángulo, se quedó mirando el pan que había traído Máslova. Al ver todas aquellas caras de compasión, después de todo lo que le había ocurrido aquel día, sintió deseos de llorar y le temblaron los labios. Trató de contenerse y lo consiguió hasta el momento en que se acercó la viejecita con el niño. Cuando oyó el bisbiseo cariñoso y comprensivo de la vieja y, sobre todo, al encontrarse con la mirada del pequeño que ya no miraba el pan, sino a ella, no pudo contenerse. Se le convulsionó todo el rostro, y estalló en sollozos.

—Te lo dije: búscate un defensor auténtico —dijo Korabliova

—. Qué, ¿te van a deportar? —preguntó.

Máslova quiso contestar, pero no pudo. Sollozando, sacó del pan la cajetilla de cigarrillos —en la que había pintada una dama con un peinado muy alto, mejillas sonrosadas y gran escote en pico— y se la tendió a Korabliova. Ésta examinó el cromo, movió la cabeza como desaprobando que Máslova gastara tan mal el dinero, y sacando un cigarrillo lo encendió en la llama de la lámpara. Dio una chupada y se lo colocó a Máslova en los labios. Entre sollozos, se puso a fumar con avidez, tragándose una y otra vez el humo y echándolo.

—Trabajos forzados —dijo, ahogando un sollozo.

—No temen a Dios. ¡Explotadores, sanguinarios, malditos! —pronunció Korabliova—. Han condenado a una muchacha inocente.

En aquel momento, entre las mujeres que se habían quedado junto a las ventanas, resonó una carcajada general. La niña se echó a reír y su risa infantil aguda se mezcló con las roncas y chillonas de las otras tres mujeres. Un preso, desde el patio, dijo algo que había provocado aquel efecto en las mujeres que miraban por la ventana.

—¡Ay, qué perro esquilado! ¡Fijaos lo que hace! —dijo una mujer pelirroja y moviendo todo su cuerpo, con la cara pegada a la reja, gritó sin motivo una palabra soez.

—¡Qué tía zorra! ¿Por qué reirá así? —preguntó Korabliova, indicando con la cabeza a la pelirroja, y se volvió otra vez a Máslova—: ¿Te han echado muchos años?

—Cuatro —dijo Máslova, y las lágrimas cayeron tan copiosas que mojaron el cigarrillo.

Máslova aplastó con enfado el cigarrillo, lo tiró y cogió otro.

Aunque la guardabarrera no fumaba, recogió enseguida la colilla y empezó a enderezarla sin cesar de hablar.

—Por lo visto tampoco sirve la verdad, guapa —dijo—, la verdad la masticó un cerdo. Hacen lo que quieren. Matveievna decía: «La soltarán». Y yo dije: «No, guapa, el corazón me dice que la condenarán», y así ha sido —decía mientras escuchaba con agrado el sonido de su propia voz.

Durante este tiempo todos los presos habían terminado de atravesar el patio y las mujeres que habían hablado con ellos se separaron de las ventanas, y también se acercaron a Máslova. La primera en llegar fue la vendedora ilegal, de los ojos saltones, con su niña.

—¿Ha sido muy severa la condena? —preguntó, sentándose junto a Máslova, sin dejar de hacer calceta.

—Ha sido severa porque no tiene dinero. En otro caso hubiese contratado un buen abogado y no temas, la hubieran absuelto — dijo Korabliova—. Aquél, ¿cómo demonios se llama? Melenudo, de grandes narices... Aquél, amiga mía, la saca a una del agua. Si lo hubiera llamado...

—¿Cómo le iba a llamar? —dijo enseñando los dientes Joroshavka, que se había sentado junto a ellas—. A ése por menos de mil rublos no le haces ni escupir.

—Sí, por lo visto es tu destino —terció la viejecita condenada por incendiaria—. A ver si es fácil: arrebatan la mujer a mi hijo que es joven, encima le meten en la cárcel; también a mí me han separado del viejo y le dejan solo para que se lo coman los piojos, y me encarcelan, en mi vejez... —empezó a contar por centésima vez su historia—. De la mendicidad o de la cárcel no te puedes librar. Si no es mendicidad, entonces es cárcel.

—Por lo visto, todos hacen lo mismo —dijo la vendedora ilegal, y mirando a la niña, puso la calceta a un lado, atrajo hacia sí la cabeza de la pequeña poniéndola entre las rodillas y con dedos ágiles empezó a buscar piojos—. «¿Para qué vendes vino?», me preguntaron. «¿Y con qué voy a alimentar a los hijos?», les contesté, y continuó su trabajo habitual.

Las palabras de la vendedora recordaron a Máslova la existencia del vino.

—Si hubiera un poco de vino —dijo a Korabliova, secándose las lágrimas con la manga de la camisa, y sólo de vez en cuando lanzando un sollozo.

—¿Quieres vodka? —dijo Korabliova.

<h2 style="text-align:center">XXXII</h2>

Máslova sacó el dinero que había metido en el pan, y le dio un billete a Korabliova. Ésta cogió el dinero y, aunque era analfabeta, lo examinó. Luego se lo enseñó a Joroshavka, que lo sabía todo, y así creyó que aquel papelito valía dos rublos y cincuenta cópecs, y fue a la estufa donde escondía la botella de vino.

Al ver esto, las mujeres que no eran vecinas de catre, se retiraron a sus respectivos sitios. Entre tanto, Máslova sacudió el polvo del pañuelo y del guardapolvo, se subió al catre y empezó a comer pan.

—Te estuve guardando té, no creas, pero se ha enfriado —dijo Fedosia, mientras alcanzaba de la balda una tetera de hojalata envuelta en un par de peales, y un vasito.

El brebaje estaba completamente frío y tenía más sabor a hojalata que a té, pero Máslova llenó el vasito y se puso a beber mientras masticaba pan.

—Toma, Finashka —gritó, partiendo un pedazo de pan, y se lo dio al niño que le miraba la boca.

Mientras, Korabliova trajo la botella de vino y un vaso. Máslova les ofreció a Korabliova y a Joroshavka. Estas tres presas representaban a la aristocracia de la sala, porque tenían dinero y se repartían lo que poseían.

Al cabo de unos minutos, Máslova se animó y empezó a contar con vivacidad lo que le había ocurrido en el juicio. Dijo que en la sala todos la miraban con visible agrado y que a propósito, para verla, habían estado entrando en la sala de los detenidos.

—Incluso el soldado de la escolta, me dijo: «Todos esos vienen por verte». Venía alguno como para buscar un papel o algo, pero yo me daba cuenta de que no necesitaba aquel papel, y que me comía con los ojos —decía sonriendo y moviendo la cabeza con perplejidad.

—Estas cosas, ya se sabe —intervino la guardabarrera, y enseguida empezó a fluir su conversación cantarina—. Acuden como las moscas a la miel. Para otra cosa no están, pero lo que es para eso… ¡Como para darles pan a sus hermanos…!

—Y también aquí —la interrumpió Máslova— me ha pasado. En el momento en que me trajeron, llegaba una partida de presos desde la estación. Se han metido conmigo con tanta insistencia que no sabía cómo librarme de ellos. Gracias a que los echó el ayudante. Uno fue tan descarado, que le tuve que rechazar a empujones.

—¿Cómo era? —pregunta Joroshavka.

—Moreno y con bigote.

—Debe ser él.

—¿Quién?

—Pues Sheglov. El que acaba de atravesar el patio.

—¿Y quién es Sheglov?

—¡No conoces a Sheglov! Se ha escapado dos veces de presidio. Ahora le han cogido, pero volverá a escapar. Hasta los guardianes le tienen miedo —decía Joroshavka, que pasaba papelitos entre los presos y sabía todo lo que ocurría en la prisión

—Se escapará, seguro.

—Se escapará, pero no nos llevará con él —dijo Korabliova—. Mejor es que no digas —se dirigió a Máslova— qué ha dicho el abogado acerca de presentar una solicitud. Ahora puedes hacerlo.

Máslova dijo que no sabía nada.

En aquel momento, la mujer pelirroja metió las manos cubiertas de pecas en su cabellera rojiza, espesa y enmarañada, y rascándose la cabeza se acercó a las «aristócratas» que bebían vino.

—Te diré lo que debes hacer, Katerina —dijo a Máslova—. Ante todo escribe una instancia diciendo que no estás conforme con la condena, y luego dirígete al fiscal.

—¿Qué haces tú aquí? —le increpó Korabliova, enfadada, con voz de bajo—. Has olido el vino y se te ha hecho la boca agua. Ya sabemos lo que hay que hacer, no te necesitamos.

—No hablo contigo. ¿Por qué te metes?

—¿Quieres vino? Puedes esperar sentada.

—Bueno, échale un poco —dijo Máslova, que repartía siempre todo lo suyo.

—Le voy a dar, pero va a ser otra cosa…

—[Pelirroja] ¿Sí? ¡Anda, atrévete! —exclamó la pelirroja, acercándose a Korabliova—. No te tengo miedo.

—[Korabliova] ¡Zorra!

—[Pelirroja] ¡Arrastrada!

—¿Yo arrastrada? ¡Presidiaria, asesina! —gritó Korabliova.

Pero la pelirroja avanzó hacia ella, y Korabliova le dio un empujón en el pecho abultado, que tenía descubierto. La pelirroja, como si fuera lo que esperaba, agarró con una mano el pelo de Korabliova y con la otra quiso golpearle el rostro, pero Korabliova le sujetó la mano. Máslova y Joroshavka agarraron de la mano a la pelirroja, tratando de separarlas, pero la mano de la pelirroja que sujetaba la trenza no se abría. Sólo por un segundo soltó el pelo, pero para enredarlo enseguida en torno al puño. Korabliova, con la cabeza torcida, golpeaba con una mano el cuerpo de su adversaria, y trataba de morderle la mano. Las mujeres se agruparon en torno a ellas, intentaban separarlas y gritaban. Los niños se abrazaron y empezaron a llorar. Al oír aquel ruido, una carcelera y un vigilante entraron en la sala. Separaron a las contendientes. Korabliova se soltó la trenza de cabellos grises, separando los mechones arrancados; la pelirroja, sujetando sobre su pecho amarillento la camisa destrozada, gritaba lo mismo que la otra, dando explicaciones y quejándose.

—Sí, ya lo sé. Todo esto es consecuencia del vino. Mañana se lo diré al director y os echará una bronca. Noto el olor —decía la carcelera—. Recoged las cosas o va ser peor, no se harán distinciones. Todo el mundo a sus sitios, y a callar.

Pero tardó mucho en restablecerse el silencio. Las mujeres discutieron durante largo rato, se contaban unas a otras cómo había empezado la cosa y quién tenía la culpa. Por fin, se marcharon el vigilante y la carcelera, las mujeres empezaron a callarse y a acostarse. La vieja se colocó ante el icono y se puso a rezar.

—Se han juntado dos presidiarias —dijo de pronto la pelirroja con voz ronca desde el otro extremo de los catres, acompañando cada palabra con terribles palabrotas.

—Ten cuidado, que todavía me las vas a pagar —contestó inmediatamente Korabliova, acompañándose también de palabrotas. Y ambas guardaron silencio.

—Si no me llegan a sujetar, te saco un ojo —empezó a hablar otra vez la pelirroja, y de nuevo sin hacerse esperar contestó por el estilo Korabliova.

Todas estaban acostadas, algunas roncaban, sólo la viejecita — que siempre solía rezar durante largo rato— seguía haciendo reverencias ante el icono, y la hija del diácono, tan pronto como se marchó la carcelera, se levantó y empezó a pasear de arriba abajo.

—No lo hubiese adivinado nunca —murmuró Máslova—. Hay que ver lo que hacen otras y no les pasa nada, y yo tengo que sufrir sin haber hecho nada.

—No te aflijas, chica. También la gente vive en Siberia. Tú saldrás adelante —la tranquilizó Korabliova.

—Ya lo sé, pero de todos modos me duele. No merezco esa suerte, estoy acostumbrada a vivir bien.

—No se puede ir contra Dios —pronunció Korabliova, con un suspiro—. No puedes rebelarte contra Él.

—Lo sé, Korabliova, pero es difícil. Guardaron silencio unos minutos.

—¿Oyes? Es la perdida ésa —exclamó Korabliova, llamando la atención de Máslova sobre unos sonidos que se oían al otro extremo de los catres.

Eran los sollozos contenidos de la pelirroja. Lloraba porque la habían regañado, pegado y no le dieron vino, que tanto deseaba beber. Lloraba también porque en toda su vida no había conocido otra cosa que injurias, burlas, ofensas y golpes. Quiso consolarse recordando su primer amor con el obrero Fedka Molodiónkov, pero al evocarlo también recordó cómo había terminado. Fue un día en que Molodiónkov, borracho, para gastar una broma, le untó de vitriolo su parte más sensible y luego se reía con sus compañeros viendo cómo se retorcía de dolor. Recordó esto y tuvo lástima de sí misma, y creyendo que nadie la oía se echó a llorar. Y lloró como los niños, sorbiendo y tragando las lágrimas amargas.

—Me da pena —dijo Máslova.

—Ya se sabe que da pena, pero que no se hubiera metido.

XXXIII

Al despertarse a la mañana siguiente, Nejliúdov experimentó la sensación de que le había ocurrido algo. Incluso antes de recordarlo sabía que se trataba de algo importante y bueno.

«Katiusha, el Tribunal.» Sí, era preciso dejar de mentir y decir toda la verdad. Y como una extraña coincidencia, esa misma mañana llegó la esperada carta de María Vasílievna, la mujer del mariscal de la nobleza, la contestación que necesitaba de manera especial. Le devolvía la libertad, y le deseaba felicidad para su supuesto matrimonio.

—¡El matrimonio! —pronunció con ironía—. ¡Qué lejos estoy ahora de eso!

Recordó la decisión de la víspera de contarle todo al marido, arrepentirse ante él y decirle que estaba dispuesto a ofrecerle la satisfacción que quisiera. Pero ahora ya no le pareció tan fácil como ayer. «Además ¿para qué hacer desgraciado a ese hombre si no lo sabe? Si me preguntase, entonces sí se lo diría. Pero ¿ir adrede a contárselo? No, eso no hace falta.»

Ahora, por la mañana, le pareció igual de difícil decirle toda la verdad a Missy. Otra vez resultaba imposible empezar a hablar, porque resultaría ofensivo. Era inevitable en este caso, como sucede en otros muchos órdenes de la vida, que quedara algo por sobrentender. Decidió una cosa aquella misma mañana: no ir más a casa de los Korchaguin y si le preguntasen, decir la verdad.

Sin embargo, en las relaciones con Katiusha no debía quedar nada sin esclarecer.

«Iré a la prisión, se lo diré todo y le pediré perdón. Y si hace falta, si es preciso, me casaré con ella», pensaba.

La idea de sacrificarlo todo en aras de la satisfacción espiritual le resultaba enternecedora.

Hacía mucho tiempo que no empezaba el día con tantas energías. Cuando Agrafena Petrovna entró en la habitación, le dijo enseguida y con una decisión que él mismo no esperaba, que no necesitaba más de aquel piso ni de sus servicios. Se había establecido, por un acuerdo tácito, que conservaba este alojamiento grande y caro, para casarse. Abandonarlo tenía, pues, una significación especial. Agrafena Petrovna le miró con extrañeza.

—Le agradezco mucho, Agrafena Petrovna, todos sus desvelos para conmigo, pero ahora no me hace falta una vivienda tan grande ni tanta servidumbre. Si quiere usted ayudarme, haga el favor de recoger las cosas y guardarlas como se hacía en tiempo de mamá. Cuando venga Natasha dispondrá lo que deba hacerse.

Natasha era la hermana de Nejliúdov. Agrafena Petrovna movió la cabeza.

—¿Cómo voy a recoger las cosas? Si le van a hacer falta —dijo.

—No, Agrafena Petrovna, seguro que no me harán falta —dijo Nejliúdov contestando a lo que expresaba con aquel movimiento de cabeza—. Dígale, por favor, a Korniéi que le pagaré dos meses por adelantado, pero que no le necesito.

—Hace mal, Dimitri Ivánovich —dijo—. Aunque vaya al extranjero, siempre necesitará el piso.

—No se trata de lo que usted piensa, Agrafena Petrovna. No voy a ir al extranjero. Si me voy de aquí, será a un sitio muy distinto.

De pronto, enrojeció como una amapola.

«Sí, tengo que decírselo —pensó—, no hay por qué callar, y hace falta decírselo a todos.»

—Me sucedió ayer una cosa muy extraña y muy importante.

¿Se acuerda usted de Katiusha, que vivía en casa de mi tía María Ivánovna?

—¡Cómo no! Si yo le enseñé a coser.

—Bien, pues ayer en el Palacio de Justicia han juzgado a esa Katiusha, y yo era miembro del jurado.

—¡Ay, Dios mío, qué lástima! —exclamó Agrafena Petrovna—. ¿Y de qué la acusaban?

—De asesinato, y yo tengo la culpa de todo.

—¿Cómo ha podido usted hacer eso? Es muy extraño lo que está diciendo —prosiguió Agrafena Petrovna, y en sus ancianos ojos se encendieron dos chispas joviales.

Conocía la historia que Nejliúdov tuvo con Katiusha.

—Sí, yo soy la causa de todo. Y eso es lo que ha cambiado todos mis planes.

—¿Qué cambio puede haber para usted por esa causa? — añadió, conteniendo una sonrisa, Agrafena Petrovna.

—Éste: si soy la causa de que ella haya ido por ese camino, tengo que hacer lo posible por ayudarla.

—Demuestra buena voluntad por su parte, pero no hay en esto una culpa especial. Les ocurre a todos lo mismo y con sentido común esto se arregla, se olvida, y siguen viviendo —dijo Agrafena Petrovna con severidad y seriedad—. No tiene por qué echarse la culpa. Ya había oído yo decir hace tiempo que esa muchacha iba por mal camino. ¿Quién tiene la culpa de eso?

—Yo. Por eso quiero reparar la culpa.

—Bueno, es difícil repararlo.

—Es asunto mío. Y si le preocupa su propia situación, entonces le diré que el deseo de mamá…

—No estoy pensando en mí. La difunta me hizo tantos favores que no deseo nada. Me llama Lísenka —una sobrina suya, casada

—, me iré a su casa cuando no me necesite. Pero es una lástima que tenga tantos escrúpulos. Ocurre lo mismo siempre con todos.

—Bueno, yo no pienso así. De todos modos le ruego que me ayude a alquilar el piso y a recoger los muebles. Y no se enfade conmigo. Le estoy muy agradecido por todo.

Cosa extraña: desde el momento en que Nejliúdov comprendió que era un miserable y sintió repulsión de sí mismo, dejó de despreciar a los demás. Por el contrario, experimentó respeto y afecto por Agrafena Petrovna y por Korniéi. Hubiera querido humillarse ante Korniéi, pero la actitud de éste era tan respetuosa que no se atrevió a hacerlo.

Camino del Juzgado, pasando por las mismas calles, en el mismo coche, a Nejliúdov le extrañaba hasta qué punto se sentía ahora un hombre completamente distinto.

Su matrimonio con Missy, que todavía ayer le parecía tan cercano, se le antojaba ahora completamente imposible. Ayer entendía las cosas de tal forma que le parecía que la muchacha sería feliz casándose con él; ahora consideraba indigno no sólo ser su esposo, sino su amigo. «Si supiera cómo soy, no me recibiría por nada del mundo. ¡Y yo encima le reprochaba su coqueteo con aquel señor! Aunque ella consintiera ahora casarse conmigo, ¿acaso podría yo ser feliz, ni tan siquiera estar tranquilo sabiendo que esa desdichada está en prisión, y que mañana o pasado partirá hacia los trabajos forzados? Aquella mujer, perdida por culpa mía, marcharía a Siberia mientras yo estaría aquí recibiendo felicitaciones y haciendo visitas con mi joven esposa. O estaré con el mariscal de la nobleza, al que engañaba vergonzosamente con su mujer, contando los votos sobre la nueva ley de inspección escolar de la región y cosas por el estilo, y luego me daré cita con su mujer —¡qué indecencia!—; o continuaré pintando el cuadro que, por lo visto, no se terminará nunca, porque no me corresponde ocuparme de estas futilezas. Ahora no puedo hacer nada de esto», se decía sin dejar de alegrarse del cambio interior experimentado.

«Ante todo —pensaba— ahora debo ver al abogado y enterarme de lo que ha decidido, y luego… luego ir a verla a la prisión, y contárselo todo.»

Cuando se imaginó que la vería, que le diría todo, que se acusaría ante ella de su culpa, diciéndola que haría todo lo que pudiera, incluso casarse con ella, para redimir su culpa, entonces se apoderó de él un sentimiento especial de entusiasmo, y se le llenaron los ojos de lágrimas.

XXXIV

Al llegar al Palacio de Justicia, Nejliúdov se encontró en el pasillo con el ujier de la víspera. Le preguntó dónde se encontraban los que habían salido condenados, y de quién dependía que autorizaran para verlos. El ujier le explicó que los procesados se encontraban en distintos lugares y que hasta el momento en que la sentencia se hiciera firme la autorización para verlos dependía del fiscal.

—Yo mismo le explicaré y le acompañaré después de la sesión. El fiscal no ha llegado todavía. Ahora, por favor, dese prisa. Va a empezar la vista.

Nejliúdov dio las gracias al ujier, que en aquel momento le pareció muy digno de lástima, y se fue a la sala de los jurados.

En el momento en que se dirigía a la sala, ya salían los jurados para entrar en la audiencia. El comerciante estaba igual de contento y había tomado un bocado y un trago igual que la víspera, y acogió a Nejliúdov como a un viejo amigo. Piotr Guerasímovich no produjo en él ninguna impresión desagradable por su familiaridad y su risa.

Nejliúdov sintió deseos de contar a todos los jurados sus relaciones con la mujer procesada ayer. «En realidad —pensó—, ayer durante el juicio había tenido que levantarme y explicar públicamente mi culpa.» Pero cuando con los demás jurados entró en la sala de audiencia, y comenzó el ceremonial de la víspera: otra vez «Audiencia pública», los tres jueces con sus togas colocados en la tarima, el silencio, los jurados sentándose en sus sillas de respaldos altos, los guardias, el retrato, el pope, comprendió que aunque debía haberlo hecho, no hubiera podido quebrantar aquella solemnidad.

Los preparativos para el juicio fueron los mismos de la víspera, con la excepción de que no se llevó al atril a los jurados para prestar juramento y el presidente no les dirigió la alocución.

El asunto que se juzgaba aquel día era un robo con fractura. El acusado, escoltado por dos guardias con sables desenvainados, era un muchacho de veinte años, delgado, estrecho de hombros, de rostro anémico y terroso, con un guardapolvo gris. Permanecía sentado solo en el banquillo de los acusados y miraba de reojo a los que entraban. Al chico le acusaban de haber forzado la puerta de una cochera, rompiendo el candado, junto con otro compañero, y haber robado unas esteras viejas, valoradas en tres rublos y sesenta y siete céntimos. Del acta de acusación se desprendía que un guardia le había sorprendido cuando iba con su compañero, llevando al hombro las esteras. Ambos muchachos se declararon inmediatamente culpables, y fueron conducidos a la cárcel. El compañero, cerrajero de oficio, murió en la cárcel, y el muchacho comparecía solo ante los jueces. Las viejas esteras permanecían en la mesa, como pruebas de convicción.

El proceso seguía el mismo curso que la víspera, con profusión de demostraciones, pruebas, testigos, juramentos, interrogatorios, peritos y preguntas cruzadas. El guardia que actuaba como testigo, a las preguntas del presidente, del fiscal y del defensor, respondía de forma apagada: «Así es, exactamente»,

«No puedo saberlo» y otra vez «Así es, exactamente»… Pero a pesar de su expresión maquinal de disciplina, se veía que le daba pena el muchacho, y declaraba de mala gana sobre su captura.

Otro testigo, un viejecito, dueño de la casa donde se había efectuado el robo, sin duda un hombre bilioso, cuando le preguntaron si reconocía como suyas las esteras, las reconoció de muy mala gana. Cuando el sustituto del fiscal se puso a preguntarle sobre el uso a que destinaba las esteras y si le eran muy necesarias, se enfadó y respondió:

—¡Que se pierdan de una vez esas esteras! No me hacen ninguna falta. Si llego a saber que iba a tener tantas molestias hubiera pagado encima un rublo, incluso dos, con tal de no tener que venir a declarar. Me he gastado cinco rublos en coches. Estoy enfermo. Padezco de hernia y de reumatismo.

Así hablaron los testigos. El acusado lo confesó todo y, como una fiera acosada, miraba sin expresión a su alrededor, y se le quebraba la voz al decir cómo ocurrieron las cosas.

El asunto estaba claro, pero el sustituto del fiscal —lo mismo que la víspera—, alzando los hombros hacía preguntas sutiles para vencer la astucia del criminal.

En su discurso, demostró que el robo cometido en lugar habitado era con fractura, y que por tanto al muchacho había que condenarlo a sufrir la pena más severa.

El abogado de oficio, designado por el Tribunal, demostraba que el robo no se había cometido en lugar habitado y que, aunque no se podía negar el acto delictivo, el acusado no representaba un peligro para la sociedad, según afirmaba el sustituto del fiscal.

El presidente, igual que el día anterior, dejaba constancia de su imparcialidad y espíritu de justicia y explicó con toda claridad y sugirió a los jurados lo que ya sabían y no podían dejar de saber. Lo mismo que la víspera, se suspendía el juicio, se fumaba igual, y el ujier gritaba: «El Tribunal», y de la misma forma, tratando de no dormirse, permanecían sentados, con los sables desenvainados, amenazando al criminal.

Del expediente se desprendía que de niño el muchacho había sido colocado por su padre en una fábrica de tabaco, donde permaneció cinco años. Aquel año había sido despedido por el patrón a causa de un disgusto entre éste y los obreros, se había quedado sin trabajo, y vagabundeaba por la ciudad gastándose en vino lo último que le quedaba. En una taberna se encontró con un muchacho cerrajero, que se había quedado sin trabajo antes que él, y se dedicaba a beber. De noche, borrachos los dos, rompieron el candado de la puerta de una cochera y cogieron lo primero que les cayó bajo las manos. Los cogieron y se confesaron culpables. Los metieron en la cárcel donde, esperando el juicio, murió el cerrajero. Al muchacho le juzgaban ahora como a un ser peligroso al que es preciso apartar de la sociedad.

«Es un ser tan peligroso, como la criminal de ayer —pensaba Nejliúdov escuchando todo lo que se decía sobre él—. Ellos son peligrosos, y nosotros ¿no somos peligrosos?... Yo soy un depravado, aventurero y mentiroso, y todos nosotros lo somos. Aquéllos que me conocen bien no sólo no me desprecian, sino que me respetan. Pero incluso si este muchacho fuera el criminal más peligroso para la sociedad, el más peligroso de todos los que se encuentran en esta sala ¿qué deberíamos hacer con él, sensatamente, ahora que ha caído?

»Resulta evidente que este muchacho no es un malhechor tan importante, sino un hombre corriente —eso lo ven todos—, y se ha convertido en lo que es sólo por las circunstancias que le han empujado a ello. Además, parece claro que para que no existan tales muchachos es preciso tratar de destruir las circunstancias en que se forman estos seres desgraciados.

»¿Qué hacemos nosotros? Apresamos al azar a un muchacho así, sabiendo muy bien que miles como él quedan en libertad. Lo metemos en la cárcel, dejándole completamente ocioso, o le condenamos a un trabajo malsano y absurdo en compañía de otros seres como él, debilitados y baqueteados por la vida. Después le deportamos por cuenta del Estado, en compañía de los seres más perversos, desde Moscú a la provincia de Irkutsk.

»No hacemos nada para destruir las condiciones en que se engendran tales seres, y no sólo no hacemos nada, sino que hasta fomentamos la existencia de establecimientos donde se forman. Estos establecimientos son conocidos: fábricas, factorías, talleres, bares, tabernas y casas de tolerancia. Y no sólo no destruimos estos establecimientos, sino que, considerándolos imprescindibles, los apoyamos y regularizamos su marcha.

»De este modo educamos no a uno, sino a millones de seres. Luego encarcelamos a uno y creemos haber hecho algo, nos hemos protegido y creemos que ya no se nos puede exigir más. Finalmente, lo trasladamos de Moscú a la provincia de Irkutsk.»

Así pensaba Nejliúdov, con extraordinaria vivacidad y claridad, mientras permanecía sentado junto al coronel y escuchaba las distintas entonaciones de la voz del abogado defensor, del fiscal y del presidente, mirando sus movimientos llenos de aplomo.

«¡Cuántos enormes esfuerzos requiere esta ficción! — continuaba pensando Nejliúdov, examinando aquella enorme sala, aquellos retratos, lámparas, sillones, togas, aquellas paredes macizas, aquellas ventanas; recordó la grandiosidad de aquel edificio y la todavía mayor grandiosidad de la institución en sí, con su legión de funcionarios, escribientes, guardias y ujieres, no sólo aquí, sino en toda Rusia, que percibían un sueldo por esa comedia que nadie necesitaba—. Si al menos empleáramos una centésima parte de esos esfuerzos en ayudar a esos seres abandonados a quienes miramos ahora como si fueran sólo unos brazos y unos cuerpos, imprescindibles únicamente para nuestra tranquilidad y nuestra comodidad. Hubiera sido suficiente que apareciera una persona —seguía pensando Nejliúdov, mirando la cara enfermiza y asustada del muchacho— que se compadeciera de él cuando por necesidad le mandaron del pueblo a la capital y le hubiera ayudado en esa necesidad; o incluso cuando ya se encontraba en la ciudad y, después de doce horas de trabajo en la fabrica, iba con sus compañeros de más edad que él a la taberna para distraerse. Si entonces hubiera surgido una persona que le dijera: "No vayas, Vania; eso no está bien", el muchacho no habría ido, ni se habría pervertido, ni habría llegado a robar.»

Pero no encontró una sola persona que se compadeciera de él mientras vivió en la ciudad, como una fierecilla, durante la época de su aprendizaje, con el pelo cortado al rape para no criar piojos y haciendo recados para su maestro; al contrario, todo lo que oía de los maestros y de compañeros desde que vivía en la ciudad, es que era un valiente el que engañaba, bebía, regañaba, peleaba y se daba a los vicios.

«Cuando ya enfermo y estropeado por un trabajo malsano, la bebida y el libertinaje, inconsciente e insensato, vagaba sin rumbo por la ciudad y debido a su estado de atontamiento se metió en una cochera y sacó de allí unas esteras que no necesitaba nadie, todos nosotros, que vivimos en la abundancia, hombres ricos e instruidos, no es que nos hayamos preocupado de destruir las causas que han conducido a este muchacho hasta su situación actual, sino que queremos arreglar las cosas con el castigo que le impongamos al muchacho.

»¡Es terrible! No se sabe si en esto hay más crueldad o más insensatez. Pero parece que una cosa y otra alcanzan su máximo grado.»

Nejliúdov pensaba todo esto sin escuchar cuanto sucedía ante él. Se horrorizó de todo cuanto se le había revelado, se extrañaba de no haberse dado cuenta antes, y de cómo los demás podían no verlo.

<h2 style="text-align:center">XXXV</h2>

Tan pronto como suspendieron por primera vez la vista, Nejliúdov se levantó y salió al pasillo con la determinación de no volver más al Palacio de Justicia, que hicieran con el muchacho lo que les diera la gana, pero él no podía tomar más parte en esa tontería horrible e infame.

Enterado de dónde estaba el despacho del fiscal, Nejliúdov se dirigió allí. El ujier no quiso dejarle pasar, diciendo que estaba ocupado. Pero Nejliúdov, sin hacerle caso, entró en la antesala y abordó al primer funcionario que le salió al encuentro, diciéndole que anunciara al fiscal que era jurado y que necesitaba verle para un asunto muy importante. Su título de príncipe y su indumentaria elegante ayudaron a Nejliúdov. El oficinista le anunció y le dejaron entrar. El fiscal le recibió de pie, sin duda de mal humor por la insistencia con que había solicitado la entrevista.

—¿Qué desea?

—Soy jurado, mi apellido es Nejliúdov, y me es imprescindible ver a la procesada Máslova —dijo con rapidez y decisión, poniéndose colorado y dándose cuenta de que estaba realizando un acto que iba a tener una importancia decisiva en su vida.

El fiscal era un hombre de mediana estatura, moreno, de pelo corto entrecano, ojos brillantes y muy vivos, con una barba espesa y bien cortada y un mentón prominente.

—¿Máslova? ¡Ah, sí, sé quién es! Está acusada de envenenamiento —dijo tranquilamente el procurador—. ¿Para qué necesita verla? —Y luego, como deseando suavizar su actitud, añadió—: No puedo autorizarle la entrevista sin saber cuál es el motivo.

—Necesito verla para una cuestión personal muy importante

—dijo Nejliúdov, enrojeciendo.

—Bueno —comenzó el fiscal, y alzando la vista examinó detenidamente a Nejliúdov—. ¿Se ha visto ya la causa de esa mujer, o todavía no?

—Fue juzgada ayer y condenada a cuatro años de trabajos forzados, con absoluta injusticia. Es inocente.

—Bueno. Si la juzgaron ayer —dijo el fiscal, sin hacer el menor caso sobre la afirmación de Nejliúdov de la inocencia de Máslova

—, entonces hasta que la sentencia se haga firme, debe encontrarse en la prisión preventiva. Las visitas se autorizan únicamente los días señalados. Le aconsejo que se dirija allí.

—Pero necesito verla cuanto antes —dijo Nejliúdov mientras le temblaba la barbilla y sentía que se acercaba el momento decisivo.

—¿Para qué desea verla? —preguntó el fiscal, alzando las cejas con cierta inquietud.

—Porque es inocente y ha sido condenada a trabajos forzados. El culpable de todo soy yo —dijo Nejliúdov con voz trémula, percatándose de que no debía haber dicho aquello.

—¿Cómo es eso? —preguntó el fiscal.

—Porque yo la he engañado y la he conducido a la situación en que se encuentra ahora. De no haber llegado a ser, por culpa mía, lo que era, no habría sido expuesta a tal acusación.

—De todas formas, no veo la relación que tiene esto con la entrevista.

—Es que quiero seguirla y… casarme con ella —expresó Nejliúdov. Y, como siempre, tan pronto como habló de esto, sus ojos se llenaron de lágrimas.

—¿Sí? ¡Vaya, vaya! —dijo el fiscal—. Realmente es un caso muy excepcional. ¿Usted, según creo, es miembro del zemstvo de Krasnopersk? —preguntó el fiscal, como recordando que había oído hablar antes de este Nejliúdov, que ahora le anunciaba una decisión tan extraña.

—Perdóneme, pero no creo que esto tenga relación alguna con mi petición —enrojeciendo, replicó Nejliúdov irritado.

—Naturalmente que no —dijo el fiscal, apenas iniciando una sonrisa y sin turbarse en absoluto—, pero su deseo es tan extraordinario y tan fuera de lo común.

—Entonces, ¿puedo obtener la autorización?

—¿La autorización? Sí, ahora mismo le voy a dar un pase.

Tenga la bondad de sentarse.

Se acercó a la mesa, se sentó y se puso a escribir.

—Por favor, siéntese. Nejliúdov seguía en pie.

Extendido el pase, el fiscal entregó el papel a Nejliúdov, mirándole con curiosidad.

—Tengo que advertirle, además —continuó Nejliúdov—, que no puedo seguir formando parte del jurado.

—Como usted sabe, para eso tendrá que presentar al Tribunal unos motivos que tengan fundamento.

—El motivo es que considero los juicios no sólo inútiles, sino inmorales.

—Bueno —dijo el fiscal con aquella sonrisa apenas iniciada, como dando a entender que le eran conocidas tales afirmaciones, y que pertenecían a cierto tipo de gente que le resultaba divertida

—. Pero comprenderá sin duda que yo, como fiscal del Tribunal, no puedo estar de acuerdo con usted. Pero eso le aconsejo que lo haga saber al Tribunal: el Tribunal decidirá si sus motivos tienen fundamento o no, y en último caso le impondrá una multa. Diríjase al Tribunal.

—Lo he advertido, y no pienso ir a ningún sitio más —dijo Nejliúdov enfadado.

—Mucho gusto —dijo el fiscal, haciendo una inclinación con la cabeza.

—¿A quién ha recibido usted? —preguntó el juez, al entrar en el despacho del que acababa de salir Nejliúdov.

—A Nejliúdov ¿sabe? Ese individuo que solía decir excentricidades en el zemstvo de la provincia de Krasnopersk. Y, figúrese, es jurado, y entre los acusados ha aparecido una mujer o una muchacha condenada a trabajos forzados, la cual, según dice, fue seducida por él y ahora quiere casarse con ella.

—Pero ¿cómo puede ser eso?

—Eso me ha dicho… y en un estado extraño de exaltación.

—La juventud actual tiene muchas anormalidades.

—Pero él ya no es tan joven.

—¡Qué pesado está su famoso Ivashénkov! Nos vencerá a fuerza de aburrirnos. Habla y habla sin parar.

—No hay más remedio que pararle los pies, de lo contrario resultarán auténticas obstrucciones.

XXXVI

Del despacho del fiscal, Nejliúdov fue directamente a la cárcel preventiva. Pero Máslova no estaba y el director le explicó que debía encontrarse en la antigua prisión, desde donde se deportaba a los presos. Nejliúdov se dirigió allí.

Efectivamente, era donde estaba Katerina Máslova. El fiscal había olvidado que, seis meses antes, al parecer, unos guardias habían descubierto un complot político y la cárcel preventiva estaba completamente llena de estudiantes, médicos, trabajadores, cursillistas y practicantes.

La distancia entre la cárcel preventiva y la antigua prisión desde donde deportaban era enorme, y Nejliúdov llegó al anochecer. Cuando se disponía a entrar en aquel enorme y sombrío edificio, el centinela le detuvo y se limitó a tocar el timbre. Salió un guardián, Nejliúdov le mostró el pase, pero el guardián dijo que no podía dejarle pasar sin el visto bueno del director. Nejliúdov fue a ver al director. Mientras subía las escaleras, oyó tras de la puerta los sonidos de un piano. Tocaban una pieza complicada y briosa. Cuando abrió la puerta una criada de aspecto desagradable, con un ojo vendado, los sonidos se escaparon de la habitación y le hirieron el oído. Era una rapsodia, muy conocida, de Liszt, magníficamente interpretada, pero sólo llegaba a un pasaje. Al llegar a él volvía a empezar, para detenerse de nuevo en el mismo sitio. Nejliúdov preguntó a la criada de la venda si estaba en casa el director.

La criada le dijo que no.

—¿Volverá pronto?

La rapsodia se interrumpió de nuevo y otra vez llegó hasta el lugar hechizado.

—Voy a preguntar.

La pieza volvió a sonar, cuando de pronto, sin llegar al lugar hechizado, se interrumpió, y se oyó una voz.

—Dile que no está, y que hoy no estará. Ha ido de visita. No sé por qué dan la lata —se oyó una voz femenina detrás de la puerta y de nuevo sonó la rapsodia para interrumpirse enseguida, y se oyó cómo arrastraban una silla. Sin duda, la pianista, enfadada, quiso reñir ella misma al visitante inoportuno, que venía a una hora inconveniente.

—Papá no está —dijo enfadada, saliendo de la habitación, una muchacha pálida, con el pelo rizado, de ojos tristes con grandes ojeras y aspecto enfermizo. Al ver a un joven con un elegante abrigo, se dulcificó—. Pase, por favor, ¿qué es lo que desea?

—Ver a una detenida que está en la prisión.

—¿Política, sin duda?

—No, no es política. Tengo una autorización del fiscal.

—Bueno, yo no sé nada, y papá no está. Pero pase usted, por favor —volvió a insistir, mientras Nejliúdov permanecía en el pequeño recibidor—. Puede dirigirse al subdirector, ahora está en la oficina. Hable con él. ¿Cómo es su apellido?

—Le estoy muy agradecido —respondió Nejliúdov, y salió sin contestar a su pregunta.

Todavía no había dado tiempo a que se cerrase la puerta detrás de él, cuando volvieron a sonar los alegres compases tan poco en armonía con el lugar donde se producían como con el aspecto enfermizo de la muchacha que los estudiaba con tanto ahínco. En el patio, Nejliúdov se encontró con un joven oficial de bigote teñido y tieso, y le preguntó por el subdirector. Era él mismo. Tomó el pase, lo examinó, y dijo que no se atrevía a autorizar la entrada con un permiso para la cárcel preventiva. Y que además, ya no era hora.

—Vuelva usted mañana. A las diez de la mañana se autoriza la visita a todos. Venga usted, y además estará el director. Entonces podrá tener una comunicación en el locutorio general, y si el director lo autoriza en la oficina.

Sin haber conseguido aquel día la entrevista, Nejliúdov regresó a su casa. Inquieto por la idea de entrevistarse con ella, Nejliúdov caminaba por las calles recordando ahora no el juicio, sino sus conversaciones con el fiscal y los directores de las cárceles. El hecho de intentar la entrevista con ella, el haber confesado su intención al fiscal, así como haber estado en dos cárceles, le había excitado de tal forma que tardó mucho en tranquilizarse. Al llegar a su casa, buscó enseguida su Diario —que no había tocado desde hacía mucho tiempo—, leyó algunos pasajes, y anotó lo siguiente:

«Hace dos años que no escribo en el Diario y pensaba que ya no volvería nunca a esta chiquillada. Pero realmente no se trataba de una chiquillada, sino de una charla conmigo mismo, con ese yo verdadero y divino que tiene cada hombre. Durante todo el tiempo ese yo estaba dormido, y no tenía con quién hablar. Le ha despertado el acontecimiento insólito del 28 de abril, en el Tribunal donde fui jurado. En el banquillo de los acusados la he visto a ella, a aquella Katiusha que seduje, con un guardapolvo de presidiaria. Por una extraña confusión y por una equivocación mía, la han condenado a trabajos forzados. Acabo de estar con el fiscal y en la cárcel. No me han dejado verla, pero he decidido hacer todo lo posible por conseguirlo, pedirle perdón y reparar mi culpa, aunque tenga que casarme con ella. ¡Señor, ayúdame! Me encuentro muy bien, y siento alegría en el alma».

XXXVII

Aquella noche Máslova tardó mucho en dormirse. Estaba acostada pensando, con los ojos abiertos y la mirada fija en la puerta, que se ocultaba, de cuando en cuando, por los paseos de la hija del diácono, y oía los resoplidos de la pelirroja.

Pensaba que por nada del mundo se casaría con un condenado a trabajos forzados en Sajalin, y que se arreglaría de alguna otra forma: con alguno de los jefes, el escribiente, aunque fuera con un vigilante o un carcelero. Todos estarían ávidos de eso. «Con tal de no adelgazar. Si adelgazo, estoy perdida.» Recordó cómo la miraba el abogado defensor, el presidente del Tribunal y los hombres que, a propósito, habían ido para pasar delante de ella en la sala de detenidos. Recordó también cómo Berta —que la había visitado en la cárcel— le había contado que el estudiante a quien quería Máslova cuando estaba en casa de Kitáieva, había ido allí, preguntando por ella y sentido mucho lo que le pasaba. Se acordó de la lucha de la pelirroja, y le dio pena de ella; del panadero, que le había mandado un panecillo más; de muchos otros, pero únicamente no pensó en Nejliúdov. No recordaba nunca su infancia y juventud ni, sobre todo, su amor con Nejliúdov. Era demasiado doloroso. Estos recuerdos permanecían en lo más recóndito de su alma, intocables. Ni siquiera nunca soñaba con Nejliúdov. Ahora, en el juicio, no le había reconocido, y no porque cuando le vio la última vez vestía de militar, no llevaba barba, tenía un pequeño bigote y, aunque corto, tenía el pelo espeso y rizado y ahora era un hombre de aspecto decrépito, con barba, sino porque ahora no pensaba nunca en él. Había sepultado todos los recuerdos de su pasado con él, aquella terrible y oscura noche, cuando al regresar de la guerra, no pasó por la casa de sus tías.

Hasta aquella noche, mientras tenía esperanzas de que iba a venir, no sólo no se afligía por la criatura que llevaba bajo su corazón, sino que muchas veces se emocionaba con asombro ante los movimientos interiores suaves y, a veces, impetuosos. Pero desde aquella noche todo resultó distinto. Y el futuro niño resultó una verdadera carga.

Las tías esperaban a Nejliúdov, le pidieron que fuera, pero telegrafió diciendo que le era imposible, pues tenía que estar en San Petersburgo con fecha fija. Cuando Katiusha se enteró de ello, decidió ir a la estación para verlo. El tren pasaba de noche, a las dos. Katiusha, después de ayudar a las señoritas a acostarse, y de haber convencido a la joven Mashka —la hija de la cocinera—, se puso unas botas viejas, se echó encima un mantón, se arregló un poco y echó a correr a la estación.

Era una noche oscura de otoño, llovía y soplaba el viento. Tan pronto caía la lluvia en gotas gruesas y tibias como cesaba. En el campo, bajo los pies, no se distinguía el sendero y el bosque estaba tan oscuro como una boca de lobo. Aunque Katiusha conocía bien el camino, se desvió en el bosque. Llegó a la estación—donde el tren se detenía tres minutos— no con tiempo, como pensaba, sino después de sonar por segunda vez la campanilla. Al entrar corriendo en el andén, Katiusha vio enseguida por la ventanilla de un vagón de primera clase a Nejliúdov. El vagón estaba muy iluminado. Dos oficiales en mangas de camisa, sentados uno frente a otro, sobre asientos tapizados de terciopelo, jugaban a las cartas. En la mesita, junto a la ventanilla, ardían unas velas gruesas que se derretían. Él estaba sentado en el brazo de un asiento y apoyado en el respaldo, llevaba pantalón ceñido y camisa blanca, y reía a carcajadas. Tan pronto como le reconoció, golpeó la ventanilla con la mano aterida. Pero en ese mismo instante sonó por tercera vez la campana y el tren se movió lentamente, primero hacia atrás, y luego uno tras otro los vagones empezaron a pasar hacia adelante, a pequeños empujones. Uno de los jugadores se levantó y, con las cartas en la mano, se puso a mirar por la ventanilla. El oficial quería bajar la ventanilla, pero no lo consiguió. Nejliúdov se levantó, apartó al oficial y se puso a bajarla. El tren aumentó la marcha. Ella iba deprisa, sin rezagarse, pero el tren aumentaba la velocidad, y en el preciso momento en que se abrió la ventanilla, el revisor la empujó y subió de un salto al vagón. Katiusha, aunque quedó rezagada, siguió corriendo por las tablas mojadas del andén; después se terminó el andén y con un esfuerzo pudo sujetarse para no caer por las escalerillas al suelo. Seguía corriendo, pero el vagón de primera ya estaba lejos. A su lado pasaban los vagones de segunda clase y luego, más rápidamente, el de tercera, pero seguía corriendo. Cuando pasó el último vagón con el farol en la parte trasera, Katiusha estaba en el lugar donde se hallaban los depósitos de agua, a la intemperie. La azotó una ráfaga de viento y le arrancó el pañuelo de la cabeza, ciñéndole un lado del vestido a las piernas. Aunque el viento le había arrebatado el pañuelo, seguía corriendo.

—¡Tiíta Mijáilovna! —gritaba la niña, que apenas podía alcanzarla—. ¡Se ha perdido su pañuelo!ç«Él está en un vagón iluminado, sentado en un asiento de terciopelo, bromea, bebe, y yo estoy aquí, en el barro, en la oscuridad, bajo la lluvia y el viento. Estoy en pie, y lloro», pensó Katiusha deteniéndose y echando la cabeza hacia atrás; se la cogió con las manos y rompió en sollozos.

La niña se asustó, y abrazó a Katiusha con su vestido mojado.

—Tiíta, vámonos a casa.

«Cuando pase un tren, me arrojaré bajo las ruedas y todo habrá terminado», pensó entretanto Katiusha, sin contestar a la niña.

Decidió que así lo haría. Pero de pronto, como sucede siempre en el primer momento de apaciguamiento, después de la agitación, el niño, el hijo de Nejliúdov que estaba en su seno, se agitó, se estiró armoniosamente y empezó a dar empujoncitos. Y enseguida, todo lo que un minuto antes la atormentaba tanto, produciéndole la impresión de que no podría continuar viviendo, todo su odio hacia Nejliúdov y el deseo de vengarse de él por medio del suicidio, desapareció inmediatamente. Se tranquilizó, se arregló la ropa, se envolvió en el mantón y, apresurándose, se dirigió a casa.

Extenuada, calada hasta los huesos, sucia, volvió a casa y, desde ese momento, empezó a realizarse aquella transformación en su alma, a consecuencia de la cual llegó a convertirse en lo que era ahora. A partir de aquella terrible noche dejó de creer en la existencia del bien. Antes creía y pensaba que la gente también creía, pero desde esa noche se convenció de que nadie cree en ello y que todos hablan de Dios y del bien y sólo lo hacen para engañar a la gente. El hombre a quien amaba y la amaba a ella — lo sabía— la había abandonado, después de satisfacer sus deseos y burlarse de sus sentimientos. Y él era el mejor hombre de todos los que conocía. Los demás eran aún peores. Cuanto le había ocurrido lo confirmaba a cada paso. Las tías, ancianas devotas, la echaron cuando no las pudo servir como antes. Todas las mujeres con las que tropezó después trataban de sacar dinero por mediación suya; los hombres, desde el viejo comisario hasta los vigilantes de la cárcel, la miraban como un objeto de placer. Y para nadie existía en el mundo otra cosa que no fuera el placer, precisamente el placer. De esto la convenció todavía más el viejo escritor, al que se había unido en el segundo año de su vida independiente. Así solía decírselo, que en esto —llamaba esto a la poesía y la estética— consistía la felicidad.

Todos vivían para sí mismos, para su placer, y las palabras acerca de Dios y del bien eran un engaño. Si alguna vez surgían preguntas acerca de para qué todo estaba establecido en el mundo de un modo tan difícil, por qué los hombres se hacían daño unos a otros y por qué todos sufrían, era preciso no pensar en ello. Cuando se sentía triste, fumaba o bebía un poco, y esto era lo mejor de todo, hacía el amor con un hombre, y todo pasaba.

XXXVIII

Al día siguiente, domingo, a las cinco de la madrugada, cuando en el corredor de mujeres de la cárcel sonó el habitual silbato, Korabliova, que ya no dormía, despertó a Máslova.

«Condenada a trabajos forzados», pensó Máslova con horror, mientras se restregaba los ojos y aspiraba contra su voluntad el aire tremendamente fétido de la madrugada, y sintió deseos de volver a dormirse para entrar en el dominio de la inconsciencia, pero la costumbre del terror venció al sueño. Se levantó, encogió las piernas y se puso a observar. Las mujeres ya se habían levantado, sólo los niños dormían aún. La vendedora ilegal de los ojos saltones trataba de sacar con cuidado el guardapolvo sobre el cual estaban acostados los niños, para no despertarlos. La mujer que se había rebelado contra las autoridades tendía junto a la estufa unos trapos, que servían de pañales, mientras su hijo se deshacía en lágrimas en brazos de Fedosia, la de los ojos azules, que le acunaba y le cantaba con voz agradable. La tuberculosa, con ambas manos en el pecho, la cara inyectada de sangre, tosía, gemía y a intervalos casi gritaba. La pelirroja acababa de despertarse, permanecía tumbada de espaldas con sus piernas gruesas encogidas, y contaba en voz alta y alegre el sueño que había tenido. La viejecita incendiaria estaba de nuevo ante el icono y susurraba las mismas palabras, se santiguaba y hacía reverencias. La hija del diácono, sentada inmóvil en su catre, miraba de frente con ojos inexpresivos. Joroshavka se rizaba los grasientos cabellos negros enrollándolos en un dedo.

En el corredor se oyeron pasos de toscas suelas, chirrió el candado, y entraron dos detenidos portadores de cubos. Vestían chaquetas cortas y pantalones grises remangados hasta las rodillas. Con caras serias, enfadadas, levantaron con una palanca el gran cubo maloliente y lo llevaron fuera de la sala. Las mujeres salieron al corredor, para lavarse en los grifos. Otra vez empezaron las injurias, los gritos, las quejas…

—¿Queréis ir al calabozo? —gritó el carcelero, y dio un manotazo tan fuerte en la espalda gruesa de la pelirroja que retumbó por todo el pasillo—. ¡Que no vuelva a oírte!

—¡Vaya! ¡Está de broma el viejo! —comentó la pelirroja, tomando aquel golpe como una muestra de cariño.

—¡Vamos! ¡Deprisa! Preparaos para la misa.

Máslova no había tenido tiempo de peinarse cuando entró en la sala el director, acompañado de varias personas.

—¡Recuento! —gritó el director.

Salieron las presas de otras salas colocándose en dos filas en el corredor. Tenían que alinearse, colocando las de atrás las manos en los hombros de sus compañeras. Hicieron el recuento.

Después de pasar lista llegó una carcelera para llevar a las presas a la capilla. Todas llevaban pañuelos, blusas y faldas blancas, y sólo alguna aparecía vestida de color. Eran mujeres con niños, que seguían a sus maridos, condenados a trabajos forzados. Toda la escalera estaba ocupada por las presas. Se oían las blandas pisadas de los pies vestidos con zapatillas gruesas, conversaciones, a veces risas. En un recodo de la escalera, Máslova vio el rostro malvado de su enemiga Bochkova, que iba delante, y se la indicó a Fedosia. Al llegar abajo, las mujeres guardaron silencio y, santiguándose y haciendo reverencias, empezaron a pasar por la puerta de la capilla, todavía vacía y resplandeciente de dorados. Su sitio estaba en la derecha, y empujándose unas a otras empezaron a colocarse, A continuación de las mujeres entraron los hombres condenados al destierro, vestidos con guardapolvos grises, y tosiendo muy fuerte empezaron a empujarse hacia la izquierda y el centro de la capilla. Arriba, en el coro, a un lado, se encontraban los condenados a trabajos forzados, con media cabeza afeitada, los cuales descubrían su presencia haciendo sonar las cadenas; al otro, los hombres que conservaban su pelo y no llevaban cadenas: eran los que esperaban ser juzgados.

La capilla de la prisión había sido restaurada y adornada a expensas de un rico comerciante, que había invertido en ello unas cuantas decenas de miles de rublos. Toda ella brillaba con colores vivos y dorados.

Durante algún tiempo reinó el silencio y sólo se oía sonarse, toser, el grito de los niños y, de vez en cuando, el ruido de las cadenas. De pronto, los detenidos que estaban en el centro de la capilla se movieron apretándose unos contra otros, dejando un camino en el centro, por el cual pasó el director y se colocó delante de todos en el centro de la capilla.

XXXIX

Empezó el servicio religioso. Consistía en que un sacerdote, con extraña e incómoda vestidura de terciopelo, cortaba y disponía trocitos de pan en un platillo, después los colocaba con una copa de vino, pronunciando al mismo tiempo distintos nombres y oraciones. El sacristán, mientras tanto, sin interrumpirse, leía y luego cantaba en combinación con el coro, compuesto por los presos, unas plegarias en lengua eslava ya de por sí poco comprensibles y menos todavía por la rapidez de la lectura y los cantos. La mayoría de estas oraciones expresaban el deseo de bienestar del emperador y de su familia. Se repetían muchas veces, tanto entre otras oraciones como por separado, y todos debían arrodillarse. Además, el sacristán leyó algunos versículos de los Hechos de los Apóstoles con una voz tan extraña y tensa que no se podía entender nada, y el sacerdote leyó con mucha claridad el pasaje del Evangelio de San Marcos donde dice que al resucitar Cristo —antes de subir a los cielos y sentarse a la diestra de Dios— se le apareció primero a María Magdalena, de la cual ahuyentó los siete demonios, y después a sus once discípulos, a quienes mandó que predicaran el Evangelio por el mundo entero. Dijo también que quien no cree perecerá, salvándose el que crea y se bautice, que los creyentes podrán ahuyentar a los demonios, curar a los enfermos imponiéndoles la mano, hablar nuevas lenguas, coger serpientes y quedar sanos y vivos, caso de tomar veneno.

La base del servicio religioso estribaba en creer que los pedacitos de pan cortados y colocados en la copa de vino se convertirían —por determinadas manipulaciones y rezos— en cuerpo y sangre de Nuestro Señor Jesucristo. Estas manipulaciones consistían en que el sacerdote alzaba uniformemente ambas manos, las sostenía así durante un rato, y luego se ponía de rodillas y besaba el altar y los objetos que había encima, a pesar de las vestiduras de terciopelo que entorpecían sus movimientos. El momento en que el sacerdote tomaba un paño con ambas manos y lo agitaba con ritmo y graciosamente por encima del platillo y la copa de oro, era considerado como el más importante, porque entonces el pan y el vino se convertían en cuerpo y sangre y, por tanto, ese acto se acompañaba de una solemnidad particular.

«Gloria a la Santísima Inmaculada y Purísima Virgen María», pronunció en voz alta el sacerdote, y el coro cantó con solemnidad alabanzas a la Santísima Virgen, que concibió a Cristo sin pecado y que por ello merece honores más grandes que los querubines y mayor gloria que los serafines. Después de esto se consideraba que había tenido lugar la conversión. El sacerdote quitó el paño del platillo, cortó en cuatro trozos un pedacito de pan, poniéndolo primero en la copa de vino y llevándoselo después a la boca. Se suponía que al hacerlo comía un trocito de cuerpo de Nuestro Señor Jesucristo y bebía un sorbo de su sangre. Luego el sacerdote separó las cortinillas, abrió la puertecita central y cogiendo en sus manos el copón de oro, se adelantó con él e invitó a los que quisieran a tomar el cuerpo y la sangre de Nuestro Señor, que se encontraba dentro.

Los que lo deseaban resultaron ser unos cuantos niños.

Cautelosamente el sacerdote les preguntó cuáles eran sus nombres y, cogiendo cuidadosamente con una cucharilla pedacitos de pan empapados en vino, metía dentro de la boca de cada niño, por turno, un trocito de pan mojado en vino; a continuación el sacristán — limpiándoles la boca— cantaba con alegre voz una canción en la que se decía que los niños comían el cuerpo de Nuestro Señor y bebían su sangre. Seguidamente el sacerdote se llevó el copón tras la barandilla y apuró allí toda la sangre y se comió todos los trocitos del cuerpo de Nuestro Señor, se chupó cuidadosamente el bigote, se secó la boca y el copón y con la mejor disposición de ánimo, haciendo crujir las finas suelas de sus zapatos de piel de becerro, con pasos briosos, avanzó hasta los fieles.

Con esto finalizó la parte principal del servicio religioso cristiano. Pero el sacerdote, queriendo aliviar a los desgraciados presos, añadió a la ceremonia habitual otra extraordinaria. En ésta el sacerdote se colocó ante la presunta imagen forjada de oro — con la faz y las manos negras— , de aquel mismo Dios que acababa de comerse, iluminada por diez velas de cera, y pronunció, entonando con voz extraña y afectada, las siguientes palabras:

«Dulcísimo Jesús, gloria de los apóstoles; Jesús mío, consuelo de los mártires; Señor del Universo, sálvame; Jesús salvador mío, salva al que acude a Ti; ten misericordia, Jesús, profeta y salvador de hombres».

Al llegar aquí se interrumpió, tomó aliento, se santiguó, hizo una profunda reverencia y todos hicieron lo mismo: el director, los guardianes, los presos. Arriba, con mucha frecuencia, sonaban las cadenas.

«Creador de los ángeles y Señor todopoderoso; Jesús milagroso, admiración de los ángeles; Jesús todopoderoso, liberador de los antepasados; dulcísimo Jesús, alabanza de los patriarcas; glorioso Jesús, apoyo de los reyes; Jesús misericordioso, fortificación de los mártires; dulce Jesús, alegría de los monjes; Jesús misericordioso, dulzura de los sacerdotes; Jesús bondadoso, continencia de los ayunadores; purísimo Jesús, sabiduría de los castos; Jesús eterno, Salvador de los pecadores; Jesús, Hijo de Dios, sálvame.» Pronunció la palabra «Jesús» con un silbido cada vez más intenso, mientras sostenía con una mano la casulla de seda dorada. Al terminar se arrodilló y se postró hasta tocar el suelo. Enseguida, el coro entonó las últimas palabras:

«Jesús, Hijo de Dios, sálvame», y los presos se levantaban, sacudían sus cabelleras y hacían chirriar las cadenas que les rozaban las delgadas piernas.

La ceremonia duró mucho tiempo. Se cantaron alabanzas, que terminaron con la palabra «sálvame»; seguidamente, venían otras alabanzas que acababan con el «Aleluya». Primero los presos se postraban a cada intervalo, luego se postraban cada dos veces y después cada tres; todos se pusieron muy contentos al finalizar todas las alabanzas y el sacerdote, lanzando un suspiro de alivio, cerró el librito y pasó al otro lado de la barandilla. Finalmente, el sacerdote tomó un crucifijo dorado con medallas de nácar en los extremos y salió con él al centro de la capilla.

Primero se acercó el director de la prisión y besó el crucifijo, luego el subdirector, los carceleros, y después, empujándose el uno al otro y lanzando injurias entre susurros, empezaron a acercarse los presos. El sacerdote, hablando con el director, les acercaba el crucifijo a la boca y, a veces, a las narices, los presos trataban de besar el crucifijo y la mano del sacerdote. Así finalizó aquella ceremonia cristiana, realizada para consuelo y edificación de los hermanos extraviados.

XL

A ninguno de los presentes, empezando por el sacerdote y el director y terminando por Máslova, se le había ocurrido que ese mismo Jesús, cuyo nombre pronunciado con un silbido fue repetido una infinidad de veces y alabado con toda clase de palabras extrañas, había prohibido precisamente todo lo que se estaba haciendo aquí. No sólo prohibió tan absurda locuacidad y brujerías sacrilegas con el pan y el vino, sino que de la forma más concreta había prohibido que unos hombres llamaran maestros a otros hombres; prohibió las oraciones en las iglesias, y pidió que cada uno rezara aisladamente; suprimió los templos, diciendo que había venido a destruirlos, y se debía rezar no en éstos, sino en espíritu y verdad; sobre todo, no sólo condenó juzgar a los hombres y tenerlos encarcelados, atormentarlos, humillarlos y castigarlos —como se hacía aquí—, sino que impidió que se ejerciera cualquier violencia sobre los hombres, diciendo que había venido para liberar a los presos.

A ninguno de los presentes se le había ocurrido pensar que todo lo que se estaba haciendo en aquel lugar era un gigantesco sacrilegio y un escarnio al mismo Cristo, en cuyo nombre se hacía. Nadie había pensado que el crucifijo dorado, con adornos de esmalte en los extremos, que el sacerdote había sacado y daba a besar a la gente, era la imagen del cadalso en que habían matado a Cristo, precisamente porque había impedido que se hiciera en su nombre lo que en aquel momento se llevaba a cabo en la capilla. Nadie había pensado que aquellos sacerdotes, que se imaginaban comer el cuerpo y beber la sangre de Cristo en forma de pan y vino, lo hacían así en efecto, pero no en los pedacitos y el vino, sino al tentar a «aquellos pocos» con quienes Cristo se identificó y al privarles del mayor bien y someterlos a los tormentos más crueles, ocultándoles la noticia del bien que Él les trajo.

El sacerdote hacía todo esto con la conciencia tranquila, porque desde su infancia se le había inculcado que la suya era la única fe verdadera, en la que habían creído todos los hombres santos de generaciones anteriores y ahora creían las jerarquías eclesiásticas y civiles. No creía que el pan se había convertido en cuerpo de Cristo, ni que fuese bueno para el alma pronunciar muchas palabras —en eso no se puede creer—, pero creía en que era necesario tener fe en esa creencia. Lo que principalmente afirmaba su credulidad en esta fe era el hecho de que llevaba dieciocho años cumpliendo sus preceptos, por los que cobraba un sueldo para mantener a su familia: a su hijo en el Instituto y a su hija en una residencia religiosa. De la misma forma creía el sacristán, y con más firmeza aún porque había olvidado por completo la esencia de los dogmas; y sabía únicamente que por la cordialidad, los rezos, el oficio eclesiástico sencillo y el que iba acompañado de cánticos, por todo ello, existía un precio determinado y los verdaderos cristianos pagaban con gusto. Por eso pronunciaba su «misericordia, misericordia», cantaba y leía lo que tenía delante, con la misma tranquila seguridad que los comerciantes vendían leña, harina o patatas. El director de la prisión y los guardianes, aunque nunca habrían ahondado en los dogmas de esa religión ni en lo que significaba todo lo que se realizaba en la capilla, pensaban que era absolutamente necesario creer porque la superioridad y el zar en persona creían. Además, aunque de una forma vaga —no hubieran podido explicar de ninguna manera por qué—, tenían conciencia de que esa religión justificaba el desempeño de sus crueles funciones. De no haber existido esa religión, no sólo les resultaría difícil, sino probablemente imposible el emplear todas sus fuerzas para torturar a los hombres según lo hacían ahora, con la conciencia completamente tranquila. El director de la prisión era un hombre con un alma tan generosa que de ningún modo hubiera podido llevar esa vida, si no tuviera el apoyo de la religión. Por eso permanecía inmóvil, y se postraba y santiguaba constantemente, tratando de enternecerse cuando cantaban «Están con los querubines», y cuando empezaron a dar la comunión se adelantó y levantó con sus propias manos a un niño, mientras se la administraban.

La mayoría de los reclusos —a excepción de unos cuantos que veían claramente todo el engaño de esta religión y se reían de ello en el fondo de su alma—, creían, no obstante, que en estos iconos dorados, cirios, copones, casullas, cruces y en la repetición de las palabras incomprensibles «Dulce Jesús», «Misericordia», se encerraba una fuerza misteriosa por medio de la cual se podían lograr grandes comodidades en esta vida y en la futura. Aunque la mayoría de ellos había realizado varias experiencias para lograr la comodidad en esta vida y no lo habían conseguido —sus oraciones quedaron sin ser oídas—, estaban firmemente convencidos de que su desgracia era casual y de que esa institución apoyada por sabios y por metropolitanos era muy importante e imprescindible, si no para esta vida, al menos para la futura.

Del mismo modo creía Máslova. Igual que los demás, durante el oficio experimentaba una mezcla de devoción y aburrimiento. Al comienzo, se hallaba en medio de la multitud detrás de la barandilla y no podía ver a nadie, salvo a sus compañeras. Pero cuando los comulgantes avanzaron y ella se adelantó con Fedosia, vio al director y detrás de éste y entre los carceleros, a un campesino menudo, de barba y cabellos rubios. Era el marido de Fedosia, que tenía clavados los ojos en su mujer.

Máslova, durante los cánticos de alabanzas, se dedicó a observarle y a cuchichear con Fedosia; y sólo se santiguaba y arrodillaba cuando lo hacían los demás.

XLI

Nejliúdov salió muy temprano de casa. Por el callejón iba un campesino y pregonaba con voz monótona:

—¡Se vende leche! ¡Se vende leche! ¡Se vende leche!

La víspera había caído la primera lluvia tibia de primavera. Por todas partes donde no había empedrado, brotaba de pronto la hierba; en los jardines, los álamos blancos se cubrían de verdor; y los cerezos silvestres y los abedules abrían sus largas y olorosas hojas, y en las casas y en las tiendas se quitaban y limpiaban las ventanas interiores.[28] Nejliúdov tuvo que atravesar el mercado de los ropavejeros, donde se apilaba una gran multitud. Gentes desarrapadas andaban de un lado a otro con botas debajo del brazo y pantalones y chalecos doblados al hombro.

En las tabernas había mucha gente, pues acababan de salir de las fábricas; los hombres, con podiovkas limpias y botas relucientes, y las mujeres con pañuelos de seda de colores vivos en la cabeza y abrigos adornados con abalorios. Los guardias, con las pistolas colgadas al cinto por medio de unos cordones amarillos, permanecían en sus sitios y trataban de descubrir algún desorden que los pudiera sacar de su mortal aburrimiento. En los jardines de los bulevares y en el césped, jugaban los niños y los perros, y las alegres niñeras charlaban sentadas en los bancos.

Por encontrarse a la sombra, la parte izquierda de las calles estaba fresca y húmeda todavía; a través de la calzada ya seca, pasaban sin cesar los carros ruidosos y pesados, y sonaban los tranvías de mulas. En el aire vibraban las distintas campanas que llamaban a la gente a asistir al oficio religioso, igual que el que se estaba celebrando en la prisión. El público endomingado se dirigía a sus respectivas parroquias.

El cochero acercó a Nejliúdov no a la misma cárcel, sino a un recodo que conducía a ésta.

Unos cuantos hombres y mujeres, la mayoría con paquetes, permanecían en este sitio a unos cien pasos de la prisión. A la derecha se alzaba una construcción de madera, no muy alta; a la izquierda, una casa de dos pisos, que ostentaba un letrero. Delante se destacaba el enorme edificio de la prisión, hacia el que se dirigían los visitantes. Un centinela, con el fusil al hombro, paseaba de arriba abajo y rechazaba severamente a los que querían entrar.

Al pie de la verja de la construcción de madera, al lado derecho, enfrente del centinela, permanecía sentado en un banco un carcelero con un uniforme con galones, y un librito en la mano. Se le acercaban los visitantes e iban diciendo el nombre de quien querían ver, y él lo apuntaba. Nejliúdov se acercó también y nombró a Katerina Máslova. El carcelero de los galones lo anotó.

—¿Por qué no dejan entrar todavía? —preguntó Nejliúdov.

—Se está celebrando la misa. En cuanto termine, dejarán entrar.

Nejliúdov se unió a los que esperaban. Del grupo se adelantó un hombre desarrapado, con el sombrero arrugado, zapatos viejos que apenas cubrían los pies desnudos, que tenía unas rayas rojas que le cruzaban la cara, y avanzó hacia la prisión.

—¿A dónde vas tú? —gritó el centinela del fusil.

—Y tú ¿por qué chillas? —contestó el desarrapado, y sin inmutarse por la pregunta del centinela, volvió atrás—. Si no me dejas, esperaré. No tienes por qué chillar como un general.

En el grupo hubo risas de aprobación. La mayoría de los visitantes estaban mal vestidos, incluso desarrapados, pero también había hombres y mujeres de indumentaria correcta. Junto a Nejliúdov se hallaba un hombre de buen color, bien afeitado, con un paquete, sin duda de ropa. Nejliúdov le preguntó si era la primera vez que venía. El hombre del paquete contestó que todos los domingos, y empezaron a hablar. Era portero de un banco; e iba a ver a su hermano, al que habían condenado por un desfalco. El buen hombre contó a Nejliúdov su historia y quiso hacerle preguntas sobre la suya, cuando atrajo la atención de ambos la llegada de un coche con llantas de goma, tirado por un caballo negro de raza. Venían en él un estudiante y una muchacha con la cara cubierta por un velo. El estudiante llevaba un gran paquete. Se acercó a Nejliúdov y le preguntó si era posible y qué había que hacer para entregar un donativo de panecillos.

—Lo hago por deseo de mi prometida. Ésta es mi novia. Sus padres nos aconsejaron que hiciéramos un donativo a los reclusos.

—Es la primera vez que vengo, y no lo sé; pero creo que debe usted preguntárselo a ese hombre —dijo Nejliúdov indicando al carcelero de los galones, sentado con el libro de notas en las manos.

Mientras Nejliúdov hablaba con el estudiante, las grandes puertas de la prisión —con una mirilla en el centro— se abrieron. Salió un oficial de uniforme, acompañado de otro carcelero, y el carcelero del librito anunció a los visitantes que empezaban las visitas. El centinela se apartó, y todos los visitantes —como temiendo llegar tarde— con pasos apresurados, algunos corriendo, se lanzaron a la puerta de la prisión. En la entrada permanecía un carcelero, y según pasaban delante de él, los contaba y decía en voz alta: «Dieciséis, diecisiete», etc. Otro carcelero, dentro del edificio, tocando a cada uno con la mano, contaba también a los que pasaban la puerta siguiente, con objeto de comprobar a la salida si alguno se había quedado en la prisión y no dejar salir a ningún recluso. El que iba contando, sin fijarse en quien pasaba, dio una palmada a la espalda de Nejliúdov, y el contacto de la mano del carcelero en el primer momento ofendió a Nejliúdov, pero inmediatamente recordó para qué había venido, y se avergonzó de ese sentimiento de descontento y ofensa.

La primera habitación después de las puertas estaba abovedada y con pequeñas ventanas enrejadas. En aquella sala, llamada de selección,

Nejliúdov descubrió inesperadamente en una hornacina un gran crucifijo.

«¿Para qué lo tendrán aquí?», pensó, uniendo involuntariamente en su imaginación a Cristo con los libertados y no con los reclusos.

Nejliúdov caminaba con paso lento dejando que le adelantaran los visitantes apresurados. Experimentaba una mezcla de sentimientos: horror ante los malhechores que se hallaban recluidos aquí, compasión por los inocentes —como el muchacho de la víspera y Katiusha—, y timidez y enternecimiento ante la entrevista que le esperaba. A la salida de la primera habitación, en el otro extremo, el carcelero dijo algo. Pero Nejliúdov, absorto en sus pensamientos, no hizo caso y continuó hacia donde iba la mayoría de los visitantes, es decir, al departamento de hombres y no de mujeres, donde debía ir.

Dejando pasar delante a los que iban apresurados, entró el último en el local destinado a las comunicaciones. Lo primero que le sorprendió cuando atravesó la puerta fue el ruido ensordecedor de cientos de voces fundidas en un solo rumor. Al acercarse más a la gente que se pegaba a las rejas, lo mismo que un enjambre de moscas apiñadas sobre un montón de azúcar, comprendió de lo que se trataba. La habitación, con ventanas en la parte trasera, estaba dividida en dos por una doble reja que bajaba desde el techo hasta el suelo. Entre las rejas paseaban los carceleros. A un lado estaban los reclusos, al otro los guardianes y los visitantes. La distancia entre unos y otros era de tres arshines, de forma que no sólo era imposible entregarles algo a los reclusos, sino incluso verles la cara, sobre todo para una persona miope. Era difícil hablar, había que gritar con voz en cuello para ser oídos. Por ambos lados había rostros pegados a las rejas: eran las mujeres, maridos, padres, madres, hijos, intentando oírse los unos a los otros y contar lo que necesitaban. Pero como cada uno trataba de hablar de tal forma que lo oyera su interlocutor y los de al lado pretendían lo mismo, sus voces molestaban y entonces cada uno procuraba gritar más que su vecino. Por eso se había organizado aquel fuerte rumor, mezclado de gritos, que había asombrado a Nejliúdov al entrar en la sala. No había ninguna posibilidad de descifrar lo que decían. Sólo por la expresión de las caras podía juzgarse lo que hablaban y cuáles eran las relaciones entre presos y visitantes. Cerca de Nejliúdov había una viejecita con un pañuelo en la cabeza, pegada a la reja, la barbilla trémula, gritando algo a un joven pálido, con media cabeza afeitada. El recluso, alzando las cejas y frunciendo la frente, la escuchaba con atención. Junto a la viejecita había un joven que llevaba una podiovka y escuchaba con las manos puestas en las orejas, moviendo la cabeza, mientras le hablaba un recluso que se le parecía y que tenía el rostro extenuado y barba canosa. Más lejos, permanecía el hombre desarrapado, movía una mano, gritaba alto y reía. A su lado, se hallaba sentada en el suelo una mujer con un niño en brazos, llevaba un buen vestido de lana y lloraba desconsoladamente. Por lo visto era la primera vez que veía a aquel hombre canoso, al otro lado de las rejas, con chaqueta de presidiario, la cabeza afeitada y grilletes en los pies. Cerca de esa mujer, el portero con el que Nejliúdov había estado hablando, gritaba con todas sus fuerzas a un recluso calvo de ojos brillantes. Cuando Nejliúdov comprendió que tendría que hablar en tales condiciones, le invadió un sentimiento de indignación contra los hombres que habían sido capaces de organizar y mantener aquel estado de cosas. Le extrañaba que una situación tan espantosa, aquel escarnio de los sentimientos de las personas, no ofendiera a nadie. Los soldados, el director, los carceleros y los reclusos hacían esto como si reconocieran que así debía ser.

Nejliúdov permaneció en esta sala unos cinco minutos, le

había entrado una extraña tristeza y la conciencia de su importancia y de su disconformidad con todo el mundo. Una sensación de náusea semejante a la que produce el balanceo de un barco.

XLII

«Sin embargo, es necesario que cumpla aquello por lo que he venido —se dijo, animándose—. ¿Qué debo hacer?»

Se puso a buscar con los ojos a algún jefe y, viendo a un hombre enjuto, de mediana estatura y con bigote, que llevaba galones de oficial y andaba entre la gente, se le acercó.

—¿Podría usted decirme, señor —dijo con exagerada amabilidad—, dónde se encuentra la sala de mujeres y dónde se autoriza a hablar con ellas?

—¿Acaso quiere ir al locutorio de mujeres?

—Sí, desearía ver a una de las reclusas —respondió Nejliúdov con la misma exagerada amabilidad.

—Tenía usted que haberlo dicho en la sala de selección. ¿A quién quiere usted ver?

—A Katerina Máslova.

—¿Es política? —preguntó el ayudante del director.

—No, es sencillamente…

—¿Está condenada?

—Sí, anteayer fue condenada —contestó Nejliúdov con sumisión, temiendo de algún modo estropear la buena disposición del oficial, quien, sin duda por la forma de vestir de Nejliúdov, decidió que merecía prestarle atención.

—Sídorov —dijo volviéndose a un suboficial con bigote que ostentaba varias medallas—, acompaña a este señor al locutorio de mujeres.

—A sus órdenes, señor.

En aquel momento junto a la reja se oyó el sollozo de alguien, que destrozaba el alma.

Todo le resultaba extraño a Nejliúdov, y lo más extraño de todo le parecía verse en la necesidad de dar las gracias y sentirse obligado ante el director y los viejos carceleros, que llevaban a cabo todas las crueldades en aquella prisión.

El vigilante sacó a Nejliúdov del locutorio de hombres al pasillo y, a continuación, abrió la puerta de enfrente y le introdujo en el locutorio de mujeres.

Esta habitación, lo mismo que la de los hombres, estaba dividida en tres por dos rejas, pero era mucho más pequeña y había menos reclusas y visitantes, aunque los gritos y el rumor era igual que en el de los hombres. Del mismo modo las carceleras paseaban entre las rejas. La autoridad la ostentaba aquí una carcelera con uniforme azul con ribete, cinturón del mismo color y galones en las mangas, lo mismo que los carceleros. E igual que los hombres, a cada lado se pegaba la gente a las rejas: de un lado, los visitantes vestidos de distintas formas; del otro, las reclusas, algunas de blanco y otras con sus propios vestidos. Toda la reja estaba llena de gente. Unos se ponían de puntillas para hacerse oír por encima de las cabezas de los demás, otros estaban sentados en el suelo y chillaban desde allí.

La reclusa que más llamaba la atención era una gitana, por su asombrosa manera de gritar y por su aspecto; permanecía casi en el centro de la estancia, al otro lado de la reja junto a una columna. Gritaba algo, con gestos bruscos, a un gitano que llevaba chaqueta azul, ceñida con un cinturón. Al lado de éste, sentado en el suelo, un soldado hablaba con una reclusa; más allá, un joven campesino con barba rubia, calzado con lapti, con el rostro encendido que apenas contenía las lágrimas, estaba pegado a la reja. Hablaba con él una reclusa rubia, muy guapa, de ojos azules. Eran Fedosia y su marido. Cerca de ellos, un hombre harapiento, hablaba con una mujer desgreñada de cara ancha; luego, dos mujeres, un hombre y otra mujer, frente a cada uno de ellos había una reclusa. Entre ellas no estaba Máslova. Pero detrás de las reclusas, en el otro lado, permanecía una mujer, y Nejliúdov comprendió inmediatamente que era ella. Su corazón latió con violencia, y se quedó sin aliento. Se acercaba el momento decisivo. Se aproximó a la reja, y la reconoció. Estaba detrás de Fedosia, la de los ojos azules, y escuchaba lo que decía con una sonrisa. No llevaba el guardapolvo como anteayer, sino una blusa blanca muy ceñida por el cinturón y completamente sin escote. Por debajo del pañuelo, lo mismo que el día del juicio, asomaban unos rizos negros.

«Ahora se decidirá todo —pensó—. ¿Cómo llamarla? ¿O se acercará ella misma?»

Pero ella no se acercó. Estaba esperando a Clara y no podía imaginarse que aquel señor venía a verla.

—¿Con quién quiere hablar?—preguntó, acercándose a Nejliúdov, la carcelera que andaba entre las rejas.

—Con Katerina Máslova —apenas pudo pronunciar Nejliúdov.

—¡Máslova! ¡Vienen a verte! —gritó la carcelera.

XLIII

Máslova se volvió y, levantando la cabeza e irguiendo el busto, con esa disposición diligente que conocía Nejliúdov, se acercó a la reja, abriéndose paso entre dos reclusas. Sorprendida y sin reconocerle, clavó en Nejliúdov los ojos interrogantes. Reconociendo, sin embargo, por su indumentaria a un hombre rico, sonrió.

—¿Viene a verme? —preguntó, acercándose a la reja con su cara sonriente de ojos algo bizcos.

—Yo quería ver… —Nejliúdov no sabía cómo decir, si «a usted» o «a ti», y se decidió por lo primero. Hablaba en un tono normal

—. Quería verla a usted… yo…

—¡No me saques de quicio! —gritaba a su lado el harapiento

—. ¿Lo has cogido o no?

—¡Te digo que se está muriendo! ¿Qué más quieres? — vociferaba alguien al otro lado de la reja.

Máslova no podía oír las palabras de Nejliúdov, pero la expresión de su rostro mientras hablaba se lo recordó de pronto. No se creyó a sí misma. Sin embargo, la sonrisa desapareció de su rostro y su frente se cubrió de arrugas que expresaban sufrimiento.

—¡No oigo lo que dice! —gritó, frunciendo el ceño y arrugando cada vez más la frente.

—He venido…

«Sí, hago lo que debo, me estoy confesando», pensó Nejliúdov. Y tan pronto como pensó esto los ojos se le llenaron de lágrimas, se le hizo un nudo en la garganta, y apretando la reja entre los dedos guardó silencio para no estallar en sollozos.

—¡Te pregunto por qué te metes donde no te llaman! — gritaban a un lado.

—¡Te juro por Dios que no sé nada! —chillaba una reclusa del otro lado.

Al ver su excitación, Máslova le reconoció.

—¡Se parece, pero no le reconozco! —gritó, sin mirarle. Y su rostro encendido se volvió de pronto más sombrío.

—He venido para pedirte que me perdones —gritó Nejliúdov con voz alta y opaca, como si recitara una lección aprendida.

Después de gritar estas palabras le dio vergüenza, y miró alrededor suyo. Pero enseguida pensó que si le daba vergüenza tanto mejor, porque aquello era parte de su expiación.

—¡Perdóname! Soy muy culpable ante ti… —gritó todavía. Permanecía inmóvil, sin apartar de él su mirada bizca.

Nejliúdov no podía seguir hablando y se apartó de la reja, conteniendo con gran esfuerzo los sollozos que sacudían su pecho.

El vigilante que había introducido a Nejliúdov en el locutorio de mujeres, interesado por él, sin duda, volvió, y al ver que Nejliúdov no estaba junto a la reja, le preguntó por qué no hablaba con la reclusa por la que preguntó. Nejliúdov se sonó, trató de aparentar un aspecto tranquilo, y contestó:

—No puedo hablar a través de las rejas, no se oye nada. El vigilante se quedó pensativo.

—Bueno, se la puede sacar de aquí un ratito —dijo—. ¡María Kárlovna! —se dirigió a la carcelera—. Saque fuera a Máslova.

Al cabo de un minuto salió Máslova por la puerta lateral. Acercándose con pasos suaves a Nejliúdov, se detuvo y le miró de reojo. El cabello negro, lo mismo que hace tres días, asomaba por el pañuelo en ricitos, su cara enferma, abotargada y pálida, era agradable y serena. Sólo sus ojos negros y bizcos, bajo los párpados hinchados, brillaban de un modo especial.

—Pueden hablar aquí —dijo el vigilante, y se alejó. Nejliúdov se acercó a un banco que había junto a la pared.

Máslova miró interrogativamente al carcelero, y después — como con extrañeza— se encogió de hombros y siguió a Nejliúdov hasta el banco, se sentó junto a él y se arregló la falda.

—Sé que le es difícil perdonarme —empezó Nejliúdov, pero se detuvo de nuevo, dándose cuenta de que le molestaban las lágrimas—, pero si ya no se puede arreglar el pasado, en cambio ahora haré todo lo que sea factible. Dígame…

—¿Cómo me ha encontrado usted? —inquirió sin responder a su pregunta y desviando de él sus ojos bizcos.

«¡Dios mío! ¡Ayúdame! ¡Enséñame lo que tengo que hacer!», se decía Nejliúdov mirando el rostro, tan cambiado, de Máslova.

—Anteayer fui jurado, cuando la juzgaron —dijo—. ¿No me reconoció usted?

—No, no le reconocí. No estaba para eso. Ni siquiera miraba — contestó.

—¿Tuvo un niño? —preguntó, y sintió que le enrojecía la cara.

—Murió enseguida, gracias a Dios —contestó lacónica y con ira, desviando la mirada.

—¿De qué?

—Yo también estuve enferma, a punto de morirme —dijo, sin levantar los ojos.

—¿Cómo la dejaron marchar mis tías?

—¿Quién va a cargar con una doncella con un hijo? En cuanto se dieron cuenta, me echaron. Pero para qué hablar. No recuerdo nada, lo olvidé todo. Aquello acabó.

—No, todo no ha terminado. No puedo dejar esto así. Aunque sea ahora, quiero redimir mi pecado.

—No tiene que redimir nada, lo que pasó pasó y se acabó — dijo y, lo que Nejliúdov no esperaba, le miró con una expresión desagradable, lastimosa e insinuante.

Máslova no esperaba verle ni por lo más remoto del mundo, sobre todo ahora y aquí, por eso en el primer momento de su aparición se sorprendió. Y le obligó a recordar aquello que no recordaba nunca. Al principio evocó vagamente aquellas ideas y sentimientos del maravilloso mundo nuevo que le había sido descubierto por aquel joven encantador que la amaba y al que ella correspondía; luego, su crueldad incomprensible y toda una sucesión de humillaciones y sufrimientos que emanaron de esa felicidad. Esto le resultó doloroso. Pero incapaz de comprender lo que sucedía, procedió ahora como siempre: alejó aquellos recuerdos, procurando ocultarlos en la niebla de su depravada vida. Primero había asociado a aquel hombre que estaba sentado a su lado con aquel joven que amó en tiempos; pero luego, dándose cuenta de que aquello era demasiado doloroso, dejó de asociarlo. Ahora, este señor pulcro y bien vestido, con la barba perfumada, no era aquel Nejliúdov a quien había amado. Era uno de aquellos hombres que cuando lo necesitan se aprovechan de seres como ella, para sacarles el mayor provecho. Por eso le sonreía de manera seductora. Guardó silencio unos minutos, pensando qué provecho podría sacar él.

—Todo aquello ha terminado —dijo—. Ahora me han condenado a trabajos forzados.

Sus labios temblaron cuando pronunció esa terrible palabra.

—Yo sabía, estaba seguro de que usted no era culpable —dijo Nejliúdov.

—Naturalmente que no soy culpable. ¿Soy acaso una ladrona o una criminal? Aquí se asegura que todo depende del abogado — continuó—. Dicen que es preciso elevar una instancia. Pero también dicen que cuesta caro…

—Sí, es absolutamente necesario presentar una instancia — dijo Nejliúdov—. Ya me he dirigido a un abogado.

—Es preciso no escatimar dinero, hace falta que sea bueno — dijo.

—Haré todo lo que sea posible. Reinó un silencio.

Máslova volvió a sonreír lo mismo que antes.

—Quisiera pedirle… algo de dinero, si puede ser. No mucho… diez rublos, no me hace falta más —dijo de pronto.

—Sí, sí —respondió confuso Nejliúdov, y sacó la cartera.

Ella miró rápidamente al carcelero, que paseaba de arriba abajo.

—No me lo dé delante de él, hágalo cuando se aleje. De lo contrario me lo quitará.

Nejliúdov sacó la cartera tan pronto como el carcelero se dio la vuelta, pero no le dio tiempo de entregarle el billete de diez rublos cuando el carcelero ya se había vuelto de nuevo hacia ellos. Arrugó el billete en la mano.

«Si es una mujer muerta», pensó mirando su cara en otro tiempo agradable, ahora estropeada, hinchada y con un brillo desagradable en los ojos negros, pendiente del carcelero y de la mano que guardaba el billete.

Y Nejliúdov tuvo un momento de vacilación.

Otra vez sonó en el alma de Nejliúdov la voz tentadora que le habló la noche pasada y, como siempre, tratando de hacerle pensar en las consecuencias y apartarlo de las preguntas que se planteaba acerca de lo que debía hacer.

«No conseguirás nada con esa mujer —le decía la voz—, sólo te atarás una piedra al cuello que te ahogará, impidiéndote ser útil a otras personas.» «¿Darle todo el dinero que llevo, despedirme de ella y terminar para siempre?», se preguntó.

Pero inmediatamente se dio cuenta de que en su alma se estaba produciendo en ese momento algo muy importante, que su vida interior parecía estar en aquel instante como sobre una balanza oscilante y que el esfuerzo más insignificante podía inclinarla en uno u otro sentido. Y realizó ese esfuerzo invocando aquel Dios que había recibido la víspera en su alma, y Dios se hizo presente en el acto. Decidió decirle todo inmediatamente.

—Katiusha, he venido a pedirte perdón, pero no me has contestado si me has perdonado o me perdonarás alguna vez — dijo, pasando de pronto al «tú».

Ella no le escuchaba, observaba su mano y al carcelero. Cuando éste se dio la vuelta, alargó rápidamente la mano, cogió el billete y lo guardó en el cinturón.

—Es asombroso lo que dice —habló y sonrió despectivamente, según le pareció a Nejliúdov.

Nejliúdov se daba cuenta de que albergaba un sentimiento hostil hacia él, que la defendía en su forma de ser actual y que le impedía llegar hasta su corazón.

Pero, cosa rara, esto no sólo no lo apartaba de ella, sino que le empujaba todavía más con una fuerza especial y nueva. Se daba cuenta de que debía despertar su alma y de que eso era tremendamente difícil, pero esa dificultad le atraía. En aquel instante experimentaba hacia ella un sentimiento que jamás había experimentado hacia nadie: no deseaba nada de ella misma para sí mismo, sólo quería que dejara de ser como era ahora, que se despertara y volviera a ser la de antes.

—Katiusha ¿por qué me hablas así? Si yo te conozco, te recuerdo entonces, en Pánovo…

—¿Para qué recordar lo pasado? —exclamó con sequedad.

—Lo recuerdo para borrar, para redimir mi culpa. Katiusha — empezó y quería decirle que se casaría con ella, pero tropezó con su mirada. Leyó en ella algo tan extraño y grosero, tan repulsivo, que no pudo hablar.

En ese momento los visitantes empezaron a salir. El carcelero se acercó a Nejliúdov y le dijo que el tiempo de la entrevista había terminado. Máslova se puso en pie, y esperó sumisa a que la dejara marchar.

—Adiós, tengo que decirle todavía muchas cosas, pero ya ve usted que ahora no puede ser —dijo Nejliúdov y le estrechó la mano—. Volveré otra vez.

—Me parece que ya lo ha dicho todo. Le dio la mano, pero no la estrechó.

—No, trataré de volver a verla en un lugar donde podamos hablar, y entonces le diré algo muy importante —dijo Nejliúdov.

—Bueno, pues venga usted —respondió sonriendo, con aquella sonrisa que empleaba para gustar a los hombres.

—Es usted para mí más que unahermana —pronunció Nejliúdov.

—Es extraño lo que me dice —repitió, y moviendo la cabeza se marchó detrás de la reja.

XLIV

Nejliúdov se imaginaba que en la primera entrevista, al verle arrepentido y al enterarse de sus intenciones de prestarle ayuda, se alegraría y se enternecería, volviendo a ser otra vez Katiusha. Pero se horrorizó al ver que Katiusha no existía y que aquélla sólo era Máslova, llenándole de asombro y horror.

Lo que más le sorprendió fue que Máslova no se avergonzara de su situación, no por ser reclusa —esto la abochornaba—, sino prostituta, de lo que parecía estar satisfecha y casi orgullosa. Sin embargo, no podía ser de otra forma. Cualquier persona, para llevar a cabo una actividad, debe considerarla como importante y buena. Y por eso, cualquiera que sea la situación de un individuo, éste se forma necesariamente un concepto de la vida de tal modo que su actividad le parece importante y buena.

Generalmente se piensa que el ladrón, el asesino, el espía y la prostituta, reconociendo como mala su profesión, deben avergonzarse de ella. Pero ocurre lo contrario. A los hombres, colocados por su destino, pecados y errores en determinada situación —por inmoral que sea—, ésta les parece buena y respetable. Con objeto de encontrar un apoyo, se rodean instintivamente de un círculo de personas en que admiten su concepto sobre la vida y sobre la situación en que se encuentran. Esto nos sorprende cuando se trata de ladrones, orgullosos de su habilidad; de prostitutas, que presumen de su corrupción, y de criminales, que alardean de su crueldad. Pero nos sorprende porque el ambiente de estas gentes es limitado y, sobre todo, porque nos encontramos fuera de él. Pero ¿acaso no ocurre lo mismo entre los ricos que se enorgullecen de su riqueza, es decir, de sus robos; entre los militares que se enorgullecen de sus victorias, o sea, de sus crímenes; entre los poderosos que se enorgullecen de su poder, o lo que es lo mismo, de sus violencias? No vemos que tales personas deforman el concepto de la vida y del bien y del mal sólo porque el círculo de tales ideas deformadas es mayor, y nosotros mismos pertenecemos a él.

Y así era el punto de vista de Máslova sobre su vida y el lugar que ocupaba en el mundo.

Era una prostituta, condenada a trabajos forzados, y, sin embargo, se había formado un concepto de la vida y del papel que desempeñaba en ella que no sólo le permitía aprobar su situación, sino incluso enorgullecerse ante la gente.

Este concepto consistía en la idea de que la principal felicidad de los hombres, de todos sin excepción —viejos, jóvenes, universitarios, generales, cultos, incultos— consistía en la relación sexual con mujeres atractivas, y por eso todos los hombres, aunque fingen estar ocupados en otras cosas, lo único que desean en realidad es eso. Ella, como una mujer atractiva, podía satisfacer o no ese deseo de los hombres, y por eso se consideraba importante y necesaria. Toda su vida pasada y presente era una confirmación de este punto de vista.

En el transcurso de diez años, en todos los sitios donde había estado, empezando por Nejliúdov y el viejo comisario y terminando por los carceleros, pudo comprobar que no existía ni un solo hombre que no la necesitase. Por eso todo el mundo se le aparecía como una reunión de hombres que la deseaban, la espiaban por todas partes y deseaban por todos los medios posibles —el engaño, la violencia, el dinero, la astucia— poseerla.

Así comprendía la vida Máslova, y desde ese punto de vista no sólo no era la última de las mujeres, sino un personaje muy importante. Máslova apreciaba esas ideas más que nada en el mundo, porque si cambiaba este concepto de la vida, perdía el sentido que se atribuía a sí misma entre la gente. Y para no perder aquel sentido, se mantenía instintivamente en un círculo de personas que consideraban la vida lo mismo que ella. Intuyendo que Nejliúdov quería introducirla en otro mundo, se opuso; presintiendo que en el mundo hacia el cual quería atraerla tendría que perder su puesto, que le daba seguridad y respeto a sí misma. Por este motivo ahuyentaba de sí los recuerdos de su primera juventud y de sus relaciones con Nejliúdov. Estos recuerdos no coincidían con su concepto actual de la vida y por eso los había borrado completamente o, mejor dicho, se guardaban intactos en algún lugar de su memoria, pero tan encerrados y ocultos, como los nidos de las larvas que ocultan las abejas para que no echen a perder su trabajo. Nejliúdov no era para ella ahora el hombre a quien había querido en otro tiempo con un amor limpio, sino solamente un señor rico del que se podía y debía sacar provecho y con el que sólo se podían tener relaciones como con los demás hombres.

«No, no he podido decirle lo más importante —pensó Nejliúdov, yendo con el resto de la gente hacia la salida—. No le he dicho que me voy a casar con ella. No se lo he dicho, pero lo haré», pensó.

Los guardianes, colocados junto a las puertas, contaban a los visitantes, para que no saliera uno de más ni se quedara alguien en la prisión. Los golpecitos en la espalda no sólo no le ofendían ahora, ni siquiera se dio cuenta de ellos.

XLV

Nejliúdov se disponía a cambiar su forma de vivir: alquilar su gran piso, despedir a los criados y trasladarse a un hotel. Pero Agrafena Petrovna le demostró que no había ninguna razón para cambiar nada en el curso de su vida ya organizada, hasta el invierno. En verano nadie alquilaría el piso y era preciso vivir y guardar los muebles en algún sitio. Así que todos los esfuerzos de Nejliúdov — pretendía instalarse de un modo sencillo, como un estudiante— no condujeron a nada. Las cosas quedaron como antes y, además, en la casa dio comienzo un trabajo intensivo: ventilación de todo el piso, descolgar cortinas, recoger alfombras y sacar ropas de lana y de piel para sacudirlas. Tomaban parte en estos trabajos el portero, su ayudante, la cocinera y el propio Korniéi. Primero sacaron y colgaron en las cuerdas unos uniformes y unas prendas extrañas de piel, que nadie usaba nunca; luego empezaron a sacar las alfombras y los muebles, y el portero con su ayudante —con los musculosos brazos al aire— sacudieron rítmicamente aquellas prendas, y por todas las habitaciones se extendió el olor a naftalina. Al cruzar el patio y mirar por las ventanas, Nejliúdov se sorprendió de la enorme cantidad de cosas que había, sin duda inservibles. «La única aplicación y objeto de estas cosas —pensó Nejliúdov— consiste en que brindan una ocasión para que hagan ejercicio Agrafena Petrovna, Korniéi, el portero, su ayudante y la cocinera.»

«No merece la pena cambiar de forma de vida ahora, cuando el asunto de Máslova no está todavía resuelto —pensaba Nejliúdov—. Además es demasiado difícil. De todas formas, todo cambiará cuando la pongan en libertad o la destierren, en cuyo caso la seguiré.»

Nejliúdov fue a casa del abogado Fanarin el día fijado. Al entrar en el magnífico piso de la casa de su propiedad, adornado con enormes plantas, cortinas suntuosas y magníficos muebles, una de esas casas que atestiguan que sus propietarios obtienen mucho dinero sin esfuerzo, o que se han enriquecido pronto, encontró en el recibimiento una serie de personas que —lo mismo que en las salas de espera de los médicos— esperaban tristemente junto a las mesas con revistas para que les sirvieran de distracción. El pasante del abogado, instalado allí mismo, junto a un alto pupitre, al reconocer a Nejliúdov, se le acercó, le saludó y le dijo que enseguida le anunciaría a su jefe. Pero no le dio tiempo de acercarse a la puerta del despacho, cuando ésta se abrió y se oyeron altas y animadas voces del propio Fanarin y de un hombre de edad, rechoncho, con las mejillas encendidas, bigote espeso y con un traje completamente nuevo. En ambos rostros se reflejaba aquella expresión que suele aparecer en los hombres cuando acaban de ultimar un asunto ventajoso, pero no del todo limpio.

—Usted mismo tiene la culpa, padrecito —decía Fanarin, sonriendo.

—Me gustaría ir al cielo, pero me lo impiden mis pecados.

—Bueno, bueno, ya lo sabemos. Y ambos se rieron con afectación.

—¡Ah, príncipe! Haga el favor —dijo Fanarin al ver a Nejliúdov y, saludando con la cabeza al comerciante que se alejaba, introdujo a Nejliúdov en su despacho de estilo austero—. ¿Quiere fumar? —dijo el abogado sentándose frente a Nejliúdov y conteniendo la sonrisa provocada por el éxito recién logrado.

—Gracias. Vengo por el asunto de Máslova.

—Sí, sí, veamos. ¡Pero qué canallas son estos ricachones! —dijo—. ¿Se ha fijado en ese tipo? Tiene un capital de doce millones. Y dice estar a pique. Pero si le puede sacar a usted un billete de veinticinco rublos, se lo arranca con los dientes.

«Él dice que está "a pique" y tú dices "veinticinco rublos"», pensó Nejliúdov, sintiendo una repulsión invencible hacia aquel hombre desenvuelto que con su tono quería demostrar que era de la misma clase que Nejliúdov, y nada tenía que ver con el último visitante ni con los que esperaban fuera, los cuales pertenecían a una clase distinta.

—Me ha extenuado por completo, el muy bribón. Tenía ganas de desahogarme —dijo el abogado como justificándose por hablar de otra cosa—. Bueno, vamos a ver su asunto… Lo he leído atentamente y «no apruebo su argumento», como dice Turguéniev, es decir, el abogadillo era malo y dejó escapar todos los motivos de casación.

—Entonces ¿qué ha decidido usted?

—Un momento. Dígale —se volvió al pasante que acababa de entrar— que será tal como he dicho. Si puede, bien, y si no, nada.

—Pero no está conforme.

—Bueno, entonces nada —dijo el abogado y su rostro, de alegre y amable, se transformó en sombrío y malévolo.

—Luego dicen que los abogados cobran sin hacer nada —dijo, y la simpatía volvió a su rostro—. He salvado a un deudor insolvente de un gran apuro y de una acusación completamente falsa, y ahora todos se me vienen encima. Cada asunto de ésos me cuesta un esfuerzo ímprobo. También nosotros, como dice no sé qué escritor, dejamos parte de nuestra vida en el tintero. Bueno, pues su asunto o, mejor dicho, el asunto por el cual se interesa — continuó— está mal llevado, no hay buenos motivos de casación; pero así y todo se puede intentar. He preparado esto.

Tomó un papel que estaba muy apretado de escritura y, saltándose algunas fórmulas sin importancia y pronunciando de modo muy insinuante otras, empezó a leer:

«Al Tribunal Supremo, al departamento criminal, etc. De acuerdo con el veredicto, etc. Reconociendo culpable a una tal Máslova en el envenenamiento del comerciante Smelkov y en virtud del artículo 1454 del Código penal… ha sido condenada a trabajos forzados, etc.».

Se interrumpió. A pesar de su gran costumbre, era evidente que se complacía al escuchar el documento que había redactado.

«Este veredicto es el resultado de importantes infracciones y errores —continuaba de modo persuasivo— que corresponde revisar. En primer lugar, durante el juicio del informe de la autopsia practicada a Smelkov fue interrumpido en un principio por el presidente; uno.»

—Pero si fue el acusador quien pidió que se leyera —dijo Nejliúdov, con asombro.

—No importa, la defensa podía tener motivos para exigir lo mismo.

—Pero si eso no hacía falta para nada.

—Así y todo, un motivo. Continúo: «En segundo lugar, el defensor de Máslova —siguió leyendo— fue interrumpido durante su defensa por el presidente, cuando trataba de caracterizar la personalidad de Máslova y las razones íntimas de su caída, basándose en que sus palabras no se referían al hecho. Sin embargo, recientemente el Tribunal Supremo ha hecho constar que la definición psicológica del delincuente tiene gran importancia en las causas criminales, aunque no sea más que para decidir con justicia la condena; dos» —dijo mirando a Nejliúdov.

—Pero si hablaba muy mal, no se le podía entender nada — dijo Nejliúdov todavía más asombrado.

—El muchacho es tonto y, lógicamente, no hubiera podido decir nada sensato —dijo riéndose Fanarin—, pero, con todo, es un motivo. Bueno, sigamos: «En tercer lugar, contraviniendo las normas del párrafo 1 del artículo 801 de la Ley de Enjuiciamiento criminal, el presidente no explicó a los jurados los elementos jurídicos que formaban el concepto de culpabilidad, ni les dijo que tenían derecho a decir que Máslova había administrado veneno a Smelkov sin calificar este acto como delictivo, porque no había tenido intención de causar la muerte. De esta forma podían reconocerla culpable no de un crimen, sino de imprudencia a consecuencia de la cual, inesperadamente para Máslova, se produjo la muerte del comerciante. Esto es lo principal.

»Y, finalmente, en cuarto lugar —continuó el abogado—, la respuesta del jurado sobre la culpabilidad de Máslova estaba expuesta de un modo que implicaba una contradicción evidente. De ella se desprendía que Máslova había envenenado a Smelkov sin ningún interés exclusivo de lucro, ya que los miembros del jurado habían descartado la intención de robar y la participación de Máslova en apoderarse del dinero, de donde se deduce claramente que habían querido descartar también su intención de matar, y si no lo hicieron fue porque el presidente no había sido lo suficientemente explícito en sus palabras. Por lo tanto, la respuesta del jurado requería la aplicación del artículo 816 y 808 de la Ley de Enjuiciamiento criminal, es decir, que el presidente les explicara el error cometido y la celebración de un nuevo juicio para dar una nueva respuesta acerca de la culpabilidad de la procesada.»

—¿Y por qué no hizo eso el presidente?

—También yo quisiera saberlo —dijo Fanarin, riéndose.

—Entonces, ¿el Tribunal Supremo reparará el error?

—Depende de los elementos que estén en ese momento.

—¿Qué elementos?

—Los magistrados que vean el recurso. Más adelante, decimos: «Este veredicto no autorizaba al Tribunal —proseguía con rapidez— a imponer a Máslova el castigo que le ha impuesto, y la aplicación del párrafo 3 del artículo 771 de la Ley de Enjuiciamiento criminal ha sido flagrante violación de nuestro Código. Por las razones expuestas anteriormente, tengo el honor de interceder en este asunto, etc., y, en virtud de los artículos 909 y 910 y el párrafo 2 de los artículos 912 y 928 de la Ley de Enjuiciamiento criminal, etc., solicito que el asunto sea trasladado a otro departamento del mismo Tribunal para una nueva revisión». Así que todo lo que se podía hacer está hecho. Pero le voy a ser sincero: hay pocas probabilidades de éxito. Sin embargo, todo depende de quién forme el Tribunal. Si tiene influencias, no deje de hacer gestiones.

—Sí, conozco a algún magistrado.

—Entonces dese prisa, no vaya a ser que se marchen a curarse las hemorroides, y entonces habrá que esperar tres meses… De fracasar en el Tribunal Supremo, podemos elevar una petición de gracia al emperador. Y en este caso estoy dispuesto a servirle no en el trabajo entre bastidores, sino en redactar la petición.

—Muchas gracias. ¿Sus honorarios?

—El pasante le entregará una copia de la petición, y le indicará lo demás.

—Quisiera preguntarle otra cosa. El fiscal me ha dado un pase para la prisión, pero allí me han dicho que necesito una autorización del gobernador para poder verla en días que no están señalados y en un lugar que no sea el locutorio. ¿Es necesario esto?

—Sí, creo que sí. Pero ahora el gobernador está fuera, lleva los asuntos el subgobernador. Pero es un individuo tan tonto que dudo pueda usted lograr algo de él.

—¿Es Máslennikov?

—Sí.

—Le conozco —dijo Nejliúdov, y se levantó para marcharse.

En ese momento entró rápidamente en la habitación una mujer de pequeña estatura, terriblemente fea, chata, huesuda y amarilla. Era la mujer del abogado, que, por lo visto, no se afligía en absoluto de su fealdad. No sólo vestía de un modo original — estaba envuelta en terciopelo y seda de un verde y amarillo rabiosos—, sino que su cabello ralo estaba rizado, y entraba triunfante en el despacho, seguida de un hombre alto y sonriente, de color terroso, que llevaba una levita con vueltas de seda y corbata blanca. Era un escritor, Nejliúdov le conocía de vista.

—Anatol —dijo, al abrir la puerta—, ven conmigo, Semión Ivánovich nos va a recitar sus poesías, y quiero que leas sin falta tu ensayo sobre Garshin.

Nejliúdov quería marcharse, pero la mujer del abogado susurró algo al oído de su marido e inmediatamente se dirigió a Nejliúdov.

—Por favor, príncipe, le conozco y considero innecesarias las presentaciones, tenga la bondad de asistir a nuestra velada literaria. Será muy agradable. Anatol lee maravillosamente.

—¿Ve usted la cantidad de distintas ocupaciones que tengo?

—dijo Anatol abriendo los brazos, sonriendo e indicando a su mujer, queriendo decir con eso que no se podía contradecir a una persona tan seductora.

Con expresión triste y grave, con gran cortesía, dio las gracias a la mujer del abogado por el honor que le dispensaba invitándole, pero declinó alegando un pretexto.

—¡Qué quisquilloso! —dijo la mujer del abogado en cuanto salió Nejliúdov.

En el recibimiento, el pasante entregó a Nejliúdov la solicitud y a la pregunta sobre los honorarios, dijo que Anatol Petróvich había fijado la cifra en mil rublos, explicándole al mismo tiempo que, por lo general, no se hacía cargo de asuntos de esa índole y que lo había hecho sólo por tratarse de él.

—En cuanto a la solicitud, ¿quién tiene que firmarla? — preguntó Nejliúdov.

—Puede hacerlo la misma procesada, pero si hay dificultad, la puede firmar Anatol Petróvich, por poder.

—No, voy a ir a la prisión y que la firme ella —dijo Nejliúdov, alegrándose de la circunstancia que le permitiría verla antes del día señalado.

XLVI

A la hora de costumbre, sonaron en la prisión los silbatos de los guardianes. Con un chirrido metálico se abrieron las puertas del corredor y de las salas. Se oyeron pasos de pies descalzos y tacones de botas, llenando el aire de un hedor insoportable. Los reclusos y reclusas se lavaron, vistieron y salieron al corredor para el recuento. Después fueron a buscar agua hirviendo para hacer el té.

Mientras se tomaba el té, en todas las salas de la prisión se comentaba animadamente que aquel día iban a ser azotados dos reclusos. Uno de ellos era un muchacho joven, instruido, el dependiente Vasíliev, que había matado a su amante en un acceso de celos. Los compañeros de la sala le querían por su alegría, generosidad y energía en relación con los carceleros. Conocía las leyes y exigía que se cumplieran. Por eso no le estimaban los vigilantes. Tres semanas antes, un carcelero había golpeado a un recluso que llevaba una cacerola, porque había mojado su uniforme nuevo con un poco de sopa de coles. Vasíliev salió en defensa del que llevaba la cacerola, diciendo que estaba prohibido pegar a los reclusos. «¡Ya te enseñaré los reglamentos!», dijo el vigilante injuriando a Vasíliev. Vasíliev contestó de la misma forma. El vigilante quiso golpearle, pero Vasíliev le sujetó por el brazo, le mantuvo tres minutos inmovilizado, le hizo dar la vuelta y lo echó fuera. El vigilante presentó una queja y el director mandó meter a Vasíliev en el calabozo.

Los calabozos eran una fila de celdas oscuras que tenían los cerrojos por fuera. En los calabozos, oscuros y fríos, no había catres, mesas, ni sillas, de forma que el recluso permanecía sentado o acostado en el suelo sucio, donde las ratas corrían por encima de él. Había muchas en los calabozos y eran tan atrevidas que resultaba imposible esconder de ellas el pan, quitándoselo, incluso, de la mano a los reclusos, y si éstos dejaban de moverse los atacaban. Vasíliev dijo que no iría al calabozo, porque no era culpable. Lo llevaron a la fuerza. Empezó a resistirse y dos reclusos le ayudaron a soltarse de los guardianes. Se reunieron los vigilantes y, por cierto, entre ellos Petrov, famoso por su fuerza. Redujeron a los reclusos y los metieron en los calabozos. Inmediatamente se dio parte al gobernador, diciéndole que se había producido un conato de sublevación. Se recibió una orden en la que se notificaba que a los dos culpables principales — Vasíliev y el vagabundo Nepomniaschi— se les daría treinta latigazos.

El castigo debía llevarse a cabo en el locutorio de mujeres.

Desde la noche anterior se enteraron todos los de la prisión, y en las salas se hablaba con inquietud sobre el castigo que se avecinaba.

Korabliova, Joroshavka, Fedosia y Máslova, permanecían sentadas en su rincón, con los rostros encendidos y muy animadas —ya habían bebido vodka, que ahora no le faltaba a Máslova y con el que generosamente obsequiaba a sus compañeras—, bebían té y hablaban de lo mismo.

—¿Acaso es un alborotador? —decía Korabliova refiriéndose a Vasíliev, mientras mordía un trocito de azúcar con sus fuertes dientes—. No ha hecho más que salir en defensa de un compañero. Por eso no se puede pegar hoy día.

—Dicen que es un muchacho agradable y bueno —añadió Fedosia, que no llevaba pañuelo en la cabeza y lucía sus largas trenzas, sentada en un tronco frente al catre donde estaba la tetera.

—Habría que decírselo a él, Mijáilovna —dijo la guardabarrera, dirigiéndose a Máslova y designando con el pronombre «él» a Nejliúdov.

—Se lo diré. Hará por mí lo que sea —contestó Máslova, sonriendo y sacudiendo la cabeza.

—Sí, pero ¿cuándo va a venir? Y esta gente, según dicen, ya ha ido a buscarlos —dijo Fedosia—. Es horrible —añadió con un suspiro.

—En cierta ocasión he visto cómo azotaban a un campesino en la comisaría. Mi suegro me había mandado al sargento y cuando llegué… —la guardabarrera empezó a contar una larga historia.

Su relato fue interrumpido por voces y pasos en el corredor de arriba. Las mujeres guardaron silencio y se pusieron a escuchar.

—Ya los llevan, malditos demonios —dijo Joroshavka—. Les van a dar la paliza ahora. Le odian los carceleros, porque no les pasa ni una.

Arriba se hizo el silencio, y la guardabarrera terminó de contar su historia del susto que se había llevado en la comisaría cuando vio allí cómo azotaban en la cuadra a un campesino, y cómo se le revolvieron las tripas al verlo. Joroshavka contó cómo habían azotado a Sheglov con unos vergajos, y ni siquiera se oyó su voz.

Luego Fedosia quitó la tetera y Korabliova y la guardabarrera se pusieron a coser, mientras Máslova, sentada en el catre, se sujetaba las rodillas, entristecida por el aburrimiento. Se disponía a echarse a dormir un poco, cuando la llamó la carcelera para que se presentase en la oficina, donde tenía una visita.

—Háblale sin falta de nosotras —le decía la vieja Menshova, mientras Máslova se arreglaba el pañuelo delante del espejo, cuyo azogue faltaba por muchos sitios—. No provocamos el incendio nosotros, sino él mismo, maldito, y lo vio el obrero. Dile que pida una comunicación con Mitri, él se lo explicará todo claramente. Porque nos han encerrado en la prisión y no hemos tenido nada que ver con eso y mientras él, canalla, se divierte con la mujer de otro y se pasa el día en la taberna.

—¡Es una canallada! —afirmó Korabliova.

—Se lo diré sin falta, se lo diré —dijo Máslova—. Voy a beber un poco para tener valor —añadió, guiñando un ojo.

Korabliova le puso media taza, Máslova se la bebió, se enjugó los labios y salió con la mejor disposición de ánimo, repitiendo las palabras que había dicho: «Para tener valor»; moviendo la cabeza y sonriendo, se fue detrás de la carcelera por el corredor.

<h3 style="text-align:center">XLVII</h3>

Nejliúdov llevaba mucho tiempo esperando en el vestíbulo.

Al llegar a la prisión, llamó a la puerta principal y entregó al centinela de turno la autorización del fiscal.

—¿A quién quiere ver?

—A la reclusa Máslova.

—Ahora no puede ser, el director está ocupado.

—¿Está en la oficina? —preguntó Nejliúdov.

—No, aquí en el locutorio —contestó el centinela cohibido, según le pareció a Nejliúdov.

—¿Acaso es día de visita?

—No, es un asunto especial.

—¿Cómo podría verle?

—Cuando salga, dígaselo. Espere.

En aquel momento, por la puerta lateral salió un sargento con galones relucientes, el rostro brillante y el bigote impregnado de humo de tabaco. Se dirigió con severidad al centinela.

—¿Por qué le ha dejado pasar?… A la oficina…

—Me han dicho que el director está aquí —intervino Nejliúdov, extrañado de la preocupación que también se notaba en el sargento.

En ese preciso instante se abrió la puerta del fondo y salió Petrov, sudoroso y excitado.

—Se acordará —dijo mirando al sargento.

El sargento le indicó con los ojos a Nejliúdov. Petrov guardó silencio, frunció el ceño y pasó a la puerta trasera.

«¿Quién se va a acordar? ¿Por qué están todos tan turbados?

¿Por qué el sargento le ha hecho esa seña?», pensó Nejliúdov.

—Aquí no se puede esperar, tenga la bondad de ir a la oficina—de nuevo se encaró el sargento con Nejliúdov. Éste ya quería marcharse cuando por la puerta trasera salió el director, más confuso todavía que sus subordinados. No cesaba de suspirar. Al ver a Nejliúdov, le dijo al carcelero: —Fedótov, lleve a Máslova, de la quinta sala, a la oficina. Haga el favor de pasar por aquí — exclamó volviéndose a Nejliúdov.

Subieron por una empinada escalera y entraron en una pequeña habitación con una ventana, una mesa de escritorio y unas cuantas sillas. El director tomó asiento.

—Son penosas, penosas estas obligaciones —dijo mirando a Nejliúdov, mientras sacaba un cigarrillo.

—Por lo que se ve, está usted cansado —comentó Nejliúdov.

—Sí, estoy cansado de mi cargo, son muy penosas mis obligaciones. Quiero aliviarles la suerte y sólo consigo empeorarlo. No hago más que pensar en la forma de marcharme de aquí. Son penosas, muy penosas mis obligaciones.

Nejliúdov ignoraba en qué consistían las dificultades del director, pero ahora veía algo en él que inspiraba lástima, y un humor triste y desesperanzado.

—Sí, creo que son muy penosas ¿y por qué ejerce este cargo?
—preguntó.

—Carezco de medios de vida, y tengo familia.

—Pero si le resulta penoso…

—Bueno, de todos modos, le diré: en la medida de mis posibilidades aporto algún bien. Otro en mi lugar hubiera hecho las cosas de forma completamente distinta. Es fácil decirlo: hay más de dos mil personas ¡y qué personas! Hay que saber tratarlos. También es gente, y dan lástima. Pero tampoco se les puede consentir demasiado.

El director empezó a contar el reciente caso de la pelea de dos reclusos, que acabó con la muerte de uno.

Su relato quedó interrumpido por la entrada de Máslova, precedida de un carcelero.

Nejliúdov la vio en la puerta, antes de que ella se fijara en el director. Tenía la cara encendida. Seguía al carcelero con paso firme, y sin dejar de sonreír movía la cabeza. Al ver al director, le miró asustada, pero inmediatamente se rehízo y con decisión y alegría se acercó a Nejliúdov.

—Buenos días —dijo con voz cantarina y sonrió mientras le apretaba con fuerza la mano, no como la otra vez.

—Le he traído una solicitud para que la firme —dijo Nejliúdov un tanto extrañado del aspecto decidido con que le recibía en aquel momento—. El abogado ha escrito una solicitud, hay que firmarla y la mandaremos a San Petersburgo.

—Bueno, la firmaremos. Ya lo creo —exclamó Máslova guiñando un ojo y sonriendo.

Nejliúdov sacó del bolsillo una hoja doblada y se acercó a la mesa.

—¿Puede firmarla aquí? —preguntó Nejliúdov al director.

—Ven aquí, siéntate —dijo el director—, toma una pluma. ¿Sabes escribir?

—En tiempos sí supe —contestó sonriendo, arreglándose la falda y la manga de la blusa; se sentó junto a la mesa, cogió torpemente la pluma con su mano pequeña y enérgica y sin dejar de sonreír miró a Nejliúdov.

Éste le indicó cómo y dónde tenía que firmar.

Mojando y sacudiendo cuidadosamente la pluma estampó su nombre.

—¿No le hace falta nada más? —preguntó mirando ya a Nejliúdov ya al director y dejando la pluma tan pronto sobre el tintero como sobre el papel.

—Necesito decirle algo —exclamó Nejliúdov, y le cogió la pluma de las manos.

El director se puso en pie y salió de la habitación, y Nejliúdov se quedó con ella frente a frente.

XLVIII

El carcelero que había traído a Máslova se sentó en el alféizar de la ventana, alejado de la mesa. A Nejliúdov se le presentaba el momento decisivo. No dejaba de reprocharse el no haberle dicho lo más importante en aquella primera entrevista; que estaba dispuesto a casarse con ella, y ahora decidió decírselo. Permanecía sentada en un extremo de la mesa, Nejliúdov se sentó en el otro, frente a ella. En la habitación había mucha luz, y por primera vez Nejliúdov vio con precisión su cara: las arrugas en torno a los ojos y los labios, y los párpados hinchados. Y sintió por ella más lástima aún que al principio.

Apoyado en la mesa, de tal forma que no pudiera ser oído por el carcelero —un hombre de tipo hebreo, con patillas canosas—, que estaba sentado junto a la ventana, se dirigió a la muchacha, y dijo:

—Si no da resultado esta instancia, entonces elevaremos una petición de gracia al emperador. Haremos todo lo que sea posible.

—El caso es que si hubiera tenido un buen abogado… —le interrumpió—. Porque mi defensor era tonto de remate. No hacía más que decirme piropos —exclamó y se echó a reír—. Si hubieran sabido entonces que le conozco a usted las cosas hubieran ido de otra forma. ¿Sabe por qué? Todos creen que soy una ladrona.

«¡Qué rara está hoy!», pensó Nejliúdov, y justo cuando le quiso decir lo importante de nuevo empezó a hablar.

—Verá, escuche una cosa. Hay aquí una viejecita que nadie entiende su presencia. Es una viejecita estupenda, y está encarcelada sin motivo. Están ella y su hijo, y todos saben que son inocentes. Pero los han acusado de incendiarios y los han encarcelado. Ella ¿sabe? se ha enterado de que le conozco a usted —dijo Máslova moviendo la cabeza y mirándole—, y me dijo:

«Díselo, que pida una comunicación con mi hijo, y él le contará todo». Se apellidan Menshova. ¿Lo hará usted? Es una viejecita tan estupenda ¿Sabe? que se ve enseguida que es inocente. Usted, querido, haga lo posible —dijo mirándole, bajando los ojos y sonriendo.

—Bien, lo haré, me enteraré —dijo Nejliúdov, cada vez más extrañado de su desenvoltura—. Pero quiero hablar con usted de su situación. ¿Recuerda lo que le dije la otra vez? —preguntó.

—Habló usted mucho, ¿a qué se refiere? —preguntó sin dejar de sonreír y moviendo la cabeza a un lado y otro.

—Le dije que había venido a pedirle que me perdonara — exclamó.

—¿Por qué habla siempre de eso? No tengo nada que perdonarle. Haría usted mejor...

—Quiero reparar mi culpa —prosiguió Nejliúdov— no con palabras, sino con hechos. He decidido casarme con usted.

Su rostro expresó de pronto miedo. Sus ojos ligeramente bizcos se detuvieron y miraron sin verle.

—¿Y para qué le hace falta eso? —pronunció, frunciendo con odio los ojos.

—Me doy cuenta de que debo hacerlo para justificarme ante Dios.

—¡Vamos hombre, qué ocurrencia! Todos ustedes mienten.

¿Dios? ¿Qué Dios? Entonces fue cuando debió pensar en Él —dijo y, abriendo la boca se calló.

Sólo entonces Nejliúdov sintió el fuerte olor a vino que despedía su boca, y comprendió el motivo de su excitación.

—Tranquilícese —le dijo.

—No tengo por qué tranquilizarme. ¿Te crees que estoy borracha? Aun borracha se lo que digo —de pronto habló deprisa y enrojeció como la grana—: soy una condenada a trabajos forzados, una... y usted es un señor, un príncipe, y no tiene por qué tratar conmigo. Vete con tus princesas, mi precio son diez rublos.

—Por mucha crueldad con que hables, no podrás expresar lo que siento —pronunció Nejliúdov temblando y en voz baja—, no puedes imaginarte hasta qué punto me doy cuenta de lo culpable que soy ante ti.

—De lo culpable que soy —remedó Máslova—; pero no te dabas entonces cuenta, cuando me diste los cien rublos. Mi precio…

—Lo sé, lo sé, pero ¿qué se puede hacer ahora? —preguntó Nejliúdov—. He decidido que no te abandonaré —repitió— y haré lo que he dicho.

—¡Y yo digo que no lo harás! —gritó Máslova, y soltó una sonora carcajada.

—¡Katiusha! —empezó Nejliúdov, rozándole apenas una mano.

—Apártate de mí. Soy una condenada a trabajos forzados y tú eres un príncipe, y no tienes por qué estar aquí —gritó toda transformada por el odio, y retirando su mano—. Te quieres salvar por mediación mía —continuó apresurándose a decir cuanto había surgido en su alma—. Te has aprovechado de mí para gozar en esta vida y ¡conmigo quieres salvarte en la otra! Me das asco con tus lentes y tu grasiento y repugnante morro. ¡Vete, vete de aquí! —gritó poniéndose en pie de un enérgico salto.

—¿A qué viene este escándalo? ¿Acaso está bien eso?

—Déjela, por favor —rogó Nejliúdov.

El carcelero se retiró de nuevo a la ventana.

Máslova volvió a sentarse, bajando los ojos, y apretó con fuerza los dedos cruzados de sus pequeñas manos.

Nejliúdov permanecía en pie junto a ella, sin saber qué hacer.

—No me crees —dijo.

—¿Que se quiere usted casar conmigo? Eso no ocurrirá nunca. Antes me ahorco. Entérese.

—De todos modos, quiero ayudarte.

—Bueno, eso es asunto suyo. Pero yo no necesito nada de usted. Eso, se lo aseguro —dijo—. ¿Por qué no me moriría entonces? —añadió y se echó a llorar quejumbrosamente.

Nejliúdov no podía hablar, sus lágrimas se le habían contagiado.

Levantó los ojos, le miró y como sorprendida empezó a secarse con el pañuelo de la cabeza las lágrimas que resbalaban por sus mejillas.

El carcelero se acercó otra vez y les recordó que la entrevista había terminado. Máslova se puso en pie.

—Ahora está usted excitada. Si puedo, vendré mañana. Piense lo que le he dicho —concluyó Nejliúdov.

No contestó y, sin mirarle, salió detrás del carcelero.

—Bueno, ahora sí que te vas a dar una buena vida —decía Korabliova, cuando regresó a la sala—, se ve que está loco por ti. No te descuides mientras viene a verte. Te sacará. Los ricos lo pueden todo.

—Así es —decía la guardabarrera con voz cantarina—. Al pobre todo se le vuelven problemas; al rico, basta que se le antoje una cosa, la desee, y ya la tiene. Había en mi pueblo uno que…

—¿Le has dicho lo mío? —preguntó la vieja.

Pero Máslova no contestaba a sus compañeras, se echó sobre el catre y con los ojos bizcos fijos en el rincón, permaneció así hasta la noche. Su alma se enfrentaba a un duro tormento. Lo que le había dicho Nejliúdov la retrotraía a aquel mundo en que había sufrido y del que se había marchado, sin haberlo comprendido, y odiándolo. Ahora había perdido aquel estado de inconsciencia en que estaba viviendo, y tener la plena conciencia de lo sucedido era vivir demasiado dolorosamente. Por la noche volvió a comprar vino, y se emborrachó junto con sus compañeras.

XLIX

«Sí, eso es lo que hay. Eso es lo que hay», pensaba Nejliúdov saliendo de la prisión y comprendiendo claramente la grave falta cometida. Si no hubiese intentado rescatarla, reparar su culpa, nunca hubiera sentido el alcance de su acción. Además, ella tampoco se hubiera dado cuenta de todo el daño que la hizo. Sólo ahora pudo subir a la superficie el horror. Únicamente ahora veía lo que hizo con el alma de esa mujer, y ella vio y comprendió lo que se había hecho con ella. Antes, Nejliúdov experimentó un sentimiento de ternura hacia sí mismo con motivo de su arrepentimiento; ahora, sencillamente, experimentaba horror. Abandonarla en estos momentos —se daba perfecta cuenta— resultaba imposible y, sin embargo, era incapaz de imaginarse lo que resultaría de sus relaciones con ella.

Cuando se encontraba en la puerta, se le acercó a Nejliúdov un carcelero con cruces y medallas, con el rostro antipático e insinuante, y misteriosamente le entregó una nota.

—Esta nota para vuestra excelencia, de parte de cierta persona…

—¿De qué persona?

—Léala y lo verá. Es una reclusa política. Soy el encargado de vigilarlas. Me ha pedido que se la entregue. Y aunque está prohibido, pero por humanidad... —dijo el carcelero con afectación.

Nejliúdov estaba sorprendido de que un carcelero que vigilaba a las presas políticas le entregara a él una nota, en la misma prisión y casi a la vista de todos. Pero entonces no sabía aún que era carcelero y espía. Cogió la nota y la leyó sin salir de la prisión. Estaba escrita a lápiz, con letra enérgica y sin faltas de ortografía, decía lo siguiente:

«Enterada de que visita usted la prisión, interesándose por una detenida de la sección criminal, me gustaría hablar con usted. Pida que le autoricen una comunicación conmigo, se la concederán. Le diré cosas interesantes para su protegida y para nuestro grupo. Su agradecida, Vera Bogodújovskaya.»

Vera Bogodújovskaya había sido maestra en una perdida aldea de Nóvgorod, donde Nejliúdov fue con un grupo de camaradas a cazar osos. Esta maestra se había dirigido a Nejliúdov para pedirle dinero con el fin de ingresar en la Universidad. Nejliúdov le dio el dinero y se olvidó de ella. Ahora resultaba que esa persona era una presa política, estaba en la prisión, donde por lo visto se había enterado de su historia, y le ofrecía ayuda. ¡Qué fácil y sencillo había sido todo entonces! Ahora, qué penoso y complicado. Nejliúdov recordó con viveza y alegría aquellos tiempos y su encuentro con Bogodújovskaya. Eran vísperas de Carnaval, en una aldea perdida, a unas sesenta verstas del ferrocarril. La caza tuvo éxito: cobraron dos osos, estaban comiendo y se disponían a marchar cuando entró el dueño de la isbá[30] en que se habían detenido, para decir que la hija del diácono quería ver al príncipe Nejliúdov.

—¿Es guapa? —preguntó alguien.

—¡Está bien de bromas! —dijo Nejliúdov, puso cara seria, se levantó de la mesa, se limpió los labios y se dirigió a la isbá del dueño, pensando por qué tenía necesidad de verle la hija del diácono.

En la habitación estaba una muchacha con sombrero de fieltro y una pelliza, era musculosa, de cara delgada y fea. Lo único que tenía bonito eran los ojos, con cejas enarcadas.

—Aquí está, Vera Efrémova, habla con él —dijo la vieja mujer del dueño—. Es el príncipe en persona. Yo me marcho.

—¿En qué le puedo servir? —preguntó Nejliúdov.

—Yo... yo... comprenda, usted es rico, tira el dinero en cosas sin importancia, en cacerías... Lo sé —empezó a decir la muchacha turbándose mucho—; yo lo único que quiero es ser útil a la gente, y no puedo hacerlo porque no sé nada.

Sus ojos eran sinceros, bondadosos, y toda su expresión, decisión y timidez resultaban tan conmovedoras que Nejliúdov — como le ocurría a veces— la comprendió y se compadeció.

—¿Qué es lo que puedo hacer?

—Soy maestra. Quisiera ingresar en la Universidad, pero no me dejan. No es que no me dejen, me dejan, pero hacen falta medios. Deme algún dinero, y cuando termine los estudios se lo devolveré. Los ricos matan osos, emborrachan a los campesinos… y eso está mal. ¿Por qué no pueden hacer algo bueno? Necesitaría solamente ochenta rublos. Si no me los quiere dar, no importa — añadió con enfado.

—Al contrario, le estoy muy agradecido de que me haya usted dado la ocasión… Ahora mismo se los traigo —dijo Nejliúdov.

Salió al zaguán, donde encontró a un compañero que había escuchado la conversación. Sin contestar a las bromas de sus amigos, sacó dinero del maletín y se lo llevó.

—Por favor, por favor, no me lo agradezca. Soy yo quien tiene que darle las gracias.

A Nejliúdov le agradaba recordarlo ahora. Evocó, igualmente, cómo estuvo a punto de pegarse con un oficial que pretendió tomarlo a broma, y cómo otro camarada se había puesto de su parte y en consecuencia estrecharon aún más su amistad. Recordó lo feliz y alegre que había sido la cacería, y lo bien que se encontraba cuando regresaban por la noche hacia la estación del ferrocarril. La hilera de trineos de dos en dos, se deslizaba silenciosamente al trote por el estrecho camino del bosque entre abetos, aplastados por una gruesa capa de nieve. En la oscuridad alguien encendía un cigarrillo oloroso, que brillaba con un fuego rojo. Osip, el montero, pasaba de un trineo a otro, hundiéndose hasta las rodillas en la nieve, y se instaba para contarles a los cazadores historias sobre los ciervos que caminaban por la espesa nieve y comían las cortezas de los álamos, y sobre los osos que permanecían ahora en sus guaridas sombrías, resoplando en un ambiente caldeado por su respiración.

Nejliúdov recordaba todo esto y, en particular, el feliz sentimiento de encontrarse sano, fuerte y despreocupado. Cómo, envuelto en su pelliza, respirando el aire helado, la nieve le caía en la cara desde las ramas que golpeaba el arco del trineo; el cuerpo caliente, la cara fresca y en el alma ni preocupaciones, reproches, temores, ni recuerdos. ¡Qué bien estaba! ¿Y ahora? ¡Dios mío, qué penoso y difícil era todo!

Sin duda Vera Efrémova era una revolucionaria y ahora, por sus ideas, estaba en la cárcel. Había que verla, sobre todo, porque había prometido revelarle cómo podría mejorar la situación de Máslova.

L

Al despertarse al día siguiente, Nejliúdov recordó lo sucedido la víspera y le dio miedo.

Pero a pesar del miedo, decidió que continuaría lo empezado, más resueltamente que nunca.

Con tal disposición de ánimo, salió de su casa y fue a ver a Máslennikov. Iba a pedirle una autorización para visitar en la prisión además de a Máslova, a la viejecita Menshova con su hijo, por quienes se había interesado Katiusha. También para entrevistarse con Bogodújovskaya, que podía ser útil a Máslova.

Nejliúdov conocía a Máslennikov hacía mucho, desde los tiempos en que éste desempeñaba el cargo de cajero del regimiento. Era un oficial de buenos sentimientos y cumplidor de su deber que ni sabía ni quería saber nada de lo que pasaba en el mundo, salvo lo que concernía al ejército y a la familia imperial.

Ahora Nejliúdov le encontró de administrador. Había dejado el ejército para dedicarse a la administración y al gobierno provincial. Estaba casado con una mujer rica y enérgica, que le había obligado a pasar del ejército a ocupar un puesto civil.

Se burlaba de él y le acariciaba como si se tratase de un animal amaestrado. Nejliúdov estuvo una vez en su casa el invierno anterior, pero le pareció tan poco interesante esa pareja que no volvió.

Máslennikov resplandeció al ver a Nejliúdov. Tenía la misma cara grasienta y colorada, la misma corpulencia y la ropa tan estupenda como en el regimiento; siempre impecable, con el uniforme de última moda que le moldeaba los hombros y el pecho, ya se tratara del uniforme o de la guerrera de paseo. Ahora llevaba un traje de paisano de última moda, que se ajustaba perfectamente a su cuerpo bien alimentado y que hacía destacar su ancho pecho. Vestía el uniforme de los empleados públicos. A pesar de la diferencia de edad —Máslennikov tenía alrededor de los cuarenta— se tuteaban.

—Muy bien. Gracias por haber venido. Vamos a ver a mi mujer. Precisamente tengo diez minutos libres antes de que empiece la sesión.

El jefe está fuera. Soy yo quien gobierna la provincia —dijo con una satisfacción que no podía ocultar.

—He venido a verte para un asunto.

—¿De qué se trata? —dijo de pronto, como poniéndose en guardia, asustado y con voz un tanto severa.

—En la prisión hay una persona por la que me intereso mucho —ante la palabra prisión el rostro de Máslennikov adquirió un aspecto más severo aún—, y quisiera tener una conversación con ella no en el locutorio, sino en la oficina y no sólo en los días señalados, sino con más frecuencia. Me han dicho que eso depende de ti.

—Por supuesto, mon cher, y estoy dispuesto a hacer por ti lo que sea —dijo Máslennikov, tocándole las rodillas con ambas manos, como queriendo quitar importancia a su propia grandeza—. Pero ten en cuenta que soy califa sólo por una hora.

—Entonces ¿puedes darme un papel para que pueda entrevistarme con ella?

—¿Se trata de una mujer?

—Sí.

—¿Y por qué está detenida?

—Por envenenamiento. Pero ha sido injustamente juzgada.

—Sí, así son los jueces, ils n'en font point d'autres —dijo, sin motivo, en francés—. Ya sé que no estás de acuerdo conmigo, pero ¡qué le vamos a hacer! C'est mon opinion bien arrêtée — añadió, expresando la opinión que en distintas ocasiones a lo largo del año había leído en el periódico retrógrado y conservador—. Ya sé que tú eres liberal.

—No sé si soy liberal u otra cosa —dijo Nejliúdov sonriendo, extrañado siempre de que todos le adjudicasen ese partido y le llamasen liberal sólo porque al juzgar a una persona decía que antes había que escucharla, que todos eran iguales ante el Tribunal, que no se debía torturar ni pegar a la gente, y sobre todo a aquellos que no habían sido condenados—. No sé si soy liberal o no, lo único que sé es que los Tribunales actuales, por muchos defectos que tengan, son mejores que los de antes.

—¿Y a qué abogado has elegido?

—A Fanarin.

—¡Ah, Fanarin! —exclamó Máslennikov frunciendo el ceño, recordando cómo el año pasado ese mismo Fanarin le había requerido como testigo en un juicio y con enorme cortesía, en el transcurso de media hora, le puso en ridículo—. No te hubiese aconsejado que trataras con él. Fanarin est un homme taré.

—Tengo que hacerte otra petición más —dijo Nejliúdov, sin contestar—. Hace mucho tiempo conocí a una muchacha maestra. Es un ser digno de lástima, ahora también se encuentra en la prisión, quisiera verla. ¿Puedes darme una autorización también para ella?

Máslennikov inclinó un poco la cabeza a un lado, y se quedó pensativo.

—¿Es política?

—Sí, eso me han dicho.

—Bueno, verás, las comunicaciones con los políticos se conceden únicamente a los familiares, pero te daré un permiso general. Je sais que vous n'abuserez pas. ¿Cómo se llama tu protegée?[36] ¿Bogodújovskaya? Elle est jolie?

—Hideuse.

Máslennikov movió la cabeza con desaprobación. Se acercó a la mesa y en un papel con membrete escribió con destreza:

«Autorizo al portador de ésta, el príncipe Dimitri Ivánovich Nejliúdov, una entrevista en la oficina de la cárcel con la reclusa Máslova, y también con la practicante Bogodújovskaya», estampó su firma e hizo una rúbrica muy complicada.

—Ya verás el orden que reina allí. Y lograrlo es muy difícil, porque está hasta los topes de condenados a deportación; sin embargo, yo velo por el orden y me gusta ese trabajo. Ya verás, están allí muy bien y contentos. Pero lo único es que hay que saber tratarlos. Hace días tuvimos un disgusto, un caso de desobediencia. Otro lo hubiera calificado como revuelta y hubiera hecho desgraciados a muchos. Sin embargo, lo hemos arreglado muy bien. Por una parte hay que estar pendiente de ellos y por otra, tener mano dura —dijo, apretando el puño blanco y gordezuelo que asomaba de la manga blanca y almidonada de la camisa con un gemelo de oro y un anillo de turquesa—, hay que estar pendiente y con mano dura.

—Bueno, eso no lo sé —respondió Nejliúdov—, he estado dos veces y me ha resultado muy penoso.

—¿Sabes lo que te digo? Tienes que unirte a la condesa Pássek

—continuó diciendo Máslennikov—, se ha consagrado por entero a ese asunto. Elle fait beaucoup de bien. Gracias a ella, y tal vez a mí, se ha logrado cambiarlo todo y de tal forma que ya no existen aquellos horrores que había antes, sino que sencillamente están muy bien. Bueno, ya lo verás. A Fanarin no lo conozco personalmente, por mi situación social nuestros caminos van por distintos sitios. Pero positivamente es un hombre malo, y se permite ante el Tribunal decir unas cosas, unas cosas…

—Bueno, muy agradecido —dijo Nejliúdov cogiendo el papel y, sin terminar de escuchar, se despidió de su antiguo camarada.

—¿No pasas a ver a mi mujer?

—No, perdóname, ahora no tengo tiempo.

—Pues te advierto que no me lo perdonará —decía Máslennikov acompañando a su ex—camarada hasta el primer descansillo de la escalera, como hacía con las personas que no eran de primera categoría, sino de segunda, en la que clasificaba a Nejliúdov—. Por favor, entra aunque sea un minuto.

Pero Nejliúdov permaneció inflexible, y en el momento en que el lacayo y el portero se acercaban solícitos, entregándole el sombrero y el bastón, y le abrían la puerta en cuyo exterior había un guardia, dijo que no podía ahora de ninguna forma.

—Bueno, entonces ven, por favor, el jueves. Es el día que recibe mi mujer. ¡Se lo diré a ella! —le gritó Máslennikov desde la escalera.

LI

Aquel mismo día, directamente desde la casa de Máslennikov, fue a la prisión. Nejliúdov se dirigió al ya conocido piso del director. Otra vez se oían, lo mismo que entonces, los sonidos de un mal piano, pero ahora no tocaban la rapsodia, sino un estudio de Clementi, con extraordinaria fuerza, viveza y rapidez. Al abrir la puerta, la criada del ojo vendado dijo que el capitán estaba en casa; pasó a Nejliúdov a un pequeño salón con un diván y una mesa, sobre uno de cuyos extremos había una gran lámpara encendida, con una pantalla de papel rosa, que descansaba sobre un paño tendido de lana. Salió el director, con el rostro cansado y triste.

—Tome asiento, se lo ruego, ¿en qué le puedo servir? —dijo, abrochándose el botón central de la guerrera.

—He estado en casa del subgobernador y me ha dado esta autorización —dijo Nejliúdov, entregándole el papel—. Desearía ver a Máslova.

—¿Máslova? —preguntó el director que no había oído bien, a causa de la música.

—Máslova.

—¡Ah, sí!

El director se levantó y se acercó a la puerta, desde donde se oían los pasajes de Clementi.

—Marusia, espera aunque sea un poquito —dijo con una voz que denotaba que esa música constituía una cruz en su vida—. No se oye nada.

El piano enmudeció, se oyeron unos pasos descontentos, y alguien miró por la puerta.

El director, como sintiéndose aliviado por la interrupción de la música, encendió un cigarrillo grueso de tabaco flojo, y le ofreció a Nejliúdov. Éste no aceptó.

—Le decía que deseo ver a Máslova.

—Será difícil verla hoy —comentó el director.

—¿Por qué?

—Pues verá, usted mismo tiene la culpa —dijo el director, sonriendo ligeramente—. Príncipe, no le dé dinero directamente. Si lo desea, démelo a mí. Yo se lo guardaré. Como ayer sin duda usted le dio dinero, ha conseguido vino —no hay manera de quitarle ese vicio— y hoy se ha emborrachado por completo, tanto que hasta se puso a alborotar.

—¿Es posible?

—Y tanto que sí. Incluso he tenido que emplear severas medidas y la he trasladado de sala. En general es una mujer pacífica, pero por favor, no le dé dinero. Esa gente es así…

Nejliúdov recordó vivamente lo ocurrido ayer, y de nuevo sintió terror.

—¿Y la presa política Bogodújovskaya, podría verla? — preguntó, tras un silencio.

—No hay inconveniente —dijo el director—. Y tú ¿qué quieres'? — se dirigió a una niña de cinco o seis años, que había entrado en la habitación y se acercaba a su padre con la cabeza vuelta para no quitar los ojos de Nejliúdov—. ¡Que te vas a caer! —dijo el director sonriendo, porque la niña, sin mirar adelante, había tropezado con la alfombra y se acercó corriendo a su padre.

—Entonces, si puede ser, iré a verla.

—Cuando guste —dijo el director abrazando a la niña que no dejaba de mirar a Nejliúdov, se puso en pie y, apartando cuidadosamente a la pequeña, salió al recibidor.

Todavía no había tenido tiempo el director de ponerse el abrigo que le sujetaba la criada del ojo vendado, cuando empezaron a sonar de nuevo los pasajes de Clementi.

—Iba al conservatorio, pero allí había desórdenes. Y tiene una gran disposición —comentó el director, bajando las escaleras—. Quiere dar conciertos.

El director y Nejliúdov se acercaron al edificio de la prisión. La verja se abrió inmediatamente al acercarse el director.

Los carceleros, llevándose la mano a la visera, le seguían con la vista. Cuatro hombres, con la cabeza medio afeitada, llevando unos cubos con algo dentro, se encontraban con ellos en el vestíbulo y se apartaron al ver al director. Uno se inclinó de manera especial y frunció el ceño con expresión sombría, sus ojos negros fulguraban.

—Desde luego, el talento hay que estimularlo, no se puede tapar. Pero en un piso pequeño ¿sabe? resulta muy duro — continuaba la conversación el director sin hacer el menor caso de los detenidos. Con pasos cansados, arrastrando los pies, acompañó a Nejliúdov a una sala.

—¿A quién desea ver? —preguntó el director.

—A Bogodújovskaya.

—Está en la torre. Tendrá usted que esperar —le dijo a Nejliúdov.

—¿No podría, mientras tanto, ver a los detenidos Menshov y su madre? Están acusados de incendiarios.

—¡Ah! Ése está en la sala veintiuno. Bueno, se le puede llamar.

—¿Y no podría ver a Menshov en su sala?

—Pero estará usted más tranquilo aquí.

—Desde luego, pero me interesa verle allí.

—Vaya un interés.

En aquel momento apareció por la puerta lateral un oficial con un uniforme elegante, era el ayudante del director.

—Acompañe al príncipe a la sala de Menshov. Es la veintiuno — mandó el director al ayudante—, y luego al despacho. Mientras tanto llamaré a… ¿cómo se llama?

—Vera Bogodújovskaya —respondió Nejliúdov.

El subdirector era un joven rubio, con el bigote teñido, que esparcía en torno suyo un olor de colonia de flores.

—¿Hace el favor? —invitó entonces a Nejliúdov con una simpática sonrisa—. ¿Se interesa por nuestro establecimiento?

—Sí, y me intereso por esa persona que, según me han dicho, está aquí sin ser culpable.

El ayudante se encogió de hombros.

—Sí, eso suele ocurrir —dijo tranquilamente, y con amabilidad, le dejó pasar delante al ancho y maloliente corredor—. También a veces mienten. Por aquí, por favor.

Las puertas de las salas estaban abiertas y había unos cuantos detenidos en el corredor. El subdirector respondía con un casi imperceptible movimiento de cabeza al saludo de los carceleros y miraba oblicuamente a los presos, algunos de los cuales se deslizaban a lo largo de la pared para entrar en las salas, o en actitud de firmes acompañaban al superior con la mirada, deteniéndose en las puertas. El ayudante llevó a Nejliúdov a través de un corredor a otro, a la izquierda, cerrado por una puerta de hierro.

Este segundo corredor era todavía más oscuro y pestilente que el primero. A ambos lados se destacaban puertas cerradas con candados. Cada puerta tenía una mirilla de un diámetro de medio vershok. En el corredor no había nadie, salvo un carcelero viejecito con cara arrugada y triste.

—¿En qué celda está Menshov? —preguntó el subdirector al carcelero.

—En la octava, a la izquierda.

LII

—¿Puedo mirar? —preguntó Nejliúdov.

—Sí, como guste —respondió el subdirector con una sonrisa simpática, y le preguntó algo al carcelero. Nejliúdov echó un vistazo por una de las mirillas: allí, un joven alto, en paños menores, con una pequeña barba negra, paseaba apresuradamente de arriba abajo; al oír ruido en la puerta se volvió a mirar, frunció el ceño y siguió andando.

Nejliúdov miró por otra mirilla: su ojo se encontró con otro ojo, grande y asustado, que se apartó rápidamente. Al mirar por la tercera, vio durmiendo en el catre a un hombre de pequeña estatura; tenía la cabeza tapada con el guardapolvo. En la cuarta celda se hallaba sentado un hombre de cara ancha y pálida, con la cabeza inclinada y los codos sobre las rodillas. Al oír los pasos, el hombre levantó la cabeza y miró. En todo su rostro, sobre todo en los ojos, había una expresión de desesperada tristeza. Sin duda, no le interesaba saber quién observaba su celda, pues no esperaba nada bueno de nadie. A Nejliúdov le entró terror, dejó de mirar y se acercó a la celda veintiuno, de Menshov. El carcelero quitó el candado y abrió la puerta. Un joven de largo cuello musculoso, con ojos redondos y bondadosos y barbita, permanecía en pie junto al catre y con el rostro asustado, poniéndose con rapidez el guardapolvo, miró a los que entraban. A Nejliúdov le asombraron de modo especial los redondos y bondadosos ojos que pasaban asustados de él al carcelero, al subdirector y viceversa.

—Este señor quiere hacerte preguntas sobre tu asunto.

—Se lo agradezco mucho.

—Me han hablado de su caso —empezó Nejliúdov entrando al fondo de la celda y deteniéndose junto a la ventana, enrejada y sucia—, y quisiera oírlo de usted mismo.

Menshov se acercó a su vez a la ventana y empezó enseguida a contar. Al principio miraba tímidamente al subdirector, luego cada vez con más valor. Cuando el subdirector salió al corredor a dar unas órdenes, empezó a hablar sin ninguna timidez. Este relato, por el lenguaje y la forma, era el de un sencillo campesino, y a Nejliúdov le resultaba horroroso escuchar esta historia de boca del detenido, con el vergonzoso traje de presidiario y en prisión. Nejliúdov escuchaba y al mismo tiempo miraba al catre bajo con su colchón de paja y la ventana con una reja gruesa, de hierro, las sucias y húmedas paredes, el rostro infeliz y la figura estropeada del campesino, con botas y guardapolvo, y cada vez sintió mayor tristeza. No quería creer que fuera verdad lo que contaba este hombre bondadoso. Le resultaba tan horrible pensar que los hombres podían, sin motivo, sólo por el hecho de haberlo ofendido, coger a un hombre y, poniéndole un traje de presidiario, meterle en este espantoso sitio. Sin embargo, más horroroso todavía era pensar que esta historia, relatada por un hombre de rostro bondadoso, fuera un engaño y un invento. El caso consistía en que inmediatamente después de la boda, el tabernero del pueblo le había arrebatado a su mujer. Buscaba justicia por todas partes, pero el tabernero sobornaba a las autoridades y quedaba tranquilo. Una vez se llevó a la mujer a la fuerza, pero se le escapó al día siguiente. Entonces fue a exigir que le devolviera a su mujer. El tabernero le dijo que su mujer no estaba allí —él la había visto al entrar—, y le mandó que se fuera. Pero no se marchó. El tabernero y un mozo le golpearon hasta hacerle sangrar, y al día siguiente ardió la posada del tabernero. Le acusaron a él y a su madre. No había provocado el incendio, porque estaba en casa de su compadre.

—Y efectivamente, ¿tú no provocaste el incendio?

—Ni se me pasó por la imaginación, señor. Ha sido él mismo, el muy bandido. Dicen que acababa de asegurar la posada. Y nos acusaron a mi madre y a mí de que habíamos sido nosotros, y de que lo habíamos aterrorizado. Es cierto que en aquella ocasión yo le había injuriado, no me pude aguantar. Pero no provoqué el incendio. Lo hizo adrede el día que mi madre y yo no estábamos allí, para cobrar el seguro, y nos echó la culpa a nosotros.

—Pero ¿es posible?

—Absolutamente, le hablo como si estuviera ante Dios. ¡Sea usted mi padre! —quería inclinarse hacia el suelo, pero Nejliúdov le contuvo—. Sáqueme de aquí, me estoy perdiendo por nada — concluyó.

De pronto, sus mejillas se estremecieron y se echó a llorar, y remangándose la manga del guardapolvo, se puso a secarse los ojos con la manga sucia de la camisa.

—¿Han terminado? —preguntó el subdirector.

—Sí. Bueno, no se desanime, haremos lo que se pueda —dijo Nejliúdov, y salió. Menshov permanecía junto a la puerta, de forma que el carcelero le empujó con ella al cerrarla. Mientras el carcelero cerraba la puerta con el candado, Menshov miraba a través de la ventanilla.

LIII

Al atravesar el ancho corredor —era la hora de comer y las salas estaban abiertas— entre los hombres vestidos con guardapolvos de color amarillo claro, pantalones anchos y cortos y botas, que le miraban con avidez, Nejliúdov sintió una extraña sensación de compasión hacia aquella gente que se hallaba encarcelada y de horror e incomprensión hacia aquellos que los habían encerrado y los tenían aquí, y de vergüenza hacia sí mismo por contemplarlo tranquilamente.

En uno de los corredores, alguien pasó a toda prisa, golpeando el suelo con las botas, y entró en una sala. De ella salieron presos y se pusieron en el camino de Nejliúdov.

—Excelencia, no sé cómo llamarle, ordene que se decida nuestra suerte.

—No soy un jefe, no sé nada.

—No importa, dígaselo a alguien, a los jefes o a quien sea — dijo una voz indignada—. No somos culpables de nada, y llevamos el segundo mes sufriendo.

—¿Cómo? ¿Por qué? —preguntó Nejliúdov.

—Nos han metido en la prisión. Llevamos ya dos meses, y no sabemos por qué.

—Es verdad, pero es algo casual —dijo el subdirector—. A estos hombres los han detenido por indocumentados, y había que haberlos enviado a su provincia. Pero allí se ha quemado la cárcel, y las autoridades se han dirigido a nosotros para que no los enviemos. A todos los que pertenecen a otras provincias los estamos mandando, y a éstos los tenemos aquí.

—¿Cómo? ¿Sólo por eso?

Un grupo de unos cuarenta hombres, todos con el guardapolvo de presidiarios, rodearon a Nejliúdov y al subdirector. Enseguida empezaron a hablar varios. El subdirector los hizo callar.

—Que hable uno solo.

Del grupo se destacó un campesino alto, apuesto, de unos cincuenta años. Contó a Nejliúdov que todos ellos habían sido deportados y metidos en la cárcel por el hecho de no tener pasaportes. Tenían pasaportes, pero hacía unas dos semanas que habían caducado. Todos los años les caducaban los pasaportes y no se metían con ellos, pero esta vez los detuvieron y los tenían aquí desde hacía dos meses como a unos criminales.

—Somos canteros y pertenecemos al mismo equipo. Dicen que en nuestra provincia se ha quemado la cárcel. Nosotros no tenemos nada que ver con eso. ¡Por amor de Dios, haga algo!

Nejliúdov escuchaba y casi no entendía lo que estaba diciendo el viejo apuesto cantero, porque toda su atención estaba concentrada en un piojo gris enorme que se deslizaba entre los pelos y la mejilla del apuesto cantero.

—¿Cómo es eso? ¿Cómo pueden estar aquí sólo por esa razón? —preguntó Nejliúdov dirigiéndose al subdirector.

—Sí, ha sido una negligencia de la superioridad, había que haberlos mandado al lugar de procedencia —decía el subdirector.

Tan pronto terminó de hablar el subdirector, se destacó del grupo un hombrecillo pequeño, también con un guardapolvo de presidiario, y empezó —torciendo de un modo extraño la boca— a decir que aquí los martirizaban sin necesidad.

—Peor que a unos perros... —empezó.

—Bueno, bueno, mejor es que no hables. De lo contrario...

—De lo contrario ¿qué? —dijo desesperado el hombrecillo—. ¿Acaso somos culpables de algo?

—¡A callar! —gritó el subdirector, y el hombrecillo se calló.

«¿Qué es esto?», se decía Nejliúdov saliendo de las salas, acompañado de centenares de miradas oblicuas que le seguían desde las puertas, y de los detenidos que encontraba a su paso.

—¿Es posible, en realidad, que los tengan aquí, sencillamente, siendo inocentes? —preguntó Nejliúdov cuando salieron al corredor.

—¿Y qué le va usted a hacer? Pero también hay muchos que mienten. Escúchelos, todos son inocentes —decía el subdirector.

—Pero éstos no son culpables.

—Éstos, supongamos que no. Pero el pueblo está muy estropeado. Sin emplear severidad es imposible con ellos. Hay tipos tan temerarios, que no puede uno descuidarse. Precisamente ayer nos vimos obligados a castigar a dos.

—¿Castigar cómo? —preguntó Nejliúdov.

—Con azotes, por orden superior…

—Pero si los castigos corporales están prohibidos.

—No para los que están privados de sus derechos civiles.

Nejliúdov recordó lo que había visto la víspera, mientras esperaba en el vestíbulo, pensando que el castigo se llevaba a cabo precisamente entonces. Con extraordinaria fuerza sintió una mezcla de curiosidad, tristeza, asombro y repugnancia física, que ya había experimentado antes, pero nunca con tanta fuerza.

Sin escuchar al subdirector y sin mirar alrededor suyo, salió apresuradamente y se dirigió a la oficina. El director estaba en el pasillo y ocupado con otro asunto, se le olvidó llamar a Bogodújovskaya. Se acordó de que había prometido llamarla en el momento en que Nejliúdov entró en el pasillo.

—Ahora mismo mandaré a buscarla, siéntese un momento — dijo.

LIV

La oficina constaba de dos habitaciones. En la primera había una gran estufa desconchada, dos ventanas grandes y sucias; en un rincón un aparato negro para tallar a los presos y en otro estaba colgada una gran imagen de Cristo, que nunca faltaba en ningún lugar de tortura. En esa primera habitación había varios carceleros. En la otra, sentados a lo largo de las paredes, en pequeños grupos o en parejas, figuraban unas veinte personas, hombres y mujeres, que hablaban en voz baja. Junto a la ventana había un escritorio.

El director se sentó detrás de la mesa y le ofreció una silla. Nejliúdov tomó asiento y se puso a mirar a la gente que estaba en la habitación.

El primero que llamó su atención fue un muchacho, de rostro simpático, que llevaba una chaqueta corta. Permanecía en pie ante una mujer de edad, cejinegra, y le decía algo con calor y moviendo las manos. Al otro lado estaba sentado un hombre viejo, con gafas azules, y escuchaba sin moverse, mientras sujetaba con la mano a una muchacha con traje de presidiaria que le contaba algo. Un colegial —con expresión de susto en la cara— tenía los ojos clavados en el viejo y no dejaba de mirarle. Cerca de ellos, en un rincón, sentada, una pareja de enamorados: la muchacha tenía el pelo corto, rostro enérgico, rubia, bonita, muy jovencilla, y llevaba un vestido de moda; él, de rasgos finos y cabellos rizados, con una chaqueta impermeable, un buen mozo. Permanecían sentados en el rincón y susurraban, sin duda hablando de amor. Cerca de la mesa estaba sentada una mujer de pelo blanco, con un vestido negro, debía de ser una madre. Miraba con los ojos muy abiertos a un muchacho de aspecto tuberculoso que llevaba una chaqueta igual a la del muchacho enamorado; quería decir algo, pero no podía pronunciar ni una palabra a causa de las lágrimas. Empezaba y se paraba. El muchacho tenía un papel en las manos y, no sabiendo qué hacer, lo estrujaba y arrugaba con cara de enfado. Al lado de ellos estaba una muchacha bastante llena, de buen color, guapa, con los ojos muy saltones, con vestido y capa. Sentada junto a la madre que lloraba, acariciaba con ternura su hombro. Todo resultaba hermoso en esa muchacha: sus grandes manos blancas, cabellos cortos y ondulados, nariz y labios de expresión firme. Pero el encanto principal de su rostro lo constituían los ojos castaños, de expresión bondadosa y sincera. Sus ojos bonitos se apartaron del rostro de la madre en el momento en que entró Nejliúdov y se encontraron con su mirada. Pero enseguida se volvió y le empezó a decir algo a la madre. No lejos de la pareja de enamorados se hallaba sentado un hombre moreno, melenudo, de rostro sombrío, que con enfado decía algo a su visitante, un imberbe con aspecto de skopiets. Nejliúdov, sentado junto al director, miraba en torno suyo con curiosidad tensa. Le distrajo un niño de pelo rubio, corto, que se acercó y le preguntó con una vocecilla muy fina:

—¿Y usted a quién espera?

A Nejliúdov le extrañó la pregunta, pero mirando al chiquillo y al ver su cara seria y reflexiva, de ojos atentos y vivos, le contestó muy serio que esperaba a una mujer.

—¿Es hermana suya?

—No, no es mi hermana —contestó extrañado Nejliúdov—. ¿Y tú, con quién estás aquí? —preguntó al niño.

—Estoy con mi mamá, es detenida política —respondió el niño con orgullo.

—María Pávlovna, llévese a Kolia —dijo el director, que por lo visto consideró ilegal la conversación de Nejliúdov con el niño.

María Pávlovna, la muchacha de los ojos saltones que había llamado la atención de Nejliúdov, se puso en pie e irguiéndose, con paso amplio y fuerte, casi de hombre, se acercó a Nejliúdov y al niño.

—¿Qué? ¿Le está preguntando quién es usted? —preguntó a Nejliúdov, sonriendo ligeramente y mirándole con confianza a los ojos y sencillez como si no pudiera haber ninguna duda de que trataba a todos con una relación sencilla, cariñosa y fraternal—. Tiene que saberlo todo —dijo, y sonrió al niño con una sonrisa tan bondadosa y agradable que Nejliúdov y el niño, ambos involuntariamente, le sonrieron.

—Sí, me ha preguntado a quién venía a ver.

—María Pávlovna, está prohibido hablar con extraños. Ya lo sabe usted —dijo el director.

—Bueno, bueno —respondió, y cogiendo con su mano grande y blanca la manita de Kolia que no le quitaba los ojos de encima, volvió junto a la madre del tuberculoso.

—¿De quién es ese niño? —preguntó Nejliúdov al director.

—Es el hijo de una política, ha nacido en la prisión —respondió el director con cierta satisfacción, como si mostrara una curiosidad de su establecimiento.

—¿Es posible?

—Sí, ahora se marcha a Siberia con su madre.

—¿Y es joven?

—No puedo contestarle —dijo el director, encogiéndose de hombros—. Ahí tiene usted a Bogodújovskaya.

LV

Por una puerta interior, con paso nervioso, entró Vera Efrémova, pequeña, el pelo corto, delgada, amarilla y con sus ojos enormes y bondadosos.

—Gracias por haber venido —dijo estrechando la mano de Nejliúdov—. ¿Me ha recordado? Sentémonos.

—No pensaba encontrarla en esta situación.

—¡Ah! Estoy de maravilla. Tan bien, tan bien, que no deseo nada mejor —decía Vera Efrémova, como siempre, mirando asustada a Nejliúdov con ojos enormes, bondadosos y redondos, y moviendo a un lado y a otro su cuello delgadísimo, amarillo y musculoso, que salía del escote de la blusa lamentablemente, arrugado y sucio.

Nejliúdov empezó a preguntarle cómo había ido a parar a esa situación. Contestándole, se puso a explicarle su asunto con gran viveza. Su conversación estaba salpicada de palabras extranjeras sobre la propaganda, la desorganización, los grupos, secciones y subsecciones, que ella estaba segura de que todo el mundo conocía, y de las que Nejliúdov no había oído hablar nunca.

Se lo contaba, persuadida completamente de que resultaba muy interesante y agradable saber los secretos del movimiento Populista Libertad del Pueblo. Nejliúdov miraba su lastimoso cuello, sus pelos ralos y revueltos, y se extrañaba de que hiciera todo eso y lo contara. Le daba lástima, pero de un modo completamente distinto a como se compadecía del campesino Menshov, encerrado sin culpa ninguna en la maloliente prisión. Le daba lástima, sobre todo, por la evidente confusión de ideas que tenía en la cabeza. Por lo visto se consideraba una heroína, dispuesta a sacrificar su vida por el triunfo de su idea, y, sin embargo, apenas podía explicar en qué consistía la idea y en qué radicaba su triunfo.

El asunto del que quería hablar con Nejliúdov era sobre una compañera suya, una tal Shustova, que ni siquiera pertenecía al grupo, según dijo. Había sido detenida hacía cinco meses con ella y la habían encerrado en la Fortaleza de Pedro y Pablo, sólo porque le habían entregado para guardar unos libros y papeles que había encontrado la policía. Vera Efrémova se consideraba en parte culpable de la detención de Shustova y rogaba a Nejliúdov, que tenía relaciones, que hiciera todo lo posible para conseguir su libertad. Otro de los asuntos que le pidió Bogodújovskaya era que hiciese gestiones para que un preso que se hallaba en la Fortaleza de Pedro y Pablo, Gurkiévich, fuese autorizado a recibir la visita de sus padres, y libros científicos que necesitaba para estudiar.

Nejliúdov prometió tratar de hacer todo lo posible, cuando estuviera en San Petersburgo.

En lo que se refería a su propia historia, Vera Efrémova le contó que al terminar los estudios de comadrona se unió al partido Libertad del Pueblo y trabajó con ellos. Al principio todo iba bien, redactaban proclamas, hacían propaganda en las fábricas, pero luego detuvieron a una personalidad destacada, se apoderaron de los documentos y empezaron a detener a todos.

—También me detuvieron a mí, y ahora me van a deportar... —concluyó su historia—. Pero eso no es nada. Me encuentro perfectamente, siento un desprecio olímpico —dijo, y sonrió lastimosamente.

Nejliúdov preguntó por la muchacha de los ojos saltones. Vera Efrémova le contó que era la hija de un general, perteneciente desde hacía mucho tiempo al partido revolucionario, y había sido detenida por declararse culpable de haber disparado contra un guardia. Vivía en un piso donde se reunían los conspiradores y tenían instalada una imprenta. Cuando llegaron por la noche a hacer un registro, los habitantes del piso decidieron defenderse, apagaron la luz y empezaron a eliminar las pruebas comprometedoras. Los policías irrumpieron y entonces uno de los conspiradores disparó e hirió mortalmente al guardia. Cuando empezaron a preguntar quién había disparado, dijo que lo había hecho ella, que nunca había tenido un revólver en la mano y era incapaz de matar una mosca. Y así quedó la cosa. Ahora la llevaban a trabajos forzados.

—Es una persona altruista y buena… —dijo Vera Efrémova con tono de aprobación.

El tercer asunto del que quería hablar Vera Efrémova concernía a Máslova. Sabía, como se conocía todo en la prisión, la historia de Máslova y sus relaciones con Nejliúdov. Le aconsejó que tratara de conseguir que la trasladasen a la sección política o, al menos, de ayudante a la enfermería. Había muchos enfermos y hacían falta personas para atenderlos. Nejliúdov le dio las gracias por el consejo, y dijo que trataría de llevarlo acabo.

LVI

Su conversación fue interrumpida por el director, quien se levantó y dijo que el tiempo de la entrevista había terminado y debían marcharse. Nejliúdov se puso en pie, se despidió de Vera Efrémova y se retiró hacia la puerta, ante la que se detuvo observando lo que ocurría entre los demás.

—Señores, la hora, la hora —decía el director tan pronto levantándose como volviendo a sentarse.

Para cuantos se encontraban en la habitación, tanto reclusos como visitantes, la advertencia del director provocó sólo una animación especial, pero nadie pensó en marcharse. Algunos se levantaron y continuaron hablando en pie. Otros continuaban sentados y hablando. Resultaba emocionante ver a la madre con el hijo tuberculoso. El muchacho no dejaba de dar vueltas al papel y su cara se ponía cada vez más irritada, tan enorme era el esfuerzo que hacía para no contagiarse de la desesperación de su madre. Ésta, al oír que había que marcharse, colocó la cabeza sobre su hombro y sollozó sorbiendo por la nariz. La muchacha de los ojos saltones —Nejliúdov la vigilaba involuntariamente— permanecía en pie ante la madre que sollozaba, y le decía algo tranquilizador. El viejo de las gafas azules, en pie, sostenía la mano de su hija, y movía la cabeza afirmativamente mientras ésta le decía algo. Los jóvenes enamorados se levantaron y se sostenían las manos mirándose en silencio a los ojos.

—Éstos son los únicos que están alegres —dijo, señalando a la pareja de enamorados, el joven de la chaqueta corta que estaba junto a Nejliúdov y, lo mismo que éste, miraba a los que se despedían.

Sintiendo sobre sí las miradas de Nejliúdov y del joven, los enamorados —el muchacho de la chaqueta impermeable y la muchacha rubia bonita— estiraron los brazos con las manos cogidas, se echaron hacia atrás y, riéndose, empezaron a dar vueltas.

—Esta tarde se casan aquí, en la prisión, y ella le acompaña a Siberia —dijo el joven.

—¿Y quién es él?

—Un condenado a trabajos forzados. Por lo menos ellos se divertirán un poco, de lo contrario resulta demasiado doloroso escuchar esto —añadió el joven de la chaqueta corta, escuchando los sollozos de la madre del tuberculoso.

—¡Señores! ¡Por favor! No me obliguen a tomar severas medidas —decía el director repitiendo varias veces lo mismo—.

¡Por favor, sí, por favor! —repetía con voz débil e indecisa—. ¿Qué es esto? Hace mucho que es la hora. Esto no puede ser. Lo digo por última vez —repetía con voz melancólica, encendiendo y apagando su cigarrillo de Maryland.

Estaba claro que por muy artísticos e inveterados que fuesen los argumentos que permitían a los hombres hacer el mal a sus semejantes, sin sentirse responsables, el director no podía dejar de reconocer que él era uno de los culpables de la desgracia que se desarrollaba en esta habitación, y a él —por lo visto— le resultaba muy penoso.

Finalmente, los reclusos y los visitantes empezaron a marcharse: unos por la puerta interior, otros por la exterior. Se retiraron los hombres, unos con chaquetas impermeables, el joven tuberculoso y el moreno melenudo; se marchó también María Pávlovna con el niño que había nacido en la prisión.

Asimismo, empezaron a salir los visitantes. Primero fue el viejo de las gafas azules, con pasos torpes, y detrás salió Nejliúdov.

—Sí, señor; menudo orden hay aquí —habló, como si continuara una conversación interrumpida, el joven locuaz, bajando al lado de Nejliúdov las escaleras—. Gracias a que el capitán es buena persona y no se atiene al reglamento. Todos hablan y se desahogan.

—¿Es que en otras cárceles no existen estas entrevistas?

—¡Uy! Nada de eso. No dejan comunicar así, sino sólo a través de rejas.

Cuando Nejliúdov hablaba con Medíntsev —con ese nombre se presentó el joven— y llegaron al vestíbulo, se les acercó el director con aspecto cansado.

—Entonces, si quiere ver a Máslova, venga por favor mañana —dijo, sin duda queriendo ser amable con Nejliúdov.

—Muy bien —replicó Nejliúdov, y se apresuró a salir.

Los sufrimientos de Menshov debían ser terribles, y no tanto en lo físico cuanto por sus dudas acerca de la bondad y de Dios, que debía experimentar al ver la crueldad de los hombres torturándole sin motivo; terribles eran la humillación y las torturas infligidas a ese centenar de canteros no culpables de nada, y sólo porque en sus documentos había algo mal escrito; terribles esos carceleros estúpidos, que se dedicaban a torturar a sus hermanos, seguros de que hacían una obra buena e importante. Y aún más el director, hombre de edad, enfermizo y bondadoso, que debía separar a la madre del hijo y al padre de la hija, gentes iguales que él y los suyos.

«¿Por qué pasa esto?», se preguntaba Nejliúdov, experimentando ahora en más alto grado aquel sufrimiento de asco moral que se convertía en una sensación física, aquel asco que sentía siempre en la cárcel, pero nunca encontraba respuesta.

LVII

Al día siguiente, Nejliúdov fue a casa del abogado y le explicó el caso de los Menshov, rogándole que se hiciera cargo de la defensa. El abogado escuchó el relato y dijo que estudiaría el asunto, y si todo era tal como lo contaba Nejliúdov —lo cual era muy posible—, sin remuneración alguna se haría cargo de la defensa. Nejliúdov, además, le habló de los ciento treinta hombres detenidos por negligencia, le preguntó de quién dependía aquello y quién era el culpable. El abogado guardó silencio, sin duda queriendo contestar con exactitud.

—¿Quién tiene la culpa? Nadie —respondió con decisión—. Dígaselo al fiscal, contestará que la culpa es del gobernador, dígaselo al gobernador, y dirá que la culpa es del fiscal. Nadie tiene la culpa.

—Ahora mismo voy a ir a casa de Máslennikov y se lo voy a decir.

—Bueno, pero es inútil —comentó el abogado sonriendo—. Es un… ¿No es un familiar ni amigo? Pues permítame que lo diga, es un alcornoque y al mismo tiempo un animal astuto.

Nejliúdov, recordando lo que decía Máslennikov del abogado, no contestó nada. Se despidió y fue a casa de Máslennikov.

Nejliúdov tenía que pedirle a Máslennikov dos cosas: el traslado de Máslova a la enfermería y arreglar el asunto de los ciento treinta indocumentados recluidos en la prisión. Por muy penoso que le resultara pedir el favor a un hombre a quien no respetaba, era el único medio de lograr el objetivo, y había que pasar por ello.

Al llegar a casa de Máslennikov, Nejliúdov vio junto a la escalerilla varios coches: calesas, carretelas y berlinas. Recordó que precisamente aquel era el día de recepción de la mujer de Máslennikov y que éste le había invitado. En el momento en que Nejliúdov se acercaba con el coche vio una berlina parada delante de la puerta, y un lacayo con sombrero de escarapela y capa ayudaba a descender a una dama que se sujetaba la cola del vestido y dejaba descubiertas sus piernas delgadas, calzadas con botas negras. Entre los coches reconoció el landó cerrado de los Korchaguin.

El cochero, de pelo canoso y buenos colores, se descubrió respetuoso y afable, como ante un señor muy conocido. No tuvo tiempo Nejliúdov de preguntar al portero dónde se encontraba Mijaíl Ivánovich —Máslennikov— cuando éste apareció en la escalera alfombrada acompañando a un visitante muy ilustre, tan ilustre que no lo acompañaba hasta el descansillo, sino hasta abajo. El visitante, un militar, bajando las escaleras hablaba en francés acerca de los cuadros vivientes que estaban organizando a beneficio de los asilos de la ciudad; según su opinión era una buena ocupación para las damas: «Se divierten y recaudan dinero».

—Qu'elles s'amusent et que le bon Dieu les bénisse… ¡Ah! Nejliúdov, buenos días. ¿Por qué hace tanto que no se le ve? — saludó a Nejliúdov—. Allez présenter vos devoirs à madame. También están aquí los Korchaguin. Et Nadine Bukshevden. Toutes les jolies femmes de la ville —dijo colocando y alzando un poco sus hombros militares al lacayo

que le acercaba su magnífica capa con galones—. Au revoir, mon cher!
—Y estrechó otra vez la mano de Máslennikov.

—Bueno, vamos arriba. ¡Cuánto me alegro! —empezó a hablar Máslennikov excitado, cogiendo del brazo a Nejliúdov y, pese a su corpulencia, le llevó rápidamente hacia arriba.

Máslennikov estaba en un estado de alegre excitación, debido a la atención que acababa de dispensarle aquel alto personaje. Parecía que después de haber servido en el regimiento de la Guardia, frecuentado por la familia imperial, Máslennikov debería estar acostumbrado al trato de la familia del zar. Por lo visto la infamia sólo se refuerza con la repetición, y cualquier mezcla de atención provocaba en Máslennikov un estado de entusiasmo como el que experimenta un perro cariñoso después de que el amo le acaricia, frota y rasca detrás de las orejas. Mueve el rabo, se encoge, se estira, agacha las orejas y brinca alegremente. Lo mismo estaba dispuesto a hacer Máslennikov. No se daba cuenta de la expresión seria de la cara de Nejliúdov, no le escuchaba y le arrastraba al salón con tal ímpetu que era imposible renunciar, y Nejliúdov le siguió.

—Tu asunto lo trataremos después, haré todo lo que me ordenes —decía Máslennikov, pasando con Nejliúdov a través de la sala—. Anuncie a la generala que ha llegado el príncipe Nejliúdov —al pasar dijo a un lacayo. El lacayo, presuroso, se adelantó y fue a cumplir la orden—. Vous n'avez qu'à ordenner. Pero tienes que ver a mi mujer sin falta. Ya me ha organizado una buena por no haberte retenido la otra vez.

El lacayo ya había tenido tiempo de anunciarle cuando entraron en el salón. Ana Ignátieva, la subgobernadora, la generala, como se llamaba a sí misma, se inclinaba hacia el visitante con una sonrisa resplandeciente por encima de los sombreros y las cabezas que la rodeaban en torno al diván. En el otro extremo del salón, alrededor de una mesa de té, permanecía sentado un grupo de señoras y varios hombres en pie —militares y civiles—, y se oía el incesante murmullo de voces masculinas y femeninas.

—Enfin! ¿Por qué no quiere usted saber nada de nosotros?

¿Qué le hemos hecho?

Con estas palabras, que hacían suponer una intimidad entre ella y Nejliúdov —que no había existido nunca— recibió Ana Ignátieva al recién venido.

—¿Se conocen ustedes? Madame Beliávskaya, Mijaíl Ivánovich Chernov. Siéntese más cerca.

—Missy, venez donc à notre table. On vous apportera votre thé...[2] Y usted... —se dirigió al oficial que hablaba con Missy, de cuyo nombre sin duda se había olvidado— venga por favor aquí.

¿Quiere té, príncipe?

—No estoy de acuerdo de ninguna forma: eso significa sencillamente que no le quería —explicaba una voz femenina.

—Pero le gustaban los dulces.

—Siempre con bromas estúpidas —intervino riéndose otra señora que llevaba un sombrero alto, reluciente de seda, oro y piedras preciosas.

—C'est excellent. Estas galletas son muy ligeras. Traiga más aquí.

—Bueno, y qué ¿se marchan pronto?

—Sí, hoy es el último día que estamos aquí. Por eso hemos venido.

—¡Qué estupenda primavera! ¡Qué bien se está ahora en la aldea!

Missy, tocada con un sombrero y luciendo un vestido a listones oscuros, que le ceñía el talle sin hacer la menor arruga, enteramente como si hubiese nacido con ese vestido, estaba muy guapa. Enrojeció al ver a Nejliúdov.

—¡Ah! Creí que se había marchado usted —le dijo.

—Casi, casi —contestó Nejliúdov—. Me retienen unos asuntos. También aquí he venido por un asunto.

—Venga a visitar a mamá. Tiene muchas ganas de verle —dijo, y sintiendo que mentía y que él se daba cuenta, enrojeció todavía más.

—Apenas si voy a tener tiempo —respondió sombrío Nejliúdov, tratando de aparentar que no se había dado cuenta de cómo había enrojecido.

Missy frunció con enfado el ceño, se encogió de hombros y se dirigió hacia el oficial elegante, el cual tomó la taza vacía de sus manos y enganchando el sable en los sillones, la llevó con ademán viril a otra mesa.

—También usted tiene que sacrificarse por nuestro asilo.

—Sí, y no me niego, pero quiero reservar toda mi generosidad para los cuadros vivientes. Allí es donde me voy a volcar.

—¡Bueno, no se descuide! —se oyó una voz afectada y burlona.

El día de recepción resultaba magnífico, y Ana Ignátieva estaba entusiasmada.

---

[2] Missy, venga pues a nuestra mesa. Le traerán su té...

—Me ha dicho Mika que se ocupa usted de las cárceles —le decía a Nejliúdov—. Mika —era su grueso marido, Máslennikov— puede tener otros defectos, pero ya sabe usted lo generoso que es. Todos esos desgraciados reclusos son como hijos suyos. No los mira de otra manera. Il est d'une bonté…

Se detuvo no encontrando palabras que pudieran expresar la bonté de su marido, por cuyas órdenes azotaban a la gente, y, acto seguido, sonriendo, se dirigió a una señora anciana, surcada de arrugas, con lazos de color morado, que acababa de entrar.

Después de hablar cuanto era necesario, y de una forma tan insustancial como era preciso para no infringir las leyes de la cortesía, Nejliúdov se levantó y se acercó a Máslennikov.

—¿Podrías escucharme, por favor?

—¡Ah, sí! Bueno ¿qué? Ven, vamos a entrar aquí.

Entraron en un saloncito japonés, y se sentaron junto a la ventana.

LVIII

—Bueno, je suis à vous. ¿Quieres fumar? Pero espérate, no vayamos a manchar algo—exclamó, y trajo un cenicero—. ¿Bueno?

—Tengo dos asuntos para tratar contigo.

—Vaya.

La cara de Máslennikov se puso taciturna y melancólica. Las huellas de excitación del perrito, que el amo había acariciado detrás de las orejas, desaparecieron por completo. Desde el salón llegaban voces. Una voz femenina decía: «Jamais, jamais je ne croirais,» y otra voz de hombre, desde el otro extremo, contaba algo y repetía: «La comtesse Voronzoff et Victor Apraksine.» De otra parte sólo se percibía rumor de voces y risas. Máslennikov, atento a lo que ocurría en el salón, no dejaba de escuchar a Nejliúdov.

—Te quiero hablar otra vez de la misma mujer —explicó Nejliúdov.

—Sí, de la condenada injustamente. Lo sé, lo sé.

—Quisiera pedir que la trasladasen a la enfermería. Me han dicho que eso se puede hacer.

—Es muy difícil —dijo—. Pero lo consultaré y mañana te telegrafiaré.

—Me han dicho que hay muchos enfermos y necesitan gente para ayudar.

—Bueno, bueno. En todo caso, te avisaré.

En el salón resonó una risa general e incluso sin afectación.

—Ése es Victor —dijo Máslennikov, sonriendo—, es extraordinariamente agudo cuando está en vena.

—Y además —continuó Nejliúdov— hay encerrados ahora en la prisión ciento treinta hombres, sólo porque les han caducado los pasaportes. Los tienen allí hace un mes.

Y contó los motivos por los que estaban detenidos.

—¿Y cómo te has enterado de eso? —preguntó Máslennikov, y en su rostro apareció la inquietud y el disgusto.

—Iba a ver a un condenado y estos hombres me salieron al paso en el corredor, y me han pedido…

—¿A qué condenado ibas a ver?

—A un campesino al que han condenado injustamente y al que he buscado un defensor. Pero no se trata de eso. ¿Es posible que esos hombres, sin ser culpables de nada, estén en la cárcel sólo porque les han caducado los pasaportes y…?

—Eso es asunto del fiscal —interrumpió Máslennikov con ira a Nejliúdov—. Precisamente tú dices que los juicios son rápidos y justos. La obligación del fiscal es la de visitar las prisiones y enterarse si el encarcelamiento de los reclusos es legal. Pero no hacen nada, sólo juegan a las cartas.

—Entonces ¿tú no puedes hacer nada? —preguntó Nejliúdov sombrío, recordando las palabras del abogado, de que el gobernador le echaría la culpa al fiscal.

—Sí, lo haré. Me informaré inmediatamente.

—Si es peor para ella. C'est un souffre—douleur[3] —sonó una voz femenina desde el salón, por lo visto indiferente en absoluto hacia la persona de quien hablaba.

—Tanto mejor, entonces cogeré también ésta —se escuchó del otro lado la risueña voz de un hombre y la risa juguetona de una mujer.

—No, no, por nada del mundo —decía una voz femenina.

—Bueno, entonces lo haré todo —repitió Máslennikov, apagando el cigarrillo con su blanca mano, en la que lucía un anillo de turquesa—, y ahora vamos a reunirnos con las damas.

—Todavía hay otra cosa —dijo Nejliúdov, sin entrar en el salón y deteniéndose en la puerta—. Me han dicho que ayer en la prisión infligieron un castigo corporal a unos reclusos. ¿Es verdad eso?

Máslennikov enrojeció.

---

[3] Es el que paga los platos rotos.

—¡Ah! ¿Conque eso querías preguntarme? No, mon cher, decididamente no se te puede dejar, porque todo lo conviertes en un problema. Vamos, vamos, Annette nos llama —dijo cogiéndole del brazo y expresando de nuevo la misma alteración que antes, con la atención del personaje, pero ahora ya no de alegría, sino de preocupación.

Nejliúdov se despidió de él y, sin saludar a nadie y sin decir nada, con aspecto lúgubre, cruzó el salón, la sala, los lacayos que se acercaban corriendo, pasó al recibimiento y salió a la calle.

—¿Qué le pasa? ¿Qué le has hecho? —preguntó Annette a su marido.

—Esto es despedirse à la française —dijo alguien.

—¡Qué va a ser à la française, es à la zoulou!

—Bueno, siempre ha sido así.

Alguien se levantó para irse; otro llegó y las conversaciones siguieron su rumbo. La buena sociedad aprovechó el episodio de la visita de Nejliúdov como un tema de conversación en aquel jour fixe.

Al día siguiente de haber visitado a Máslennikov, Nejliúdov recibió una carta en grueso papel sellado, escrita con letra ampulosa y enérgica, en la que decía que había escrito al médico acerca del traslado de Máslova a la enfermería y que lo más probable era que sus deseos fueran cumplidos. Terminaba del siguiente modo: «Tu amigo camarada que te quiere», y bajo la firma «Máslennikov» había estampado una rúbrica enormemente historiada, grande y enérgica.

—¡Tonto! —exclamó Nejliúdov, sin poderse contener, sobre todo porque en la palabra «camarada» se evidenciaba que Máslennikov descendía hacia él, es decir, que a pesar de desempeñar el cargo más inmoral, sucio y vergonzoso, se consideraba un hombre muy importante y pensaba que si no le adulaba al menos mostraba que no estaba demasiado orgulloso de su importancia, al llamarle, como antes, camarada.

LIX

Uno de los prejuicios más corrientes y extendidos es pensar que cada hombre posee ciertas cualidades definidas, que suele ser bueno, malo, listo, tonto, enérgico, apático, etc., pero los hombres no suelen ser así. Podemos decir del ser humano que acostumbra a ser con más frecuencia bueno que malo, listo que tonto, enérgico que apático, y al contrario; pero no será cierto si decimos de uno solo que es bueno o inteligente y de otro que es malo y tonto. Los humanos son como los ríos: el agua en todos es igual y semejante en todas partes, pero cada río suele ser estrecho, de curso rápido, ancho, silencioso, limpio, frío, turbio, templado. Lo mismo son los hombres. Cada uno lleva en sí el germen de todas las propiedades humanas y a veces manifiesta unas, algunas veces otras y en muchas ocasiones no se parece a sí mismo en absoluto, y queda entre uno y otro. En algunos seres humanos los cambios suelen ser muy bruscos. Y a éstos pertenecía Nejliúdov. Estos cambios le acontecían tanto por causas físicas como morales. Y se acababan de producir ahora.

Aquella sensación de alegría y renovación que sintió después del juicio y de la primera entrevista con Katiusha había pasado por completo y fue sustituida, después de la última entrevista, por el miedo e incluso por la repulsión hacia ella. Decidió que no la iba a abandonar, ni cambiaría su decisión de casarse con ella, si así lo deseaba; pero esto le resultaba opresivo y penoso.

Al día siguiente de su visita a Máslennikov fue otra vez a la prisión para verla.

El director autorizó la entrevista, pero no en la oficina ni en la salita de los abogados, sino en el locutorio de mujeres. A pesar de su bondad, el director estuvo más severo con Nejliúdov que anteriormente; sin duda las conversaciones con Máslennikov ocasionaron que se tuviera más aislado a ese visitante.

—Pueden entrevistarse —dijo—, sólo que, por favor, en cuanto al dinero, como le pedí… En lo que se refiere a su traslado a la enfermería, según me ha escrito su excelencia, es posible y el médico está conforme. Pero es ella la que no quiere, dice:

«Menuda falta me hace a mí sacar los orinales de esos sarnosos…». Esta gente es así, príncipe —añadió.

Nejliúdov no contestó nada, y pidió que le llevaran a verla. El director mandó a un carcelero y Nejliúdov le siguió al locutorio de mujeres, que se hallaba vacío.

Máslova ya estaba allí, y salió de detrás de la reja silenciosa y sumisa. Se acercó a Nejliúdov y, mirando a otro sitio, dijo:

—Perdóneme, Dimitri Ivánovich, está mal lo que dije anteayer.

—No tengo nada que perdonarle… —empezó Nejliúdov.

—De todos modos, lo único que le pido es que me deje — añadió, y en los ojos, más bizcos que ordinariamente, Nejliúdov vio de nuevo una expresión tensa y malévola.

—¿Por qué tengo que dejarla?

—Porque sí.

Volvió a mirarle otra vez y, según le pareció, con la misma mirada aviesa.

—Déjeme, se lo digo de veras. No puedo seguir así. Es verdad, prefiero ahorcarme —dijo con los labios temblorosos y guardó silencio.

Nejliúdov se dio cuenta de que en aquella renuncia había odio hacia él, la ofensa sin perdonar, pero también había otra cosa buena e importante. La serenidad absoluta con que Máslova sostenía su anterior renuncia eliminó las dudas que habían surgido en el alma de Nejliúdov y le volvió a su anterior estado de seguridad, entusiasmo y ternura.

—Katiusha, repito lo mismo que he dicho —pronunció con tono muy serio—. Te pido que te cases conmigo. Si no quieres, y mientras no quieras, lo mismo que antes, estaré donde tú estés, y me iré donde te lleven.

—Eso es asunto suyo, no voy a hablar más —exclamó, y sus labios temblaron otra vez.

También él guardaba silencio, no se encontraba con fuerzas para hablar.

—Ahora voy a la aldea y después iré a San Petersburgo —dijo, al fin repuesto—. Haré gestiones sobre su asunto, nuestro asunto, y si Dios quiere, anularán su condena.

—Si no la anulan, no me importa. Si no merezco el castigo por esto, lo merezco por otra cosa... —dijo, y vio el enorme esfuerzo que hizo Nejliúdov para contener las lágrimas—. ¿Ha visto a Menshov? —preguntó de pronto para ocultar su turbación—.

¿Verdad que no son culpables?

—No, creo que no.

—Es tan estupenda la viejecita —dijo.

Le contó todo lo que había preguntado a Menshov, y le preguntó si necesitaba algo; ella respondió que no le hacía falta nada.

Otra vez guardaron silencio.

—En cuanto a la enfermería —dijo de pronto, mirándole con sus ojos bizcos—, si usted quiere, iré. Y ya no beberé más vino...

Nejliúdov, en silencio, le miró a los ojos. Los ojos de Katiusha sonreían.

—Eso está muy bien —añadió, y se despidió de ella.

«Sí, sí, ha cambiado, es otra persona», pensaba Nejliúdov, experimentando un sentimiento, después de las anteriores sospechas, completamente nuevo, que no había experimentado nunca, de seguridad y amor invencible.

Al volver después de este encuentro a la sala maloliente, Máslova se quitó el guardapolvo y se sentó en el catre, dejando caer las manos sobre las rodillas. En la sala estaban solamente la tuberculosa de Vladímir con el niño de pecho, la viejecita Menshova y la guardabarrera con sus dos niños. A la hija del diácono, como la víspera la habían declarado enferma mental, la habían enviado al hospital. Las demás mujeres estaban lavando ropa. La viejecita dormía tumbada en el catre; los niños estaban en el corredor, cuya puerta estaba abierta. La mujer del niño de pecho y la guardabarrera con su calceta, que no dejaba de tricotar con sus dedos ágiles, se acercaron a Máslova.

—Bueno, ¿os habéis visto?

Máslova, sin contestar, permanecía sentada en lo alto del catre, balanceando las piernas, que no llegaban al suelo.

—¿Por qué estás malhumorada? —preguntó la guardabarrera

—. Sobre todo, no te desanimes. ¡Eh, Katiusha! ¡Vamos! —dijo, moviendo rápidamente los dedos.

Máslova no contestaba.

—Las otras se han ido a lavar ropa. Dicen que hoy han traído muchas limosnas —dijo la guardabarrera.

—¡Finashka! —gritó la guardabarrera mirando hacia la puerta

—. ¿Dónde se ha metido el niño?

Sacó la aguja, la clavó en la madeja y el calcetín, y salió al corredor.

En aquel momento se oyó ruido de pasos y voces femeninas en el corredor y entraron las mujeres de la sala, con zapatos y sin medias. Cada una traía un pan y alguna incluso dos. Fedosia se acercó inmediatamente a Máslova.

—¿Qué? ¿No han ido bien las cosas? —preguntó Fedosia, mirando cariñosamente a Máslova, con sus claros ojos azules—. Esto es para nuestro té —y se puso a colocar los panes en la estantería.

—¿Es que ha cambiado de idea y no quiere casarse contigo? — dijo Korabliova.

—No, no ha cambiado de parecer, pero soy yo la que no quiere

—dijo Máslova—. Así se lo he dicho.

—¡Qué tonta! —dijo Korabliova con su voz de bajo.

—Para no vivir juntos ¿a qué se van a casar? —preguntó Fedosia.

—Pero si tu marido va a marcharse contigo —argumentó la guardabarrera.

—Claro, nosotros ya estamos casados —dijo Fedosia—. ¿Y él para qué se va a casar si no van a vivir juntos?

—¡Vaya tonta! ¿Para qué? Si se casa con ella, la llenará de oro.

—Me ha dicho: «Te manden donde te manden, te seguiré» — dijo Máslova—. Si va, que vaya; si no va, que no vaya. No seré yo quien se lo pida. Ahora va a San Petersburgo a hacer gestiones. Allí todos los ministros son parientes suyos —añadió—, pero así y todo no le necesito.

—¡Ya se sabe! —de pronto asintió Korabliova buscando cosas es su bolsa y, sin duda, pensando en otra cosa—. ¿Qué?

¿Bebemos un poco de vino?

—Yo no —contestó Máslova—. Bebed vosotras.

(Fin de la primera parte)

SEGUNDA PARTE

Dentro de dos semanas el caso Máslova podía pasar al Tribunal Supremo. Nejliúdov tenía la intención de ir a San Petersburgo y, si fuese rechazado por el Supremo, elevar una petición de gracia al zar, según le aconsejó el abogado que había redactado la solicitud. Si fracasaban las dos gestiones, que según el abogado era de esperar, ya que los motivos de casación resultaban muy flojos, el convoy de presidiarios entre los que se encontraba Máslova partiría en los primeros días de junio. Por tanto, para prepararse a hacer el viaje con Máslova a Siberia —ya decidido con firmeza— tenía que ir por las aldeas para dejar resueltos sus asuntos.

El primer sitio que visitó Nejliúdov fue Kuzmínskoye, donde poseía una gran finca de tierras muy fértiles, que le producían la mayor parte de sus ingresos. Había vivido en esa finca en su infancia y juventud, luego ya de mayor había estado dos veces, y en cierta ocasión —a petición de su madre— llevó allí a un administrador alemán, y había estudiado con él la situación agrícola. Por tanto, conocía desde hacía mucho la situación de la finca y las relaciones de los campesinos con la oficina, es decir, con el propietario. Éstas eran —para decirlo claramente— de una absoluta dependencia de esclavitud. No era como aquella abolida en el año 1861, la esclavitud de determinados campesinos con relación a un amo, sino de todos en general, que carecían por completo de tierras o que tenían escasas parcelas con relación a los amos entre los que vivían. Nejliúdov lo sabía, no podía ignorarlo, porque la explotación agrícola estaba basada en esa esclavitud, y él contribuía a tal estado de cosas.

Además, Nejliúdov conocía esto, y sabía que era injusto y cruel, desde su época de estudiante, cuando profesaba y predicaba las enseñanzas de Henry George, y basado en esta doctrina había entregado a los campesinos la finca heredada de su padre, considerando la propiedad de la tierra un pecado, igual que ser dueño de siervos cincuenta años atrás. Cierto que después del servicio militar, cuando se acostumbró a gastar cerca de veinte mil rublos al mes, estas enseñanzas dejaron de ser obligatorias en su vida y se le olvidaron. Nunca se preguntaba sobre su relación con la propiedad, ni de dónde procedía el dinero que le mandaba su madre, y trataba de no pensar en eso. Pero la muerte de la madre le obligó a hacerse cargo de la herencia y disponer de sus bienes, es decir, de las tierras, y de nuevo se planteó el problema de la propiedad. Un mes antes, Nejliúdov hubiera dicho que no tenía fuerzas para cambiar el orden establecido de las cosas, que la finca no la administraba él, y se hubiera tranquilizado más o menos viviendo lejos y recibiendo las rentas. Ahora había decidido que, aunque le esperaba el viaje a Siberia y una complicada y penosa relación con el mundo de los presidiarios, para lo cual era imprescindible el dinero, de todos modos no podía dejar los asuntos en la forma primitiva, y debía cambiarlos aunque fuese en perjuicio suyo. Para ello, decidió no explotar la tierra, sino arrendársela a los campesinos a poco precio, para darles la posibilidad de no depender en absoluto de los propietarios. Más de una vez, al comparar la situación del dueño de unas tierras con la de los siervos, consideró que arrendar la tierra a los campesinos en vez de que la cultivaran como obreros era lo mismo que si un propietario de siervos les concediese la libertad a cambio de tributos.

No era una solución del problema, pero era un paso hacia la solución: era pasar de una forma grosera de la violencia a otra menos grosera. Así estaba dispuesto a actuar.

Nejliúdov llegó a Kuzmínskoye hacia el mediodía. Simplificando al máximo su vida, ni siquiera telegrafió, sino que tomó en la estación un coche de dos caballos. El cochero era un muchacho joven, con una podiovka de percal, ceñida con un cinturón por debajo del talle. Sentándose de lado en el pescante y de buena gana inició la conversación con el señor, mientras los jamelgos, uno de los cuales cojeaba, podían ir al paso, lo cual siempre estaban deseando.

El cochero hablaba del administrador de Kuzmínskoye, ignorando que Nejliúdov era el propietario.

—Menuda vida lleva el alemán ese —decía el cochero, que había vivido en la ciudad y leído bastantes novelas. Iba sentado medio vuelto hacia el viajero, cogiendo por abajo y por arriba el largo látigo y haciendo gala, por lo visto, de su instrucción—. Se ha comprado una troika[56] con tres caballos magníficos, y cuando sale con su mujer nadie puede igualarse a ellos —continuaba—. En invierno, durante la Navidad, puso un árbol iluminado con luz eléctrica en su casa, tan grande que ¡no hubo otro igual en toda la provincia! Yo he llevado a los invitados. ¡Es enorme la cantidad de dinero que ha robado! ¿A él qué le importa? Es él quien manda. Dicen que ha comprado una buena finca.

Nejliúdov pensaba que le daba igual cómo administraba el alemán su finca y cómo se aprovechaba. Pero el relato del fornido cochero le resultó desagradable. Gozaba contemplando aquel maravilloso día, de nubes densas y oscuras, que a veces ocultaban el sol; los campos primaverales, en los que por todas partes marchaban los campesinos tras sus arados; la vegetación verde intensa, por encima de la cual revoloteaban las alondras; los bosques cubiertos ya —salvo los tardíos abedules— de hojas nuevas; los prados, en los que pastaban los rebaños de ovejas y caballos, y los campos en los que se veía a los labradores. Pero de vez en cuando se acordaba de que había ocurrido algo desagradable. Cuando se preguntaba el qué, recordaba el relato del cochero acerca de cómo administraba la finca el alemán en Kuzmínskoye.

Al llegar a Kuzmínskoye, y ocupado en los quehaceres, Nejliúdov se olvidó de esa sensación.

La revisión de los libros de contabilidad y las explicaciones ingenuas del administrador sobre la conveniencia de que los campesinos dispusieran de pocas tierras y estuvieran rodeados de las del señor afirmaron todavía más la intención de Nejliúdov de disminuir su propiedad y entregar sus tierras a los campesinos. Por los libros de contabilidad y por las conversaciones del administrador se enteró de que, lo mismo que antes, las dos terceras partes de la mejor tierra de labor se cultivaba por los trabajadores de la propiedad con buenos aperos de labranza, y la tercera parte la trabajaban los campesinos, a razón de cinco mil rublos la desiatina. Por cinco rublos los campesinos se obligaban a arar y rastrillar tres veces y sembrar una desiatina, después segar, atar los haces y llevarlos a la trilla; es decir, realizaban un trabajo por el que un campesino libre cobra por lo menos diez rublos. En cambio, los campesinos pagaban por medio de su trabajo cualquier cosa que necesitasen de la finca, y a los precios más altos. Trabajaban para pagar los pastos, la leña, los forrajes, y casi todos estaban en deuda con la finca. De este modo resultaba que las tierras arrendadas a los campesinos rentaban cuatro veces más de lo que hubieran podido producir al cinco por ciento.

Todo lo sabía Nejliúdov de antes, pero ahora se enteraba de esto como de una cosa nueva, y se sorprendía de que él y otros que se encontraban en la misma situación no se percataran de toda la anormalidad de tales cosas. Los argumentos del administrador acerca de que al ceder la tierra a los campesinos se perdería inútilmente toda la maquinaria, que no se podría vender ni por la cuarta parte de su valor, que los campesinos estropearían la tierra, y lo mucho que perdería Nejliúdov al hacer esta transferencia, sólo confirmaban a Nejliúdov que iba a realizar un acto bueno al ceder las tierras a los campesinos y privarse de una gran parte de las rentas. Decidió concluir este asunto inmediatamente en este viaje. Recoger y vender la cosecha del trigo, liquidar la maquinaria y todos los edificios innecesarios, todo eso tendría que hacerlo el administrador después de su marcha. Ahora pidió al administrador que reuniera al día siguiente a los campesinos de las tres aldeas que rodeaban Kuzmínskoye para anunciarles su decisión y ponerse de acuerdo en el precio en que cedía las tierras.

Con la agradable sensación de haberse mantenido firme ante los argumentos del administrador y dispuesto a sacrificarse en favor de los campesinos, Nejliúdov salió de la oficina. Pensando en el trabajo que le esperaba, dio un paseo alrededor de la casa, por los arriates abandonados, este año destrozados frente a la casa del administrador, por el lawn—tennis cubierto de achicorias y por la alameda de los tilos. Allí solía ir habitualmente a fumar un cigarro y allí es donde —tres años atrás— coqueteaba con él la bella Kirímova, invitada por su madre. Después de pensar en lo que iba a decir al día siguiente a los campesinos, Nejliúdov fue a ver al administrador. Mientras tomaban el té volvieron a tratar de nuevo el asunto de cómo iba a liquidar la propiedad, y completamente tranquilo en este sentido, se retiró a la habitación que le habían preparado en la casa grande, dispuesta siempre para recibir a los huéspedes.

En una habitación pequeña y limpia, con cuadros de vistas de Venecia, un espejo entre las dos ventanas, había una cama de muelles limpia, una mesita con una jarra de agua, una caja de cerillas y una lamparilla. Sobre una gran mesa junto al espejo estaba su maleta abierta en la que se veían su neceser de tocador y libros que había traído consigo: en ruso, Práctica del análisis de las leyes de criminología, y sobre el mismo tema, uno en alemán y otro en inglés. Quería leerlos en los momentos libres mientras estuviera en las aldeas, pero hoy ya no tenía tiempo y se preparaba para acostarse a dormir y estar dispuesto al día siguiente, lo antes posible, para entrevistarse con los campesinos.

En el rincón de la habitación había un viejo sillón de caoba con incrustaciones; al verlo, recordó que había estado en el dormitorio de su madre, y súbitamente el alma de Nejliúdov se sintió invadida de un sentimiento inesperado. De pronto le dio lástima de la casa, que se iba a caer en ruinas; del jardín, que iba a ser abandonado; de los bosques, que iban a ser talados; de todos los animales de los corrales, de las cochiqueras, de los aperos de labranza, de las maquinarias, de los caballos, las vacas que —aunque no por él— habían sido criados y cuidados con tantos esfuerzos. Al principio le parecía fácil renunciar a todo, pero ahora le daba lástima tanto de la tierra como de la mitad de la renta que tanta falta podía hacerle. Y acudieron una serie de razonamientos, según los cuales era insensato y no procedía ceder la tierra a los campesinos y deshacer su propiedad.

«No debo poseer tierras. No poseyendo tierras no puedo mantener toda esta propiedad. Además, ahora me voy a Siberia y, por tanto, no necesito la casa ni la finca», decía una voz. «Todo eso es así —decía otra voz—, pero en primer lugar no vas a pasarte toda la vida en Siberia. Si te casas, puedes tener hijos. Y lo mismo que has recibido la finca, la tienes que entregar a tu vez. Cederla, destruir todo, es muy fácil, pero empezarlo y ponerlo en marcha, muy difícil. Sobre todo, debes reflexionar sobre tu vida y decidir lo que vas a hacer y con relación a eso disponer de tu propiedad. ¿Y es firme esa decisión tuya? Además, ¿lo haces así, verdaderamente, ante tu conciencia o para alabarte ante la gente?» Nejliúdov no podía dejar de reconocer que lo que la gente iba a decir de él no dejaba de tener influencia sobre su decisión. Y cuanto más pensaba, tanto más surgían interrogantes sin respuesta. Para librarse de estos pensamientos se acostó en el fresco lecho y quiso dormirse para tener la cabeza despejada al día siguiente y resolver las interrogantes en las que se había enredado ahora. Pero durante mucho rato no pudo dormir. Por las ventanas abiertas, junto con el aire fresco y la luz de la luna, irrumpían en la habitación el croar de las ranas mezclado con los silbidos y el canto de los ruiseñores lejanos en el parque y de uno cercano, bajo la ventana, entre las ramas de una lila en flor. Nejliúdov se acordó de la música de la hija del director, de éste, de Máslova, cómo le temblaban los labios lo mismo que el croar de las ranas, cuando le decía: «Déjeme, se lo digo de veras». Luego, el administrador alemán empezó a bajar hacia el lugar donde cantaban las ranas. Era preciso retenerlo, pero no sólo había bajado hasta el estanque, sino que se había transformado en Máslova, y empezó a reprocharle: «Soy una condenada a trabajos forzados y usted un príncipe». «No, no me someteré», pensó Nejliúdov, se recobró y preguntó: «Bueno, ¿hago bien o mal? No lo sé, y además me da lo mismo. Da lo mismo. Lo único que hace falta es dormir». Y él mismo empezó a descender hacia donde se había metido el administrador y Máslova, y allí acabó todo.

II

Al otro día Nejliúdov se despertó a las nueve de la mañana. Un joven empleado de la oficina, al oír al señor que se estaba moviendo, le trajo las botas —más relucientes que nunca— y una jarra de agua fría del manantial, y le anunció que los campesinos se estaban reuniendo. No quedaba ni rastro del sentimiento de lástima de que cedía la tierra y se deshacía de la propiedad. Lo recordó ahora con extrañeza. Se alegraba del asunto que le estaba esperando e involuntariamente se enorgullecía de él. Desde la ventana de su habitación se veía la explanada del lawn—tennis, cubierta de achicoria, en la cual —por orden del administrador— se estaban reuniendo los campesinos. No en vano las ranas croaban por la noche. El tiempo estaba encapotado. Desde por la mañana caía una lluvia tranquila, menuda y tibia, no hacía viento y las gotas cubrían las hojas, las ramas y la hierba. Por la ventana entraba no sólo el olor de la vegetación, sino el de la tierra mojada. Mientras se vestía, Nejliúdov miró varias veces por la ventana cómo se reunían los campesinos en la explanada. Llegaban, se quitaban la gorra unos ante otros, se colocaban en círculo y se apoyaban en sus cayados. El administrador, un hombre sanguíneo, musculoso, joven y fuerte, que llevaba una chaqueta corta con cuello alto verde y enormes botones, vino a decir a Nejliúdov que se habían reunido todos, pero que esperarían, que antes fuese Nejliúdov a tomar café o té, que las dos cosas estaban preparadas.

—No, mejor voy a verlos —dijo Nejliúdov, experimentando una sensación completamente desconocida para él de timidez y vergüenza ante la idea de tener que enfrentarse a hablar con ellos. Iba a realizar un deseo de los campesinos en el que éstos no se atrevían ni a pensar. Cederles por un precio barato la tierra, es decir, iba a hacerles un bien, y, sin embargo, sentía remordimientos de conciencia. Cuando Nejliúdov se acercó a los reunidos y empezaron a descubrirse ante él cabezas de pelo castaño, rizado, calvas, de pelo blanco, se azoró tanto que durante largo rato no pudo decir nada. La lluvia menuda seguía cayendo y se detenía en los cabellos, las barbas y en el paño de los caftanes de los campesinos. Éstos miraban al señor y esperaban qué les iba a decir, pero estaba tan cohibido que no podía decir nada. El silencio turbador fue roto por el administrador alemán, tranquilo, seguro de sí mismo, conocedor del campesino y dominando perfectamente el idioma ruso, como si fuera el propio Nejliúdov. Ofrecía un enorme contraste con las caras delgadas y llenas de arrugas de los campesinos y sus omóplatos delgados y salientes, que se destacaban bajo los caftanes.

—El príncipe quiere hacer una buena obra con vosotros: os quiere ceder las tierras, aunque no os las merecéis —dijo el administrador.

—¿Por qué no lo merecemos, Vasili Kárlych, acaso no hemos trabajado? Nunca hemos tenido queja de nuestra difunta ama, que Dios tenga en su gloria, y el joven príncipe tampoco nos abandonará —empezó un campesino charlatán, de pelo rojizo.

—Para eso os he llamado, porque quiero, si lo deseáis, cederos todas las tierras —dijo Nejliúdov.

Todos callaban, como no entendiendo o no creyendo lo que oían.

—¿En qué condiciones? —preguntó uno de mediana edad, que llevaba una podiovka.

—Cedéroslas en arriendo, para que las disfrutéis, a bajo precio.

—Eso es una cosa que está muy bien —dijo un viejo.

—Con tal de que el precio esté a nuestro alcance —dijo otro.

—¿Por qué no íbamos a aceptar la tierra?

—Estamos acostumbrados a trabajarla, es la que nos da de comer.

—Para usted será más tranquilo. Sólo tendrá que cobrar las rentas, porque ahora hay mucho mal.

—Los pecados son vuestros —comentó el alemán—, si trabajarais más, con más orden…

—No se nos puede tratar así, Vasili Kárlych —habló un viejo de nariz afilada—. Me dices que mi caballo no debe meterse en el sembrado de trigo, pero ¿quién tiene la culpa? Me paso día tras día trabajando, y de noche, al vigilar a los animales, si me quedo dormido, me arrancas la piel a tiras con tus multas.

—Lo que tenías que hacer es observar mayor orden.

—A ti te resulta fácil decirlo, no tenemos fuerzas para hacer más —intervino uno moreno, alto, muy velludo y bastante joven.

—Ya os dije que pusierais una cerca.

—Tienes que darnos madera —intervino un hombre bajo y desmedrado, que estaba detrás—. La quise poner el verano pasado, y tú me metiste tres meses en el calabozo para alimentar a los piojos. Ya ves que valla he puesto…

—¿Qué es lo que dice? —preguntó Nejliúdov al administrador.

—Der erste Dieb im Dorfe —dijo el administrador en alemán

—. Cada año le encuentran robando en el bosque. Y tú —le dijo— aprende a respetar la propiedad ajena.

—Pero ¿acaso no te respetamos? —preguntó el viejo—. No podemos no respetarte, porque estamos en tus manos. Y haces de nosotros lo que quieres. Nos exprimes.

—Bueno, hermano, no hay quien os haga daño. A ver si no lo hacéis vosotros.

—¡Cómo que no haces daño! El verano pasado me rompiste los morros, y la cosa quedó así. Está claro que no puedo querellarme con un rico.

—Tú pórtate como es debido.

Resultaba evidente que se celebraba un torneo verbal, pero ninguna de las dos partes entendía muy bien por qué y para qué hablaban. Por un lado, se notaba la ira contenida por el miedo; por el otro, la conciencia de la superioridad y del poder. A Nejliúdov le resultaba penoso oír aquella conversación, trató de volver al asunto para establecer el precio y los plazos de pago.

—Entonces ¿qué me decís de la tierra? ¿La queréis o no? ¿Qué precio me ofrecéis?

—Usted es el propietario, ponga el precio.

Nejliúdov lo señaló. Como siempre, aquel precio señalado por Nejliúdov era mucho más bajo del que pagaban en los alrededores, pero los campesinos empezaron a regatear y lo encontraban alto. Nejliúdov esperaba que su oferta fuera aceptada con alegría, pero no fue así. Nejliúdov sólo comprendió que su ofrecimiento era ventajoso para ellos cuando surgió la discusión sobre quién se haría cargo de la tierra, si toda la comunidad o algunos grupos, y entonces se suscitaron acaloradas discusiones entre aquellos campesinos que querían excluir de la participación de la tierra a los que carecían de dinero y eran malos pagadores. Nejliúdov, gracias al administrador, estableció el precio y los plazos de pago, y los campesinos, hablando ruidosamente, se fueron hacia la aldea, en tanto que Nejliúdov se dirigió a la oficina para redactar con el administrador el proyecto de las condiciones.

Todo se arregló como lo deseaba y esperaba Nejliúdov: los campesinos recibieron la tierra en un treinta por ciento más barato de como se arrendaba en los alrededores; su renta quedaba reducida a casi la mitad, pero le bastaba con mucho a Nejliúdov para sus necesidades, sobre todo, añadiendo la cantidad que acababa de recibir por la venta del bosque y la que recibiría por la maquinaria. Todo parecía que había resultado perfecto y, sin embargo, Nejliúdov sentía continuamente una especie de vergüenza. Se daba cuenta de que los campesinos, a pesar de que algunos le expresaban su gratitud, estaban descontentos y esperaban algo más. El resultado era que se había privado de mucho, pero no había hecho por los campesinos lo que ellos esperaban.

Al día siguiente, firmado el documento de cesión, acompañado por los viejos que habían sido elegidos, Nejliúdov, con un sentimiento desagradable de algo que no había terminado de hacer, despidiéndose de los campesinos que movían la cabeza confusos y descontentos, subió al elegante coche de tres caballos del administrador —como decía el cochero que le había traído— y se dirigió a la estación. Nejliúdov estaba descontento consigo mismo. No sabía por qué, pero todo el tiempo sentía tristeza y vergüenza.

III

Desde Kuzmínskoye, Nejliúdov se dirigió a la finca que le habían dejado sus tías como herencia, la misma en la que había conocido a Katiusha. Quería resolver en esta finca el asunto de las tierras lo mismo que en Kuzmínskoye. Además, enterarse de todo lo que pudiera acerca de Katiusha y de su hijo: si era verdad que había muerto y cómo. Llegó a Pánovo por la mañana temprano, y lo primero que le asombró al entrar en el patio fue el aspecto de abandono y caducidad en que se encontraban todos los edificios y, en primer lugar, la casa. El tejado de hierro, verde en otro tiempo, hacía mucho que no se había pintado y enrojecía por la herrumbre, varias láminas estaban retorcidas hacia arriba, probablemente por las tormentas. Las chillas que guarnecían la casa habían sido arrancadas en algunos sitios por la gente, donde era más fácil desprenderlas y quitar los clavos enmohecidos. Ambas escaleras, la principal y la de servicio —que tenía para él un especial recuerdo—, se habían podrido y estaban rotas, y sólo se mantenían las barandillas. Algunas ventanas estaban cerradas con tablas, en lugar de cristales, y el pabellón en que vivía el administrador, la cocina y la cuadra, presentaban un aspecto caduco y sombrío. Únicamente el jardín se había cubierto de vegetación, que había crecido y ahora se hallaba todo en flor; desde el otro lado de la tapia, los cerezos, manzanos y ciruelos en flor parecían exactamente nubes blancas. El seto de lilas florecía lo mismo que aquel año, hacía ya catorce, cuando detrás de estas lilas Nejliúdov jugaba a las cuatro esquinas con la Katiusha de los diecisiete años y, cayéndose, se había pinchado con las ortigas. El alerce que había plantado Sofía Ivánovna junto a la casa, y que era entonces nada más que un esqueje, se había convertido en un árbol grande, apto para transformarse en traviesas, recubierto por completo de musgo tierno verde—amarillo y rizado. El río llegaba a las orillas y rumoreaba en el molino y los declives. Al otro lado, en el prado, pastaba el rebaño abigarrado y mezclado de los campesinos. El administrador, un ex—seminarista, recibió sonriente a Nejliúdov en el patio, y sin dejar de sonreír le invitó a pasar a la oficina. Detrás del tabique se oyeron unos cuchicheos, y se hizo el silencio. El cochero, al recibir la propina, abandonó el patio haciendo sonar los cascabeles, y todo quedó en silencio. A continuación, al lado de la ventana, pasó corriendo una muchacha descalza con una camisa bordada, y detrás de ella entró un campesino cuyas gruesas botas claveteadas resonaban en el sendero.

Nejliúdov se sentó junto a la ventana, mirando al jardín y escuchando. Por la pequeña ventana de dos hojas entraba el fresco viento primaveral que traía olor a tierra removida y movía ligeramente los cabellos que le caían sobre la frente sudorosa y unos papeles que había en el alféizar de madera tallada. En el río golpeaban interrumpiéndose unas a otras las mujeres que lavaban la ropa, y estos ruidos se transmitían por el agua que resplandecía de sol, y a intervalos se oía caer el agua en el molino. Junto al oído de Nejliúdov pasó zumbando una mosca asustada.

De pronto recordó Nejliúdov que exactamente de la misma forma, en cierta ocasión, hacía mucho tiempo, había oído aquí en el río esos golpes de los palos contra la ropa mojada, entre los intervalos del rumor del agua del molino, e igual que entonces el aire primaveral alborotaba sus cabellos sobre la frente sudorosa y una hojas sobre el alféizar de madera tallada, e igualmente había pasado junto a su oído una mosca asustada. Y no es que se acordara como un muchacho de diecinueve años —tal como antes —, sino que se sintió igual que entonces, con la misma lozanía, pureza y lleno de grandiosas posibilidades para el porvenir. Sin embargo, como ocurre en los sueños, sabía que eso ya no existía, y se puso tremendamente triste.

—¿Cuándoquiere comer?—preguntó el administrador, sonriendo.

—Cuando quiera, no tengo hambre. Voy a dar una vuelta por la aldea.

—¿No le apetecería entrar en la casa? Dentro lo tengo todo en orden. Tenga la bondad de echar un vistazo, si lo de fuera…

—No, después. Ahora, dígame, por favor, ¿hay aquí en la aldea una mujer llamada Matriona Járina?

Era la tía de Katiusha.

—¡Cómo no! Vive en la aldea, pero no puedo meterla en vereda de ningún modo. Tiene una taberna. Lo sé, se lo recrimino y la regaño, pero me da pena denunciarla: es vieja y tiene nietos

—dijo el administrador siempre con la misma sonrisa que expresaba el deseo de ser amable con el dueño, y la seguridad de que Nejliúdov, lo mismo que él, se hacía cargo de todas las cosas.

—¿Dónde vive? Me gustaría visitarla.

—Al final de la aldea, por el otro lado, la tercera isbá. A mano izquierda hay una casa de ladrillos, y detrás de esa casa de ladrillos está la choza. Pero es mejor que le acompañe —se ofreció el administrador, sonriendo alegremente.

—No, muchas gracias, ya la encontraré. Y usted mientras, por favor, avise a los campesinos para que se reúnan: tengo que hablar con ellos acerca de la tierra —dijo Nejliúdov, que se disponía a arreglar aquí los asuntos lo mismo que en Kuzmínskoye y, a ser posible, aquella misma tarde.

IV

Al pasar la verja, Nejliúdov se encontró en el sendero que atravesaba un prado de llantén a una joven campesina que caminaba rápidamente con sus gruesos pies descalzos, con una falda abigarrada y pendientes. Regresando a la casa movía rápidamente el brazo izquierdo perpendicularmente a su paso, y con el derecho apretaba con fuerza, contra el vientre, un gallo rojo. El gallo, con su balanceante cresta roja, parecía completamente tranquilo, y poniendo los ojos en blanco estiraba y encogía una de sus patas negras y enganchaba con sus garras la falda de la moza. Cuando la muchacha empezó a aproximarse al señor, primero acortó el paso y comenzó a caminar despacio. Al cruzarse con él, se detuvo, echó hacia adelante la cabeza, hizo una reverencia y sólo cuando hubo pasado continuó su camino con el gallo. Cerca del pozo, Nejliúdov se encontró a una vieja que llevaba sobre su encorvada espalda —con una blusa sucia de tosco lienzo— unos pesados cubos llenos de agua. La vieja dejó con cuidado los cubos en el suelo y, lo mismo que la chica, le hizo una reverencia.

Al otro lado del pozo estaba la aldea. Hacía un día radiante y caluroso y a las diez de la mañana ya quemaba el sol; las nubes, juntándose de vez en cuando, lo ocultaban. Toda la calle estaba impregnada de un denso olor acre, pero no desagradable, que despedía el estiércol de una hilera de carros que subía hacia la colina y, sobre todo, los montones revueltos de estiércol en los patios, ante cuyas puertas abiertas pasaba Nejliúdov. Los campesinos que iban detrás de los carros, descalzos, con ropas y camisas manchadas de estiércol, se volvían a mirar al señor alto y grueso, con un sombrero gris con una cinta de seda que brillaba al sol, que iba hacia la parte alta de la aldea, tocando ligeramente el suelo, a cada dos pasos, con su bastón de empuñadura brillante. Los labradores que regresaban del campo, montados en el pescante de sus carros vacíos, se quitaban la gorra y observaban con curiosidad a aquel señor extraño que caminaba por su calle; las mujeres se asomaban a las puertas y a las verjas y lo señalaban unas a otras, acompañándole con la vista.

Al llegar a la cuarta verja, ante la que pasaba Nejliúdov, lo detuvieron con un chirrido dos carros que salían repletos de estiércol y cubiertos de una arpillera, para poder sentarse encima. Un niño de seis años, excitado por el deseo de viajar, iba detrás del carro. Un joven campesino, calzado con lapti, a grandes pasos obligaba al caballo a pasar la verja. Un potro de patas largas atravesó la verja, pero se asustó al ver a Nejliúdov y se echó sobre el carro y, golpeando con las patas contra las ruedas, saltó hacia adelante sobre un carro que salía arrastrado por una yegua inquieta que relinchaba. El caballo siguiente lo sacaba un viejo delgado y enérgico, también descalzo, con un pantalón a rayas y una camisa larga y sucia, bajo la que se destacaba su huesuda espalda.

Cuando los caballos salieron al camino, cubierto por mechones grises de estiércol, como quemados, el viejo regresó a la puerta y saludó a Nejliúdov.

—¿No serás el sobrino de nuestras amas?

—Sí, soy su sobrino.

—Bienvenido. ¿Y qué, has venido a vernos? —preguntó el viejo con ganas de hablar.

—Sí, sí. ¿Qué tal vivís? —preguntó Nejliúdov, sin saber qué decir.

—¡Vaya vida la nuestra! Es la peor de todas —con satisfacción dijo el viejo, con voz cantarina, deseoso de hablar.

—¿Por qué es mala? —preguntó Nejliúdov, entrando en el patio.

—¿Pero qué vida es ésta? Es la peor de todas —respondió el viejo, yendo detrás de Nejliúdov hacia la parte que estaba limpia de estiércol.

Nejliúdov entró con él bajo el sobradillo.

—Tengo doce almas que alimentar —continuó el viejo, señalando a dos mujeres con los pañuelos escurridos de la cabeza, sudorosas, las faldas recogidas, con las piernas desnudas y manchadas hasta la mitad por el estiércol, que permanecían con unas horcas en la mano en un lugar del patio donde no lo habían quitado aún—. No pasa un mes sin que tenga que comprar seis puds de grano, ¿y de dónde sacarlo?

—¿Acaso no te basta con el que recoges?

—¡El mío! —exclamó el viejo, con una sonrisa despectiva—. Sólo tengo tierra para tres personas, ahora recogí solamente ocho medias y no nos ha alcanzado ni siquiera hasta Navidad.

—¿Y cómo os las arregláis?

—Pues así. A uno le he mandado a trabajar fuera, y he pedido dinero prestado a vuestra excelencia. Ya antes de cuaresma nos habían adelantado todo, y los impuestos están todavía sin pagar.

—¿Cuánto son los impuestos?

—Diecisiete rublos cada trimestre. ¡No quiera saber qué vida!

¡Dios no lo permita! ¡Uno mismo no sabe cómo se las arregla!

—¿Se puede entrar en vuestra isbá? —preguntó Nejliúdov avanzando por el caminito, y desde el sitio limpio pasó a la capa de estiércol de color amarillo azafrán que estaba todavía intacta y había sido extendida con las horcas, y despedía un fuerte olor.

—¿Por qué no? Entra —dijo el viejo, y con pasos rápidos, con sus pies descalzos, exprimiendo el agua del estiércol que le salía entre los dedos, adelantó a Nejliúdov y le abrió la puerta de la isbá.

Las mujeres, arreglándose los pañuelos sobre las cabezas y bajándose las faldas, miraban con temerosa curiosidad a aquel señor tan limpio, con gemelos de oro en los puños de la camisa, que entraba en su casa.

De la isbá salieron corriendo dos niñas pequeñas que sólo llevaban una camisita. Agachándose y quitándose el sombrero, Nejliúdov entró en el zaguán, la estrecha y sucia isbá estaba impregnada de olor a comida agria, y había dos ruecas.

En la isbá, junto al fogón, permanecía una vieja remangada con los brazos delgados y curtidos, surcados por venas.

—Aquí ha venido nuestro amo a hacernos una visita —anunció el viejo.

—Bueno, seas bienvenido —exclamó cariñosamente la vieja desdoblando las mangas.

—Quería ver cómo vivís —dijo Nejliúdov.

—Pues así vivimos, como lo estás viendo. La isbá está deseando derrumbarse; si nos descuidamos matará a alguien. Pero el viejo dice que no está mal. Así vivimos y reinamos —decía la vieja animada y moviendo nerviosa la cabeza—. En este momento los reuniré a comer. Los trabajadores tienen que comer.

—¿Y qué vais a comer?

—¿Qué vamos a comer? Nuestra alimentación es buena. De primer plato pan con kvas y de segundo kvas con pan —explicó la vieja enseñando hasta la mitad sus mellados dientes.

—No, fuera bromas. Enséñame lo que vais a comer ahora.

—¿Comer? —preguntó el viejo—. Nuestra comida no tiene malicia. Enséñasela, vieja.

La vieja movió la cabeza.

—¿Te han entrado deseos de ver nuestra comida de campesinos? Eres meticuloso, señor, según veo. Tienes que saberlo todo. Ya te lo dije: pan con kvas y también sopa de col. Precisamente las mujeres recogieron acederas, y luego… patatas.

—¿Y nada más?

—¿Qué más vamos a comer? Añadiremos un poco de leche a las coles —dijo la vieja sonriendo y mirando hacia la puerta.

La puerta estaba abierta y el zaguán estaba lleno de gente; niños, niñas, mujeres con criaturas de pecho en los brazos, se apiñaban en la puerta, mirando al magnífico señor que examinaba la comida de los campesinos. La vieja, sin duda, estaba orgullosa de saber tratar al señor.

—Sí, nuestra vida es penosa, señor, penosa. ¡Qué te voy a decir! —exclamó el anciano—. ¿Dónde os metéis? —gritó a los que permanecían en la puerta.

—Bueno, adiós —dijo Nejliúdov, sintiendo incomodidad y vergüenza sin saber exactamente por qué.

—Le agradecemos profundamente que nos haya visitado — dijo el anciano.

Las gentes en el zaguán se apretaron unas contra otras para dejarle paso y salió a la calle encaminándose hacia arriba. Detrás de él salieron del zaguán dos chiquillos descalzos: uno mayor, con una camisa sucia, que había sido blanca, y el otro con una camisa fina de color rosa. Nejliúdov se volvió a mirarlos.

—¿Y ahora dónde vas a ir? —preguntó el chico de la camisa blanca.

—A casa de Matriona Járina —respondió—. ¿La conocéis?

Por algún motivo, el pequeño de la camisa rosa se echó a reír, pero el mayor preguntó con toda seriedad.

—¿Qué Matriona? ¿La vieja?

—Sí, la vieja.

—¡Ah! —exclamó—. Es Semiónija, vive al final de la aldea. Nosotros te acompañaremos. Ea, Fedka, vamos a acompañarle.

—¿Y los caballos, qué?

—¡No pasa nada!

Fedka accedió, y los tres fueron hacia arriba, al final de la aldea.

V

Nejliúdov se sentía más a gusto con los niños que con los mayores, y durante el camino empezó a hablar con ellos. El pequeño de la camisa rosa dejó de reír y hablaba con tanta inteligencia y sensatez como el mayor.

—¿Quién es el más pobre de vosotros? —preguntó Nejliúdov.

—¿El más pobre? Mijaíl es pobre. Semión Makárov, también Marfa es muy pobre.

—Y Anisia es todavía más pobre. Ni siquiera tiene una vaca, se dedica a pedir —dijo el pequeño Fedka.

—No tiene vaca, pero no son más que tres de familia; en casa de Marfa son cinco —replicó el chico mayor.

—Así y todo, la otra es viuda —defendía el niño de la camisa rosa a Anisia.

—Dices que Anisia es viuda, pues Marfa es lo mismo que si fuera viuda —continuaba el chico mayor—. De todas formas no tiene marido.

—¿Y dónde está el marido? —preguntó Nejliúdov.

—En presidio, alimentando piojos —respondió el muchacho mayor empleando una expresión corriente.

—En verano cortó dos abedules en el bosque del amo, y le metieron en presidio —se apresuró a explicar el pequeño de la camisa rosa—. Ya lleva seis meses encarcelado y su mujer pide limosna, tiene tres niños y a su madre, pobre y vieja —añadió juiciosamente.

—¿Dónde vive? —preguntó Nejliúdov.

—Pues aquí, en este mismo patio —dijo el niño indicando la casa frente a la cual había un niñito rubio que apenas se sostenía sobre sus piernas torcidas hacia fuera, y se mantenía tambaleándose en el mismo sendero por el que pasaba Nejliúdov.

—Vaska, ¿dónde te has metido? —gritó una mujer que salió corriendo de la isbá, con una blusa gris y sucia como si estuviera cubierta de ceniza. Con la cara asustada, se adelantó a Nejliúdov, cogiendo al niño y se lo llevó a la isbá como si temiera que éste le hiciera algún daño.

Era la mujer cuyo marido se hallaba en presidio por culpa de unos abedules del bosque de Nejliúdov.

—Bueno, y Matriona ¿es pobre? —preguntó Nejliúdov cuando ya se acercaban a la choza de Matriona.

—¡Qué va a ser pobre! Vende vino —contestó decididamente el niño delgado de la camisa rosa.

Al llegar a la isbá de Matriona, Nejliúdov despidió a los chicos, pasó al zaguán y entró en la isbá. La vivienda de la vieja Matriona era de seis arshines de largo, de tal forma que, sobre la cama que estaba entre el fogón y la pared, una persona de gran estatura no podía estirarse. «En esta misma cama —pensó Nejliúdov— ha dado a luz y ha estado después enferma Katiusha.» En el momento en que entró Nejliúdov dándose un golpe en la cabeza con el marco de la puerta, la vieja estaba arreglando la isbá con su nieta mayor. Detrás de él entraron otros dos nietos, se detuvieron en la puerta y se agarraron con las manos al marco.

—¿A quién busca? —preguntó enfadada la vieja, con mala disposición de ánimo por estar desarreglados todos los trastos de la casa. Además como vendía vino clandestinamente, tenía miedo a la gente desconocida.

—Soy el amo. Quiero hablar con usted.

La vieja guardó silencio, miró fijamente y luego, de pronto, se transformó completamente.

—¡Ay, querido! Soy una tonta, no te había conocido. Creí que era alguien que iba de paso —empezó a hablar con voz de afectado cariño—. ¡Ay! Querido, querido.

—Quisiera hablarle a solas —dijo Nejliúdov, mirando la puerta abierta, donde estaban los niños y, detrás de éstos, una mujer delgada, con el rostro consumido, pero sonriente, y con un niño envuelto en una mantilla de trozos.

—¿Qué es lo que queréis? ¡Os voy a dar una! ¡Dame mi cayado! —gritó la vieja a los que estaban en la puerta—. ¿Queréis cerrar esa puerta?

Los niños se alejaron, la mujer de la criatura en brazos cerró la puerta.

—Yo me preguntaba ¿quién ha venido? Y es el amo en persona, mi rey, no me canso de mirarte —decía la vieja—. Hay que ver dónde has venido, no te ha dado asco. ¡Eres una joya! Siéntate aquí, excelencia, en el banco —decía mientras limpiaba el banco con su falda—. Y yo pensaba: «¿Y quién diablos se mete aquí?», y eras tú, excelencia, mi buen señor, nuestro amo, nuestro bienhechor. Perdóname, soy una vieja tonta, estoy casi ciega.

Nejliúdov se sentó, la vieja se puso en pie frente a él, se colocó la mano derecha en la mejilla y con la izquierda se sujetó el codo puntiagudo del brazo derecho, y empezó a hablar con voz cantarina.

—Vaya si has envejecido, excelencia. Eras un buen mozo, pero lo que es ahora… Por lo visto, también tienes preocupaciones…

—Verás lo que tengo que preguntarte: ¿Recuerdas a Katiusha Máslova?

—¿A Katerina? Cómo no voy a recordarla, si es sobrina mía…

¡Cómo no voy a recordarla! He derramado más de una lágrima por ella. Si estoy enterada de todo. Pero, padrecito, ¿quién no peca ante Dios ni es culpable ante el zar? Son cosas que ocurren en la juventud. ¡Qué se le va a hacer! Tú no la has abandonado: la gratificaste con cien rublos. ¿Y qué hizo ella? No he podido hacerla entrar en razón. Si me hubiera hecho caso, podía haber vivido bien. Aunque sea mi sobrina, tengo que decir la verdad, es una muchacha de cascos ligeros. Después yo le busqué una buena colocación, pero no quiso someterse e insultó al amo. ¿Acaso podemos insultar a los amos? Pues bien, la echaron. Luego pudo quedarse en casa del inspector forestal, y no quiso.

—Quería preguntarte sobre el niño. ¿Fue aquí donde dio a luz? ¿Dónde está el niño?

—Del niño, padrecito, me ocupé yo misma. Ella estaba muy enferma, creí que no se levantaría de la cama. Bauticé al niño, como es debido, y lo envié al hospicio. No iba a hacer sufrir al angelito cuando muriese la madre. Otras lo hacen así, dejan a la criatura sin alimentar hasta que se muere. Pero yo pensé que era mejor tomarme la molestia de enviarlo al hospicio. Había dinero, y pudimos hacerlo.

—¿Le dieron un número?

—Sí, le inscribieron con un número, pero murió inmediatamente. Ella me dijo: «Tan pronto como lo llevé, se murió».

—¿Quién?

—La misma mujer, que vivía en Skrodno, la llamaban Melania. Ahora ha muerto. Era una mujer lista. ¡Había que ver cómo hacía las cosas! A veces le llevaban un niño y lo recogía en su casa y lo alimentaba. Lo alimentaba, padrecito, hasta que reunía varios para llevarlos. En cuanto tenía tres o cuatro, los llevaba. Lo tenía muy bien preparado: un coche muy grande, parecido a una cama de matrimonio, y los ponía a uno y otro lado. El coche tenía un manillar. Así colocaba a cuatro o cinco criaturas, las cabecitas separadas para que no se golpeasen y los piececitos juntos, y los llevaba enseguida. Les metía un chupete en la boca y callaban.

—¿Y qué?

—Pues de esta forma llevó al niño de Katerina. Lo tuvo dos semanas en su casa, estando allí se puso enfermo.

—¿Era hermoso el niño? —preguntó Nejliúdov.

—Lo era tanto, que hubiera merecido mejor suerte. Era igual que tú —añadió la vieja, guiñando sus ojos de anciana.

—¿Por qué enfermó? Sin duda, le alimentaría mal.

—¡Figúrate qué alimento! Era un extraño, ya se sabe. No es como un hijo propio. El caso era mantenerlo vivo hasta que llegase. Dijo que llegó a Moscú e inmediatamente murió. Trajo el certificado, todo estaba en regla. Era una mujer lista.

Sólo eso pudo saber Nejliúdov de su hijo.

VI

Golpeándose otra vez la cabeza con ambas puertas, la de la isbá y la del zaguán, Nejliúdov salió a la calle. Los niños de las camisas blanca y rosa le estaban esperando. Todavía se acercaron otros cuantos más. También le aguardaban unas cuantas mujeres con criaturas de pecho, y aquella mujer delgada que sostenía fácilmente en el brazo al niño anémico de la mantilla de piezas. El niño no cesaba de sonreír de un modo extraño con su carita de viejo y movía sin cesar sus dedos grandes y torcidos. Nejliúdov sabía que era la sonrisa del sufrimiento. Preguntó quién era aquella mujer.

—Es Anisia, de la que te he hablado —respondió el mayor. Nejliúdov se acercó a Anisia.

—¿Cómo vives? —le preguntó—. ¿Cómo te alimentas?

—¿Cómo vivo? De limosna —respondió Anisia y se echó a llorar.

El niño con cara de viejecito se fundió en una gran sonrisa, moviendo sus delgadas piernecitas como gusanos.

Nejliúdov sacó la cartera y le entregó diez rublos. No le había dado tiempo de dar dos pasos, cuando le alcanzó otra mujer con una criatura y otra más. Todas hablaban de su miseria y pedían que se les ayudase. Nejliúdov repartió los setenta rublos que llevaba en la cartera en billetes pequeños, y con gran tristeza en el corazón regresó a la casa, es decir, a la del administrador. Éste, sonriendo, recibió a Nejliúdov y le dijo que los campesinos se reunirían por la noche. Nejliúdov le dio las gracias y, sin entrar en las habitaciones, se fue a pasear por el jardín, cuyos senderos estaban cubiertos de pétalos de flor de manzano, y estuvo pensando en lo que había visto.

Al principio todo estaba en silencio, pero después Nejliúdov oyó en la casa del administrador dos voces femeninas irritadas que se interrumpían una a otra y sólo eran detenidas a veces por la voz tranquila del administrador sonriente. Nejliúdov se puso a escuchar.

—Me faltan las fuerzas. ¿Por qué me pones esa cruz sobre los hombros? —decía una voz irritada de mujer.

—Pero si sólo ha entrado un momento —decía la otra—. Te digo que me la devuelvas. Atormentas al animal y dejas a los niños sin leche.

—Págalo o haz un trabajo equivalente —respondía la voz tranquila del administrador.

Nejliúdov abandonó el jardín y se acercó a la entrada, donde permanecían dos mujeres desgreñadas, una de las cuales, sin duda, estaba embarazada. El administrador estaba en las escalerillas de la entrada, con las manos metidas en los bolsillos de un abrigo de paño. Al ver al amo las mujeres quedaron en silencio y empezaron a arreglarse los pañuelos que se habían escurrido de sus cabezas, el administrador sacó las manos de los bolsillos y empezó a sonreír.

Se trataba, según el administrador, de que los campesinos echaban a propósito las terneras e incluso las vacas al prado del amo. Dos de estas vacas acababan de ser cogidas en el prado y encerradas; el administrador exigía a las mujeres el pago de treinta cópecs por cada vaca o dos días de trabajo. Las mujeres aseguraban, en primer lugar, que las vacas no habían hecho más que entrar en el prado; en segundo, que no tenían dinero; y por último que, aun aceptando pagarlo con el trabajo, pedían que se les devolviesen inmediatamente las vacas, que estaban encerradas desde por la mañana sin pienso, y sufrían lastimosamente.

—Cuántas veces os he dicho por las buenas —decía el sonriente administrador, mirando a Nejliúdov, como si le pusiera de testigo— que vigiléis vuestras vacas.

—Sólo fui corriendo a ver al pequeño, y se me escapó.

—Pues no te vayas, si tienes la obligación de vigilar a los animales.

—¿Y quién le da el pecho al niño? Tú no irás a criarlo.

—Si hubieran pisoteado los prados, lo comprendo, no les dolerían las tripas de hambre, pero no han hecho más que entrar —decía la otra.

—Nos estropean todos los prados —se dirigió el administrador a Nejliúdov—. Si no se les castigara, no recogeríamos nada de pasto.

—¡Ay, no peques! No digas mentiras —gritó la embarazada—. Las mías no han entrado nunca.

—Bueno, pues sí han entrado: págalo o trabaja.

—Bueno, trabajaré, pero suelta la vaca, no la mates de hambre

—gritó irritada la mujer—. De cualquier forma no descanso ni de día ni de noche. Mi suegra está enferma. Y mi marido ha desaparecido. Tengo que hacerlo todo yo sola, y me faltan las fuerzas. ¡Así revientes con tus exigencias de hacernos pagar eso trabajando!

Nejliúdov pidió al administrador que soltara las vacas, y se marchó de nuevo al jardín para reflexionar sobre el asunto, pero ya no había nada que reflexionar. Todo esto le resultaba ahora tan claro que no podía dejar de sorprenderle cómo era posible que no lo viese la gente, incluso él mismo, durante tanto tiempo, estando tan extraordinariamente claro.

«La gente se muere y está acostumbrada a esta extinción, a su alrededor se han creado unas condiciones propicias para que perezca: la muerte de los niños, el excesivo trabajo de las mujeres, la falta de alimentos para todos, especialmente para los viejos. Así, poco a poco, la gente llega a esta situación sin darse cuenta de todo su horror y sin quejarse por ello. Por eso nosotros consideramos que esa situación es normal y que así debe ser.» Ahora le resultaba de una claridad meridiana que la causa principal de la miseria de la gente, reconocida y puesta en evidencia por el pueblo mismo, consistiera en que los propietarios les arrebataban aquellas tierras que les serían suficientes para alimentarse. Además, estaba completamente claro que los niños y los viejos morían por no tener leche y carecían de ella porque no tenían tierras donde poder pacer la vaca y recoger trigo y heno. Estaba clarísimo que todas las desdichas del pueblo, o al menos la principal, consistían en que la tierra que le alimenta no está en sus manos, sino en manos de personas que se aprovechan de este derecho y viven del trabajo del pueblo. La tierra que le es tan imprescindible a la gente, que muere por faltarles ésta, es cultivada por hombres que viven en una miseria extrema, para que luego el trigo que producen se venda al extranjero y los propietarios puedan comprarse sombreros, bastones, coches, bronces, etc. Le resultaba ahora tan evidente como el hecho de que unos caballos, encerrados en un sitio donde se han comido toda la hierba, adelgazarán y morirán de hambre mientras no se les dé la posibilidad de aprovecharse de aquella tierra donde pueden encontrar alimento… Esto era terrible, y de ninguna forma podía ni debía ser. Era preciso encontrar un medio para que esto no fuera así o, al menos, no tomar parte en ello. «Lo encontraré sin falta —

pensaba, paseando arriba y abajo por la avenida de los abedules—. En los círculos científicos, las instituciones gubernamentales y los periódicos hablamos de las causas de la miseria del pueblo y de los medios de elevarlo, pero no del único medio indispensable que realmente elevaría al pueblo y que consiste en dejar de arrebatarle la tierra que le es imprescindible.» Y recordó vivamente las teorías de Henry George, el impacto que le produjo, extrañándose de cómo podía haberlo olvidado. «La tierra no puede ser objeto de propiedad privada, no puede ser materia de compra y venta, como el agua, el aire y los rayos de sol. Todos tienen el mismo derecho sobre la tierra y sobre aquello que produce.» Ahora comprendió por qué le daba vergüenza el arreglo que había hecho en Kuzmínskoye. Se había engañado a sí mismo. Sabiendo que el hombre no puede tener derecho sobre la tierra, se reconoció ese derecho y regaló a los campesinos una parte de lo que en realidad no le pertenecía. Ahora no haría eso, y modificaría lo que había hecho en Kuzmínskoye. En la imaginación compuso un proyecto que consistía en ceder la tierra a los campesinos y que la renta fuera propiedad de ellos mismos, para que pudieran pagar los impuestos y la emplearan en ayudas y necesidades de la comunidad. Esto no era single—tax, pero sí lo más adecuado y lo que más se acercaba, dada la organización existente. Lo importante era renunciar al derecho de aprovecharse de la propiedad de la tierra.

Cuando volvió a la casa, el administrador sonreía de un modo particularmente alegre; le invitó a comer para que no se pasase la comida que había preparado su mujer, con la ayuda de la muchacha de los pendientes.

La mesa estaba cubierta con un mantel basto, y unas toallas bordadas sustituían a las servilletas. Sobre la mesa, en una sopera vieux—saxe, con un asa arrancada, había sopa de patatas con gallo, con aquel mismo gallo que hacía poco sacaba una y otra pata negra, y ahora estaba cortado, picado en trozos, muchos de los cuales estaban cubiertos de cañones. Después de la sopa sirvieron aquel mismo gallo asado con los cañones tostados y pastelitos de requesón con gran cantidad de mantequilla y azúcar. Aunque esta comida dejaba bastante que desear, Nejliúdov comía sin darse cuenta de lo que era, obsesionado por su idea, que había disipado inmediatamente la tristeza con la que había llegado a la aldea.

La mujer del administrador observaba desde la puerta cómo servía la mesa la asustada muchacha de los pendientes. El administrador, enorgulleciéndose del arte culinario de su mujer, sonreía cada vez más alegre.

Después de comer, Nejliúdov tuvo que realizar un esfuerzo para que el administrador se sentara a su lado, para asegurarse de sus sentimientos y, al mismo tiempo, compartir con alguien la idea que le ocupaba, transmitirle su idea de ceder la tierra a los campesinos y comprobar su opinión sobre esto. El administrador sonreía haciendo parecer que él pensaba lo mismo hace mucho y que estaba muy contento de oírlo, pero en realidad no entendía nada, por lo visto. No porque Nejliúdov lo dijera con poca claridad, sino porque, según este proyecto, resultaba que Nejliúdov renunciaba a su interés personal en favor de los demás y, por otro lado, porque la verdad es que cualquier hombre se preocupa sólo de sí mismo en perjuicio de sus semejantes. Esta idea estaba tan arraigada en la conciencia del administrador, que imaginaba no entender algo cuando Nejliúdov decía que los ingresos íntegros de las rentas debían ingresar en el capital de los campesinos.

—Ya entiendo. Entonces ¿usted recibirá el porcentaje de ese capital? —dijo completamente radiante.

—No. Entienda usted que la tierra no puede ser propiedad de una sola persona.

—¡Eso es cierto!

—Por eso, cuanto da la tierra pertenece a todos.

—Entonces ¿usted ya no cobrará renta ninguna? —preguntó el administrador, dejando de sonreír.

—No, he renunciado a ello.

El administrador suspiró profundamente y volvió a sonreír. Comprendió que Nejliúdov era un hombre que no estaba en sus cabales, y enseguida empezó a buscar, en su proyecto de renunciar a las tierras, la posibilidad de sacar un proyecto personal, y quería comprenderlo de tal forma que le permitiera sacar un beneficio directo del reparto.

Cuando comprendió que eso no era posible, se afligió mucho y dejó de interesarse, y seguía sonriendo sólo por complacer a su amo. Al ver que el administrador no le comprendía, Nejliúdov lo dejó marchar y se sentó él mismo junto a una mesa llena de cortes y manchas de tinta, y empezó a escribir en un papel su proyecto.

El sol ya estaba puesto tras los altos tilos cubiertos de hojas, y los mosquitos entraban en enjambres en el dormitorio y molestaban a Nejliúdov. En el momento en que terminó de escribir, oyó por la ventana, desde la aldea, el balido de los rebaños, el chirrido de las puertas que se abrían y el hablar de los campesinos que se habían reunido. Nejliúdov le dijo al administrador que no había que llamar a los campesinos a la oficina, que él mismo iría a la aldea, al patio donde se reunieran. Tomando apresuradamente un vaso de té que le había ofrecido el administrador, Nejliúdov fue a la aldea.

VII

Sobre la multitud reunida en el patio del alcalde de la aldea flotaban las conversaciones, pero tan pronto como se acercó Nejliúdov se hizo el silencio. Lo mismo que en Kuzmínskoye, uno tras otro, empezaron a quitarse la gorra. Los campesinos de este lugar eran mucho más atrasados que los de Kuzmínskoye; lo mismo que las mozas y las mujeres llevaban pendientes, así casi todos los campesinos calzaban lapti y llevaban camisas y caftanes hechos en casa. Algunos estaban descalzos y en mangas de camisa, tal y como habían llegado de las faenas.

Nejliúdov hizo un esfuerzo y empezó a hablar para anunciar a los campesinos la determinación que había tomado de cederles por completo la tierra. Los campesinos callaban y en la expresión de sus rostros no se había operado ningún cambio.

—Porque considero —decía Nejliúdov, enrojeciendo— que la tierra no tiene que poseerla aquel que no la cultiva, y que cada uno tiene derecho a disfrutar de ella.

—Eso es cosa que ya se sabe. Así es exactamente —se oyeron voces de campesinos.

Nejliúdov siguió hablando de cómo las rentas debían ser distribuidas entre todos y luego les ofrecía que se hicieran cargo de la tierra y pagaran por ella el precio que ellos fijasen, con destino a un capital común, que ellos mismos iban a disfrutar.

Continuaron oyéndose voces de aprobación y de conformidad, pero las caras serias de los campesinos se tornaban cada vez más graves, y los ojos que en un principio miraban al amo, bajaron al suelo como no queriendo avergonzarle, porque su astucia había sido comprendida por todos y no iba a engañar a nadie.

Nejliúdov hablaba con bastante claridad y los campesinos eran gente comprensiva; sin embargo, no le entendían por la misma razón que el administrador tardó en comprenderle. Estaban firmemente convencidos de que cualquier hombre piensa tan sólo en su provecho. En cuanto a los propietarios, sabían por experiencia, desde hacía unas cuantas generaciones, que siempre buscaban su propio beneficio en detrimento de los campesinos. Por eso, si el amo les llamaba para proponerles algo nuevo era, sin duda, para engañarles de alguna forma con mayor astucia todavía.

—¿A cuánto pensáis poner el impuesto?

—¿Cómo le vamos a poner un impuesto? Nosotros no podemos hacerlo. La tierra es de usted y usted es el que manda — contestaron del grupo.

—No es eso; vais a ser vosotros quienes disfrutéis de ese dinero para necesidades de la comunidad.

—Nosotros no podemos hacer eso. La comunidad es una cosa y esto es otra.

—Entendedlo —dijo, queriendo aclarar las cosas, sonriendo, el administrador, que había venido detrás de Nejliúdov—: el príncipe os cede la tierra por dinero, y ese dinero irá otra vez a vuestro propio capital, destinado a la comunidad.

—Lo entendemos muy bien —dijo un viejo desdentado y enfadado, sin levantar la vista del suelo—. Es como si metiéramos en un banco el dinero, pero con la diferencia de tener que pagar a fecha fija. No queremos eso, porque sin ello ya penamos bastante y sería una ruina.

—Pero ¿para qué queremos eso? Es mejor que sigamos como antes —dijeron unas voces descontentas e incluso groseras.

Protestaron y rechazaron la oferta con mucho ardor cuando Nejliúdov dijo que establecería las condiciones que tendrían que firmar por ambas partes.

—¿Qué vamos a firmar? Nosotros, como trabajadores que somos, seguiremos trabajando. ¿Y eso para qué? Somos gente ignorante.

—No estamos de acuerdo, porque eso no es corriente. Lo único que necesitamos es que nos den grano para sembrar —se oyeron voces.

El pedir los granos era porque hasta entonces, según lo acordado, los granos para sembrar tenían que ponerlos los campesinos y ellos pedían que los dieran los señores.

—Entonces ¿quiere decir que renunciáis? ¿No queréis aceptar la tierra? —preguntó Nejliúdov dirigiéndose a un joven campesino, descalzo, de cara reluciente, que llevaba un caftán roto y mantenía sobre su brazo izquierdo doblado su gorra rota, como sostienen los soldados sus gorras, cuando se descubren ante superiores.

—Así es —dijo éste, que por lo visto no había logrado todavía librarse del hipnotismo militar.

—Entonces ¿resulta que tenéis bastantes tierras? —preguntó Nejliúdov.

—De ningún modo, señor —respondía con afectada alegría el ex soldado, sosteniendo con cuidado su gorra ante sí, como si la ofreciera a cualquiera que quisiese beneficiarse de ella.

—Bueno, de todos modos, pensad en lo que os he dicho —dijo extrañado Nejliúdov, y repitió su ofrecimiento.

—No tenemos nada que pensar: ya lo hemos dicho, las cosas seguirán igual —dijo, malhumorado y sombrío, el viejo desdentado.

—Mañana pasaré aquí el día, si cambiáis de opinión, mandad a decírmelo.

Los campesinos no contestaron nada.

Así, sin haber podido conseguir lo que se proponía, Nejliúdov volvió a la oficina.

—Me permito advertirle, príncipe —dijo el administrador cuando volvieron a la casa—, que no se pondrá de acuerdo con ellos, son gente tozuda. En cuanto están reunidos se mantienen en lo suyo y no hay forma de hacerles cambiar de opinión. Siempre tienen miedo. Pero esos mismos campesinos, por ejemplo el del pelo canoso o el moreno que no estaba de acuerdo, son hombres listos. Cuando viene alguno a la oficina, le mando sentarse y tomar un vaso de té —decía el administrador—, hablamos y veo que tienen inteligencia, y juzgan todo como es debido. Estando reunidos es completamente distinto. Se les mete una cosa en la cabeza…

—¿Y no sería posible llamar aquí a los campesinos más inteligentes, unos cuantos, y yo les explicaría detalladamente?

—Se puede hacer —dijo el sonriente administrador.

—Entonces, por favor, llámelos para mañana.

—De acuerdo, los reuniré para mañana —dijo el administrador, y sonrió con más alegría.

—¡Vaya si es astuto! —decía, montado en una yegua bien alimentada, un campesino moreno de barba hirsuta, que nunca había sido peinada, a otro campesino viejo y delgado, con un caftán roto, que cabalgaba a su lado y hacía sonar unas trabas de hierro.

Los campesinos llevaban a pastar a sus caballos de noche, a escondidas, en el bosque del propietario.

—Te dará la tierra gratis, con tal de que firmes. Como si hubieran engañado pocas veces a nuestros hermanos. No, amigo, te equivocas, ahora nosotros también comprendemos —añadió y se puso a llamar al potrillo, que se había quedado rezagado—.

¡Caballito! ¡Caballito! —gritó deteniendo la yegua y mirando hacia atrás, pero el potrillo no estaba atrás, sino a un lado; se había metido en un prado.

—Míralo, se ha metido, ¡maldito animal!, en el prado del amo

—dijo el campesino moreno de la barba hirsuta, al oír los relinchos del potrillo que trotaba por el prado cubierto de rocío y que olía agradablemente a tierra mojada.

—Mira, se están cubriendo los prados de mala hierba, habrá que mandar a las mujeres en día de fiesta a arrancarla —dijo el campesino delgado del caftán roto—, de lo contrario, se va a poner imposible.

—Firma, dice —continuó el hombre de la barba hirsuta su opinión sobre el discurso del amo—. Si firmas, te come vivo.

—Eso es cierto —contestó el viejo.

Y no hablaron nada más. Sólo se oían los cascos de los caballos por el camino áspero.

VIII

Cuando Nejliúdov volvió a la casa se encontró una habitación para dormir preparada junto a la oficina: una cama alta con colchón de plumas, dos almohadas y una colcha de seda de matrimonio de color rojo burdeos, acolchada con menudos dibujos rameados, sin duda, perteneciente al ajuar de la mujer del administrador. Éste ofreció a Nejliúdov lo que había quedado de la comida, pero al recibir una negativa se excusó por haberle obsequiado mal y por no encontrarse la casa en condiciones; se retiró y dejó solo a Nejliúdov.

La negativa de los campesinos no había desconcertado en absoluto a Nejliúdov. Al contrario, a pesar de que allí, en Kuzmínskoye, aceptaron su proposición y le daban continuamente las gracias, y aquí le habían demostrado desconfianza e incluso hostilidad, se sentía tranquilo y contento. En la habitación había una atmósfera sofocante y mucha suciedad. Nejliúdov salió al patio y quiso ir al jardín, pero recordó aquella noche la ventana de la habitación de las criadas, la escalinata de la puerta de servicio, y le resultaba desagradable andar por los lugares que habían sido mancillados por los recuerdos de su falta. Se sentó de nuevo en la escalinata y aspiró el aire tibio, repleto del intenso olor de las hojas nuevas de los álamos. Miró durante largo tiempo el oscuro jardín y escuchó el rumor del molino, el canto del ruiseñor y de otro pájaro que silbaba de forma monótona en la espesura, cerca de la escalinata. En la habitación del administrador apagaron la luz. Por levante, detrás de la cuadra, resplandecía la luna que se iba alzando. Unos relámpagos fueron iluminando más y más intensamente el exuberante y floreciente jardín y la casa ruinosa. A lo lejos se oyó el trueno, y la tercera parte del cielo se cubrió de nubes negras. Los ruiseñores y los pájaros enmudecieron. Con el ruido del agua en el molino se oyó el graznido de los patos y, más tarde, en el pueblo y en el corral del administrador, empezaron a lanzar sus gritos los gallos tempraneros, como suelen hacerlo en las calurosas noches de tormenta. Un refrán dice que los gallos cantan temprano presagiando una noche feliz. La imaginación ofreció ante él la sensación de aquel verano que había pasado aquí, cuando era un joven inocente, y se sentía ahora no sólo como entonces, sino como en los mejores momentos de su vida. No sólo recordó, sino que se sintió tal como era cuando tenía catorce años y pedía a Dios que le descubriera la verdad, cuando de niño lloraba en el regazo de su madre al separarse de ella y prometía ser siempre bueno y no amargarla; se sintió tal como era cuando él y Nikólienka Irtiénev, decidían que siempre iban a ayudarse mutuamente en una vida buena, y tratarían de hacer felices a todos los seres.

Recordó cómo en Kuzmínskoye se había apoderado de él la tentación y empezó a darle lástima renunciar a la casa, al bosque, a las propiedades, a la tierra, y se preguntó si ahora sentía pena. Y hasta le resultó extraño que hubiera podido sentirlo. Recordó todo lo que acababa de ver: la mujer con niños y sin marido, encerrado en presidio por haber talado unos árboles de su propiedad; la horrible Matriona, que consideraba o, al menos, decía que las mujeres de su condición debían entregarse como amantes a los señores; su relación con los niños que enviaba al hospicio, y ese niño desgraciado, con cara de viejo, medio muerto de hambre y envuelto en la mantilla de retales; la embarazada, aquella mujer débil, a la que tenía que obligar a trabajar para él, porque, agotada por el trabajo, no había vigilado su vaca hambrienta. Inmediatamente le vino a la memoria la prisión, las cabezas afeitadas, el olor repugnante, las salas, las cadenas y, junto a esto, el enorme lujo de su propia existencia y de todos los señores de la capital, de la gran vida de los señores. Todo resultaba claro y no admitía dudas.

La luna clara, casi llena, se alzó detrás de la cuadra, el patio se cubrió de sombras negras y brilló el hierro del tejado de la casa derruida.

Como si quisiera aprovechar esa luz, el ruiseñor silbó y lanzó sus trinos desde el jardín.

Recordó Nejliúdov cómo en Kuzmínskoye había intentado reflexionar acerca de su vida, queriendo resolver los problemas que se le planteaban, y cómo se había embrollado en estas cuestiones y no pudo resolverlas; habían surgido demasiadas consideraciones ante cada problema. Ahora se había planteado estas preguntas y se extrañó al ver lo sencillo que resultaba todo, porque ahora no pensaba en lo que iba a pasar con él, ni siquiera le interesaba, y sólo pensaba en aquello que tenía que hacer. Y, cosa extraña, lo que pensaba para él no conseguía resolverlo; en cambio, lo que necesitaban los demás lo sabía indudablemente; estaba seguro, sin ningún género de duda, de que era preciso ceder la tierra a los campesinos, porque estaba mal el conservarla; que era preciso no abandonar a Katiusha, ayudarla, estar dispuesto a todo, para reparar su culpa ante ella; que era necesario estudiar, analizar, comprender todas las cuestiones relacionadas con la administración de la Justicia y los castigos, en los que presentía que veía algo que los demás no ven. Lo que iba a resultar de todo esto no lo sabía, pero consideraba que tenía que hacer imprescindiblemente las tres cosas. Y esa firme seguridad le proporcionaba alegría.

Una nube negra cubrió totalmente el cielo. Los relámpagos iluminaron el patio y la casa derruida con las escalinatas rotas, y el trueno se dejó oír completamente encima. Los pájaros guardaron silencio; en cambio, empezaron a moverse las hojas y el viento llegó hasta la escalinata donde se hallaba sentado Nejliúdov, agitándole los cabellos. Cayó una gota, después otra, y empezaron a tamborilear sobre las planchas de hierro del tejado. Se iluminaron los alrededores y todo quedó en silencio. Antes de que Nejliúdov se diera apenas cuenta, retumbó sobre su cabeza un gran trueno y el ruido se esparció por el cielo.

Nejliúdov entró en la casa.

«Sí, sí —pensaba—, todo lo que ocurre con nuestra vida, el sentido de las cosas que se relacionan en torno nuestro, me resulta incomprensible y no puedo llegar a comprender. ¿Por qué existieron mis tías? ¿Por qué murió Nikólienka Irtiénev y yo vivo?

¿Para qué existió Katiusha? ¿Y mi locura? ¿Por qué hubo esa guerra? ¿Y toda mi vida depravada posterior? Comprender todo esto, toda la obra del Señor, no está a mi alcance. Pero cumplir su voluntad, escrita en mi conciencia, está en mis posibilidades, y eso lo sé sin ninguna duda. Y cuando la cumplo, me siento tranquilo.»

La lluvia se había convertido en chaparrón y escurría por los tejados; los relámpagos más distanciados iluminaban el patio y la casa. Nejliúdov regresó al dormitorio y se metió en la cama, no sin temor a las chinches, cuya presencia hacían sospechar los trocitos de papel arrancados de las paredes.

«Sí, eso es: no debo sentirme amo, sino siervo», pensaba y se alegraba de esa idea.

Sus temores se confirmaron. Tan pronto como apagó la vela, rodeándole, le empezaron a picar los insectos.

«Ceder las tierras, marchar a Siberia; allí tendré pulgas, chinches, suciedad… Si hay que cargar con eso, lo haré.» Pero, a pesar de sus propósitos, no pudo soportar a las chinches y se sentó ante la ventana abierta, admirando las nubes que se disipaban y la luna que volvía a quedar al descubierto.

IX

Sólo al amanecer Nejliúdov logró conciliar el sueño, y por eso al día siguiente se despertó tarde.

Al mediodía, siete campesinos elegidos por el administrador llegaron al manzanal, donde el administrador tenía clavados en tierra una mesa y varios bancos. Durante un rato largo se les invitó para que se cubrieran y tomaran asiento. El ex soldado, que llevaba ahora lapti y peales limpios, mantenía ante sí, con especial terquedad y conforme al reglamento, su destrozada gorra, como se tienen «en un entierro». Cuando uno de ellos, un viejo de aspecto venerable, de barba entrecana y rizada como la del Moisés de Miguel Ángel, de cabellos espesos y grises ensortijados en torno a su curtida y despejada frente, abrochándose de nuevo el caftán de fabricación casera, se acercó al banco y se sentó, los demás siguieron su ejemplo.

Una vez todos se hubieron sentado, Nejliúdov tomó asiento frente a ellos y, acodándose sobre la mesa ante el papel en el que había expuesto su proyecto, empezó a leerlo.

Bien porque era menor el número de campesinos o porque Nejliúdov estaba muy ocupado con su asunto, esta vez no se sentía en absoluto cohibido. Involuntariamente se dirigía con preferencia al viejo de la barba rizada, esperando su aprobación o su réplica. Pero la idea que se había formado de él Nejliúdov era equívoca. El viejo de respetable aspecto, aunque movía afirmativamente su hermosa cabeza patriarcal o la sacudía y fruncía el ceño cuando otros replicaban, por lo visto entendía con gran dificultad lo que explicaba Nejliúdov, y eso sólo cuando lo repetían en su lenguaje los otros campesinos. Entendía mucho mejor las palabras de Nejliúdov un campesino menudo, con un ojo torcido, sentado junto al viejo patriarcal, casi sin barba, que llevaba una podiovka de nanquín remendada y unas botas muy gastadas. Era fumista, según supo después Nejliúdov. Este hombre movía las cejas con inquietud, mantenía una atención constante e inmediatamente repetía en su lenguaje lo que decía Nejliúdov. Con la misma facilidad le comprendía otro viejo, rechoncho, de barba blanca y ojos brillantes e inteligentes, que aprovechaba cualquier ocasión para hacer una observación irónica en tono burlón sobre lo que decía Nejliúdov y, sin duda, presumía de ello. El ex soldado también parecía que podía comprender el asunto, a no ser porque el servicio militar le había atontado y se armaba un lío con los acostumbrados y sin sentido discursos militares. Con más seriedad que ninguno tomaba el asunto un hombre alto, que hablaba con voz de bajo profundo, narigudo, con una pequeña barbita, que llevaba un traje de confección casera muy limpio y unos lapti nuevos. Este hombre lo entendía todo y hablaba sólo cuando era necesario. Había otros dos viejos, uno, el desdentado que la víspera se negaba categóricamente al ofrecimiento de Nejliúdov, y otro, un anciano alto, de pelo blanco, cojo, con aspecto bondadoso, que tenía las piernas delgadas fuertemente envueltas en peales. Ambos permanecían casi todo el tiempo callados, aunque escuchaban atentamente.

Ante todo, Nejliúdov expuso su punto de vista acerca de la propiedad de la tierra.

—A mi juicio —dijo—, la tierra no puede ni venderse ni comprarse, porque si se vende, entonces los que tienen dinero la comprarían y cogerían de los que no lo tienen lo que quieran, por el derecho de beneficiarse de ella. Cobrarían por el mero hecho de permanecer sobre ella —añadió, aprovechándose del argumento de Spencer.

—Existe un remedio: ponerse unas alas y volar —dijo el viejo de los ojos risueños y la barba blanca.

—Eso es cierto —intervino el hombre narigudo, con voz de bajo profundo.

—Exactamente —intervino el ex soldado.

—Si cogen a una mujer arrancando un puñado de hierba para la vaca, la llevan al presidio —exclamó el viejo de aspecto bondadoso.

—La tierra del amo ocupa cinco verstas a la redonda, pero no es posible arrendarla por el precio que le ponen —añadió con enfado el viejo desdentado—. Hacen con nosotros lo que les da la gana, peor que cuando existía la jornada de trabajo para el señor.

—Yo pienso igual que vosotros —dijo Nejliúdov— y considero que es un pecado tener tierras. Por eso os las quiero ceder.

—Bueno, eso está bien —intervino el viejo de los rizos como Moisés, sospechando sin duda que Nejliúdov quería arrebatarles las tierras.

—Por eso he venido: no quiero seguir siendo el dueño de las tierras; y necesito pensar en la forma de deshacerme de ellas.

—Pues entrégaselas a los campesinos, eso es todo —dijo el malhumorado viejo sin dientes.

Nejliúdov se turbó al principio, notando en estas palabras la sospecha de la sinceridad de su propósito. Pero se rehízo pronto, y aprovechó estas observaciones para exponer lo que quería decir.

—Me gustaría darlas —dijo—, pero ¿a quién y cómo? ¿A qué campesinos? ¿Por qué a vuestra comunidad y no a la de Demínskoye? —era una aldea vecina, con unas parcelas miserables.

Todos callaban. Sólo el ex soldado dijo:

—Exactamente.

—Pues veamos —prosiguió Nejliúdov—, decidme si el zar hubiera dicho que se quitara la tierra a los propietarios para repartirla entre los campesinos…

—¿Acaso se rumorea eso? —preguntó el mismo viejo.

—No, el zar no ha dicho nada. Lo digo como cosa mía. ¿Qué pasaría si dijese el zar: «Quitadle la tierra a los propietarios y dádsela a los campesinos»? ¿Cómo lo haríais?

—¿Cómo haríamos? Repartir la tierra en partes iguales entre los campesinos y los señores —dijo el fumista, alzando y bajando rápidamente las cejas.

—¿Y de qué otro modo? Repartirla por partes iguales — confirmó el viejo bondadoso y cojo, que llevaba peales blancos.

Todos confirmaron esa decisión, considerándola satisfactoria.

—¿Cómo por partes iguales? —preguntó Nejliúdov—.

¿Repartir también entre los criados?

—De ningún modo —intervino el ex soldado, tratando de expresar en su rostro un ánimo alegre.

Pero el juicioso campesino alto no estaba de acuerdo con él.

—Si se repartiera a todos por igual —contestó después de pensar un poco—, a todos les tocaría lo mismo.

—No se puede —argüyó Nejliúdov, que tenía preparada la réplica de antemano—. Si se reparte a todos por igual, todos aquellos que no se dedican al cultivo —los señores, los lacayos, cocineros, oficinistas, escribientes, todos los hombres de la ciudad— cogerían sus lotes y los venderían a los ricos. Y otra vez los ricos reunirían las tierras. Mientras que los que vivieran de su lote procrearían y la tierra ya no les alcanzaría. Otra vez los ricos tendrían en sus manos a los que cultivan la tierra.

—Exactamente —se apresuró a confirmar el ex soldado.

—Entonces hay que prohibir que vendan las tierras; que cada uno trabaje la suya —argumentó el fumista, interrumpiendo con enfado al ex soldado.

A esto, Nejliúdov replicó que no se podía comprobar si uno iba a cultivar la tierra para sí o para otro.

Entonces el campesino alto y sensato propuso que debían formarse cooperativas para que todos cultivasen.

—Y repartir los beneficios entre los que cultiven. Al que no cultive, no darle nada —dijo con su resuelta voz de bajo.

A este argumento comunista, Nejliúdov también tenía preparadas sus respuestas, y replicó que para eso era necesario que todos tuvieran arados y caballos iguales, que unos no se diferenciaran de otros, o bien que todo —caballos, arados, trilladoras y herramientas— fuera de la comunidad, y que para organizar eso era preciso que todos estuvieran de acuerdo.

—Nuestro pueblo no aceptará eso en la vida —dijo el viejo enfadado.

—Se organizarían continuamente peleas —intervino el viejo de la barba blanca y los ojos risueños—. Las mujeres se sacarían los ojos las unas a las otras.

—Además, ¿cómo repartir la tierra equitativamente? —preguntó Nejliúdov—. ¿Por qué les correspondería a unos tierra fértil y a otros arcilla y arena?

—Distribuirla por partes iguales, para que a todos les correspondiera buena y mala —argumentó el fumista.

A esto replicó Nejliúdov que no se trataba del reparto de tierras de una sola comunidad, sino del reparto de tierras en general en las distintas provincias. Si se les entregaba la tierra gratis a los campesinos, ¿por qué unos iban a tener la fértil y otros la mala? Todos querrían la buena.

—Exactamente —aprobó el ex soldado. Los demás callaban.

—De modo que esto no es tan sencillo como parece —continuó Nejliúdov—. En este problema no pensamos sólo nosotros, sino mucha gente. Hay un americano que se llama George, que ha ideado lo siguiente. Y yo estoy de acuerdo con él.

—Pero si tú eres el amo, puedes repartir las tierras. ¿Qué te importa? Estás en tu derecho —dijo el viejo enfadado.

Esta interrupción turbó a Nejliúdov, pero para satisfacción suya se dio cuenta de que no era el único descontento por esa interrupción.

—Espérate, tío Semión, déjale que lo explique —exclamó, con su voz persuasiva de bajo, el campesino sensato.

Esto alentó a Nejliúdov, y se puso a explicarle el impuesto único, según Henry George.

—La tierra no es de nadie, es de Dios —empezó.

—Eso es así. Así, exactamente —confirmaron varias voces.

—Toda la tierra es un bien común. Todos tienen el mismo derecho sobre ella. Pero hay una mejor que otra. Y cada uno desea coger la mejor. ¿Qué hacer para repartirla equitativamente?

De este modo: que el que posea tierra buena pague a los que no tienen tierra lo que vale la suya —se contestaba a sí mismo Nejliúdov—. Y como es difícil discernir quién tiene que pagar a quién, y como es necesario recoger dinero para el fondo de las necesidades de la comunidad, entonces el que posea tierras que pague a la comunidad cuanto valga su tierra. En este caso todo será equitativo. Quieres tener tierra, paga más por la buena y menos por la mala. Si no quieres poseerla, no pagues nada; los impuestos para las necesidades de la comunidad los pagarán por ti aquellos que disfruten de ellas.

—Eso es justo —dijo el fumista, moviendo las cejas—, quien tenga mejores tierras debe pagar más.

—¡Vaya cabeza que tenía ese George! —dijo el viejo venerable de la barba ensortijada.

—Con tal de que se puedan pagar los impuestos —intervino con su voz de bajo el campesino alto, dándose cuenta, sin duda, por dónde iba la cosa.

—Los impuestos deben ser tales que no resulte caro ni barato… Si fuesen caros no se podrían pagar y habría pérdidas, y si fuesen baratos todos se pondrían a comprar unos a otros y se establecería un comercio con la tierra. Esto es lo que yo quería hacer con vosotros.

—Eso es justo, está bien. ¿Y por qué no? —preguntaban los campesinos.

—¡Qué cabeza! —repetía el campesino de hombros anchos y barba ensortijada—. ¡Qué bárbaro, lo que ha inventado!

—Bueno ¿y qué pasaría si yo también quisiera arrendar tierras? —preguntó sonriendo el administrador.

—Si queda un lote libre, arriéndela y trabájela —respondió Nejliúdov.

—¿Para qué la quieres? Tú comes de sobra —dijo el viejo de los ojos risueños.

En esto terminaron las deliberaciones.

Nejliúdov volvió a repetir su proposición, pero no pidió que le contestaran enseguida, sino que aconsejó que lo discutiesen con la comunidad y le diesen la respuesta.

Los campesinos dijeron que lo discutirían y le darían la contestación. Despidiéndose, se marcharon muy excitados. Por el camino, durante largo rato se oyeron sus conversaciones, que bajaban de tono a medida que se alejaban. Y hasta muy entrada la noche se oía el rumor de sus voces, cuyo eco llegaba transmitido por el río.

Al día siguiente los campesinos no trabajaron, sino que se dedicaron a discutir la propuesta del señor. La comunidad se dividió en dos grupos: uno, reconocía que la propuesta del señor era ventajosa y no ofrecía peligro; el otro veía en ella una artimaña cuya esencia no podían comprender, y por eso les producía miedo. Sin embargo, al tercer día todos decidieron aceptar las condiciones ofrecidas y fueron a ver a Nejliúdov para comunicarle la decisión de la comunidad. En este asunto ayudó a eliminar toda sospecha de peligro o engaño en la actuación del amo la opinión expresada por una viejecita que decía que el señor había empezado a pensar en su alma y se conducía así para lograr su salvación. Esta explicación fue confirmada por las grandes limosnas en dinero que había distribuido Nejliúdov durante su estancia en Pánovo. Las limosnas en dinero que había repartido aquí Nejliúdov se explicaban porque por primera vez se había dado cuenta de la extremada pobreza y austeridad de vida a que habían llegado los campesinos. Impresionado por esa pobreza, aunque sabía que era insensato proceder así, no pudo no darles aquel dinero del que ahora había reunido una cantidad especialmente grande, que había recibido tanto por la venta del bosque de Kuzmínskoye —todavía el año pasado— como por el pago a cuenta de la venta de los aperos y máquinas.

Tan pronto como se enteraron de que el señor daba dinero a quienes le pedían, multitud de gentes, especialmente mujeres, empezaron a acudir a él de todos los contornos, pidiéndole ayuda. No sabía cómo hacer con ellos, en qué basarse para decidir las peticiones, ni cuánto dar a cada uno. Se daba cuenta de que no podía negarles dinero a los que iban a pedirle y eran indudablemente pobres. Pero dar por las buenas a los que pedían no tenía sentido. El único remedio para salir de esa situación era marcharse de allí. Eso fue lo que se apresuró a hacer.

El último día de su estancia en Pánovo, Nejliúdov fue a casa y se dedicó a seleccionar las cosas que habían quedado allí. Mientras iba seleccionando, encontró —en el cajón inferior de una vieja cómoda de caoba, panzuda, con anillas de bronce que imitaban cabezas de león— muchas cartas, y entre éstas, una fotografía de un grupo: Sofía Ivánovna, María Ivánovna, él, de estudiante, y Katiusha, pura, lozana, bonita y contenta de la vida. De todos los objetos que había en la casa, Nejliúdov sólo cogió las cartas y esa fotografía. Todo lo demás se lo dio al molinero, que había comprado la casa de Pánovo con todos sus muebles —por mediación del sonriente administrador— por la décima parte de lo que valía.

Al recordar ahora su sentimiento de lástima por abandonar las propiedades de Kuzmínskoye, Nejliúdov se sorprendía de haber podido experimentar esa sensación. En estos momentos se sentía una alegría infinita de liberación y de novedad, semejante a la que debe experimentar un viejo que descubre nuevas tierras.

X

La ciudad sorprendió a Nejliúdov de una forma extraña y nueva en este viaje. Por la noche, con la luz de los faroles encendidos, llegó a su casa desde la estación. En todas las habitaciones olía aún a naftalina; Agrafena Petrovna y Korniéi se sentían agotados y descontentos. Incluso habían reñido durante la recogida de las cosas, cuyo empleo parecía destinado únicamente a extenderlas, limpiarlas y guardarlas. La habitación de Nejliúdov estaba desocupada, pero sin arreglar, y a causa de los baúles era difícil llegar hasta ella. De forma que la aparición de Nejliúdov era una molestia para los trabajos que, por una extraña inercia, se llevaban a cabo en el piso. Todo esto le resultaba antipático por su insensatez —de la que en otro tiempo había participado— después de la impresión de miseria que Nejliúdov había experimentado en la aldea. Decidió trasladarse al día siguiente a un hotel, para dejar a Agrafena Petrovna que recogiera las cosas, como ella considerase necesario, hasta la llegada de su hermana, que dispondría definitivamente de todo lo que había en la casa.

Nejliúdov salió por la mañana temprano. En las primeras casas que encontró cerca de la prisión, eligió dos habitaciones amuebladas, muy modestas y bastante sucias. Dispuso que le llevaran allí algunas cosas de su casa. Y marchó a ver al abogado.

En la calle hacía frío. Después de las tormentas y las lluvias había llegado el frío que generalmente hace en primavera. Hacía tanto y el aire era tan penetrante, que Nejliúdov, con su abrigo de entretiempo, se sintió aterido, y apretó el paso para entrar en calor.

En su recuerdo permanecían las gentes de la aldea: mujeres, niños, viejos, la miseria y fatiga que había descubierto por primera vez en su vida; sobre todo, el niño sonriente con cara de viejo, que movía sus descarnadas piernecitas, e involuntariamente comparó con ellos lo que sucedía en la ciudad. Al pasar delante de las carnicerías, pescaderías y tiendas de confección estaba asombrado —como si viera esto por primera vez en su vida— del aspecto rollizo de esa infinidad de tenderos, como no existe ni uno en la aldea.

Estos hombres estaban convencidos, indudablemente, de que su esfuerzo por engañar a la gente que no entendía en la venta de sus mercancías constituía una ocupación muy útil. El mismo aspecto de bien alimentados tenían los cocheros, con sus enormes posaderas y botones en la espalda; los porteros, con sus gorras de galones; las doncellas, con sus delantales y sus cabellos rizados y, sobre todo, los cocheros de punto, con las nucas rapadas, sentados indolentes en los pescantes mirando a los que pasaban con desprecio y perversidad. Ahora, sin querer, veía en todos ellos a la gente de la aldea, privada de tierra, y por este motivo desterrada a la ciudad. Algunas de estas gentes habían sabido aprovecharse de las condiciones de la ciudad, se habían vuelto igual que los señores y se alegraban de su situación; otros seguían en peores condiciones que en la aldea, y llevaban una existencia más mísera aún. Así de miserables le parecieron a Nejliúdov aquellos zapateros remendones que vio trabajar por la ventana de un sótano; las lavanderas, delgadas, pálidas, con los cabellos en desorden, con los brazos huesudos al aire, que planchaban delante de las ventanas, de las que salía un vaho jabonoso; dos pintores de brocha gorda, con delantal y botas sobre los pies descalzos, manchados de pintura de arriba abajo, a los que había encontrado Nejliúdov. Remangados por encima del codo, los brazos curtidos, débiles y surcados por venas, llevaban cubos de pintura y reñían sin cesar. Sus rostros estaban extenuados y malhumorados. La misma expresión tenían unos carreteros de caras bronceadas y cubiertas de polvo, que pasaban en sus tambaleantes carros. Así eran los hombres y las mujeres, con caras abotagadas, harapientos, rodeados de niños, que permanecían en las esquinas de las calles pidiendo limosna. Las mismas caras se veían por las ventanas abiertas de la taberna, ante la cual pasaba Nejliúdov. Junto a unas mesitas sucias, llenas de botellas y servicios de té, entre las cuales se movían unos mozos con delantal blanco, permanecían sentados, gritando y cantando, hombres sudorosos con la cara encendida y expresión atontada. Uno estaba sentado ante la ventana, con las cejas enarcadas y los labios estirados hacia fuera, como si tratase de recordar algo.

«¿Para qué se habrán reunido todos aquí?», pensó Nejliúdov,

aspirando sin querer el polvo que arrastraba el aire frío y el olor esparcido por todas partes del aceite amargo de la pintura fresca.

En una de las calles se cruzó con un grupo de carros que transportaban barras de hierro, con tal estrépito que le empezaron a doler los oídos y la cabeza. Apretó el paso para adelantar a los carros, cuando de pronto, entre el estrépito del hierro, oyó su nombre. Se detuvo y vio a poca distancia delante de él a un militar de finos y engomados bigotes, con el rostro brillante y reluciente, desde un coche. Le hacía señas con la mano, mostrando una sonrisa de dientes blanquísimos.

—¡Nejliúdov! Pero ¿eres tú?

El primer sentimiento de Nejliúdov fue de alegría.

—¡Ah! ¡Shembok! —exclamó alegremente, pero enseguida se dio cuenta de que no había por qué alegrarse.

Era aquel mismo Shembok que había ido entonces a buscarle a casa de sus tías. Nejliúdov le perdió de vista hacía mucho tiempo, pero oyó decir de él que, a pesar de sus deudas, al abandonar el regimiento se había quedado en el cuerpo de caballería y, así y todo, se mantenía no se sabe por qué medios, en el mundo de las gentes adineradas. Su aspecto, alegre y satisfecho, lo confirmaba.

—¡Qué bien que te he encontrado! No hay nadie en la ciudad. Vaya, hermano, has envejecido —decía mientras se bajaba del coche y se erguía—. Te he reconocido por tu forma de andar. Bueno ¿comemos juntos? ¿Dónde se puede comer decentemente aquí?

—No sé si me dará tiempo —respondió Nejliúdov, pensando sólo en la forma de alejarse de su camarada sin ofenderle—. ¿Qué haces aquí? —le preguntó.

—Me trae un asunto, hermano. Una cuestión de tutela. Soy tutor ¿sabes? Llevo los asuntos de Samánov. Lo conoces, el ricachón. Es un imbécil. Pero tiene cincuenta y cuatro mil desiatinas de tierra —dijo con cierto orgullo especial, como si él mismo hubiera hecho aquellas desiatinas—. Las cosas estaban tremendamente abandonadas. La tierra en manos de los campesinos. No pagan nada, había más de ochenta mil rublos de déficit. Lo he cambiado todo en un año y he conseguido un beneficio de más del setenta por ciento. ¿Eh? ¿Qué te parece? —preguntó con orgullo.

Nejliúdov recordó haber oído que Shembok, precisamente por haber despilfarrado toda su fortuna y haber contraído unas deudas enormes, por una buena influencia fue nombrado administrador de los bienes de un viejo ricachón y ahora, sin duda, vivía de esa tutela.

«¿Cómo me libraré de él sin ofenderle?», pensaba Nejliúdov mientras miraba su rostro reluciente y sanguíneo, de tiesos bigotes, y escuchaba su alegre charla sobre dónde daban bien de comer y el enorgullecimiento de cómo había arreglado las cosas de la tutela.

—Bueno ¿dónde vamos a comer?

—No tengo tiempo —dijo Nejliúdov, mirando el reloj.

—Entonces, verás. Esta noche hay carreras, ¿vas a ir?

—No, no iré.

—Ven. No tengo caballos propios. Pero apuesto por los caballos de Grishin. ¿Recuerdas? Tiene una buena cuadra. Entonces, ven. Cenaremos juntos.

—No puedo ir a cenar —respondió sonriendo Nejliúdov.

—¿Y eso, por qué? ¿Dónde vas ahora? Si quieres, te llevo.

—Voy a casa del abogado. Vive a la vuelta —respondió Nejliúdov.

—Sí, parece que haces algo en la prisión. ¿Te has convertido en intermediario de los presos? Me lo dijeron los Korchaguin — dijo Shembok riéndose—. Ya se han marchado. ¿De qué se trata? Cuéntame.

—Sí, sí, todo es verdad —contestó Nejliúdov—. ¿Qué quieres que te cuente en la calle?

—Siempre has sido un hombre extravagante. ¿Vendrás entonces a las carreras?

—Pues no, ni puedo, ni quiero. No te enfades.

—¡Cómo voy a enfadarme! ¿Dónde te hospedas? —preguntó, y de pronto su cara se puso seria, se le pararon los ojos en un punto fijo y enarcó las cejas. Sin duda, quería recordar algo, y Nejliúdov vio en él la misma expresión torpe que la del hombre de las cejas enarcadas y los labios hacia adelante, que le había chocado en la ventana de la taberna.

—¡Vaya frío que hace! ¿Eh?

—Sí, sí.

—¿Llevas los paquetes? —preguntó volviéndose al cochero—. Bueno, adiós; me alegro mucho, mucho, de haberte encontrado — dijo Shembok, y apretó con fuerza la mano de Nejliúdov. Saltó al carruaje y, moviendo la ancha mano metida en un guante de cabritilla, blanco y nuevo, sonrió según costumbre y dejó ver sus dientes blanquísimos.

«¿Acaso yo era así? —pensaba Nejliúdov continuando su camino a casa del abogado—. Sí, aunque no era exactamente igual, pero quería ser así y pensaba que de este modo me pasaría la vida.»

XI

El abogado recibió a Nejliúdov sin hacerle esperar, e inmediatamente se puso a hablar del asunto de los Menshov, cuyo expediente había leído y se había indignado de aquella acusación sin motivo.

—Es un asunto indignante —decía—. Es muy probable que el incendio lo provocase el mismo dueño para cobrar el seguro. El caso es que la culpabilidad de los Menshov no está en absoluto demostrada. No hay pruebas. Es un exceso de celo del juez y un descuido del fiscal. Si conseguimos la revisión de la causa aquí, no en la provincia, le garantizo el éxito, y no quiero aceptar honorarios. Bueno, el otro asunto: he redactado una instancia pidiendo el indulto de Fedosia Biriúkova. Si va a San Petersburgo, llévesela, entréguela usted mismo y haga gestiones. Si no, pedirán informes al ministerio de Justicia y allí darán una respuesta para quitarse el asunto de encima, esto es, una negativa, y no saldrá nada. Procure usted llegar a los personajes influyentes.

—¿Hasta el emperador? —preguntó Nejliúdov. El abogado se echó a reír.

—Eso es lo más elevado, es una solicitud imperial. Interesa llegar al secretario de la Comisión de Indultos o al encargado. Bueno, ¿eso es todo?

—No, todavía hay otra cosa. Me han escrito unos sectarios —dijo Nejliúdov, sacando del bolsillo la carta—. Se trata de un caso sorprendente, si es verdad lo que me escriben. Ahora trataré de verlos y de enterarme del asunto.

—Veo que se ha hecho usted el portavoz a través del cual se vierten todas las quejas de presidio —dijo el abogado, sonriendo—. Eso ya es demasiado, no podrá con tanto.

—No, pero se trata de un asunto verdaderamente asombroso

—y contó en resumen la esencia del asunto: unos hombres se reunían en la aldea para leer los Evangelios, llegaron las autoridades y los dispersaron. Al domingo siguiente volvieron a reunirse. Entonces llamaron al jefe de la policía, levantaron el acta y el asunto pasó a los Tribunales. El juez de instrucción los sometió a interrogatorio, el fiscal redactó el acta de acusación y la sala la confirmó. El fiscal los condenó; en la mesa estaban las piezas de convicción: los Evangelios. Y fueron condenados a destierro—. Es algo horroroso —decía Nejliúdov—. ¿Será posible que sea verdad?

—¿Qué le sorprende en esto?

—Pues todo. Vaya, comprendo al jefe de policía rural, al que le dan órdenes, pero el fiscal que levantó el acta de acusación es un hombre instruido.

—En eso estriba el error. Nos hemos acostumbrado a pensar que el ministerio fiscal y en general los magistrados son gentes nuevas y liberales. Alguna vez fueron así, pero ahora son completamente distintos. Son funcionarios, preocupados solamente por llegar al día veinte. Reciben un sueldo, necesitan más y a eso se limitan todos sus principios. Acusarán, juzgarán y condenarán a quien sea.

—Pero ¿acaso existe una ley por la que se puede desterrar a un hombre por el hecho de reunirse con otros a leer los Evangelios?

—No sólo desterrarle, sino condenarle a trabajos forzados si se puede demostrar que se ha permitido explicar los Evangelios a otros no como está ordenado y, por tanto, ha censurado a la Iglesia. La blasfemia contra la religión ortodoxa en público está penada con el destierro, en virtud del artículo ciento noventa y seis.

—Pero eso no puede ser.

—Se lo digo yo. Siempre digo a los señores magistrados — continuó el abogado— que no puedo por menos que estarles agradecido, porque si yo no estoy en la cárcel ni usted tampoco, ni todos nosotros, sólo es gracias a su bondad. Privarnos de nuestros derechos civiles y desterrarnos sería la cosa más fácil del mundo.

—Pero si es así, y todo depende del fiscal y de los jueces, que pueden aplicar una ley o no aplicarla, ¿para qué existe el juicio?

El abogado se echó a reír alegremente.

—¡Qué preguntas plantea usted! Bueno, padrecito, eso es filosofía. Pero también podemos hablar sobre estos temas. Venga el sábado. Encontrará en casa hombres sabios, literatos y pintores. Entonces hablaremos sobre temas generales —dijo el abogado, pronunciando con ironía especial las palabras «temas generales»—. Ya conoce a mi mujer. No deje de venir.

—Sí, procuraré —contestó Nejliúdov, sintiendo que no decía la verdad, y que si iba a procurar algo era no ir a la velada del abogado para asistir a la reunión en su casa de sabios, literatos y pintores.

La risa con la que el abogado había respondido a la observación de Nejliúdov acerca de que los juicios no tienen sentido si los magistrados pueden —según su libre criterio— aplicar o no una ley, y la entonación con que pronunció las palabras «filosofía» y «temas generales» mostraron a Nejliúdov qué completamente distintos eran sus puntos de vista y los del abogado y, probablemente, de los amigos del abogado. Y que, a pesar de todo su actual alejamiento de sus antiguos amigos, como Shembok, Nejliúdov se sentía mucho más distanciado del abogado y de la gente de su círculo.

XII

La prisión estaba lejos y ya era tarde, por eso Nejliúdov tomó un coche. En una de las calles, el cochero, un hombre de mediana edad, de rostro inteligente y bondadoso, se volvió a Nejliúdov y le indicó una enorme casa en construcción.

—Mire qué casa han construido —dijo como si en parte fuera responsable de esta construcción y se enorgulleciera de ello. Efectivamente, se estaba construyendo una casa enorme y con un estilo complicado y nada común. Una armazón sólida de grandes largueros de pino, sujetos con abrazaderas de hierro, rodeaban la obra y aislaban de la calle con una valla de tablas. Bajo los andamios, los obreros se movían como hormigas y estaban salpicados de cal: unos colocaban ladrillos, otros partían piedras y los terceros subían cubos llenos y los bajaban vacíos.

Un señor grueso y magníficamente vestido, probablemente el arquitecto, permanecía junto al armazón y hablaba con un carpintero, un hombre de la provincia de Vladímir, que le escuchaba con respeto.

«Y qué seguros están los que trabajan y los que les obligan a trabajar de que eso tiene que ser así, que mientras en sus casas sus mujeres barrigudas realizan trabajos superiores a sus fuerzas y los niños con sus gorritos sonríen como viejos ante una muerte prematura, moviendo las piernecitas, ellos tienen que construir este estúpido e innecesario palacio, para cierto hombre estúpido e innecesario, precisamente para uno de aquellos que les arruinan y estafan», pensó Nejliúdov, mirando la casa.

—Es una casa absurda —expresó su pensamiento en voz alta.

—¿Cómo absurda? —replicó ofendido el cochero—. Gracias a ella dan trabajo a la gente, no es nada absurda.

—Pero si es un trabajo innecesario.

—Debe ser necesario, cuando la construyen —repuso el cochero—. La gente come con ese trabajo.

Nejliúdov guardó silencio, pues era difícil hablar con el estrépito que producían las ruedas. Cerca de la prisión, el cochero pasó del empedrado a una calle asfaltada, en la que resultaba fácil hablar, y se dirigió de nuevo a Nejliúdov.

—Es tremenda la cantidad de gente de ésta que hay ahora en la ciudad —dijo, volviéndose sobre el pescante para indicar a Nejliúdov un grupo de obreros aldeanos con sierras, hachas, pellizas y sacos al hombro, que caminaban hacia ellos.

—¿Acaso hay más que otros años? —preguntó Nejliúdov.

—¡Dónde va a parar! Actualmente están tan atestados todos los sitios que es una pena. Los dueños los tratan a patadas. Está todo lleno.

—¿A qué se debe eso?

—La población ha aumentado. No tienen dónde meterse.

—¿Qué tiene que ver que haya aumentado la población? ¿Por qué no se quedan en las aldeas?

—No tienen nada que hacer en las aldeas. Carecen de tierras.

Nejliúdov experimentó la sensación de que le golpeaban un sitio dolorido. Parecía como si a propósito todos los golpes fueran a parar allí, simplemente porque los golpes se notan más en los sitios doloridos.

«¿Ocurrirá lo mismo en todas partes?», pensó Nejliúdov y empezó a preguntar al cochero acerca de cuánta tierra había en su aldea, cuánta tenía el propio cochero y por qué vivía en la ciudad.

—Tenemos una desiatina de tierra por persona, señor. Disponemos de tres en la familia —replicó contento el cochero—. En casa tengo a mi padre, a mi hermano, y otro hermano está de soldado. Se dedican al cultivo. Pero en realidad hay poco que cultivar. Y mi hermano quiere ir a Moscú.

—¿Y no se puede arrendar tierras?

—¿Dónde arrendarlas ahora? Los señores que había han vendido las suyas. Los comerciantes las tienen todas en su poder. No se les pueden arrendar, porque las trabajan ellos mismos. En nuestra aldea es un francés el que se ha hecho el amo, compró las tierras del antiguo señor. No quiere arrendarlas por nada.

—¿Qué francés es?

—Un francés llamado Dufard, quizá lo haya oído. Hace pelucas para los artistas del gran teatro. Un buen negocio; ha ahorrado. Le compró toda la finca a nuestra ama. Ahora hace con nosotros lo que quiere. Se nos echa encima como le conviene. Gracias a que se trata de un hombre bueno. Está casado con una rusa que es una perra. ¡Dios nos libre! Abusa de la gente. Es una desgracia. Bueno, ahí está la prisión. ¿Dónde va, a la puerta principal? Creo qué por ahí no dejan entrar.

XIII

Con el corazón en un puño y aterrado ante la idea de cómo iba a encontrar ahora a Máslova, y ante el misterio que encerraban tanto ella como las demás gentes reunidas en presidio, Nejliúdov llamó a la puerta principal y preguntó al carcelero que le salió a abrir por Máslova. El carcelero se informó, y dijo que se encontraba en la enfermería. El vigilante de la enfermería, un viejecito bondadoso, le dejó entrar, y al enterarse de a quién deseaba ver, le acompañó a la sección infantil.

Un joven médico, impregnado de olor a ácido carbónico, salió al pasillo al encuentro de Nejliúdov y le preguntó severamente qué deseaba. Este médico hacía toda clase de concesiones a los reclusos y por este motivo tenía constantemente choques desagradables con la superioridad e incluso con el médico jefe. Temiendo que Nejliúdov le pidiera algo que estara fuera del reglamento, y además queriendo demostrar que no hacía excepciones con ningún personaje, se mostró enfadado.

—Aquí no hay mujeres, es la sala infantil —dijo.

—Lo sé, pero está aquí, trasladada de la prisión, una reclusa como enfermera.

—Sí, hay dos. ¿Y qué es lo que quiere?

—Estoy muy relacionado con una de ellas, con Máslova —dijo Nejliúdov—, y desearía verla. Voy a San Petersburgo a solicitar la casación de su causa en el Tribunal Supremo. Y quería entregarle esto. Es solamente una fotografía —dijo Nejliúdov sacando un sobre del bolsillo.

—Bueno, puede dársela —dijo el médico ablandándose, y dirigiéndose a una viejecita de delantal blanco le dijo que llamara a la reclusa—enfermera Máslova—. ¿No quiere sentarse o pasar a la sala de espera?

—Muchas gracias —respondió Nejliúdov, y aprovechando el cambio favorable que se había producido en el médico, le preguntó si estaba contento con Máslova en la enfermería.

—Bueno, no trabaja mal, teniendo en cuenta las condiciones en que se encontraba antes —dijo el médico—. Por ahí viene.

De una de las puertas salió la viejecita enfermera y detrás de ella, Máslova. Llevaba un delantal blanco sobre un vestido de rayas; en la cabeza, un pañuelo, que le ocultaba los cabellos. Al ver a Nejliúdov, enrojeció, se detuvo como indecisa; después, frunciendo el ceño, y con los ojos bajos, se dirigió hacia él con pasos rápidos por la esterilla del pasillo. Al acercarse a Nejliúdov quiso no estrecharle la mano, luego se la dio y enrojeció más aún. Nejliúdov no la había visto desde el día de aquella conversación en que le había pedido perdón por su arrebato, y esperaba encontrarla igual que entonces. Pero ahora estaba completamente distinta, y en la expresión de su cara había algo nuevo: un sentimiento reprimido, timidez y, según le pareció a Nejliúdov, hostilidad hacia él. Le dijo lo mismo que le había dicho al médico, que iba a San Petersburgo, y le entregó la fotografía que había traído de Pánovo.

—La he encontrado en Pánovo, una foto antiquísima, tal vez le agrade. Quédesela.

Levantando sus cejas negras, le miró extrañada con sus ojos bizcos, como preguntándole para qué le daba la fotografía, y en silencio, se metió el sobre detrás del delantal.

—He visto allí a su tía —dijo Nejliúdov.

—¿La ha visto? —preguntó con indiferencia.

—¿Está usted bien aquí? —preguntó Nejliúdov.

—Sí, bastante bien —contestó.

—¿No es demasiado duro?

—No, no. Aunque todavía no estoy acostumbrada.

—Estoy muy contento por usted. Todo es mejor que estar allí.

—¿Cómo allí, dónde? —preguntó, y su rostro se cubrió de rubor.

—Allí, en prisión —se apresuró a decir Nejliúdov.

—¿Por qué mejor?

—Creo que la gente de aquí es mejor. No hay gente como allí.

—Allí hay muchos buenos —aclaró.

—He hecho gestiones acerca de los Menshov, y espero que los pongan en libertad —explicó Nejliúdov.

—Quiera Dios, es tan estupenda la viejecita —dijo, repitiendo su definición de siempre y sonriendo ligeramente.

—Ahora voy a San Petersburgo. Su causa se va a revisar pronto, y confío en que conmuten la pena.

—La conmuten o no, ahora todo es igual.

—¿Por qué ahora?

—Por nada —dijo lanzándole a la cara una rápida mirada interrogativa.

Nejliúdov interpretó esta palabra y esta mirada como preguntándole si se mantenía en su decisión o había aceptado su negativa, cambiando de parecer.

—No sé por qué le da a usted lo mismo —comenzó—. Para mí, efectivamente, es lo mismo que la absuelvan o no. En cualquier caso estoy dispuesto a hacer lo que le he dicho —exclamó con decisión.

Levantó la cabeza y sus ojos negros y bizcos se detuvieron en su rostro y después más allá. Toda su cara resplandecía de contento. Pero dijo lo contrario de lo que expresaban sus ojos.

—Es inútil que usted diga eso —exclamó.

—Lo digo para que lo sepa usted.

—De eso ya se ha dicho todo, y no hay por qué hablar más — dijo conteniendo con dificultad la sonrisa.

En la sala se produjo un ruido. Se oyó el llanto de un niño.

—Parece que me llaman —dijo, volviéndose a mirar inquieta.

—Bueno, pues adiós.

Hizo como que no había visto la mano que le tendía y, sin estrecharla, se volvió tratando de ocultar su victoria. Con pasos rápidos se marchó por la esterilla del pasillo.

«¿Qué le sucede? ¿Qué piensa? ¿Qué siente? ¿Quiere probarme o realmente no me puede perdonar? ¿No puede decir todo lo que piensa y siente, o no quiere? ¿Se ha dulcificado, o se ha endurecido?», se preguntaba Nejliúdov y no encontraba respuestas. Únicamente estaba seguro de que había cambiado y en su alma se operaba una importante transformación para ella. Esta transformación le unía no sólo a ella, sino a aquel en virtud de quien se estaba realizando. Y este sentimiento de unión le hizo experimentar una sensación de alegría excitante y de ternura.

Al volver a la sala, donde había ocho camitas infantiles, Máslova se puso a hacer una de las camas por orden de la monja, y volviéndose demasiado al colocar la sabanita, estuvo a punto de caerse al suelo. Un niño convaleciente, con el cuello vendado, que la estaba mirando, se echó a reír. Máslova, sin poderse contener más, se sentó en la cama y soltó una sonora carcajada, tan contagiosa que unos cuantos niños se echaron a reír. Y la monja le gritó enfadada: —¿De qué te ríes? ¡A ver si te crees que estás donde estabas! Vete a buscar las raciones.

Máslova guardó silencio. Cogió los platos y fue donde la habían mandado, pero cruzando una mirada con el niño de la venda —a quien le estaba prohibido reír—, soltó una carcajada. En el transcurso del día, tan pronto como se quedaba sola, miraba la fotografía entreabriendo el sobre y se deleitaba mirándola. Pero sólo por la noche, después de la guardia, estando sola en la habitación donde dormía con otra enfermera, Máslova sacaba la fotografía. Durante largo rato, inmóvil, acariciaba con los ojos cada detalle mínimo de las caras, de los trajes, de los peldaños que conducían al balcón y de los matorrales en cuyo fondo aparecía él, ella y las tías. Miraba la descolorida fotografía y no podía dejar de admirar, sobre todo, su propia imagen, con una bonita cara joven y con los cabellos rizados en torno a la frente. Estaba tan embebida que no se había dado cuenta de que su compañera enfermera había entrado en la habitación.

—¿Qué es eso? ¿Te lo ha dado él? —preguntó la gruesa y bonachona enfermera, inclinándose sobre la fotografía—. Pero ¿es posible que ésta seas tú?

—¿Y qué te crees? —dijo Máslova, sonriendo y mirando la cara de su compañera.

—¿Y éste quién es? ¿Es él? ¿Y ésta es su madre?

—Una tía suya. ¿Acaso no me hubieras reconocido? — preguntó Máslova.

—¡Cómo te iba a reconocer! Por nada del mundo lo hubiera hecho. Tienes la cara completamente distinta. Creo que hace diez años de eso, ¿no?

—No son los años, sino la vida —dijo Máslova, y repentinamente desapareció su animación. El rostro se le puso sombrío y las arrugas se intensificaron entre las cejas.

—¿Y por qué? La vida allí debía ser fácil.

—Sí, fácil… —repitió Máslova cerrando los ojos y moviendo la cabeza—. Peor que la de trabajos forzados.

—¿Y por qué?

—Porque empezaba a las ocho de la tarde hasta las cuatro de la madrugada. Así todos los días.

—¿Y por qué no lo dejaste?

—Quería hacerlo, pero era imposible. ¡Para qué hablar! —dijo Máslova, se levantó de un salto, tiró la fotografía al cajón de la mesita, conteniendo a la fuerza lágrimas de ira, salió corriendo al pasillo y cerró la puerta de un golpe. Mirando la fotografía se sentía tal como aparecía en ella, y pensaba en lo feliz que era entonces y en lo feliz que podía haber seguido siendo. Las palabras de su compañera le recordaron lo que era ahora y lo que fue allí; le recordaba todo el horror de aquella vida, del que entonces se daba cuenta vagamente, pero que no se permitía reconocer. Sólo ahora recordó vivamente todas aquellas espantosas noches y en particular una de Carnaval, cuando esperaba a un estudiante que le había prometido sacarla de allí. Recordó cómo con un vestido escotado de seda roja, manchado de vino, con un lazo rojo en los cabellos despeinados, cansada, agotada y borracha, acompañaba a los clientes hasta las dos de la madrugada. En un descanso durante el baile se sentó junto a la acompañante del violinista, una muchacha delgada, huesuda y llena de granos, y empezó a quejarse de su penosa vida; recordó cómo la acompañante también le dijo que su situación era angustiosa y cómo se les acercó Clara y cómo las tres de pronto decidieron abandonar aquella vida. Creyeron que aquella noche ya había terminado y querían retirarse, cuando de repente se oyó en el recibimiento la llegada de clientes borrachos... El violinista tocó un ritornello, la acompañante aporreó al piano una alegre canción rusa para la primera figura de la cuadrilla; recordó cómo un hombre de pequeña estatura, sudoroso, oliendo a vino e hipando, con corbata blanca y frac, que se quitó, se abrazó a ella; otro hombre grueso, también de frac —venían de un baile— se aferró a Clara, y recordó cómo durante mucho tiempo dieron vueltas, bailaron, gritaron, bebieron... Así pasó un año, dos, tres. ¡Cómo no haber cambiado! Y la causa de todo fue él. Y de repente se sintió otra vez invadida de maldad hacia Nejliúdov, tenía ganas de reñirle y reprocharle por aquello. Lamentó haber perdido la ocasión de haberle dicho una vez más que le conocía y que no se sometería a él, que no le permitiría aprovecharse moralmente de ella como se había aprovechado corporalmente, ni estaba dispuesta a ser objeto de su magnanimidad. Para ahogar ese sentimiento atormentador de lástima hacia sí misma y de reproche inútil hacia él, tuvo ganas de beber vino. Y no hubiera mantenido la palabra y lo hubiera hecho de encontrarse en prisión. Aquí no se podía lograr vino más que por medio del practicante, y le tenía miedo porque la asediaba. Las relaciones con los hombres le resultaban repugnantes. Después de permanecer sentada en el banco del pasillo, volvió a la habitación. Sin responder a su compañera, lloró largo rato por su estúpida vida.

XIV

En San Petersburgo Nejliúdov tenía tres asuntos: la solicitud de casación de Máslova, en el Tribunal Supremo; el asunto de Fedosia Biriúkova, en la Comisión de Indultos, y, por encargo de Vera Bogodújovskaya, el caso de Shustova, en el departamento de gendarmería o en la sección Tercera. Y también la entrevista de la madre con un hijo que se encontraba en la fortaleza. El cuarto asunto era el de los sectarios, a quienes habían separado de sus familias y desterrado al Cáucaso, porque leían y comentaban los Evangelios. Había prometido, no tanto a ellos como a sí mismo, hacer todo lo posible para esclarecer aquel caso.

Desde la última visita a Máslennikov y, sobre todo, después de su viaje a la aldea, sin habérselo propuesto, sentía una verdadera repulsión hacia el ambiente en que había vivido hasta entonces, donde con tanto cuidado se ocultaban los sufrimientos de millones de seres para las comodidades y los placeres de un pequeño número que no veían ni podían ver esos sufrimientos, ni la crueldad y el crimen de sus vidas. Nejliúdov ya no podía frecuentar ese ambiente sin sentirse incómodo ni hacerse reproches. Sin embargo, ese ambiente había penetrado en las costumbres de su vida pasada, en las reacciones de sus parientes y amigos y, sobre todo, para llevar a cabo lo que le ocupaba ahora—ayudar a Máslova y a todos aquellos que sufrían y a quienes quería ayudar— tenía que pedir ayuda y favores a la gente de este mundo, a quienes no sólo no respetaba, sino que a menudo provocaban su indignación y desprecio.

Al llegar a San Petersburgo se detuvo en casa de su tía materna, la condesa Chárskaya, esposa de un ex ministro.

Nejliúdov se vio inmediatamente inmerso en el corazón mismo de la aristocracia, que le resultaba ahora tan ajena. Esto le era desagradable, pero no podía actuar de otra forma. Parar en un hotel en vez de en casa de su tía significaría ofenderla. Además, su tía tenía grandes relaciones y podía resultarle muy útil en todos los asuntos que se proponía gestionar.

—Bueno ¿qué he oído contar de ti? Una especie de milagro — le decía la condesa Katerina Ivánovna, haciéndole beber café inmediatamente después de su llegada—. Vous posez pour un Howard. Ayudas a los delincuentes. Visitas las cárceles; deshaces entuertos.

—Nada de eso. Ni lo pienso.

—Bueno, eso está bien. Pero aquí hay una historia romántica.

—Anda, cuéntamela.

Nejliúdov contó sus relaciones con Máslova, como habían ocurrido.

—Lo recuerdo, lo recuerdo. La pobre Elena me dijo algo entonces, cuando vivías en casa de aquellas viejecitas. Por lo visto querían casarte con su pupila —la condesa Katerina Ivánovna había despreciado siempre a las tías de Nejliúdov por parte de padre—… Entonces ¿es ella? Elle est encore jolie?

La tía Katerina Ivánovna era una mujer de sesenta años, sana, alegre, enérgica, charlatana, y se le destacaba en el labio superior un bigotillo negro. Nejliúdov la quería, y desde niño se había acostumbrado a contagiarse de su energía y su alegría.

—No, ma tante, todo eso ha acabado. Sólo quería ayudarle, porque, en primer lugar, está condenada injustamente y, además, yo soy culpable de su mala suerte. Me siento obligado a hacer por ella lo que pueda.

—Pero me habían dicho que te querías casar con ella.

—Sí, quería; pero la que no quiere es ella.

Katerina Ivánovna, alzando las cejas y bajando los ojos, miró a su sobrino en silencio y con extrañeza. De pronto su rostro se transformó y expresó alegría.

—Bueno, ella es más lista que tú. ¡Ay, qué tonto eres! ¿Y te casarías con ella?

—Sin duda alguna.

—¿Después de lo que ha sido?

—Con mayor razón, porque soy el culpable.

—No, tú lo que eres es un estúpido —dijo la tía, conteniendo la sonrisa—. Eres un tremendo estúpido, pero precisamente por eso te quiero, porque eres un terrible estúpido —repitió—. Aline tiene un magnífico asilo para Magdalenas. Yo estuve una vez. Son repulsivas. Luego estuve lavándome. Pero Aline se ocupa de ellas en corps et âme. Entonces, llevaremos a la tuya allí. Si alguien es capaz de enmendarla, será Aline.

—Pero si está condenada a trabajos forzados. Para eso he venido, para gestionar que conmuten la condena. Es el primer asunto que me trae a ti.

—¡Vaya! ¿Dónde está su causa?

—En el Tribunal Supremo.

—¿En el Tribunal Supremo? Pero si allí está mi querido

Cousin Lióvushka. Por cierto, está en una sección estúpida: la de heráldica. De los influyentes, no conozco a ninguno. ¡Dios sabe quién está allí! Alemanes: G. F. D., tout l'alphabet, o los Ivánov, Semiónov, Nikitin o Ivanienko, Semonienko, Nikitenko, pour varier.

Des gens de l'autre monde. De todos modos, se lo diré a mi marido. Conoce gente de todas clases. Se lo diré. Tú explícaselo, porque él a mí no me entiende nunca. Le diga lo que le diga, dice que no me entiende. C'est un parti pris. Todos me entienden menos él.

En aquel momento entró un lacayo con medias, y trajo una carta en una bandeja de plata.

—Precisamente es de Aline. Tendrás ocasión de oír también a Kiesewetter.

—¿Kiesewetter?

—Ven hoy. Y te enterarás de quién es. Habla de tal forma, que los criminales más empedernidos se postran de rodillas, lloran y se arrepienten.

La condesa Katerina Ivánovna, por extraño que pareciera y por poco que fuese con su carácter, era ferviente partidaria de una doctrina, según la cual, la esencia del cristianismo consiste en la fe de la redención. Asistía a reuniones donde se predicaba esta doctrina, entonces de moda, y reunía en su casa a sus seguidores. A pesar de que esa doctrina condenaba no sólo todas las creencias, iconos y sacramentos, sino también los misterios, la condesa Katerina Ivánovna tenía iconos en todas las habitaciones e incluso en la cabecera de su cama, y cumplía todos los preceptos de la Iglesia, no viendo en esto ninguna contradicción.

—Si tu Magdalena le oyese, se convertiría —dijo la condesa—. Y tú ven esta tarde a mi casa sin falta. Le oirás. Es un hombre extraordinario.

—No me interesa eso, ma tante.

—Pues yo te digo que es interesante. Y tú no dejes de venir.

Bueno, dime ¿qué más necesitas de mí? Videz votre sac.

—También tengo un asunto en la fortaleza.

—¿En la fortaleza? Bueno, puedo darte una nota para el barón Krigsmut. C'est un très brave homme. Tú debes conocerle. Era compañero de tu padre. I donne dans le spiritisme. Pero no tiene importancia. Es un hombre bueno. ¿Y qué necesitas de allí?

—Necesito pedir que autoricen una entrevista de una madre y su hijo, que está allí. Pero me han dicho que eso no depende de Krigsmut, sino de Chervianski.

—Chervianski no me gusta, pero es el marido de Mariette. Se le puede pedir a ella. Lo hará por mí. Elle est très gentille.

—Tengo que hacer gestiones también por una mujer. Lleva encarcelada varios meses sin que nadie sepa por qué.

—Bueno, no. Ella misma sí sabrá por qué está detenida. Ellos lo saben muy bien. Y ésas de los cabellos cortos se lo tienen bien merecido.

—No sabemos si es merecido o no, pero sufren. Tú eres cristiana, crees en los Evangelios, y te muestras tan despiadada…

—Eso no tiene nada que ver. Los Evangelios son los Evangelios, y lo que es repugnante es repugnante. Peor sería si yo fingiera que amo a los nihilistas y, sobre todo, a los nihilistas de pelo corto, cuando no puedo soportarlos.

—¿Por qué no puedes soportarlos?

—Después de lo sucedido el primero de marzo ¿me lo preguntas?

—Pero no todos han tomado parte en lo del primero de marzo.

—Es igual. ¿Para qué se meten en lo que no les importa? Eso no es cosa de mujeres.

—Mariette, en cambio, crees que puede intervenir en los asuntos de su marido.

—¿Mariette? Mariette es Mariette. Y ésa, Dios sabe quién es esa Jaltiúpkina que quiere enseñar a todo el mundo.

—No quiere enseñar, sino simplemente ayudar al pueblo.

—Sin ellas ya se sabe a quién se debe ayudar y a quién no.

—Pero el pueblo está en la miseria. Yo acabo de llegar ahora de la aldea. ¿Acaso es necesario que los campesinos trabajen hasta extenuarse y que nosotros vivamos con un lujo asiático? — dijo Nejliúdov, impulsado por la bondad de su tía a expresar lo que pensaba.

—Y ¿qué quieres tú? ¿Que yo trabaje sin comer nada?

—No, no quiero que no comas —contestó Nejliúdov, sonriendo sin querer—, lo único que quiero es que todos trabajemos y comamos.

La tía, alzando otra vez las cejas y bajando los ojos, le miró con curiosidad.

—Mon cher, vous finirez mal! —exclamó.

—¿Y por qué?

En ese momento entró en la habitación un general alto, de anchos hombros. Era el marido de la condesa Chárskaya, el ex ministro.

—¡Ah! ¡Buenos días, Dimitri! —dijo, ofreciéndole su mejilla recién afeitada—. ¿Cuándo has venido?

En silencio, besó a su mujer en la frente.

—No, il est impayable —se dirigió la condesa Katerina Ivánovna a su marido—. Me manda ir al río a lavar la ropa y a comer patatas. Es un gran tonto, pero de todos modos hazle lo que te pide. Es un gran estúpido —prosiguió—. Y ahora, escucha: dicen que Kámienskaya está tan desesperada que temen por su vida —dijo a su marido— deberías ir a verla.

—Sí, es horrible —exclamó el marido.

—Bueno, vete a hablar con él, yo tengo que escribir unas cartas.

Tan pronto como Nejliúdov salió del salón y entró en la otra habitación le gritó desde allí:

—¿Escribo entonces a Mariette?

—Sí, por favor, ma tante.

—Bien, entonces dejaré en blanc lo que necesitas para la del pelo corto, y ella dará la orden a su marido. No creas que soy mala. Tus protegées son asquerosas, pero je ne leur veux pas de mal. ¡Que Dios sea con ellas! Bueno, márchate. Y por la tarde, no faltes en casa. Oirás a Kiesewetter. Y rezaremos. Si me haces caso, ça vous fera beaucoup de bien. Ya sé que Elena y todos vosotros estáis muy atrasados en eso. Entonces, hasta luego.

XV

El conde Iván Mijáilovich, ex ministro, era hombre de convicciones muy firmes.

Las convicciones del conde Iván Mijáilovich, desde sus años juveniles, consistían en que lo mismo que en los pájaros es natural alimentarse de gusanos, estar cubiertos de plumas y volar por el aire, a él le era natural comer manjares exquisitos, preparados por buenos cocineros, estar vestido con los trajes más cómodos y mejores, viajar con los más tranquilos y mejores caballos, y que, por tanto, todas estas cosas tenían que estar preparadas para él. Además, el conde Iván Mijáilovich consideraba que cuanto más dinero recibiera del Tesoro, más condecoraciones consiguiera, incluidas las insignias de diamantes, y más veces se entrevistara y hablara con personajes coronados de uno y otro sexo, sería tanto mejor. Todo lo demás, en comparación con estos dogmas establecidos, lo consideraba de poca importancia y falto de interés. Lo demás podía ser como era o completamente distinto. De conformidad con esta creencia, el conde Iván Mijáilovich había vivido y actuado en San Petersburgo a lo largo de cuarenta años, al cabo de los cuales había alcanzado el puesto de ministro.

Las principales cualidades del conde Iván Mijáilovich, por las cuales había alcanzado el puesto, consistían, en primer lugar, en que sabía comprender el sentido de los documentos escritos y de las leyes y, aunque con torpeza, sabía redactar documentos de fácil comprensión y escribirlos sin faltas de ortografía; en segundo lugar, tenía una excelente presencia, y donde era preciso podía adoptar no sólo un aspecto de orgullo, sino de inaccesibilidad y grandeza, y mostrarse servil hasta el apasionamiento y la vileza; en tercer lugar, porque no tenía principios morales o reglas, ni particularmente ni en lo que se refería al Estado. Por eso podía estar conforme con todos o no estarlo, cuando era preciso. Procediendo de esta forma, procuraba sólo mantener cierto tono de dignidad y no incurrir en contradicciones consigo mismo, le daba lo mismo que sus actos fueran morales o inmorales y si tendrían como resultado un gran bien para el Imperio ruso y para todo el mundo.

Cuando se convirtió en ministro, no sólo sus subordinados —dependía de él mucha gente y también sus familiares—, sino todas las personas extrañas y él mismo, estaban seguros de que era un hombre de Estado muy inteligente. Pero cuando pasó un determinado tiempo y no había arreglado ni demostrado nada, y cuando, por la ley de la lucha por la existencia, otros hombres iguales que él, con buena presencia y sin principios, que habían aprendido a redactar y comprender los documentos, le desplazaron y tuvo que marcharse cesante, entonces se vio claro que no sólo no era muy inteligente ni de grandes ideas, sino muy limitado y poco culto, si bien seguro de sí mismo. Y que apenas se mantenía en sus opiniones, al nivel de los artículos de los periódicos conservadores más triviales. Resultó que nada en él lo distinguía de otros funcionarios poco cultos y seguros de sí mismos que le desplazaron, y lo comprendió. Sin embargo, este hecho no hizo vacilar su convicción de que debía recibir todos los años grandes cantidades de dinero del Tesoro y nuevas condecoraciones para su uniforme de gala. Esto era tan firme, que nadie se atrevía a contradecirle. Y cada año recibía como pensión o gratificación, por ser miembro o presidente de diversas comisiones y comités, varias decenas de miles de rublos. Por otro lado, el aumentar cada año el número de galones en su uniforme y lucir sobre el frac nuevas cintas con estrellitas de esmalte le agradaba mucho. Como consecuencia de esto, el conde Iván Mijáilovich gozaba de grandes relaciones.

El conde Iván Mijáilovich escuchó a Nejliúdov como solía escuchar el informe del administrador de sus asuntos, y le dijo que le daría dos cartas: una para el senador Wolf, del departamento de casación.

—Dicen muchas cosas de él, pero dans tous les cas c'est un homme comme il faut —dijo—. Me está obligado, y hará lo que pueda.

La otra carta era para un personaje influyente de la Comisión de Indultos. El asunto de Fedosia Biriúkova, según se lo había contado Nejliúdov, le interesó mucho. Cuando Nejliúdov le dijo que había pensado escribir una carta a la emperatriz, dijo que, en efecto, el caso era muy emocionante y que sería bueno contarlo en palacio, si se presentaba la ocasión. Pero no podía prometerlo. Era necesario que la solicitud siguiera su curso. Pensó un poco y dijo que si se presentaba la ocasión, y le llamaban para el petit comité el jueves, tal vez expondría el caso.

Al tener las dos cartas y la nota para Mariette que le había dado su tía, Nejliúdov salió inmediatamente para hacer estas gestiones.

En primer lugar marchó a casa de Mariette. La había conocido de adolescente, hija de una familia aristocrática sin medios, sabía que se casó con un hombre que hizo su carrera y del que había oído decir cosas tremendas. Sobre todo, oyó decir que era despiadado con cientos y miles de presos políticos, a los que se dedicaba a atormentar como principal obligación. Como siempre, a Nejliúdov le resultaba tremendamente penoso que para poder ayudar a los oprimidos tuviera que ponerse del lado de los opresores, como si reconociera su actividad legal al dirigirse a ellos con la petición de que se abstuvieran un poco, al menos, en sus crueldades habituales y probablemente inadvertidas para ellos. En estos casos, Nejliúdov experimentaba siempre un desconcierto interior, el descontento de sí mismo y la duda: debía o no pedir; pero siempre consideraba que era necesario hacerlo. El caso es que se sentiría incómodo, le daría vergüenza y le resultaría desagradable estar con Mariette y su marido, pero tal vez a cambio, la desgraciada mujer que estaba recluida en soledad sería puesta en libertad y dejarían de sufrir ella y sus parientes. Aparte de que sentía la falsedad de su situación como solicitante entre estas gentes a las cuales ya no pertenecía —aunque a él le consideraban suyo—, al encontrarse en esta sociedad comprendía que entraba en la vida de antes y que involuntariamente se dejaba llevar por el ambiente frívolo e inmoral que reinaba en este medio. Esto ya lo había experimentado en casa de su tía Katerina Ivánovna. Aquella mañana, al tratar con ella de los asuntos más serios, había caído en un tono bromista.

En general San Petersburgo, donde había estado hacía mucho tiempo, produjo en él impresión de bienestar físico y sensación de ahogo interior. Todo estaba tan limpio, tan cómodo, tan bien arreglado y, sobre todo, la gente exigía tan poco moralmente, que la vida parecía especialmente fácil.

Un arrogante cochero, pulcro y educado, le llevó a través de elegantes y pulcros guardias por una magnífica y regada calle, a lo largo de casas estupendas y limpias, hacia la mansión que estaba junto al canal, en la que vivía Mariette.

A la entrada había un coche con dos caballos ingleses enganchados. En el pescante estaba sentado el cochero —que parecía inglés—, con unas patillas hasta media mejilla, vestido de librea, con una fusta en la mano y aire orgulloso.

El portero, con impecable librea, abrió la puerta que daba al vestíbulo, donde había un lacayo para recibir a las visitas. Llevaba una librea más pulcra todavía y galones, y unas magníficas patillas bien peinadas. También había un soldado de centinela, con uniforme nuevo, limpio, y bayoneta calada.

—El general no recibe. La generala, tampoco. Van a salir ahora mismo.

Nejliúdov entregó la carta de la condesa Katerina Ivánovna y, sacando una tarjeta, se acercó a la mesita sobre la que estaba el libro para inscribir a las visitas y empezó a escribir que lamentaba mucho no haberla encontrado, cuando el lacayo se dirigió a la escalera y el portero salió a la escalerilla gritando: «¡Acerca el coche!», y el centinela se puso firme, con las manos en las costuras del pantalón, y quedó como petrificado y recibió y acompañó con la mirada a una señora delgada y de poca estatura. La señora descendía la escalera con pasos rápidos, que no correspondían a su porte distinguido.

Mariette llevaba un gran sombrero con una pluma y un vestido negro, capa y guantes nuevos del mismo color, tenía la cara cubierta por un velo.

Al ver a Nejliúdov, se levantó el velo, descubrió su bonito rostro de ojos brillantes y le miró interrogativamente.

—¡Ah, príncipe Dimitri Ivánovich! —exclamó con voz alegre y simpática—. Le habría reconocido…

—¿Cómo? ¿Recuerda incluso mi nombre?

—¡Cómo no! Mi hermana y yo estuvimos incluso enamoradas de usted —empezó a decir en francés—. Pero ¡cómo ha cambiado usted! ¡Ay! Qué lástima que tenga que marcharme. Sin embargo, vamos a subir —dijo, deteniéndose indecisa.

Miró el reloj de pared.

—No, no puede ser. Voy al funeral de Kámienskaya. Está terriblemente afectada.

—¿Qué le ha pasado a Kámienskaya?

—¿Acaso no lo ha oído?... Su hijo murió en un duelo. Se batió con Pozen. El único hijo. Es horroroso. La madre está deshecha.

—Sí, lo he oído.

—No, es mejor que vaya. Usted venga mañana o esta noche — dijo, y con pasos rápidos y ligeros caminó hacia la puerta de salida.

—Esta noche no puedo —contestó saliendo con ella a la escalinata—; vengo a verla por un asunto —dijo, mirando el par de caballos castaños que se acercaban a la entrada.

—¿De qué se trata?

—Tengo una carta de mi tía —respondió Nejliúdov, entregándole un sobre estrechito con una gran corona—. Ahí lo leerá todo.

—Ya sé, la condesa Katerina Ivánovna cree que yo tengo influencia sobre mi marido en sus asuntos. Está completamente equivocada. No puedo ni quiero intervenir en nada. Pero, por supuesto, tratándose de la condesa y de usted, estoy dispuesta a violar mi principio. ¿De qué se trata? —decía buscando con su pequeña mano metida en el guante negro el bolsillo.

—Hay una muchacha recluida en la fortaleza, está enferma y no se ha metido en nada.

—¿Cómo se apellida?

—Shustova, Lidia Shustova. Sus datos están en la carta.

—Bueno, está bien. Trataré de hacer lo que pueda —dijo y subió con ligereza al carruaje tapizado, cuyas aletas pintadas de laca brillaban al sol, y abrió la sombrilla.

El lacayo montó en el pescante y dio orden al cochero de partir. El coche se puso en marcha, pero inmediatamente Mariette tocó con la sombrilla la espalda del cochero, y los hermosos caballos de piel reluciente inclinaron sus bonitas cabezas y se detuvieron piafando.

—Y usted, por favor, no deje de venir, pero desinteresadamente — dijo sonriendo con una sonrisa cuya fuerza conocía muy bien; se bajó el velo, de la misma forma que, terminada la representación, se deja caer el telón—. Bueno, vámonos —y de nuevo tocó al cochero con la sombrilla.

Nejliúdov se descubrió. Los magníficos caballos pura sangre piafaron, golpearon el suelo con los cascos, y el coche rodó rápidamente; sólo en algunos sitios daba ligeras sacudidas sobre las llantas nuevas, por las irregularidades del camino.

XVI

Al recordar la sonrisa que había intercambiado con Mariette, Nejliúdov movió la cabeza con autorreproche.

«Antes de que pueda darme cuenta, me sumergiré de nuevo en esa vida», pensó, experimentando aquella contradicción y duda que le provocaba el trato con personas a quienes no respetaba. Calculando dónde debía ir primero y dónde después para no tener que volver, Nejliúdov se dirigió en primer lugar al Tribunal Supremo. Le condujeron a una oficina magnífica donde encontró muchos funcionarios pulcros y corteses en extremo.

La solicitud de Máslova había llegado y había sido entregada para su estudio e informe al mismo senador Wolf, para quien tenía una carta de su tío, según le informaron a Nejliúdov los funcionarios.

—Esta semana habrá sesión en el Tribunal Supremo, y apenas es probable que el asunto de Máslova llegue a tiempo. Si lo solicita, tal vez le den curso para que llegue el miércoles —dijo un empleado.

En la oficina del Tribunal Supremo, mientras Nejliúdov esperaba la información, oyó otra vez hablar acerca del duelo y un minucioso relato de cómo habían matado al joven Kámenski. Aquí se enteró por primera vez de los detalles de esta historia que comentaba todo San Petersburgo. La historia era la siguiente: unos oficiales comían ostras en un establecimiento y, como siempre, bebían mucho. Uno de ellos dijo algo reprobatorio sobre el regimiento en que servía Kámenski y éste le llamó mentiroso. Aquél golpeó a Kámenski. Al día siguiente se batieron en duelo, Kámenski recibió un balazo en el vientre y murió a las dos horas. El criminal y sus padrinos habían sido detenidos y, según decían —aunque los habían encerrado en el cuerpo de guardia—, los soltarían a las dos semanas.

De la oficina del Tribunal Supremo, Nejliúdov se fue a la Comisión de Indultos a ver al barón Vorobiov, que tenía allí gran influencia y ocupaba un espléndido piso en una casa del Estado. El portero y un lacayo advirtieron severamente a Nejliúdov que no se podía ver al barón fuera de los días señalados para las visitas, que hoy estaba con el emperador, y que al día siguiente tenía que llevar otra vez un informe. Nejliúdov dejó la carta y fue a casa del senador Wolf.

Wolf acababa de comer y, según costumbre, hacía la digestión fumando un puro y paseando por la habitación. Así recibió a Nejliúdov. Vladimir Vasilievich Wolf era, en efecto, un homme très comme il faut y esta cualidad suya la ponía por encima de todo, desde cuya altura miraba a las demás personas. Era imposible no apreciar esta cualidad, porque sólo gracias a ella hizo una carrera brillante, la misma que había deseado. Gracias a ella se había casado y el matrimonio le había dado una buena situación: dieciocho mil rublos de renta, y con su propio esfuerzo el puesto de senador. No sólo se consideraba un homme très comme il faut, sino un hombre de una honradez caballeresca. Entendía por honradez no admitir sobornos de las personas particulares. No consideraba deshonroso suplicar toda clase de dietas, gratificaciones y subsidios del Tesoro, cumpliendo servilmente lo que le exigía el Gobierno. Pero arruinar, echar a perder la vida, ser la causa del destierro y reclusión de cientos de hombres inocentes por ser fieles a su patria y a la religión de sus mayores, como lo había hecho siendo gobernador de una provincia del reino polaco, no sólo no lo consideraba deshonroso, sino que le parecía una proeza noble, viril, patriótica. Tampoco consideraba deshonroso el haber robado los bienes a su mujer, enamorada de él, y a su cuñada. Al contrario, consideraba esto un arreglo sensato de su vida familiar.

La familia de Vladimir Vasilievich la componían: su esposa, una mujer sin personalidad; su cuñada, de cuyos bienes se había apropiado, vendiendo sus fincas y poniendo el dinero a su nombre; su hija, una muchacha fea y asustadiza, que llevaba una existencia triste y solitaria, y que en los últimos tiempos había encontrado como distracción los Evangelios y las reuniones en casa de Aline y de la condesa Katerina Ivánovna.

El hijo de Vladimir Vasilievich —un joven bondadoso, que a los quince años tenía barba y que desde entonces había empezado a beber y a llevar una vida licenciosa, lo que continuó haciendo hasta los veinte— fue expulsado de su casa porque no terminó los estudios y alternaba con malas compañías, contraía deudas y comprometía a su padre. El padre le pagó una vez una de doscientos rublos y otra de seiscientos. Pero advirtió a su hijo que ésta era la última vez, que si no se corregía le echaría de su casa y dejaría de relacionarse con él. El hijo, lejos de enmendarse, contrajo una nueva de mil rublos, y se permitió decir a su padre que la vida en su casa le resultaba insoportable. Entonces Vladimir Vasilievich le dijo que se podía marchar donde quisiera, que no le consideraba como su hijo. Desde entonces Vladimir Vasilievich aparentaba no tener hijo, y nadie de la familia se atrevía a hablar de él. Y Vladimir Vasilievich estaba convencido de que había resuelto su vida familiar de la mejor forma.

Wolf, con una sonrisa afable y un tanto irónica —era una manera de expresar el reconocimiento de su comme il faut y de su superioridad sobre la mayoría de los hombres—, se detuvo en su paseo por el gabinete, saludó a Nejliúdov y leyó la nota.

—Le ruego encarecidamente que se siente y que me perdone

—dijo, metiendo las manos en los bolsillos de la chaqueta y andando con pasos ligeros y silenciosos en diagonal por el gran despacho de estilo severo—. He tenido mucho gusto en conocerle y, naturalmente, en poder complacer al conde Iván Mijáilovich — decía mientras lanzaba una bocanada de humo oloroso y azulado, y separando el puro de la boca con cuidado para no dejar caer la ceniza.

—Sólo pediría que se viera la causa lo antes posible, porque si la procesada tiene que ir a Siberia, será mejor que vaya cuanto antes —dijo Nejliúdov.

—Sí, sí… Con los primeros barcos que salgan de Nizhni, ya sé — contestó Wolf con su sonrisa condescendiente, sabiendo siempre de antemano todo lo que iban a decirle—. ¿Cuál es el apellido de la procesada?

—Máslova.

Wolf se acercó a la mesa y miró unos papeles, que estaban en una carpeta con los expedientes.

—Ya, ya, Máslova. Bueno, se lo pediré a mis compañeros.

Estudiaremos su expediente el miércoles.

—¿Puede telegrafiárselo a mi abogado?

—¿Tiene usted abogado? ¿Para qué? Bueno, si lo prefiere así, ¿por qué no?

—Los motivos de casación pueden ser insuficientes —dijo Nejliúdov—, pero creo que por la causa se desprende que la condena se debe a un error.

—Sí, sí, eso puede ser, pero el Tribunal Supremo no puede examinar una causa en su esencia —dijo Vladimir Vasilievich con severidad, mirando la ceniza—. El Tribunal Supremo vela sólo porque sean justas la interpretación y la aplicación de las leyes.

—Me parece que es un caso excepcional.

—Lo sé, lo sé. Todos los casos son excepcionales. Haremos lo que sea necesario —la ceniza se mantenía todavía, pero ya se había empezado a desprender y estaba en peligro de desmoronarse—. ¿Suele usted venir poco por San Petersburgo? — dijo Wolf manteniendo el puro de tal forma que no cayera la ceniza. Pero la ceniza empezó a moverse, y Wolf acercó el cigarro con cuidado al cenicero, donde terminó por caer—. ¡Qué tremendo lo que ha ocurrido con Kámenski! —dijo—. Un joven encantador. Hijo único. Vaya situación la de su madre —decía, repitiendo casi palabra por palabra lo que se decía en San Petersburgo sobre Kámenski.

Después de hablar un poco de la condesa Katerina Ivánovna, de su pasión por la nueva tendencia religiosa —que Vladimir Vasilievich no censuraba ni aprobaba, pero que para su forma de ser comme il faut, por lo visto, era una cosa innecesaria para él—, llamó al timbre.

Nejliúdov se despidió.

—Si le viene bien, venga a comer —dijo Wolf, tendiéndole la mano—, el miércoles, por ejemplo. Y le daré una contestación definitiva.

Ya era tarde y Nejliúdov se fue a casa, es decir, a casa de su tía.

XVII

En casa de la condesa Katerina Ivánovna se cenaba a las siete y media. La cena se servía por un procedimiento nuevo, que Nejliúdov no había visto nunca. La comida se ponía en la mesa y los lacayos se marchaban inmediatamente, de forma que los comensales se servían ellos mismos. Los hombres no permitían a las damas que se molestasen con movimientos superfluos y, como sexo fuerte, llevaban virilmente todo el peso de servir a las damas, servirse a sí mismos y escanciar las bebidas. Cuando se terminaba un plato, la condesa pulsaba un timbre eléctrico instalado en la mesa, entraban en silencio los lacayos, quitaban los platos, cambiaban los cubiertos y traían el siguiente. La comida era refinada, lo mismo que los vinos. En la gran cocina bien iluminada trabajaba un chef francés con dos cocineros vestidos de blanco. Eran seis los comensales: el conde y la condesa, su hijo, oficial de la Guardia, de aspecto taciturno, que ponía los codos sobre la mesa; Nejliúdov, la lectora, una señorita francesa, y el administrador del conde, recién llegado de la aldea.

También aquí la conversación versaba sobre el duelo. Y se hacían comentarios sobre la reacción del emperador. Se sabía que el zar estaba muy afligido por la madre, y todos estaban afligidos por la madre. Pero se sabía también que, aunque al soberano le dolía, no quería mostrarse severo con un criminal que defendía el honor del uniforme, y todos se mostraban condescendientes con el criminal que defendía el honor del uniforme. Tan sólo la condesa Katerina Ivánovna, con sus ideas libres, censuró al criminal.

—Ahora se dedicará a emborracharse y a matar jóvenes decentes. No le hubiera perdonado por nada del mundo —dijo.

—Eso sí que no lo entiendo —exclamó el conde.

—Ya sé que nunca entiendes lo que digo —empezó a hablar la condesa, dirigiéndose a Nejliúdov—. Todos me entienden, menos mi marido. Digo que me da lástima de la madre, y no quisiera que después de haberle matado se sintiera contento.

El hijo, que había callado hasta entonces, intervino a favor del criminal y atacó a su madre, y de forma bastante grosera le demostró que el oficial no pudo proceder de otra forma, ya que de lo contrario le hubieran expulsado del regimiento por consejo militar. Nejliúdov escuchaba, aunque sin tomar parte en la conversación. Como antiguo oficial, comprendía los argumentos del joven Charski. Pero involuntariamente comparaba con el oficial, que había matado a otro, a aquel preso —un muchacho encantador— que había visto en la cárcel, condenado a trabajos forzados por haber matado a uno en una pelea. Ambos se habían convertido en asesinos por hallarse borrachos. Aquél, un campesino, mató en un momento de excitación, le separaron de su mujer y de su familia, le pusieron grilletes y, con la cabeza afeitada, le llevaron a Siberia; en cambio, éste permanecía en una magnífica habitación del cuerpo de guardia, comía buenos manjares, bebía buen vino, leía libros y hoy o mañana sería puesto en libertad y viviría como antes, pero rodeado de una aureola interesante.

Y dijo lo que pensaba. Al principio, Katerina Ivánovna se mostró de acuerdo con su sobrino, pero después guardó silencio. Lo mismo hicieron todos, y Nejliúdov se dio cuenta de que con esta opinión suya había cometido algo parecido a una inconveniencia.

Por la noche, después de la cena, colocaron filas de sillas con altos respaldos tallados, y ante la mesa, una butaca y una jarra con agua para el predicador Kiesewetter, que acababa de llegar.

Al lado de la escalinata se estacionaron coches lujosos. En la sala, ricamente amueblada, se hallaban sentadas señoras con trajes de seda, terciopelo, encajes, peinados postizos y talles apretados. Entre ellas había también hombres —militares y paisanos— y cinco personas del pueblo: dos porteros, un tendero, un lacayo y un cochero.

Kiesewetter, un hombre robusto y canoso, hablaba en inglés, y una joven delgada que llevaba lentes traducía bien y con rapidez.

Decía que los pecados de los hombres son tan grandes, y su castigo tan enorme e inevitable, que no se podía vivir esperando ese castigo.

—Pensemos únicamente, queridas hermanas y hermanos, en lo que hacemos, cómo vivimos, y en la ira que provocamos ante el altísimo Dios, cómo obligamos a sufrir a Cristo, y comprendemos que no tenemos perdón ni salvación, que estamos condenados a perecer. Nos esperan unos tormentos eternos y espantosos — decía con voz temblorosa y llorosa—. ¿Cómo salvarse? Hermanos, ¿cómo salvarse de este horrible incendio? Las llamas envuelven la casa, y ya no hay salida.

Guardó silencio, y por sus mejillas resbalaron lágrimas auténticas. Desde hacía ocho años, cada vez que llegaba a este pasaje de una de sus conferencias que le gustaba mucho, sentía un espasmo en la garganta, picor en la nariz, y de sus ojos fluían lágrimas. Y esas lágrimas le conmovían todavía más. En la habitación se oyeron sollozos. La condesa Katerina Ivánovna estaba sentada junto a una mesita de mosaico, la cabeza apoyada en ambas manos y sus hombros gruesos se estremecían. El cochero miraba con extrañeza y miedo al alemán, como si estuviera a punto de atropellarle y aquél no se apartara. La mayoría permanecía sentada en idéntica postura a la de la condesa Katerina Ivánovna. La hija de Wolf, parecida a su padre, vestida a la moda, permanecía de rodillas con el rostro oculto entre las manos.

De repente, el orador se quitó las manos de la cara y con una sonrisa parecida a la de los actores cuando quieren expresar alegría, con voz dulce y tierna, empezó a decir:

—Sin embargo, la salvación existe. Es fácil, ligera, alegre. Esta salvación está en la sangre derramada por el único Hijo de Dios, que se sacrificó por nosotros. Sus sufrimientos y su sangre nos salvan. Hermanos y hermanas —dijo otra vez con voz lacrimosa—, demos gracias a Dios por haber sacrificado a su único Hijo para redimir al género humano. Su preciosa sangre…

Nejliúdov se sintió tan tremendamente asqueado, que se levantó en silencio y, haciendo muecas y conteniendo a duras penas su indignación, salió de puntillas y se fue a su habitación.

XVIII

Al día siguiente, nada más terminar de vestirse y cuando se disponía a bajar, un lacayo le trajo a Nejliúdov una tarjeta del abogado de Moscú. El abogado había venido por asuntos suyos y al mismo tiempo para asistir a la revisión de la causa de Máslova en el Tribunal Supremo, en el caso de que se fuera a celebrar pronto. El telegrama enviado por Nejliúdov se había cruzado con él. Enterado por Nejliúdov de cuándo se iba a celebrar la revisión de la causa de Máslova y de quiénes eran los senadores, sonrió.

—Son tres tipos de senadores distintos —dijo—: Wolf es funcionario de San Petersburgo, Skovoródnikov es un jurista sabio y Be, el jurista práctico y el más despierto —explicó el abogado—. Es el que más esperanzas ofrece. ¿Y qué hay de la Comisión de Indultos?

—Hoy iré a casa del barón Vorobiov, ayer no logré conseguir la audiencia.

—¿Usted sabe por qué es barón Vorobiov? —dijo el abogado, respondiendo a la entonación un tanto burlona con que Nejliúdov había pronunciado este título extranjero, unido a un apellido ruso—. Fue Pablo I quien premió por algo con ese título a su abuelo, que al parecer era un lacayo de la Corte. Le había prestado un gran servicio. Así fue como se creó el barón Vorobiov. Se enorgullece mucho de ello. Es un cínico.

—Precisamente, ahora voy a su casa —explicó Nejliúdov.

—Bueno, estupendo, vamos juntos. Le llevo hasta allí.

Antes de salir, cuando ya estaban en el vestíbulo, un lacayo trajo a Nejliúdov una nota de Mariette.

Pour vous faire plasir, j'ai agit tout à fait contre mes principes, et j'ai intercedé auprès de mon mari pour votre protegée. Il se trouve que cette personne peut être relachée inmediatement. Mon mari a écrit au commandant. Venez donc desinteresadamente. Je vous attend. M.

—Pero ¿cómo? —dijo Nejliúdov al abogado—. Esto es horrible. Resulta que la mujer a la que tienen siete meses recluida e incomunicada no es culpable de nada, y para dejarla salir sólo había que pronunciar una palabra.

—Siempre ocurre así. Pero por lo menos ha conseguido usted lo que quería.

—Sí, pero ese éxito me aflige. ¿Qué es lo que ocurre allí? ¿Por qué la tenían encerrada?

—Bueno, es mejor no profundizar. Entonces, vamos, le llevo — dijo el abogado cuando salieron a la escalinata, y un magnífico coche de alquiler, tomado por el abogado, se acercó a la entrada—. ¿A casa del barón Vorobiov, no?

El abogado dijo al cochero dónde tenía que ir, y los estupendos caballos acercaron rápidamente a Nejliúdov a la casa ocupada por el barón. El barón estaba en casa. En la primera habitación se encontraban un joven funcionario de uniforme, con un cuello extraordinariamente largo, nuez saliente y andares muy ligeros, y dos señoras.

—¿Su apellido? —preguntó el joven funcionario de la nuez saliente, pasando con gracia y rapidez de las señoras a Nejliúdov.

Nejliúdov dio su nombre.

—El barón ha hablado de usted. ¡Un momentito, por favor!

El joven funcionario pasó a una estancia que tenía la puerta cerrada y sacó de allí a una señora de luto que lloraba. La señora, con sus dedos huesudos, se bajó el velo para ocultar las lágrimas.

—Tenga la bondad —se dirigió el joven funcionario a Nejliúdov, acercándose con pasos ligeros a la puerta del despacho. La abrió y se detuvo ante ella.

Al entrar en el despacho, Nejliúdov se encontró frente a un hombre de mediana estatura, robusto, con el pelo corto y vestido con una levita, el cual estaba sentado en un sillón junto a una gran mesa escritorio, y miraba ante sí con expresión alegre.

Al ver a Nejliúdov, su rostro bondadoso de buenos colores, entre sus blancos bigotes y barba, se plegó en una sonrisa cariñosa.

—Estoy muy contento de verle, su madrecita y yo éramos viejos conocidos y amigos. Le he visto a usted de niño y luego de oficial. Bueno, siéntese, dígame en qué le puedo servir. Sí, sí — decía moviendo la cabeza de pelo corto y canoso, mientras Nejliúdov contaba la historia de Fedosia—. Continúe, continúe, lo he comprendido todo; sí, sí, efectivamente, es conmovedor. Y qué, ¿ha presentado usted la solicitud?

—Sí, ya la he preparado —dijo Nejliúdov, sacándola del bolsillo—. Pero quería pedirle a usted, tenía esperanzas… que sobre este asunto se tomase un interés especial.

—Y ha hecho muy bien. Yo mismo informaré sobre el asunto

—dijo el barón, expresando lástima en su rostro alegre—. Es muy conmovedor. Por lo visto era todavía una niña, el marido la trató groseramente, esto la alejó de él, y al pasar el tiempo empezaron a amarse… Sí, yo mismo informaré.

—El conde Iván Mijáilovich decía que se lo quería pedir a la emperatriz.

No le dio tiempo a Nejliúdov a pronunciar las últimas palabras, cuando el rostro del barón cambió completamente.

—Además, es mejor que entregue usted la solicitud en la oficina, y yo haré lo que pueda —dijo a Nejliúdov.

En ese momento entró en el despacho el joven funcionario, presumiendo, sin duda, de sus andares.

—Esa señora quiere decirle aún dos palabras.

—Bueno, llámela. ¡Ah! Mon cher, cuántas lágrimas se ven aquí.

¡Si se pudieran enjugar todas! Se hace lo que se puede.

Entró la señora.

—Se me olvidó pedirle que no le permita internar a mi hija, porque es capaz…

—Pero si le he dicho que lo haré.

—Barón, ¡por Dios! Salvará usted a una madre. Se apoderó de su mano y se puso a besarla.

—Todo se solucionará.

Cuando salió la señora, Nejliúdov se levantó para despedirse.

—Haremos todo lo posible. Nos pondremos en relación con el Ministerio de Justicia. Tan pronto como nos contesten, se hará lo que se pueda.

Nejliúdov salió y pasó a la oficina. Otra vez, como en el Tribunal Supremo, se encontró en un lujoso piso con funcionarios magníficos, pulcros, corteses y correctos; empezando por los trajes y terminando por su conversación, exacta y severa.

«¡Cuántos son! ¡Qué cantidad de ellos hay! ¡Qué bien alimentados están, qué camisas y qué manos tan limpias, qué relucientes llevan todos las botas! ¿Y quién hace todo esto? ¡Qué bien están en comparación con los presidiarios e incluso con los campesinos!», pensaba otra vez involuntariamente Nejliúdov.

XIX

El hombre de quien dependía el destino de los recluidos en San Petersburgo poseía muchas condecoraciones, que no llevaba, a excepción de una cruz blanca que ostentaba en el ojal, ganada por haber perdido la inteligencia, según decían de él. Era un viejo general descendiente de una familia de barones alemanes. Había servido en el Cáucaso, donde recibió aquella cruz especialmente halagüeña para él. Bajo su mando, un grupo de campesinos rusos, con las cabezas rapadas, vestidos de uniforme y armados de fusiles con bayonetas, habían matado a más de mil personas que defendían su libertad, casas y familia. Después estuvo en Polonia, donde también obligó a los campesinos rusos a cometer distintos crímenes por lo cual asimismo había recibido nuevas condecoraciones para adornar su uniforme. Más tarde estuvo en algún otro sitio y ahora, ya viejo y debilitado, recibió el cargo que le daba un magnífico piso, un sueldo y el respeto por el puesto que ocupaba en la actualidad. Llevaba a cabo rigurosamente las órdenes de la superioridad y se cuidaba mucho de su exacto cumplimiento. Atribuía tanta importancia a estas órdenes, que consideraba que todo el mundo podía cambiarse, salvo esas órdenes. Su deber consistía en mantener recluidos en celdas separadas a los criminales políticos de uno y otro sexo, y mantenía a esta gente de tal forma, que la mitad de ellos perecían en el curso de diez años, volviéndose locos, de tuberculosos o suicidándose: unos por hambre, otros cortándose las venas con un cristal, algunos ahorcándose o quemándose vivos.

El viejo general conocía todo esto, ya que sucedía ante sus ojos, pero estos casos no afectaban a su conciencia, lo mismo que no le afectaban las desgracias ocurridas por las tormentas, las inundaciones, etc. Estos accidentes ocurrían como consecuencia del cumplimiento de las órdenes de la superioridad, en nombre del soberano emperador. Las órdenes debían cumplirse irremediablemente, y por eso resultaba completamente inútil pensar en las consecuencias de tales órdenes. El viejo general no se permitía hacerlo, considerando su deber patriótico y de soldado.

Cada semana, el viejo general, cumpliendo las exigencias del servicio, recorría todas las celdas y preguntaba a los reclusos si no querían hacer alguna petición. Los reclusos se dirigían a él con distintas peticiones. Les escuchaba tranquilamente, guardando absoluto silencio, y no cumplía nunca ninguna porque todas estaban en desacuerdo con el reglamento.

En el momento en que Nejliúdov se acercaba hacia el lugar donde vivía el viejo general, el reloj de carillón de la torre tocó con sus finas campanillas el «Gloria al Señor», y después sonaron las dos. Oyendo el carillón, Nejliúdov recordó involuntariamente haber leído en las notas de los decembristas cómo esa música dulzona, que se repetía cada hora, impresionaba el alma de los condenados a perpetuidad. Mientras Nejliúdov subía a su piso, el viejo general estaba sentado en el salón, a oscuras, ante una mesita con incrustaciones, junto con un joven pintor, hermano de su subordinado, y daba vueltas a un platito sobre una hoja de papel. Los dedos finos, nudosos y débiles del pintor estaban enlazados con los dedos sarmentosos y huesudos del viejo general, y estas manos unidas se mantenían junto a un platito de té volcado sobre un papel en el cual estaban escritas todas las letras del alfabeto. El platito contestaba a la pregunta formulada por el general de cómo iban a reconocerse las almas después de la muerte.

En el instante en que un ordenanza, que hacía las veces de lacayo, entró con la tarjeta de Nejliúdov, el alma de Juana de Arco hablaba por medio del platito. Este alma ya había dicho, por medio de letras, las siguientes palabras: «Se reconocerán uno a otro», y fue anotado. Al entrar el ordenanza, el platito se detuvo en la p, después en la o y, finalmente, al llegar a la s empezó a oscilar. La oscilación se debía —según el general— a que la siguiente letra tenía que ser una l; Juana de Arco tenía que decir, en su opinión, que las almas se reconocían sólo después de purificarse de todo lo terreno o algo por el estilo, y por eso la letra siguiente tenía que ser l; el pintor creía que la letra siguiente sería v, que el alma diría que después las almas se reconocerían por la luz, que emanaría del cuerpo etéreo de las almas. El general, frunciendo sus espesas cejas de un modo sombrío, miraba fijamente las manos, y suponiendo que el platito se movía solo, lo arrastraba hacia la l. El joven pintor anémico, con sus largos cabellos metidos detrás de las orejas, miraba a un rincón oscuro del salón con sus ojos azules inexpresivos, y moviendo nerviosamente los labios tiraba del platito hacia la v. El general se enfurruñó por interrumpirle su ocupación, y después de un minuto de silencio cogió la tarjeta, se puso los lentes y, lanzando un gemido por un dolor en la cintura, se puso en pie y se frotó los dedos entumecidos.

—Que pase al despacho.

—Excelencia, permítame que acabe yo solo —dijo el pintor, levantándose—. Noto su presencia.

—Bueno, termine —dijo el general con tono decidido y severo, y con sus grandes y resueltos pasos se dirigió al despacho—. Me alegro de verle —el general dijo a Nejliúdov, con voz ruda, una palabra amable, indicándole el sillón junto a la mesa de escritorio —. ¿Hace mucho que ha venido a San Petersburgo?

Nejliúdov dijo que acababa de llegar.

—Su madrecita, la princesa, ¿qué tal se encuentra?

—Mi madre falleció.

—Perdone, lo siento mucho. Me dijo mi hijo que se había encontrado con usted.

El hijo del general seguía la misma carrera que su padre, y después de ir a la academia militar trabajaba en un despacho de información, y estaba muy orgulloso de los trabajos que allí se le encomendaban. Su trabajo consistía en dirigir a los espías.

—Figúrese, he servido en el ejército con su padrecito de usted. Éramos amigos, camaradas. ¿Usted sigue la carrera militar?

—No, no estoy en el ejército.

El general inclinó la cabeza con un gesto de desaprobación.

—Tengo que pedirle algo, excelencia.

—Me alegro mucho. ¿En qué puedo servirle?

—Si mi petición es inoportuna, le ruego que me perdone. Pero no tengo más remedio que exponérsela.

—¿De qué se trata?

—Tienen ustedes en la fortaleza a un tal Gurkiévich. Su madre pide que se le permita entrevistarse con él, o al menos, entregarle unos libros.

El general no expresó ninguna satisfacción ni descontento ante la petición de Nejliúdov. Inclinando la cabeza a un lado, frunció el ceño, como si meditara. Realmente no meditaba nada ni se interesaba por la petición de Nejliúdov, sabiendo muy bien que le contestaría con arreglo al reglamento. Sencillamente, descansaba la mente, sin pensar en nada.

—Eso, sabe usted, no depende de mí —dijo, después de descansar un poco—. Referente a las entrevistas, hay una ley establecida, y lo que allí está autorizado, se autoriza. En lo que se refiere a los libros, tenemos una biblioteca y se les dan algunos que están autorizados.

—Sí, pero le hacen falta libros científicos, quiere estudiar.

—No se lo crea —el general guardó silencio—. No es para estudiar. Es para dar preocupaciones.

—Sea como sea, es preciso que ocupen su tiempo en algo en esa penosa situación —dijo Nejliúdov.

—Siempre se quejan —dijo el general—. Pero si los conocemos

—hablaba de ellos el general como si se tratase de una raza inferior de gente—. Aquí se les concede una serie de comodidades que rara vez pueden encontrarse en lugares de reclusión — continuó el general.

Y empezó justificándose, describiendo minuciosamente todas las comodidades que se daban a los reclusos, como si el objetivo principal de esa institución consistiera en hacer que los reclusos tuvieran un lugar agradable.

—Es cierto que antes el reglamento de la fortaleza era bastante severo, pero ahora están estupendamente allí. Comen tres platos, y siempre uno de carne: chuletas o filetes. Los domingos tienen un cuarto plato de dulce. ¡Dios quiera que todos los rusos puedan comer así!

El general, como todos los viejos, se obstinó en repetir lo que había afirmado muchas veces para demostrar las exigencias y desagradecimiento de los reclusos.

—Se les dan libros de religión y revistas viejas. Tenemos una biblioteca formada por obras a propósito. Pero normalmente no leen. Al principio parece que se interesan, pero después quedan los libros nuevos con las hojas cortadas hasta la mitad, y los viejos, con las hojas intactas. Hemos hecho pruebas incluso —dijo con un intento de sonrisa— poniendo aposta papelitos entre las hojas. Y ahí se quedan. Tampoco se les prohíbe escribir —continuaba el general—. Se les da una pizarra y un pizarrín, así que pueden escribir para distraerse. Pueden borrar y volver a escribir. Y tampoco escriben. Sólo se inquietan al principio, y luego incluso engordan, se tranquilizan y se hacen muy silenciosos — decía el general, sin sospechar el horroroso significado que tenían sus palabras.

Nejliúdov escuchaba su voz ronca de viejo, contemplaba los miembros endurecidos de su cuerpo, los ojos apagados bajo las cejas canosas, sus mejillas viejas, fofas y recién afeitadas que se apoyaban en el cuello del uniforme, la cruz blanca, de la que se enorgullecía este hombre, que la había recibido por su cruel genocidio, y comprendió que era inútil replicarle y explicarle el significado de sus palabras. Pero así y todo, haciendo un esfuerzo, le preguntó por la reclusa Shustova, acerca de la que había recibido aquel día noticia de que se había decretado su libertad.

—¿Shustova? Shustova… No recuerdo a todos por su nombre. Son tantos… —dijo, por lo visto, reprochándoles su gran número.

Llamó y ordenó que viniera el secretario.

Mientras el secretario llegaba, aconsejó a Nejliúdov que siguiera la carrera militar, que las gentes honradas y agradecidas

—considerándose entre tales personas— le eran especialmente necesarias al zar… «y a la patria» —añadió, seguramente, sólo por la belleza de la frase.

—Yo soy viejo, y sin embargo, continúo sirviendo en la medida de mis fuerzas.

El secretario, un hombre enjuto de ojos inteligentes e inquietos, vino a informar que Shustova se encontraba en determinado lugar fortificado del fuerte, y que no se habían recibido papeles relacionados con ella.

—En cuanto los recibamos, ese mismo día la pondremos en libertad. No los retenemos, no les tenemos un especial aprecio — dijo el general con un nuevo intento de sonrisa, que sólo logró deformar su viejo rostro.

Nejliúdov se puso en pie, tratando de contenerse para no expresar el sentimiento mezclado de repulsión y lástima que sentía hacia ese horrible viejo. El viejo consideró también que no debía mostrarse demasiado severo con aquel hombre superficial y, por cierto, equivocado, que era el hijo de su camarada, y no quiso dejar de hacerle alguna recomendación.

—Adiós, querido, no se enfade conmigo, se lo digo por el cariño que le tengo. No trate con la gente que tenemos recluida. No suele haber inocentes. Todos esos son unos inmorales. Nosotros sí que los conocemos —dijo, con un tono que no admitía lugar a dudas. No dudaba en absoluto de esto, no porque fuese así, sino porque, de otra forma, tendría que reconocerse no como un héroe respetable que se había hecho acreedor a una buena vida, sino como un inútil que se había vendido y en la vejez continuaba vendiendo su conciencia—. Lo mejor de todo es que siga la carrera militar —continuó—. Al zar le hacen falta hombres honrados… y a la patria —añadió—. Bueno, ¿qué pasaría si todos hiciéramos como usted? ¿Quién quedaría? Nos gusta criticar la situación, pero no queremos ayudar al gobierno.

Nejliúdov suspiró profundamente, hizo una gran reverencia, estrechó la mano grande y huesuda que le tendía condescendiente y salió de la habitación.

El general movió la cabeza en señal de desaprobación y, frotándose la cintura, volvió otra vez al salón donde le esperaba el pintor, que ya había apuntado la respuesta recibida del alma de Juana de Arco. El general se puso las lentes y leyó: «Se reconocerán por la luz que emanen sus cuerpos etéreos».

—¡Ah! —dijo con tono de aprobación general, y cerró los ojos—. Pero ¿cómo se reconocerán si la luz de todos será la misma? — preguntó, y enlazando de nuevo los dedos con los del pintor se sentó junto a la mesita.

El cochero de Nejliúdov atravesó la verja.

—Qué triste es esto, señor —dijo, volviéndose a Nejliúdov—. Quise marcharme sin esperarle.

—Sí, es triste —convino Nejliúdov, suspirando profundamente, y para tranquilizarse detuvo la mirada en unas nubes grises que navegaban por el cielo, y en las olas que producían las lanchas y los barcos sobre el agua resplandeciente del Neva.

XX

Al día siguiente Nejliúdov se dirigió al Tribunal Supremo, donde se iba a revisar la causa de Máslova. El abogado se encontró con él en la entrada del grandioso edificio, donde ya estaban unos cuantos coches. Al subir por una magnífica y suntuosa escalera al segundo piso, el abogado, que conocía todo aquello, se dirigió hacia la puerta de la izquierda en la que estaba grabado el año en que se había establecido el Código de Justicia.

Después de quitarse el abrigo en la larga antesala y de informarse por el ujier de que todos los magistrados se habían reunido y de que el último acababa de pasar, Fanarin, vestido de frac y corbata blanca sobre la blanca pechera, con aire alegre y seguro entró en la habitación contigua. Allí, a la derecha, había un gran armario, luego una mesa; a la izquierda, una escalera de caracol por la que bajaba en aquel momento un elegante funcionario con uniforme y una cartera bajo el brazo. En la habitación, llamaba particularmente la atención un viejo de aspecto patriarcal, con el cabello blanco y largo, con chaqueta y pantalón gris, junto al que se encontraban dos empleados que le mostraban gran respeto.

El viejecito de cabellos blancos pasó al armario y desapareció en su interior. En aquel momento, Fanarin, viendo a un compañero suyo, un abogado con corbata blanca y frac, entabló inmediatamente una animada charla con él. Nejliúdov, mientras tanto, se puso a observar a los que había en la habitación.

Habría alrededor de quince personas, entre ellas dos señoras, una con lentes y otra con el pelo blanco. Se revisaba una causa de difamación en la prensa, y por eso se había congregado más público del habitual. Todos los presentes pertenecían al mundillo periodístico.

El ujier, un hombre apuesto y de buenos colores, que llevaba una librea magnífica con un papel en la mano, se acercó a Fanarin y le preguntó qué causa defendía. Al enterarse de que era el asunto de Máslova, lo anotó y se marchó. En ese momento se abrió la puerta del fondo y salió de él el viejecito de aspecto patriarcal, pero ya no con la chaqueta, sino con una toga adornada de galones y una serie de condecoraciones resplandecientes en el pecho que le hacían parecerse a un pájaro.

Este ridículo atuendo debía turbar, por lo visto, al propio viejecito, y rápidamente, más deprisa de lo que solía andar de costumbre, pasó a la puerta opuesta a la de la entrada.

—Éste es Be, un hombre dignísimo —dijo Fanarin a Nejliúdov y, presentándole a su colega, contó el caso, muy interesante a su juicio, que debía verse aquella mañana.

La sesión empezó pronto, y Nejliúdov, con el público, entró en la sala de audiencia. Todos, incluido Fanarin, pasaron al otro lado de la barandilla y se sentaron en el sitio del público. Sólo el abogado de San Petersburgo se sentó en el estrado, delante de la barandilla.

La sala de audiencia del Tribunal Supremo era más pequeña que la del Juzgado del distrito, más sencilla, y se diferenciaba sólo en que la mesa ante la que estaban sentados los magistrados estaba cubierta no con un paño verde, sino de terciopelo rojo adornado de galones rojos, pero eran los mismos atributos de la Justicia: las insignias imperiales, varios iconos y el retrato del emperador. El ujier anunció con la misma solemnidad que allí:

«Audiencia pública: ¡el Tribunal!». De la misma forma se pusieron todos en pie, entraron los magistrados con sus togas puestas, tomaron asiento en unos sillones de respaldos altos y se acodaron igualmente en la mesa, tratando de tener un aspecto natural.

Los magistrados eran cuatro: El presidente, Nikitin, un hombre de cara alargada, afeitada y mirada metálica; Wolf, con sus labios significativamente apretados y unas manitas blancas con las que hojeaba el expediente; después, Skovoródnikov, un hombre grueso, pesado, picado de viruelas, un jurista sabio; y el cuarto, Be, el mismo viejecito patriarcal que había llegado el último. Junto con los magistrados salieron el secretario y el fiscal, un hombre de mediana estatura, joven, enjuto, afeitado, con la tez muy oscura y ojos negros y tristes. Nejliúdov inmediatamente —a pesar del extraño atuendo que llevaba y de que hacía seis años que no le veía— reconoció en él a uno de sus mejores amigos de la época estudiantil.

—¿El fiscal general se llama Selenin? —preguntó al abogado.

—Sí, ¿por qué?

—Le conozco muy bien, es un hombre estupendo…

—Y un buen fiscal general, muy activo. Había que haberse dirigido a él —dijo Fanarin.

—En cualquier caso obrará en conciencia —respondió Nejliúdov, recordando su relación íntima y su amistad con Selenin y sus buenas cualidades de pureza, honradez y decencia, en el mejor sentido de la palabra.

—Ahora ya no hay tiempo —susurró Fanarin, y se puso a escuchar el informe que habían comenzado a leer.

La causa dio comienzo por la queja del Juzgado de Instrucción, que había dejado sin modificar la sentencia del Juzgado del distrito.

Nejliúdov se puso a escuchar y trataba de comprender lo que ocurría alrededor suyo, pero, igual que en el Juzgado del distrito, la dificultad principal para comprenderlo consistía en que no se trataba de lo que era importante en realidad, sino de cosas secundarias. El proceso estaba relacionado con un artículo publicado en un periódico, en el que se descubrían los tejemanejes del presidente de una sociedad de accionistas. Parecía que lo importante de verdad era saber si el presidente de la sociedad de accionistas robaba a los socios y hacer las cosas de tal modo que dejase de robarles. Pero de eso no se habló. La cuestión se centró únicamente en debatir si el editor del periódico, de acuerdo con la ley, tenía o no derecho a publicar el artículo del periodista y qué delito había cometido al publicarlo: difamación o calumnia, y cómo la difamación encierra en sí la calumnia y la calumnia la difamación. Y otra serie de cosas difíciles de comprender para los profanos sobre distintos artículos y decisiones de determinado departamento.

Lo que sí comprendió Nejliúdov es que, a pesar de que Wolf le había demostrado la víspera con mucha persuasión que el Tribunal Supremo no puede estudiar las cosas en su esencia, informaba en este caso con especial interés por la casación del fallo, y que Selenin —completamente en desacuerdo con su carácter moderado— expresó de pronto con gran calor su opinión opuesta.

El acaloramiento del siempre moderado Selenin se debía a que conocía al presidente de la sociedad de accionistas como un hombre sucio en cuestión de dinero y, sin embargo, se enteró casualmente de que Wolf, casi la víspera de que se celebrara la vista, había estado invitado por ese individuo a una cena fabulosa. Ahora, cuando Wolf, aunque con mucho cuidado, pero de forma claramente parcial, expuso el caso, Selenin se alteró y con demasiados nervios para un asunto corriente expuso su opinión. Su discurso indudablemente ofendió a Wolf. enrojecía, hacía muecas de sorpresa, y con un aire muy digno y ofendido se marchó con los demás magistrados a la sala de deliberaciones.

—En realidad, ¿cuál es la causa por la que se interesa? —preguntó otra vez el ujier a Fanarin, tan pronto como se marcharon los magistrados.

—Ya le dicho que el asunto de Máslova —respondió Fanarin.

—Así es. La causa se verá ahora. Pero…

—Pero ¿qué? —preguntó el abogado.

—Verá usted. Este asunto se va a celebrar a puerta cerrada. Así que los señores magistrados es dudoso que salgan después de tomar la decisión. Pero yo le informaré…

—Entonces ¿cómo?…

—Le informaré, le informaré —y el ujier apuntó algo en su papel.

En efecto, los magistrados se disponían a hacer público el fallo de la causa por difamación, terminar otras pendientes, entre las que estaba la de Máslova, tomando té y fumando cigarrillos, sin salir de la sala de deliberaciones.

XXI

Tan pronto como los magistrados se sentaron ante la mesa de deliberaciones, Wolf se puso a exponer con mucho interés los motivos por los que aquella causa debía ser casada.

El presidente, un hombre malévolo por lo general, estaba aquel día particularmente malhumorado. Al escuchar el informe de la causa se había formado su juicio, y ahora permanecía sentado sin escuchar a Wolf, y sumido en reflexiones. Estaba recordando lo que había escrito el día antes en sus memorias acerca del cargo importante que le habían dado a Viliánov y no a él, que lo deseaba desde hacía mucho tiempo. El presidente Nikitin estaba firmemente convencido de que sus juicios acerca de distintos funcionarios de las dos primeras categorías, con quienes tenía relaciones durante su trabajo, constituían un material histórico muy importante. La víspera había escrito un capítulo en el que censuraba con dureza a algunos de los funcionarios de las dos primeras clases porque habían impedido, según decía, salvar a Rusia de la perdición a la que era arrastrada ahora por sus gobernantes —en realidad, fue porque le habían impedido cobrar un sueldo mayor del que tenía—, y en aquel momento pensaba que aquella circunstancia adquiría un sentido nuevo para las futuras generaciones.

—Sí, por supuesto —respondió a las palabras de Wolf, sin escucharlas, cuando éste se dirigió a él.

Be escuchaba a Wolf con cara triste, mientras dibujaba unas guirnaldas en una hoja de papel que tenía delante. Be era liberal en el más amplio sentido de la palabra. Observaba sagradamente las tradiciones de los años sesenta, y si se apartaba de una rígida imparcialidad, era sólo para inclinarse del lado de los liberales. Así, en el presente caso, a pesar de que el accionista que había presentado la queja fuera un hombre inmoral, Be opinaba que no debía tomarse en consideración la queja porque acusar de difamación a un periodista era una coacción para la libertad de prensa. Cuando Wolf concluyó sus argumentos, Be —sin haber terminado de dibujar las guirnaldas—, con voz agradable, a pesar de la tristeza que le producía explicarles perogrulladas, demostró con rapidez, claridad y persuasión la falta de sentido de aquella queja. E inclinando su cabeza de cabellos blancos, continuó dibujando las guirnaldas.

Skovoródnikov, sentado frente a Wolf, recogía durante todo el tiempo con sus dedos gruesos la barba y el bigote y se los metía en la boca; tan pronto como Be dejó de hablar, cesó de masticarse la barba, y con voz ronca y alta dijo que, a pesar de que el presidente de la sociedad de accionistas era un gran sinvergüenza, él sería partidario de la casación de la causa si existiesen motivos legales, pero, como no era así, se unía a la opinión de Iván Semiónovich Be. Y se puso contento de la pulla que había lanzado con ello a Wolf. El presidente se sumó a la opinión de Skovoródnikov, y fallaron en contra de la queja.

Wolf estaba descontento porque enteramente parecía que le habían sorprendido en una parcialidad deshonrosa, y, fingiendo indiferencia, abrió el expediente de Máslova y se sumió en él.

Entre tanto, los magistrados llamaron para pedir té, y comentaron un suceso que ocupaba en aquel tiempo a todos los petersburgueses, lo mismo que el duelo de Kámenski.

Se trataba del director de un importante departamento ministerial al que habían sorprendido en el acto del delito previsto por el artículo 995.

—¡Qué repugnancia! —dijo con asco Be.

—¿Qué tiene eso de malo? En nuestra literatura puedo señalarle a un escritor alemán que pide que eso no se considere delito, y que sea posible el matrimonio entre hombres —dijo Skovoródnikov, aspirando ávidamente el humo de un cigarro mentolado que sostenía entre los dedos y la palma de la mano, y echándose a reír muy fuerte.

—Pero eso no puede ser —dijo Be.

—Se lo enseñaré —dijo Skovoródnikov citando el título completo de la novela e incluso el año y el lugar de la edición.

—Dicen que le van a nombrar gobernador de una provincia de Siberia —dijo Nikitin.

—Estupendo. El arzobispo le recibirá con la cruz. Haría falta un obispo igual. Yo les recomendaría uno —dijo Skovoródnikov, y tirando la colilla en el platito, se recogió cuanto pudo la barba y el bigote, se los metió en la boca y se puso a mordisquearlos.

En ese momento entró el ujier, comunicando que el abogado y Nejliúdov deseaban presenciar la revisión de la causa de Máslova.

Cuando terminaron de hablar de esto, de tomar té y fumar cigarrillos, los magistrados entraron en la sala, hicieron público el fallo anterior y empezaron a revisar el caso de Máslova.

Wolf, con su voz fina, leyó la solicitud de casación de Máslova y otra vez no del todo imparcial, sino con evidente deseo de que hubiera lugar a la casación.

—¿Tienen algo que alegar? —preguntó el presidente, dirigiéndose a Fanarin.

Fanarin se puso en pie y, sacando hacia fuera su pecho bajo la planchada camisa, demostró con persuasión extraordinaria y gran propiedad en el lenguaje que el Tribunal se había apartado seis puntos del verdadero sentido de la ley y además se permitió hacer un resumen del caso y poner en evidencia la terrible injusticia del fallo. El tono del discurso de Fanarin, aunque breve, daba a entender que se disculpaba por insistir en un asunto que los señores magistrados, con su penetración y sabiduría jurídica, comprendían mejor que él. Después del discurso de Fanarin no podía dudarse de que el Tribunal Supremo anularía la sentencia del anterior Tribunal. Al finalizar su disertación, Fanarin sonrió triunfante. Mirando a su abogado y viendo esa sonrisa, Nejliúdov estaba seguro de que el asunto estaba ganado. Pero al mirar a los magistrados vio que el único que sonreía triunfante era Fanarin. Los magistrados y el fiscal no sonreían, sino que tenían un aspecto aburrido y parecían decir: «Estamos cansados de oír discursos que no sirven para nada». Por lo visto todos se sintieron contentos sólo cuando el abogado terminó de hablar y de entretenerlos inútilmente. En el momento en que concluyó el abogado, el presidente se dirigió al fiscal. Selenin expresó lacónicamente, aunque de modo claro y preciso, que no debía modificarse el fallo, porque los motivos de casación no tenían fundamento. A continuación, los magistrados se levantaron y fueron a deliberar. En la sala de deliberaciones hubo divergencia de criterios. Wolf estaba por la casación; Be, comprendiendo el asunto, abogaba acaloradamente por la casación; describió con claridad a los compañeros la escena del juicio y el error del jurado; Nikitin, partidario, como siempre, de la severidad y de la estricta legalidad, estaba en contra. Todo dependía del voto de Skovoródnikov. Y se puso en contra de la casación, porque el deseo de Nejliúdov de casarse con esa muchacha en nombre de unas exigencias morales le resultaba tremendamente repulsivo.

Skovoródnikov era materialista, partidario de Darwin, y consideraba toda manifestación de moral abstracta o, todavía peor, de religiosidad, no sólo una insensatez despreciable, sino una ofensa personal. Toda esa historia con esa prostituta y la presencia aquí, en el Tribunal Supremo, de Nejliúdov con su famoso abogado defensor le asqueaba profundamente. Se metía la barba en la boca y hacía muecas, y simulaba con mucha naturalidad que no sabía nada de ese asunto, salvo que los motivos de casación eran insuficientes, y por eso estaba de acuerdo con el presidente en dejar la petición sin efecto.

La petición fue rechazada.

XXII

—¡Es horroroso! —decía Nejliúdov, saliendo al vestíbulo con el abogado, que guardaba unos papeles en la cartera—. En un asunto que está clarísimo, ponen pegas a la forma y lo deniegan.

—La causa fue echada a perder en el Juzgado —dijo el abogado.

—Y Selenin también está a favor de la denegación. ¡Horrible!

¡Horrible! —continuaba repitiendo Nejliúdov—. ¿Qué hacer ahora?

—Presentaremos una instancia al emperador. Entréguela usted mismo, mientras está aquí.

En ese momento, el pequeño Wolf, con sus condecoraciones y su toga, entró en el vestíbulo y se acercó a Nejliúdov.

—Qué le vamos a hacer, querido príncipe. No había suficientes motivos de casación —dijo, se encogió de hombros, cerró los ojos y prosiguió su camino.

A continuación de Wolf entró Selenin. Se había enterado por los magistrados de que Nejliúdov, su antiguo amigo, estaba allí.

—¡Vaya! No esperaba encontrarte aquí —dijo acercándose a Nejliúdov y sonriendo con los labios, en tanto que sus ojos permanecían tristes.

—Y yo no sabía que eras fiscal general…

—Sustituto —corrigió Selenin—. ¿Qué haces en el Tribunal Supremo? —preguntó mirando con tristeza y melancolía a su amigo—. Sabía que te encontrabas en San Petersburgo, pero ¿por qué estás aquí?

—He venido porque confiaba en encontrar justicia y salvar a una mujer que ha sido condenada sin ser culpable.

—¿Qué mujer?

—La causa que acaba de verse ahora.

—¡Ah! El asunto de Máslova —dijo Selenin, recordando—. Una petición completamente sin fundamento.

—No se trata de la petición, sino de una mujer que sufre condena y es inocente.

Selenin suspiró.

—Es muy posible, pero…

—No es posible, es seguro…

—¿Por qué lo sabes tú?

—Porque yo he sido miembro del jurado. Sé en lo que nos hemos equivocado.

Selenin se quedó pensativo.

—Había que haberlo comunicado inmediatamente entonces — dijo.

—Lo comuniqué.

—Era necesario hacerlo constar en el sumario. Si lo hubiesen remitido junto a la solicitud…

Selenin, que siempre estaba ocupado y frecuentaba poco la sociedad, por lo visto no había oído nada sobre el romance de Nejliúdov. Dándose cuenta de ello, Nejliúdov decidió que no debía hablarle de sus relaciones con Máslova.

—Pero también ahora se ha visto que el fallo es absurdo — dijo.

—El Tribunal Supremo no tiene atribuciones para decidir eso. Si el Tribunal Supremo se permitiera anular el fallo de los juicios, basado en su punto de vista sobre la justicia de las decisiones, no sólo perdería todo su apoyo y se arriesgaría más en quebrantar la justicia que en establecerla —dijo Selenin, recordando la causa precedente—, también la decisión de las condenas perdería todo significado.

—Yo no sé más que una cosa, que esa mujer es completamente inocente, y que la última esperanza de anular ese inmerecido castigo está perdida. El Tribunal Supremo ha confirmado una gran injusticia.

—No la ha confirmado puesto que no ha estudiado ni puede estudiar el asunto en sí —dijo Selenin entornando los ojos—. Sin duda, te hospedas en casa de tu tía, ¿no? —añadió, queriendo, por lo visto, cambiar de conversación—. Ayer supe por ella que estabas aquí. La condesa me ha invitado a asistir a una reunión contigo en la que iba a hablar un predicador recién llegado —dijo Selenin, sonriendo con los labios.

—Sí, estuve; pero me marché asqueado —dijo con enfado Nejliúdov, indignado porque Selenin desviaba la conversación hacia otro tema.

—¿Por qué con asco? De cualquier forma es una manifestación de un sentimiento religioso, aunque sea unilateral y sectario —dijo Selenin.

—Se trata de una insensatez salvaje —replicó Nejliúdov.

—Eso, no. Aquí lo único raro es que nosotros conocemos muy poco la doctrina de nuestra Iglesia, que tomamos como una revelación nueva nuestros propios dogmas fundamentales —dijo Selenin, como apresurándose a exponer a su antiguo amigo sus nuevas ideas.

Nejliúdov miró a Selenin con sorprendente curiosidad. Selenin no bajó los ojos, en los que se manifestaba no sólo la tristeza, sino la hostilidad.

—¿Tú crees acaso en los dogmas de la Iglesia? —preguntó Nejliúdov.

—Por supuesto, creo —contestó Selenin, mirando fijamente a los ojos de Nejliúdov con expresión mortecina.

—Es sorprendente —dijo.

—Bueno, ya hablaremos después —exclamó Selenin—. Ahora me voy —le dijo al ujier que se le había acercado en actitud respetuosa—. Tenemos que vernos sin falta —añadió con un suspiro—. Pero ¿lograré encontrarte? A mí me encontrarás siempre a la hora de cenar, a las siete. En la calle Nadiezhdinskaya —y dijo el número—. Ha llovido mucho desde entonces —añadió alejándose, sonriendo de nuevo sólo con los labios.

—Iré, si me da tiempo —dijo Nejliúdov sintiendo que este hombre, un día amigo intimo y querido, Selenin, se había vuelto de pronto, en el transcurso de esta breve conversación, un ser ajeno, lejano, incomprensible, si no enemigo.

XXIII

En la época en que Nejliúdov conoció a Selenin, éste era buen estudiante, un hijo modelo, compañero fiel y, para sus años, culto, mundano y con un gran tacto. Siempre elegante y apuesto y, a pesar de ello, extraordinariamente veraz y honrado. Estudiaba muy bien, sin gran esfuerzo por su parte y sin asomo de pedantería. Ganaba medallas de oro por sus escritos.

No sólo de palabra, sino de hecho, la finalidad de su vida era servir a la humanidad. La forma de hacerlo no se la imaginaba de otra manera que siendo empleado del Estado. Tan pronto como terminó los estudios, examinó sistemáticamente todas las actividades a las que podía consagrar sus fuerzas, y pareciéndole que sería más útil en un departamento del Ministerio donde se redactaban las leyes, allí ingresó. A pesar de cumplir con toda exactitud y conciencia lo que le exigían en aquel cargo, no encontró la satisfacción de su necesidad de ser útil y no era capaz de inculcarse que estaba haciendo lo que debía. Esta insatisfacción se reforzó a consecuencia de un choque con un jefe puntilloso hasta el extremo de que abandonó su trabajo y pasó al Tribunal Supremo. Aquí se encontró mejor, pero no dejaba de perseguirle una sensación de descontento.

Se daba cuenta de que aquello no era lo que había esperado ni lo que debía ser. Mientras estaba en el Tribunal Supremo, su familiares le consiguieron el nombramiento de ayudante de cámara. Entonces se vio obligado a ir en coche, vestido de uniforme bordado, a dar las gracias a una serie de personajes que le habían hecho lacayo. Por más que se esforzaba, era incapaz de encontrar una explicación sensata a ese cargo. Y todavía más en su empleo sentía que «no era eso». Sin embargo, por un lado, no podía renunciar por no disgustar a los que creían haberle dado una gran satisfacción al proporcionárselo, y por otro, este nombramiento adulaba los sentimientos menos elevados de su naturaleza y le proporcionaba satisfacción verse en el espejo con el uniforme bordado de oro y gozar del respeto con que le distinguían algunas personas.

Lo mismo le ocurrió respecto al matrimonio. Desde el punto de vista social le habían encontrado un partido muy brillante. Y se casó, sobre todo, porque renunciar a la boda hubiera ofendido y hecho daño a la novia, que deseaba este enlace, y a aquellos que la habían preparado. Y porque el matrimonio con una muchacha joven, bonita y célebre halagaba su amor propio y le producía alegría. Pero muy pronto resultó ser todavía más «no es eso» que su servicio en el Tribunal Supremo y su cargo en la Corte. Después del primer hijo su esposa no quiso tener más, y empezó a llevar una fastuosa vida de sociedad en la que él, quisiera o no, tenía que alternar. No era realmente bella, le era fiel, y aunque con esto envenenaba la vida de su marido y ella misma no sacaba más consecuencias que enormes esfuerzos y cansancios, se empeñaba en vivir así. Todas sus alternativas por cambiar de vida se estrellaban contra su impasibilidad como contra un muro de piedra. Además, le apoyaban sus parientes y conocidos.

La hija —una niña de largos bucles dorados— resultaba un ser completamente extraño a su padre, sobre todo porque su educación era distinta a la que él deseaba. Entre los esposos se había establecido una natural incomprensión que no pretendían remediar. Una lucha sorda, oculta a los extraños por las conveniencias sociales, hacía para él muy penosa la vida del hogar. De forma que la vida hogareña resultó todavía más «no es eso» que el trabajo y el nombramiento de la Corte.

Lo que resultó más «no es eso» era su concepto hacia la religión. Como todas las gentes de su círculo y de su tiempo, a medida que crecía su capacidad intelectual rompió sin el menor esfuerzo con las supersticiones religiosas en las que había sido educado, y él mismo no sabía cuándo se había liberado de ellas. Como hombre serio y honrado, no ocultaba esta liberación de las supersticiones de la religión oficial en su primera juventud, cuando era estudiante y amigo de Nejliúdov. Pero con los años, con su ascenso en el servicio y, sobre todo, con la reacción de los conservadores que se manifestó en aquella época en la sociedad, esa libertad espiritual empezó a resultarle molesta. Sin hablar de las relaciones familiares —al morir su padre había tenido que asistir a los funerales y su madre quería que observase los preceptos de la Iglesia, por la opinión pública—, por su servicio se veía obligado continuamente a asistir a misas, bendiciones, ceremonias en acción de gracias y cosas por el estilo; raro era el día en que no hubiera algún acto religioso, y no podía evitarlo. Al acudir a estos actos cabía la posibilidad de hacer dos cosas: fingir que creía —cosa que nunca había podido por la sinceridad de su carácter— o, de lo contrario, reconocerlos como falsos y arreglar su vida en forma de no participar en lo que consideraba una mentira. Pero para hacer esto que parecía tan fácil era preciso mucho valor: había que ponerse en lucha constante con las personas más allegadas, cambiar toda su situación, abandonar el servicio y sacrificar el beneficio que proporcionaba a la gente, que él creía estar haciéndolo, y que confiaba aumentarlo en el futuro. Y para conseguirlo había que estar firmemente convencido de que tenía razón, como lo estaba, en realidad, todo hombre culto y de sentido común de nuestro tiempo que conoce un poco el origen de la religión y no ignora la desintegración de la religión de la Iglesia cristiana. Era imposible no saber que tenía razón al no reconocer la verdad de la enseñanza de la Iglesia.

Pero presionado por las condiciones de vida, él, un hombre veraz, había admitido una pequeña mentira: para afirmar que algo es absurdo era preciso estudiar antes ese absurdo. Una mentira pequeña, pero le había conducido a la gran mentira en la que estaba hundido ahora.

Se planteó el problema de si era justa la religión ortodoxa en que había nacido y se había educado, la que exigían de él todos los que le rodeaban, sin cuyo reconocimiento no podía continuar su actividad. Para esclarecer ese problema se puso a leer obras de Voltaire, Schopenhauer, Spencer y Kant, libros filosóficos de Hegel y novelas religiosas de Vinet y Jomiakov, y naturalmente encontró precisamente lo que necesitaba: el necesario consuelo y justificación de aquella doctrina religiosa en la que había sido educado y que su inteligencia rechazaba desde hacía mucho tiempo, pero sin la cual toda su vida se llenaba de disgustos, y que tan pronto como la reconoció empezaron inmediatamente a desaparecer. Aplicó todos aquellos sofismas corrientes de que la inteligencia individual de un hombre no puede reconocer la verdad, que la verdad se revela solamente a un conjunto de individuos, que el único medio de reconocerla consiste en la revelación guardada por la Iglesia, etc. A partir de entonces, ya pudo, tranquilamente, y sin la conciencia de cometer un engaño, asistir a los oficios religiosos, funerales, misas, pudo observar los preceptos de la Iglesia y santiguarse ante los iconos, continuar sus actividades que en conciencia le parecían útiles y le proporcionaban un consuelo en su triste vida familiar. Pensaba que creía, y, sin embargo, más que en otra cosa creía que esa fe le resultaba absolutamente «no es eso».

Por este motivo sus ojos estaban siempre tristes. Y por eso, al ver a Nejliúdov, al que conocía en la época en que todas esas mentiras no se habían consolidado todavía, se vio tal como había sido entonces. Sobre todo, después de haberse apresurado a exponerle su punto de vista religioso, comprendió más que nunca que «no es eso», y se sintió dolorosamente triste. Esa misma sensación —después de la primera impresión de alegría de ver a un viejo amigo— la experimentó Nejliúdov.

Por eso, aunque ambos prometieron verse, ninguno de los dos buscó esa entrevista, y no volvieron a verse durante la estancia de Nejliúdov en San Petersburgo.

XXIV

Al salir del Tribunal Supremo, Nejliúdov y el abogado fueron andando juntos un largo trecho. El abogado ordenó al cochero que les siguiera y empezó a contarle a Nejliúdov la historia de aquel director de departamento ministerial del que hablaban los magistrados, de cómo le habían dado pruebas de su capacidad y cómo, en lugar de mandarle a trabajos forzados, le habían nombrado gobernador en Siberia. Después de relatar toda la historia y todo lo que tenía de repugnante, contó con verdadero placer que varios señores muy dignos habían robado el dinero reunido para terminar el monumento inacabado ante el cual habían pasado aquella mañana, y también que la amante de Fulano había ganado varios millones en la Bolsa, que Mengano había vendido a su mujer y que Zutano la había comprado. El abogado comenzó una nueva relación sobre estafas y toda clase de delitos cometidos por algunos altos cargos del Gobierno, que en vez de estar en la cárcel ocupaban sillones presidenciales en distintas instituciones. Estos relatos, cuya reserva, por lo visto, era inagotable, suponían un gran placer para el abogado porque evidenciaban que los medios que empleaba para ganar dinero eran completamente justos y limpios, en comparación con los sistemas que empleaban los altos cargos de San Petersburgo. Y por eso el abogado se sorprendió mucho cuando Nejliúdov —sin terminar de escuchar su última historia sobre los delitos de los altos funcionarios— se despidió, alquiló un coche y se fue a su casa.

Nejliúdov estaba muy triste. En primer lugar porque la denegación del Tribunal Supremo confirmaba esa insensata tortura de la inocente Máslova, y porque esta denegación hacía más difícil su inquebrantable decisión de unir a ella su destino. Su tristeza aumentaba al escuchar esas horribles historias acerca del mal reinante —de las que con tanta alegría hablaba el abogado—, y además recordaba sin cesar la mirada hostil, fría y despreciable de Selenin, en otro tiempo noble, sincero y bondadoso.

Cuando Nejliúdov entró en la casa, el portero, con cierto desprecio, le tendió una nota que había escrito en la portería cierta mujer, según le dijo. Era una nota de la madre de Shustova. Le escribía que había venido a dar las gracias al bienhechor, al salvador de su hija. Además le pedía, le rogaba, que fuera a su casa en la isla Vasílievski.[86] Era muy importante para Vera Efrémova. Que no tuviera miedo de que le fueran a agobiar con manifestaciones de agradecimiento: no se hablaría de gratitud, sino simplemente se alegrarían de verle. De ser posible, que fuera al día siguiente por la mañana.

Había otra nota de un camarada de Nejliúdov, Bogatyríov, ayudante de campo del emperador, a quien Nejliúdov había pedido que entregase personalmente, redactada por él, una solicitud al zar en nombre de los sectarios. Bogatyríov, con su letra grande y enérgica, decía que, según había escrito, entregaría la solicitud en propias manos del emperador, pero que se le había ocurrido una idea: ¿no sería mejor que antes fuera Nejliúdov a ver a la persona de quien dependía el asunto y se lo pidiera?

Nejliúdov, después de las impresiones de sus últimos días de estancia en San Petersburgo, había perdido la esperanza de lograr cualquier cosa. Sus planes ideados en Moscú le parecían algo así como los sueños de su adolescencia, que indefectiblemente defraudan a los hombres que entran en la vida. Pero así y todo, ahora que estaba en San Petersburgo, consideraba un deber suyo cumplir todo aquello que se había propuesto hacer, y decidió ir al día siguiente a ver a Bogatyríov, seguir su consejo y visitar a la persona de quien dependía el asunto de los sectarios.

Cuando había sacado de la cartera la solicitud de los sectarios y la estaba leyendo, llamó a la puerta y entró un lacayo de la condesa Katerina Ivánovna con el ruego de que subiese a tomar el té.

Nejliúdov dijo que iría, y guardando el papel en la cartera, se dirigió a las habitaciones de su tía. Al subir por la escalera miró por la ventana que daba a la calle y vio el par de caballos de Mariette, y de pronto se sintió inesperadamente alegre y le dieron ganas de sonreír.

Mariette, con sombrero, pero ya no negro, y con un vestido claro de varios colores, estaba sentada con una taza en la mano junto a la butaca de la condesa, charlando y fulgurando con sus ojos bonitos y risueños. En el momento en que Nejliúdov entraba en la habitación, Mariette acababa de decir algo tan gracioso — gracioso e inconveniente—, que se dio cuenta de ello por la forma de reír de la bondadosa y bigotuda condesa Katerina Ivánovna, quien se estremecía con todo su cuerpo grueso y se desternillaba de risa. Mariette, con una expresión particular de michoevous, con la boca sonriente un poco torcida e inclinando a un lado su rostro enérgico y alegre, miraba en silencio a su interlocutora.

Nejliúdov comprendió por algunas palabras que hablaban de la segunda novedad petersburguesa de aquel tiempo, el episodio del nuevo gobernador en Siberia.

Y que Mariette, a propósito de esto, había dicho algo tan gracioso que la condesa no pudo contenerse durante mucho tiempo.

—Me vas a matar —decía, tosiendo.

Nejliúdov saludó y se sentó junto a ellas. En el momento en que Nejliúdov pensaba censurar a Mariette en su fuero interno por su superficialidad, ésta se dio cuenta de la expresión seria de su cara y un tanto descontenta, e inmediatamente —para agradarle, lo que estaba deseando desde que le había visto—, cambió no sólo la expresión de su rostro, sino todo el estado de su ánimo. De pronto se puso seria, descontenta de su vida y añorando algo hacia lo que se esforzaba. No es que fingiera, sino que se había formado interiormente el mismo estado de ánimo en que se encontraba Nejliúdov en aquel momento, aunque no hubiera podido expresar con palabras en qué consistía.

Le preguntó cómo había resuelto sus asuntos. Contó su fracaso en el Tribunal Supremo y su encuentro con Selenin.

—¡Ay! ¡Qué alma tan pura! Ése sí es un chevalier sans peur et sans reproche. Un alma pura —convinieron ambas señoras, aplicando a Selenin el epíteto bajo el cual era conocido en sociedad.

—¿Cómo es su mujer? —preguntó Nejliúdov.

—¿La mujer? Bueno, no voy a criticar. Pero no le entiende. ¿También él era partidario de rechazar la solicitud? —preguntó con sincera compasión—. ¡Es tremendo! ¡Qué lástima me da de ella! —añadió con un suspiro.

Nejliúdov frunció el ceño y, deseando cambiar de conversación, empezó a hablar de Shustova, recluida en la fortaleza y que había sido puesta en libertad gracias a las gestiones de Mariette. Le agradeció sus gestiones acerca de su marido, y cuando iba a hablar del terrible sufrimiento de esa mujer y de toda su familia, porque nadie se había acordado de ellos, Mariette le interrumpió y ella misma expresó su indignación.

—No me hable —dijo—. En cuanto mi marido me dijo que podía ponerla en libertad, me sorprendió precisamente esa idea.

¿Para qué tenerla recluida si no es culpable? —expresó lo que quería haber dicho Nejliúdov—. ¡Es indignante, indignante!

La condesa Katerina Ivánovna veía que Mariette coqueteaba con su sobrino, y eso la divertía.

—¿Sabes lo que te digo? —empezó cuando se hubieron callado—. Ven mañana por la noche a casa de Aline, estará Kiseveter. Y tú también —le dijo a Mariette.

—Il vous a remarqué —dijo al sobrino—. Me ha dicho que todo lo que dices —se lo he contado— es una buena señal, y que sin falta llegarás hasta Cristo. No dejes de venir mañana. Mariette, dile que venga. Y ven tú también.

—En primer lugar, condesa, no tengo ningún derecho a dar consejos al príncipe —dijo Mariette mirando a Nejliúdov, y estableciéndose con esa mirada entre ambos un completo acuerdo en relación a las palabras de la condesa y en lo referente al evangelio—, y en segundo lugar, ya sabe usted que no me gusta mucho.

—Sí, tú siempre haces las cosas al revés y a tu modo.

—¿Cómo a mi modo? Creo lo mismo que la campesina más humilde —dijo sonriendo—. Y en tercer lugar —continuó—, mañana voy al Teatro Francés.

—¡Ah! ¿Has visto a esa…, cómo la llaman? —preguntó la condesa Katerina Ivánovna.

Mariette dijo el nombre de una famosa actriz francesa.

—No dejes de ir, es algo extraordinario.

—¿A quién debo ver antes, ma tante, a la artista o al predicador?

—Haz el favor de no tergiversar mis palabras.

—Yo creo que primero al predicador y luego a la actriz francesa, no vaya a ser que luego pierda por completo la afición a los sermones —dijo Nejliúdov.

—No, es mejor empezar por el teatro francés y después arrepentirse —intervino Mariette.

—Bueno, no se os ocurra burlaros de mí. El predicador es una cosa y el teatro es otra. Para salvarse no es necesario poner una cara larga de un arshin y estar todo el tiempo llorando. Es preciso creer, y entonces hay alegría.

—Ma tante, usted predica mejor que cualquier predicador.

—¿Sabe una cosa? —dijo Mariette, después de meditar un poco—. Venga mañana a mi palco.

—Temo que no me sea posible.

La conversación fue interrumpida por un visitante. Era el secretario de una sociedad benéfica, de la cual era presidenta la condesa.

—Bueno, éste es un señor muy aburrido. Será mejor que le reciba allí. Luego me reuniré con vosotros. Sírvele té, Mariette — dijo la condesa marchándose al salón, con sus pasos rápidos y ágiles.

—¿Quiere? —preguntó al tiempo que cogía la tetera de plata del infiernillo de alcohol, y separaba de un modo extraño el dedo meñique.

Su cara se tornó seria y triste.

—Me resulta tremendamente doloroso que las personas cuyo juicio aprecio me mezclen con la posición en que me encuentro.

Al decir las últimas palabras parecía que estaba a punto de llorar. Y aunque si se analizasen estas palabras tenían muy poco o ningún sentido, a Nejliúdov le parecieron extraordinariamente profundas, sinceras y llenas de bondad. De tal modo le atraía esa mirada de ojos brillantes, que acompañaban las palabras de aquella mujer joven, bonita y bien vestida.

Nejliúdov la miraba en silencio, sin poder apartar los ojos de su rostro.

—Usted cree que no le entiendo ni comprendo lo que le sucede. Si lo que usted ha hecho lo sabe todo el mundo. C'est le secret du polichinelle. Le admiro y lo apruebo.

—La verdad es que no hay por qué admirarse. He hecho tan poco todavía.

—Eso es igual. Comprendo sus sentimientos y la comprendo a ella. Pero bueno, bueno, no hablaré de eso —se interrumpió al ver la expresión descontenta de su rostro—. Pero también comprendo que después de ver el sufrimiento y todos los horrores que ocurren en las cárceles —decía Mariette, deseando sólo atraérselo y adivinando con su intuición femenina todo lo que para él resultaba más importante y querido—, quiera usted ayudar a los que sufren tan horriblemente por culpa de la gente, la indiferencia, la crueldad… Comprendo que se puede sacrificar por esto la vida, y yo misma la sacrificaría. Pero cada uno tiene su destino…

—¿Acaso usted no está contenta con el suyo?

—¿Yo? —preguntó, como extrañada de que se pudiera preguntar eso—. Yo tengo que estar contenta, y estoy contenta. Pero hay un gusano que se despierta…

—Y no hay que dejarle que duerma, es preciso creer a esa voz

—dijo Nejliúdov cayendo por completo en el engaño.

Más tarde, Nejliúdov habría de recordar muchas veces, avergonzado, su conversación con ella. La recordaba no tanto mentirosa como imitando sus palabras, y con aquel rostro que parecía expresar ternura y atención con el que le escuchaba cuando contaba los horrores de la prisión y su impresión en la aldea.

Cuando regresó la condesa, hablaban no como viejos amigos, sino como íntimos que se entienden en medio de una multitud que no sabe comprenderlos.

Hablaban de la injusticia de los poderosos, del sufrimiento de los desgraciados, de la pobreza del pueblo, pero en realidad, bajo el rumor de sus voces, se miraban a los ojos, que no dejaban de preguntarse: «¿Puede quererme?», y respondían: «Puedo». Y el deseo sexual los atraía mutuamente, bajo las formas más diversas.

Al marcharse, le dijo que siempre estaba dispuesta a ayudarle en lo que pudiera, y le pidió que fuera a verla al día siguiente por la noche al teatro, sin falta, aunque fuera un minuto, que todavía tenía que hablar con él de una cosa importante.

—En caso de que no venga, ¿cuándo volveré a verle otra vez?

—añadió con un suspiro y empezó a ponerse con cuidado el guante en la mano cubierta de sortijas—. Dígame que vendrá.

Nejliúdov se lo prometió.

Aquella noche, cuando Nejliúdov se quedó solo en su habitación y se acostó y apagó la luz, no pudo dormirse durante mucho tiempo. Recordando a Máslova, la decisión del Tribunal Supremo y que de todas formas había decidido seguirla, su renuncia al derecho de poseer tierras, de pronto, como respuesta a todo esto, se le apareció el rostro de Mariette. Se acordó de su suspiro y su mirada cuando había dicho: «¿Cuándo volveré a verle otra vez?», y de su sonrisa, con tanta claridad que le parecía estar viéndola y él mismo sonrió: «¿Haré bien en marcharme a Siberia?

¿Haré bien renunciando a la riqueza?», se preguntó.

Las respuestas a estas preguntas, en aquella clara noche petersburguesa, que se veía a través de la persiana mal bajada, eran indefinidas. Todo se hizo confusión en su mente. Trató de volver a su estado de ánimo anterior y recordó sus ideas anteriores, pero esas ideas ya no tenían la fuerza convincente de entonces.

«Y si me he inventado todo eso y no voy a tener fuerzas para vivir así. Tal vez me arrepienta de haber procedido bien», se dijo, y sin fuerzas para contestarse, experimentó un sentimiento de tristeza y desesperación como no había conocido hacía tiempo. Sin fuerzas para discernir estas cuestiones, se durmió con aquel sueño pesado que le invadía después de una gran pérdida en el juego.

XXV

La primera sensación que tuvo Nejliúdov al despertarse al día siguiente era que había cometido una vileza.

Se puso a pensar: no había cometido ninguna vileza, no había realizado ningún acto reprensible, pero tuvo malos pensamientos acerca de todas sus intenciones actuales —el casamiento con Katiusha y la entrega de las tierras a los campesinos—, como ideas irrealizables, que no podía soportar, porque era artificioso, antinatural, y que consideraba preciso vivir como había vivido.

No había cometido ningún acto reprensible, pero había tenido algo peor: malos pensamientos, de los cuales proceden aquéllos. Un acto punible puede no repetirse y cabe arrepentirse de él, pero los malos pensamientos engendran todos los actos reprensibles.

Un acto reprensible sólo allana el camino para otros actos semejantes; los malos pensamientos conducen irremisiblemente a ese camino.

Al repetir en su imaginación los pensamientos que había tenido la víspera, Nejliúdov se asombró de que hubiera podido creer en ellos un solo minuto. Por muy nuevo y difícil que fuera lo que se había propuesto hacer, sabía que era la única vida posible para él en la actualidad. Y por conocido y fácil que fuera volver a lo anterior, sabía que era la muerte. La sensación que tuvo el día anterior se le aparecía ahora como le sucede a un hombre que ha dormido mucho y, a pesar de que ya no tiene sueño, tiene ganas de seguir tumbado en la cama aunque sabe que es hora de levantarse y que le espera un asunto importante y grato.

Ese día, el último de su estancia en San Petersburgo, fue por la mañana a la isla Vasílievski, a casa de Shustova.

El piso de Shustova era el segundo. Nejliúdov, por indicación del portero, fue a la escalera interior, recta y empinada, por la que entró directamente en una cocina, donde hacía mucho calor y olía a comida. Una mujer de edad, remangada, con delantal y gafas, permanecía junto al fogón, y movía algo en una cacerola humeante.

—¿Qué desea? —preguntó con severidad, mirando por encima de las gafas.

Nejliúdov no tuvo tiempo de decir su nombre, y ya la cara de la mujer adquirió una expresión de susto y alegría.

—¡Oh, príncipe! —gritó la mujer, secándose las manos en el delantal—. Pero ¿por qué ha entrado por la escalera de servicio?

¡Es usted nuestro bienhechor! Yo soy la madre de ella. Han trastornado completamente a la muchacha. ¡Es usted nuestro salvador! —decía cogiendo a Nejliúdov la mano y tratando de besársela—. Ayer estuvo en su casa. Me insistió mucho mi hermana. Está aquí. Pase, pase, por favor, sígame —decía la madre de Shustova, acompañando a Nejliúdov a través de una puerta estrecha y un pasillo oscuro. Por el camino iba arreglándose el vestido apretado en la cintura, y los cabellos—. Mi hermana se llama Kornílova, seguramente habrá usted oído hablar de ella —añadió en un susurro, deteniéndose ante la puerta—. Ha estado complicada en asuntos políticos. Es una mujer inteligente.

Abriendo la puerta del pasillo, la madre de Shustova introdujo a Nejliúdov en una habitación pequeña. Allí, ante una mesita, sentada en un diván, permanecía una muchacha de mediana estatura, llenita, con una blusa de percal a listones, de cabellos rubios rizados que enmarcaban su rostro redondo y muy pálido. Frente a ella estaba sentado un joven con bigote y barba negros, muy inclinado, que llevaba una camisa rusa con el cuello bordado. Ambos estaban por lo visto tan enfrascados en la conversación, que sólo se volvieron cuando Nejliúdov ya había entrado por la puerta.

—Lida, el príncipe Nejliúdov, el mismo que…

La muchacha, pálida, nerviosa, se puso en pie de un salto, arreglándose tras la oreja un mechón de cabellos, y se quedó mirando al recién llegado con sus grandes ojos grises asustados.

—Entonces ¿usted es aquella peligrosa mujer por la que se interesaba Vera Efrémova? —preguntó Nejliúdov, sonriendo y tendiéndole la mano.

—Sí, la misma —dijo Lida, y descubriendo una hilera de dientes perfectos, sonrió con expresión bondadosa e infantil—. Mi tía tenía muchos deseos de verle. ¡Tía! —se dirigió a la puerta, con una voz femenina y agradable.

—Vera Efrémova estaba muy disgustada con su detención de usted —dijo Nejliúdov.

—Siéntese aquí, o mejor en este sitio —decía Lida indicando el sillón roto del que acababa de levantarse el muchacho—. Mi primo, Sajárov —dijo al ver la mirada que Nejliúdov dirigía al muchacho.

El joven sonrió con la misma bondad que Lida, saludó al visitante y, cuando Nejliúdov se sentó, cogió una silla que había junto a la venta y se puso a su lado. Por otra puerta entró un

colegial rubio de unos dieciséis años, y en silencio se colocó en el alféizar de la ventana.

—Vera Efrémova es muy amiga de mi tía, yo casi no la conozco —dijo Lida.

En aquel momento, de la habitación vecina entró una mujer muy simpática, con cara inteligente, llevaba una blusa blanca ceñida con un cinturón de cuero.

—Buenos días, muchas gracias por haber venido —empezó a decir tan pronto como se sentó en el diván al lado de Lida—.

¿Cómo está Viérochka? ¿La ha visto usted? ¿Cómo sobrelleva su situación?

—No se queja —respondió Nejliúdov—, dice que tiene una sensación olímpica.

—¡Oh! Conozco a Viérochka —dijo la tía, sonriendo y moviendo la cabeza—. Tiene una personalidad magnífica. Todo para los demás, nada para ella misma.

—Es cierto, no quería nada para sí y tan sólo estaba preocupada por su sobrina. Lo que le atormentaba era que la hubiesen detenido por nada, según dijo.

—Así es —exclamó la tía—. Ha sido horrible. Ha sufrido por culpa mía.

—¡Nada de eso, tía! —dijo Lida—. Sin ti también hubiera cogido los papeles.

—Permíteme que yo lo sepa mejor que tú —continuó la tía—. Verá usted —prosiguió dirigiéndose a Nejliúdov—, todo ocurrió porque alguien me pidió que le guardara unos documentos, y yo, como no tengo piso, se los traje a ella. En su casa, aquella misma noche, hicieron un registro, cogieron los documentos y también se la llevaron a ella. Y la han tenido hasta ahora. Le exigían que dijese de quién los había recibido.

—Y yo no lo dije —exclamó rápidamente Lida, arreglándose nerviosamente el mechón de pelo, que le estorbaba.

—Pero si yo no digo que lo hayas dicho —repitió la tía.

—Si han detenido a Mítinka no ha sido por mí —dijo Lida, enrojeciendo y mirando en torno suyo con inquietud.

—No hables de eso, Lídochka —dijo la madre.

—¿Por qué no? Quiero contarlo —insistió Lida, que ya no sonreía, había enrojecido y ya no se arreglaba el mechón de pelo, sino que lo enroscaba en un dedo y miraba continuamente a su alrededor.

—Acuérdate de lo que pasó ayer, cuando te pusiste a hablar de eso.

—Nada…, déjame, mamá. No lo dije, lo único que hice fue callar. Cuando me interrogaron dos veces acerca de la tía y de Mitin, no le dije nada, y le advertí que no contestaría nada. Entonces… Petrov…

—Petrov es policía secreta, y un gran canalla —intervino la tía, explicando a Nejliúdov las palabras de su sobrina.

—Entonces él —prosiguió Lida alterándose y apresurándose— se puso a rogarme: «Todo lo que usted me diga —empezó— no puede perjudicar a nadie, al contrario… Si lo dice usted, entonces soltaremos a personas inocentes que, a lo mejor, torturamos en vano». De todos modos, dije que no hablaría. Entonces me dijo:

«Bueno, no diga nada, pero no niegue lo que voy a decir yo». Y empezó a nombrar gente, y nombró a Mitin.

—No hables más —dijo la tía.

—¡Oh, tía! No me molestes… —y sin cesar se tiraba del mechón de pelo y no dejaba de volver la cabeza a su alrededor—.

Y de pronto, imagínese, al día siguiente me entero —me lo comunicaron por golpecitos— que Mitin estaba detenido. Bueno, pienso, lo he denunciado. Y eso me empezó a torturar de tal forma, que por poco me vuelvo loca.

—Y resultó que no le detuvieron por tu culpa —dijo la tía.

—Sí, pero yo no lo sabía. Pensaba que lo había denunciado. Caminaba por la celda de pared a pared, y no podía ni pensar. Pensaba: lo he denunciado. Me acostaba, me tapaba, y oía cómo me susurraba alguien: «Has denunciado, has denunciado a Mitin, has delatado a Mitin». Sabía que era una alucinación y, sin embargo, no podía dejar de escucharlo. Quería dormirme, no podía; quería no pensar, tampoco podía. ¡Eso ha sido horroroso!

—decía Lida cada vez más y más excitada, enroscando en el dedo el mechón de pelo y soltándolo otra vez, y mirando a todas partes.

—Lídochka, tranquilízate —repetía la madre, tocándole un hombro.

Pero Lídochka ya no podía detenerse.

—Es horroroso porque… —empezó a decir algo más, pero sin terminar estalló en sollozos, saltó del diván y, tropezando con el sillón, salió corriendo de la habitación.

—Habría que colgar a esos canallas —dijo el colegial que estaba sentado en el alféizar de la ventana.

—¿Qué dices tú? —preguntó la madre.

—Yo… nada. Decía… —replicó el estudiante, y cogiendo un cigarrillo que había en la mesa, se puso a encenderlo.

XXVI

—Sí, para los jóvenes es horrible el estar incomunicados —dijo la tía moviendo la cabeza y encendiendo también un cigarrillo.

—Yo creo que para todos —dijo Nejliúdov.

—No, para todos no —contestó la tía—. Para los auténticos revolucionarios, me lo han contado, es un descanso, una tranquilidad. El hombre al margen de la ley vive siempre lleno de inquietud, privado de cosas materiales, con miedo por sí mismo, por los demás. Cuando finalmente le detienen, se acabó todo, pierde toda responsabilidad; está encerrado y descansa. Sencillamente, me han dicho que se alegran cuando los cogen. Pero para los jóvenes e inocentes —siempre detienen primero a los inocentes, como Lídochka—, para ésos el choque es atroz. Lo de menos es que les quiten la libertad, les traten groseramente, les den mal de comer, que el aire sea irrespirable, padezcan toda clase de privaciones, todo eso se sobrellevaría fácilmente, si no fuera por aquel choque moral que se recibe cuando a uno le detienen por primera vez.

—¿Acaso usted lo ha experimentado?

—¿Yo? He estado detenida dos veces —dijo la tía, con una sonrisa triste—. Cuando me detuvieron la primera vez, y lo hicieron por nada —continuó—, yo tenía veintidós años, tenía una niña y estaba embarazada. Por doloroso que me resultara entonces verme privada de libertad, separada de mi marido y de mi hija, todo eso no era nada en comparación con lo que experimenté cuando comprendí que había dejado de ser una persona y me había convertido en un objeto. Me quiero despedir de mi hija, y me dicen que vaya y suba al coche. Pregunto dónde me llevan, y me contestan que me enteraré cuando llegue. Pregunto de qué me acusan, y no me contestan. Cuando después del interrogatorio me desnudaron, me pusieron el traje de presidiaria con un número, me llevaron al sótano, abrieron la puerta, me empujaron allí y me encerraron en el calabozo con un candado, se marcharon y sólo quedó un centinela con un fusil, que andaba silencioso y de vez en cuando miraba por la mirilla de mi puerta, me resultó tremendamente penoso. Recuerdo que lo que más me anonadó entonces fue que el oficial de los gendarmes me ofreciera un cigarrillo. Entonces supe cómo le gusta fumar a la gente, cómo le gusta la libertad, la luz, sabía cómo quieren las madres a sus hijos y los hijos a la madre. Entonces, ¿cómo pueden despiadadamente arrancarme de todo lo que me era querido y encerrarme como a una fiera salvaje? Eso no puede pasar sin castigo. Si uno cree en Dios y en los hombres y que unos se quieren a otros, después de esto dejará de creer.

Desde entonces dejé de creer en los hombres y me he hecho hostil —concluyó con una sonrisa.

Por la puerta que había salido Lida entró la madre y dijo que Lídochka estaba muy excitada y que no saldría.

—¿Y por qué han destrozado esa vida joven? —dijo la tía—. Me duele de un modo especial, porque involuntariamente yo he sido la culpable.

—Dios permitirá que se reponga con el aire de la aldea —dijo la madre—. La mandaremos con su padre.

—Sí, de no haber sido por usted, hubiera perecido —dijo la tía—. Gracias a usted está aquí. Verá por qué quería verle, para pedir que le lleve una carta a Vera Efrémova —dijo, sacando una carta del bolsillo—. La carta no está cerrada, puede leerla y romperla o entregarla, lo que le parezca mejor, según su juicio —dijo—. En la carta no hay nada comprometedor.

Nejliúdov cogió la carta, prometió entregarla, se despidió y salió a la calle.

Pegó el sobre sin leer la carta, y decidió entregarla a su destinataria.

<h2 style="text-align:center">XXVII</h2>

El último asunto que retenía a Nejliúdov en San Petersburgo era el de los sectarios, cuya solicitud dirigida al zar se disponía a entregar a través de su ex compañero de regimiento, el ayudante de campo Bogatyríov. Por la mañana llegó a casa de Bogatyríov y le encontró comiendo, aunque preparado para marcharse. Bogatyríov era un hombre de pequeña estatura, rechoncho, dotado de una fuerza física poco común —doblaba herraduras—, bueno, honrado, sincero e incluso liberal. A pesar de esas cualidades, era íntimo de la Corte y quería al zar y a su familia, y viviendo en esa alta esfera, tenía la habilidad sorprendente de ver en ella sólo lo bueno y no participar en nada malo ni deshonroso. No criticaba nunca a los hombres ni las disposiciones; o permanecía callado o decía con voz firme y muy alta, como si gritase, lo que pensaba. Con frecuencia acompañaba sus palabras de ruidosas carcajadas. Y no hacía esto por malicia, sino porque era así su carácter.

—Bueno, estupendo que hayas venido. ¿No quieres comer?

Siéntate, anda. El filete es magnífico. Siempre empiezo y termino por lo esencial, ¡ja, ja, ja! Pero beberás vino —gritaba indicando la jarra de vino tinto—. Estaba pensando en ti. Entregaré la solicitud. La entregaré en propia mano, es cierto. Pero se me ha ocurrido si no sería mejor que fueras antes a ver a Tóporov.

Nejliúdov hizo una mueca al oír el nombre de Tóporov.

—Todo depende de él. De todos modos, le van a pedir información. A lo mejor él mismo te lo resuelve.

—Si me lo aconsejas, iré.

—¡Pues estupendo! Bueno, ¿cómo te sienta San Petersburgo?

—Noto que estoy hipnotizado —dijo Nejliúdov.

—¿Hipnotizado? —repitió Bogatyríov, y lanzó una sonora carcajada—. ¿No quieres comer? Como quieras —se limpió el bigote con la servilleta—. Entonces, ¿vas a ir, eh? Si él no lo hace, dame la instancia, y mañana mismo la llevaré —dijo a voz en grito, y levantándose de la mesa se santiguó haciendo una amplia señal de la cruz, sin duda con la misma inconsciencia con que se había limpiado los labios, y se puso a ajustarse el sable a la cintura—. Y ahora, adiós; me tengo que marchar.

—Saldremos juntos —dijo Nejliúdov, estrechando contento la mano fuerte y ancha de Bogatyríov, y como siempre, bajo la agradable sensación de algo sano, inconsciente, lozano, y se separó de él en la escalinata de la casa.

Aunque no esperaba nada bueno de esa visita, de todos modos Nejliúdov, por consejo de Bogatyríov, fue a casa de Tóporov, de quien dependía el asunto de los sectarios.

El cargo que ocupaba Tóporov constituía por su forma una contradicción que sólo podía no ver un hombre torpe y privado de moral. La contradicción que encerraba consistía en que debía apoyar y defender, valiéndose de medios externos, sin excluir la violencia, la Iglesia, que, por su propia definición, ha sido establecida por Dios y no puede derrumbarse ni por el infierno ni por ningún esfuerzo humano. Esta institución divina e incólume debía ser apoyada y defendida por una institución humana, a cuya cabeza figuraba Tóporov con sus funcionarios. Tóporov no veía esa contradicción o no quería verla, y por eso le preocupaba seriamente que algún cura, pastor o sectario destruyese esa Iglesia que no puede ser vencida ni por el mismo infierno. Tóporov, lo mismo que todos los hombres carentes de un auténtico sentido religioso y de la igualdad y hermandad entre los hombres, estaba plenamente convencido de que el pueblo estaba constituido por seres completamente distintos a él y que necesitaba imprescindiblemente aquello sin lo cual él podía pasarse muy bien. En el fondo de su alma no creía en nada y encontraba que tal situación era muy cómoda y agradable. Pero temiendo que el pueblo llegase al mismo estado espiritual, consideraba, según decía, tener la sagrada misión de salvarle de esto.

Lo mismo que se dice en un libro de cocina que a los cangrejos se les cueza vivos, estaba plenamente convencido —y no en sentido figurado, como se interpreta esta expresión en dicho libro, sino en el verdadero—, lo pensaba y lo decía, que al pueblo le gusta ser supersticioso.

Trataba el mantenimiento de la religión lo mismo que trata un agricultor la carroña con que alimenta a sus gallinas: ésta es muy desagradable, pero a las gallinas les gusta y la comen, y por eso hay que alimentarlas con carroña.

Como es lógico, todos esos iconos de la Virgen de Iversk, de Kazán, y de Smolensk son unas groseras manifestaciones de idolatría, pero al pueblo le gusta y cree en eso y, por tanto, era necesario mantener esa superstición. Así pensaba Tóporov, sin darse cuenta de que lo que le parecía, que al pueblo le gustaba la superstición, era sólo porque siempre se encontraban personas tan crueles como él, que no empleaban su ilustración en lo que debían: en ayudar a los ignorantes a salir de las tinieblas, sino que, por el contrario, les afianzaban más en ellas.

Cuando Nejliúdov entró en la sala de espera, Tóporov estaba en el despacho charlando con una madre superiora, mujer enérgica, perteneciente a la aristocracia, que propagaba en la región del Oeste la religión ortodoxa entre los uniatos.

El secretario privado que estaba de servicio en el vestíbulo preguntó a Nejliúdov cuál era el motivo de su visita, y al enterarse de que tenía intención de entregar una solicitud de los sectarios al zar, le preguntó si se la podía dejar ver. Nejliúdov le entregó la solicitud y aquél pasó con ella al despacho. La monja salió del despacho y se dirigió hacia la salida. Llevaba un capuchón con un velo y arrastraba una larga cola, iba con sus blancas manos de uñas pulcras cruzadas con las que sujetaba un rosario de topacio. Continuaban sin llamar a Nejliúdov. Tóporov leía la instancia y movía la cabeza. Estaba desagradablemente sorprendido de que la instancia estuviera redactada de un modo claro y enérgico.

«Si cae en manos del emperador, puede suscitar preguntas desagradables y dificultades», pensó al terminar de leer la instancia. Y dejándola sobre la mesa, mandó que hicieran llamar a Nejliúdov.

Recordaba el caso de esos sectarios y ya tenía una instancia de ellos. Era un grupo que se había separado de la Iglesia ortodoxa, los habían conminado para que volvieran, finalmente llevaron el asunto a los Tribunales y fueron absueltos. Entonces el obispo y el gobernador decidieron desterrar a los maridos, a las mujeres y a los niños a distintos lugares, basándose en que sus matrimonios eran ilegales. Los padres de familia y las mujeres enviaron una instancia pidiendo que no los separaran. Tóporov recordó el asunto cuando cayó por primera vez en sus manos. Y entonces había vacilado, pensando si debía atajarlo. Pero no existía ningún mal en ratificar la orden de desterrar a distintos lugares a los miembros de esas familias de campesinos. Dejarlos en sus respectivas aldeas podía resultar un mal precedente para los otros habitantes en el sentido de separarse de la Iglesia ortodoxa. Además, esto demostraba el celo del obispo y por eso dio curso al asunto hasta que llegó a su estado actual.

Ahora, con un defensor como Nejliúdov, que tenía relaciones en San Petersburgo, el asunto podía ser presentado al emperador como una crueldad o ser publicado en periódicos del extranjero. Y por eso en aquel momento tomó una decisión inesperada.

—Buenos días —dijo con aire de hombre muy ocupado, recibiendo en pie a Nejliúdov, y abordando inmediatamente el asunto.

—Conozco el caso. En cuanto he visto los nombres, he recordado esta desgraciada historia —dijo cogiendo la instancia y mostrándosela a Nejliúdov—. Y le estoy muy agradecido por habérmelo recordado. Las autoridades provinciales se han pasado de la raya… —Nejliúdov callaba y miraba con un sentimiento desagradable la inmóvil máscara de su rostro pálido—. Daré una orden para que se indulte a estas gentes, y para que vuelvan a sus lugares de residencia.

—Entonces, ¿puedo no cursar esta instancia? —preguntó Nejliúdov.

—Decididamente. Yo se lo prometo —dijo con especial entonación la palabra «yo», sin duda completamente seguro de que su honradez y su palabra eran la mayor garantía—. Lo mejor será que escriba ahora mismo. Tenga la bondad de sentarse.

Se acercó a la mesa y se puso a escribir. Nejliúdov, sin sentarse, miraba desde arriba aquel cráneo estrecho y calvo y aquella mano con gruesas venas azules que llevaba rápidamente la pluma y se extrañaba de porqué hacía aquello con tanto interés, un hombre que sin duda parecía indiferente. ¿Por qué?

—Aquí tiene, señor —dijo Tóporov, pegando el sobre—, comuníquelo a sus clientes —añadió plegando los labios en forma de sonrisa.

—¿Por qué han estado sufriendo estos hombres? —preguntó Nejliúdov, cogiendo el sobre.

Tóporov levantó la cabeza y sonrió, como si la pregunta de Nejliúdov le resultara agradable.

—Eso no puedo decírselo. Sólo puedo decirle que los intereses del pueblo, por los que nosotros velamos, son tan importantes que el exceso de celo relativo a la religión no es tan terrible ni nocivo como la indiferencia que actualmente se está extendiendo.

—Pero ¿cómo es posible que en nombre de la religión se quebranten las principales reglas del amor, se separen familias...?

Tóporov continuaba sonriendo condescendiente, encontrando sin duda graciosas las preguntas de Nejliúdov. Cualquier cosa que dijera Nejliúdov, Tóporov la encontraría graciosa y parcial desde la altura —como pensaba— de su elevada situación de hombre de Estado en que se hallaba.

—Desde el punto de vista de un hombre particular puede parecer así —dijo—, pero desde el gubernamental parece un poco distinto. Bueno, encantado —dijo Tóporov, inclinando la cabeza y tendiéndole la mano.

Nejliúdov la estrechó y en silencio se apresuró a salir, arrepintiéndose de haberle estrechado la mano.

«Los intereses del pueblo —repetía las palabras de Tóporov—. Tus intereses, sólo los tuyos», pensaba saliendo de la casa de Tóporov.

En la mente pasó revista a todas aquellas personas que sufrían las consecuencias de la actividad que desarrollaban las instituciones que administraban justicia, apoyaban la fe y educaban al pueblo: desde la campesina castigada por vender vino clandestinamente, al muchacho que había robado, el vagabundo por vagabundear, el incendiario por el incendio, el banquero por malversación y esa desgraciada Lida, a quien habían destruido sólo porque podía proporcionar las informaciones necesarias, y los sectarios por haber quebrantado la religión, y a Gurkiévich con la Constitución. Por eso a Nejliúdov le pareció completamente claro que todos esos funcionarios, empezando por el marido de su tía, los magistrados y Tóporov, hasta los pequeños empleados, unos señores pulcros y correctos, que ocupaban mesas en los departamentos ministeriales, no se inmutasen en absoluto porque sufriesen los inocentes, y se preocupaban tan sólo de la forma de alejar a todos los peligrosos.

Tal explicación acerca de lo que sucedía le parecía a Nejliúdov muy sencilla y clara, pero precisamente esa sencillez y esa claridad le obligaban a vacilar para admitirlo. No era posible que una cosa tan complicada tuviera una explicación tan sencilla y horrorosa. No podía ser que todas las palabras sobre la justicia, el bien, las leyes, la fe, Dios, etc., fueran tan sólo palabras y encubrieran el interés más brutal y la crueldad.

XXVIII

Nejliúdov se hubiera marchado aquel mismo día por la noche, pero había prometido a Mariette que iría a su palco del teatro. Y aunque sabía que no debía hacerlo, así y todo, en contra de su conciencia, fue. Consideraba que era su deber, porque había empeñado su palabra.

«¿Puedo resistir a esas tentaciones? —pensaba sin mucha sinceridad—. Voy a probar por última vez.»

Vestido de frac, llegó al segundo acto de la eterna Damme aux camélias, en la que una actriz, venida del extranjero, mostraba de un modo nuevo cómo mueren las mujeres tuberculosas.

El teatro estaba lleno, y a Nejliúdov le indicaron enseguida con respeto dónde se encontraba el palco de Mariette.

En el pasillo permanecía un lacayo de librea, le saludó como a un conocido y le abrió la puerta.

En los palcos de enfrente, con gente sentada y en pie, y en el patio de butacas, se veían espaldas, cabezas canas y medio canas, calvas y de cabellos rizados y untados, todos contemplando absortos a la delgada actriz, muy elegante, envuelta en sedas y encajes, afectada y con voz falsa, que interpretaba su monólogo. Alguien chistó al abrirse la puerta y una corriente de aire frío y otra de tibio cruzaron la cara de Nejliúdov.

En el palco estaba Mariette con una señora desconocida, que llevaba una capa roja y un peinado muy aparatoso, y dos hombres: un general de uniforme, el marido de Mariette, un hombre apuesto, alto, de rostro severo e impenetrable y nariz aguileña; el otro, con una ancha pechera blanca, rubio y calvo, con un hoyuelo en el mentón afeitado, entre dos amplias patillas. Mariette, graciosa, delgada, elegante, con un escote que dejaba ver sus hombros fuertes y musculosos y su cuello, en el que había un lunar, se volvió inmediatamente e indicó a Nejliúdov con el abanico una silla que había detrás de ella, mientras le sonreía agradecida y —

según le pareció— de un modo significativo. Su marido, tranquilamente —como lo hacía todo—, miró a Nejliúdov e inclinó la cabeza. Se veía en él —en su actitud, en la mirada que cambiaba con Mariette— que era el poseedor, el dueño, de una mujer hermosa.

Cuando acabó el monólogo, el teatro estalló en aplausos.

Mariette se levantó y, sujetándose la falda de seda que crujía, salió a la parte interior del palco y presentó a su marido a Nejliúdov. El general, sin dejar de sonreír con los ojos, dijo que estaba encantado, y tranquilamente guardó un silencio impenetrable.

—Tenía que marcharme hoy, pero le prometí venir —dijo Nejliúdov a Mariette.

—Si no quiere verme, por lo menos verá a una artista extraordinaria —dijo Mariette, respondiendo al sentido de sus palabras—. ¿Verdad que ha estado magnífica en la última escena?

—se dirigió al marido.

El marido inclinó la cabeza.

—Eso no me emociona —dijo Nejliúdov—. He visto ahora tantas desgracias verdaderas, que…

—Bueno, siéntese y cuénteme.

El marido escuchaba con una sonrisa cada vez más irónica en los ojos.

—He estado en casa de esa mujer que han puesto en libertad, y que estuvo detenida tanto tiempo. Es un ser completamente destrozado.

—Es la mujer de la que te había hablado —dijo Mariette a su marido.

—Sí, estoy muy contento de que se la haya podido poner en libertad —dijo tranquilamente, moviendo la cabeza y con absoluta ironía, según le pareció a Nejliúdov, y sonriendo bajo el bigote—. Voy a salir a fumar.

Nejliúdov permanecía sentado esperando que Mariette le dijera aquello que tenía que decirle, pero no le dijo nada y ni siquiera trató de decírselo. Gastaba bromas y hablaba de la obra de teatro que, según pensaba, tenía que emocionar de forma especial a Nejliúdov.

Nejliúdov comprendió que no tenía nada que decirle, que sólo deseaba mostrarse ante él en todo el esplendor de su traje de noche, con sus hombros desnudos y su lunar, y eso le resultaba agradable y repulsivo al mismo tiempo.

No es que hubiera desaparecido ahora para Nejliúdov aquel velo que cubría antes esos encantos, pero al menos veía lo que había debajo. Mirando a Mariette se embelesaba, pero sabía que era una mentirosa que vivía con un marido que hacía su carrera con las lágrimas y la vida de cientos y cientos de personas, y esto le resultaba indiferente, y que todo lo que dijo la víspera era mentira. Lo que ella quería —él no sabía para qué ni ella tampoco— era obligarle a que la quisiera. Le resultaba atractivo y repugnante. Varias veces hizo ademán de marcharse, cogía el sombrero y se volvía a quedar.

Por fin, cuando el marido, cuyos espesos bigotes olían a tabaco, volvió al palco y con expresión protectora y despectiva miró a Nejliúdov, como si no lo reconociera, éste no dejó que se cerrara la puerta, salió al pasillo, buscó su abrigo y se marchó del teatro.

Cuando regresaba a su casa por la avenida Nevski, reparó involuntariamente en una mujer alta que iba delante de él, muy bien proporcionada y vestida con provocativa elegancia. Marchaba tranquila por la acera asfaltada, y en su rostro y figura se notaba que tenía conciencia de su maléfico poder. Todos los que se cruzaban con ella se volvían para mirarla. Nejliúdov caminaba más deprisa que ella y también, sin querer, se volvió para verle la cara. El rostro, probablemente pintado, era bonito, y la mujer sonrió a Nejliúdov con un resplandor en los ojos. Y, cosa rara, Nejliúdov recordó inmediatamente a Mariette, porque experimentó la misma sensación de atracción y repugnancia que había sentido en el teatro. Adelantándola con rapidez, Nejliúdov se encolerizó consigo mismo, giró hacia la calle Morskaya y, saliendo a la orilla del Neva, se puso a pasear de arriba abajo, llamando la atención del guardia.

«Igual me sonreía la otra en el teatro cuando entré —pensó—,

y una y otra sonrisa tienen el mismo sentido. La diferencia estriba sólo en que ésta dice de modo sencillo y claro: "Si me necesitas, tómame; si no te hago falta, pasa de largo". La otra finge que no piensa en eso, y que vive en aras de unos sentimientos elevados y puros, pero en realidad es lo mismo. Ésta por lo menos es auténtica, y la otra miente. Además, esta mujer ha sido arrastrada a su situación por la necesidad; la otra juega, se entretiene con esa encantadora, repugnante y horrible pasión. Esta mujer callejera, maloliente, es agua sucia y hedionda que se ofrece a aquellos cuya sed es más fuerte que la repulsión; aquélla, en el teatro, es un veneno que emponzoña imperceptiblemente todo lo que toca —Nejliúdov recordó sus relaciones con la mujer del mariscal de la nobleza y le asaltaron recuerdos vergonzosos—. Es repugnante la animalidad que hay en el hombre —pensaba—, pero cuando está en su forma normal, se ve desde la altura de la vida espiritual y se desprecia. Tanto si se ha resistido como si no, sigue uno siendo siempre lo que era. Pero cuando esta animalidad se oculta bajo un velo de presunta poesía y estética y exige admiración, entonces uno se deja arrastrar por completo y ya no distingue lo bueno de lo malo. Entonces es horroroso.»

Nejliúdov veía esto ahora tan claro como veía los palacios, los centinelas, la fortaleza, el río, las barcas y la casa de la Bolsa.

Y lo mismo que aquella noche carecía de esa oscuridad tranquilizadora que proporciona el descanso a la tierra —había una luz turbia, artificial, triste—, en el alma de Nejliúdov no había el descanso de la oscuridad de la ignorancia. Estaba claro que todo lo que ocurría importante y bueno era miserable y malo. Ese brillo, ese lujo, ocultaban viejos crímenes habituales, que no sólo quedaban impunes, sino que reinaban y adornaban toda esa esplendidez que eran capaces de inventar los hombres.

Nejliúdov hubiera querido olvidar eso, no verlo, pero ya no podía. Aunque no vislumbraba la fuente de esa luz que le reveló todo, como tampoco veía la que iluminaba San Petersburgo, y aunque le parecía turbia, triste y artificial, no pudo por menos de notar lo que le descubría esa luz. Y al mismo tiempo sintió alegría e inquietud.

XXIX

Al llegar a Moscú, lo primero que hizo Nejliúdov fue ir a la enfermería de la prisión, para comunicar a Máslova la triste noticia de que el Tribunal Supremo había confirmado la decisión del Tribunal, y que era necesario prepararse para Siberia.

Sobre la petición de gracia dirigida al emperador que había redactado el abogado y que ahora llevaba a Máslova para que la firmase, tenía pocas esperanzas. Por raro que parezca, ahora no quería que tuviese éxito. Se hacía la idea de ir a Siberia, de vivir entre los deportados y condenados a trabajos forzados, y le resultaba difícil imaginarse cómo arreglaría su vida y la de Máslova si la indultaran. Recordaba las palabras del escritor americano Thoreau, quien, en la época en que en América existía la esclavitud, afirmaba que el único sitio para el ciudadano decente donde las leyes protegen de la esclavitud es la cárcel. De la misma forma pensaba Nejliúdov, sobre todo después de su viaje a San Petersburgo y de cuanto allí se enteró.

«Sí, el único sitio decente para una persona honrada en Rusia en estos tiempos ¡es la cárcel!», pensó. E incluso lo experimentó al acercarse a la cárcel y entrar en su recinto.

El portero de la enfermería reconoció a Nejliúdov, y le hizo saber que Máslova ya no estaba allí.

—¿Y dónde está?

—Pues otra vez en la prisión.

—¿Por qué la han trasladado? —preguntó Nejliúdov.

—Esa gente es así, excelencia —respondió el portero sonriendo despectivamente—. Se ha liado con el practicante, y el médico jefe la ha echado.

Nejliúdov no hubiera creído de ningún modo que Máslova y su estado moral le resultasen tan importantes. Esa noticia le dejó anonadado. Tuvo la misma sensación que experimenta la gente ante la noticia de una gran desgracia. Le dio una gran pena. La primera sensación ante la noticia fue de vergüenza. Se sintió ridículo ante sí mismo por haberse imaginado su aparente cambio moral. Todas sus palabras de rechazar su sacrificio y sus reproches y sus lágrimas, todo eso eran —pensó— astucias de una mujer pervertida que deseaba aprovecharse de él lo mejor posible.

Le parecía que en la última visita observó en ella síntomas de la incorregibilidad que se había manifestado ahora. Todo esto cruzó por su cabeza mientras se ponía maquinalmente el sombrero y salía de la enfermería.

«Pero ¿qué hacer ahora? —se preguntó—. ¿Estoy ligado a ella? ¿No estoy liberado precisamente por esta conducta?», concretó la pregunta.

Pero tan pronto como se la planteó, comprendió inmediatamente que, considerándose liberado y dejándola, no la castigaría a ella —que era lo que deseaba—, sino a sí mismo, y sintió terror.

«¡No! Lo que ha sucedido no puede cambiar mi decisión, sólo puede afirmarla. Ella puede hacer lo que le dicte su estado de ánimo… Yo haré lo que me exige mi conciencia —se dijo—. Mi conciencia me exige que sacrifique mi libertad para reparar mi pecado, y mi decisión de casarme con ella, aunque el matrimonio sea ficticio, y seguirla a donde quiera que la manden permanece inalterable», se dijo con aviesa tenacidad, y saliendo de la enfermería con paso resuelto se dirigió a la gran puerta de la prisión.

Al acercarse al portón, pidió al centinela que dijese al director que quería ver a Máslova. El centinela conocía a Nejliúdov y, como a persona conocida, le comunicó una importante novedad de prisión: el capitán se había marchado y en su lugar había venido otro, un jefe muy severo.

—Se observan ahora unas medidas muy rigurosas —dijo el centinela—. El director está aquí, voy a comunicárselo.

Efectivamente, estaba en la prisión y no tardó en recibir a Nejliúdov. El nuevo director era alto, delgado, con los pómulos salientes, muy lento de movimientos y taciturno.

—Las entrevistas se autorizan en días señalados en el locutorio —dijo, sin mirar a Nejliúdov.

—Pero es necesario que firme una instancia pidiendo el indulto al emperador.

—Me la puede entregar a mí.

—Necesito ver personalmente a la reclusa. Siempre me lo han autorizado antes.

—Eso era antes —añadió, echando una rápida mirada a Nejliúdov.

—Tengo una autorización del gobernador —insistió Nejliúdov, sacando la cartera.

—Permítame —dijo el director, lo mismo que antes sin mirar a Nejliúdov y cogiendo el papel que le tendía con sus dedos largos, enjutos y blancos, en cuyo índice lucía un anillo de oro; lo leyó despacio—. Haga el favor de pasar a la oficina —dijo.

En la oficina no había nadie esta vez. El director se sentó ante la mesa y empezó a examinar unos papeles, sin duda preparándose a estar presente él mismo en la entrevista. Cuando Nejliúdov le preguntó si podía ver a la detenida política Bogodújovskaya, el director contestó lacónicamente que eso era imposible.

—Las entrevistas con los políticos no se autorizan —dijo, y de nuevo se enfrascó en sus papeles.

Con la carta de Bogodújovskaya en el bolsillo Nejliúdov se sentía en la situación de un hombre culpable, cuyas ideas habían sido descubiertas y desbaratadas.

Cuando Máslova entró en la oficina, el director levantó la cabeza y, sin mirar ni a Máslova ni a Nejliúdov, dijo:

—¡Pueden hablar! —y siguió ocupado con su papeles.

Máslova estaba vestida otra vez como antes: con una blusa blanca, falda y pañuelo a la cabeza. Al acercarse Nejliúdov y ver su rostro frío e iracundo, enrojeció intensamente y bajó los ojos, mientras jugueteaba con el extremo de la blusa. Su turbación era para Nejliúdov la confirmación de las palabras del portero de la enfermería.

Nejliúdov quería tratarla como la última vez, pero no podía. Así como antes quería tenderle la mano, ahora le resultaba repulsivo.

—Le he traído una mala noticia —dijo con tono uniforme, sin mirarle ni darle la mano—: en el Tribunal Supremo han rechazado la petición.

—Ya lo sabía —dijo con voz extraña, como si se ahogase. Antes, Nejliúdov le hubiera preguntado por qué creía saberlo; ahora, sólo le lanzó un vistazo. Sus ojos estaban llenos de lágrimas.

Pero esto no sólo no le conmovió, sino, al contrario, le irritó más frente a ella.

El director se levantó y empezó a andar por la habitación de un lado para otro.

A pesar de toda la repugnancia que sentía ahora Nejliúdov por Máslova, así y todo consideró necesario expresarle su sentimiento por la negación del Tribunal Supremo.

—No se desespere —dijo—. La petición de gracia al emperador puede dar resultado, y yo confío que…

—No estoy así por eso… —dijo lastimosamente con los ojos bajos, llenos de lágrimas.

—Entonces, ¿por qué?

—Habrá usted estado en la enfermería y le habrán dicho de mí…

—Y qué, eso es asunto suyo —dijo fríamente Nejliúdov, frunciendo el ceño.

Apaciguado el duro sentimiento de ofensa del orgullo personal, se alzó en él con nueva fuerza en cuanto ella mencionó lo de la enfermería. «Yo, que soy un hombre de sociedad, con el que cualquier muchacha de la sociedad consideraría una dicha casarse, me he ofrecido como marido a esa mujer, y no ha podido esperar y se ha liado con el practicante», pensaba, mirándola con odio.

—Fírmeme esta solicitud —dijo, y sacando del bolsillo un gran sobre lo colocó en la mesa. Se enjugó las lágrimas con la punta del pañuelo, se sentó junto a la mesa, preguntando dónde y qué tenía que escribir.

Se lo dijo y le indicó el sitio de la firma. Sentada junto a la mesa, se arreglaba con la mano izquierda la manga derecha mientras él permanecía en pie y miraba su espalda inclinada, de cuando en cuando estremecida por los sollozos contenidos, y en su alma se debatían dos sentimientos, la maldad y la bondad: el orgullo ofendido y la compasión que sentía hacia ella. Y venció el último sentimiento.

No recordó lo que experimentó primero: si había sentido piedad por ella en su corazón o recordado sus propios pecados y su vileza, precisamente los que le reprochaba a ella. Pero de pronto se sintió culpable y la compadeció al mismo tiempo.

Después de firmar la instancia y de limpiarse el dedo manchado de tinta en la falda, se puso en pie y le miró.

—Suceda lo que suceda y pase lo que pase, nada cambiará mi decisión —dijo Nejliúdov.

La idea de que la perdonaba reforzó su sentimiento de piedad y ternura hacia ella, y tuvo ganas de consolarla.

—Haré lo que le dije. A cualquier sitio que la manden, estaré con usted.

—Es inútil —se apresuró a interrumpirle, y resplandeció de alegría.

—Piense lo que necesita para el camino.

—Me parece que nada de particular. Muchas gracias.

El director se les acercó, y Nejliúdov, sin esperar que dijera nada, se despidió de ella y salió. Experimentaba un sentimiento jamás conocido hasta entonces de dulce alegría, tranquilidad y amor hacia todos los hombres. Lo que le alegraba y elevaba a esa altura era la sensación de que ningún acto de Máslova podía cambiar su amor hacia ella. Que se liase con el practicante, eso era asunto suyo: no la quería por él, sino por ella y por Dios.

Sin embargo, el lío con el practicante por el que habían expulsado a Máslova de la enfermería, y en cuya verdad creyó Nejliúdov, no era tal. Consistía en que había ido al botiquín en busca de un té medicinal, por orden de la enfermera. El botiquín se encontraba al final del pasillo, y allí encontró al practicante Ustínov, que estaba solo. Era un hombre alto, con el rostro cubierto de manchas rojas, el cual hacía mucho asediaba a Máslova, y en esta ocasión le rechazó con tal violencia que tropezó contra la estantería. Cayeron y se rompieron dos frascos.

Justo entonces pasaba por el pasillo el médico jefe; al oír el ruido de los cristales contra el suelo y ver salir a Máslova sofocada, le gritó enfadado:

—Bueno, madrecita, como se te ocurra organizar líos aquí, te echaré. ¿Qué ha pasado? —se dirigió al practicante, mirándole severamente por encima de los lentes.

El practicante, sonriendo, empezó a justificarse. El médico, sin escuchar hasta el final, levantó tanto la cabeza que ya le miraba a través de los lentes, y pasó a las salas. Aquel mismo día le dijo al director que mandaran en sustitución de Máslova una mujer más seria. Solamente en esto consistía el asunto de Máslova con el practicante. El que la hubiesen echado de la enfermería con el pretexto de que se había liado con el practicante, a Máslova le resultó especialmente doloroso. Después de su encuentro con Nejliúdov, las relaciones con los hombres se le habían hecho más repulsivas de lo que le resultaban desde hacía tiempo. El hecho de que por su pasado y por su situación actual todo hombre y, por supuesto, el practicante de la cara cubierta de manchas rojas, se considerara con derecho a ofenderla y se asombrara al ser rechazado, ls resultaba terriblemente humillante, y le hacía compadecerse de sí misma y llorar. Ahora, al encontrarse con Nejliúdov, quería justificarse ante él de la acusación injusta, que seguramente había oído.

Pero al empezar a justificarse comprendió que no la creería, que su justificación sólo confirmaría su sospecha; las lágrimas se le agolparon en la garganta, y se calló. Máslova seguía pensando todavía y continuaba asegurándose que —conforme le dijo en su segunda entrevista— no le había perdonado y le odiaba, pero hacía mucho tiempo que le quería otra vez y de tal modo, que, involuntariamente, hacía todo aquello que él deseaba que hiciese: dejó de beber, de fumar, abandonó la coquetería y pasó a la enfermería de la prisión, como ayudante de enfermera. Todo esto lo hacía porque sabía que él lo deseaba. Si rechazaba tan firmemente cada vez que él le recordaba que aceptase el sacrificio de casarse con ella, era sólo por repetirle las palabras altivas que le había dicho la primera vez y porque sabía que el casamiento con ella le haría desgraciado. Decidió finalmente que no aceptaría su sacrificio, y, sin embargo, le resultaba doloroso pensar que la despreciaba, y creía que no veía el cambio experimentado en ella. El que pudiera pensar que hizo algo malo en la enfermería la torturaba más que la noticia definitiva de su condena a trabajos forzados.

XXX

A Máslova se la podían llevar en el primer convoy de presidiarios, y por eso Nejliúdov se preparaba para la marcha. Pero tenía tantos asuntos pendientes que se daba cuenta de que por mucho tiempo libre que tuviese no los terminaría nunca. Todo lo contrario de lo que sucedía antes. En otro tiempo tenía que inventarse una ocupación, y el interés era siempre el mismo: Dimitri Ivánovich Nejliúdov. Sin embargo, a pesar de que el interés de entonces se centraba en Dimitri Ivánovich, esos asuntos eran absurdos. Ahora se referían a otras personas y no a Dimitri Ivánovich, y resultaban interesantes y atractivos, y de estos casos había una cantidad infinita.

Además, el ocuparse anteriormente de los problemas de Dimitri Ivánovich siempre le traía fastidio, irritación; los de los extraños, la mayor parte de las veces, le ponían de buen humor.

Los asuntos que ocupaban aquel tiempo a Nejliúdov se dividían en tres categorías. Él, con su pedantería habitual, los dividía así. Y según esto, los distribuía en tres carteras.

El primero referente a Máslova y a prestarle ayuda. Para esto tenía que buscar influencia, con el fin de cursar la petición de gracia al emperador y, caso de fracasar, hacer los preparativos del viaje a Siberia.

El segundo consistía en resolver la cuestión de la finca. En Pánovo la tierra fue entregada a los campesinos, a condición de que pagasen una renta para las necesidades comunes. Pero para cerrar este convenio era preciso redactar y firmar un contrato. En Kuzmínskoye, las cosas habían quedado tal como las dejó, es decir, que el dinero de las tierras tenía que recibirlo él, pero había que establecer los plazos y determinar cuánto dinero necesitaría para vivir y cuánto dejaría a beneficio de los campesinos. No sabiendo los gastos que le ocasionaría su viaje a Siberia, no se atrevía aún a renunciar a este ingreso, si bien lo redujo a la mitad.

El tercer asunto se refería a la ayuda de los detenidos, que cada vez con mayor frecuencia acudían a él.

Al principio, al ponerse en contacto con los detenidos que le solicitaban ayuda, inmediatamente intercedía por ellos, tratando de aliviar su suerte. Pero luego surgían tantas peticiones, que sintió la imposibilidad de ayudar a cada uno de ellos. Después, involuntariamente, surgió el cuarto problema, que le preocupaba en los últimos tiempos más que los otros.

El cuarto problema consistía en resolver la siguiente cuestión:

¿Qué era, para qué, de dónde había surgido la sorprendente institución llamada Tribunal, cuyo resultado era aquella prisión, con habitantes a los cuales había conocido en parte? ¿Y todos los demás lugares de reclusión, desde la Fortaleza de Pedro y Pablo hasta Sajalin, donde perecían cientos, miles de víctimas por esa extraña ley del Tribunal?

Del trato personal con los detenidos, por las preguntas hechas al abogado, al capellán y al director de la prisión y por los escritos de los reclusos, Nejliúdov llegó a la conclusión de que el componente de los presos llamados delincuentes se dividía en cinco categorías.

El primer grupo lo integraban seres completamente inocentes, víctimas de errores judiciales, como el presunto incendiario Menshov, como Máslova y otros. No eran muchos los pertenecientes a este grupo; según las observaciones del sacerdote, alrededor de un siete por ciento. Pero la situación de esta gente despertaba un interés especial.

El segundo estaba compuesto por gente condenada por actos provocados por circunstancias completamente excepcionales, como la ira, celos, borrachera, etc., actos que, casi seguro, en tales circunstancias hubieran cometido todos aquellos que los juzgaban y condenaban. Según había observado Nejliúdov, este grupo constituía más de la mitad de los recluidos.

El tercero lo componía gente castigada por haber cometido actos que a ellos les parecían incluso buenos, pero que se consideraban delitos por las personas que habían hecho las leyes. A este grupo pertenecían gentes que vendían vino clandestinamente, los que ejercían contrabando, segaban hierba o talaban en los grandes bosques de propiedad estatal. También pertenecían a éstos los salteadores de caminos y los incrédulos que robaban en las iglesias.

El cuarto grupo estaba formado por gente considerada como delincuente por el hecho de ser moralmente superiores al nivel medio de la sociedad. Tales eran los sectarios, polacos, circasianos que defendían su independencia y también los delincuentes políticos, socialistas y huelguistas, condenados por oponerse a las autoridades. El porcentaje de éstos, los mejores de la sociedad, era muy grande, según observación de Nejliúdov.

Por último, el quinto grupo estaba constituido por gente ante la cual la sociedad era mucho más culpable que ellos ante la sociedad. Era gente abandonada, embrutecida por una opresión continua, y los escándalos, como el muchacho de las esteras y cientos de otros que Nejliúdov había visto en presidio y fuera de él, cuyas bajas condiciones de vida parecen conducir sistemáticamente al inevitable acto que se llama crimen. A estas gentes pertenecían, según observación de Nejliúdov, muchos ladrones y criminales, con alguno de los cuales había entrado en relación durante este tiempo. Al conocer a estos tipos más de cerca, incluyó también entre ellos a los seres pervertidos que la nueva escuela llama tipo criminal, y cuya existencia demuestra la necesidad de las leyes penales y de castigo. Estos tipos llamados depravados, culpables, anormales, según Nejliúdov, eran iguales a los que consideraban menos culpables y ante los cuales la sociedad resultaba más culpable que ellos. Pero en este caso la sociedad no era culpable directamente ante ellos, sino ante sus padres y antepasados.

Entre estos últimos, le llamó particularmente la atención un

ladrón reincidente, Ojotin, hijo natural de una prostituta y criado en un refugio nocturno. Hasta los treinta años, por lo visto, no había conocido personas de moral más elevada que los guardias, y desde muy joven cayó en una pandilla de ladrones. Poseía un extraordinario don de comicidad, con el que atraía a la gente. Pidió a Nejliúdov que le defendiera, y al mismo tiempo se burlaba de sí mismo, de los jueces, de la cárcel y de todas las leyes, no sólo judiciales, sino también divinas. Otro que le pidió ayuda fue un tal Fiódorov, un guapo mozo, que había asesinado y robado a un viejo funcionario en compañía de una banda de ladrones que dirigía. Era un campesino a cuyo padre le habían arrebatado la casa de modo completamente ilegal, que luego fue soldado y allí sufrió castigo por enamorarse de la amante de un oficial. Era de una naturaleza atractiva y apasionada que no tenía más objetivo que el placer, nunca había tropezado con nadie que se abstuviera de su propio placer ni había oído hablar de ninguna otra meta.

Nejliúdov veía claro que ambos tenían buena naturaleza, pero que habían sido abandonadas y estropeadas, como suelen serlo unas plantas que se descuidan. También conoció a un vagabundo y a una mujer que repelían con su torpeza y crueldad aparente, pero no pudo ver en ellos de ningún modo el tipo criminal que describe la escuela italiana, sino únicamente seres que le resultaban personalmente antipáticos. Eran iguales que las personas que veía vestidas de frac, galones y encajes.

En esto consistía el cuarto asunto que ocupaba a Nejliúdov.

¿Por qué todas estas personas estaban reunidas en cárceles y otras, exactamente iguales que ellas, andaban en libertad e incluso juzgaban a aquéllos?

Al principio Nejliúdov confiaba en encontrar la respuesta en los libros, y compró todos aquellos que abordaban el tema, de Lombroso, Garofalo, Ferri, List Maudsley y Tardé, y los leyó con atención. Pero a medida que los iba leyendo se defraudaba cada vez más. Le sucedía lo que ocurre siempre a la gente que acude a la ciencia no para representar en ella un papel: escribir, discutir, enseñar, sino para plantear problemas directos y sencillos, problemas vitales. La ciencia le resolvía miles de distintos problemas muy astutos y complicados con relación a las leyes penales, pero no aquéllos para los cuales buscaba solución. Se planteaba una pregunta muy sencilla: ¿Por qué razón y con qué derecho unos hombres encierran, atormentan, deportan, azotan y matan a otros hombres cuando ellos son exactamente iguales que aquéllos a quienes torturan, azotan y matan? La respuesta que se le daba era el argumento acerca de si el hombre tiene o no libre albedrío, si se puede reconocer a un criminal por la medida de su cráneo, etc.; el papel que desempeña la herencia en la delincuencia; si existe la inmoralidad innata; qué es la moral, la locura, la degeneración y el temperamento; la influencia sobre el crimen del clima, la alimentación, la ignorancia, la limitación, el hipnotismo, las pasiones; qué es la sociedad, cuáles son sus obligaciones, etc.

Estos razonamientos le recordaron a Nejliúdov la respuesta que recibió de un niño que venía del colegio. Nejliúdov había preguntado al niño si había aprendido a juntar las sílabas. «He aprendido», respondió el pequeño. «Bueno, junta las sílabas de la palabra pata.» «¿Qué pata, de perro?», respondió el niño, con cara de astucia. Respuestas iguales, en forma de pregunta, encontró Nejliúdov en los libros científicos a su único problema fundamental.

Había allí muchos razonamientos inteligentes, científicos, interesantes, pero no existía respuesta para la pregunta básica, ¿con qué derecho unos castigan a otros? No sólo no había respuesta, sino que todos los argumentos conducían a explicar y justificar el castigo, cuya necesidad se reconocía como axioma. Nejliúdov leía mucho, pero sin ilación, y atribuía a esa lectura superficial el hecho de no haber encontrado la respuesta, esperando hallarla más adelante, y por eso no se permitía creer todavía en la justicia de aquella respuesta que se le presentaba en los últimos tiempos cada vez más a menudo.

XXXI

La partida de presidiarios en la que debía marchar Máslova estaba señalada para el 5 de julio. Nejliúdov se había preparado para seguirla ese mismo día. La víspera de su partida llegó a la ciudad su hermana, acompañada de su marido, para entrevistarse con Nejliúdov.

La hermana de Nejliúdov, Natalia Ivánovna Ragózhinskaya, era diez años mayor que él, que se había educado en parte bajo su influencia. La había querido mucho cuando era niño, y poco antes de su matrimonio se habían unido estrechamente como si fueran de la misma edad: ella era una muchacha de veinticinco años y él un chico de quince. Por aquel entonces estaba enamorada del difunto amigo Nikólienka Irtiénev.

Ambos querían a Nikólienka y apreciaban en él y en sí mismos lo que tenía de bueno, lo que une a toda la gente.

Desde entonces, los dos se habían pervertido: él con su servicio militar y con otro tipo de vida; ella, por su matrimonio con un hombre a quien quería sensualmente, pero a quien no apreciaba en aquello que un día fue para ella y Dimitri lo más sagrado y querido. Y este hombre ni siquiera lo entendía y juzgaba aquellas tendencias hacia el perfeccionamiento moral y el servicio a la gente —para lo que ella y su hermano vivían entonces— como lo único que él podía comprender: el amor propio y el deseo de destacarse entre los demás.

Ragózhinski era un hombre sin título ni bienes, pero, sin embargo, era un funcionario muy hábil que sabía estar con mucha habilidad entre la tendencia liberal y la conservadora, aprovechándose de aquella que en un momento determinado diese mejores resultados para su vida y, además, valiéndose de algo especial que gustaba a las mujeres, había hecho una brillante carrera jurídica. Siendo un hombre que ya no estaba en la primera juventud, conoció a los Nejliúdov en el extranjero. Hizo que Natalia se enamorara de él —una muchacha que tampoco era ya joven— y se casó con ella en contra de la voluntad de su madre, que veía en este matrimonio una mésalliance. Nejliúdov, aunque trataba de ocultárselo a sí mismo y luchaba contra ese sentimiento, odiaba a su cuñado. Le resultaba antipático por la vulgaridad de sus sentimientos, su ilimitada seguridad, y sobre todo porque su hermana quería tan apasionada, egoísta y sensualmente a esa pobre naturaleza y en favor suyo ahogó todo lo bueno que había en ella. A Nejliúdov le resultaba siempre doloroso pensar que Natalia era la mujer de ese hombre velludo, de calva reluciente y seguro de sí mismo. Ni siquiera podía dominar su repulsión hacia sus hijos. Y cada vez que se enteraba de que su hermana iba a ser madre, experimentaba un sentimiento parecido al de la compasión, como si otra vez se hubiera contagiado de algo malo de este hombre, que era un extraño para ellos.

Los Ragózhinski vinieron solos, sin sus hijos. Tenían dos: un niño y una niña, y se hospedaron en la mejor habitación del mejor hotel. Natalia Ivánovna fue inmediatamente al antiguo piso de su madre, pero al no encontrar allí a su hermano y enterarse por Agrafena Petrovna de que se había mudado a una habitación amueblada, se dirigió allí. Un mozo desaliñado la recibió en un pasillo oscuro y de sofocante atmósfera donde, a pesar de ser de día, estaba encendida la luz. Le advirtió que el príncipe no estaba en casa.

Natalia Ivánovna quiso entrar en la habitación de su hermano, para dejarle una nota. El mozo la acompañó.

Al entrar en las dos pequeñas habitaciones, Natalia Ivánovna las examinó atentamente. En todas las cosas vio la conocida limpieza y el orden y le asombró la modestia del mobiliario, completamente nueva para él. En la mesa vio el conocido pisapapeles con un perrito de bronce, y también —colocados con un orden familiar para ella— una serie de carpetas, papeles y objetos de escritorio; así como algunos tomos sobre leyes penales, un libro en inglés de Henry George y otro en francés de Tardé, y en uno de ellos metido el gran cuchillo curvado de marfil, que también conocía.

Sentándose a la mesa, le escribió una nota en la que le pedía que fuese sin falta a verla aquel mismo día. Moviendo extrañada la cabeza ante las cosas que acababa de ver, volvió a su hotel.

A Natalia Ivánovna le interesaban ahora dos cuestiones relativas a su hermano: su boda con Katiusha, de la que había oído hablar en su ciudad —ya que todos hablaban de eso—, y la cesión de las tierras a los campesinos, que también era del dominio público, y que muchos veían como una cosa política y peligrosa. La boda con Katiusha, por un lado, le gustaba a Natalia Ivánovna. Admiraba esa decisión reconociéndole en ella, y también a sí misma, tales como eran ambos en aquellos buenos tiempos antes de la boda, pero al mismo tiempo le horrorizaba el hecho de que su hermano se casara con una mujer tan horrible. El último sentimiento era más fuerte y decidió influir en él cuanto le fuera posible para hacerle desistir, aunque sabía lo difícil que era.

La otra cuestión, la cesión de las tierras a los campesinos, no le llegaba tanto al alma. Pero su marido, muy indignado por esto, le exigía que hiciese renunciar a su hermano. Ignati Nikíforovich estaba pensando ya administrar esos bienes, y exigía a su mujer que hablara seriamente con su hermano sobre su extraña decisión.

XXXII

Al volver a casa y encontrar en la mesa la nota de su hermana, Nejliúdov fue inmediatamente a verla. Era por la tarde. Ignati Nikíforovich descansaba en otra habitación, y Natalia Ivánovna recibió sola a su hermano. Llevaba un vestido de seda negro entallado, con un bonito lazo en el pecho, y sus cabellos negros estaban rizados y peinados a la moda. Sin duda, se rejuvenecía cuidadosamente para su marido. Al ver a su hermano, saltó del diván y con pasos rápidos, haciendo crujir la falda de seda, le salió al encuentro. Se besaron y, sonriendo, se miraron el uno al otro. Se produjo un cambio de miradas secreto, inexplicable y muy significativo en el que todo era verdad, y dio comienzo un intercambio de palabras, en el cual ya no existía aquella verdad.

No se habían visto desde la muerte de la madre.

—Has engordado y rejuvenecido —dijo él. Y se le plegaron los labios de satisfacción.

—Y tú has adelgazado.

—Bueno, ¿cómo está Ignati Nikíforovich?

—Está descansando. Se ha pasado la noche sin dormir.

Había mucho que decir sobre esto, pero las palabras no dijeron nada; en cambio, las miradas dijeron que no se había dicho lo que se debía decir.

—He estado en tu nuevo domicilio.

—Sí, lo sé. Me mudé de la casa. El piso era demasiado grande, solitario, triste. No necesito nada de eso, llévatelo todo: los muebles, todas las cosas.

—Sí, me lo dijo Agrafena Petrovna. Estuve allí. Te lo agradezco mucho. Pero...

Entró un camarero del hotel y trajo un servicio de té de plata. Guardaron silencio, mientras colocaba el servicio del té.

Natalia Ivánovna se cambió a una butaca frente a la mesita, y en silencio empezó a preparar el té. Nejliúdov callaba.

—Bien, Dimitri, lo sé todo —dijo resuelta Natalia, mirándole.

—Pues bien, me alegro mucho de que lo sepas.

—¿Acaso puedes tener esperanza de reformarla después de una vida así? —preguntó Natalia Ivánovna.

Permanecía sentado, sin acodarse, erguido, en una silla pequeña, escuchándola con atención, procurando entender muy bien y contestarle lo mejor posible. El estado de humor que había despertado en él la última entrevista con Máslova continuaba todavía llenando su alma de una alegría tranquila y de amor hacia todos los seres.

—No es a ella a quien quiero reformar, sino a mí mismo —respondió.

—Hay otros medios, aparte del matrimonio.

—Pero yo creo que es el mejor; además, eso me introduce en un mundo en el que puedo resultar útil.

—No creo —dijo Natalia Ivánovna— que puedas ser feliz.

—No se trata de mi felicidad.

—Por supuesto, pero ella, si tiene corazón, tampoco podrá ser feliz, ni siquiera puede desear eso.

—Ella no lo desea.

—Comprendo, pero la vida…

—¿Qué pasa con la vida?

—Exige otra cosa.

—No exige nada, salvo que hagamos lo que tenemos que hacer —dijo Nejliúdov contemplando su todavía bonito rostro, aunque cubierto de pequeñas arrugas al lado de los ojos y de la boca.

—No entiendo —dijo ella, suspirando.

«¡Pobrecita mía! ¿Cómo habrá podido cambiar así?», pensaba Nejliúdov, recordando a Natasha tal como fue de soltera, y sintió hacia ella una gran ternura por una infinidad de recuerdos de la infancia.

De pronto, entró en la habitación Ignati Nikíforovich, como siempre, manteniendo erguida la cabeza y sacando su pecho ancho, con pasos ligeros, suaves y sonriente. Ignati Nikíforovich brillaba con sus lentes, su calva y su barba negra.

—Buenas tardes, buenas tardes —decía acentuando con afectación las palabras.

A pesar de que en los primeros tiempos de la boda trataron de hablarse de «tú», continuaron empleando el «usted».

Se estrecharon las manos. Ignati Nikíforovich se dejó caer blandamente en el sillón.

—¿No molesto a la conversación de ustedes?

—No, yo no oculto a nadie lo que digo ni lo que hago.

Tan pronto como Nejliúdov vio ese rostro, esas manos peludas, oyó esa voz protectora y segura de sí, desapareció inmediatamente su sensación de dulzura.

—Sí, estábamos hablando de su decisión —dijo Natalia Ivánovna—. ¿Te sirvo té? —preguntó cogiendo la tetera.

—Sí, por favor. En realidad, ¿cuál es la decisión?

—Marcharme a Siberia, con el convoy de presidiarios entre los que se encuentra la mujer ante la cual me considero culpable — dijo Nejliúdov.

—He oído decir que no sólo acompañarla, sino algo más.

—Sí, me casaré con ella si lo consiente.

—¡Vaya! ¡Vaya! Si no le resulta desagradable, explíqueme sus motivos. No los entiendo.

—Los motivos son: que esa mujer…, que su primer paso en el camino de la perversión… —Nejliúdov se enfadó consigo mismo porque no encontraba la expresión—. Los motivos son que el culpable soy yo y la castigada es ella.

—Si la han castigado, seguramente tampoco ella es inocente.

Y Nejliúdov, con una excitación innecesaria, contó todo el asunto.

—Sí, es un descuido del presidente, y de ahí la respuesta irreflexiva de los jurados. Pero para un caso así está el Tribunal Supremo.

—El Tribunal Supremo lo ha rechazado.

—Si lo ha rechazado es que no había motivos suficientes para la casación —dijo Ignati Nikíforovich, que sin duda compartía la opinión acerca de que la verdad es el producto de los procedimientos judiciales—. El Tribunal Supremo no puede examinar las causas en su esencia. Si realmente hay un error judicial, entonces hay que elevar una instancia al emperador.

—Está cursada, pero no existe ninguna posibilidad de éxito. Pedirán un informe al Ministerio, el Ministerio indagará en el Tribunal Supremo y éste repetirá su decisión, y, como sucede corrientemente, el inocente será castigado.

—En primer lugar, el Ministerio no va a pedir informes al Tribunal Supremo —dijo Ignati Nikíforovich, con una sonrisa condescendiente—, sino que exigirá el expediente original, y si hay un error, el fallo de conformidad con eso. Y, en segundo lugar, los inocentes nunca son castigados o, al menos, en casos de rara excepción. Se castiga a los culpables —dijo despacio, siempre risueño y con aire de satisfacción.

—Y yo me he convencido de lo contrario —empezó a decir Nejliúdov con un sentimiento hostil hacia su cuñado—, me he convencido de que más de la mitad de la gente condenada por los Tribunales es inocente.

—¿Cómo es eso?

—Sencillamente, inocentes en el verdadero sentido de la palabra, como es inocente esa mujer acusada de envenenamiento; como el campesino que he conocido ahora del asesinato que se le imputa; como el hijo y la madre del incendio que provocó el propio amo, que por poco no han sido condenados.

—Por supuesto, siempre ha habido y hay errores judiciales. Las instituciones humanas no pueden ser perfectas.

—Además, muchos son inocentes por haberse educado en un ambiente que no considera delitos los actos que cometen.

—Perdone, eso no es justo. Cualquier ladrón sabe que robar no es bueno y que no se debe robar, que el robo es una inmoralidad —dijo con una sonrisa tranquila, siempre segura y un tanto despectiva, que irritaba de un modo especial a Nejliúdov.

—No, no lo sabe. A él le dicen: no robes, pero él ve y sabe que los fabricantes le roban su trabajo, retienen su salario, que el Gobierno con todos sus funcionarios, en forma de impuestos, le despoja incesantemente.

—Eso es anarquía —definió tranquilamente Ignati Nikíforovich las palabras de su cuñado.

—No sé lo que es eso, pero expongo lo que ocurre —continuó Nejliúdov—; sabe que el Gobierno le roba; sabe que nosotros, propietarios de tierras, le robamos desde hace mucho tiempo arrebatándole la tierra, que debe ser también un bien común, y después, cuando de esa tierra robada él recoge un haz de ramas para encender la estufa, lo metemos en la cárcel y queremos persuadirle de que es un ladrón. Sí, él sabe que él no es el ladrón, sino aquel que le ha robado la tierra, y que cualquier restitution[94] de lo que le roban es su obligación ante su familia.

—No lo entiendo, y si lo entiendo no estoy de acuerdo. Si usted reparte la tierra —empezó tranquilamente Ignati Nikíforovich, con la completa y tranquila seguridad de que Nejliúdov era socialista y que la exigencia de la teoría socialista consiste en repartir la tierra por igual y tal reparto es completamente absurdo y que podía refutarlo fácilmente—, si hoy hiciera usted un reparto equitativo de las tierras, mañana pasarán otra vez a las manos más trabajadoras y capacitadas.

—Nadie piensa repartir las tierras equitativamente, la tierra no debe ser propiedad de nadie, no debe ser objeto de compra, venta ni arriendo.

—El derecho de propiedad es innato en el hombre. Sin el derecho de propiedad no habrá ningún interés en trabajar la tierra. Suprima usted el derecho de propiedad y volveremos al estado salvaje —pronunció con autoridad Ignati Nikíforovich, repitiendo aquel conocido argumento considerado irrefutable de que el ansia de poseer tierras es síntoma evidente de que la propiedad territorial debe existir.

—Al contrario, sólo entonces la tierra no permanecerá sin cultivar, como ahora, cuando hay propietarios. Los propietarios son como el perro del hortelano: no saben explotarla ellos, pero no permiten que lo hagan quienes pueden.

—Escuche, Dimitri Ivánovich, eso es una insensatez absoluta.

¿Acaso es posible en nuestra época suprimir la propiedad territorial? Sé lo que es su antiguo dada.[95] Pero permítame que le diga francamente… —Ignati Nikíforovich palideció y le tembló la voz, esta cuestión le atañía de cerca—. Le aconsejaría que pensase muy bien sobre este problema antes de llegar a su solución práctica.

—¿Habla usted de mis asuntos personales?

—Sí. Considero que todos nosotros nos hallamos en determinadas circunstancias y que debemos cumplir las obligaciones que derivan de las mismas. Debemos mantener las condiciones de vida en que hemos nacido y hemos heredado de nuestros antepasados y que debemos transmitir a nuestros herederos.

—Yo considero un deber…

—Permítame —sin dejarse interrumpir continuó Ignati Nikíforovich—, no hablo por mí ni por mis hijos. El porvenir de mis hijos está asegurado y gano tanto, que vivimos desahogadamente, y supongo que igual vivirán nuestros hijos. Mi protesta contra su proceder irreflexivo, permítame que lo diga así, que no está bien pensado, no emana de mi interés propio, sino de que no puedo estar de acuerdo con usted. Y le aconsejaría a usted que lo pensara mejor, que leyera…

—Bueno, déjeme que resuelva mis asuntos yo mismo y que decida lo que se debe leer y lo que no —dijo Nejliúdov palideciendo, sintiendo que se le enfriaban las manos y que no podía dominarse; guardó silencio y se puso a beber té.

XXXIII

—¿Cómo están los niños? —preguntó Nejliúdov a la hermana, al tranquilizarse un poco.

La hermana contó que los niños se habían quedado con la abuela, con la madre de él, y contenta de que hubiese cesado la discusión con su marido, se puso a contar cómo jugaban a ir de viaje, lo mismo que hacían ellos de pequeños con sus dos muñecas preferidas, con el árabe negro y la francesa.

—¿Es posible que lo recuerdes? —preguntó Nejliúdov sonriendo.

—Y figúrate, ellos juegan exactamente igual.

La conversación desagradable había terminado. Natasha se tranquilizó, pero no quería hablar delante de su marido de aquello que sólo entendía su hermano y, para iniciar una conversación general, empezó a referir las noticias que habían llegado hasta allí de San

Petersburgo, de la desgracia de la madre de Kámenski, que había perdido a su único hijo en un duelo.

Ignati Nikíforovich censuró las disposiciones vigentes, según las cuales el duelo no se consideraba como un asesinato.

Esta observación provocó una réplica de Nejliúdov y se originó otra vez una discusión sobre este tema, en la que no dijeron todo lo que pensaban y ambos interlocutores quedaron con sus convicciones de mutua censura.

Ignati Nikíforovich se daba cuenta de que Nejliúdov le criticaba despreciando toda su actividad y quería demostrarle toda la injusticia de su parecer. Nejliúdov, sin hablar del malestar que le producía el que su cuñado se mezclara en sus asuntos referentes a la tierra, sentía en el fondo de su alma que su cuñado, su hermana y los niños, como herederos suyos, tenían derecho a ello, y le indignaba que ese hombre limitado, tranquilo y seguro de sí mismo considerara justo y legal aquello que ahora a Nejliúdov le resultaba indiscutiblemente insensato y delictivo. Esa inseguridad irritaba a Nejliúdov.

—¿Qué hubiera hecho el Tribunal? —preguntó Nejliúdov.

—Hubiera condenado a uno de los duelistas, como se hace normalmente con los criminales, a trabajos forzados.

A Nejliúdov se le enfriaron de nuevo las manos, y empezó a hablar acalorado:

—Bueno, y entonces ¿qué habría pasado? —preguntó.

—Se hubiera hecho justicia.

—Como si el objetivo de los Tribunales consistiese en hacer justicia —dijo Nejliúdov.

—¿Y cuál es entonces?

—El apoyo de los intereses creados. El Tribunal, a mi juicio, no es más que un instrumento administrativo para sostener el orden existente de las cosas, ventajoso para nuestra casa.

—Eso es un punto de vista completamente nuevo —dijo Ignati Nikíforovich, con una tranquila sonrisa—. Generalmente se le atribuye un significado algo distinto.

—En la teoría, no en la práctica, según he podido ver. Los Tribunales tienen como objetivo solamente mantener a la sociedad en el estado actual y para eso persiguen y castigan a los que están por encima del nivel común y quieren elevar a la gente, como, por ejemplo, los llamados delincuentes políticos, y también los que están por debajo, llamados tipos criminales.

—No estoy de acuerdo, en primer lugar, en que los delincuentes llamados políticos sean castigados por ocupar un nivel más elevado que el común. La mayor parte son desechos de la sociedad, individuos pervertidos como los delincuentes, aunque de forma distinta, como los tipos criminales que usted considera por debajo del nivel medio.

—Conozco gentes que se encuentran en un nivel muy superior al de sus jueces; todos los sectarios, hombres de moral, de firmeza…

Pero Ignati Nikíforovich, con la costumbre del hombre al que no interrumpen cuando habla, no escuchaba a Nejliúdov, con lo cual le irritaba de un modo especial, y continuaba hablando al mismo tiempo que éste.

—Tampoco estoy de acuerdo con que el objetivo de los Tribunales sea el de mantener el orden existente de las cosas. Los Tribunales persiguen sus objetivos: bien sea el de la corrección…

—Buena corrección la de las cárceles —interrumpió Nejliúdov.

—… o bien sea el de alejar —prosiguió tenaz Ignati Nikíforovich

— a los pervertidos y a la gente bruta, que amenazan la existencia de la sociedad.

—En eso está la cuestión, que no hacen ni lo uno ni lo otro. La sociedad no tiene medios para hacer eso.

—¿Cómo es eso? No lo entiendo —preguntó Ignati Nikíforovich, sonriendo a la fuerza.

—Quiero decir que en realidad sólo hay dos castigos sensatos: el castigo corporal y la pena de muerte, pero a consecuencia de haberse suavizado las costumbres se utilizan cada vez menos — dijo Nejliúdov.

—Es nuevo y sorprendente oírle decir eso.

—Sí, es razonable hacerle daño a un hombre para que no vuelva a cometer el acto por el que se le castiga, y es completamente razonable a un individuo nocivo y peligroso para la sociedad cortarle la cabeza. Ambos castigos tienen un sentido. Pero ¿qué sentido tiene encerrar a un hombre pervertido por el ocio y el mal ejemplo en una cárcel cuyas condiciones le obligan a permanecer inactivo entre gente depravada? ¿O trasladarlo, sin objeto alguno, por cuenta del Estado —cada uno de estos traslados cuesta más de quinientos rublos—, de la provincia de Tula a la de Irkustk, o a la de Kursk?

—Pero, sin embargo, la gente tiene miedo a esos viajes por cuenta del Estado, y si no existieran esos viajes y las cárceles, usted y yo no estaríamos sentados aquí, como estamos ahora.

—Esas cárceles no pueden garantizar nuestra seguridad, porque esos individuos no están allí eternamente, y los sueltan. Por el contrario, en estas instituciones conducen a estos hombres al más alto grado de vicio y de perversión, lo cual aumenta el peligro.

—Quiere usted decir que el sistema penitenciario debe ser perfeccionado.

—No se puede perfeccionar. El perfeccionamiento de las cárceles costaría más de lo que se gasta en instruir al pueblo, y constituiría una nueva carga para éste.

—Pero los fallos del sistema penitenciario no invalidan a los propios Tribunales —de nuevo, sin escuchar a su cuñado, continuó su perorata Ignati Nikíforovich.

—No se pueden corregir esos defectos —dijo Nejliúdov, elevando la voz.

—Entonces, ¿qué? ¿Hay que matar? ¿O como proponía cierto estadista, vaciar los ojos? —preguntó Ignati Nikíforovich, sonriendo triunfante.

—Sí, eso sería cruel; pero razonable. Lo que se hace ahora es cruel y no sólo insensato, sino hasta tal punto absurdo que no se puede comprender cómo personas que están en su sano juicio toman parte en un asunto tan insensato y cruel como son los Tribunales.

—Pues yo formo parte de ésos —dijo Ignati Nikíforovich palideciendo.

—Eso es asunto suyo. Pero yo no lo comprendo.

—Creo que hay muchas cosas que usted no comprende —dijo Ignati Nikíforovich con voz temblona.

—He visto cómo un fiscal se esforzaba en culpar a un muchacho inocente que hubiera despertado piedad en cualquier hombre no pervertido; conozco cómo otro fiscal, al interrogar a un sectario, aplicó la ley penal para castigar la lectura de los Evangelios. Sí, toda la actividad de los Tribunales consiste en tales actos, insensatos y crueles.

—Yo no desempeñaría mi trabajo si pensase de ese modo — dijo Ignati Nikíforovich, y se levantó.

Nejliúdov vio un brillo especial bajo las lentes de su cuñado.

«¿Es posible que sean lágrimas?», pensó. Y, en efecto, eran lágrimas de ofensa. Ignati Nikíforovich se acercó a la ventana, sacó el pañuelo, tosió, se puso a limpiar las gafas y, al quitárselas, se enjugó los ojos. Al volver al diván, Ignati Nikíforovich encendió un cigarro puro y no volvió a decir nada más. Nejliúdov sintió vergüenza por haber afligido hasta tal punto a su cuñado y a su hermana, sobre todo porque al día siguiente se marchaba y no se vería más con ellos. En un estado de gran confusión, de despidió y marchó a su casa.

«Es muy posible que sea verdad lo que he dicho, al menos no ha replicado. Pero no tenía que haber hablado así. Poco he cambiado si he podido entretenerme con un sentimiento malo y ofenderle y afligir a la pobre Natasha», pensaba Nejliúdov.

XXXIV

El convoy en el que marchaba Máslova saldría de la estación a las tres. Para verlo salir y llegar con ella hasta el tren, Nejliúdov se disponía a llegar a la prisión antes de las doce.

Al recoger sus objetos y papeles, Nejliúdov ojeó su Diario, y releyó algunos párrafos y entre ellos los que había escrito últimamente. Lo último antes de su marcha a San Petersburgo, decía: «Katiusha no quiere mi sacrificio, sino el suyo. Ella ha vencido, y yo también. Me alegra la transformación interior que se está realizando en ella. No me atrevo a creerlo, pero me parece que comienza a revivir». Inmediatamente después, decía: «He vivido algo muy penoso y alegre al mismo tiempo. Me he enterado de que se ha portado bien en la enfermería. Y de pronto me invadió un dolor terrible. Tan terrible como no lo esperaba. Le hablé con repugnancia y odio, y luego, de pronto, me acordé de mí mismo, de que muchas veces y ahora mismo era culpable, aunque sólo fuese en el pensamiento. Al propio tiempo sentí asco de mí y lástima de ella y experimenté un gran bienestar. ¡Ojalá siempre podamos ver a tiempo la viga en nuestro propio ojo!; seríamos mucho mejores». En aquellos momentos, escribió: «He ido a ver a Natasha, y precisamente por sentirme satisfecho de mí mismo he estado desagradable y malicioso y me ha quedado una sensación triste. Bueno, ¿qué hacer? Desde mañana empiezo una vida nueva. Adiós para siempre a la vieja. Se me han acumulado muchas sensaciones, pero todavía no he logrado unificarlas».

Al despertarse a la mañana siguiente, la primera sensación que tuvo Nejliúdov fue de arrepentimiento por lo que había ocurrido con su cuñado.

«Así no me puedo marchar —pensó—; tengo que ir a su casa y arreglarlo.»

Pero al consultar el reloj se dio cuenta de que no había tiempo, y que era preciso darse prisa para llegar a la salida del convoy. Apresuradamente recogió las cosas y las mandó con el portero y Tarás, el marido de Fedosia —que iba con él—, directamente a la estación. Nejliúdov tomó el primer coche que encontró en la calle y fue a la prisión. El tren de los detenidos salía dos horas antes que el correo en que viajaba Nejliúdov, por eso había pedido la cuenta de las habitaciones, y se disponía a no volver más.

Hacía un calor sofocante de julio. Después de una calurosa noche, no se habían enfriado el empedrado de las calles, las casas ni y los tejados de hierro, y desprendían calor en una atmósfera quieta. No corría el viento y si se levantaba una ráfaga llegaba llena de polvo, olor a pintura y aire caliente. Había poca gente en la calle, y ésta procuraba ir por las sombras que proyectaban las casas. Sólo los picapedreros, curtidos por el sol, calzados con lapti, permanecían sentados en medio de la calzada pegando martillazos y colocando adoquines entre la arena caliente. Los guardias, de aspecto sombrío, con gorras blancas y cordones de color naranja de los cuales colgaban los revólveres, se cambiaban aburridos de un pie a otro y permanecían en mitad de la calzada. Los tranvías pasaban de arriba abajo por las calles con las cortinillas bajadas por un lado para protegerse del sol, tirados por caballos que llevaban las cabezas cubiertas por blancos capuchones con orificios por donde asomaban las orejas erguidas.

Cuando Nejliúdov llegó a la prisión el convoy no había salido aún, y desde las cuatro de la madrugada tenía lugar dentro de la prisión un intenso trabajo de entrega y recepción de los detenidos que partían. El convoy estaba formado por seiscientos veintitrés hombres y sesenta y cuatro mujeres: era preciso comprobar la documentación de cada uno, separar a los enfermos y débiles y entregarlos a los que integraban la escolta. El nuevo director, los dos subdirectores, el médico, el practicante, el oficial de la escolta y un escribiente estaban sentados ante una mesa llena de papeles y objetos de oficina, que habían sacado al patio a la sombra del muro. Llamaban, reconocían, interrogaban e inscribían uno tras otro a los detenidos.

La mesa ya estaba invadida hasta la mitad por los rayos solares. El calor apretaba, sobre todo por la falta de corriente de aire y la respiración de la multitud de detenidos presentes.

—Pero ¿qué es esto? ¡No habrá fin! —exclamaba el jefe del convoy, un hombre alto, grueso, colorado, de hombros altos y brazos cortos, con bigote, mientras daba una chupada al cigarro que fumaba constantemente—. Están agotándonos. ¿De dónde habéis sacado tantos? ¿Hay muchos todavía?

El escribiente se informó.

—Quedan veinticuatro hombres y las mujeres.

—¿Por qué os paráis? ¡Acercaos! —gritó el jefe del convoy a los presos que se apretaban unos contra otros y aún no habían sido apuntados.

Los presos llevaban ya más de tres horas en las filas, y no a la sombra, sino al sol, esperando su turno.

Este trabajo se realizaba dentro de la prisión. Fuera, a la entrada, permanecía como siempre el centinela con el fusil, unos veinte carros para las cosas de los presos y los enfermos; en un rincón, un grupito de familiares y amigos esperando la salida de los presos y, en el caso de ser posible, hablarles y entregarles algo a los que marchaban. A este grupo se unió Nejliúdov.

Permaneció allí alrededor de una hora.

Al cabo de ese tiempo, al otro lado del portón se oyó ruido de cadenas, de pasos, las voces de los jefe, toses, y el rumor de la gran muchedumbre. Esto duró unos cinco minutos, durante los cuales los carceleros entraban y salían. Al fin se oyó la voz de mando.

Con un ruido de trueno se abrió el portón, el chirrido de las cadenas se hizo más intenso y salieron a la calle los soldados de la escolta, con cascos blancos y fusiles, y —por lo visto como una maniobra habitual— se distribuyeron en un amplio y bien formado circulo delante de la entrada. Cuando se detuvieron volvió a oírse otra vez la voz de mando, y comenzaron a salir los presos de dos en dos, con gorras planas sobre las cabezas afeitadas, con sacos al hombro, arrastrando los pies encadenados, moviendo una mano libre y sujetando con la otra el saco al hombro. Primero iban los hombres condenados a trabajos forzados, con igual pantalón gris y guardapolvo, con una señal en el espalda. Todos ellos —jóvenes, viejos, delgados, gruesos, pálidos, colorados, negros, bigotudos, barbudos, afeitados, rusos, tártaros, hebreos— salían haciendo sonar las cadenas y movían enérgicamente el brazo libre, como si se prepararan para ir a un lugar muy lejano, pero al recorrer diez pasos se detenían para formar dócilmente una fila de cuatro en fondo, colocándose uno tras otro. Tras ellos, sin interrupción, fluyeron del portón otros con la cabeza igualmente afeitada pero sin hierros en los pies; iban, sin embargo, esposados de dos en dos y vestidos de la misma forma. Eran los deportados… Salían con la misma energía; se detenían y se distribuían también en filas de cuatro en fondo. Venían después los comunes y a continuación las mujeres. También por orden, primero las condenadas a trabajos forzados, con blusas grises de presidiarias y pañuelos a la cabeza; luego, las deportadas y las que seguían voluntariamente a sus familiares, con indumentarias de la ciudad y de la aldea. Algunas de las mujeres llevaban niños de pecho envueltos en el bajo de sus blusas grises.

Con las mujeres iban por su propio pie niños y niñas. Estos niños, lo mismo que los potrillos entre la yeguada, se apretujaban contra las detenidas. Los hombres se colocaban en la fila en silencio, sólo de vez en cuando tosían o hacían alguna pequeña observación. Entre las mujeres se oía una conversación incesante. A Nejliúdov le pareció que había reconocido a Máslova cuando salió; pero luego se perdió entre la gran masa y sólo vio una multitud gris, como privada de propiedades humanas y, sobre todo, femeninas, con niños y sacos, que se iban colocando detrás de los hombres.

A pesar de que a todos los presos ya les habían pasado lista en la prisión, los de la escolta se pusieron otra vez a hacer el recuento, comparándolo con el anterior. Esto se prolongó durante mucho tiempo, sobre todo porque algunos presos se movían pasando de un sitio a otro, equivocando la cuenta. Los soldados de la escolta regañaban y empujaban irritados a los culpables, y de nuevo comenzaban el recuento. Cuando terminó, el oficial de la escolta dio una orden y en la multitud se produjo un revuelo. Los hombres, mujeres y niños enfermos se precipitaron hacia los carros, adelantándose los unos a los otros, echaron allí sus cosas y luego empezaron a subir ellos. Subían y se sentaban, mujeres con niños de pecho que lloraban, niños alegres que se disputaban el sitio y hombres tristes y de aspecto taciturno.

Unos cuantos presos, quitándose la gorra, se acercaron al oficial de la escolta y uno le preguntó algo. Nejliúdov supo después que habían pedido permiso para subir a los carros. Nejliúdov vio cómo el oficial de la escolta, sin mirar al que le preguntaba, dio una chupada al cigarrillo, y cómo luego, de pronto, amagó con su corto brazo al detenido y cómo aquél, metiendo la cabeza afeitada entre los hombros, esperando el golpe, se apartó de un salto.

—¡Te voy a dar una que te vas a acordar! ¡Llegarás a pie! — gritó el oficial.

Sólo permitió el oficial que subiera al carro un anciano tembloroso y larguirucho, con grilletes en los pies. Nejliúdov vio cómo el viejo se quitó la gorra, se santiguó y se dirigió hacia los carros, y cómo durante mucho tiempo no pudo subir a causa de las cadenas que le impedían levantar sus débiles piernas, y cómo una mujer que ya estaba sentada en el carro le ayudó tirando de él por un brazo. Cuando los carros se llenaron de sacos y sobre éstos se sentaron los que estaban autorizados, el oficial de la escolta se quitó la gorra, se limpió la frente, la calva y el grueso cuello con el pañuelo, y se santiguó.

—¡Adelante! ¡En marcha!

Los soldados golpearon con los fusiles; los presos, quitándose las gorras, hicieron la señal de la cruz, algunos con la mano izquierda. Los visitantes vocearon algo y los presos gritaron respondiendo, y entre las mujeres se oyeron sollozos. El convoy, rodeado de soldados con gorras blancas, se puso en marcha levantando nubes de polvo con los pies encadenados. Delante marchaban varios soldados de la escolta, y tras ellos los condenados a trabajos forzados con los pies encadenados y de cuatro en fondo; después, los deportados; a continuación, los comunes, esposados de dos en dos, y luego las mujeres. Finalmente, seguían los carros atestados de sacos y de enfermos, en uno de los cuales, sentada muy alto, una mujer envuelta en un mantón sollozaba continuamente.

XXXV

La columna era tan larga, que sólo cuando los primeros se perdieron de vista empezaron a ponerse en marcha los carros con los sacos y con los enfermos. Entonces, Nejliúdov montó en el coche que le estaba esperando y ordenó al cochero que adelantara a la columna. Quería ver si entre los hombres detenidos había conocidos suyos, y luego, entre las mujeres, encontrar a Máslova y enterarse si había recibido las cosas que le envió. Empezó a apretar el calor. No había viento, y el polvo levantado por miles de pies flotaba encima de los presos que avanzaban por el medio de la calle. Los presos iban con pasos rápidos, y el tranquilo jamelgo del coche en que iba Nejliúdov los adelantaba lentamente. Fila tras fila, iban seres desconocidos de aspecto extraño, moviendo por miles los pies con igual calzado y al compás de la marcha, balanceando el brazo libre como para animarse. Eran tantos, tan iguales, y se hallaban en una situación tan extraña, que a Nejliúdov le parecía que no eran hombres, sino unos seres horrorosos. Esta sensación se desvaneció sólo cuando entre la multitud de los condenados a trabajos forzados reconoció al asesino Fiódorov, y entre los deportados, al cómico Ojotin y también a un vagabundo que se había dirigido a él. Casi todos los presos volvían la cabeza para ver el coche que los adelantaba y el señor que los iba observando sentado en él. Fiódorov levantó la cabeza en señal de que había reconocido a Nejliúdov y Ojotin guiñó un ojo. Pero ni el uno ni el otro le saludaron, considerando que eso estaba prohibido. Al acercarse a las mujeres, Nejliúdov descubrió a Máslova, en la segunda fila. En un extremo iba Joroshavka, mujer horrorosa, de piernas cortas y ojos negros, que se había remetido el guardapolvo en el cinturón. Después, una mujer embarazada, a duras penas arrastrando los pies, y la tercera era Máslova. Llevaba un saco al hombro y miraba fijamente hacia adelante. Su rostro tenía una expresión tranquila y decidida. La cuarta de la fila era Fedosia, una mujer joven, bonita, de andares resueltos, con un guardapolvo corto y un pañuelo anudado a la cabeza al estilo campesino. Nejliúdov se apeó del coche y se acercó a las mujeres que caminaban, deseando preguntar a Máslova si había recibido las cosas y cómo se encontraba, pero el suboficial de la escolta, que marchaba a este lado del convoy, tan pronto vio a alguien que se acercaba, corrió hacia él.

—No puede acercarse al convoy, señor, está prohibido.

Al aproximarse y reconocer a Nejliúdov —en la prisión todos conocían ya a Nejliúdov— se llevó la mano a la visera y, deteniéndose a su lado, dijo:

—Ahora no se puede. En la estación podrá hablar, aquí no está permitido. ¡No os detengáis! ¡En marcha! —gritó a los presos y, animándose a pesar del calor, corrió de nuevo a su puesto moviendo rápidamente los pies, calzados con botas nuevas y elegantes.

Nejliúdov volvió, ordenó al cochero que le siguiera y avanzó al paso del convoy. Por donde quiera que pasara la columna provocaba una mezcla de piedad y de terror. Los que pasaban en coche sacaban la cabeza por la ventanilla y mientras podían verlos acompañaban a los presos con la mirada. Los peatones se detenían y miraban con extrañeza y susto aquel espectáculo. Algunos se acercaban y daban limosnas. Las limosnas las cogían los soldados de la escolta. Algunos, como hipnotizados, seguían detrás del convoy, pero luego se detenían, movían la cabeza y sólo acompañaban la columna con la mirada. Desde las puertas y ventanas, llamándose unos a otros, salían corriendo y se asomaban y contemplaban en silencio la extraña marcha. En una de las bocacalles la comitiva obstruyó el paso de un elegante coche. En el pescante se hallaba sentado un cochero de cara reluciente, anchas caderas y dos filas de botones en la espalda. En el interior del coche, en los asientos de atrás, iba un matrimonio: la mujer, delgada y pálida, con un sombrero claro y una sombrilla de colores chillones; el marido, con sombrero de copa y abrigo gris claro muy elegante. Delante de ellos iban sentados sus hijos: una niña muy emperifollada y lozana como una flor, con los cabellos rubios sueltos, también con una sombrilla de colores chillones, y un niño de ocho años, de cuello largo y delgado y clavículas salientes, con una gorra de marinero, adornada de largas cintas. El padre reprochaba duramente al cochero el no haber pasado a tiempo y evitado el convoy de presos, y la madre, con muestras de asco, frunció los ojos protegiéndose del sol y del polvo con la sombrilla que se había acercado completamente a la cara. El cochero de las caderas anchas fruncía el ceño con enojo al oír los injustos reproches de su amo, que le había ordenado ir precisamente por esa calle, mientras retenía con esfuerzo a los potros cubiertos de sudor, que piafaban deseosos de continuar la marcha.

El guardia hubiera querido servir al rico propietario del coche lujoso, deteniendo a los presos para dejarle paso, pero se dio cuenta de que en esta marcha había una solemnidad triste que no podía interrumpirse ni siquiera para tan rico señor. Sólo se llevó la mano a la visera en señal de respeto ante la riqueza y miraba con severidad a los presos, como ofreciéndose en cualquier caso a defender de ellos a los ocupantes del coche. Así que el carruaje tuvo que esperar a que pasara toda la columna, y se puso en marcha únicamente cuando pasó retumbando el último carro con sacos y presos sentados encima. Entre ellos, la mujer histérica, que ya se había calmado, al ver el lujoso coche empezó otra vez a sollozar y lanzar lamentos. Sólo entonces el cochero tiró ligeramente de las riendas y los potros negros, haciendo sonar los cascos contra el empedrado, tiraron del coche que se balanceaba sobre sus llantas de goma, deslizándose hacia la casa de campo, donde iban a divertirse el marido, la mujer, la niña y el niño de cuello delgado y clavículas salientes.

Ni el padre ni la madre dieron una explicación a los hijos de lo que habían visto. Así que los niños tuvieron que resolver por su cuenta el significado del aquel espectáculo.

La niña, al observar la expresión de los rostros de su padre y de su madre, decidió que eran gentes completamente distintas a sus padres y amistades, que era otro tipo de gente y que por eso había que tratarlos de la forma que lo hacían. Por eso la niña sólo sintió miedo y se puso contenta cuando desaparecieron de su vista.

Pero el niño de cuello alto y delgado, que había seguido la columna sin parpadear y sin bajar la vista, resolvió la cuestión de otra manera. Sabía firme e indiscutiblemente —lo sabía directamente por Dios— que esas personas eran exactamente igual que él mismo, como todos, y que, por tanto, con esa gente hacían algo que no debían hacer, y se apiadó de ellos. Y experimentó una sensación de terror ante los encadenados y afeitados y ante los que les habían encadenado y afeitado. Por eso sus labios se fueron hinchando cada vez más y hacía grandes esfuerzos para no echarse a llorar, suponiendo que llorar en tales circunstancias era vergonzoso.

XXXVI

Nejliúdov marchaba con el mismo paso rápido que los presos. Aunque vestido ligeramente, con un abrigo de verano, tenía un calor espantoso. Sobre todo le ahogaba el polvo y el aire caliente inmóvil que invadía las calles. Después de andar la cuarta parte de una versta, subió al coche y siguió adelante. Pero en el interior del vehículo, en medio de la calle, le pareció que hacía más calor todavía. Intentó recordar la conversación que tuvo la víspera con su cuñado, pero ahora esa idea ya no le inquietaba como por la mañana. Había quedado velada por la impresión de la salida de los presos y de la marcha del convoy. Pero lo más terrible era el calor aplastante. Junto a una valla, a la sombra de unos árboles, había dos colegiales descubiertos e inclinados hacia un hombre en cuclillas que vendía helados. Uno de los niños ya se deleitaba comiéndolo con una cucharita de hueso, el otro esperaba que le terminase de llenar un vasito de sustancia amarilla.

—¿Dónde podría beber algo por aquí? —preguntó Nejliúdov a su cochero, sintiendo un deseo invencible de refrescarse.

—Aquí mismo encontraremos ahora una buena taberna —dijo el cochero, y giró hacia una bocacalle, acercando a Nejliúdov a una puerta con un gran letrero.

Un dependiente gordo, en mangas de camisa, estaba detrás del mostrador, y unos camareros, con delantales que en otro tiempo fueron blancos, permanecían sentados ante las mesas, aprovechando la ausencia de clientes. Todos miraron al recién llegado, poco habitual, y le ofrecieron sus servicios. Nejliúdov pidió agua de Seltz y se instaló lejos de la ventana, junto a una mesita cubierta con un mantel sucio.

En otra mesa había dos hombres sentados ante un servicio de té y una botella de cristal blanco; se enjugaban el sudor de la frente y hacían cuentas en actitud tranquila. Uno de ellos era moreno y calvo, con un mechón de cabellos negros en la nuca igual que Ignati Nikíforovich. Este hecho recordó de nuevo a Nejliúdov la conversación que sostuvo la víspera con su cuñado y el deseo de verle a él y a la hermana, antes de la marcha. «Apenas si me dará tiempo antes de la salida del tren —pensó.

Mejor les escribiré una carta.» Pidió papel, sobre y un sello. Y dando sorbos de agua fresca, se puso a pensar en lo que iba a escribir. Pero sus ideas se dispersaban y era incapaz de redactar una carta.

«Querida Natasha, no puedo marcharme bajo la penosa impresión que me ha dejado la conversación de ayer con Ignati Nikíforovich...» empezó. «¿Qué más? ¿Pedir perdón por lo que dije ayer? Pero dije lo que pensaba. Y él se creerá que me retracto. Además, esa intromisión suya en mis asuntos... No, no puedo», y sintió surgir de nuevo el odio hacia ese hombre extraño, seguro de sí mismo y que no le comprendía. Nejliúdov guardó en el bolsillo la carta sin terminar, pagó, salió a la calle y marchó para alcanzar la columna de presos.

El calor había aumentado. Las paredes y el empedrado parecían despedir aire caliente. Al pisar la calzada, daba la impresión de que se quemaban los pies y Nejliúdov creyó abrasarse cuando rozó con la mano desenguantada la aleta del coche pintada de laca.

El jamelgo, con paso perezoso, golpeando rítmicamente el empedrado con las herraduras, se arrastraba por las calles; el cochero se adormecía continuamente. Nejliúdov, sentado, sin pensar en nada, miraba ante sí con indiferencia. En una calle empinada, frente a la entrada de una gran casa, había un grupo de gente, y un soldado de la escolta con el fusil. Nejliúdov mandó parar el coche.

—¿Qué ocurre? —preguntó el portero.

—Algo le ha ocurrido a un preso.

Nejliúdov descendió del coche y se acercó al grupo. Sobre el empedrado irregular de la calzada, junto a la acera, estaba tendido, con la cabeza más baja que los pies, un preso de cierta edad. Era de anchos hombros, barba rojiza, rostro encarnado y nariz aplastada, con un guardapolvo gris y pantalón del mismo color. Estaba tendido boca arriba, con las palmas de las manos cubiertas de pecas apoyadas contra el suelo. De vez en cuando se estremecía su ancho pecho, sacudido por una convulsión, mientras sus ojos, fijos en el cielo, estaban inyectados de sangre. A su alrededor estaban un guardia de aspecto sombrío, un repartidor, un cartero, un dependiente, una mujer vieja con una sombrilla y un muchacho de pelo corto con una cesta vacía.

—Se ha debilitado después de estar en la prisión, y ahora los llevan con todo el calor —censuraba a alguien el dependiente, encarándose con Nejliúdov.

—Se va a morir —dijo con voz llorosa la mujer de la sombrilla.

—Hay que desabrocharle la camisa —intervino el cartero.

El guardia, con dedos temblorosos y con torpeza, empezó a desabrochar la cinta en el cuello rojo lleno de venas. Estaba visiblemente alterado y confuso, pero así y todo consideró necesario llamar la atención a la gente.

—¿Para qué se amontonan? Ya hace bastante calor sin ustedes. Impiden que pase el aire.

—Debería reconocerle un médico. Y dejar a los que están débiles. Lo han llevado medio muerto —continuó el dependiente, que sin duda presumía de su conocimiento sobre las cosas.

El guardia, después de desabrochar el cordón de la camisa, se irguió y miró a la multitud.

—Les digo que despejen. Esto no es asunto de ustedes. ¿Qué miran? —decía buscando la aprobación de Nejliúdov, pero al no encontrar en su mirada la conformidad, miró al de la escolta.

Pero éste se hallaba apartado, mirando su tacón gastado, y era totalmente indiferente al esfuerzo del guardia.

—A quienes les incumbe no les preocupa. ¿Acaso está permitido torturar a la gente?

—Un preso es un preso, pero no deja de ser una persona —se decía en el grupo.

—Ponedle la cabeza más alta y dadle agua —dijo Nejliúdov.

—Han ido por agua —respondió el guardia, y cogiendo al preso por debajo de los brazos, con dificultad, arrastró su cuerpo más arriba.

—¿Qué jaleo es éste? —se oyó de pronto una voz decidida y autoritaria, y al grupo que estaba en torno al preso, con pasos rápidos, se acercó un sargento, con un casco blanco increíblemente limpio y brillante y unas botas más brillantes aún

—. ¡Despejen! ¡No tienen nada que hacer aquí! —gritó al grupo, sin saber todavía por qué se había reunido.

Al acercarse más y ver al preso moribundo hizo un gesto aprobatorio con la cabeza, como si esperara eso, y se dirigió al guardia.

—¿Cómo ha sucedido?

El guardia explicó que pasaba la columna, que el preso se había caído y el de la escolta había ordenado que lo abandonasen.

—Entonces ¿qué? Hay que llevarlo a la Comisaría. Busquen un coche.

—Ha ido el portero —dijo el guardia, llevándose la mano a la visera.

El dependiente empezó a decir algo sobre el calor.

—¿Qué te importa esto? ¿Eh? Sigue tu camino —exclamó el sargento y le miró con tanta severidad que el dependiente guardó silencio.

—Hay que darle de beber —indicó Nejliúdov.

El sargento miró severamente a Nejliúdov, pero no dijo nada. Cuando el portero trajo una jarra con agua, ordenó al guardia que se la diera. El guardia levantó la cabeza desplomada del preso y trató de echarle agua en la boca, pero no la admitía. El agua se desparramó por la barba, mojando la chaqueta y la camisa de lienzo basto y cubierta de polvo.

—¡Échesela por la cabeza! —ordenó el sargento al guardia; éste le quitó la gorra y echó el agua sobre sus cabellos rojizos ondulados y sobre su peluda nuca.

Los ojos del preso, como asustados, se abrieron más. Pero su estado no cambió en absoluto. Por su cara caían churretes, pero su boca seguía convulsionándose a intervalos regulares y todo su cuerpo temblaba.

—¿Y este coche, qué? ¡Tómenlo! —mandó el sargento al guardia, indicando el coche de Nejliúdov—. ¡Acércate! ¡Eh, tú!

—Está ocupado —respondió el cochero sombrío, sin levantar la vista.

—Es mío —exclamó Nejliúdov—, pero utilícenlo. Yo pagaré —añadió, dirigiéndose al cochero.

—Bueno, ¿y por qué se quedan pasmados? —gritó el sargento
—. ¡Cójanlo!

El guardia, el portero y el soldado de la escolta levantaron al moribundo. Lo llevaron al carruaje y lo subieron al asiento. Pero no podía sostenerse: la cabeza se le caía hacia atrás y el cuerpo resbalaba del asiento.

—¡Póngalo tumbado! —vociferó el sargento.

—No se preocupe, señor, lo llevaré así —explicó el guardia instalándose junto al moribundo en el asiento y sujetándole con su fuerte brazo por debajo de los suyos.

El soldado levantó los pies del moribundo y los colocó en el asiento.

El sargento se volvió y reparó en la gorra que se había quedado en el suelo, la levantó y se la puso al moribundo en la cabeza mojada y echada hacia atrás.

—¡En marcha! —gritó.

El cochero se volvió enfadado, movió la cabeza y, acompañado por el soldado de escolta, acució al caballo que partió al paso. El guardia sujetaba sin cesar el cuerpo con la cabeza balanceante del moribundo que se deslizaba del asiento. El soldado de la escolta, que marchaba junto al carruaje, le sujetaba los pies. Nejliúdov se fue detrás de ellos.

<h1 style="text-align:center">XXXVII</h1>

Al acercarse a la comisaría, pasando delante de un bombero que estaba de guardia, el coche entró en el patio y se detuvo ante una de las entradas.

En el patio unos bomberos remangados hasta el codo lavaban una carreta y hablaban alto, riéndose.

Tan pronto como se detuvo el coche fue rodeado por unos cuantos guardias. Cogiendo el cuerpo sin vida del preso por debajo de los brazos y los pies, lo sacaron del chirriante carruaje.

El guardia que había acompañado al preso se apeó del coche, movió el brazo que se le había dormido, se quitó la gorra e hizo la señal de la cruz. Al muerto le llevaron hacia una puerta y le subieron por las escaleras. Nejliúdov fue detrás de ellos. En una pequeña y sucia habitación donde le metieron había cuatro catres. Sobre dos de ellos estaban dos enfermos, uno con la boca torcida y el cuello vendado y el otro tuberculoso. Dos catres estaban libres. Sobre uno de ellos colocaron al preso. Un hombrecillo pequeño, con ojos brillantes y que movía sin cesar las cejas, en paños menores y calcetines, con pasos suaves, se acercó al preso que acababan de traer. Le miró, luego miró a Nejliúdov y soltó una carcajada. Era un loco recluido en la comisaría.

—Quieren asustarme —empezó diciendo—. Pero no lo conseguirán.

Detrás de los guardias que habían traído al muerto entraron un sargento y un practicante.

El practicante se acercó, tocó su amarillenta mano cubierta de pecas, que no estaba todavía rígida, pero tenía una palidez mortal, la sostuvo un momento y después la soltó. La mano cayó sin vida sobre el vientre del cadáver.

—Se acabó —dijo el practicante moviendo la cabeza. Pero sin duda para seguir el reglamento, desabrochó la camisa mojada del cadáver y, apartando de su oreja los cabellos rizados, aplicó ésta sobre el pecho amarillento del preso. Todos guardaron silencio. El practicante se irguió, movió de nuevo la cabeza y levantó con el dedo primero uno y luego otro párpado de los ojos azules, abiertos e inmóviles.

—No me asustarán, no me asustarán —decía el loco, escupiendo todo el tiempo en dirección al practicante.

327

—Entonces ¿qué? —preguntó el sargento.

—¿Qué? —repitió el practicante—. Hay que llevárselo al depósito.

—Compruébelo usted, ¿está seguro? —preguntó el sargento.

—Es hora de que sepa mi oficio —respondió el practicante mientras cubría el pecho del cadáver—. Pero voy a mandar a buscar a Matvei Ivánovich, para que le reconozca. Petrov, vete a buscarle —dijo el practicante, y se alejó del cadáver.

—Que lo lleven al depósito —dijo el sargento—. Y tú entonces ven a la oficina para firmar —añadió al soldado de la escolta, que no se apartaba del preso.

—A la orden —respondió el soldado.

Los guardias levantaron el cadáver y lo llevaron otra vez escaleras abajo. Nejliúdov quería ir detrás de ellos, pero el loco le retuvo.

—Usted no está compinchado con ellos, entonces deme un pitillo.

Nejliúdov sacó la pitillera y se lo dio. El loco, moviendo las cejas, empezó a hablar muy de prisa y a contarle cómo le atormentaban con amonestaciones.

—Están todos en contra mía, y me atormentan a través de sus mediums…

—Perdóneme —cortó Nejliúdov, y sin terminar de escucharle salió al patio, deseando saber dónde llevaban al muerto.

Los guardias con su carga ya habían atravesado todo el patio y entraban por la puerta del sótano. Nejliúdov quiso entrar, pero el sargento le detuvo.

—¿Qué quiere usted?

—Nada —respondió Nejliúdov.

—Nada, pues ¡lárguese!

Nejliúdov obedeció y se fue hacia su coche. El cochero dormitaba. Nejliúdov le despertó y se marcharon otra vez hacia la estación.

No había recorrido ni cien pasos, cuando se encontraron con otro coche en el que venían soldados de la escolta con fusiles y en el que yacía otro preso, sin duda muerto. El preso estaba tumbado de espaldas en el coche, tenía una barba negra y su cabeza afeitada estaba cubierta por la gorra que se le escurría hasta la nariz, saltando y moviéndose a cada sacudida del coche. Un carretero conducía el caballo, yendo a su lado a pie. Detrás iba un guardia. Nejliúdov tocó en el hombro a su cochero.

—¡Qué cosas hacen! —comentó el cochero, parando al caballo.

Nejliúdov bajó del coche y siguió al carro, pasando otra vez delante del bombero que estaba en la entrada de centinela, y entró en el patio de la comisaría. Allí, los bomberos habían terminado ya de lavar el coche, y en su lugar estaba el jefe, alto y huesudo, con las manos en los bolsillos. Miraba con severidad a un potro bien cebado que paseaban delante de él. El potro cojeaba de una de las patas, y el jefe de bomberos decía algo, enfadado, al veterinario que permanecía allí mismo.

El sargento se encontraba también allí. Al ver otro cadáver se acercó al carretero.

—¿Dónde lo ha recogido? —preguntó moviendo la cabeza con desaprobación.

—En la Stáraya Gorbátovskaya —contestó el guardia.

—¿Es un preso? —interrogó el jefe de bomberos.

—Sí.

—Ya es el segundo hoy —comentó el sargento.

—Vaya un orden. ¡Qué calor hace! —comentó el jefe de los bomberos, y volviéndose al que se llevaba al potro cojo, gritó: —

¡Colócalo en el rincón de la cuadra! Te voy a enseñar, hijo de perra, cómo se echan a perder caballos que valen más que tú.

Los guardias levantaron al muerto, lo mismo que la otra vez, y lo llevaron a la sala de arriba. Nejliúdov siguió detrás de ellos como hipnotizado.

—¿Qué desea usted? —le preguntó un guardia.

Sin contestar, siguió hacia donde llevaban el cadáver.

El loco, sentado en el catre, fumaba ávidamente el cigarrillo que le había dado Nejliúdov.

—¡Ah! ¡Ha vuelto! —exclamó y se echó a reír. Al ver al muerto, hizo una mueca—. Otra vez —dijo—. Me están cansando. Ya no soy un chiquillo, ¿verdad?

Nejliúdov mientras tanto observaba al muerto que ahora nadie le impedía ver y cuyo rostro, antes tapado con la gorra, estaba descubierto. Así como el otro preso era horroroso, éste era extraordinariamente hermoso y bien proporcionado. Era un hombre en la plenitud de su fuerza. A pesar de que tenía la cabeza deformada por estar afeitada hasta la mitad, la frente ligeramente abombada por encima de los ojos ahora sin vida, era muy hermosa; lo mismo que su nariz mediana y aguileña bajo la que había un estrecho bigote. Los labios, amoratados, estaban plegados en una sonrisa. Una pequeña barba bordeaba ligeramente la parte inferior del rostro, y en la parte afeitada de la cabeza se veía una oreja de mediano tamaño, fuerte y bonita. Sin hablar ya de que por ese rostro se veían las grandes posibilidades de vida espiritual que habían sido malogradas en ese hombre, por las finas y huesudas manos y los pies encadenados y por los fuertes músculos de todos sus miembros proporcionados se veía que era un individuo magnífico, un animal mucho más perfecto en su género que aquel potro bayo por cuya pata estropeada tanto se había enfadado el jefe de los bomberos. Y, sin embargo, habían acabado con él y no sólo nadie se compadecía como de una persona, sino que ni siquiera como de un animal de labor echado a perder. El único sentimiento que había despertado en toda la gente su muerte era de fastidio por las gestiones que era imprescindible realizar para apartar su cuerpo, que amenazaba con descomponerse.

En la sala entraron el médico con el practicante y el comisario.

El médico era un hombre fuerte y rechoncho, con una americana de seda cruda y un pantalón del mismo género, muy estrecho, que le ceñía las pantorrillas musculosas. El comisario era bajito y regordete, con una cara redonda y colorada como un globo, que se hacía más redonda porque llenaba las mejillas de aire y lo soltaba poco a poco. El doctor se sentó en el catre, junto al muerto. Lo mismo que el practicante, le tocó una mano, le auscultó y se puso en pie, estirándose el pantalón.

—No puede estar más muerto —comentó.

El comisario se llenó la boca de aire y lo soltó despacio.

—¿De qué prisión? —preguntó al soldado de la escolta.

El soldado respondió de dónde y le recordó que llevaba los grilletes en los pies.

—Ordenaré que se los quiten. Gracias a Dios, tenemos herreros —explicó el comisario y, llenándose otra vez la boca de aire, se fue hacia la puerta soltándolo lentamente.

—¿Por qué sucede eso? —preguntó Nejliúdov al médico. El médico le miró por encima de las lentes.

—¿Por qué ocurre eso? ¿Que se mueran de insolación? Pues así; permanecen inactivos y sin luz todo el invierno, y de pronto los llevan al aire. Y un día como hoy tienen que andar entre la multitud, sin una brizna de aire. Y sobreviene la insolación.

—¿Y por qué los mandan así?

—¡Ah! Eso pregúnteselo a ellos. Pero bueno, ¿usted quién es?

—Soy un extraño.

—¡Ah! Encantado, no tengo tiempo —exclamó el médico, y con fastidio, estirándose hacia abajo el pantalón, se marchó hacia los catres de los enfermos.

—Bueno, ¿cómo va lo tuyo? —preguntó al hombre pálido de la boca torcida y el cuello vendado.

El loco estaba sentado en su catre, había dejado de fumar y escupía en dirección al médico.

Nejliúdov bajó al patio y pasó entre los caballos y las gallinas de los bomberos, y ante el centinela del casco de cobre subió al coche cuyo cochero dormitaba otra vez, y se marchó a la estación.

XXXVIII

Cuando Nejliúdov llegó a la estación, los presos estaban sentados en los vagones tras las ventanillas enrejadas. En el andén había varias personas que fueron a acompañarlos, pero no les dejaban acercarse a los vagones. Los soldados de la escolta estaban más preocupados que de costumbre. Durante el trayecto de la penitenciaría a la estación cayeron al suelo y murieron de insolación, aparte de aquellos dos hombres que había visto Nejliúdov, otros tres: uno había sido llevado —lo mismo que los primeros— a la comisaría más próxima, y los otros dos habían muerto en la misma estación.[96] A los de la escolta no les preocupaba el hecho de que hubieran muerto cinco hombres bajo su custodia, que podían estar vivos; eso les tenía sin cuidado. Les preocupaba el hecho de tener que llevar a cabo las diligencias que el reglamento exige en tales casos: entregar los cadáveres donde correspondía, con sus papeles y pertenencias y borrarlos de la lista de los que había que llevar a Nizhni. Eso exigía una multitud de diligencias, sobre todo en un día de tanto calor.

Estaban pendientes de esos trámites y por eso, mientras no terminasen, no dejaban a Nejliúdov ni a los otros que lo habían solicitado acercarse a los vagones. Sin embargo, a Nejliúdov le dejaron porque dio dinero al suboficial. El suboficial le pidió solamente que hablara lo más rápidamente posible y se retirara del vagón, para que no le viera el jefe. Había un total de dieciocho vagones y todos, a excepción del de la superioridad, estaban atestados de presos. Pasando junto a las ventanillas de los vagones, Nejliúdov escuchaba lo que sucedía dentro. En todos ellos se oía el ruido de las cadenas, rumores de voces, mezclas de palabras groseras, y en ninguno de ellos se hablaba —según esperaba Nejliúdov— de los compañeros muertos en el camino. Las conversaciones giraban acerca de los sacos, el agua para beber y la elección de sitios. Al mirar por la ventanilla de uno de los vagones, Nejliúdov vio que en el pasillo dos soldados quitaban las esposas a los presos. Éstos tendían las manos, uno de los soldados abría el candado con la llave y las quitaba. Otro recogía las esposas. Pasando todos los vagones de hombres, Nejliúdov se acercó a los de mujeres. En el segundo de ellos se oían los gemidos regulares de una mujer, acompañados de las siguientes palabras: «¡Ay! ¡Padrecito! ¡Ay! ¡Padrecito!».

Nejliúdov pasó de largo y por indicación de un soldado se acercó al tercer vagón. Tan pronto como arrimó la cabeza a la ventanilla recibió un soplo de aire caliente, impregnado de un denso olor a cuerpo y sudor y oyó claramente voces femeninas agudas. En todos los asientos permanecían las mujeres con las caras encarnadas y sudorosas, con guardapolvos y blusas, e intercambiaban ruidosamente conversaciones. La cara de Nejliúdov cerca de la reja les llamó la atención. Las que estaban próximas guardaron silencio y se acercaron. Máslova, con una blusa y sin pañuelo a la cabeza, estaba sentada junto a la ventanilla del otro lado. Más cerca de esta parte se hallaba sentada la blanca y sonriente Fedosia. Al reconocer a Nejliúdov, empujó a Máslova y le indicó con la mano la ventanilla. Máslova se levantó apresurada, se puso un pañuelo sobre el pelo negro y, con el rostro encarnado, sudoroso y risueño, se acercó a la ventanilla y se agarró a la reja.

—¡Vaya calor que hace! —dijo, sonriendo alegre.

—¿Recibió las cosas?

—Sí, las recibí. Muchas gracias.

—¿Necesita algo? —preguntó Nejliúdov, notando cómo salía la ola de calor como de un horno.

—No, nada. Muchas gracias.

—Si pudiéramos beber algo —exclamó Fedosia.

—Pero ¿no tienen ustedes agua?

—Nos han dado, pero nos la hemos bebido toda.

—Ahora mismo —dijo Nejliúdov— voy a pedírsela a uno de la escolta. Ya no nos veremos hasta Nizhni.

—¿Acaso va usted allí? —preguntó Máslova, como si no lo supiera, mirando alegremente a Nejliúdov.

—Voy en el próximo tren.

Máslova no dijo nada, y sólo al cabo de unos segundos suspiró hondamente.

—¿Es cierto, señor, que han dejado morir a doce presos? —preguntó con voz recia de hombre una vieja de aspecto severo.

Era Korabliova.

—No he oído que fueran doce. Yo he visto dos —respondió Nejliúdov.

—Dicen que son doce. ¿Es posible que no les hagan nada por eso? ¡Malditos demonios!

—¿No se ha puesto enferma ninguna de las mujeres? — preguntó Nejliúdov.

—Las mujeres son más fuertes —riéndose, contestó otra detenida de baja estatura—, pero a una se le ha ocurrido dar a luz. Ahora está dando gritos —dijo indicando el vagón vecino, desde el que se oían aquellos lamentos.

—Pregunta usted si necesito algo —comentó Máslova tratando de contener los labios de una alegre sonrisa—. ¿No podrían dejar aquí a esa mujer que está sufriendo mucho? Debería usted decírselo a los jefes.

—Sí, lo voy a decir.

—Y otra cosa. A ver si pudiera hablar con su marido, con Tarás

—añadió, indicando con la vista a la risueña Fedosia—. Porque usted va con él, ¿no es eso?

—Señor, está prohibido hablar —se oyó la voz de un suboficial de la escolta. No era el que había dejado a Nejliúdov.

Nejliúdov se apartó y fue a buscar al jefe, para interceder por la mujer parturienta y por Tarás. Pero durante mucho tiempo no pudo encontrarle ni obtener una contestación de los soldados de la escolta. Estaban muy atareados: unos llevaban a un preso a algún sitio, otros corrían a comprarse provisiones y colocaban sus cosas en los vagones, los terceros se afanaban en torno a una señora que iba en el compartimento de la oficialidad, y contestaban con disgusto a las preguntas de Nejliúdov.

Nejliúdov vio al jefe de la escolta cuando ya había sonado por segunda vez la campanilla. El oficial, limpiándose con su corto brazo el bigote que le tapaba la boca y alzando los hombros increpaba por algo a un sargento.

—¿Qué es exactamente lo que quiere? —preguntó a Nejliúdov.

—Tienen ustedes a una mujer que está dando a luz en un vagón, y he pensado que haría falta…

—Bueno, pues que dé a luz. Luego ya veremos —respondió el oficial pasando a su vagón y moviendo con energía sus cortos brazos.

Justo entonces pasó un revisor con el silbato en la mano; sonó por tercera vez la campanilla, el silbato, y entre los acompañantes que se encontraban en el andén y el vagón de mujeres se oyeron llantos y lamentos. Nejliúdov estaba junto a Tarás en el andén, y miraba cómo se arrastraban uno tras otro delante de él los vagones con las ventanillas enrejadas, en las que se veían hombres con las cabezas afeitadas. Después pasó el primer vagón de mujeres, por cuyas ventanillas se veían cabezas destocadas y otras con pañuelos; luego el segundo, en el cual seguían oyéndose los lamentos de la mujer, y por fin el vagón en que iba Máslova. Estaba junto con otras mujeres al lado de la ventanilla y miraba a Nejliúdov con una sonrisa lastimera.

<h2 style="text-align:center">XXXIX</h2>

Faltaban dos horas para la salida del tren de pasajeros en el que viajaría Nejliúdov. Al principio pensó ir a casa de su hermana durante ese intervalo. Pero ahora, después de las impresiones de la mañana se sintió tan alterado y deshecho que, sentándose en un diván de primera clase, de pronto le invadió el sueño. Se volvió de lado, apoyó la mejilla en la palma de la mano e inmediatamente se quedó dormido.

Le despertó un camarero de frac, con una insignia y una servilleta en la mano.

—Señor, señor, ¿no es usted el príncipe Nejliúdov? Le busca una señora.

Nejliúdov se levantó de un salto, se restregó los ojos y recordó dónde estaba y todo lo que había sucedido aquella mañana.

En su memoria estaba la marcha de los presos, los muertos, los vagones de las ventanillas enrejadas y las mujeres encerradas allí, de las cuales una sufría dando a luz sin ayuda, y otra sonreía con lástima a través de la reja de hierro. Pero la realidad aquí era totalmente distinta: había una mesa con cubiertos, botellas, candelabros, junto a la que se afanaban camareros diligentes. Al fondo de la sala, detrás del mostrador lleno de botellas y frutas, un camarero atendía a los viajeros que estaban de espaldas.

Cuando Nejliúdov cambió su postura y se irguió, se dio cuenta de que todos los que se encontraban en la sala estaban pendientes de lo que sucedía en la puerta. Miró hacia allá y vio que conducían a una señora sentada en un sillón, con la cabeza cubierta por un velo. El que iba delante era un lacayo, y le pareció conocido. Detrás iba un portero con galones, también conocido. Junto al respaldo de la butaca caminaba una elegante doncella con delantal, cabellos rizados, y que llevaba un objeto redondo en una funda de cuero, y una sombrilla. A continuación venía el príncipe Korchaguin con una gorra de viaje, luciendo una serie de dijes en el pecho y seguido de Missy, el primo Misha y Osten, un diplomático conocido de Nejliúdov. Era un hombre de cuello muy largo, nuez muy saliente, siempre alegre y de buen humor. Iba diciendo algo persuasivo, pero sin duda gracioso, a Missy. Les seguía el médico, con aire enfadado y fumando un cigarrillo.

Los Korchaguin se trasladaban a las afueras, a una finca de la hermana de la princesa, que se encontraba cerca de Nizhni Nóvgorod.

Los portadores del sillón, la doncella y el cochero pasaron a la sala de señoras, despertando la curiosidad y el respeto de todos los presentes. El viejo príncipe, sentado junto a una mesa, llamó inmediatamente a un camarero y empezó a encargarle algo. Missy y Osten se disponían a tomar asiento cuando distinguieron en la puerta a una conocida y fueron a su encuentro. La conocida era Natalia Ivánovna, acompañada de Agrafena Petrovna, que mirando a todos los lados, entró en el comedor. Casi al mismo tiempo vio a Missy y a su hermano. Primero se acercó a Missy, y sólo hizo una señal con la cabeza a Nejliúdov; pero después de besar a Missy se dirigió a él inmediatamente.

—Por fin te he encontrado —exclamó.

Nejliúdov se puso en pie, saludó a Missy, Misha y Osten y se puso a charlar. Missy le contó que había habido un incendio en su finca, lo que les obligaba a mudarse a la de su tía. Con este motivo Osten se puso a contar una graciosa anécdota de un incendio.

Nejliúdov, sin escuchar a Osten, se volvió a su hermana.

—Cuánto me alegro de que hayas venido —le dijo.

—Ya hace mucho que estás aquí —explicó—. Me acompaña Agrafena Petrovna —señaló a Agrafena, que llevaba sombrero y abrigo impermeable, y desde lejos, no deseando molestarle, saludó a Nejliúdov con expresión digna y afectuosa—. Te hemos buscado por todas partes.

—Me quedé dormido aquí. Cuánto me alegra que hayas venido —repitió Nejliúdov—. Te empecé a escribir una carta.

—¿Es posible? —preguntó asustada—. ¿Sobre qué?

Missy, con sus caballeros, al darse cuenta de que entre los hermanos se iniciaba una conversación íntima, se retiró a un lado. Nejliúdov y su hermana tomaron asiento en un diván de terciopelo junto a una ventana en la que alguien había dejado unas mantas de viaje y unas sombrereras.

—Ayer, cuando me marché de vuestra casa, quise volver para disculparme, pero no sabía cómo iba a tomarlo él —empezó Nejliúdov—. No estuvo bien la forma en que hablé con tu marido, y eso me torturaba…

—Ya lo sabía, estaba segura —comentó la hermana— de que no habías querido hacerlo. Pero tú sabes…

Sus ojos se llenaron de lágrimas, mientras le cogía una mano. La frase no estaba clara, pero él la comprendió en su plenitud y le conmovió su significado. Sus palabras querían decir que a pesar del amor por quien la dominaba por completo —el amor de su marido—, para ella era muy importante el cariño hacia su hermano, y cualquier desavenencia entre ellos le resultaba dolorosa.

—Gracias, te doy las gracias… ¡Ay, lo que he visto hoy! —dijo de repente, recordando al segundo muerto—. Han matado a dos presos.

—¿Cómo que los han matado?

—Así, los han matado. Los han conducido con todo este calor.

Y dos de ellos han muerto de insolación.

—¡No puede ser! ¿Cómo? ¿Hoy? ¿Ahora?

—Sí, ahora mismo. He visto los cadáveres.

—Pero ¿por qué los han matado? ¿Quién ha sido? —preguntó Natalia Ivánovna.

—Quienes los conducían a la fuerza —respondió Nejliúdov irritado, al darse cuenta de que ella miraba estas cosas por los ojos de su marido.

—¡Ay, Dios mío! —exclamó Agrafena Petrovna, que se había acercado a ellos.

—No, no tenemos ni la menor idea de lo que ocurre con estos desgraciados, y es preciso saberlo —añadió Nejliúdov, mirando al viejo príncipe que estaba sentado ante la mesa, con una servilleta alrededor del cuello, y que en aquel momento se volvió a mirar a Nejliúdov.

—¡Nejliúdov! —gritó—. ¿Quiere refrescarse? Es bueno antes de ponerse en camino.

Nejliúdov rechazó la invitación, y se volvió.

—Pero ¿qué vas a hacer tú? —continuó Natalia Ivánovna.

—Lo que pueda. No lo sé, pero siento que tengo que hacer algo. Y haré lo que pueda.

—Sí, sí, te comprendo. Pero ¿y con éstos —dijo sonriendo e indicando con los ojos a Korchaguin—, acaso has terminado?

—Por completo, y creo que sin lamentarlo ninguna de las dos partes.

—Es una pena. Me da lástima. Yo la quiero. Bueno, supongamos que sea así. Pero ¿para qué quieres ligarte? —añadió con timidez—. ¿Para qué te marchas?

—Me voy porque debo hacerlo —contestó Nejliúdov serio y seco, como si deseara acabar esta conversación.

Pero le remordió la conciencia por tratar con aquella frialdad a su hermana. «¿Por qué no decirle todo lo que pienso? Y que lo oiga también Agrafena Petrovna», se dijo a sí mismo, mirando a la vieja doncella. La presencia de Agrafena Petrovna le animaba más todavía a repetirle a su hermana su decisión.

—¿Hablas de mi decisión de casarme con Katiusha? Verás, yo estaba decidido a hacerlo, pero ella se ha negado rotunda y decididamente —dijo, y su voz tembló, como temblaba siempre que hablaba de eso—. No quiere mi sacrificio y renuncia ella, en su situación, a muchas cosas, y no puedo aceptar ese sacrificio si es momentáneo. Por eso la sigo y estaré donde esté ella, y la ayudaré cuanto pueda a aliviar su suerte.

Natalia Ivánovna no dijo nada. Agrafena Petrovna le miraba interrogativamente y movía la cabeza. De pronto, de la sala de señoras salió de nuevo la comitiva. El apuesto lacayo Filip y el portero llevaban a la princesa. Detuvo a los que la llevaban, llamó a Nejliúdov y, mientras emitía un lastimero quejido, le tendió su mano blanca, llena de sortijas, esperando con horror que no se la apretara demasiado.

—Epouvantable! —comentó refiriéndose al calor—. No puedo soportarlo. Ce climat me tue[98] —y después de hablar del horroroso clima de Rusia y de invitar a Nejliúdov para que fuera a verlos, hizo una seña a los portadores—. Entonces, venga a vernos sin falta —añadió cuando se la llevaban, volviendo hacia él su largo rostro.

Nejliúdov salió al andén. La comitiva de la princesa iba hacia un vagón de primera clase. Nejliúdov y el mozo llevaban el equipaje y Tarás iba con su saco, los tres fueron hacia la izquierda.

—Éste es mi compañero —dijo Nejliúdov a su hermana indicando a Tarás, cuya historia le había contado antes.

—Pero ¿es posible que vayas en tercera clase? —preguntó Natalia Ivánovna cuando Nejliúdov se detuvo frente al vagón de tercera, y el mozo con las cosas y Tarás subieron.

—Sí, voy más cómodo, y así viajo con Tarás —respondió—. Otra cosa —añadió—, hasta ahora todavía no he entregado las tierras a los campesinos en Kuzmínskoye, así que en caso de que me muera, lo heredarán tus hijos.

—Dimitri, calla… —exclamó Natalia Ivánovna.

—Aunque las reparta, lo único que puedo decirte es que todo lo demás será para tus hijos, porque no es nada probable que me case, y si me caso, no tendré hijos…, así que…

—Dimitri, por favor, no hables de eso —decía Natalia Ivánovna; sin embargo, Nejliúdov veía que estaba contenta de haber escuchado lo que dijo.

Delante, frente al vagón de primera clase, había un pequeño grupo de gente que todavía miraba al vagón en el que habían subido a la princesa Korcháguina. Todos los demás ocupaban sus sitios. Los viajeros retrasados, apresurándose, golpeaban las tablas del andén con sus pisadas, los revisores cerraban las puertas, invitando a los viajeros a subir y rogando a los acompañantes que descendieran.

Nejliúdov subió al vagón recalentado por el sol y maloliente, y salió a la plataforma.

Natalia Ivánovna permanecía enfrente del vagón con su sombrero moderno y su capa, al lado de Agrafena Petrovna. Buscaba por lo visto un tema de conversación que no encontraba. No se podía decir ni siquiera ecrivez!,[99] porque hacía ya mucho tiempo que con su hermano se burlaban de esa palabra habitual, que se dice a los que se marchan. La breve conversación sobre asuntos financieros y sobre la herencia había destruido la tierna relación fraternal establecida entre ellos. Ahora se sentían extraños el uno al otro. Así que Natalia Ivánovna se alegró cuando el tren se puso en marcha y sólo pudo decir, moviendo la cabeza, con expresión triste y cariñosa en la cara: «¡Adiós, adiós, Dimitri!». Pero tan pronto como se alejó el tren, pensó cómo iba a transmitir a su marido la conversación con su hermano, y su rostro se tornó severo y preocupado.

Y a Nejliúdov, a pesar de que no tenía hacia su hermana más que los mejores sentimientos y no le ocultaba nada, ahora su presencia le resultaba molesta, se sentía incómodo y deseaba librarse de ella lo antes posible. Se daba cuenta de que ya no existía aquella Natasha a la que estaba tan unido, y que sólo era la esclava de un marido de pelo negro, extraño y antipático. Se dio cuenta claramente de que su rostro se iluminó animándose sólo cuando habló de aquello que interesaba a su marido, del reparto de tierras a los campesinos, de la herencia. Y esto le entristeció.

XL

El calor era tan sofocante en el vagón de tercera clase, recalentado todo el día por el sol y repleto de gente, que Nejliúdov no entró y se quedó en la plataforma. Pero tampoco aquí era posible encontrar aire, y Nejliúdov pudo respirar a pleno pulmón sólo cuando los vagones dejaron atrás las casas, y empezó a soplar el viento. «Sí, los han matado», se repitió las palabras que había dicho a su hermana. Entre todas las impresiones experimentadas aquel día surgió con extraordinaria viveza el rostro encantador del segundo preso muerto, la sonriente expresión de sus labios, la gravedad de su frente y la pequeña oreja que dejaba descubierta la nuca afeitada y azulada. «Lo peor de todo es que le han matado y nadie sabe que le han matado. Pero lo han hecho. Lo han conducido como a todos los presos por orden de Máslennikov. Sin duda, Máslennikov dio la orden, según costumbre, habrá firmado con su estúpida rúbrica en un papel con membrete y, claro está, no se considerará de ningún modo culpable. Todavía menos culpable puede considerarse el médico de la prisión, que había reconocido a los presos. Cumplió ordenadamente su deber, separar a los enfermos. No podía prever en modo alguno ni ese calor horroroso, ni que los iban a llevar tan tarde, ni en una columna tan apretada. ¿El director?... Pero el director no hizo más que cumplir lo ordenado: en tal día expedir tantos condenados a trabajos forzados, tantos deportados, hombres y mujeres. Tampoco podía ser culpable el jefe de la escolta, cuya obligación consistía en hacerse cargo de un determinado número de presos y entregar en el destino el mismo número. Conducía la columna como se hace habitualmente y como es debido, y no podía prever de ninguna formar que hombres tan fuertes como aquellos dos que había visto Nejliúdov no resistieran y fueran a morirse. Nadie era culpable, pero de todos modos esos hombres habían muerto por culpa de esos "inocentes" de su muerte.

»Todo esto sucedía —seguía pensando Nejliúdov— porque estos hombres, los gobernadores, directores de cárceles, sargentos, guardias, consideraban que hay situaciones en el mundo en que el trato humano con los hombres no es obligatorio. Pero toda esta gente —Máslennikov, los directores y los de la escolta—, todos ellos, si no fueran gobernadores, directores, oficiales, hubieran pensado veinte veces si se podía mandar a la gente con ese calor y en tales apreturas; se hubieran parado veinte veces en el camino, y al ver a un hombre débil que se ahoga, le hubieran llevado a la sombra, dado agua, dejado descansar y cuando sucediese la desgracia expresarían su sentimiento. No hicieron eso e incluso impedían que lo hiciesen otros, porque no veían ante sí personas ni sus deberes hacia ellas. Sólo veían su trabajo y las exigencias de éste que ponían por encima de las exigencias de los deberes humanos. En eso consiste todo —pensaba Nejliúdov—. Siempre se puede admitir que existe algo más importante que el sentimiento de amor hacia los hombres, aunque sea por una hora y en una circunstancia especial, entonces no hay crimen que no pueda cometerse con los hombres sin considerarse culpable.»

Nejliúdov se quedó tan absorto que no se dio cuenta de cómo había cambiado el tiempo: el sol se ocultó tras una nube baja dividida en dos, y desde el horizonte de poniente se acercaba otra nube compacta de color gris claro, que ya había descargado una parte en algún sitio lejano, sobre campos y bosques, con una lluvia densa y oblicua. La nube despedía una ráfaga de aire húmedo. De cuando en cuando los relámpagos cortaban las nubes y con el ruido de los vagones se mezclaba cada vez más el ruido del trueno. La nube se venía cada vez más cerca, las gotas oblicuas de la lluvia azotadas por el viento empezaron a dejar manchas en la plataforma y en el abrigo de Nejliúdov. Pasó al otro lado y, aspirando el aire húmedo de lluvia impregnado de olor a trigo, que hacía mucho tiempo esperaba ávida la tierra, contempló los jardines, bosques, campos de centeno que amarilleaban. Todo parecía haberse cubierto de laca: el verde se hizo más verde, el amarillo más amarillo y el negro más negro.

—¡Más, más! —exclamaba Nejliúdov, alegre por la esperada lluvia que caía sobre los campos, jardines y huertos.

El chaparrón intenso no duró mucho. La nube se había vaciado parcialmente y flotaba hacia lo lejos; sobre la tierra mojada caían las últimas gotas, verticales y menudas. El sol apareció de nuevo y todo resplandeció. En el este, por encima del horizonte, apareció el arco iris, no muy grande, pero de colores brillantes entre los que se destacaba el violeta que se fundía sólo en un extremo.

«¿En qué estaba pensando? —se preguntó Nejliúdov cuando terminaron todos estos cambios de la naturaleza y el tren había descendido y rodaba entre los taludes—. ¡Ah, sí!; pensaba en todos estos hombres: el director, los del convoy y los empleados, en su mayoría son dóciles, buena gente, y se han convertido en crueles sólo a causa de los trabajos que desempeñan.»

Se acordó de la indiferencia de Máslennikov cuando le hablaba de lo que sucedía en la prisión, la severidad del director, la crueldad del oficial de la escolta que no había permitido a los presos que subieran a los carros, ni había hecho caso de la mujer que sufría dando a luz en el vagón. «Toda esta gente, por lo visto, era invulnerable e impermeable al sentimiento más elemental de compasión, sólo por el cargo que desempeñaban. Como gente que ejercía esos trabajos eran impenetrables para el sentimiento humano lo mismo que esta tierra pavimentada por la lluvia — pensaba Nejliúdov mirando la pendiente cubierta de guijarros de distintos colores por los cuales el agua de la lluvia se filtraba en la tierra y corría en arroyuelos—. Quizá sea necesario cubrir de guijarros las pendientes, pero es triste ver privada de vegetación una tierra que hubiera podido dar trigo, hierba, arbustos, árboles, como los que se ven en lo alto de la pendiente. Lo mismo ocurre con los hombres —continuó pensando Nejliúdov—: tal vez hacen falta esos gobernadores, pero es horroroso ver a personas privadas de la más importante propiedad humana: el amor y la piedad hacia sus semejantes.»

«Esto consiste en que reconocen como ley lo que no lo es, y, en cambio, no reconocen como ley la que es eterna, inmutable y urgente, escrita por Dios mismo en el corazón de los hombres. Por eso me encuentro tan a disgusto con esos hombres —pensaba Nejliúdov—. Sencillamente, los temo. Y, en efecto, esa gente es temible. Más terrible que los bandidos. El bandido, a pesar de todo, es capaz de sentir piedad; ellos, ni pueden sentirla: están asegurados contra la lástima, lo mismo que esas piedras contra la vegetación. Dicen que los Pugachov y los Razin son terribles. Éstos lo son mil veces más —continuaba pensando—. Si se plantea el problema psicológico siguiente: ¿Cómo hacer para que las gentes de nuestro tiempo, cristianos, humanitarios, hombres sencillamente buenos, cometan las mayores atrocidades sin sentirse culpables?, existe una sola solución: es preciso para que esto suceda que los hombres sean gobernadores, directores, oficiales, policías, es decir, que en primer lugar estén seguros de que existe un trabajo llamado servicio del Estado, en el cual pueden tratar a personas como si fueran objetos, sin ningún sentimiento humano ni fraternal; en segundo lugar, que esos mismos al servicio del Estado estén tan unidos que las consecuencias de la responsabilidad de sus actos no recaiga en ninguno individualmente. Sin estas circunstancias no es posible que en nuestra época se cometan crueldades como las que he visto hoy. Todo estriba en que los hombres creen que hay situaciones en que se puede tratar a los hombres sin amor, y tales situaciones no existen. A las cosas se las puede tratar sin amor: se puede talar árboles, fabricar ladrillos, forjar el hierro sin amor; pero con los hombres no puede hacerse, lo mismo que no se puede tratar a las abejas sin precaución. Así es la característica de las abejas. Si no se las trata como se debe, se las perjudica a ellas y a uno mismo. Igual sucede con los hombres. Y no puede ser de otra forma porque el amor entre ellos es la ley básica. Cierto que el hombre no puede obligarse a amar como a trabajar, pero eso no es un motivo para tratar a la gente sin amor, sobre todo si se exige algo de ella. Si no amas a los hombres, permanece quieto — pensaba Nejliúdov, hablándose a sí mismo—, ocúpate de ti, de tus cosas, de lo que quieras, pero no de los hombres. Lo mismo que se puede comer sin perjuicio y con provecho sólo cuando se tiene apetito, así se puede tratar a los hombres con provecho únicamente cuando se siente amor hacia ellos. Si uno se permite tratar a los demás sin amor, como yo lo hice ayer con mi cuñado, si no existen límites de crueldad ni salvajismos con respecto a otros hombres, como lo he visto hoy, ni tampoco hay límites de sufrimiento para uno mismo, como he comprendido en el transcurso de toda mi vida... Sí, sí, así es. Esto está bien» —se repetía experimentando un doble placer: el fresco después del calor agobiante y la conciencia de haber encontrado una solución evidente a un problema planteado desde hacía mucho tiempo.

XLI

El vagón en el cual Nejliúdov tenía su sitio estaba lleno hasta la mitad. Había criadas, obreros de talleres y fábricas, carniceros, judíos, dependientes, mujeres, esposas de artesanos, un soldado, dos señoras: una joven, la otra de edad, que lucía pulseras en los brazos desnudos, y un señor de aspecto severo, con gorro negro de escarapela. Todos, tranquilizados ya después de haberse instalado en sus sitios, permanecían sentados apaciblemente. Unos comiendo pipas; otros, fumando cigarrillos, y los de más allá, charlando animadamente con el vecino.

Tarás, con aspecto feliz, estaba sentado a la derecha del pasillo, guardando el sitio de Nejliúdov y hablando animado con el que iba enfrente: un hombre musculoso, con una podiovka de paso desabrochada, y que según supo después Nejliúdov era un jardinero que iba a hacerse cargo de su puesto. Antes de llegar donde estaba Tarás, Nejliúdov se detuvo en el pasillo junto a un anciano de venerable aspecto, con barba blanca y una podiovka de nanquín, que hablaba con una mujer joven, vestida al estilo campesino. A su lado iba sentada una niña de siete años, que no alcanzaba el suelo con los pies, llevaba un sarafán nuevo, con una trencita de pelo casi blanco, y no dejaba de comer pipas. Volviéndose a Nejliúdov, el viejo recogió el bajo de su podiovka del reluciente banco que ocupaba él solo, y dijo cariñosamente:

—Por favor, siéntese.

Nejliúdov dio las gracias y se sentó en el sitio indicado. Tan pronto como tomó asiento, la mujer continuó su interrumpida historia. Contaba el recibimiento que le había hecho el marido en la ciudad, de donde regresaba.

—Estuve por carnaval, Dios me trajo y pasé una temporada —decía—. Ahora, si Dios quiere, volveré por Navidades.

—Eso está bien —dijo el viejo, volviéndose a mirar a Nejliúdov —. Hay que verle a menudo, de otro modo un hombre joven se maleará en la ciudad.

—No, abuelo, el mío no es así. No hace tonterías, es inocente como una niña. Manda hasta el último céntimo del dinero que gana. Se puso tan contento al ver a la niña que eso no se puede ni describir —dijo la mujer sonriendo.

Escupiendo las cáscaras de las pipas y escuchando a la madre, la niña parecía confirmar las palabras de aquélla, y miró con sus ojos inteligentes y serenos a la cara del viejo y a la de Nejliúdov.

—Y es listo, pues tanto mejor —dijo el viejo—. ¿Y no se entretiene con eso? —añadió señalando con los ojos a una pareja, marido y mujer, sin duda obreros de fábrica, que estaban sentados al lado del pasillo.

El marido, acercándose a los labios una botella de vodka, echó hacia atrás la cabeza y bebió. La mujer sostenía en las manos una bolsa de la que había sacado la botella y le miraba fijamente.

—No, el mío no bebe ni fuma —continuó la mujer, interlocutor del viejo, aprovechando la ocasión de alabar una vez más a su marido—. Hombres así, abuelo, nacen pocos en la tierra. Él es así —concluyó mirando también a Nejliúdov.

—Tanto mejor —repitió el viejo, mirando al obrero que bebía.

El hombre, después de beber de la botella, se la entregó a su mujer. Ésta cogió la botella y, riéndose y moviendo la cabeza, se la llevó a la boca. Al ver que le miraban Nejliúdov y el viejo, el obrero se volvió a ellos:

—¿Qué, señor? ¿Le extraña que bebamos? Nadie ve cómo trabajamos, pero cuando bebemos, lo ven todos. Lo gano, y bebo, y le ofrezco a mi mujer. Y a nadie más.

—Sí, sí —accedió Nejliúdov, sin saber qué contestar.

—¿Verdad, señor? Mi esposa es una mujer firme. Estoy contento de mi mujer, por eso ella me trata bien. ¿Es verdad lo que digo, Mavra?

—Bueno, toma, coge, no quiero más —exclamó la mujer, devolviéndole la botella—. ¿Por qué dices tonterías? —añadió.

—Así es —prosiguió el obrero—, o es buena o empieza a chirriar como un carro que necesita aceite en las ruedas. Mavra,

¿es cierto lo que digo?

Mavra, riéndose, con un gesto de borracha, movió la mano.

—Bueno, ya se ha soltado…

—Ahí, ahí es buena… hasta determinado momento… Pues si se le da un pisotón, es capaz de hacer cualquier barbaridad… Es verdad lo que digo. Usted, señor, perdóneme. He bebido un poco más de la cuenta, pero ya no tiene remedio… —concluyó el obrero y se dispuso a dormir, colocando la cabeza sobre las rodillas de su sonriente mujer.

Nejliúdov estuvo sentado algún tiempo con el viejo, el cual le contó que era fumista, que llevaba trabajando cincuenta y tres años, y arreglando tantas estufas que ya había perdido la cuenta, que se disponía a descansar, pero que nunca tenía tiempo. Estuvo en la ciudad, donde dejó instalados a sus hijos y quería ir a la aldea para ver al resto de la familia. Al terminar de escuchar el relato del viejo, Nejliúdov se levantó y se fue al sitio que le estaba guardando Tarás.

—Bueno, señor, siéntese. Quitaremos de aquí el saco — exclamó el jardinero sentado frente a Tarás, con voz afectuosa, mirando hacia arriba a la cara de Nejliúdov.

—Apretados, pero en amor y compañía —comentó con voz cantarina el sonriente Tarás, mientras con sus fuertes brazos levantaba su saco de dos arrobas y lo colocaba junto a la ventanilla—. Hay sitio de sobra, si no, se podía ir en pie o sentados bajo los bancos. Lo bueno es estar tranquilos. ¡A qué discutir!

Tarás dijo que cuando no bebía no encontraba palabras para expresarse, que gracias al vino las encontraba y que entonces podía decir todo lo que sentía. Efectivamente, cuando se encontraba sereno casi siempre callaba; cuando bebía —lo cual sucedía pocas veces y sólo en ocasiones especiales— se convertía en un hablador muy simpático. Entonces hablaba mucho y bien, con gran sencillez, justicia y, sobre todo, con cariño, que brillaba en sus ojos bondadosos. Y la sonrisa acogedora no desaparecía de sus labios.

En ese estado de ánimo se encontraba aquel día. La llegada de Nejliúdov interrumpió por un momento su charla. Pero una vez colocado el saco en su sitio, se sentó como antes, colocó sus fuertes manos de obrero en las rodillas y, mirando fijamente a los ojos del jardinero, continuó su relato. Contaba a su nuevo conocido, con toda clase de detalles, la historia de su vida, por qué la deportaban y por qué la seguía ahora a Siberia.

Nejliúdov no había oído nunca esta historia detallada, y por eso escuchaba con interés. Había llegado al momento en que se produjo el envenenamiento, y la familia se enteró de lo que hizo Fedosia.

—Le estoy contando mi desgracia —explicó a Nejliúdov Tarás, con expresión muy amistosa—. Nos hemos puesto a hablar, ha resultado ser un hombre tan espiritual, que se lo estoy contando.

—Sí, sí —contestó Nejliúdov.

—Bien, pues de esa forma, hermano, fue como supe la cosa. Mi madrecita cogió aquella torta y dijo: «Voy a ir a ver al comisario». Mi padre, que es un hombre justo, exclamó: «Espera, vieja, espera, mujer, un momento. Es todavía una criatura. Ella misma no se ha dado cuenta de lo que ha hecho, hay que compadecerla. Puede corregirse». Pero mi madre no admitía sus justificaciones. «Mientras la tengamos aquí —dijo—, nos va a eliminar a todos como a cucarachas». Y se fue, hermano, a ver al comisario. Éste se presentó inmediatamente en nuestra casa… Llamaron a los testigos.

—¿Y cómo estabas tú? —preguntó el jardinero.

—Yo, hermano, me retorcía por el dolor de barriga. Se me revolvía todo por dentro, y no podía decir ni una palabra. Mi padrecito enganchó el carro, subió a Fedosia, la llevó a la comisaría y desde allí a casa del juez. Y ella, hermano, desde el primer momento lo confesó todo. Dónde cogió el arsénico y cómo hizo las tortas. «¿Por qué lo has hecho?», le preguntaron. «Pues porque —dijo— le odio. Prefiero ir a Siberia antes que vivir con él», es decir, conmigo —aclaró Tarás, sonriendo—. Así que confesó todo. Naturalmente, la llevaron a la cárcel. Mi padrecito regresó solo. Se acercaba la época de las faenas y no teníamos en casa más mujer que mi madre, que ya no está muy fuerte. Entonces pensamos si no se podía pagar una fianza para que saliera en libertad provisional.

Mi padre fue a ver a un jefe, pero no resultó nada, y fue a ver a otro. Visitó a cinco. Ya no había por qué hacer gestiones. De pronto tropezamos con un empleado del Juzgado. Un vivales de los que se encuentran pocos. «Dame cinco rublos —dijo—, y la sacaré.» Nos pusimos de acuerdo en tres. ¿Y qué quieres, hermano? Coloqué sus telas y le pagué. Tan pronto como escribió ese papel —Tarás estiró la voz como si hablase de un disparo—, salió. En aquellos días yo ya me había levantado y fui a buscarla a la ciudad. Llegué allí, hermano, dejé la yegua en el patio de la posada y fui a la cárcel. «¿Qué quieres?» «Esto y lo otro —expliqué—. Vengo a buscar a mi dueña que la tienen aquí encerrada.» «¿Tienes algún papel?», me preguntó. En el acto le enseñé el papel. Lo miró. «Espera», me dijo. Me senté en un banco. El sol ya empezaba a ponerse. Salió el jefe: «¿Tú eres Vargushov?». «El mismo.» «Bueno, ahora saldrá», me dijo. En ese instante se abrió la puerta. La trajeron vestida con su ropa, como siempre. «Bueno, vámonos.» «¿Has venido a pie?», preguntó.

«No, he traído la yegua.» Llegamos a la posada, pagué, enganché la yegua y recogí la paja que sobraba. Montó en el carro arrebujada en su manto y nos pusimos en camino. Ella callaba y yo también. Cuando empezamos a acercarnos a la casa, se puso a hablar: «¿Está viva la madrecita?». Yo le dije: «Está viva». «¿Y el padrecito, está vivo?» «Está vivo.» «Perdóname, Tarás —dijo—, por mi tontería. No supe lo que hacía.» Y yo le dije: «No hay que hablar más, hace mucho que te he perdonado». Y no hablé más. En cuanto llegamos a casa, se tiró a los pies de mi madre. Mi madre le dijo: «Dios te perdonará». Mi padre la saludó y dijo: «¿A qué recordar lo pasado? Pórtate lo mejor que puedas. Ahora — dijo— las cosas han cambiado, hay mucha faena en el campo. Hay que segar, atar las gavillas, y Dios ha querido que volvieras. Mañana te irás al campo con Tarás». Y desde entonces, hermano, se puso a trabajar. Trabajaba de un modo asombroso. Teníamos entonces tres desiátinas de tierra arrendadas y Dios quiso que la avena y el centeno se dieran muy bien. Yo segaba y ella ataba las gavillas. Soy hábil para el trabajo, no se me caen las cosas de las manos, y ella era más hábil todavía, cualquiera que fuese el trabajo que emprendiera. Es una mujer fuerte y joven. Trabajaba con tal arranque que hasta yo me quedaba a la zaga. Cuando volvíamos a casa, teníamos las manos abotagadas, los dedos hinchados, y nos venía bien descansar un poco, pues nada, ella se iba corriendo a la cuadra a preparar las cosas para el día siguiente.

¡Menudo cambio!

—Y qué, ¿se volvió cariñosa contigo? —preguntó el jardinero.

—Se acostumbró tanto a mí, que éramos como una sola alma. Cualquier cosa que yo pensaba ella la comprendía. Hasta mi madrecita, que había estado enfadada, no podía por menos que decir: «A nuestra Fedosia parece que la han cambiado completamente, se ha convertido en una mujer totalmente distinta». Una vez fuimos a buscar las gavillas los dos solos, nos sentamos un momento y le dije: «¿Cómo se te ocurrió hacer aquello, Fedosia?». «Lo pensé porque no quería vivir contigo. Mejor, pensé, me moriré. Pero no estaré con él.» «Bueno, ¿y ahora?», le pregunté. «Ahora —dijo— te llevo dentro del corazón.» —Tarás guardó silencio, sonrió alegremente y movió la cabeza perplejo—. Tan pronto como volvimos del campo, llevé a remojar el cáñamo, y al regresar a casa —continuó después de un corto silencio— nos encontramos la citación del Juzgado. Se nos había olvidado que la iban a juzgar.

—Eso es cosa del diablo —comentó el jardinero—. ¿Acaso es posible que un hombre quiera perder su alma? En mi pueblo hubo un hombre que… —y el jardinero se puso a contar, pero el tren empezaba a pararse.

—¡Vaya! ¡Una estación! Habrá que bajar a echar un trago.

La conversación acabó y Nejliúdov bajó detrás del jardinero a las tablas mojadas del andén.

XLII

Antes de bajar del vagón, Nejliúdov vio en el patio de la estación unos coches elegantes que tenían enganchados cuatro y tres caballos, bien cebados y lustrosos. Al descender al andén, oscurecido y mojado por la lluvia, vio ante el vagón de primera clase un grupito de gente. En éste se destacaba una señora alta y gruesa, con un sombrero de valiosas plumas y con impermeable, también un joven alto, de piernas delgadas y traje de ciclista. Llevaba un enorme perro bien alimentado y con un collar estupendo. Detrás de ellos estaban los lacayos con las mantas de viaje y los paraguas, y el cochero, que había salido a recibirlos. En todo este grupo, desde la señora gruesa hasta el cochero que sujetaba con la mano los bajos de su largo caftán, se reflejaba una tranquila seguridad y bienestar. En torno a este grupo se formó un corro de curiosos y serviles ante la riqueza de la gente: el jefe de la estación, con su gorra encarnada, un guardia, una muchacha delgada, con un collar y traje nacional ruso, que siempre solía estar presente a la llegada de los trenes de verano; un telegrafista, y viajeros de uno y otro sexo.

En el joven del perro, Nejliúdov reconoció al hijo de los Korchaguin, todavía estudiante. La señora gruesa era la hermana de la princesa, a cuya finca venían. Un revisor que llevaba galones brillantes y botas relucientes abrió la portezuela del vagón y la mantuvo así en señal de respeto, mientras Filip y un mozo con delantal blanco sacaban con cuidado a la princesa de la cara larga en su butaca plegable. Las hermanas se saludaron, y se oyeron frases en francés acerca de si la princesa iría en el coche grande o en el pequeño. Y la comitiva, seguida de la doncella de los ricitos, que llevaba sombrillas y una funda de cuero, caminó hacia la puerta de la estación.

Nejliúdov no quería encontrarse con ellos, para no tener que volver a despedirse. Se detuvo, sin acercarse a la puerta de la estación, esperando a que pasara la comitiva. La princesa, su hijo, Missy, el doctor y la doncella iban delante. El viejo príncipe se detuvo con su cuñada, y Nejliúdov, sin acercarse, sólo oía frases sueltas, en francés, de la conversación. Una de ellas, pronunciada por el príncipe, se grabó en su memoria, como suele ocurrir a menudo, con toda la entonación y el sonido de la voz.

—Oh! Il est du vrai grand monde, du vrai grand monde! — exclamó el príncipe refiriéndose a alguien, con voz fuerte y segura. Seguido de varios empleados respetuosos y de algunos mozos, salió por la puerta de la estación.

Justo en aquel momento, desde una esquina de la estación apareció en el andén un grupo de obreros que calzaban lapti, llevaban chaquetas cortas y sacos al hombro.

Los obreros, con pasos cortos y resueltos, se acercaron al vagón de primera y quisieron subir, pero inmediatamente fueron rechazados por el revisor. Sin detenerse, fueron precipitadamente al vagón de al lado, pisándose los pies los unos a los otros. Empezaron a subir, enganchando los sacos en las portezuelas y en los rincones, cuando otro revisor desde la puerta de la estación vio las intenciones que tenían y se puso a chillarles severamente. Los obreros que habían entrado salieron enseguida, y con los mismos pasos resueltos y cortos, fueron al siguiente, al mismo que ocupaba Nejliúdov. Se habían preparado para ir más lejos, pero Nejliúdov les dijo que había sitio y que subieran. Le obedecieron, y Nejliúdov entró detrás de ellos. Los obreros se disponían ya a distribuirse por el vagón, pero el señor de la gorra de escarapela y las dos damas —que habían tomado la pretensión de aquellos hombres de quedarse en el compartimento como una ofensa personal— se opusieron tenazmente y empezaron a echarlos. Inmediatamente los obreros —unos veinte hombres—, viejos y muy jóvenes, con las caras curtidas, enjutas y agotadas, tropezando y enganchándose con los sacos en los asientos, las paredes y las puertas, y sin duda sintiéndose plenamente culpables, siguieron a lo largo del vagón, dispuestos, seguramente, a ir al fin del mundo. Y dispuestos a sentarse donde les mandaran, aunque fuera encima de unos clavos.

—¿Dónde vais? ¡Diablos! Quedaos aquí mismo —gritó otro revisor, saliéndoles al encuentro.

—Voilà encore des nouevelles! —contestó la más joven de las señoras, segura de que con su buen francés llamaría la atención de Nejliúdov. La señora de las pulseras se limitó a aspirar el aire, hacer muecas y decir que le daba asco viajar con campesinos malolientes.

Los obreros, que experimentaban la alegría y la tranquilidad que sienten las personas al salvarse de un gran peligro, empezaron a instalarse, a quitarse con un movimiento los pesados sacos de los hombros y la espalda, y a meterlos debajo de los asientos.

El jardinero, que había estado charlando con Tarás, ocupaba un sitio que no era el suyo y al pasar a éste quedaron tres asientos libres al lado y frente a Tarás. Tres obreros se sentaron en los asientos, pero cuando se acercó Nejliúdov a ellos, les turbó tanto su indumentaria de señor, que se levantaron para marcharse. Pero Nejliúdov les pidió que se quedaran, y él mismo se sentó en el brazo del asiento al lado del pasillo.

Uno de los obreros, de unos cincuenta años, cambió una mirada perpleja e incluso asustada con un joven. El hecho de que Nejliúdov en vez de regañarles y echarlos —como correspondía a un señor— hubiera cedido su asiento, les extrañó mucho y preocupó. Incluso tenía miedo de que esto pudiera acarrearles algún problema. Sin embargo, viendo que en ello no había ninguna artimaña y que Nejliúdov hablaba sencillamente con Tarás, se tranquilizaron, mandaron al joven que se sentara en un saco y exigieron que Nejliúdov ocupara su asiento. Al principio, el obrero de cierta edad que iba enfrente de Nejliúdov no cesaba de encogerse, apartando con cuidado sus pies calzados con lapti para no tropezarle. Pero, más adelante, empezó a hablar tan amistosamente con Nejliúdov y Tarás que incluso golpeaba a Nejliúdov en la rodilla con la palma de la mano vuelta hacia arriba, en aquellos pasajes que quería llamar su atención de un modo especial. Habló de toda su vida y de su trabajo en los pantanos de turba, del que ahora regresaban a casa. Allí había trabajado dos meses y medio y ahora llevaba a casa el dinero ganado, unos diez rublos aproximadamente, ya que parte del jornal le había sido adelantado al contratarle. El trabajo, según contaba, había que realizarlo metido en el agua hasta las rodillas, de sol a sol, con un descanso de dos horas para comer.

—A los que no tienen costumbre, naturalmente, les resulta difícil —explicaba—, inaguantable. Con tal de que la comida sea buena… Al principio era mala. Entonces la gente se quejó, y la comida fue buena, y fue más fácil trabajar.

Contó también cómo en el transcurso de veintiocho años había trabajado y entregado todo el dinero ganado en su casa. Primero a su padre, luego al hermano mayor y ahora al sobrino que se ocupaba de la casa. Él mismo gastaba de los cincuenta o sesenta rublos ganados al año tres rublos en tabaco y cerillas.

—También peco a veces, cuando con el dinero que me sobra bebo un poco de vodka —añadió con una sonrisa de culpabilidad.

Contó asimismo que las mujeres arreglaban la casa, que el contratista les había convidado antes de la marcha a una copa de vodka, que uno había muerto y que llevaban a otro enfermo. El enfermo del que hablaba estaba sentado en ese mismo vagón, en un rincón. Era un muchachito muy joven, de un pálido terroso y labios azules. Resultaba evidente que le estaba consumiendo la fiebre. Nejliúdov se acercó a él, pero el muchacho le lanzó una mirada tan severa, con tanto sufrimiento, que Nejliúdov no se atrevió a molestarle con preguntas. Aconsejó al de edad que le comprase quinina, y le escribió en un papel el nombre de la medicina. Quiso darle dinero, pero el obrero viejo dijo que no hacía falta, que pondría el suyo.

—Con todo lo que he viajado, nunca he visto señores así. No sólo no nos ha echado, sino que nos ha cedido el asiento. Eso quiere decir que hay toda clase de señores —concluyó, dirigiéndose a Tarás.

«Sí, es un mundo completamente nuevo, es otro mundo», pensaba Nejliúdov mirando esos miembros enjutos y musculosos, los trajes toscos de confección casera y los rostros curtidos, de bondadosa expresión, extenuados, y se sentía rodeado de gente completamente nueva, con intereses serios, alegrías y sufrimientos de una vida auténtica, humana y de trabajo.

«Aquí está le vrai grand monde», pensó Nejliúdov, recordando la frase dicha por el príncipe Korchaguin con sus intereses mezquinos e insignificantes.

Y experimentaba la sensación de alegría del viajero que descubre un
mundo nuevo, desconocido y maravilloso.

(Fin de la segunda parte)

TERCERA PARTE

El convoy en el que iba Máslova recorrió cerca de mil verstas. Hasta Perm, Máslova había viajado en tren y en barco con los presos comunes. Sólo en esta ciudad Nejliúdov logró que fuera trasladada con los políticos, según le aconsejó Bogodújovskaya, que viajaba en el mismo convoy.

El viaje hasta Perm fue muy penoso para Máslova, tanto material como moralmente. Físicamente había sufrido por el hacinamiento, la suciedad y los insectos repugnantes, que no la dejaban en paz. Y otro tanto espiritualmente a causa de los hombres, igualmente repugnantes —lo mismo que los insectos—, que si bien eran distintos en cada etapa, resultaban igual de insinuantes y pesados y no la dejaban en paz. Entre las presas y presos, guardianes y soldados de la escolta, se había establecido una relación de depravación tan cínica, que cualquier mujer, sobre todo las jóvenes, si no querían aprovecharse de su condición de hembras, tenían que estar continuamente en guardia. Y ese continuo estado de miedo y de lucha era muy penoso. Máslova se encontraba particularmente expuesta a tales asedios tanto por el atractivo de su físico como por su conocida vida anterior. Al rechazar decididamente a los hombres que la asediaban, éstos se sentían ofendidos y se irritaban con ella. En este aspecto aliviaba su situación el tener cerca a Fedosia y Tarás, el cual, enterado de los asedios de que era objeto su mujer, había preferido perder su libertad para defenderla mejor. Desde Nizhni viajaba como un preso más, con los detenidos.

El traslado a la sección de los políticos mejoró la situación de Máslova en todos los sentidos. Aparte de que los políticos estaban mejor alojados, se alimentaban mejor y eran tratados menos groseramente, había cesado esa persecución de los hombres y podía vivir sin que a cada momento le recordaran su pasado, que tantos deseos de olvidar tenía ahora. La ventaja más importante de este traslado consistía en que conoció a algunas personas que tuvieron sobre ella una influencia decisiva y bienhechora.

Durante las noches se le permitió que se alojara con los presos políticos, pero como era una mujer sana, tenía que hacer las marchas a pie en compañía de los presos comunes. Así fue todo el tiempo desde Tomsk. Con ella iban, en las mismas condiciones a pie, dos presos políticos: María Pávlovna Schetínina, aquella bonita muchacha de ojos saltones que llamó la atención de Nejliúdov durante su entrevista con Bogodújovskaya, y un tal Simonson —desterrado a la provincia de

Yakutia—, el hombre moreno y velludo, de ojos hundidos, en quien Nejliúdov también se fijo en aquella ocasión. María Pávlovna iba a pie, porque había cedido su sitio en el carro a una presa común embarazada, y Simonson, porque consideraba injusto beneficiarse de una ventaja de clases. Estos tres, separados de los demás políticos, que salían más tarde, iniciaban la marcha con los comunes por la mañana temprano. Así llegaron a una gran ciudad, en la que se hizo cargo de la columna un nuevo oficial.

Era una mañana sombría de septiembre. A ratos nevaba, a ratos llovía, con intervalos de ráfagas de viento frío. Los presos de la columna, cuatrocientos hombres y cerca de cincuenta mujeres, se hallaban ya en el patio y algunos se agolpaban en torno a un jefe que repartía dinero a los encargados para la comida de dos días, mientras los demás compraban provisiones a los vendedores que habían autorizado a entrar en el patio. Se oía el rumor de las voces de los presos que compraban y contaban el dinero, y los gritos agudos de los vendedores.

Katiusha y María Pávlovna, las dos con botas altas, pellizas y pañuelos en la cabeza, salieron del local al patio y se acercaron a las vendedoras, que permanecían junto al muro, al abrigo del viento, y una tras otra ofrecían sus mercancías: panes recién cocidos, empanadas, pescado, fideos, gachas, hígado, carne, huevos y leche. Una tenía incluso un lechoncillo asado.

Simonson, con una chaqueta impermeable y chanclos de goma, atados sobre los calcetines de lana con una cuerda —era vegetariano y no empleaba pieles de animales sacrificados—, estaba también en el patio, esperando la salida de la columna. Permanecía junto a la puerta y apuntaba en el librito de notas una idea que se le había ocurrido. Consistía en lo siguiente:

«Si un microbio —escribía— estudiara y analizara la uña de un hombre, llegaría a la conclusión de que es un ente inorgánico. De la misma forma, nosotros hemos llegado a la conclusión de que el globo terráqueo —estudiando su corteza— es un ente inorgánico. Eso no es cierto».

Máslova colocaba en una bolsa los huevos, los panecillos, el pescado y el pan de trigo recién cocido, que acababan de comprar, y María Pávlovna pagaba a las vendedoras cuando de pronto se armó un revuelo entre los presos. Todos callaron y la gente empezó a formar. Salió un oficial dando las últimas órdenes antes de la partida.

Todo se hizo como siempre: el recuento, la revisión de los grilletes, el esposar a los que iban de dos en dos. Pero de pronto se oyeron los gritos coléricos de un oficial, golpes en un cuerpo y el llanto de una criatura. Se hizo un silencio por un instante y luego un murmullo sordo cruzó por la muchedumbre. Máslova y María Pávlovna fueron hacia el lugar del ruido.

II

Al acercarse al lugar de donde provenía el ruido, María Pávlovna y Katiusha vieron lo siguiente: el oficial, un hombre gordo de grandes bigotes rubios, ceñudo, se frotaba con la mano izquierda la palma de la derecha. Se había lastimado al golpear la cara de un preso, y decía sin cesar palabras soeces y groserías. Delante de él, limpiándose la cara ensangrentada con una mano y sosteniendo con el otro brazo una niña envuelta en un mantón, que lloraba amargamente, permanecía un preso delgado y alto. Vestía un guardapolvo corto, un pantalón más corto todavía, y tenía afeitada media cabeza.

—Te voy a… —una grosería— para que aprendas a razonar — otra vez una grosería—. Entrégasela a las mujeres —gritaba el oficial— y ponte las esposas.

El oficial exigía que le pusieran las esposas al preso, que iba deportado, y que durante todo el camino había llevado en brazos a la niña, que le había confiado su mujer, al morir de tifus en Tomsk. Las protestas del preso de que no podía llevar a la niña con las esposas puestas exasperaron al oficial que estaba de mal humor y golpeó al preso que no se sometió enseguida.[105]

Frente al preso golpeado se encontraba un soldado de la escolta y un preso de barba negra, con una mano esposada y mirando taciturno tan pronto al oficial como al preso golpeado que sostenía a la niña. Entre los presos crecía cada vez más el rumor.

—No le han puesto las esposas desde Tomsk —se oyó una voz ronca desde las últimas filas.

—No es un cachorro, sino una criatura.

—¿Qué va a hacer con la niña?

—Eso no está en el reglamento —añadió alguien.

—¿Quién ha sido? ¿Quién ha dicho eso? —vociferó el oficial, lanzándose contra la multitud, como si le hubiera picado una avispa.

—Lo decimos todos. Porque… —dijo un preso rechoncho de cara ancha.

—¡Os vais a sublevar! Yo os enseñaré cómo tenéis que sublevaros. Os voy a fusilar como a perros. La superioridad no hará más que darme las gracias. ¡Coge a la niña!

La multitud guardó silencio. Un soldado le arrebató a la niña que lloraba desgarradoramente, el otro empezó a ponerle las esposas en la mano que tendía humildemente.

—¡Llévesela a las mujeres! —gritó el oficial al soldado, mientras se arreglaba el cinturón de la espada.

La niña, tratando de sacar la manita del mantón en que iba envuelta, toda congestionada, no cesaba de llorar. De la multitud salió María Pávlovna y se acercó al oficial de la escolta.

—Señor oficial, permítame que yo lleve a la niña.

El soldado de la escolta que llevaba a la pequeña se quedó parado.

—¿Quién eres tú? —preguntó el oficial.

—Soy política.

Sin duda la cara bonita de María Pávlovna, con sus encantadores ojos saltones —ya se había fijado en ella al hacerse cargo de la columna—, produjo su efecto en el oficial. La miró en silencio, como sospechando algo.

—A mí me da lo mismo; llévela, si quiere. A usted le resulta fácil compadecerle, pero si se escapa, ¿quién va a responder?

—¿Cómo se va a escapar con la niña? —preguntó María Pávlovna.

—No tengo tiempo para hablar con usted. Cójala, si quiere.

—¿Manda usted entregarla? —preguntó el soldado.

—Entrégasela.

—Ven conmigo —decía María Pávlovna, tratando de coger a la niña.

Pero la niña, debatiéndose en los brazos del soldado para volver con su padre, continuaba llorando a lágrima viva y no quería ir con María Pávlovna.

—Espere, María Pávlovna, se vendrá conmigo —aseguró Máslova, sacando un panecillo del saco.

La niña conocía a Máslova y, al verla, y ver el panecillo, se fue con ella.

Todo quedó en silencio. Se abrieron las puertas. La columna salió fuera y se hizo la formación. Los de la escolta volvieron a hacer el recuento, colocaron y ataron los sacos e instalaron a los enfermos. Máslova, con la niña en brazos, se colocó entre las mujeres junto a Fedosia. Simonson, que observaba con gran atención lo sucedido, con pasos grandes y decididos, se acercó al oficial, que ya había terminado de dar las órdenes y que se estaba instalando en su vehículo de cuatro ruedas.

—Ha procedido usted mal, señor oficial —dijo Simonson.

—¡Vaya usted a su sitio! Eso no es asunto suyo.

—Es asunto mío decir que ha procedido mal, y se lo he dicho —concluyó Simonson, mirando fijamente al oficial con sus ojos hundidos bajo las cejas pobladas.

—¿Preparados? ¡Columna! ¡En… marcha! —gritó el oficial, sin hacer caso de Simonson y, apoyándose en el hombro del soldado que hacía de cochero, subió al vehículo.

La columna se puso en marcha y salió a un camino sucio, bordeado de zanjas y cubierto de lodo, que atravesaba un espeso bosque.

III

Después de la vida depravada, de lujo y de mimos de los últimos seis años en la ciudad, y de los dos meses pasados en la prisión con los delincuentes comunes, ahora con los políticos —a pesar de todas las condiciones penosas en que se encontraban— a Katiusha le parecía muy buena vida. Las marchas a pie de veinte o treinta verstas con una buena alimentación, el descanso de un día después de dos jornadas de marcha, la fortalecieron físicamente. El trato con los nuevos compañeros le reveló la existencia de unos intereses en la vida de los que no tenía ningún conocimiento. Personas tan magníficas como aquéllas —según decía— con las que marchaba ahora no sólo no había conocido, sino que ni siquiera sospechaba que existiesen.

—Cuánto he llorado cuando me condenaron —decía—. Pero tengo que estar dando gracias a Dios durante un siglo. He descubierto cosas que no hubiera descubierto en toda mi vida.

Comprendió con mucha facilidad y sin esfuerzo los motivos que impulsaban a obrar así a los revolucionarios, y, como mujer del pueblo, simpatizó plenamente con ellos. Comprendió que estaban de parte del pueblo y en contra de los señores; que ellos mismos eran señores y sacrificaban sus ventajas, libertad y vida por el pueblo, y esto le obligaba a apreciar a estos hombres y a admirarlos.

Admiraba a todos sus nuevos compañeros, pero más que a nadie a María Pávlovna, y no sólo sentía admiración por ella, sino que le tomó un cariño especial, lleno de respeto y entusiasmo. Le sorprendió que esta bonita muchacha, hija de un general rico, que hablaba tres idiomas, se comportara como la más sencilla trabajadora, repartiendo entre los demás todo lo que le mandaba un hermano suyo muy rico. Se vestía y calzaba no ya con sencillez, sino con pobreza, y no se preocupaba en absoluto de su aspecto físico. Este rasgo —la ausencia de coquetería— asombraba especialmente a Máslova y la fascinaba. Máslova observaba que a María Pávlovna no le agradaba la impresión que producía en los hombres su aspecto exterior, lo temía y sentía repulsión por el enamoramiento. Sus compañeros lo sabían y los que se sentían atraídos por ella no se permitían demostrarlo y la trataban como a un camarada. Pero los que no la conocían la asediaban con frecuencia y, según contaba, se había salvado de ellos gracias a su extraordinaria fuerza física. «En una ocasión —contaba riéndose— se me acercó en la calle un señor y por nada del mundo quería retirarse, entonces le zarandeé de tal forma que salió corriendo asustado.»

Se hizo revolucionaria —según contaba— porque desde la infancia le repugnaba la existencia de los señores, gustándole la vida de la gente sencilla. Siempre la regañaban porque estaba en el cuarto de las criadas, en la cocina o en la cuadra en vez de en el salón.

—Con las cocineras y cocheros me divertía, y con los señores y señoras que nos visitaban me aburría. Luego, cuando empecé a comprender las cosas, me di cuenta de que nuestra vida era completamente distinta a como debía ser. Era huérfana de madre, a mi padre no le quería, y a los diecinueve años me escapé de casa con una compañera y entramos a trabajar como obreras en una fábrica.

Después de la fábrica vivió en la aldea. Luego vino a la ciudad y se instaló en un piso donde había una imprenta clandestina, y fue detenida y condenada a trabajos forzados. María Pávlovna no contaba nunca esto ella misma, pero Katiusha sabía, por otros, que fue condenada a trabajos forzados porque se declaró culpable del disparo que durante el registro fue hecho en la oscuridad por uno de los revolucionarios.

Desde que Katiusha la conocía, vio que, estuviese donde estuviera, en las condiciones que fuese, nunca pensaba en sí misma, y siempre estaba preocupada por encontrar la forma de servir, de ayudar a alguien en lo que fuera posible. Uno de sus actuales compañeros, Novodvórov, decía, en broma, que se dedicaba al deporte de la beneficencia. Y era verdad. El interés de su vida lo constituía —lo mismo que el del cazador en descubrir la caza— el encontrar ocasión de servir a los demás. Este deporte se había convertido en una costumbre, y se transformó en el objetivo de su vida. Lo hacía con tanta naturalidad que cuantos la conocían no lo apreciaban pero lo exigían.

Cuando Máslova pasó a los presos políticos, María Pávlovna sintió hacia ella asco y repulsión. Katiusha se dio cuenta de eso, como se dio cuenta también de que María Pávlovna había hecho un esfuerzo sobre sí misma, y la dispensó especial bondad y cariño. Y la bondad y el cariño de un ser tan extraordinario emocionaron tanto a Máslova, que se entregó a ella con toda su alma, adoptando inconscientemente sus puntos de vista y, sin querer, imitándola en todo. Este abnegado cariño de Katiusha enterneció a María Pávlovna y a su vez empezó a quererla.

A estas mujeres les unía más todavía la aversión que ambas experimentaban hacia el amor carnal. Una odiaba ese amor porque había conocido todo su horror; la otra porque, sin haberlo experimentado, lo consideraba incomprensible y al mismo tiempo repugnante y ofensivo para la dignidad humana.

IV

María Pávlovna ejercía una gran influencia sobre Máslova, porque ésta le había tomado gran cariño.

La otra influencia era la de Simonson. Y ésta era debida a que Simonson se había enamorado de Máslova.

Todos los hombres viven y proceden en parte por sus propias ideas y en parte por las de los demás. La medida en que los hombres viven por sus propias ideas o por las ajenas constituye una de las principales diferencias entre ellos. Unos hombres —en la mayor parte de los casos— utilizan sus ideas como un juego intelectual y emplean su razón como la rueda de una máquina de la que han quitado la correa transmisora, y en su conducta se someten a las de otros, como las costumbres, tradiciones y leyes; otros, considerando sus ideas como el principal promotor de toda su actividad, casi siempre se someten a las exigencias de su propia razón; sólo alguna vez, después de una apreciación crítica, se guían por las de los demás. A este tipo de hombres pertenecía Simonson. Analizaba todo, decidía por su propia razón, y una vez decidido lo realizaba.

Pensando —todavía de estudiante— que el dinero ganado por su padre como funcionario de Intendencia no fue ganado honradamente, le dijo que esa fortuna había que restituirla repartiéndola entre el pueblo. Lejos de hacerle caso, le amonestó severamente. Entonces abandonó el hogar y dejó de beneficiarse de los bienes paternos. Llegó a la conclusión de que todo el mal proviene de la falta de cultura del pueblo, y al salir de la Universidad se adhirió a un partido del pueblo y marchó a ejercer de maestro a una aldea. Allí propagaba valientemente a sus alumnos y a los campesinos lo que consideraba justo y rechazaba lo que entendía por mentira.

Le detuvieron y juzgaron.

Durante el juicio pensó que los jueces no tenían derecho a juzgarle, y lo dijo. Como los jueces no estaban de acuerdo con él, continuaron. Entonces decidió que no iba a contestar, y no respondió a ninguna pregunta. Le desterraron a la provincia de Arjánguelsk. Allí creó una doctrina religiosa que fue la guía de todos sus actos. Esa doctrina consistía en admitir que todo lo existente en el mundo está vivo, no hay nada muerto, y los objetos que consideremos muertos, inorgánicos, no son más que partes integrantes de un enorme cuerpo orgánico. Que no somos capaces de abarcarlo, y por eso el problema del hombre —como partícula de ese gigantesco organismo— consiste en sostener la vida del mismo y de todas sus partículas vivas. Por eso consideraba un delito cualquier atentado a la vida: estaba en contra de la guerra, la pena de muerte y cualquier matanza no sólo de hombres, sino también de animales. Con relación al matrimonio tenía también su teoría, consistente en que la procreación es una función del ser humano, la superior consistía en servir a los seres vivos. Encontraba la confirmación de esta idea en la existencia de los fagocitos en la sangre. Las personas solteras, según su criterio, eran fagocitos que tenían la misión de acudir en ayuda de las partes débiles y enfermas del organismo.

Así vivía desde que llegó a esta conclusión, aunque antes —en su juventud— se había entregado al libertinaje. En esta época se consideraba a sí mismo y a María Pávlovna como unos fagocitos respecto al mundo.

Su amor por Katiusha no quebrantaba esta teoría, ya que la amaba platónicamente y consideraba que tal amor no sólo no impedía su actividad de fagocito sino que lo estimulaba hacia ella.

Pero además de resolver los problemas morales a su manera, también resolvía así la mayor parte de las cosas de orden práctico. Para todas tenía sus teorías: había establecido reglas, cuántas horas se debía trabajar, cuántas dedicar al descanso, de qué forma había que alimentarse, vestirse, encender la estufa, alumbrar las habitaciones.

Con estas teorías, Simonson era modesto y humilde con la gente. Pero cuando tomaba una decisión nadie era capaz de hacerle retroceder.

Y este hombre tenía una decisiva influencia sobre Máslova, por el hecho de haberse enamorado de ella. Máslova, con su instinto femenino, se dio rápidamente cuenta de ello, y la conciencia de que podía despertar amor en un ser tan extraordinario la elevó en su propia opinión. Nejliúdov le brindaba el matrimonio, pero por magnanimidad y por lo sucedido antes; pero Simonson la amaba tal como era ahora, y la quería sólo porque sí. Además, se daba cuenta de que Simonson la consideraba extraordinaria, distinta a las demás mujeres y en posesión de altas cualidades morales. No sabía exactamente qué cualidades le atribuía, pero en todo caso, y para no defraudarle, procuraba por todos los medios despertar en sí los mejores sentimientos que era capaz de imaginar.

Había empezado en la prisión, cuando en una comunicación general de los presos políticos se dio cuenta de que clavaba tenazmente en ella su mirada de ojos inocentes, bondadosos, de azul oscuro, desde debajo de sus cejas espesas. Entonces se dio cuenta de que la miraba de un modo muy especial. También reparó en el contraste que producían en su rostro los cabellos tiesos, el ceño fruncido, la expresión de bondad infantil y de inocencia de su mirada. Más tarde, en Tomsk, cuando la trasladaron con los políticos, la vio de nuevo. Y a pesar de que entre ellos no se habían cruzado ni una palabra, en la mirada que habían cambiado quedaba patente que se recordaban y que eran importantes el uno para el otro. Después tampoco hubo entre ellos conversaciones importantes. No obstante Máslova se daba cuenta de que cuando hablaba en su presencia, su conversación estaba dirigida a ella, hablaba para ella y procuraba expresarse con la mayor claridad posible. Su acercamiento empezó de modo especial en la época en que él se unió a los presos comunes para hacer las marchas a pie.

V

Desde Nizhni hasta Perm, Nejliúdov no logró ver a Katiusha más que dos veces: una, en Nizhni, antes de que encerraran a los presos en una chalana rodeada de tela metálica, y otra en Perm, en la oficina de la prisión. Y en ambas entrevistas la encontró reservada y hostil. A sus preguntas de si estaba bien y si necesitaba algo, respondía con evasivas, con turbación y —según le pareció— con un sentimiento hostil de reproche, que ya había surgido en ella antes. Ese estado de ánimo sombrío obedecía únicamente a que la importunaban los hombres a quienes estaba sometida, pero hacía sufrir a Nejliúdov. Temía que bajo las condiciones penosas y depravadas en que se encontraba durante el traslado cayera de nuevo en ese descorazonamiento y esa desesperación en que se irritaba contra él y fumaba sin tregua y bebía vino para olvidar. Pero no podía ayudarla en nada, porque durante los primeros tiempos del viaje no tuvo oportunidad de verla. Después de su traslado con los políticos no sólo pudo convencerse de lo infundado de sus temores, sino que, en cada entrevista con ella notaba más determinada la transformación interior que tan intensamente deseaba ver. Durante la primera entrevista en Tomsk, volvió a ser como antes de la partida. No se turbó ni ensombreció al verle; al contrario, le recibió con alegría y sencillez, agradeciendo lo que había hecho por ella y, sobre todo, por haberla llevado con los que estaba ahora.

Al cabo de dos meses de marchar por etapas, la transformación operada se reflejó también en su exterior. Había adelgazado, se había curtido y parecía haber envejecido; en las sienes y en torno a la boca tenía arrugas. No se dejaba el pelo suelto en la frente y se ataba un pañuelo a la cabeza; ni en la indumentaria, ni en el peinado, ni en la actitud quedaban rasgos de su coquetería de antes. Esta transformación operada en ella no dejaba de provocar en Nejliúdov un sentimiento especial de alegría.

Ahora experimentaba hacia Katiusha algo que no había sentido jamás. No tenía nada que ver ni con el primer entusiasmo poético ni menos todavía con aquel enamoramiento sensual que tuvo luego, ni siquiera con la sensación de haber cumplido con su deber unido a su amor propio, con el que después del juicio decidió casarse con ella. El sentimiento de ahora era de piedad y enternecimiento, como el que sintió en la primera entrevista en la prisión, y después, con nuevas fuerzas, a continuación de lo de la enfermería, cuando venció su repulsión y la perdonó, por aquella supuesta aventura del practicante —injusticia que se aclaró después—. Aunque era el mismo sentimiento, el de entonces era pasajero y el de ahora se había convertido en constante. Cualquier cosa que hiciese ahora, que pensara, estaba siempre dominada por ese sentimiento de piedad y ternura no sólo hacia ella, sino hacia toda la gente.

Sentimiento que parecía haber despertado en el alma de

Nejliúdov un torrente de amor, que antes no encontraba salida y ahora se precipitaba sobre todos los que encontraba.

Durante el viaje, Nejliúdov se encontraba de continuo en un estado de ánimo exaltado, en que, sin querer, se mostraba atento e interesado por todos, desde el cochero y el soldado de la escolta hasta el director de la prisión y el gobernador, con quienes tenía que tratar.

Durante esta época, como consecuencia del traslado de Máslova, conoció a muchos presos políticos. Primero, en Ekaterimburgo, donde vivían con cierta libertad todos juntos en una gran sala; luego, durante las marchas, con aquellos cinco hombres y cuatro mujeres con quienes iba Máslova. Este contacto de Nejliúdov con los deportados políticos cambió por completo la idea que tenía de ellos.

Desde el principio del movimiento revolucionario en Rusia y, sobre todo, después del primero de marzo, Nejliúdov alimentaba un sentimiento despectivo y hostil hacia los revolucionarios. Le repelían, sobre todo, la crueldad y el disimulo de los procedimientos que empleaban para luchar contra el Gobierno y la crueldad de los asesinatos que cometían, y le resultaba repugnante la gran vanidad que era su rasgo característico. Pero cuando los conoció más de cerca, y supo lo que sufrían a causa de las autoridades —siendo con frecuencia inocentes—, comprendió que no podían ser de otra forma.

Por terribles y absurdos que fueran los sufrimientos a que estaban sometidos los llamados presos comunes, sus torturas antes y después del juicio tenían por lo menos una apariencia legal; en cambio, en lo que se refería a los políticos, no existía ni siquiera esa legalidad. Esto lo había comprobado Nejliúdov en el caso de Shustova y después en muchos de sus nuevos conocidos. Con estas personas procedían igual que se procede al pescar en un estanque: se saca la red a la orilla con todo lo que ha caído dentro, después se apartan los peces gordos que hacen falta, sin preocuparse de los pequeños que perecen, ahogándose en la orilla. Así, apresando a cientos de personas, no sólo inocentes, sino que ni siquiera podían ser nocivas para el Gobierno, a veces los tenían durante años en las cárceles, donde se contagiaban de tuberculosis, se volvían locos o se suicidaban. Y se los tenía encerrados solamente porque no había motivos para ponerlos en libertad, y porque al tenerlos a mano en la cárcel podían hacer falta para esclarecer algún asunto judicial en un momento dado. El destino de éstos, a menudo considerados inocentes incluso desde el punto de vista de las autoridades, dependía del capricho o el estado de ánimo del guardia, del oficial de policía, de un espía, fiscal, oficial de juzgado, gobernador o ministro. Si un funcionario se aburría o quería distinguirse, practicaba unas cuantas detenciones y, según quisiera destacarse o según en qué relaciones estaba con el ministro, desterraba al preso al fin del mundo o lo tenía incomunicado en la celda, o lo condenaba a trabajos forzados, a la pena de muerte o lo ponía en libertad si se lo pedía una dama.

Se procedía con ellos como en la guerra y ellos, naturalmente, empleaban los mismos medios. Y como los militares viven siempre en un ambiente de opinión pública que además de ocultar la criminalidad de sus actos, los presenta como hazañas, también los revolucionarios se movían en un ambiente parecido ante la opinión pública propia. Así los actos de crueldad que llevaban a cabo y como consecuencia de los cuales se arriesgaban la pérdida de la libertad, la vida y todo lo que más valora el hombre, no sólo no les parecían reprensibles, sino, por el contrario, incluso valerosos. Con esto se explicaba Nejliúdov el extraordinario fenómeno de que los hombres de carácter dulce, incapaces de causar un mal y de ver el sufrimiento humano, se preparaban tranquilamente a cometer un asesinato y casi todos reconocían, en determinadas circunstancias, el crimen como un medio de defensa y al alcance de un objetivo de bien común y, por tanto, legal y justo. La elevada opinión que los revolucionarios tenían de la causa y, como consecuencia, de sí mismos, emanaba de la importancia que les atribuía el Gobierno, así como de la crueldad de los castigos que les aplicaban. Precisaban una elevada opinión de sí mismos para poseer fuerzas con el fin de soportar lo que soportaban.

Una vez que los conoció de cerca, Nejliúdov se convenció de que no eran unos malhechores terribles, como los imaginaban unos, ni tampoco héroes perfectos, como los consideraban otros. Eran personas normales entre las que había —como en todas partes— buenos, malos y regulares. Algunos se convirtieron en revolucionarios porque se consideraban sinceramente obligados a luchar contra el mal existente, pero otros eligieron esta actividad por motivos egoístas y ambiciosos. La mayoría se dejaba arrastrar hacia la revolución por el deseo —conocido por Nejliúdov en la época de guerra— del peligro, del riesgo, el placer de jugar con su propia vida, cosa propia de la energía de la juventud. La diferencia entre los revolucionarios y la gente corriente —a favor de los primeros— consistía en que sus exigencias morales eran más elevadas que las de los segundos. Entre ellos se consideraba no sólo una obligación llevar una vida austera, ser ascetas, veraces y desinteresados, sino estar dispuestos a sacrificarlo todo, incluso la propia vida, en favor del bien común.

Por ello aquellos revolucionarios que estaban por encima del nivel moral medio representaban a unos tipos extraordinarios y poco comunes. Los que estaban por debajo representaban a hombres mentirosos que fingían y se mostraban seguros de sí mismos y orgullosos. A algunos de los nuevos conocidos, Nejliúdov, además de respetarlos, los quiso con toda su alma, mientras sentía una absoluta indiferencia hacia otros.

VI

Nejliúdov tomó especial cariño a un joven tuberculoso que iba en el mismo grupo de Máslova, Kryltsov, condenado a trabajos forzados. Le conoció en Ekaterimburgo, y luego durante las marchas tuvo ocasión de charlar varias veces con él. Cierta vez, en verano, en una etapa durante una jornada de descanso, Nejliúdov pasó con él casi un día entero. Kryltsov le contó cómo se hizo revolucionario. Su historia hasta el momento de entrar en la cárcel era muy corta. Su padre, rico hacendado de una provincia del sur, murió siendo Kryltsov un niño. Era hijo único y fue educado por su madre. Estudió con mucha facilidad en el colegio y la Universidad, y terminó con el número uno en la Facultad de Matemáticas. Le ofrecieron quedarse en la Universidad y ampliar estudios en el extranjero. Pero vacilaba. Estaba enamorado de una muchacha y después de casarse pensaba retirarse a sus propiedades para ocuparse de ellas. Quería ambas cosas, y no se decidía por ninguna. Por aquel entonces los compañeros de la Universidad le pidieron dinero para la «obra común». Sabía que esta «obra común» era revolucionaria, que en aquella época no le interesaba en absoluto. Pero por un sentimiento de camaradería y de amor propio, para que no pensaran que tenía miedo, entregó el dinero. La policía se incautó del dinero, se encontró un papel por el que supo que lo había entregado Kryltsov y le detuvieron. Primero le tuvieron en una comisaría y luego le trasladaron a la cárcel.

—En la cárcel a la que me llevaron —contaba Kryltsov a Nejliúdov— no había demasiada severidad.

Permanecía sentado en un alto catre, con el pecho hundido, y los codos apoyados en la rodilla. Sólo de cuando en cuando miraba a Nejliúdov con ojos brillantes, febriles, inteligentes y buenos.

—No sólo nos comunicábamos por medio de golpecitos, sino que andábamos por el pasillo, hablábamos, repartíamos las provisiones, el tabaco. De noche incluso cantábamos a coro. Yo tenía buena voz. Sí. De no haber sido por mi madre, que sufría muchísimo, yo hubiera estado bien en la cárcel. Resultaba incluso agradable y era interesante. Allí, por cierto, conocí al célebre Petrov —luego se suicidó en la fortaleza, cortándose las venas con un cristal— y a otros. Pero yo no era revolucionario. También hice amistad con dos vecinos de celda. Los habían detenido por repartir proclamas polacas, y fueron juzgados por intento de fuga cuando los trasladaban en el tren. Uno de ellos, Lozinski, era polaco; el otro, judío, y se apellidaba Rozovski. Éste era completamente un chiquillo: delgado, menudo, con ojos negros brillantes, vivo y, como todos los hebreos, muy musical. Decía tener diecisiete años pero no representaba más de quince. Aunque la voz no le había cambiado aún, cantaba de maravilla. Sí. Estando yo en la cárcel se los llevaron para juzgarlos. Los sacaron por la mañana, volvieron por la noche y dijeron que los habían condenado a muerte. Nadie esperaba eso. Su caso tenía poca importancia: sólo habían intentado escaparse del convoy y ni siquiera hirieron a nadie. Además, resultaba antinatural que se pudiera condenar a muerte a una criatura como Rozovski. En la cárcel pensamos que eso había sido sólo para asustarlos y que la sentencia no sería ratificada. Al principio nos inquietamos, pero terminamos por tranquilizarnos y la vida siguió su curso de siempre. Pero una noche, el guardián se acercó a mi puerta y me dijo con mucho misterio que habían venido los carpinteros para instalar una horca. Al principio no comprendí. ¿De qué se trataba?

¿Qué horca? Pero el viejo guardián estaba tan alterado, que al mirarle comprendí que era para nuestros dos compañeros. Por lo visto lo sabían todos. En el corredor y en las salas reinó durante la tarde un silencio mortal. No nos comunicamos por golpecitos ni cantamos. Hacia las diez vino el guardián para decirme que habían traído de Moscú al verdugo. Me lo dijo y se retiró. Empecé a llamarle para que volviera. De pronto oí a Rozovski desde su sala, que me gritaba a través del corredor: «¿Qué hace usted? ¿Por qué le llama?». Le dije algo, que tenía que traerme tabaco. Pero pareció darse cuenta y me empezó a preguntar por qué no dábamos golpecitos y por qué no cantábamos. No recuerdo lo que le dije, y me retiré enseguida para no hablar con él. Sí. Fue una noche horrorosa. La pasé pendiente de los menores ruidos. De pronto, hacia el amanecer, oí que se abrían las puertas del corredor y llegaban varias personas. Me coloqué junto a la mirilla. En el corredor ardía una lámpara. El primero en pasar fue el director, un hombre grueso que parecía seguro de sí mismo y resuelto. Estaba desencajado, pálido, taciturno y como asustado. Detrás iba el subdirector, con el ceño fruncido y pasos firmes, y les seguía un guardia. Pasaron delante de mi puerta y se detuvieron en la sala de al lado. Y oí gritar al subdirector con una voz extraña:

«Lozinski, levántese y póngase ropa limpia». Sí. Oí luego cómo chirrió la puerta. Entraron en su sala, más tarde oí los pasos de Lozinski del lado opuesto al corredor. Yo sólo veía al director.

Estaba muy pálido, se desabrochaba y abrochaba un botón y se encogía de hombros. Y de pronto, como si se hubiese asustado por algo, se echó a un lado. Era Lozinski que había pasado junto a él y se acercó a mi puerta. Era un guapo mozo, ¿sabe? Un buen mozo polaco: frente ancha y despejada, con una mata de cabello rubio y rizado y unos ojos azules encantadores. Estaba sano y en plena eclosión vital. Se detuvo ante mi mirilla, de forma que pude verle la cara. Estaba desencajado y de color terroso. «Kryltsov, ¿tiene un cigarrillo?» Quise dárselo, pero el subdirector, como temiendo llegar tarde, sacó su pitillera y se la ofreció. Cogió un cigarrillo y el subdirector le encendió una cerilla. Se puso a fumar como ensimismado. Después, como recordando algo, dijo: «Es cruel e injusto. No he cometido ningún delito. He…». En su cuello, joven y blanco, del que yo no podía apartar los ojos, tembló algo y se detuvo. En aquel instante oí cómo Rozovski gritaba algo con su voz fina de hebreo, desde el corredor. Lozinski tiró la colilla y se apartó de la puerta. Y en la mirilla apareció Rozovski. Su cara infantil, con sus negros ojos húmedos, estaba encarnada y cubierta de sudor. También llevaba la ropa limpia. Sus pantalones eran demasiado anchos, tiraba de ellos continuamente y temblaba de pies a cabeza. Acercó su lastimero rostro a mi mirilla: «Anatoli Petróvich, ¿no es verdad que el médico me ha recetado una tisana? Estoy enfermo, voy a tomar otra tisana». Nadie le contestó, y me miraba unas veces interrogativamente a mí y otras al director. Lo que quiso decir con eso no llegué a entenderlo. Sí. De repente, el subdirector puso cara seria y gritó: «¿Qué bromas son ésas?

¡Vamos!». Rozovski, al parecer, no tenía fuerzas para darse cuenta de lo que le esperaba y, como si se apresurase, fue casi corriendo delante de todos por el corredor. Pero luego se resistió. Oí su voz penetrante y su llanto. Se organizó barullo y se oyeron rápidas pisadas. Lanzaba chillidos penetrantes y lloraba. El jaleo se oía cada vez más lejos. Chirrió la puerta del corredor, y todo quedó en silencio… Sí. Los ahorcaron. Los ahogaron a los dos con unas sogas. Otro guardián lo vio y me contó que Lozinski no se había resistido pero que Rozovski se debatió largo rato. De forma que le arrastraron al cadalso a la fuerza y le pusieron el nudo corredizo. Si. El guardián era un hombre bastante estúpido. «Me decían, señor, que era horrible. Pues no tiene nada de horrible. En cuanto fueron colgados, sólo hicieron así dos veces con los hombros —y enseñó cómo alzaron y bajaron los hombros en un movimiento convulsivo—, luego el verdugo tiró de la soga para apretar mejor los nudos, y se acabó. Ya no temblaron más.» «No tiene nada de horrible» —repitió Kryltsov las palabras del guardián y quiso sonreír, pero en lugar de la sonrisa rompió en sollozos.

Después de esto guardó silencio durante largo rato, respiraba trabajosamente y se tragaba las lágrimas que se le agolpaban en la garganta.

—Desde entonces me hice revolucionario. Sí —afirmó tranquilizado y terminó resumiendo su historia.

Pertenecía al partido Libertad del Pueblo y hasta fue jefe de un grupo que tenía por objeto sembrar el terror en el Gobierno para obligarle a dimitir y que gobernara el pueblo. Con esta finalidad iba unas veces a San Petersburgo y otras al extranjero; a Kiev, a Odesa, y en todas partes tenía éxito. Un hombre en el que confiaba por completo le denunció. Le detuvieron, juzgaron, encerraron dos años en la prisión y le condenaron a muerte, conmutándola por trabajos forzados a perpetuidad.

En la cárcel enfermó de tuberculosis y ahora, en las condiciones en que se encontraba, era evidente que apenas le quedaban unos meses de vida. Lo sabía y no se arrepentía de lo que hizo, y decía que si tuviese otra vida la emplearía en lo mismo: en destruir el orden establecido en el que era posible lo que había visto.

La historia de este hombre y su amistad explicaron a Nejliúdov muchas cosas que no comprendía antes.

VII

El día en que estaban formando para iniciar la etapa y surgió la disputa entre el oficial de la escolta y el preso, a causa de la niña, Nejliúdov, que había dormido en una fonda, se despertó tarde y se entretuvo escribiendo unas cartas. Salió de la posada más tarde que de costumbre y no alcanzó la columna de camino —como hacía habitualmente—, y llegó a la aldea donde hacían un alto cuando ya había anochecido. Después de secarse la ropa en una posada que regentaba una viuda gruesa, de cierta edad, con un cuello blanco de un grosor descomunal, Nejliúdov tomó el té en una sala limpia, adornada con una gran cantidad de iconos y cuadros, y se apresuró hacia el patio donde estaba la columna. Quería pedirle al oficial autorización para una entrevista.

En las últimas seis etapas todos los oficiales de escolta, a pesar de que se relevaban, no permitieron a Nejliúdov que entrase en el local donde se detenía la columna. Hacía, por tanto, más de una semana que Nejliúdov no veía a Katiusha. Esta rigidez obedecía a que se esperaba a un alto funcionario de prisiones. El funcionario había pasado sin dignarse visitar la columna, y Nejliúdov confiaba en que el oficial que se había hecho cargo por la mañana del convoy le autorizase, igual que los anteriores oficiales, la entrevista con los presos.

La dueña de la posada ofreció a Nejliúdov un coche para llegar al sitio donde estaba la columna, que se encontraba al otro extremo de la aldea, pero Nejliúdov prefirió ir andando. Un buen mozo, de anchos hombros, un trabajador con enormes botas recién untadas de alquitrán, se brindó a acompañarle. La niebla descendía tan espesa y era tal la oscuridad, que en cuanto el mozo se adelantaba tres pasos en los lugares donde no salía la luz de las ventanas, Nejliúdov ya no le veía, y oía únicamente el chapoteo de sus botas en el barro, pegajoso y espeso. Al atravesar la plaza con una iglesia y una calle larga con casas muy iluminadas, salieron a las afueras de la aldea donde la oscuridad era completa. Pero pronto empezaron a distinguir los faroles que ardían cerca de donde se alojaba la columna. Las manchas rojizas de las llamas se hacían cada vez mayores y más claras; empezaron a distinguirse las estacas de las vallas del recinto, la negra silueta del centinela que se movía, un poste pintado a rayas y la garita. El centinela lanzó el consabido grito de «¡Alto! ¿Quién vive?». Al enterarse de que era gente extraña, se mostró tan severo que no quería permitirles que se acercaran a la valla. Pero el acompañante de Nejliúdov no se inmutó por la severidad del centinela.

—¡Eh, hombre, qué enfadado estás! —le gritó—. Anda, llama a tu superior y nosotros esperamos aquí.

El centinela no contestó nada, y lanzó un grito al otro lado de la verja. Se detuvo mirando fijamente cómo el mozo de hombros anchos quitaba el barro de las botas de Nejliúdov con una astilla, a la luz del farol. Del otro lado de la valla llegaba el ruido de voces de hombres y mujeres. Al cabo de unos tres minutos chirrió la verja, se abrió la puerta y de la oscuridad salió a la luz del farol un sargento. Llevaba una capa echada por los hombros, y preguntó qué quería. Nejliúdov le entregó su tarjeta, que tenía preparada, y una nota en la que pedía se le recibiese para un asunto personal. Y rogó que se lo entregara al oficial. El sargento era menos severo que el centinela pero, sin embargo, muy curioso. Quiso saber a toda costa para qué quería Nejliúdov ver al oficial y quién era, presintiendo, sin duda, una recompensa y no queriendo perderla. Nejliúdov dijo que se trataba de un asunto privado, que sabría agradecerlo, y que le pasara la nota. El sargento cogió la nota, movió la cabeza y se fue. Minutos después de marcharse volvió a sonar la puerta de la verja, y empezaron a salir mujeres con cestas, pucheros y sacos.

Hablaban con voz alta en dialecto siberiano, caminando al lado de la verja. No iban vestidas como aldeanas, sino a la moda de la ciudad, con abrigos y pellizas. Llevaban las faldas recogidas y pañuelos en la cabeza. Miraban con curiosidad a la luz del farol a Nejliúdov y a su acompañante. Una de ellas, que por lo visto se había alegrado de encontrar al mozo de los hombros anchos, inmediatamente le regañó cariñosamente con su jerga siberiana.

—Tú, bribón, ¿qué haces aquí? —le preguntó.

—Mira, he venido a acompañar a un forastero —respondió el muchacho—. Y tú, ¿qué has traído?

—Requesón, y me han mandado que vuelva por la mañana.

—¿Y no te quedas a dormir? —preguntó el mozo.

—¡Así te parta un rayo, condenado! —gritó riéndose—. Vente hasta la aldea con nosotras, acompáñanos.

El muchacho dijo todavía algo tan divertido que se echaron a reír las mujeres e incluso el centinela. Luego preguntó a Nejliúdov.

—¿Qué, sabrá volver solo? ¿No se perderá?

—Sabré, claro que sabré.

—Cuando pase la iglesia y la casa de dos pisos, es la segunda a la derecha. Y tenga, quédese con el cayado —exclamó, entregándole a Nejliúdov una vara tan larga que le superaba en altura, con la que había venido. Y chapoteando con sus enormes botas, se perdió en la oscuridad con las mujeres.

Su voz, interrumpida por las de las mujeres, se oía desde la niebla. Chirrió otra vez la puerta y salió el sargento, invitando a Nejliúdov a que le siguiera al cuarto del oficial.

VIII

El descanso de la columna se hizo como todos los realizados por la carretera de Siberia: en un patio, rodeado de una valla, había tres destartalados edificios de un solo piso. En el más grande, con rejas en las ventanas, se alojaban los presos; en el segundo, la tropa de escolta, y en el tercero, el oficial del convoy y las oficinas. Ahora los tres edificios estaban iluminados. Como ocurre siempre, engañaban prometiendo algo bueno y acogedor entre aquellas paredes iluminadas. Delante de cada puerta lucía un farol, y otros cinco, a lo largo de los muros, iluminaban el patio. El suboficial condujo a Nejliúdov a través de una tabla al menor de los edificios. Después de subir tres peldaños le dejó pasar delante a un vestíbulo impregnado de humo de carbón donde ardía una lamparilla.

Junto a la estufa, un soldado con camisa basta de lienzo, pantalón negro, y una pierna calzada con una sola bota de caña amarilla, permanecía inclinado y soplaba las brasas de un samovar. Al ver a Nejliúdov, el soldado dejó el samovar, le quitó a Nejliúdov el abrigo y pasó a la habitación interior.

—Ha llegado, excelencia.

—Dígale que pase —se oyó una voz irritada.

—Pase por esta puerta —dijo el soldado, e inmediatamente se ocupó de nuevo del samovar.

En la segunda habitación, iluminada por una lámpara de techo, delante de una mesa con restos de comida y dos botellas, permanecía un oficial de rostro muy encarnado y grandes bigotes rubios. Llevaba una guerrera austríaca que modelaba sus hombros y amplio pecho. En la habitación caldeada, además de oler a tabaco, había un fuerte olor a perfume barato. Al ver a Nejliúdov, el oficial se incorporó un poco y le miró con cierta burla y desprecio.

—¿Qué desea? —preguntó, y sin esperar la respuesta gritó hacia la puerta—. ¡Bernov! ¿Cuándo estará ese samovar?

—Enseguida.

—¡Te voy a dar yo a ti enseguida! Ya te enseñaré —gritó el oficial, con los ojos echando chispas.

—¡Ya lo llevo! —replicó el soldado, y entró con el samovar.

Nejliúdov esperó a que el soldado colocara el samovar. El oficial miraba al muchacho de arriba abajo con sus ojos maliciosos, como si buscara un sitio donde darle un golpe. Una vez colocado el samovar, el oficial hizo el té. Luego sacó de la cantina una garrafita cuadrada de coñac y galletas Albert. Una vez que colocó todo sobre el mantel, se volvió de nuevo a Nejliúdov.

—Entonces, ¿en qué puedo servirle?

—Desearía entrevistarme con una presa —dijo Nejliúdov, sin sentarse.

—¿Política? Está prohibido por el reglamento —respondió el oficial.

—Esa mujer no es política —aclaró Nejliúdov.

—Le ruego que tome asiento. Nejliúdov se sentó.

—No es política —repitió—. Pero a petición mía, los altos jefes la han autorizado para que se aloje con los políticos.

—¡Ah! Ya sé —le interrumpió—. ¿Es pequeñita, morena? ¿Y por qué no? Puede verla. ¿Quiere fumar?

Acercó a Nejliúdov la caja de cigarrillos y escanció cuidadosamente dos vasos de té, acercando uno de ellos a Nejliúdov.

—Por favor —dijo.

—Muchas gracias. Desearía ver…

—La noche es larga. Tendrá tiempo. Voy a dar orden para que la llamen.

—¿Y no sería posible, en vez de llamarla aquí, dejarme verla en su alojamiento? —preguntó Nejliúdov.

—¿En la sección de políticos? Va contra el reglamento.

—Me lo han permitido otras veces. Si temen que les entregue algo, podría haberlo hecho por mediación de ella.

—Eso no, porque la cachearán —dijo el oficial, y se echó a reír con una risa desagradable.

—Entonces, que me cacheen a mí.

—Bueno, nos pasaremos sin eso —exclamó el oficial y acercó la garrafita al vaso de Nejliúdov—. ¿Permite? Bueno, como quiera. Cuando uno vive en Siberia se alegra de encontrarse con un hombre culto. Cuando se está acostumbrado a otra cosa, resulta penoso. Se tiene una idea muy particular de nosotros: si es un oficial de escolta, entonces es un hombre tosco, inculto, pero no piensan que a lo mejor ha nacido para una cosa completamente distinta.

El rostro encarnado del oficial, su perfume, su anillo y, sobre todo, su risa desagradable, le daban mucho asco a Nejliúdov. Pero aquel día, lo mismo que a lo largo de todo el viaje, se encontraba en aquella disposición de ánimo seria y atenta en la cual no se permitía tratar con ligereza y despectivamente a nadie y consideraba imprescindible hablar con el corazón en la mano, conforme se trataba a sí mismo. Después de escuchar al oficial, y comprendiendo su estado de ánimo en el sentido de que le dolía participar en el sufrimiento de la gente que estaba bajo su mando, le dijo con seriedad: —Considero que, debido a su cargo, puede usted encontrar un consuelo en aminorar los sufrimientos de la gente.

—¿Sus sufrimientos? ¡Pero si es una gente…!

—¿Qué tiene de particular? —preguntó Nejliúdov—. Es como todo el mundo. Y los hay inocentes.

—Por supuesto, hay de todo. Por supuesto, dan lástima. Otros no perdonan una, y yo procuro hasta donde puedo suavizar las cosas. Es mejor que sufra yo a que sufran ellos. Otros, a la menor cosa, aplican el código, y fusilan. A mí me da lástima. ¿Quiere más té? Tome otro vaso

—dijo llenándolo—. ¿Quién es en realidad la mujer que desea ver? — preguntó.

—Una desgraciada que fue a parar a un prostíbulo y allí la han acusado injustamente de envenenamiento. Es una excelente mujer — afirmó Nejliúdov.

El oficial movió la cabeza.

—Sí, suelen pasar estas cosas. Le diré que en Kazán había una tal Emma. Era de origen húngaro, pero tenía los ojos persas — continuaba el oficial sin poder contener la sonrisa ante ese recuerdo—. Era tan elegante que parecía una condesa…

Nejliúdov interrumpió al oficial, y volvió a la conversación de antes.

—Creo que puede usted aliviar la situación de esta gente mientras están bajo su mando. Y obrando de esa forma estoy seguro de que encontraría una gran satisfacción —decía Nejliúdov, procurando pronunciar del modo más claro, como se habla con los niños o con los extranjeros.

El oficial miraba a Nejliúdov y, por lo visto, esperaba con impaciencia a que terminase para continuar su relato de la húngara de ojos persas, la cual, sin duda, se le aparecía vivamente en el recuerdo, y absorbía toda su atención.

—Sí, así es. Admitamos que es cierto —concedió—. Yo los compadezco, pero yo quería contarle lo de esa Emma. Resulta que lo que ella hacía…

—No me interesa —dijo Nejliúdov—, y le diré claramente: aunque antes era distinto, ahora aborrezco esas relaciones con las mujeres.

El oficial miró asustado a Nejliúdov.

—¿No le apetece un poquito más de té?

—No, muchas gracias.

—¡Bernov! —gritó el oficial—. Acompáñale a Bakulov, que le deje pasar a la sala de los políticos. Puede estar allí hasta el recuento.

IX

Acompañado por el suboficial, Nejliúdov volvió a salir al patio oscuro, tenuemente iluminado por la luz roja de los faroles.

—¿A dónde? —preguntó un soldado al que acompañaba a Nejliúdov.

—A la sala quinta.

—Por aquí no se puede pasar, está cerrado. Hay que ir por la otra puerta.

—¿Y por qué está cerrado?

—Ha cerrado el jefe, y se ha marchado a la aldea.

—Bueno, entonces vamos por aquí.

El suboficial llevó a Nejliúdov a la otra entrada, y se acercó pisando unas tablas a la otra puerta. Desde el patio se oía el rumor de las voces y movimiento en el interior, como en una colmena. Cuando Nejliúdov se acercó más y se abrió la puerta, el rumor se intensificó y se convirtió en un intercambio de gritos, palabrotas y carcajadas. Se oyó un ruido resbaladizo de las cadenas, y pasó una ráfaga del conocido y pesado aire hediondo.

Ambas impresiones —el rumor de las voces con el sonido de las cadenas y ese aire horroroso— se unían siempre para Nejliúdov en un atormentador sentimiento de asco moral que se transformaba en náuseas físicas. Ambas impresiones se fundían y reforzaban la una a la otra.

Al entrar ahora en el zaguán, donde había un enorme cubo maloliente, lo que se llama «bacinilla», lo primero que vio Nejliúdov fue una mujer sentada en el borde del gran cubo. Frente a ella permanecía un hombre con la cabeza afeitada y una gorra de plato inclinada a un lado. Hablaban de algo. El preso, al ver a Nejliúdov, guiñó un ojo, y dijo:

—Ni el zar puede aguantar sin hacer sus necesidades.

La mujer bajó las faldas del guardapolvo y agachó la cabeza.

Del zaguán salieron a un pasillo al que daban las puertas de las salas. La primera sala era de los casados, luego una gran sala de solteros y al final del pasillo, dos salas pequeñas dispuestas para los políticos. El local destinado para albergar ciento cincuenta personas contenía cuatrocientas cincuenta tan hacinadas que no cabían en las salas y los presos se instalaban en el pasillo. Unos sentados o tumbados en el suelo; otros, iban de aquí para allá con teteras vacías o llenas de agua hirviendo. Entre éstos se encontraba Tarás. Alcanzó a Nejliúdov y le saludó cariñosamente. La cara bondadosa de Tarás estaba desfigurada por un cardenal en la nariz y otro bajo el ojo izquierdo.

—¿Qué le ha pasado? —preguntó Nejliúdov.

—He tenido que arreglar un asunto —respondió Tarás, sonriendo.

—No hacen más que pelearse —comentó despectivamente el suboficial.

—Ha sido por una mujer —dijo el preso que iba detrás de ellos—. Se ha enzarzado con Fedka el ciego.

—¿Cómo está Fedosia? —preguntó Nejliúdov.

—Está bien, precisamente voy a llevarle agua hirviendo para hacer té —respondió Tarás, y entró en la sala de casados.

Nejliúdov echó un vistazo por la puerta. Toda la sala estaba llena de mujeres y hombres, encima y debajo de los catres. La sala estaba llena de vaho de la ropa mojada puesta a secar, inundada por el griterío de voces femeninas. La puerta siguiente era la de los solteros. En ésta, más llena aún, incluso en la puerta y en el pasillo permanecían grupos ruidosos, con la ropa mojada, que se repartían algo. El soldado le explicó a Nejliúdov que el cabecilla estaba repartiendo el dinero que recibían los presos para su manutención conforme a sus deudas y beneficios de juegos. Al ver al suboficial y a un señor, los que estaban más cerca guardaron silencio, mirándoles con hostilidad. En el grupo del reparto Nejliúdov vio a Fedótov, un condenado a trabajos forzados que conocía. Estaba siempre con un joven de aspecto lastimero, cara pálida y abotagada, cejas enarcadas, y con un vagabundo repulsivo, picado de viruelas y sin nariz, del que se decía que durante una fuga había matado a su compañero en el bosque y se lo había comido. El vagabundo estaba en el pasillo con el guardapolvo mojado sobre un hombro y miró a Nejliúdov con expresión burlona e insolente, sin apartarse. Nejliúdov tuvo que dar un rodeo.

Por conocido que le resultara a Nejliúdov este espectáculo, por más veces que lo hubiese visto por espacio de tres meses a aquellos cuatrocientos presos comunes en las más diversas situaciones: durante el calor, envueltos en una nube de polvo que levantaban con las cadenas al arrastrar los pies, en los descansos al llegar a la ciudad, en el patio donde se detenía la columna en tiempos de calor, donde se desarrollaban espantosas escenas de depravación a la vista de todos, de todas formas, cuando se encontraba entre ellos, como ahora, y todos dirigían hacia él su atención, experimentaba una atormentadora sensación de vergüenza y de culpabilidad. Lo más tremendo era que a esa sensación de culpabilidad se unían un horror y repulsión invencibles. Sabía que en la situación en que se encontraban no podían ser de otra forma a como eran. Pero no podía ahogar su repulsión hacia ellos.

—¡Viven bien esos gorrones! —oyó Nejliúdov, cuando se acercaba a la puerta de los políticos—. Qué se les va a hacer.

¡Malditos diablos! No hay miedo, no se les retorcerán las tripas de hambre —dijo una voz ronca, añadiendo una palabrota fuerte.

Se oyó una risa burlona y hostil.

X

Cuando dejaron atrás la sala de los solteros, el acompañante de Nejliúdov le dijo que vendría a buscarle antes de que hicieran el recuento, y se volvió. Apenas se había retirado el suboficial, cuando se precipitó hacia Nejliúdov un preso. Venía descalzo, con pasos rápidos y sujetando las cadenas. Se acercó tanto que se notaba el olor pesado y agrio del sudor, y le dijo con un susurro misterioso: —Haga algo, señor. Han metido al chico en un lío. Le han emborrachado. Al pasar lista dijo que se llamaba Karmánov. Interceda, por favor, nosotros no podemos. Nos mataría — aseguró el preso; se volvió a mirar inquieto y enseguida se separó de Nejliúdov.

Se trataba de un condenado a trabajos forzados, llamado Karmánov, había convenido con un joven, que se le parecía mucho y que iba a ser deportado, que se hiciera pasar por él. Así él iría al destierro y el joven a trabajos forzados, a ocupar su lugar.

Nejliúdov ya conocía el asunto, hacía una semana que ese mismo preso se lo había contado. Hizo una seña con la cabeza para dar a entender que lo había comprendido y que haría lo que pudiera, y siguió adelante.

Nejliúdov conocía a ese preso desde Ekaterimburgo, donde le había pedido que hiciera gestiones para que autorizaran a su mujer a seguirle, y le sorprendió su proceder. Era un hombre de mediana estatura y del más corriente aspecto campesino. Tenía treinta años y había sido deportado por tentativa de robo y asesinato. Se llamaba Makar Devkin. Había cometido un delito muy extraño. Según contó a Nejliúdov, el delito no lo había cometido él, Makar, sino el diablo. A casa de su padre llegó un forastero y alquiló un trineo por dos rublos, para trasladarse a una aldea de cuarenta verstas. El padre ordenó a Makar que llevara al viajero. Makar enganchó el caballo, se vistió y se puso a tomar el té con el viajero. Éste contó que iba a casarse, y llevaba consigo quinientos rublos que había ganado en Moscú. Al oír esto, Makar salió al patio y puso un hacha bajo la paja del trineo.

—Yo mismo no sé por qué cogí el hacha —contaba—. «Coge el hacha», me dijo, y yo obedecí. Nos instalamos en el trineo y partimos. Íbamos bien. Incluso me olvidé del hacha. Empezamos a acercarnos a la aldea, faltaban unas seis verstas. Bajé y seguí a pie, porque el camino vecinal que conducía a la carretera era cuesta arriba. Iba detrás del trineo, y él murmurándome: «¿Qué esperas? Cuando salgas a la carretera habrá gente, y allí está la aldea. Se llevará el dinero.

De hacerlo, tiene que ser ahora. No se puede esperar». Me incliné sobre el trineo como para arreglar la paja, y el hacha pareció venirse a mis manos. El viajero se volvió: «¿Qué haces?», preguntó. Blandí el hacha y quise golpearle, pero era un hombre ágil. Saltó del trineo y me agarró del brazo. «¿Qué haces —preguntó—, infame?» Me derribó en la nieve, no me defendí y me rendí. Me ató las manos con la correa y me echó en el trineo. Me llevó directamente a la comisaría. Me encarcelaron. Me juzgaron. Dieron buenos informes míos, dijeron que era un hombre bueno y no había cometido nada malo. Los amos donde vivía también hablaron bien de mí. Pero no tenía dinero para contratar un abogado —explicó Makar—, y por eso me condenaron a cuatro años.

Y ahora, ese mismo hombre, deseando salvar a un paisano suyo, sabiendo que con estas palabras arriesgaba la vida, así y todo le transmitía a Nejliúdov el secreto de los presos, por lo que, si se enterasen, sin duda le ahogarían.

XI

El alojamiento de los presos políticos se componía de dos pequeñas salas, cuyas puertas daban a una parte del pasillo separada del resto por un tabique. Al entrar en la parte separada del pasillo, la primera cara conocida que vio Nejliúdov fue Simonson. Estaba en cuclillas delante de la estufa, con un tronco de pino en las manos.

Al ver a Nejliúdov, sin abandonar su postura, mirándole desde debajo de sus cejas pobladas, le tendió la mano.

—Estoy contento de que haya venido. Tengo que hablar con usted —dijo con expresión significativa, mirando fijamente a los ojos de Nejliúdov.

—¿De qué se trata? —preguntó Nejliúdov.

—Después hablaremos. Ahora estoy ocupado.

Y Simonson se ocupó de nuevo de la estufa que estaba encendiendo, según una teoría particular suya sobre la menor pérdida de energía calorífica.

Nejliúdov se disponía a entrar por la primera puerta, cuando por la otra apareció Máslova. Iba inclinada, con la escoba en la mano, barriendo en dirección a la estufa un gran montón de basura y polvo. Llevaba una blusa blanca, la falda recogida y medias. Tenía puesto el pañuelo en la cabeza, que llegaba hasta las cejas. Al ver a Nejliúdov, se irguió, tenía el rostro encendido y animado. Dejó la escoba, se limpió las manos en la falda y se paró delante de él.

—¿Está limpiando la estancia? —preguntó Nejliúdov, estrechándole la mano.

—Sí, es mi antiguo oficio —contestó con una sonrisa—. Hay tanta suciedad que no se lo puede imaginar. Estamos todo el tiempo limpiando y limpiando. ¿Qué, se ha secado la manta? — preguntó volviéndose a Simonson.

—Casi —contestó Simonson, mirándola con una expresión tan especial que le sorprendió a Nejliúdov.

—Bueno, ahora vendré a buscarla y traeré las pellizas para secarlas. Todas las nuestras están aquí —dijo a Nejliúdov, indicándole la primera sala y marchándose a la otra.

Nejliúdov abrió la puerta y entró en una pequeña sala, débilmente iluminada por una pequeña lámpara metálica, colocada sobre un catre bajo. En la sala hacía frío y olía a polvo, humedad y tabaco. La lámpara metálica iluminaba intensamente a los que estaban alrededor de ella, pero los catres estaban en la oscuridad y por las paredes se movían unas sombras vacilantes.

En la pequeña sala estaban todos, excepto dos hombres, los encargados del avituallamiento, que habían ido en busca de agua hirviendo y provisiones. Aquí estaba la antigua conocida de Nejliúdov, más delgada y más amarillenta, Vera Efrémova, con sus enormes ojos asustados y su vena abultada en la frente, con una blusa gris y el pelo corto sentada ante un papel de periódico sobre el cual tenía esparcido tabaco y con movimientos bruscos lo iba metiendo en las boquillas.

También estaba aquí Emilia Rántseva, una de las detenidas políticas que le resultaba más simpática y que, en las condiciones más penosas, sabía dar a la sala un ambiente familiar y acogedor. Estaba sentada junto al catre de la lámpara, remangada hasta el codo y dejando descubiertos sus hermosos brazos curtidos por el sol; secaba y colocaba las tazas sobre una toalla colocada en el catre. Rántseva era una mujer joven y fea, pero de cara dulce e inteligente, que tenía la propiedad de tornarse súbitamente alegre, animada y atractiva. Con una de esas sonrisas recibió ahora a Nejliúdov.

—Creíamos que se había usted marchado a Rusia para siempre — exclamó.

A poca distancia, en la oscuridad, se distinguía la silueta de María Pávlovna afanada con una chiquilla rubia, quien no dejaba de parlotear con su media lengua infantil.

—¡Qué bien que haya venido usted! ¿Ha visto a Katia? — preguntó a Nejliúdov—. Y nosotros, mire qué huéspedes tenemos

—y señaló a la niña.

También estaba Anatoli Kryltsov, delgado y pálido, con botas de media caña y con las piernas recogidas, en uno de los catres del extremo. Con las manos metidas en las mangas de la pelliza, miraba a Nejliúdov con ojos febriles. Nejliúdov se le quiso acercar, pero en aquel momento vio a un hombre con lentes, cabellos rojizos rizados y chaqueta impermeable, que sacaba cosas de un saco. Hablaba con la bella y sonriente Grabets. Era el célebre revolucionario Novodvorov, y Nejliúdov se apresuró a saludarle. Se dio prisa en hacerlo porque de todos los políticos que formaban el grupo era el único que le resultaba antipático. Novodvorov miró con sus ojos azules y brillantes a través de las lentes a Nejliúdov, y le tendió su estrecha mano.

—Bueno, que, ¿está viajando a gusto? —preguntó irónico.

—Sí, hay muchas cosas interesantes —respondió Nejliúdov, simulando que no se percataba de la ironía y lo aceptaba como una frase amable, y se acercó a Kryltsov.

Había expresado indiferencia exteriormente, pero estaba lejos de sentirla hacia Nejliúdov. Esas palabras de Novodvorov, su evidente deseo de decir y de hacer algo desagradable, echaron a perder la buena disposición de ánimo en que se encontraba. Le invadió la pena y la tristeza.

—¿Qué, cómo va esa salud? —preguntó apretando la mano fría y temblorosa de Kryltsov.

—No estoy mal, pero no puedo entrar en calor, estoy empapado —contestó Kryltsov guardando rápidamente la mano en la manga de la pelliza—. Aquí hace un frío de perros. Están rotas las ventanas —indicó los cristales rotos en dos sitios, tras las rejas de hierro—. ¿Qué ha pasado? ¿Por qué no ha venido?

—No me han dejado. Los jefes eran muy severos. Solamente hoy he encontrado un oficial razonable.

—¡Sí que es razonable! —exclamó Kryltsov—. Pregunte a Masha lo que hizo esta mañana.

María Pávlovna, sin levantarse de su sitio, contó lo que había sucedido por la mañana con la niña, antes de salir la columna.

—A mi juicio es imprescindible elevar una protesta colectiva —exclamó con voz decisiva Vera Efrémova, y al mismo tiempo mirando asustada la cara de unos y otros—. Vladimir lo ha hecho, pero no es bastante.

—¿Qué protestas? —preguntó Kryltsov, con una mueca despectiva; por lo visto la falsedad, el tono afectado y la excitación de Vera Efrémova le irritaban—. ¿Busca usted a Katia? —preguntó a Nejliúdov—. Está siempre trabajando, limpiando. Ha limpiado la sala de hombres, ahora está con las mujeres. Pero no puede eliminar las pulgas, nos están comiendo. ¿Y qué hace ahí Masha?

—preguntó señalando con la cabeza el rincón donde se hallaba María Pávlovna.

—Está despiojando a su hija adoptiva —respondió Rántseva.

—¿No nos va a llenar de piojos? —preguntó Kryltsov.

—No, no. Lo hago con cuidado. Ahora está limpia —explicó María Pávlovna—. Quédese con ella —dijo a Rántseva—, y yo voy a ayudar a Katia. Y le voy a traer una manta a éste.

Rántseva cogió a la niña y, con maternal ternura, apretó sus rollizos y desnudos bracitos, se la sentó en las rodillas y le dio un terrón de azúcar.

María Pávlovna salió; inmediatamente entraron los hombres con el agua hirviendo y las provisiones.

XII

Uno de los que acababan de entrar era un joven delgado, con pelliza corta y botas altas. Marchaba con paso ligero y rápido, llevando dos grandes teteras humeantes, y sosteniendo bajo el brazo un pan envuelto en un pañuelo.

—¡Hombre! Ha aparecido nuestro príncipe —dijo poniendo la tetera en medio de las tazas y dejando el pan—. Hemos comprado unas cosas estupendas —decía mientras se quitaba la pelliza y la lanzaba por encima de las cabezas de sus compañeros al catre del rincón—. Markel ha comprado leche y yo huevos, vamos a hacer una auténtica fiesta. Y Kirílovna sigue con su limpieza y con su orden estético —comentó sonriendo y mirando a Rántseva—. Bueno, ahora prepara el té —le dijo.

De la apariencia exterior de este hombre, de sus movimientos, del sonido de su voz, de su mirada, emanaba ánimo y alegría. El otro, también de baja estatura, huesudo, las mandíbulas muy salientes, mejillas hundidas de color terroso, magníficos ojos verdosos bastante separados y labios finos, era, por el contrario, un hombre de aspecto sombrío y triste. Llevaba un viejo abrigo guateado y unos chanclos encima de las botas. Traía dos pucheros y dos cestas. Al dejar ante Rántseva la carga, saludó a Nejliúdov inclinando la cabeza de tal forma que no cesó de mirarle a los ojos. Después le tendió de mala gana la mano sudorosa, y comenzó a sacar muy despacio las provisiones de las cestas.

Estos dos presos políticos eran gente salida del pueblo: el primero era el campesino Nabátov; el segundo Markel Kondrátiev, obrero de fábrica. Markel se había hecho revolucionario cuando contaba treinta y cinco años, y Nabátov lo era desde los dieciocho. En la escuela de la aldea, Nabátov mostró tal disposición para el estudio que le enviaron a un instituto donde terminó el bachillerato con medalla de oro, a pesar de que tuvo que dar clases para poder vivir. Sin embargo, no ingresó en la Universidad porque desde que cursaba séptimo había decidido que volvería al pueblo, del que había salido, para instruir a sus hermanos abandonados. Así lo hizo: primero trabajó como escribiente en una gran aldea, pero pronto fue detenido por leer libros a los campesinos y haber organizado una sociedad de trabajadores. La primera vez le tuvieron en la cárcel ocho meses y le soltaron, pero le tenían vigilado. Al ser puesto en libertad, se trasladó inmediatamente a otra provincia y se colocó de maestro, y hacía lo mismo. Volvieron a detenerle, y esta vez le tuvieron un año y dos meses en la cárcel. Y allí se fortaleció más en sus convicciones.

Después de la segunda detención le desterraron a la provincia

de Perm. Huyó de allí. Le detuvieron de nuevo, y al cabo de siete meses le desterraron a la provincia de Arjánguelsk. Desde allí, por haberse negado a prestar juramento al nuevo zar, le mandaron a la región de Yakutsk. De forma que pasó la mitad de su vida de adulto en la cárcel y en el destierro. Estas circunstancias no agriaron su carácter y tampoco debilitaron su energía, más bien la estimularon. Era un hombre vivo, con excelentes digestiones, siempre igualmente activo, alegre y animado. Nunca se había arrepentido de nada ni trataba de prever el porvenir, pero empleaba todas sus facultades intelectuales, su habilidad y su actividad en el presente.

Cuando estaba en libertad, trabajaba para la finalidad que se había impuesto, precisamente en pro de la instrucción y la unión de los obreros, sobre todo de los campesinos. Cuando estaba detenido actuaba con la misma energía y el mismo buen sentido para relacionarse con el mundo exterior y para mejorar no solamente sus circunstancias, sino también las de su círculo. Ante todo, era un hombre muy sociable. Para sí mismo le parecía que no necesitaba nada, y podía conformarse con poco, pero para los compañeros exigía mucho. Podía realizar cualquier trabajo tanto físico como intelectual sin cansarse, dormir ni comer. Como campesino era trabajador, hábil, moderado, cortés, atento a las ideas y sufrimientos de los demás. Su madre, una vieja campesina analfabeta, muy supersticiosa, vivía aún, y Nabátov le ayudaba y cuando estaba en libertad le hacía visitas. En las temporadas que pasaba en su casa, entraba en todos los pormenores de su vida y le ayudaba en el trabajo. No perdía tampoco el contacto con sus antiguos compañeros, con los muchachos campesinos. Fumaba cigarrillos y bromeaba con ellos, y charlaba explicándoles que estaban todos engañados y cómo debían salir del engaño en que estaban metidos. Cuando pensaba y hablaba de lo que daría la revolución al pueblo, se imaginaba siempre al pueblo, del que procedía, casi en las mismas condiciones, pero con tierras y sin señores ni funcionarios. La revolución, a su juicio, no debía modificar las costumbres básicas del pueblo —en esto no estaba de acuerdo con Novodvorov ni con su seguidor Markel Kondrátiev—, la revolución, según él, no debía destruir todo el viejo edificio magnífico, sólido, grande, que él quería entrañablemente, y sólo debía distribuir de otra forma sus locales interiores.

En lo religioso también era un campesino típico: nunca pensaba en cuestiones metafísicas, en el principio de todos los principios, en la vida eterna. Dios era para él como Arago, una hipótesis de la que hasta entonces no había sentido necesidad. No le importaba en absoluto de qué forma había empezado el mundo, si era según Moisés o según Darwin. Y la teoría de éste, a la que tanta importancia atribuían sus compañeros, era una fantasía de la imaginación lo mismo que la creación del mundo en seis días.

No le preocupaba el problema del origen del mundo, precisamente porque tenía siempre ante sí el problema de cómo se podría vivir mejor en él. Tampoco pensaba nunca en la vida futura, pero en el fondo de su alma tenía el firme convencimiento — heredado de sus antepasados y común a todos los campesinos— de que lo mismo que en el mundo no termina nada animal ni vegetal, sino que se transforma continuamente de una materia en otra: el estiércol en grano, el grano en gallina, el renacuajo en rana, la oruga en mariposa, la bellota en encina, tampoco el hombre perece, sino que únicamente se transforma. Creía en esto y, por consiguiente, miraba la muerte con animación, hasta con alegría, y aguantaba con estoicismo los sufrimientos que conducen a ella, pero no quería ni sabía hablar de eso. Le gustaba trabajar y siempre estaba ocupado con cosas prácticas, y trataba de que sus compañeros hicieran lo mismo.

El otro preso político de este grupo, salido del pueblo, era Markel Kondrátiev, un hombre de otro tipo. Desde los quince años había empezado a trabajar, fumar y beber para ahogar la turbia conciencia de la humillación que experimentaba. La primera vez que sintió esta humillación fue cuando los llevaron, siendo niños, a una fiesta con árbol de Navidad, organizada por la mujer de un fabricante. A él y a sus compañeros les regalaron un silbato que costaba un cópec, una manzana, una nuez pintada de purpurina y un higo, y a los niños del fabricante unos juguetes que le parecieron un regalo de hadas y que, según supo luego, habían costado más de cincuenta rublos. Tenía veinte años cuando llegó a la fábrica a trabajar como obrera una célebre revolucionaria. Al darse cuenta de las grandes capacidades de Kondrátiev, empezó a dejarle libros y folletos y a hablar con él, explicándole su situación, los motivos de la misma y la forma de mejorarla. Cuando vio clara la posibilidad de liberarse y de liberar a los demás de la situación humillante en que vivían, la injusticia de esa situación le pareció todavía más cruel y horrible que antes. Tuvo apasionados deseos no sólo de liberación sino de castigar a los que habían organizado y sostenían aquella cruel injusticia. Esta posibilidad, según le habían explicado, le daba el saber, y Kondrátiev se entregó con toda su alma al estudio. No veía muy claro qué relación tenía el saber con el ideal socialista, pero creía que lo mismo que éste le había descubierto la injusticia de la situación en que se encontraba, de la misma forma acabaría por enmendarla. Además, a su juicio, la instrucción le elevaría por encima de otros hombres. Y por eso dejó de beber y fumar y dedicó todo su tiempo libre — del que disponía más desde que le hicieran encargado de almacén— al estudio.

La muchacha revolucionaria le daba clases y se admiraba de la extraordinaria capacidad con que asimilaba las distintas ramas del saber. En dos años aprendió álgebra, geometría, historia —por la que sentía especial preferencia—, leyó toda la producción literaria y crítica y, sobre todo, la socialista.

Detuvieron a la revolucionaria y también a Markel por haber encontrado en su poder libros prohibidos, los llevaron a la cárcel y después los desterraron a la provincia de Vólogda. Allí conoció a Novodvórov, releyó muchos libros revolucionarios, aprendió muchas cosas y se afianzó más aún en sus convicciones socialistas. Después del destierro se puso al frente de una gran huelga de obreros que acabó con la destrucción de la fábrica y la muerte del director. Le detuvieron y condenaron a perder sus derechos civiles y ser deportado.

En cuanto a la religión, se mostraba tan radical como con la economía política existente. Al comprender la insensatez de la fe en que fue educado, primero con temor y después con entusiasmo se liberó de ella, y como para vengarse del engaño en que le tuvieron a él y a sus antepasados, no cesaba de burlarse de un modo ponzoñoso y enfurecido de los popes y los dogmas religiosos.

Era asceta por costumbre, se conformaba con poca cosa. Como hombre habituado al trabajo desde la infancia, con músculos bien desarrollados, podía trabajar con facilidad y destreza, pero lo que más apreciaba en los momentos libres —en las cárceles o durante los descansos de las marchas— era seguir estudiando. Por aquel entonces estaba leyendo el primer tomo de las obras de Marx y con especial cuidado guardaba ese libro en su saco. Se mostraba reservado e indiferente con todos los compañeros, a excepción de Novodvórov, a quien permanecía especialmente fiel y cuyas verdades admitía como incontrovertibles.

En cuanto a las mujeres, a quienes consideraba como un obstáculo para todas las cuestiones importantes, las despreciaba de forma invencible. Pero sentía lástima por Máslova y era afectuoso con ella, viendo en ésta el ejemplo típico de la explotación de las clases inferiores.

Por ese mismo motivo no quería a Nejliúdov, no le hablaba y no le estrechaba la mano, y sólo se la tendía cuando Nejliúdov le saludaba.

XIII

La estufa se encendió, caldeó la estancia, el té estaba hecho y repartido en vasos y tazas, blanqueado con un poco de leche. Sacaron rosquillas, pan tierno blanco y de centeno, huevos duros, mantequilla y cabeza y patas de ternera. Todos se acercaron al catre que sustituía a la mesa, bebían, comían y hablaban. Rántseva estaba sentada en un cajón, escanciando el té. A su alrededor se agruparon todos, a excepción de Kryltsov, el cual, habiéndose quitado la pelliza mojada y habiéndose envuelto en la manta seca, permanecía acostado en su catre y hablaba con Nejliúdov.

Después del frío y la humedad que soportaron durante la marcha, de la suciedad y el desorden que había en el alojamiento y de los esfuerzos para poner todo bien, de comer y tomar té caliente, todos se encontraron en el más agradable y alegre estado de ánimo.

El hecho de que al otro lado de la pared se oyeran pisadas, gritos y juramentos de los presos comunes, como recordándoles lo que les rodeaba, reforzaba la sensación de bienestar que experimentaban. Como en una isla en medio del mar, momentáneamente no se sentían abrumados por las humillaciones y sufrimientos que les rodeaban, y eso hacía que se encontraran en un estado de ánimo muy exaltado. Hablaban de todo, menos de su situación y de lo que les esperaba. Además, como sucede siempre entre hombres y mujeres jóvenes, sobre todo cuando están obligados a vivir juntos, como le ocurría a esta gente, habían surgido entre ellos enamoramientos concordantes y discordantes. Casi todos estaban enamorados. Novodvorov estaba enamorado de la gentil y risueña Grabets, estudiante jovencita que pensaba muy poco y era indiferente a los problemas revolucionarios. Pero se había dejado arrastrar por la influencia de su época y, habiéndose comprometido, la habían deportado. Lo mismo que en libertad, el principal interés de su vida estribaba en tener éxito con los hombres, y lo mismo continuaba sucediendo durante los interrogatorios, en la cárcel y en el destierro. Ahora, durante la marcha, le consolaba el hecho de que Novodvorov se hubiera enamorado de ella y a su vez se enamoró de él. Vera Efrémova era muy enamoradiza, pero no despertaba amor en los demás y, sin embargo, no perdía las esperanzas; tan pronto se enamoraba de Nabátov como de Novodvorov. Algo parecido al amor era lo que sentía Kryltsov hacia María Pávlovna. La quería como los hombres quieren a las mujeres, pero conociendo sus ideas acerca del amor, ocultaba cuidadosamente su sentimiento bajo el aspecto de la amistad y de la gratitud, porque le cuidaba con especial ternura. Nabátov y Rántseva estaban unidos por unos sentimientos amorosos muy complicados. De la misma forma que María Pávlovna era una mujer virtuosa, Rántseva representaba el tipo de esposa perfecta.

A los dieciséis años, cuando todavía estaba en el instituto, se había enamorado de un estudiante de la Universidad de San Petersburgo, llamado Rantsev, y a los diecinueve años se casó con él, mientras aún seguían en la Universidad.

Estando en cuarto curso de la Universidad, su marido se había mezclado en unos disturbios de la misma, fue expulsado de San Petersburgo y se hizo revolucionario. Ella abandonó la carrera de medicina que estaba estudiando, se marchó con él y también se hizo revolucionaria. Si su marido no hubiese sido el más bueno y el más inteligente de todos los hombres del mundo —según creía—, no se hubiera enamorado de él y tampoco se hubiera casado; comprendía el objetivo de la vida exactamente igual que él. Al principio él consideraba que la vida debe dedicarse al estudio y ella comprendía la vida de la misma forma. Él se hizo revolucionario y ella se convirtió en revolucionaria. Su mujer era capaz de demostrar muy bien que el deber de todo hombre consistía en combatir ese régimen y esforzarse en establecer un orden político y económico bajo el cual la personalidad humana pudiera desarrollarse libremente, etc. A ella le parecía que, efectivamente, pensaba y sentía así, pero en el fondo pensaba que todo lo que razonaba su marido era una verdad auténtica, y sólo buscaba una armonía completa, fusionada con su alma, que era lo único que le proporcionaba una satisfacción moral.

La separación del marido y del niño, del que se había hecho cargo su madre, le resultó muy dolorosa. Pero soportó esta separación de un modo estoico y tranquilo, sabiendo que lo hacía por él y por la causa, que indudablemente era verdadera puesto que él la servía. Siempre pensaba en su marido, y lo mismo que antes no había querido a nadie, tampoco ahora podía hacerlo, como no fuese a su esposo. Pero el amor puro y abnegado de Nabátov la conmovía. Era un hombre moral y de carácter firme, amigo de su marido, procuraba tratarla como a una hermana, pero en sus relaciones con ella se traslucía algo más y ese algo les asustaba a ambos, y, sin embargo, embellecía su penosa existencia.

De manera que, en el grupo, tan sólo María Pávlovna y Kondrátiev se encontraban totalmente libres de enamoramiento.

XIV

Pensando hablar a solas con Katiusha, como solía hacerlo habitualmente después de la cena y del té, Nejliúdov permanecía sentado junto a Kryltsov, charlando con él. Entre otras cosas, le contó cómo le había abordado Makar, y la historia de su crimen. Kryltsov escuchaba atentamente, con la mirada brillante fija en Nejliúdov.

—Sí —dijo de pronto—. Muchas veces pienso que caminamos juntos, al lado de ellos, pero ¿quiénes son «ellos»? Son aquellos junto a los cuales caminamos. Y, sin embargo, no sólo no los conocemos, sino que ni siquiera queremos conocerlos. Y lo peor es que ellos nos odian y nos consideran enemigos suyos. Eso es horrible.

—No hay nada de horrible —replicó Novodvórov, que estaba atento a la conversación—. Las masas adoran siempre sólo el poder —dijo con su voz tronante—. El Gobierno tiene el poder, y nos van a adorar a nosotros…

En ese momento, al otro lado de la pared se oyó un increíble escándalo: golpes contra las paredes de gentes que se peleaban, ruido de cadenas, chillidos agudos y gritos. A alguien le estaban pegando y gritaba: «¡Socorro!».

—¡Qué bestias! ¿Qué relación puede haber entre nosotros y ellos? —dijo tranquilamente Novodvórov.

—Dices que son bestias. Pues en este momento Nejliúdov está contando el proceder de uno —dijo Kryltsov irritado, y contó cómo Makar iba a arriesgar su vida para salvar a un paisano—. Eso ya no es bestialidad, sino heroicidad.

—¡Eso es sentimentalismo! —exclamó Novodvórov, irónico—. Nos resulta difícil comprender las emociones de esta gente y los motivos de sus actos. Tú ves en ese acto magnanimidad, y tal vez sea envidia hacia el condenado a trabajos forzados.

—Es que tú no quieres ver nunca nada bueno en los demás —argumentó de pronto, animándose, María Pávlovna, que se tuteaba con todos.

—No se puede ver lo que no hay.

—¿Cómo que no hay cuando un hombre se arriesga a una muerte terrible?

—Creo —dijo Novodvorov— que si queremos llevar a cabo nuestra obra, la primera condición que se necesita —Kondrátiev dejó el libro que estaba leyendo junto a la lámpara y se puso a escuchar atentamente a su maestro— es no fantasear, y ver las cosas tal como son. Hacer todo para el pueblo, pero no esperar nada de él; las masas constituyen el objetivo de nuestra actividad, pero no pueden ser nuestras colaboradoras mientras sean inertes, como lo son ahora —empezó como si se tratara de una conferencia—. Por eso resulta ilusorio esperar ayuda de ellos hasta que no se produzca el proceso de la evolución para la cual les estamos preparando.

—¡Qué proceso de evolución! —exclamó Kryltsov enrojeciendo—. Decimos que estamos en contra de la arbitrariedad y el despotismo. ¿Acaso no es eso el más terrible despotismo?

—No, no es ningún despotismo —contestaba tranquilamente Novodvorov—. Sólo digo que conozco el camino por el que tiene que ir el pueblo, y puedo indicarlo.

—¿Y por qué estás seguro de que el camino que tú puedes indicar es el verdadero? ¿Acaso no es un despotismo como del que emanaron la Inquisición y las masacres de la gran Revolución? También sabían científicamente el camino único y verdadero.

—Que ellos errasen no significa que yo me equivoque. Además, existe una gran diferencia entre los desvaríos de los ideólogos y los datos positivos de la ciencia económica.

La voz de Novodvorov llenaba toda la sala. Hablaba él solo, todos los demás callaban.

—Siempre están discutiendo —dijo María Pávlovna, cuando guardaron unos minutos de silencio.

—Y usted, personalmente, ¿qué opina de eso? —preguntó Nejliúdov a María Pávlovna.

—Creo que Anatoli tiene razón, que no se puede imponer al pueblo nuestras ideas.

—¿Y usted, Katiusha? —preguntó sonriendo Nejliúdov, con la duda de que contestaría algo que no viniera a cuento, y esperó la respuesta.

—Opino que el pueblo sencillo está humillado —respondió, enrojeciendo—. Está tremendamente humillado…

—¡Es cierto! ¡Es cierto, Mijáilovna! —gritó Nabátov—. El pueblo está muy oprimido. Es necesario que no le humillen. En eso consiste nuestra obra.

—Extraño concepto acerca de los problemas en la revolución

—dijo Novodvorov, y en silencio, enfadado, se puso a fumar.

—No puedo hablar con él —susurró Kryltsov, y se calló.

—Es mejor no hablar —replicó Nejliúdov.

XV

A pesar de que Novodvórov era muy respetado por todos los revolucionarios, de que era muy instruido y se consideraba muy inteligente, Nejliúdov le había clasificado como el tipo de revolucionario que está muy por debajo del nivel moral medio. Su capacidad intelectual —el numerador— era grande; pero la opinión que tenía de sí mismo —el denominador— era inconmensurable y hacía mucho que había sobrepasado su capacidad intelectual.

Era un hombre completamente opuesto a Simonson en lo concerniente a la vida intelectual. Simonson era uno de esos caracteres masculinos por excelencia, cuyos actos emanan de la actividad mental y se definen por la misma. Novodvórov pertenecía al tipo femenino cuya actividad mental tiende en parte a alcanzar objetivos impuestos por el sentimiento y en parte a justificar los actos provocados por éste.

Toda la actividad revolucionaria de Novodvorov, a pesar de que sabía explicarla con bonitas palabras y con argumentos muy convincentes, se le antojaba a Nejliúdov basada únicamente en la ambición y en el deseo de destacarse ante la gente. Al principio, gracias a su capacidad de asimilar las ideas de otros y transmitirlas con toda exactitud, durante el período de sus estudios, entre los profesores y los alumnos, donde se aprecia mucho esa capacidad—el instituto, la Universidad, el magisterio—, tenía la supremacía sobre los demás y se sintió satisfecho. Pero cuando obtuvo el diploma y dejó de estudiar, se le acabó la supremacía. Y de pronto—según contaba a Nejliúdov Kryltsov, que no quería a Novodvórov—, para conseguir la supremacía en una nueva esfera, cambió por completo sus ideas, y de liberal progresista se convirtió en rojo y revolucionario. Gracias a la ausencia de cualidades morales y éticas, que despiertan la duda y la vacilación, muy pronto ocupó en el mundillo revolucionario una posición que satisfizo su amor propio: dirigente del partido. Una vez elegida una dirección, ya nunca dudaba ni vacilaba, y por eso estaba seguro de no equivocarse jamás. Todo le parecía extraordinariamente sencillo, claro e indiscutible. Y, en efecto, por la estrechez y la parcialidad de sus opiniones todo era muy sencillo y claro y sólo era preciso —como decía— ser lógico. Su confianza en sí mismo era tan enorme que sólo podía repeler a la gente o someterla. Y como su actividad se desarrollaba entre gente muy joven, tomando su ilimitada seguridad en sí mismo como una muestra de profundidad de pensamiento y de sabiduría, la mayoría se sometía a él, y tenía un gran éxito en los círculos revolucionarios. Su actividad consistía en preparar la revolución, durante la cual iba a apoderarse del poder y convocar una asamblea. En la asamblea se presentaría un programa compuesto por él. Y estaba plenamente convencido de que este programa resolvería todos los problemas y que no podía no llevarse a cabo.

Sus compañeros le respetaban por su valentía y decisión, pero no le querían. Él tampoco quería a nadie, y trataba como rivales a los que se destacaban en algo. De buena gana hubiera procedido con ellos como lo hacen los viejos monos machos con los jóvenes, si hubiera podido. Les arrancaría a todos la inteligencia y sus capacidades para que no le impidiesen manifestar las suyas. Trataba bien sólo a la gente que se inclinaba ante él. Así trataba ahora, durante la marcha, al obrero Kondrátiev —a quien había inculcado su propaganda—, a Vera Efrémova y a la bonita Grabets, ambas enamoradas de él.

Aunque en principio era partidario de la emancipación de la mujer, en el fondo de su alma consideraba a todas las mujeres tontas e insignificantes, a excepción de aquellas de quienes, con frecuencia, se enamoraba sentimentalmente, como ahora estaba enamorado de Grabets. Entonces las consideraba unas mujeres extraordinarias, cuyas cualidades sólo él sabía descubrir.

El problema referente al sexo le parecía claro y sencillo, como todos los problemas, y totalmente solucionado admitiendo el amor libre.

Tenía una esposa ficticia y otra auténtica, de la que se había separado, convencido de que entre ellos no existía el verdadero amor. Ahora se disponía a unirse libremente con Grabets.

Despreciaba a Nejliúdov porque, según decía, «era amanerado» con Máslova y, sobre todo, porque se permitía pensar en las deficiencias del régimen existente no como pensaba él, Novodvorov, sino a su manera, «a lo príncipe», es decir, a lo tonto. Nejliúdov sabía que Novodvorov albergaba hacia él esos sentimientos, y para gran disgusto suyo, se daba cuenta de que, a pesar de la benevolencia que le embargaba durante el viaje, le pagaba con la misma moneda y no podía vencer de ningún modo su enorme antipatía hacia ese hombre.

XVI

En la sala vecina se oyeron voces de los jefes. Todo quedó en silencio, y a continuación entró uno de ellos, con dos soldados de la escolta. Era el recuento. El jefe contaba a todos señalando a cada uno con el dedo. Cuando le llegó la vez a Nejliúdov, le dijo con expresión bondadosa y familiar: —Ahora, príncipe, ya no puede quedarse después del recuento. Hay que marcharse.

Nejliúdov sabía lo que esto significaba, se le acercó y le metió tres rublos que tenía preparados.

—¡Bueno, qué   vamos a   hacer con   usted! Quédes otro poquito.

El jefe quería marcharse cuando entró otro suboficial y detrás de él un preso alto, delgado, con un ojo amoratado y barba rala.

—Vengo por la niña —dijo el preso.

—¡Ha venido papá! —se oyó de pronto una sonora voz infantil, y la niña rubia apareció junto a Rántseva, que, en unión de María Pávlovna y Katiusha, cosía un vestido nuevo a la niña de una falda suya.

—Sí, hija, soy yo —decía cariñosamente Buzovkin.

—Ella está bien aquí —dijo María Pávlovna, mirando con pena la cara magullada de Buzovkin—. Déjala con nosotros.

—Las señoritas me están haciendo un lopot[106] nuevo —dijo la niña señalando el trabajo de Rántseva—. Mira qué bonito, es rojo… —balbuceó la pequeña.

—¿Quieres dormir con nosotras? —preguntó Rántseva, acariciando a la niña.

—Sí, quiero. Y papá también. Rántseva se iluminó con una sonrisa.

—Papá no puede quedarse aquí —dijo—. Entonces, déjala —añadió volviéndose al padre.

—Si quiere, déjela —dijo el jefe que se había parado en la puerta, y salió junto con el suboficial.

Tan pronto como salieron los dos de la escolta, Nabátov se acercó a Buzovkin y, tocándole en un hombro, dijo: —Dime, hermano ¿es verdad que Karmánov quiere cambiarse con otro?

El simpático y bondadoso rostro de Buzovkin se volvió triste y se le velaron los ojos.

—No sé nada. No creo —dijo, y sin enjugarse los ojos, añadió

—: Bueno, Aksiutka, quédate aquí con las señoritas —y se apresuró a salir.

—Lo sabe todo. Y es verdad que se han cambiado —dijo Nabátov—. ¿Qué va usted a hacer?

—Se lo diré a las autoridades de la ciudad. A los dos les conozco de vista —respondió Nejliúdov.

Todos callaban, temiendo, sin duda, reanudar una discusión.

Simonson permanecía todo el tiempo callado, tumbado en un rincón en el catre, con las manos detrás de la cabeza. Se levantó decidido y, rodeando con cuidado a los que estaban sentados, se acercó a Nejliúdov.

—¿Puede usted escucharme ahora?

—Por supuesto —contestó Nejliúdov, y se levantó para seguirle.

Mirando a Nejliúdov que se había levantado, y al encontrarse con sus ojos, Katiusha enrojeció y movió la cabeza como confusa.

—Lo que tengo que decirle a usted es lo siguiente —empezó Simonson cuando salió con Nejliúdov al corredor. En el corredor se oía el alboroto y el rumor de las voces de los presos comunes. Nejliúdov hizo una mueca, en cambio Simonson no se inmutó por eso—. Conociendo sus relaciones con Katerina Mijáilovna — empezó mirando fijamente a la cara de Nejliúdov con sus ojos bondadosos—, me considero obligado —continuó, pero tuvo que callarse, porque en la misma puerta gritaban dos voces al mismo tiempo, discutiendo sobre algo.

—¡Te estoy diciendo, canalla, que no son mías! —gritaba una voz.

—¡Que revientes, demonio! —bramaba la otra. En ese momento María Pávlovna salió al corredor.

—¿Acaso se puede hablar aquí? —dijo—. Pasen por aquí, Vera está sola —y pasó delante, a una puerta vecina que daba a una minúscula sala, que habían dejado a disposición de los presos políticos. En un catre estaba acostada Vera Efrémova con la cabeza tapada.

—Tiene jaqueca, está durmiendo y no oye. ¡Y yo me voy!

—Al contrario, quédate —protestó Simonson—, no tengo secretos con nadie, y menos contigo.

—Bueno, está bien —respondió María Pávlovna, y sentándose en el catre se puso a mover todo el cuerpo a un lado y a otro, al estilo de los niños, para quedar sentada más profundamente. Se dispuso a escuchar, mirando hacia la lejanía, a un punto indefinido, con sus bonitos ojos saltones.

—Lo que tengo que decirle a usted es lo siguiente —repitió Simonson—: que, conociendo sus relaciones con Katerina Mijáilovna, me considero obligado a comunicarle mis sentimientos hacia ella.

—¿Qué dice? —preguntó Nejliúdov, admirando involuntariamente la sencillez y franqueza con que le hablaba Simonson.

—Quisiera casarme con Katerina Mijáilovna…

—¡Sorprendente! —exclamó María Pávlovna, fijando sus ojos en Simonson.

—… y he decidido pedirle que sea mi mujer —prosiguió Simonson.

—¿Y qué puedo hacer yo? Eso depende de ella —dijo Nejliúdov.

—Sí, pero ella no decidirá esto sin usted.

—¿Por qué?

—Porque mientras la cuestión de sus relaciones con ella no quede definitivamente zanjada, no puede decidir nada.

—Por mi parte, la cuestión está definitivamente resuelta. Deseaba hacer lo que considero un deber y, además, mejorar su suerte, pero no deseo cohibirla en ningún caso.

—Sí, pero ella no quiere su sacrificio.

—No hay ningún sacrificio.

—Sé que su decisión sobre este punto es inalterable.

—Bueno, entonces ¿para qué hablar conmigo?

—Necesita que usted también reconozca eso.

—Cómo puedo reconocer lo que no debo hacer, lo que considero un deber. Lo único que puedo decir es que yo no soy libre y ella sí es libre.

Simonson guardaba silencio y meditaba.

—Está bien, así se lo diré a ella. No crea usted que estoy enamorado de ella —continuó—. La quiero como a una persona encantadora, poco común, que sufre mucho. No necesito nada de ella, pero tengo unos deseos enormes de ayudarla, de aliviar su situa…

Nejliúdov se asombró al oír la voz temblorosa de Simonson.

—… aliviar su situación —continuó Simonson—. Si no quiere aceptar su ayuda, que acepte la mía. Si ella aceptase, pediría que me desterrasen a su lugar de reclusión. Cuatro años no son una eternidad. Viviría a su lado y, tal vez, aliviaría su destino… —se interrumpió de nuevo, presa de gran emoción.

—¿Y qué puedo decir yo? —preguntó Nejliúdov—. Estoy contento de que haya encontrado un protector como usted…

—Eso es lo que yo necesitaba saber —continuó Simonson—. Deseaba saber si, queriéndola, si deseándole lo mejor, consideraba usted una suerte su matrimonio conmigo.

—¡Oh, sí! —dijo, decididamente, Nejliúdov.

—Todo es por ella, lo único que deseo es que ese alma doliente descanse —dijo Simonson, mirando a Nejliúdov con una ternura tan infantil, que no podía esperarse de un hombre tan taciturno.

Simonson se levantó y, cogiéndole la mano, adelantó hacia él la cara y, sonriendo, le besó con timidez.

—Así se lo diré a ella —exclamó, y salió de la estancia.

XVII

—¡Vaya hombre! —exclamó María Pávlovna—. Está enamorado, completamente enamorado. No lo hubiera esperado nunca, que Vladimir Simonson se enamorase de esa manera tonta, con un amor infantil. Sorprendente y, a decir verdad, doloroso —concluyó suspirando.

—Pero ¿y ella, Katia? ¿Cómo cree usted que le toma? — pregunto Nejliúdov.

—¿Ella? —María Pávlovna se detuvo, evidentemente deseaba contestar con la mayor precisión a la pregunta—. ¿Ella? Verá usted, a pesar de su pasado, es por naturaleza una de las criaturas más morales… y de sentimientos muy delicados… A usted le quiere, le quiere mucho, y es feliz haciéndole a usted un bien, aunque sea negativo, para no ligarle con ella. Para ella, la boda con usted sería una terrible caída, peor que la anterior. Por eso no le aceptará nunca. Y, sin embargo, su presencia la turba.

—Entonces, ¿debo desaparecer? —preguntó Nejliúdov. María Pávlovna sonreía con su agradable sonrisa infantil.

—Sí, en parte.

—¿Cómo puedo desaparecer en parte?

—Le he mentido. No era eso lo que quería decirle. Creo que se da cuenta del absurdo amor exaltado, aunque él no le ha dicho nada, y se siente adulada y al mismo tiempo temerosa. Ya sabe que yo no soy competente en esas cosas, pero me parece que, por parte de él, se trata de un amor de los más corrientes, aunque enmascarado. Dice que ese amor estimula su energía y que es un amor platónico. Pero me consta que si es un amor exclusivo se basa indudablemente en la renuncia… Como el de Novodvórov con Liúbocka.

María Pávlovna se apartó del asunto, apasionándose con su tema favorito.

—Pero ¿qué debo hacer? —preguntó Nejliúdov.

—Creo que debe decírselo a ella. Siempre es mejor que todo quede claro. Hable con ella, la voy a llamar, ¿quiere? —preguntó María Pávlovna.

—Sí, por favor —contestó Nejliúdov, y María Pávlovna salió.

Una sensación extraña invadió a Nejliúdov al quedarse solo en la pequeña sala, escuchando la respiración regular de Vera Efrémova, interrumpida a veces por los gemidos y el rumor de los presos comunes que no cesaban de oírse tras las dos puertas.

Lo que le dijo Simonson le liberaba de la obligación impuesta que se presentaba como una carga penosa y extraña en los momentos de debilidad y, sin embargo, no sólo tenía una sensación de disgusto, sino dolorosa. En este sentimiento estaba el hecho de que la proposición de Simonson destruía el carácter excepcional de su proceder, disminuía ante los ojos de propios y extraños el valor del sacrificio que aportaba. Si un hombre tan bueno, que no estaba ligado por nada a ella, quería unir su destino al suyo, entonces su sacrificio ya no era tan importante.

Había quizá también un simple sentimiento de celos: estaba tan acostumbrado a que sólo le quisiera a él, que no podía permitir que pudiera llegar a querer a otro. También esto derrumbaba su plan preconcebido: vivir con ella mientras estuviese expiando su condena. Si se casaba con Simonson, su presencia resultaba innecesaria, y tenía que trazar un nuevo plan de vida. No le había dado tiempo de analizar sus sentimientos, cuando se abrió la puerta y en la sala entró Máslova, y al mismo tiempo el reforzado rumor de las voces de los presos comunes a quienes ese día les debía ocurrir algo extraordinario.

Se le acercó con pasos rápidos.

—María Pávlovna me ha mandado venir —dijo, parándose cerca de él.

—Sí, tengo que hablar con usted. Pero siéntese. Vladimir Simonson ha hablado conmigo.

Se sentó cruzando las manos sobre las rodillas y parecía tranquila, pero tan pronto como Nejliúdov pronunció el nombre de Simonson se puso roja como una amapola.

—¿Qué es lo que le ha dicho? —preguntó.

—Me ha dicho que se quiere casar con usted.

Su cara se contrajo de pronto, expresando sufrimiento. No dijo nada, y se limitó a bajar los ojos.

—Me pide mi conformidad o mi consejo. Le he dicho que todo depende de usted, que es quien tiene que decidir.

—¡Ay! Pero ¿qué es esto? ¿Para qué? —exclamó y miró a Nejliúdov con aquella mirada bizca que siempre le producía una gran impresión. Y esa mirada fue muy elocuente para los dos.

—Tiene usted que decidir —repitió Nejliúdov.

—¿Qué voy a decidir? —preguntó—. Todo está decidido hace mucho.

—No, tiene usted que decidir si acepta la proposición de matrimonio de Vladimir Simonson —concretó Nejliúdov.

—¿Qué esposa podría ser una condenada a trabajos forzados? —replicó Máslova.

—¿Y si llega el indulto? —preguntó Nejliúdov.

—¡Ay! ¡Déjeme! No hay más que hablar —terminó, levantándose, y salió de la sala.

XVIII

Cuando Nejliúdov volvió detrás de Katia a la sala de hombres, estaban muy emocionados. Nabátov, que siempre se metía en todas partes, entraba en relación con todo el mundo y era un gran observador, trajo una noticia que les sorprendió. Consistía en que había encontrado en la pared una inscripción hecha por el revolucionario Petlin, condenado a trabajos forzados. Todos creían que estaba en Kara desde hacía tiempo, cuando se enteraron de que había pasado hacía poco por ese camino él solo con los presos comunes.

«El 17 de agosto —decía la inscripción— me han enviado solo con los presos comunes. Neviérov estaba conmigo, y se ahorcó en Kazán, en un manicomio. Estoy sano y animado. Espero que todo vaya bien.»

Todos comentaban la situación de Petlin y los motivos de suicidio de Neviérov. Kryltsov callaba, mirando ante sí con expresión reconcentrada y ojos brillantes.

—Mi marido me dijo que Neviérov vio visiones cuando todavía estaba en la Fortaleza de Pedro y Pablo.

—Sí, era poeta, fantaseador, esa gente no aguanta la soledad

—explicó Novodvorov—. Cuando me recluían en una celda no permitía que trabajase mi imaginación, y distribuía mi tiempo de la forma más sistemática. Por eso lo soportaba siempre bien.

—¿Por qué no soportarlo? Yo muchas veces hasta me alegraba de que me recluyesen —intervino Nabátov con voz animada, deseando sin duda disipar el mal humor—. Siempre se tiene miedo: que te van a coger, complicarás a otros y estropearás el asunto. Pero cuando te detienen, se acabó la responsabilidad, se puede descansar. Estate tranquilo y fuma.

—¿Le conocías mucho? —preguntó a Kryltsov María Pávlovna, mirando inquieta su rostro, que había cambiado súbitamente y se había hundido.

—¿Neviérov un fantaseador? —habló de pronto Kryltsov ahogándose, como si hubiese gritado durante mucho tiempo o hubiera estado cantando—. Neviérov era un hombre de los que, como decía nuestro portero, pare pocos la tierra. Sí…, era un hombre de alma pura, se transparentaba. Sí…, no es que no pudiera mentir, es que era incapaz de fingir. No es que tuviera la piel fina, sino que parecía no tenerla en absoluto, como si estuviera despellejado y todas las venas al descubierto. Sí…, era una naturaleza compleja y rica, no como… Pero ¡para qué hablar!—guardó silencio—. Discutimos acerca de qué es mejor —frunció con malicia el ceño, y dijo—: si primero instruir al pueblo y después cambiar la forma de vida, o cambiar primero la forma de vida y luego ¿qué hacer?, propaganda pacífica, el terror… Lo discutimos, sí. Pero ellos no discuten, ellos conocen su trabajo, les da lo mismo que perezcan o no perezcan decenas, cientos de hombres, ¡y qué hombres! Por el contrario, precisamente necesitan que caigan los mejores. Herzen decía que cuando a los decembristas los proscribieron hicieron bajar el nivel social de Rusia. ¡Ojalá no lo hagan bajar más! Luego, proscribieron a Herzen y a sus seguidores. Ahora, a los Neviéro…

—No aniquilarán a todos —argumentó Nabátov con voz animada—. Siempre quedarán para la procreación.

—No, no quedará ninguno si nos compadecemos de ellos — dijo Kryltsov elevando la voz y sin dejarse interrumpir—. Dame un cigarrillo.

—Te hace daño, Anatoli —dijo María Pávlovna—. Por favor, no fumes.

—¡Ay! ¡Déjame! —dijo enfadado y encendió un cigarrillo, pero inmediatamente tuvo un acceso de tos y fuertes arcadas. Después de expectorar, prosiguió—: No, no hemos hecho lo que debíamos. En lugar de discutir había que reunirse… y aniquilarlos.

—Pero ellos también son hombres —objetó Nejliúdov.

—No, ésos no son hombres, los que son capaces de hacer lo que ellos hacen… Ahora se han inventado las bombas y los globos, había que subir en los globos y exterminarlos como a las chinches, con bombas… Sí. Porque… —empezó otra vez, pero se puso todo encendido, tosió más fuerte que antes y tuvo un vómito de sangre.

Nabátov corrió en busca de nieve. María Pávlovna sacó las gotas de valeriana y se las ofreció, pero, cerrando los ojos, las rechazó con su mano blanca y delgada; respiraba con frecuencia y pesadez. Cuando la nieve y el agua fría le tranquilizaron, y le acostaron para pasar la noche, Nejliúdov se despidió de todos y, junto con el suboficial —que había venido en su busca y le esperaba hacía tiempo— marchó hacia la salida.

Los presos comunes estaban ahora en silencio, y la mayoría dormía. A pesar de que estaban acostados en los catres y debajo de éstos, en los espacios libres del suelo, no cabían todos. Y una parte de ellos estaban tumbados en el suelo del corredor, con los sacos bajo las cabezas y tapados con guardapolvos grises.

Desde las puertas de las salas y en el corredor se oían ronquidos, lamentos y palabras entre sueños. Por todas partes se veían montones de cuerpos tapados con guardapolvos. Únicamente en la sala de los solteros había un grupo de hombres sin dormir, sentados en un rincón junto a un cabo de vela, que apagaron al ver al oficial. También había un viejo despierto, sentado bajo la lámpara, desnudo, quitándose los piojos de la camisa. El aire viciado de la sala de los políticos parecía limpio en comparación con la atmósfera maloliente y sofocante que había aquí. La humeante lámpara parecía verse a través de la niebla, y era difícil respirar. Para pasar por el corredor sin pisar ni enganchar a alguno de los que dormían había que buscar un sitio vacío delante, y al poner el pie buscar el sitio para dar el próximo paso. Tres hombres, que por lo visto no habían encontrado sitio tampoco en el corredor, se instalaron en el zaguán, junto a la maloliente bacinilla, que se salía por las junturas. Uno era un viejo idiota a quien Nejliúdov había visto varias veces durante las marchas. El otro era un niño de unos diez años; estaba acostado entre dos presos, y con la mano colocada bajo la cara dormía sobre el pie de uno de ellos.

Al atravesar la verja, Nejliúdov se detuvo, y ensanchando el pecho con toda la fuerza de sus pulmones respiró profunda y largamente el aire helado.

XIX

El cielo estaba tachonado de estrellas. Volviendo por el camino helado, Nejliúdov regresó a la posada. Llamó a una ventana que estaba oscura y el mozo de los hombros anchos, descalzo, le franqueó la puerta y le introdujo en el zaguán. A la derecha del zaguán, en una sala sin chimenea, se oían los ronquidos de los cocheros y el ruido que producían los caballos al masticar la avena. Una puerta a la izquierda conducía a una habitación limpia. En la habitación olía a ajenjo y sudor, y se oía al otro lado del tabique el uniforme ronquido de unos pulmones potentes. En la estancia, delante de un icono, ardía una lamparilla en un globo rojo de cristal. Nejliúdov se desnudó, colocó sobre el diván de gutapercha su manta de viaje y su almohada de cuero y se acostó. Repasó en su imaginación todo lo que había visto y oído aquel día. Lo más tremendo le pareció la escena de aquel niño durmiendo sobre la humedad que destilaba el cubo maloliente, con la cabeza colocada sobre el pie de un preso.

A pesar de la conversación inesperada e importante que había tenido por la tarde con Simonson y Katiusha, no se detuvo en este acontecimiento. Era un problema demasiado complejo y al mismo tiempo vago, y por eso alejaba la idea del mismo. Pero recordaba vivamente la vida de estos desgraciados seres que se ahogaban en el aire asfixiante y se revolcaban sobre el líquido que salía del cubo maloliente. Sobre todo, recordaba a ese niño de cara inocente que dormía sobre el pie del presidario, y que no se le iba de la cabeza.

Pensar que lejos, en alguna parte, unos hombres atormentaban a otros, sometiéndoles a toda serie de humillaciones y sufrimientos, es muy distinto a presenciarlo a lo largo de tres meses. Y Nejliúdov lo había experimentado. Más de una vez, en el transcurso de ese tiempo, se preguntaba: «¿Estoy loco porque veo lo que otros no ven o están locos los que hacen lo que veo?». Pero las personas que ejecutaban lo que tanto le sorprendía y horrorizaba —¡y había tantas!— tenían la plena seguridad de que no sólo debía ser así, sino que realizaban una cosa muy importante y positiva. Por tanto, resultaba difícil reconocer a toda esta gente como locos, y tampoco se podía reconocer loco porque se daba cuenta de la claridad de su pensamiento. Y por ese motivo se encontraba continuamente perplejo.

Lo que había visto Nejliúdov a lo largo de tres meses se le presentaba de la siguiente manera: la Magistratura y la Administración seleccionaban a todos los hombres que vivían en libertad, a los más nerviosos y entusiastas, a los más fácilmente excitables, más capacitados y fuertes y menos astutos y prudentes que otros —que no eran más culpables ni más peligrosos para la sociedad que los que gozaban de libertad— y los recluían en cárceles donde permanecían por espacio de meses y años en completo ocio, con la comida asegurada, lejos de la naturaleza, la familia, el trabajo, es decir, fuera de las condiciones normales y morales de la vida humana. Además, los seres recluidos en cárceles o los condenados a trabajos forzados estaban sometidos a toda clase de humillaciones inútiles —cadenas, cabezas afeitadas, vergonzoso traje de presidiario—, es decir, suprimían el motor esencial de la vida normal en los débiles, la preocupación sobre la opinión de las gentes, la vergüenza, la conciencia de la dignidad humana. Sometidos constantemente al peligro —sin mencionar los casos excepcionales de insolación, ahogos, incendios— de las constantes enfermedades contagiosas en los lugares de reclusión, agotamiento, palizas, los seres se encontraban en unas condiciones en que el hombre de más elevada moral y el mejor del mundo, por instinto de conservación, comete los más terribles actos de crueldad y los justifica en sus semejantes. Estos hombres se mezclaban a la fuerza con seres depravados por la vida —sobre todo por esas mismas instituciones—, pervertidos, criminales y malhechores que actuaban sobre los que no estaban todavía completamente estropeados como la levadura sobre el pan. El fin que se perseguía con eso era el de persuadir a esos seres por medio de toda clase de actos inhumanos —que se llevaban a cabo en sus personas, como, por ejemplo: atormentar a los niños, mujeres y viejos, infligiendo castigos corporales, concediendo premios a los delatores de los fugitivos, vivos o muertos; separando matrimonios y uniendo para vivir hombres y mujeres extraños, fusilando y colgando— de que las violencias, crueldades y salvajismo no sólo no están prohibidos, sino que se autorizan por el Gobierno, y, por tanto, era lícito para los que se encontraban privados de libertad, en la miseria y la desgracia.

Era como si se hubiesen inventado adrede esas instituciones para condensar hasta el último extremo la depravación y el vicio, que no podía alcanzarse en ninguna otra circunstancia, con el fin de propagarlos después en la medida más amplia posible entre todo el mundo. «Es exactamente como si se hubiese planteado el problema de pervertir de la forma más perfecta a la mayor cantidad posible de gente», pensaba Nejliúdov, considerando lo que ocurría en las cárceles y en las etapas. Cientos de miles de seres llegaban anualmente al más alto grado de vicio, y cuando estaban completamente pervertidos se les ponía en libertad, para que difundieran entre el pueblo lo asimilado en las cárceles.

En las cárceles —Tiumén, Ekaterimburgo, Tomsk— y en las etapas, Nejliúdov había visto cómo esa finalidad, que parecía haberse impuesto la sociedad, se lograba con éxito. La gente sencilla, corriente, de las exigencias morales de los campesinos rusos, abandonaban estas ideas y asimilaban las nuevas, las de la cárcel. Consistían en admitir como permitidas cualquier humillación, violencia y aniquilación de la personalidad humana, cuando era conveniente. Los hombres que habían vivido en la cárcel sabían —a juzgar por lo que les pasaba a ellos mismos— que todos aquellos preceptos morales acerca del respeto y de la compasión por el ser humano que predicaban los doctores de la Iglesia y los moralistas estaban anulados en la realidad y que, por consiguiente, no era preciso observarlos. Nejliúdov notó esto en todos los presos conocidos suyos: Fedótov, Makar e incluso Tarás, el cual, habiendo pasado dos meses en las marchas, asombró a Nejliúdov por la inmoralidad de sus opiniones. De camino, Nejliúdov se enteró de que algunos vagabundos, huyendo a la taiga, inducían a sus compañeros a que los acompañaran y después, matándolos, se alimentaban de su carne. Había conocido a un hombre convicto y confeso de haberlo hecho. Y lo espantoso es que los casos de antropofagia no eran aislados, sino que se repetían con frecuencia.

Sólo con el cultivo sistemático del vicio, como medida de esas instituciones, era posible conducir al hombre ruso al estado en que se encontraban esos vagabundos, precursores de la novísima doctrina de Nietzsche, los cuales, considerando todo posible y nada prohibido, lo divulgaban primero entre los presos y luego entre el pueblo.

La cínica explicación de todo lo que sucedía obligaba a suprimir, intimidar y corregir, por medio de castigos legales, a determinados miembros peligrosos para la sociedad, según decían los libros. Pero en realidad no existía nada de eso. En lugar de la intimidación se estimulaba a los criminales, muchos de los cuales, como los vagabundos, iban voluntariamente a la cárcel. En lugar de corrección se propagaba un contagio sistemático de todos los vicios. La necesidad de desquite no sólo no se paliaba con los castigos gubernamentales, sino que surgía en el pueblo donde no existía.

«Entonces ¿para qué hacen esto?», se preguntaba Nejliúdov, y no encontraba respuesta.

Y lo que más le sorprendía es que estas atrocidades no se hacían por casualidad ni por descuido, y no una vez, sino que sucedían continuamente, en el transcurso de cientos de años, con la única diferencia de que antes se arrancaban las narices y cortaban las orejas a los presidiarios, y eran conducidos en balsas, mientras que ahora se les esposaba y se les llevaba en barcos.

No convencían a Nejliúdov los razonamientos de los empleados de esas instituciones, que atribuían cuanto sucedía a las deficiencias de los lugares de reclusión y destierro, y opinaban que era posible evitarlo al perfeccionarlos, y no le convencían porque notaba que existían otros motivos y ocurría no porque estuvieran más o menos acondicionados los lugares de reclusión.

Había leído sobre el perfeccionamiento de la cárcel con timbre eléctrico y silla eléctrica para la pena de muerte que proponía Tardé, y el perfeccionamiento de la violencia le indignaba todavía más.

Sobre todo le indignaba que en los tribunales y ministerios hubiese funcionarios —que percibían grandes sueldos del dinero que descontaban al pueblo— encargados de consultar libros y escritos por funcionarios iguales que ellos y cuyos objetivos eran los mismos, para desterrar a los que violaban las leyes a lugares alejados donde, sometidos al poder de guardianes, soldados y directores, crueles y groseros, perecían por millones, moral y físicamente.

Al conocer más de cerca las cárceles y las etapas, Nejliúdov vio que los vicios que se desarrollaban entre los presos: la borrachera, el juego, la crueldad, todos esos horribles crímenes, realizados por los presos, como el canibalismo, no son casuales ni tampoco manifestaciones de la degeneración, ni de la monstruosidad del presunto criminal, inventado por los sabios al servicio de las autoridades, sino una consecuencia inevitable de la absurda aberración en que incurren los hombres al atribuirse el derecho de castigar los unos a los otros. Nejliúdov vio que el canibalismo no empezaba en la taiga, sino en los ministerios, comités y departamentos, pero sí finalizaba en el bosque. Había observado también que a su cuñado, por ejemplo, y a los magistrados y funcionarios, no les importaba en absoluto la justicia y el bien del pueblo, de los que hablaban, y a todos ellos les interesaban únicamente los rublos que les pagaban para que hicieran aquello que daba como resultado la perversión y el sufrimiento. Eso estaba muy claro.

«Pero ¿es posible que también se haga por una mala interpretación? ¿Cómo se podría hacer para asegurar a estos funcionarios un sueldo e incluso un premio para que no hagan lo que están haciendo?», pensaba Nejliúdov. Después de estos pensamientos, cuando ya los gallos habían cantado por segunda vez, a pesar de las pulgas que, nada más moverse, saltaban a su alrededor y salpicaban como un surtidor, se durmió con un sueño profundo.

XX

Cuando Nejliúdov se despertó hacía mucho que los cocheros se habían marchado; la posadera, que acababa de tomar el té y se enjugaba con el pañuelo el grueso cuello, vino a decirle que un soldado de la escolta había traído una nota. Era de María Pávlovna. Decía que el ataque de Kryltsov era más serio de lo que pensaron: «Queríamos dejarle aquí unos cuantos días y quedarnos alguno con él, pero no está permitido. Nos lo llevaremos, pero tenemos miedo de que ocurra algo. Procure conseguir en la ciudad que lo dejan aquí con alguno de nosotros. Si para ello es preciso que me case con él, naturalmente, estoy dispuesta».

Nejliúdov mandó al mozo a la estación a buscar caballos y se apresuró a recoger las cosas. No había terminado de tomar su segundo vaso de té cuando la troika de posta, haciendo sonar las campanillas y retumbando sobre el barro helado como por una calzada, se acercó a la puerta. Después de pagar a la voluminosa patrona, Nejliúdov se dio prisa en salir y sentarse en el carruaje. Dio orden al cochero para que corriera lo más rápidamente posible con el fin de alcanzar a la columna. No lejos del recinto, efectivamente alcanzó la fila de carros, cargados de sacos y de enfermos, que retumbaban por el barro helado de la carretera. El oficial iba delante. Los soldados, bebidos sin duda, charlaban alegremente y marchaban detrás a los lados del camino. Había muchos carros. En los de delante iban seis presos comunes enfermos instalados cada uno en un carro, los tres últimos llevaban tres presos políticos cada uno. En el que cerraba la fila iban sentados Novodvorov, Grabets y Kondrátiev; en otro, Rántseva, Nabátov y la mujer atacada de reúma a quien María Pávlovna había cedido su puesto. En el tercero, sobre paja y almohadas, estaba tendido Kryltsov. En el pescante, a su lado, iba María Pávlovna. Nejliúdov detuvo el coche al lado de Kryltsov, y se le acercó. El soldado, que estaba medio borracho, le amenazó con la mano. Pero Nejliúdov, sin hacerle caso, se acercó, se agarró a un barrote y caminó a su lado. Kryltsov, arrebujado en la pelliza, con un gorro de astracán y un pañuelo atado alrededor de la boca, parecía más delgado y pálido. Sus magníficos ojos resultaban más grandes y brillantes. Miraba a Nejliúdov y a su pregunta de cómo se encontraba, sólo cerró los ojos y movió la cabeza con enfado. Parecía concentrar sus energías para soportar las sacudidas del carro. María Pávlovna estaba sentada al otro lado. Cambió con Nejliúdov una mirada significativa en la que expresaba toda su preocupación sobre el estado de Kryltsov, y enseguida empezó a hablar con voz alegre:

—Por lo visto el oficial se ha avergonzado —gritó para ser oída por Nejliúdov entre el retumbar de las ruedas—. Le han quitado las esposas a Burovkin. Él mismo lleva a la niña. La acompañan Katia y Simonson y en mi lugar va Vierochka.

Kryltsov dijo algo que no se podía oír, señaló a María Pávlovna e hizo una mueca conteniendo sin duda la tos. Movió la cabeza y Nejliúdov acercó la suya para poder oír. Entonces Kryltsov se quitó el pañuelo de la boca y susurró:

—Ahora estoy mucho mejor. Con tal de que no me enfríe.

Nejliúdov hizo un gesto afirmativo con la cabeza y cambió una mirada con María Pávlovna.

—Bueno ¿y qué tal el problema de los tres cuerpos? —susurró todavía Kryltsov y sonrió con gran esfuerzo—. ¿Es complicada la solución?

Nejliúdov no comprendió, pero María Pávlovna le explicó que era un famoso problema de matemáticas que se refería a tres cuerpos: el sol, la luna y la tierra, y que Kryltsov, en broma, había establecido esa comparación con las relaciones de Nejliúdov, Katiusha y Simonson. Kryltsov movió la cabeza para afirmar que María Pávlovna había explicado la broma.

—La solución no depende de mí —exclamó Nejliúdov.

—¿Recibió usted mi nota? ¿Hará eso? —preguntó María Pávlovna.

—Sin falta —contestó Nejliúdov, y notando el descontento de Kryltsov se acercó de nuevo a su carruaje, tomó asiento y se sujetó al borde de la troika que le iba sacudiendo cada vez que tropezaba con los baches del camino helado. Comenzó a adelantar la columna que se extendía a lo largo de una versta, con sus guardapolvos grises, cadenas y esposas. Al otro lado del camino, Nejliúdov vio el pañuelo azul de Katiusha, el abrigo negro de Vera Efrémova y la pelliza, el gorro de punto y los calcetines blancos de lana, sujetos por medio de unas cuerdas a modo de sandalias, de Simonson. Iba al lado de las mujeres y decía algo con entusiasmo.

Al ver a Nejliúdov, las mujeres le hicieron una inclinación de cabeza, y Simonson se quitó la gorra con solemnidad. Nejliúdov no tenía nada que decir y, sin parar el coche, los adelantó. Al salir de nuevo a la carretera, el cochero fue mucho más deprisa, pero continuamente tenía que dar rodeos.

La carretera estaba surcada por profundos hoyos producidos por las ruedas, y atravesaba un espeso bosque de coníferas. A ambos lados, las hojas que todavía conservaban los álamos y los alerces ofrecían un amarillo fuerte y otro terroso. A la mitad del trayecto se acabó el bosque. A ambos lados del camino se extendían campos abiertos y a lo lejos aparecían las cruces doradas y las cúpulas de los monasterios. El día había mejorado, se dispersaron las nubes y el sol, por encima de los árboles del bosque, iluminaba vivamente las hojas mojadas, los charcos, cúpulas y cruces. Delante, a la derecha, en la lejanía azul, blanqueaban unos montes. El trineo entró por los arrabales a una gran ciudad. La calle principal estaba llena de rusos y extranjeros, que lucían gorros y trajes extraños. Hombres y mujeres, borrachos y serenos, iban de un lado a otro. Algunos voceaban junto a las tiendas, tabernas y carros. Se notaba la cercanía de la ciudad.

Después de acuciar al caballo de la derecha y sentarse de lado de forma que las riendas quedasen a la derecha, el cochero, presumiendo, por lo visto, lo llevó por la calle principal sin reducir la marcha. Se acercó hasta el río, que era preciso atravesar en una balsa, ahora a mitad de camino de vuelta de la parte opuesta. En esta orilla esperaban alrededor de veinte carros. Nejliúdov no tuvo que esperar mucho tiempo. Empujada por el rápido curso del río, la balsa llegó pronto a las tablas que formaban el embarcadero.

Los balseros, hombres altos y robustos, vestidos con pellizas, con habilidad y costumbre, echaron las maromas que engancharon contra los postes, y abriendo la barrera dejaron salir los carros a la orilla e hicieron entrar a los que esperaban, cuyos caballos se resistían al ver el agua. Cuando se llenó la balsa, el vehículo desenganchado de Nejliúdov se vio aprisionado entre otros, los balseros volvieron a cerrar la barrera, sin hacer caso de las súplicas de los que no habían cabido. En la balsa se hizo el silencio, sólo se oían las pisadas de los balseros y el golpear de los cascos de los caballos que piafaban sobre las tablas.

XXI

Nejliúdov permanecía en un extremo de la balsa y contemplaba el ancho y rápido río. En su imaginación se sucedían dos escenas: la cabeza del moribundo Kryltsov y la silueta de Katiusha que marchaba animada al borde del camino con Simonson. La impresión de un Kryltsov agonizante, negándose a la evidencia de la muerte, era penosa y triste. Otra impresión era la enérgica Katiusha, que había encontrado el amor de un hombre como Simonson, y, colocada ahora en el camino firme y seguro del bien, debería ser alegre, pero a Nejliúdov también le resultaba penoso y no podía quitarse ese peso.

Desde la ciudad llegó, por encima del agua, el repiqueteo de una campana de cobre. El cochero, que permanecía junto a Nejliúdov, y todos los carreteros, se quitaron las gorras e hicieron la señal de la cruz. El que estaba más cerca de la barrera, un viejo harapiento en quien Nejliúdov no había reparado en un principio, no se santiguó y, levantando la cabeza, se quedó mirando a Nejliúdov. El viejo llevaba una chaqueta llena de remiendos, pantalones de paño y botas gastadas. Un gorro alto de piel, y al hombro un pequeño zurrón.

—¿Y tú, viejo, no rezas? —preguntó el cochero de Nejliúdov, poniéndose y arreglándose el gorro—. ¿No estás bautizado?

—¿A quién voy a rezar? —replicó el viejo harapiento, acercándose y soltando palabra tras palabra.

—Ya se sabe a quién. A Dios —contestó con ironía el cochero.

—Enséñame dónde está ese Dios.

Había algo tan serio y firme en la expresión del viejo, que el cochero se dio cuenta de que estaba ante un hombre fuerte. Se cohibió un poco, pero, no demostrándolo y procurando no callarse ni cubrirse de vergüenza ante el público que le escuchaba, respondió rápidamente: —¿Dónde? Ya se sabe, en el cielo.

—¿Y tú has estado allí?

—Estar no he estado, pero sé que hay que rezar a Dios.

—Pero a Dios no lo ha visto nadie en ningún sitio. Lo ha dicho su único Hijo, que vive en el seno de su Padre —exclamó el viejo hablando rápidamente y frunciendo el ceño.

—Tú, por lo visto, no eres cristiano, sino idólatra. Rezas a un ídolo —dijo el cochero remetiendo el látigo en el cinturón y arreglando la retranca del caballo de tiro.

Alguien lanzó una carcajada.

—¿De qué religión eres, abuelo? —preguntó un hombre de cierta edad, que permanecía junto a su carro en el extremo de la balsa.

—No tengo ninguna religión. Por eso no creo en nadie, en nadie más que en mí mismo —respondió el viejo con la misma decisión y sencillez.

—¿Cómo puede uno creer en sí mismo? —preguntó Nejliúdov, interviniendo en la conversación—. Uno se puede equivocar.

—¡Nunca! ¡En la vida! —replicó decidido el viejo, moviendo la cabeza.

—Entonces ¿por qué hay distintas religiones? —interrogó Nejliúdov.

—Porque la gente cree en ellas y no cree en sí misma. Yo también creía como la gente y estaba como en un bosque, tan embrollado que me parecía que no iba a encontrar el camino. He conocido religiones viejas y nuevas, sabáticos, flagelantes, con popes, sin popes, austríacos, molokanes, eunucos. Cada religión se alaba a sí misma. Todos se han extendido como kutiatas ciegos. Hay muchas religiones, pero un solo espíritu. En ti, en él, en mí. De forma que cada uno tiene que creer en su espíritu y así estarán todos unidos. Sea cada uno para sí y serán todos para la unidad.

El viejo hablaba alto y se volvía todo el tiempo, con deseo indudable de que le oyera la mayor cantidad posible de gente.

—¿Hace mucho que profesa usted eso? —preguntó Nejliúdov.

—¿Yo? Mucho. Hace ya veintitrés años que me persiguen.

—¿Cómo que le persiguen?

—Como persiguen a Cristo, lo mismo me persiguen a mí. Me detienen, me llevan ante los jueces, popes, escribanos, fariseos… Me metieron en un manicomio. Pero no me pueden hacer nada, porque yo soy libre. «¿Cómo te llamas?», me preguntan. Piensan que voy a atribuirme un nombre. Pero no me atribuyo ninguno. He renunciado a todo: no tengo nombre, ni sitio, ni patria, no tengo nada. Yo soy yo. ¿Cómo me llamo? Hombre. «¿Cuántos años tienes?» Yo respondo: no los cuento y no se pueden contar, porque siempre he existido y siempre existiré. «¿Quiénes son — preguntan— tu padre y tu madre?» No, respondo, no tengo padre ni madre, salvo Dios y la tierra. «¿Y al zar — preguntan— lo reconoces?» ¿Por qué no he de reconocerlo? Él es zar para sí mismo y yo soy zar para mí. «Bueno —me dicen—, no se puede hablar contigo.» Y yo digo: yo no te pido que hables conmigo. Y así me atormentan.

—¿Y dónde va usted ahora? —preguntó Nejliúdov.

—Donde Dios me lleve. Trabajo, y si no lo tengo, pido limosna

—concluyó el viejo al ver que se acercaban a la orilla, y lanzó una mirada triunfante sobre todos los que le escuchaban.

La balsa llegó a la orilla. Nejliúdov sacó el portamonedas y ofreció dinero al viejo.

El viejo lo rechazó.

—Yo no cojo eso. Cojo pan —explicó.

—Bueno, perdona.

—No hay nada que perdonar. No me has ofendido. Tampoco se me puede ofender —dijo el viejo y empezó a colocarse el zurrón en el hombro. Entre tanto, sacaron el trineo y engancharon los caballos.

—Buena gana tiene usted de hablar, señor —dijo el cochero a Nejliúdov, cuando dio una propina a los fuertes balseros y subió al trineo—. Es un vagabundo inútil.

XXII

Al salir del muelle, el cochero se volvió.

—¿A qué hotel le llevo?

—¿Cuál es el mejor?

—El mejor, el Sibirski. También se está bien en el Diukov.

—Donde quieras.

El cochero volvió a sentarse de lado y acució los caballos. La ciudad era como todas: las mismas casas con buhardillas y tejados verdes, la misma iglesia, tiendas y en la calle principal un almacén, e incluso los mismos guardias. Sólo que las casas eran casi todas de madera y las calles estaban sin empedrar. En una de las calles más animadas el cochero detuvo el trineo ante la puerta de un hotel. Pero resultó que en el hotel no había habitación libre, y tuvieron que ir al otro. En el otro hotel había un cuarto disponible y Nejliúdov —por primera vez después de dos meses— se encontró de nuevo en las condiciones acostumbradas de limpieza y comodidad. A pesar de que la habitación en la que habían instalado a Nejliúdov no tenía ningún lujo, sentía un gran bienestar después de los carruajes, posadas y etapas. Lo más importante que tenía que hacer era quitarse los piojos, de los que nunca había podido librarse por completo desde que visitaba la columna. Tan pronto como se hubo instalado, se dirigió inmediatamente a la casa de baños. Después de esto, una vez vestido como correspondía a la ciudad —camisa almidonada, pantalón con la raya bien hecha, levita y abrigo— fue a ver al gobernador. El coche que había ido a buscar el portero del hotel, tirado por un fuerte caballo kirquiz, llevó a Nejliúdov a un edificio grande y bonito, junto al que había centinelas y guardias. Un jardín rodeaba la casa y en el mismo destacaba el verdor oscuro de los abetos entre los troncos desnudos de los álamos y pinos.

El general estaba indispuesto y no recibía. De todos modos Nejliúdov pidió al lacayo que le pasara su tarjeta. El lacayo volvió con una respuesta satisfactoria.

—Le ruega que entre.

La antesala, el lacayo, el ordenanza, la escalera y la sala con su parqué encerado y reluciente, todo esto era parecido a San Petersburgo, aunque más sucio y pomposo. Hicieron pasar a Nejliúdov al despacho.

El general, un hombre abotagado, con una nariz como una patata y con protuberancias en la frente y el cráneo desnudo, con bolsas bajo los ojos y rostro sanguíneo, permanecía sentado. Llevaba una bata de seda tártara, tenía un cigarrillo en la mano y bebía el té de un vaso con soporte de plata.

—¡Buenos días, padrecito! Perdóneme que le reciba en bata, siempre es mejor que no recibirle —dijo cubriéndose con la bata el cuello grueso que formaba arrugas en la parte de atrás—. No estoy del todo bien, y no salgo. ¿Cómo ha caído usted por nuestro lejano reino?

—He acompañado la columna de presos, donde va una persona que me es allegada —respondió Nejliúdov—. Y he venido a pedir a vuestra excelencia algo relacionado con dicha persona y, además, otra cosa.

El general dio una chupada al cigarrillo, bebió un sorbo de té, apagó el cigarrillo en un cenicero de malaquita y, sin quitar de Nejliúdov sus ojos estrechos, hinchados y brillantes, escuchaba muy serio. Sólo le interrumpió para preguntarle si quería fumar.

El general pertenecía a ese tipo de militar culto que imaginaba que era posible conciliar el liberalismo y el humanismo con la profesión. Pero como hombre bueno e inteligente por naturaleza, muy pronto se dio cuenta de la imposibilidad de tal condición. Entonces, para no percatarse de la contradicción interior en que se encontraba constantemente, cada vez se entregaba más a la costumbre extendida entre los militares: beber. Se entregó de tal forma a esta costumbre, que después de treinta y cinco años de servicio en el ejército se había convertido en lo que los médicos llaman un alcohólico. Estaba totalmente empapado de vino. Le era suficiente tomar un sorbo de cualquier bebida para sentirse enseguida borracho. Beber vino para él era una necesidad sin la cual no podía vivir. Y cada día al atardecer estaba completamente borracho, aunque se había acostumbrado de tal forma a ese estado, que no se tambaleaba ni decía demasiadas tonterías. Y si las decía, ocupaba una posición tan importante, tan de supremacía, que cualquier cosa que dijese la tomaban por algo inteligente. Sólo por la mañana, precisamente en el momento en que Nejliúdov fue a visitarle, parecía un hombre sensato y podía entender lo que le decían. Más o menos cumplía sobre la marcha el refrán que le gustaba repetir: «Borracho, pero inteligente, dos virtudes». Las autoridades superiores sabían que era alcohólico, pero así y todo era más culto que los demás, aunque se había detenido su cultura en el sitio donde le había sorprendido la borrachera. Era valiente, hábil, con buena presencia, incluso cuando estaba borracho sabía mantenerse en su lugar. Por eso le habían nombrado y le conservaban en aquel destacado y responsable puesto que ocupaba.

—Bueno, entonces… —empezó el general.

—Me han prometido en San Petersburgo que las noticias sobre el destino de esta mujer me las enviarán lo más tarde este mes y precisamente aquí.

Sin quitar los ojos de Nejliúdov, el general alargó la mano de dedos cortos hacia la mesa y tocó el timbre. Continuaba escuchando, mientras echaba humo y tosía con fuerza.

—Entonces, quería pedir a vuestra excelencia, si puede ser, que retuvieran a esta mujer hasta que llegara la respuesta a su recurso.

Entró un asistente uniformado, que hacía las veces de lacayo.

—Pregunta si se ha levantado Ana Vasílievna —dijo el general al asistente—. Y sírveme más té. ¿Hay algo más? —preguntó volviéndose a Nejliúdov.

—Mi otra petición —prosiguió Nejliúdov— trata de un preso político que va en esa misma columna.

—¡Vaya! —exclamó el general, moviendo significativamente la cabeza.

—Está muy enfermo, moribundo. Seguramente le dejarán aquí en el hospital. Entonces una de las presas políticas desearía quedarse junto a él.

—¿No es familia suya?

—No, pero está dispuesta a casarse con él si esto le ofreciera la posibilidad de quedarse a su lado.

El general miraba fijamente con sus ojos brillantes y guardaba silencio escuchando y, sin duda, queriendo intimidar a su interlocutor con la mirada, y fumaba continuamente.

Cuando terminó Nejliúdov, cogió un libro de la mesa y, humedeciendo rápidamente las hojas con los dedos que hacían volver las páginas, encontró el artículo sobre el matrimonio y lo leyó.

—¿A qué está condenada? —preguntó levantando la mirada del libro.

—A trabajos forzados.

—Pues entonces la situación del condenado no puede ser mejorada en virtud del matrimonio.

—Sí, pero es que…

—Permítame. Si se casara con ella un hombre libre, de todas formas tendría que cumplir su condena. Aquí se plantea la pregunta: ¿quién sufre una condena más dura: él o ella?

—Los dos están condenados a trabajos forzados.

—Bueno, pues están en paz —comentó, sonriendo el general—. Lo que sea para él será para ella. A él se le puede dejar aquí por enfermedad. Ella, aunque se casara con él, tendrá que seguir su camino.

—La generala está tomando café —anunció el lacayo. El general hizo un gesto con la cabeza, y continuó:

—De todas formas, lo pensaré. ¿Cómo se apellidan?

—Apúntemelo aquí.

Nejliúdov lo apuntó.

—Tampoco puedo autorizarle esto —dijo el general a su petición de ver al enfermo—. Naturalmente, yo no sospecho de usted —añadió—, pero usted se interesa por él y por otros y usted tiene dinero. Y, aquí, entre nosotros, se puede sobornar a cualquiera. Me dicen: suprima las concusiones. Pero ¿cómo suprimirlas si todo el mundo está dispuesto a venderse? Y tanto más cuanto más bajo sea el grado que ostentan. ¿Cómo podría uno vigilar a todos los funcionarios en cinco verstas a la redonda? En su sitio, cada empleado es un pequeño zar, como lo soy yo aquí —comentó echándose a reír—. Usted probablemente ha conseguido visitar a los políticos dando dinero y se lo han permitido —dijo, sonriendo—. ¿No es cierto?

—Sí, es verdad.

—Comprendo que usted tiene que proceder así. Le da lástima un preso. Y el director o el de la escolta le acepta el dinero, porque tiene un sueldo miserable y familia, y no puede no cogerlo. En su lugar y en el de usted yo hubiera procedido de la misma forma que usted y que él. Pero desde mi cargo, no me permitiré apartarme ni un ápice de la ley, precisamente porque soy un hombre y podría dejarme arrastrar por la piedad. Pero soy cumplidor de mi servicio, me han confiado una misión bajo determinadas condiciones y no tengo más remedio que justificar la confianza que han puesto en mí. Bueno, ese asunto está zanjado. Ahora cuénteme lo que pasa en la capital.

Y el general empezó a preguntar y preguntar, sin duda queriendo al mismo tiempo enterarse de las novedades y demostrar toda su importancia y su humanitarismo.

XXIII

—¿Dónde se aloja? ¿En el hotel Diukov? Vaya, es muy malo. Venga usted a cenar —dijo el general despidiendo a Nejliúdov—, a las cinco. ¿Sabe usted inglés?

—Sí, lo hablo.

—Magnífico. Verá usted, ha venido un viajero inglés. Está estudiando el destierro y las cárceles de Siberia. Va a cenar con nosotros, venga usted también. Cenamos a las cinco, y mi mujer exige la máxima puntualidad. Entonces le daré la respuesta de cómo se puede proceder con esta mujer y también con el enfermo. Tal vez se pueda dejar a alguien con él.

Al despedirse del general, Nejliúdov se sentía en un estado de ánimo activo y excitado, y fue a correos.

La oficina de correos era una habitación de techo bajo y abovedado. Detrás del mostrador estaban sentados los funcionarios y repartían cartas al público que estaba agrupado. Uno de los funcionarios, con la cabeza inclinada a un lado, golpeaba sin cesar con el sello los sobres que otro le pasaba hábilmente. A Nejliúdov no le hicieron esperar mucho, y al conocer su apellido inmediatamente le entregaron su correspondencia, bastante numerosa. Venía dinero, cartas y libros, y el último número del Diario de la Patria. Al recibirlo, Nejliúdov se dirigió hacia el banco de madera, en el que estaba un soldado con un libro, esperando algo, y se sentó a su lado. Revisó las cartas recibidas. Entre éstas venía una certificada, con magnífico sobre y un sello de lacre muy vistoso. Nejliúdov la abrió, y al ver la letra de Selenin y un documento oficial, sintió que la sangre se agolpaba en el rostro y se le oprimía el corazón. Era la decisión sobre el asunto de Katiusha. ¿Cuál era la decisión? ¿Acaso la negativa? Nejliúdov recorrió rápidamente lo escrito con letra menuda, dura y retorcida, difícil de descifrar. Y dio un suspiro de alivio. El folio era favorable.

Querido amigo —escribía Selenin—: Nuestra última conversación me ha impresionado profundamente. Tenías razón respecto a Máslova. He revisado atentamente el asunto y he visto que se ha cometido con ella una injusticia terrible. Sólo podía subsanarse en la Comisión de Indultos, donde presentaste la petición. He conseguido cooperar en la decisión del asunto allí, y te mando la copia del indulto a la dirección que me ha dado la condesa Katerina Ivánovna. El documento ha sido enviado a la prisión donde se encontraba Máslova cuando fue juzgada y, probablemente, será reexpedido inmediatamente a las autoridades de Siberia. Me apresuro a comunicarte esta agradable noticia. Recibe un amistoso apretón de manos,

Tu Selenin.

El contenido del documento era el siguiente:

Comisión de Indultos de su Majestad Imperial. Por orden del Director de la Comisión de Indultos de su Majestad Imperial, el presente documento informa a la ciudadana Katerina Máslova que, habiendo tomado en consideración su recurso, Su Majestad Imperial se ha dignado permutar su condena de trabajos forzados por la del destierro a una provincia de Siberia.

La noticia era alegre e importante: había ocurrido todo cuanto Nejliúdov podía desear para Katiusha y para sí mismo. Cierto que este cambio en su situación presentaba nuevas complicaciones respecto a su persona. Siendo condenada a trabajos forzados, el matrimonio que Nejliúdov había ofrecido a Máslova era un matrimonio ficticio y no tenía más sentido que el de aliviar su suerte. Ahora, nadie les impedía una vida en común. Y Nejliúdov no estaba dispuesto a eso. Y por otro lado, sus relaciones con Simonson. ¿Qué significaban sus palabras de ayer? ¿Y si se decidía a unirse con Simonson, estaría bien o mal? No lograba poner en claro estas cosas, y dejó de pensar en ello. «Todo se aclarará después —pensaba—, ahora hace falta verla cuanto antes y comunicarle la buena noticia. Y que sea puesta en libertad.» Pensaba que era suficiente la copia que tenía en su poder. Y, saliendo de la oficina de correos, mandó al cochero que le llevara a la prisión.

A pesar de que el general no le había autorizado a visitar la

prisión por la mañana, Nejliúdov, sabiendo por experiencia que lo que muchas veces no puede conseguirse de ningún modo de los altos jefes se consigue con facilidad con los insignificantes, decidió entrar ahora en la prisión e intentar comunicar a Katiusha la buena noticia. Tal vez, lograr su libertad, enterarse de la salud de Kryltsov y transmitirle a él y a María Pávlovna lo que había dicho el general.

El director de la prisión era un hombre muy alto, grueso, de porte majestuoso, con bigotes y unas patillas que le llegaban a la comisura de los labios. Recibió a Nejliúdov con mucha severidad, y le dijo sin rodeos que no podía autorizar una visita a una persona extraña sin permiso del gobernador. A la observación de Nejliúdov de que le autorizaban incluso en las capitales, el director replicó:

—Es muy posible, pero yo no se lo autorizo —el tono de su voz significaba: «Ustedes, los señores de la capital, creen que nos van a asombrar y poner en un brete. Pero también en Siberia conocemos perfectamente las leyes, y hasta podemos enseñárselas a ustedes».

La copia en el papel de la Comisión de Indultos de Su Majestad tampoco produjo ninguna impresión en el director. Se negó rotundamente a dejar entrar a Nejliúdov en el recinto de la prisión. Y a la ingenua suposición de que Máslova podía ser puesta en libertad a la presentación de esa copia, sonrió despectivamente y le hizo saber que para poner a cualquiera en libertad debía recibir una orden de la superioridad. Lo único que prometió fue que comunicaría a Máslova que le habían concedido el indulto y no la retendría ni una hora, tan pronto recibiese la orden de su superior.

Sobre la salud de Kryltsov también se negó a darle ninguna información, diciendo que ni siquiera podía decir si estaba ese preso. Sin haber conseguido nada, Nejliúdov montó en el carruaje y se dirigió al hotel.

La severidad del director era debida principalmente a que en la prisión —dos veces más llena de lo normal— se había declarado el tifus. El cochero que llevaba a Nejliúdov le contó durante el trayecto que «en la prisión muere mucha gente. Les ha atacado no sé qué enfermedad. Entierran unas veinte personas diarias».

XXIV

A pesar del fracaso en la prisión, Nejliúdov continuaba con su excitada actividad y se fue a la oficina del Gobierno militar. Quería enterarse de si se había recibido allí el documento sobre el indulto de Máslova. El papel no había llegado y por eso Nejliúdov se apresuró a regresar al hotel, y sin dejarlo para más tarde, escribió sobre ello a Selenin y al abogado.

Al terminar las cartas miró el reloj y vio que era hora de ir a cenar a casa del general.

De camino pensó otra vez cómo tomaría Katiusha lo de su indulto. ¿Dónde la desterrarían? ¿Cómo iba a vivir con ella? ¿Qué haría Simonson? ¿Qué sentía Katiusha hacia él? Recordó el cambio que se había experimentado en ella, y también su pasado.

«Hay que olvidar eso, borrarlo —pensó, y de nuevo se dio prisa por alejar esas ideas—. Ya se verá qué pasa», se dijo, y empezó a pensar en lo que tenía que decir al general.

La cena en casa del gobernador, organizada con todo el esplendor de la gente rica y de los funcionarios importantes, le resultó, después de largas privaciones, no sólo un lujo, sino muy agradable hasta en las comodidades más elementales.

La dueña de la casa era una grande dame de San Petersburgo, chapada a la antigua. Había sido dama de honor de la corte de Nicolás I, hablaba el francés a la perfección y bastante mal el ruso. Se mantenía muy erguida y movía los brazos sin despegar los codos de la cintura. Trataba a su marido con severidad y con cierto respeto, impregnado de tristeza. Sin embargo, mostraba mucho afecto a los invitados, si bien con diferentes matices, según la importancia de cada cual. Acogió a Nejliúdov como a un íntimo, le aduló de un modo fino e imperceptible; como consecuencia de esto, a Nejliúdov le hizo recordar de nuevo sus méritos, y sintió una agradable satisfacción. Le dio a entender que estaba enterada del motivo, un tanto original, aunque muy loable, que le había llevado a Siberia, y que le consideraba como un hombre extraordinario. Esa delicada lisonja y el ambiente lujoso y elegante de la vida en casa del general hicieron que Nejliúdov se dejara arrastrar por el placer de comer manjares exquisitos en compañía de personas educadas de su círculo. Era como si todas las circunstancias en que había vivido los últimos tiempos hubieran sido un sueño del que despertó en aquel momento.

Durante la comida, además de los dueños de la casa —la hija del general, su marido y el ayudante de campo— estaban el inglés, un comerciante dueño de unas minas de oro, y el gobernador de una lejana ciudad de Siberia, que acababa de llegar. Estas personas le resultaban simpáticas a Nejliúdov.

El inglés, un hombre sano y de buenos colores, hablaba muy mal el francés, pero extraordinariamente bien y con gran elocuencia su propio idioma. Había viajado mucho y contó cosas interesantes sobre América, India, Japón y Siberia.

El joven comerciante, dueño de unas minas de oro, era hijo de un campesino. Vestía un traje confeccionado en Londres, lucía gemelos de brillantes, tenía una gran biblioteca, daba grandes cantidades de dinero para la beneficencia y era de ideas liberales europeas.

El gobernador de la lejana ciudad de Siberia era el mismo director de departamento del que tanto se hablaba cuando Nejliúdov se encontraba en San Petersburgo. Era un hombre abotagado, de cabellos rizados muy ralos, tiernos ojos azules, muy ancho de caderas, manos blancas con sortijas, y una sonrisa agradable. Este gobernador era apreciado por el dueño de la casa porque, en medio de todos los que se dejaban sobornar era el único que no aceptaba comisiones. La dueña, gran amante de la música y buena pianista, le apreciaba porque era buen músico, y tocaba con él a cuatro manos. La disposición de ánimo de Nejliúdov era hasta tal punto benévola, que ni siquiera este hombre le resultaba hoy antipático.

El alegre y enérgico ayudante de campo, que ofrecía sin cesar sus servicios a todo el mundo, resultaba simpático por su expresión bondadosa.

A Nejliúdov le gustó sobre todo la joven y simpática pareja formada por la hija del general y su marido. La hija no era guapa, pero sí joven, sencilla y totalmente absorta en sus dos primeros hijos. Él —se había casado por amor, tras una larga lucha con sus padres— era un hombre liberal, humilde e inteligente, licenciado en la Universidad de Moscú. Compaginaba su servicio con la estadística, sobre todo con la población extranjera en Siberia, a quien estudiaba, quería y trataba de salvar de la miseria.

Todos habían sido no sólo cariñosos y amables con Nejliúdov, sino que era evidente que les había gustado recibir a un hombre nuevo e interesante. El general entró en el comedor de uniforme, con una cruz blanca en el cuello, y saludó a Nejliúdov como a un viejo conocido. Enseguida brindó a los invitados aperitivos y vodka. A la pregunta del general a Nejliúdov acerca de qué había hecho después de haber estado en su casa, Nejliúdov contó que estuvo en correos y se había enterado del indulto de la persona acerca de la cual le habló por la mañana. Y ahora de nuevo pedía permiso para visitar la prisión.

El general, evidentemente descontento de que se hablara durante la comida de estas cosas, frunció el ceño y no contestó.

—¿Quiere vodka? —preguntó, en francés, al inglés, que acababa de acercarse. El inglés se tomó la copa y contó que había visitado aquel día la catedral y una fábrica, pero que desearía ver la gran prisión de los deportados.

—¡Pues magnífico! Pueden ir juntos —dijo el general, volviéndose a Nejliúdov—. Deles un pase —ordenó al ayudante.

—¿Cuándo quiere usted ir? —preguntó Nejliúdov al inglés.

—Prefiero visitar las cárceles por la noche —respondió el inglés—. Todos están en las salas, no hay preparativos y todo es como es.

—¡Ah! ¿Quiere ver las cosas en su salsa? Que las vea. Yo he explicado lo que ocurre, no me hacen caso. Que se enteren por la prensa extranjera —comentó el general acercándose a la mesita servida, donde la dueña indicó los sitios a los huéspedes.

Nejliúdov estaba sentado entre la dueña de la casa y el inglés. Enfrente de él estaba la hija del general y el ex director del departamento.

Durante la comida se habló de la India, sobre la cual contó cosas el inglés; de la expedición a Tonkín, que el general criticó duramente, y de la corrupción de los funcionarios en Siberia. Todas estas conversaciones interesaban poco a Nejliúdov.

Pero después de cenar, en el salón, mientras se tomaba café, se inició una conversación muy interesante con el inglés y la dueña de la casa sobre Gladstone, y Nejliúdov creyó haberse expresado inteligentemente, y que lo habían notado sus interlocutores. Y Nejliúdov, después de una buena comida rociada con vino, tomando café, en un sillón blando, entre gente cariñosa y educada, se sentía cada vez más a gusto. Cuando la dueña de la casa, a petición del inglés, en unión del ex director del departamento se sentó al piano y ejecutaron a cuatro manos, bien conocida para ellos, la Quinta sinfonía de Beethoven, experimentó un estado anímico que no sentía hacía mucho, lleno de satisfacción hacia sí mismo, exactamente como si acabara de enterarse de lo buena persona que era.

El piano era magnífico y la interpretación de la Sinfonía estaba bien. Al menos así le pareció a Nejliúdov, a quien le gustaba y conocía la obra. Al escuchar el andante sintió un cosquilleo en la nariz, se había enternecido pensando en sí mismo y en sus virtudes.

Después de dar las gracias a la dueña de la casa por el placer tan grande que no había experimentado desde hacía mucho tiempo, Nejliúdov quería despedirse y marcharse. Entonces la hija de la dueña se le acercó con aire resuelto.

—Me había preguntado por mis hijos, ¿quiere verlos?

—Se cree que a todos les interesa ver a sus hijos —dijo la madre, sonriendo ante aquella simpática falta de tacto—. Al príncipe no le interesa en absoluto.

—Al contrario, me interesa mucho —dijo Nejliúdov enternecido por ese desbordante amor maternal—. Por favor, enséñemelos.

—¡Lleva al príncipe a ver a tus pequeños! —gritó el general, riéndose, desde la mesa de juego donde se hallaba sentado junto con su yerno, el dueño de las minas de oro y el ayudante de campo—. Ande, ande, cumpla usted con esa obligación.

Entretanto, la joven madre, sin duda alterada ante la idea de que iban a juzgar a sus hijos, marchaba con pasos rápidos delante de Nejliúdov camino de la habitación interior. En un cuarto de techos altos, empapelado de blanco, iluminado con una lámpara pequeña de pantalla oscura, había dos camitas. Entre éstas permanecía sentada un ama de rostro siberiano bondadoso de pómulos salientes, y con una capa blanca. El ama se levantó e hizo una reverencia. La madre se inclinó sobre la primera camita en la que, con la boquita abierta, dormía tranquilamente una niña de dos años. Tenía el pelo largo rizado y desparramado sobre la almohada.

—Ésta es Katia —dijo la madre, mientras arreglaba la manta de lana a listas azules, desde debajo de la cual asomaba un piececito blanco—. ¿Verdad que es guapa? ¡Sólo tiene dos años!

—¡Qué maravilla!

—Y éste es Vaska, como le llama su abuelo. Es un tipo completamente distinto. Un siberiano, ¿verdad?

—Un niño precioso —exclamó Nejliúdov, mirando al niño gordito que dormía boca abajo.

Nejliúdov recordó las cadenas, las cabezas afeitadas, los golpes, la depravación, el moribundo Kryltsov, Katiusha con todo su pasado. Le dio envidia, y deseó para sí una felicidad pura y serena como la que estaba contemplando.

Después de elogiar varias veces a los niños, con lo que satisfizo —al menos en parte— a la madre, que recibía con avidez esas alabanzas, salió detrás de ella al salón donde ya le estaba esperando el inglés para ir juntos a la prisión, según habían convenido. Se despidió de los viejos y de los jóvenes dueños de la casa, y salió junto con el inglés al porche de la casa del general.

El tiempo había cambiado. Caían grandes copos de nieve y ya había cubierto el camino, los tejados, las puertas del jardín, la entrada, la capota del coche y el lomo de los caballos. El inglés tenía su carruaje, y Nejliúdov ordenó a su cochero que le llevara a la prisión. Se instaló solo en el suyo, y con la sensación de cumplir un penoso deber fue detrás del carruaje del inglés que rodaba con dificultad y despacio por el blanco camino de la nieve.

XXV

El sombrío edificio de la prisión, con el centinela y su farol junto a la entrada, a pesar de la limpia y blanca capa de nieve que lo cubría todo hasta la entrada, el tejado y las paredes, producía una impresión más tenebrosa aún que por la mañana, con sus ventanas iluminadas a todo lo largo y ancho de la fachada.

El director, de aspecto majestuoso, salió a la puerta y después de leer a la luz del farol el pase a nombre de Nejliúdov y del inglés, encogió perplejo sus anchos hombros e invitó a los visitantes a que le siguieran. Primero les llevó al patio, luego por una puerta a la derecha y por una escalera a la oficina. Les ofreció asiento, les preguntó en qué les podía servir y al conocer el deseo de Nejliúdov de ver enseguida a Máslova, envió por ella a un carcelero. Y enseguida se dispuso a contestar a las preguntas que el inglés había empezado a hacerle a través de Nejliúdov.

—¿Para cuántas personas se ha construido la prisión?

¿Cuántos reclusos hay? ¿Cuántos hombres, mujeres, niños?

¿Cuántos condenados a trabajos forzados, deportados, cuántos siguen a sus familiares voluntariamente?

Nejliúdov traducía las palabras del inglés y del director, sin penetrar en su sentido. Inesperadamente para sí mismo estaba turbado ante la entrevista que le esperaba. Cuando, en medio de la frase que le estaba traduciendo al inglés, oyó pasos que se acercaban y se abrió la puerta de la oficina y —como había sucedido muchas veces— entró el carcelero y detrás de él Katiusha con su pañuelo en la cabeza y su blusa de presidiaria, al verla, experimentó una sensación penosa.

«Quiero vivir, tener familia, hijos, quiero una vida de persona», se le pasó por la cabeza en el momento en que ella entraba con pasos rápidos en la habitación sin levantar la cabeza.

Se levantó y dio unos pasos a su encuentro, y su cara le pareció seria y antipática. Estaba otra vez como cuando le hacía reproches. Enrojecía y palidecía, sus dedos retorcían convulsivamente los bajos de su blusa, y tan pronto le miraba como bajaba la vista.

—¿Sabe que la han indultado? —preguntó Nejliúdov.

—Sí, me lo ha dicho el director.

—Así que, tan pronto se reciba la orden, podrá usted salir en libertad e instalarse donde quiera. Pensaremos en…

Se apresuró a interrumpirle:

—¿Qué voy a pensar? Donde esté Vladimir Simonson, allí estaré yo con él.

A pesar de su gran alteración, mirando a Nejliúdov, había pronunciado estas palabras de un modo rápido, claro y tajante, como si hubiera preparado de antemano lo que tenía que decir.

—¡Vaya! —exclamó Nejliúdov.

—Qué quiere usted, Dimitri Ivánovich, si él quiere que viva con él —se detuvo asustada, y se corrigió—, si desea que esté a su lado. ¿Qué mejor cosa puedo desear? tengo que considerarlo como una felicidad. ¿Qué puedo yo…?

«Una de dos: o está enamorada de Simonson y no desea en absoluto el sacrificio que yo creí que le ofrecía o continúa queriéndome y por mi propio bien renuncia, y quema para siempre sus naves uniendo su destino al de Simonson», pensó Nejliúdov y le dio vergüenza. Se percató de que estaba enrojeciendo.

—Si usted le quiere…

—¿Qué importa eso? Lo he dejado ya eso. Además, Vladimir Simonson es un hombre especial.

—Sí, por supuesto —empezó Nejliúdov—. Es un hombre estupendo y creo…

Le interrumpió de nuevo, como temiendo que dijese algo de más o que ella no acabara de decir todo.

—No, Dimitri Ivánovich, usted perdóneme, si no hago lo que usted quiere —dijo mirándole a los ojos con su mirada bizca y misteriosa—. Se ve que las cosas han salido así. Y usted necesita vivir.

Le dijo lo mismo que él acababa de decirse, pero ahora ya no pensaba en eso; pensaba y sentía una cosa totalmente distinta. No sólo sentía vergüenza, si no que le daba pena todo lo que perdía con ella.

—No esperaba eso —dijo.

—¿Para qué iba usted a vivir aquí y sufrir? Bastante ha sufrido usted —dijo, y sonrió de una manera extraña.

—No he sufrido, lo he pasado bien, y desearía seguir sirviéndole si fuera posible.

—A nosotros —dijo «a nosotros» y miró a Nejliúdov— no nos hace falta nada. Ya ha hecho usted mucho por mí. Si no hubiera sido por usted… —quiso decir algo, y se le quebró la voz.

—Lo que es a mí no puede usted darme las gracias —exclamó Nejliúdov.

—¿A qué vamos a echar cuentas? Dios se encargará de ajustarlas —dijo, y sus ojos negros brillaron llenos de lágrimas.

—¡Qué buena es usted! —exclamó.

—¿Yo, soy buena? —preguntó a través de las lágrimas, y una sonrisa iluminó su cara.

—Are you ready? —preguntó el inglés.

—Directly! —respondió Nejliúdov, y le preguntó por Kryltsov.

Se recobró de su alteración y contó lo que sabía: Kryltsov se había debilitado mucho con el viaje, e inmediatamente fue llevado a la enfermería. María Pávlovna, muy preocupada, pidió que la dejaran ir para cuidarle, pero no la dejaron.

—Entonces, ¿me marcho? —preguntó al darse cuenta de que estaba esperando el inglés.

—No me despido de usted, todavía la veré —contestó Nejliúdov.

—Adiós —dijo apenas perceptiblemente. Se encontraron sus ojos, y la extraña mirada bizca y la sonrisa lastimosa con que había pronunciado la palabra de despedida, hicieron comprender a Nejliúdov que de las dos suposiciones la segunda era la verdadera: le quería a él y pensaba que, uniéndose a él, le estropearía la vida, y marchando con Simonson le liberaba. Ahora estaba contenta de haber cumplido lo que quería, y al mismo tiempo sufría al separarse de él.

Le estrechó la mano, se volvió rápidamente y salió.

Nejliúdov se dirigió hacia el inglés dispuesto a seguirle, pero éste estaba apuntando algo en su cuadernillo de notas. Sin interrumpirle, Nejliúdov se sentó en un banco de madera que había junto a la pared. Sintió de pronto un cansancio extraño. No estaba cansado por la noche de insomnio, ni por el viaje ni por la alteración, sino porque sentía que estaba tremendamente cansado de toda su vida. Se recostó en el respaldo, cerró los ojos e instantáneamente se durmió con su sueño pesado y profundo.

—Bueno, ¿quieren visitar ahora las salas? —preguntó el director.

Nejliúdov se despertó y se extrañó de encontrarse allí. El inglés había acabado de apuntar sus notas, y deseaba visitar las salas. Nejliúdov, cansado e indiferente, iba detrás de él.

XXVI

Después de atravesar el vestíbulo y el nauseabundo y maloliente corredor, donde para gran sorpresa suya encontraron a dos reclusos orinando directamente en el suelo, el director, el inglés y Nejliúdov, acompañados por varios carceleros, entraron en la primera sala de condenados a trabajos forzados. La nave tenía los catres en el centro y todos los presos estaban ya acostados. Había unos setenta hombres. Yacían coincidiendo la cabeza de uno con la del otro. Al entrar los visitantes, se levantaron de un salto de los catres, haciendo sonar las cadenas, y les brillaban sus recién afeitadas medias cabezas. Dos de ellos quedaron acostados. Uno era un joven, con el rostro encendido, sin duda tenía fiebre; el otro, un viejo, que no cesaba de lamentarse.

El inglés preguntó si llevaba mucho tiempo enfermo el joven. El director dijo que desde por la mañana. En cambio, el viejo padecía desde hacía tiempo una dolencia de vientre, pero no se le podía llevar a la enfermería, atestada desde hacía mucho. El inglés movió la cabeza en señal de desaprobación, y dijo que desearía decir unas cuantas palabras a los presos, y pidió a Nejliúdov que las tradujera. Resultó que el inglés, además de la finalidad conocida de su viaje —describir los lugares de deportación y de reclusión de Siberia—, tenía otra: predicar la salvación del alma, por medio de la fe y de la redención.

—Díganles que Cristo los ha compadecido y los ha amado — dijo— y murió por ellos. Si creen en esto, se salvarán —mientras hablaba, todos los presos permanecían en silencio junto a los catres, en actitud de firmes—. En este libro se explica todo, dígaselo —concluyó—. ¿Hay alguien que sepa leer?

Resultó que había más de veinte personas que sabían leer. El inglés sacó de la cartera de mano unos cuantos ejemplares encuadernados del Nuevo Testamento. Varias manos musculosas de fuertes uñas negras se tendieron hacia él, precipitadamente empujándose unas a otras. Dejó en esta sala dos ejemplares de los Evangelios, y se marchó a la siguiente.

En la sala siguiente sucedía igual: la misma atmósfera irrespirable, el olor hediondo, también había un icono colgado entre las ventanas y a la izquierda de la puerta estaba el cubo maloliente utilizado por los presos. De la misma forma apretada estaban acostados unos junto a otros, e igualmente se levantaron de un salto y se pusieron firmes. Tres hombres quedaron sin levantarse. Dos se incorporaron y quedaron sentados y el otro continuaba acostado y ni siquiera miraba a los que habían entrado: eran los enfermos. El inglés pronunció las mismas palabras y también les entregó dos Evangelios.

En la tercera sala se oían gritos y jaleo. El director dio unos golpes en la puerta, y gritó: «¡Firmes!». Cuando se abrió la puerta todos permanecían firmes junto a los catres, salvo algunos enfermos y dos que se habían peleado. Con las caras desfiguradas por la ira, se agarraban por el pelo y la barba. Sólo se soltaron cuando el carcelero se les acercó corriendo. Uno tenía la nariz partida y ensangrentada y se secaba la sangre y la saliva con la manga del caftán; el otro se quitaba los pelos arrancados de la barba.

—¡El responsable! —gritó con severidad el director. Se destacó un hombre bien plantado y fuerte.

—No se les puede contener, excelencia —dijo el responsable sonriendo alegremente con los ojos.

—¡Verás como yo podré! —exclamó, frunciendo el ceño, el director.

—What did they fight for? —preguntó el inglés.

Nejliúdov preguntó al starosta por qué se había originado la pelea.

—Se han liado por un peal —contestó el que mandaba, y continuó sonriendo—. Éste le dio un empujón, el otro le golpeó por detrás.

—Desearía decirles unas palabras —dijo el inglés, volviéndose al director.

Nejliúdov lo tradujo. El director dijo: «Puede hacerlo».

Entonces el inglés sacó su Evangelio encuadernado en piel.

—Por favor, traduzca esto —le dijo a Nejliúdov—. Habéis regañado y os habéis peleado, pero Cristo que ha muerto por vosotros, nos ha dado otro remedio para resolver nuestras peleas. Pregúnteles si saben, según la ley de Cristo, cómo hay que obrar con la persona que nos ha ofendido.

Nejliúdov tradujo las palabras, y la pregunta del inglés.

—¿Dar parte a la superioridad para que lo resuelvan ellos? —preguntó uno que miraba al majestuoso director.

—Ponerle la cara al revés, y no volverá a ofender —intervino otro.

Se oyeron algunas risas de aprobación. Nejliúdov tradujo al inglés las respuestas.

—Dígales que, según la ley de Cristo, hay que hacer todo lo contrario: si te han golpeado en una mejilla, tienes que presentar la otra —dijo el inglés haciendo un gesto como si ofreciese su propia mejilla.

—Debería probar él mismo —comentó la voz de alguien.

—¿Y si le destrozan la otra mejilla, qué otra puede ofrecer? —preguntó uno de los que yacían enfermos.

—Así acabarían con uno a fuerza de golpes.

—Vamos a probar —comentó alguien de los que se encontraban detrás y se echó a reír alegremente. Una incontenible risa general invadió toda la sala, incluso rió el de la cara magullada, pese a la sangre y a los mocos.

—Pregúnteles si beben.

—Por supuesto —se oyó una voz, y al mismo tiempo bufidos y risas.

En esta sala había cuatro enfermos. A la pregunta del inglés de por qué no reunían a todos los enfermos en una sala, contestó el director que ellos mismos no lo deseaban. Estos enfermos no eran contagiosos, el practicante los vigilaba y atendía.

—Hace dos semanas que no le hemos visto el pelo —dijo una voz.

El director no contestó, y los llevó a la sala siguiente. De nuevo abrieron las puertas y todos se levantaron y guardaron silencio, y de nuevo el inglés distribuyó Evangelios. Lo mismo sucedió en la sala quinta, en la sexta, a la derecha, a la izquierda y en ambos lados.

De los condenados a trabajos forzados pasaron a la sala de los deportados, luego a la de los presos comunes y de aquí a la ocupada por los que seguían voluntariamente a sus familiares. En todas partes era igual: los mismos hombres transidos de frío, hambrientos, ociosos, contagiosos de enfermedades, sucios, encerrados y mostrándose como fieras salvajes.

El inglés, que había repartido el número previsto de Evangelios, ya no repartía más, y ni siquiera dirigía la palabra a los presos. El lamentable espectáculo y, sobre todo, el aire asfixiante, habían aplastado su energía. Cruzaba por las salas limitándose a decir all right a las explicaciones del director acerca de los presos de cada sala. Nejliúdov caminaba como en sueños, sin tener fuerzas para negarse a hacerlo y marcharse, padeciendo un gran cansancio y descorazonamiento.

XXVII

En una de las salas de deportados, Nejliúdov vio con asombro al mismo extraño viejo que había encontrado por la mañana en la balsa. El viejo, andrajoso y lleno de arrugas, con una camisa sucia de color ceniza y rota por los hombros, pantalones del mismo color, descalzo, estaba sentado en el suelo junto al catre. Miraba severa e interrogativamente a los que acababan de entrar. Su cuerpo demacrado, que se veía a través de los agujeros de la camisa sucia, era flaco y débil, pero su cara arrugada y reconcentrada mostraba mayor animación que en la balsa. Todos los presos, igual que en las otras salas, se pusieron en pie de un salto y se colocaron en posición de firmes al entrar el superior. El viejo seguía sentado, sin moverse. Sus ojos brillaban y tenía las cejas maliciosamente fruncidas.

—¡En pie! —le gritó el director.

El viejo no se movió, y sólo sonrió irónicamente.

—Delante de ti se ponen en pie tus servidores. Yo no soy tu servidor. Llevas el sello… —dijo el viejo, señalando la frente del director.

—¿Quéee? —vociferó éste dando unos pasos hacia atrás.

—Conozco a ese hombre —se apresuró a decir Nejliúdov al director—. ¿Por qué lo han detenido?

—Lo ha mandado la Policía, por indocumentado. Les pedimos que no nos los manden, pero no nos hacen caso —dijo el director mirando enfadado al viejo.

—Por lo visto ¿tú también perteneces al ejército del Anticristo? —preguntó el viejo a Nejliúdov—. ¿Y qué? ¿Has venido a admirar cómo martiriza a la gente el Anticristo? Mira, los ha cogido y los ha encerrado en una jaula, todo un ejército. Los hombres tienen que comer el pan con el sudor de su frente, y él los ha encerrado. Como a los cerdos, les da de comer sin que trabajen, para que se conviertan en fieras.

—¿Qué es lo que dice? —preguntó el inglés.

Nejliúdov le contó que el viejo censuraba al director por tener a la gente privada de libertad.

—Pregúntele cómo hay que proceder, según su criterio, con los que no observan las leyes —dijo el inglés.

Nejliúdov tradujo la pregunta.

El viejo se echó a reír de una forma extraña, y enseñó su dentadura que conservaba completa.

—¡La ley! —exclamó con desprecio—. Primero ha acaparado todo, ha quitado las tierras y las riquezas a la gente, y lo ha guardado para sí, suprimiendo a los que iban contra él, y luego creó las leyes para que no robasen y no matasen. Tenía que haber escrito las leyes antes.

Nejliúdov tradujo. El inglés sonrió.

—Bueno, así y todo, ¿cómo actuar con los ladrones y los criminales? Pregúnteselo.

—Dile que se borre de encima la señal del Anticristo, entonces no tendrá ni ladrones ni criminales. Díselo así.

—He is crazy —dijo el inglés cuando Nejliúdov le tradujo las palabras del viejo y, alzando los hombros, salió de la sala.

—Ocúpate de lo tuyo y déjalos a ellos. Cada uno debe pensar en sí. Dios sabe a quién hay que castigar y a quién perdonar, y no nosotros —decía el viejo—. Sé dueño de ti mismo, y entonces no habrá necesidad de dueños. Vete, vete —añadió frunciendo el ceño con enfado y lanzando chispas por los ojos sobre Nejliúdov, que salía lentamente—. Has contemplado cómo los criados del Anticristo alimentan a los piojos con hombres. ¡Vete! ¡Vete!

Cuando Nejliúdov salió al corredor, el inglés y el director permanecían al lado de la puerta de una sala vacía. Preguntaba acerca del significado de esa sala, y el director explicaba que era el depósito de cadáveres.

—¡Oh! —exclamó el inglés, cuando Nejliúdov hizo la traducción, y quiso entrar.

El depósito era una sala corriente y pequeña. En la pared ardía una lamparilla y alumbraba débilmente un rincón donde se amontonaban unos sacos de leña. A la derecha había unos catres con cuatro cadáveres.

El primero, con una camisa de lienzo y calzoncillos, era un hombre de gran estatura, con una pequeña barba puntiaguda y media cabeza afeitada. El cuerpo ya estaba rígido, sus lívidas manos —que probablemente habían estado cruzadas sobre el pecho— estaban colgando, los pies descalzos se habían separado también y erguían sus plantas distanciadas. A su lado yacía una vieja con una gran falda, sin pañuelo en la cabeza y con una trenza rala. Tenía una cara pequeña, arrugada, amarilla y una naricilla aguda. A su lado había otro cadáver de hombre, cubierto con una tela de color morado. Este color le recordaba algo a Nejliúdov.

Se acercó más, y se puso a mirarle.

Tenía una barbita tiesa y puntiaguda, una nariz fuerte y regular, la frente despejada, blanca, y escasos cabellos rizados. Reconoció los rasgos conocidos y no quiso creer a su ojos. Ayer había visto ese rostro que expresaba animación, ira y sufrimiento. Ahora estaba tranquilo, inmóvil y terrible en su belleza.

Sí, era Kryltsov o, por lo menos, la huella que de él había dejado su existencia material.

«¿Para qué había sufrido? ¿Para qué vivido? ¿Lo comprendió al final?», pensaba Nejliúdov y le parecía que no había respuesta, que no había nada, salvo la muerte, y se sintió mal.

Sin despedirse del inglés, Nejliúdov pidió a un carcelero que le acompañara al patio y, sintiendo la imprescindible necesidad de estar solo, para pensar en todo lo que había experimentado aquel día, se marchó al hotel.

XXVIII

Sin acostarse, Nejliúdov anduvo durante mucho tiempo de un lado a otro de la habitación. Su asunto con Katiusha estaba terminado. Ella no le necesitaba y esto le resultaba triste y vergonzoso. Pero no era eso lo que le preocupaba ahora. El otro asunto no sólo no había concluido, sino que le atormentaba más que nunca y le exigía acción.

Todo aquel terrible mal que había visto y conocido durante este tiempo y, sobre todo, aquel día en la horrorosa prisión, todo ese mal que había roto la vida del simpático Kryltsov, triunfaba, reinaba y no se veía ninguna posibilidad de vencerlo. Ni siquiera de comprender la forma de vencerlo.

En su imaginación surgieron cientos y miles de seres destrozados en una atmósfera pestilente, encerrados por generales, fiscales y directores indiferentes. Recordó al extraño viejo que acusaba libremente a la superioridad y a quien tomaban por loco. Y, entre los muertos, el hermoso rostro de cera de Kryltsov, que murió en estado de exasperación. Y la antigua pregunta acerca de si era él, Nejliúdov, el loco o estaba loca la gente que consideraba sensato y hacía todo eso, se alzó ante él con nueva fuerza y exigía una respuesta.

Cansado de andar y pensar, se sentó en el diván ante la lámpara y abrió maquinalmente los Evangelios que le había dado el inglés como recuerdo, y que al sacar las cosas del bolsillo dejó sobre la mesa. «Dicen que en ellos está la explicación de todo», pensó, y, abriéndolos, empezó a leer por donde se había abierto. Era el capítulo XVIII según San Mateo.

1. En aquel tiempo llegaron los discípulos a Jesús, diciendo: «¿Quién es el mayor en el reino de los cielos?».

2. Y llamando Jesús a un niño, le puso en medio de ellos.

3. Y dijo: «De cierto os digo que si no os volvieseis y fueseis como un niño, no entraréis en el reino de los cielos.

4. Así que cualquiera que se humillare como este niño ese será el mayor en el reino de los cielos». «Sí, sí, así es», pensó Nejliúdov recordando que había experimentado consuelo y alegría de vivir sólo en los momentos en que se había humillado.

5. Y cualquiera que recibiere a un niño en mi nombre, a Mí me recibe.

6. Y cualquiera que escandalizare a alguno de estos pequeños que creen en Mí, mejor fuera que se le colgase una piedra de molino y se le sumergiese en el profundo mar.

«¿Qué quiere decir "cualquiera que recibiere"? ¿Que recibiere dónde? ¿Y qué significa "en Mi nombre"?», se preguntó. Esas palabras no le decían nada. «¿Por qué habla de la piedra de molino y de las profundidades del mar? No, algo no es así, algo es inexacto», pensaba recordando cómo en varias ocasiones de su vida se había puesto a leer los Evangelios y siempre la oscuridad de ciertos pasajes le habían apartado de la lectura. Leyó todavía los versículos 7, 8, 9 y 10, que hablan de los escándalos del mundo, del fuego de los infiernos y de ciertos ángeles niños que ven la faz del Padre que está en los cielos. «Qué lástima que esto sea tan incoherente —pensó—; se nota que aquí hay algo bueno.»

11. Porque el Hijo del hombre ha venido para salvar lo que se había perdido —continuó leyendo.

12. ¿Qué os parece? Si tuviese algún hombre cien ovejas y se descarriase una de ellas, ¿no iría por los montes, abandonando las noventa y nueve, a buscar la que se había descarriado?

13. Y si aconteciere hallarla, de cierto os digo que más se goza de aquélla, que de las noventa y nueve que no se descarriaron.

14. Así, no es la voluntad de vuestro Padre que está en los cielos que se pierda uno de estos pequeños.

«No era la voluntad del Padre que perecieran, pero perecen por centenares, por millares. Y no hay medios para salvarlos», pensó.

21. Entonces Pedro, llegándose a Él, le dijo: «Señor, ¿cuántas veces perdonaré a mi hermano que pecara contra mí? ¿Hasta siete?».

22. Jesús le dice: «No te digo hasta siete, más aún, hasta setenta veces siete».

23. Por lo cual el reino de los cielos es semejante a un hombre rey que quiso hacer cuentas con sus siervos.

24. Y comenzando a hacer cuentas, le fue presentado uno que le debía diez mil talentos.

25. Mas éste, no pudiendo pagar, mandó su señor venderle, y a su mujer e hijos, con todo lo que tenía, y que le pagase.

26. Entonces aquel siervo, postrado, le adoraba, diciendo: «Señor, ten paciencia conmigo, y yo te lo pagaré todo».

27. El señor, movido a misericordia por aquel siervo, le soltó y perdonó la deuda.

28. Y saliendo aquel siervo, halló a uno de sus compañeros que le debía cien denarios, y, sujetándole, le ahogaba diciendo: «Págame lo que me debes».

29. Entonces, su consiervo, postrándose a sus pies, le rogaba diciendo: «Ten paciencia conmigo, y yo te lo pagaré todo».

30. Mas él no quiso; sino fue y le metió en la cárcel hasta que le pagase la deuda.

31. Y viendo sus consiervos lo que pasaba, se entristecieron mucho, y declararon a su señor todo lo que había pasado.

32. Entonces, llamándole su señor, le dice: «Siervo malvado, toda aquella deuda te perdoné porque me rogaste».

33. «¿No te convenía también a ti tener misericordia de tu consiervo, como yo tuve también misericordia de ti?»

—¿Es posible que no sea más que esto? —exclamó de pronto Nejliúdov en voz alta al leer estas palabras. Y la voz interior de todo su ser, le dijo: «Sí, sólo eso».

A Nejliúdov le sucedió lo que a menudo ocurre a las personas que viven una intensa vida espiritual: el pensamiento que al principio se le presentaba como una rareza, como una paradoja, incluso como una broma, encontrando cada vez más afirmación en la vida, de pronto se le presentó como una verdad sencilla e incontrovertible. Ahora vio de un modo claro que el único medio para salvarse del terrible mal que hacía sufrir a los seres humanos consistía en que la gente se reconociera siempre culpable ante Dios y, por tanto, incapaz de castigar ni de corregir a otra gente. Ahora le resultaba claro que todo el mal del que había sido testigo en las cárceles y en las prisiones, y también la seguridad de los que llevaban a cabo este mal, era debido a que los hombres querían hacer una cosa imposible: siendo malos, pretendían corregir el mal. Siendo hombres viciosos, querían corregir el vicio de otros y pensaban conseguirlo de un modo mecánico. El resultado era que unas personas necesitadas e interesadas habían llegado a hacerse una profesión que consistía en castigar y corregir a sus semejantes, se habían corrompido hasta un grado sumo, y corrompían sin parar a quienes torturaban. Ahora le resultaba claro de dónde provenía todo el horror que había visto y lo que se debía hacer para aniquilarlo. La respuesta que no había podido encontrar era la misma que Cristo había dado a Pedro: consistía en perdonar, siempre, a todos, perdonar una infinidad de veces, porque no existe gente que no sea culpable y, por tanto, pueda castigar o corregir a otros.

«Pero puede que no resulte tan sencillo», se decía Nejliúdov, y, sin embargo, veía claramente que esta solución, por rara que pareciera al principio, acostumbrado a lo contrario, resultaba indiscutible y no sólo teórica, sino prácticamente. La objeción de siempre sobre qué se debía hacer con los malhechores, ¿acaso dejarlos así, sin castigo?, ya no le desconcertaba ahora. Esta objeción tendría sentido si estuviera demostrado que el castigo disminuye los crímenes y corrige a los criminales. Pero cuando se demuestra claramente todo lo contrario —que no está en el poder de unos corregir a otros—, lo único que puede hacerse es dejar de hacer lo que se hace, que no sólo es inútil, sino también nocivo, antinatural y cruel. «Desde hace varios siglos habéis castigado a los hombres que reconocéis culpables, ¿y qué?, ¿se han suprimido? No sólo no se han suprimido, sino que más bien la cantidad ha aumentado con aquellos culpables jueces, fiscales, jueces de instrucción y carceleros, que juzgan y castigan a los hombres.» Nejliúdov comprendió ahora que la sociedad y el orden existen no porque hay criminales legales que juzgan y castigan a sus semejantes, sino porque, a pesar de tal corrupción, los hombres se compadecen y se aman los unos a los otros.

Con la confianza de encontrar la confirmación de esta idea en estos mismos Evangelios, Nejliúdov empezó a leerlos desde el principio. Al llegar al Sermón de la Montaña, que siempre le emocionaba, comprendió ahora por primera vez que sus conceptos no eran abstractos e irregulares, sino, por el contrario, sencillos, claros y aplicables. En caso de cumplir estos preceptos — lo que era totalmente imposible—, se establecería una sociedad humana completamente nueva, en la que desaparecería la violencia, que tanto indignaba a Nejliúdov, y se alcanzaría el mayor bien de la humanidad; el reino de Dios en la tierra.

Estos mandamientos eran cinco.

El primer mandamiento (San Mateo, cap. V, 21—26) consistía en que el hombre no debe matar, irritarse ni despreciar a sus hermanos; si se enojare ha de reconciliarse con su adversario antes de ofrecer un sacrificio a Dios, es decir, antes de rezar.

El segundo mandamiento (San Mateo, cap. V, 27—32) decía que el hombre no debe cometer adulterios ni codiciar a una mujer por su belleza, y una vez casado ha de permanecer fiel.

El tercer mandamiento (San Mateo, cap. V, 33—37), que el hombre no debe prometer nada por medio del juramento.

El cuarto mandamiento (San Mateo, cap. V, 38—42), que el hombre no debe pagar ojo por ojo, sino ofrecer la otra mejilla cuando le hieren la diestra; debe perdonar las ofensas, soportarlas con resignación y no negar nada de lo que le pidan sus semejantes.

El quinto mandamiento (San Mateo, cap. V, 43—48), que el hombre no debe odiar a sus enemigos ni luchar contra ellos, sino amarlos, ayudarles y servirles.

Nejliúdov se quedó mirando fijamente la luz de la lámpara y permaneció pensativo. Recordando todas las monstruosidades de nuestra vida, se imaginó claramente lo que podía ser esta vida si la gente fuera educada en esos principios, y su alma se inundó de un entusiasmo que no había experimentado hacía mucho tiempo. Como si después de un largo período de cansancio y sufrimiento encontrase de pronto el consuelo y la tranquilidad.

No durmió en toda la noche y, como suele ocurrir con muchas personas que leen los Evangelios y comprenden por primera vez todo su significado, después de haberlos leído muchas veces sin darse cuenta de ello, absorbió como una esponja lo necesario, importante y alegre que se abría ante él en ese libro. Y todo le parecía conocido, le daba la sensación de que confirmaba y traía a su conciencia algo que sabía hacía mucho, pero que no reconocía del todo ni creía.

Pero no sólo reconocía y creía que al cumplirse estos preceptos los hombres podrían alcanzar el más alto grado de felicidad, sino que ningún hombre tenía que hacer otra cosa más que cumplir estos preceptos, que en eso está el único sentido de la vida humana, y el apartarse de esto era una equivocación que arrastraba consigo el castigo. Esta conclusión se desprendía de todo el libro, pero con especial claridad de la parábola de los vendimiadores. Los vendimiadores habían imaginado que el huerto que les habían mandado cultivar para el amo era de su propiedad; que cuanto había en el huerto era para ellos y que no tenían más obligación que gozar de la vida, olvidando al dueño y matando a quienes les recordaban su existencia y los deberes que tenían para con él.

«Lo mismo hacemos nosotros —pensaba Nejliúdov— viviendo en una creencia absurda, que somos los amos de nuestra vida, y que nos ha sido dada para nuestro placer. Esto es claramente absurdo. Si hemos sido mandados aquí ha sido por voluntad de alguien y para algo. Pero hemos decidido que vivimos sólo para nuestro placer, y por eso nos encontramos a disgusto, como trabajadores que no cumplen la voluntad del amo. Su voluntad está expresada en esos preceptos. Sólo cumpliéndolos y estableciendo en la tierra el reino de los cielos, los hombres alcanzarían la mayor felicidad que se puede alcanzar.

»Buscad primero el reino de los cielos, y todo lo demás se os dará por añadidura.

»Pero nosotros buscamos la añadidura, y es natural que no la encontremos.

»He aquí, pues, el objetivo de mi vida. En cuanto ha terminado una, empieza otra.»

Desde aquella noche empezó para Nejliúdov una vida completamente nueva, no tanto porque había empezado con unas nuevas condiciones como por todo lo que le había sucedido hasta entonces, que tendría para él un significado distinto. El futuro nos enseñará en qué va a terminar este nuevo período de su vida.

16 de diciembre de 1899

CONTENIDO